外 国 文 学 名 著 丛 书

〔英〕威廉·萨默塞特·毛姆／著

人性的枷锁 上

叶 尊／译

"外国文学名著丛书"编委会

人民文学出版社
PEOPLE'S LITERATURE PUBLISHING HOUSE

W. Somerset Maugham
OF HUMAN BONDAGE
根据"企鹅二十世纪经典丛书"1992 年版译出。

图书在版编目（CIP）数据

人性的枷锁：上下（英）威廉·萨默塞特·毛姆著；叶尊译. —北京：
人民文学出版社，2020（2023.3 重印）
（外国文学名著丛书）
ISBN 978-7-02-016479-0

I.①人… II.①威…②叶… III.①长篇小说—英国—现代 IV.①I561.45

中国版本图书馆 CIP 数据核字（2020）第 122545 号

责任编辑　王　婧
装帧设计　刘　静
责任印制　王重艺

出版发行　人民文学出版社
社　　址　北京市朝内大街 166 号
邮政编码　100705

印　　刷　河北新华第一印刷有限责任公司
经　　销　全国新华书店等

字　　数　591 千字
开　　本　850 毫米×1168 毫米　1/32
印　　张　28.875　插页 4
印　　数　7001—10000
版　　次　2016 年 7 月北京第 1 版
印　　次　2023 年 3 月第 3 次印刷

书　　号　978-7-02-016479-0
定　　价　118.00 元（全两册）

威廉·萨默塞特·毛姆

出版说明

人民文学出版社自一九五一年成立起，就承担起向中国读者介绍优秀外国文学作品的重任。一九五八年，中宣部指示中国科学院文学研究所筹组编委会，组织朱光潜、冯至、戈宝权、叶水夫等三十余位外国文学权威专家，编选三套丛书——"马克思主义文艺理论丛书""外国古典文艺理论丛书""外国古典文学名著丛书"。

人民文学出版社与中国科学院文学研究所，根据"一流的原著、一流的译本、一流的译者"的原则进行翻译和出版工作。一九六四年，中国社会科学院外国文学研究所成立，是中国外国文学的最高研究机构。一九七八年，"外国古典文学名著丛书"更名为"外国文学名著丛书"，至二〇〇〇年完成。这是新中国第一套系统介绍外国文学作品的大型丛书，是外国文学名著翻译的奠基性工程，其作品之多、质量之精、跨度之大，至今仍是中国外国文学出版史上之最，体现了中国外国文学研究界、翻译界和出版界的最高水平。

历经半个多世纪，"外国文学名著丛书"在中国读者中依然以系统性、权威性与普及性著称，但由于时代久远，许多图书在市场上已难见踪影，甚至成为收藏对象，稀缺品种更是一书难求。在中国读者阅读力持续增强的二十一世纪，在世界文明交流互鉴空前频繁的新时代，为满足人民日益增长的美好生活的需要，人民文学出版社决定再度与中国社会科学院外国文学研究所合作，以"网罗经典，格高意远，本色传承"为出发点，优中选优，推陈出新，出版新版"外国文学名著丛书"。

值此新版"外国文学名著丛书"面世之际，人民文学出版社与中国社会科学院外国文学研究所谨向为本丛书做出卓越贡献的翻译家们和热爱外国文学名著的广大读者致以崇高敬意！

"外国文学名著丛书"编委会

二〇一九年三月

编委会名单

译 本 序

　　威廉·萨默塞特·毛姆是二十世纪英国著名的小说家、剧作家和散文家。他出生在巴黎,十岁时父母双亡,由他的叔叔接回英国抚养,在寄宿学校里长大,少年时的生活非常阴郁和凄苦。他先在坎特伯雷读书,后来又到海德堡求学。一八九二年他进伦敦托马斯医院学习,两年后参加实习,但是从未开业。一八九七年他出版了第一部小说《兰贝斯的丽莎》,从此便开始走上文学创作的道路。第一次世界大战期间,他先在法国红十字会服务,后来在英国情报部门工作。一九三○年以后,他定居法国南部的海滨胜地里维埃拉。在这段时间里,毛姆创作了大量的小说和剧作。一九四八年以后,他开始撰写回忆录及评论文章。鉴于他在文学创作中取得的成功,二十世纪五十年代牛津大学曾授予他荣誉博士学位,英国女王也授予他"骑士"称号。毛姆于一九六五年病逝,终年九十一岁。

　　毛姆在十九世纪末叶开始写作,但是他的主要创作活动时期是在二十世纪的开头四十多年。他先写小说,但是早期作品并没有引起热烈的反响,于是转而创作戏剧,从一九○三到一九三三年,他一共编写了近三十个剧本。一时间成为当时英国最受欢迎的剧作家之一。他的剧作大都情节紧凑,对话生动，可是在内容和深度方面均不及他的小说创作。毛姆一生创作了《人性的枷锁》《月亮与六便士》《寻欢作乐》和《刀锋》等二十部长篇小说，一百多篇短篇小说。虽然他不无自嘲地认为他只是一个"极为出色的二流作家"，但他却是二十世纪英国文学界为数不多的一个雅俗共赏的作家。在他一生的经历中，法国文化、海外游历和学医生涯这三件事对他的文学创作产生了至关重要的影响。他推崇法国文化，师从法国自然主义作家特别是莫泊桑的写作技巧，总是冷静地通过情节的描写来刻画人物的性格，并且对他们作出含蓄而又深刻的褒贬。广泛的海外游历又大大丰富了他的写作素材，而为时不久的学医生涯又教会了他以临床解剖的方式超然地剖析人生和社会。毛姆主张故事要有完整性、连贯性和一致性，而且要求自己的作品在语言上必须以明晰、朴素与和谐为目标。因而毛姆的小说都有故事曲折生动、文字明净流畅的特点，这使毛姆不仅在英语世界里，而且通过翻译在其他语言世界里都长期拥有大批热情的读者。

《人性的枷锁》出版于一九一五年，是毛姆最重要的小说之一。作品以作者早年的生活为依据，但它"并不是一部自传，而是一部自传体小说，事实与虚构密不可分地交织在一起"①。小说主人公菲利普从孩提时代起三十年的人生经历，实际也表现了毛姆本人在旧教育制度下孤独与凄苦的学生生活，为摆脱各种社会的陈规积习所作的斗争，对宗教的反叛，所遭受的爱情的折磨，以及对新的哲学信仰和生活道路的探求。小说是作者早年生活与思想的忠实坦诚的记录。

〰〰〰〰〰〰〰

① 见毛姆所写的本书《作者序》。

菲利普不幸九岁丧母，由当牧师的大伯收养，从温暖舒适的母爱中一下子被投入到冷漠残酷的陌生世界。他的大伯陈腐专横，满口仁义道德，心里却十分自私，爱财如命。菲利普深感不幸，就以读书解闷，但书籍所激发的幻想又使现实显得更加惨痛。不久菲利普进入寄宿学校，因有一只脚生来畸形而受尽嘲弄讥笑，于是变得更加孤僻不群。菲利普逐渐对宗教失去信心，在家庭与学校安排他以宗教为一生职业时，他终于作出了大胆的叛逆行动。他出走德国海德堡，学习德语和法语，几经周折后，又到巴黎学习绘画。菲利普后来因感到自己缺乏艺术天才而放弃学画，在接下去的五年学医生涯中，又陷入了一场漫长曲折的爱情纠葛。他迷恋上一个名叫米尔德丽德的女招待，尽管这个脸色苍白、故作娴雅的姑娘庸俗浅薄、轻佻放荡，菲利普却陷入情网而无力自拔。后来随着这个姑娘沦落风尘，菲利普终于摆脱了对她的痴迷。小说结尾菲利普与一位善良纯朴的姑娘结合，开始了新的生活。

《人性的枷锁》是一部典型的成长小说，通过叙述菲利普从童年时代起三十年的生活经历，反映了他的痛苦、彷徨、失望、挫折和探索，以及逐步摆脱各种枷锁，寻找生命意义，走向成熟，获得精神解放的过程。小说的书名出自荷兰哲学家斯宾诺莎的《伦理学》的第四卷的标题。斯宾诺莎认为：人屈从于感情，有如套上了枷锁；只有运用理智，人才能获得自由。菲利普在追求自由发展的过程中所面临的各种枷锁包括冷酷、严厉的英国公学所体现的不合理的教育制度和宗教虚幻教义的禁锢，对情爱的盲目狂热与沉溺，对他大伯在经济上的依赖，生活的窘迫以及因脚有残疾所造成的心理压抑。总的说来，可以归纳为宗教、情感和金钱三个方面的枷锁。

菲利普是在弥漫着宗教气息的环境里长大的,但他很早就切身体会到宗教的虚幻。在菲利普十二岁那年,学校里掀起了一阵笃信宗教的浪潮,他变得非常虔诚,他先是在《福音书》里读到,而后又在大教堂牧师布道时听到关于"只要信念坚定就能移山"的基督信条;等到圣诞节回到家里,经过他大伯的一番解释,他对上帝具有的回天神力更是深信不疑。于是便每天热烈地祈求万能的上帝在他假期结束前医治好他的残疾。到了回学校的前一天晚上,他甚至不顾严寒,光着身子,跪在光秃秃的地板上向上帝祷告,可是他的跛足并没有丝毫改变,上帝对他的祷告无动于衷。如果说菲利普那时还只是朦朦胧胧地意识到宗教信仰的虚妄,那么后来随着年岁的增长,有了选择判断的能力,便不由自主地发出了"一个人为什么非得信奉上帝"的呐喊,彻底与宗教决裂了。

宗教信仰破灭后的菲利普开始转向对爱的渴望,向往一种听凭内心情感和激情的生活。"菲利普一直把爱情看作令人销魂荡魄的感受,一旦陷入情网,整个世界就似乎变得好像春天那样美好,他一直在期待着那种如痴如醉的欢乐。"虽然菲利普同好几个女子有过密切交往,但他真正的情感枷锁来自米尔德丽德。这个在点心店当女招待的姑娘生性虚荣,态度傲慢,相貌平常,几乎没有什么娇媚动人之处,然而菲利普却疯狂地爱上了她,他明知这样的女子全然不懂得爱情,也根本与自己不相匹配,但他却深陷其中而不能自拔。在同米尔德丽德的交往过程中,菲利普完全失去了理智,无法抵制情欲的冲击。他很想从这种叫他感到难堪的爱情中解脱出来,但却被情欲的枷锁牢牢束缚,放纵地顺从本能的冲动。菲利普一味沉湎于米尔德丽德的肉体,就像魔鬼附体一样,他成了爱情的奴隶。为了博得米尔德丽德的好感,菲利普不顾自己有限的经济来源,在她身上大肆挥霍钱财,甚至荒废了自己的学业。可是米尔德丽德却根本不把他放在心上,只知道对他加以利用。她在遭到已有家室的米勒抛弃后,又跑回来向菲利普求助,随后竟又再次耍弄菲利普,与菲利普的朋友格里菲思私奔。米尔德丽德经历了这样两次痛苦的伤害,沦为街头的妓女,直到这时菲利普才失去了原来对她的那种痴迷的恋情,逐渐从情感的枷锁中摆脱出来。当米尔德丽德最后一次出现在菲利普面前时,菲利普对她已不抱任何幻想,有的只是医生对病人的好意规劝,他对米尔德丽德的感情早已死去。

贯穿整部小说,菲利普还面临着经济方面的枷锁。他对大伯长期的经济上的依赖;因股票投机而失去仅有的钱财后在商店当顾客招待员的辛苦奔忙,以及实习行医时目睹的下层社会人士的种种贫困惨状,这一切都使他感到一个人要是手头没有钱,就会变得委琐吝啬,心胸狭隘,不能自由发展。作者在小说中借阿米特拉诺美术学校的画师富瓦内的口,把金钱比作"人的第六感官",用以说明金钱对人们的束缚。

菲利普在摈弃宗教信仰,摆脱令他窒息和困厄的情感、金钱枷锁的同时,始终艰难地探寻着人生的意义。菲利普发现自己周围不少人的生活似乎毫无价值,徒劳无功。他觉得他伯母过的那种生活毫无意义,只是成天尽心地照料着她那冷漠自私的丈夫。他在德国时的法语教师迪克罗最终似乎"意识到自己一生所追求的目标原来并不值得探求"。给他充当模特儿的米格尔·阿胡里亚充满雄心壮志,力图成为一个优秀作家,但他却思想平庸,缺乏才华。至于立志献身艺术、却毫无天赋的范妮·普里斯的结局更是凄惨,最后竟由于无法忍受饥饿的煎熬而上吊自尽,在世上没有留下一点痕迹,好像世上从来就没有过她这样一个人似的。他们似乎都为一种不可思议、难以抗拒的力量所左右,根本无法掌握和控制自己的命运,并且按照自己的意志行事。最后在听到朋友海沃德的死讯后,菲利普前往大英博物馆去散心解闷,才一下子领悟了诗人克朗肖赠送给他的那块波斯地毯所体现的人生含义。"答案相当明显:人生毫无意义……人活着也没有目的。他出生还是不出生,活着还是死去,都无关紧要。生命微不足道,而死亡也无足轻重。"有了这种对于人生真谛的顿悟,他就再也无须探求残忍、愚蠢、疾病、痛苦和死亡的根源,无须解释那么多白白浪费的、毫无价值的生命,无须根据任何既定不变的规划来衡量自己的行为是否合适了。菲利普又一次产生了一种自由的感觉:"在他看来,生活的最后一副重担从他的肩上卸了下来,他平生头一次感到彻底自由了。"

不少读者和评论家认为小说的结尾安排得不够自然合理,缺乏说服力,他们没有注意到菲利普在获得上述感悟后思想上所起的根本变化。他不再抱有任何不切实际的幻想,而是心情平静地接受生活给予的一切。他开始认识到人生的成功与失败并无什么意义,他所遭受的所有不幸都只不过是他精美的人生图案的装饰而已,不幸与幸福都不过是他人生图案的一部分。他不断告诫自己必须愉快地接受一切:幸福与痛苦,丰富多彩与枯燥乏味,只有接受生活给予的一切,才能使自己的人生的图案更加绚丽多彩。最终菲利普和他朋友阿特尔涅的女儿莎莉的结合,标志着他在感情和心理上的成熟。莎莉并不是一个富有浪漫色彩的理想对象,而菲利普对她的爱也并不含有痴迷冲动的性质。毛姆在《总结》一书中探讨了两种类型的爱:"纯粹而单纯的爱,也就是性爱和仁慈的爱。"尽管前者给人带来狂热兴奋的感觉,但往往难以持久,无法获得美满幸福的结局。相反仁慈的爱却不会那样昙花一现,更加接近于关爱和友情。总之,它是"善的较好的一面"。

在《总结》的最后几章,毛姆论述了"真、美、善"三种价值。他认为这些价值"给人一种幻觉,觉得通过它们便能摆脱人性的枷锁"。菲利普摆脱束缚、走向自由的故事实际上也是对这三种价值的探求。小说的前半部着重于"真与美"的主题,后半部则着重于"善"的主题。米尔德丽德和格里菲思的背信弃义与阿特尔涅一家的仁慈善良形成了鲜明的对比。毛姆在《总结》一书的末尾认为"善"的价值超过了其他两项价值。菲利普最终决定跟莎莉(阿特尔涅家的一员)结婚实际也是对"善"所做的选择,同时也表现了毛姆本人所喜爱的婚姻图景。

《人性的枷锁》于一九一五年问世后,最初在文学评论界并没有引起十分热烈的反响。不少评论家认为小说的篇幅过于冗长,同时对小说主人公菲利普敏感病态的性格以及他对米尔德丽德的痴迷眷恋深为不满,认为作者不该在菲利普与米尔德丽德的关系上大费周章。只有美国小说家西奥多·德莱塞在一九一五年十二月的《新共和》上发表了一篇题为"现实主义者眼中的《人性的枷锁》"的文章,对这部小说大加赞赏,认为这是"一部极为重要的著作","我们所看到的是一块编织着人生的痛苦与欢乐的地毯",并把毛姆称为"天才作家"。这部小说始终受到普通读者的欢迎,在出版后一直长印不衰,未曾绝版,同时在二十世纪四十年代,成为收入《现代丛书》中的几本最受读者欢迎的作品之一。这种情况也逐渐引起许多学者、评论家的重视。早在一九二五年,评论家马库斯·奥里利厄斯·古德里奇在《纽约时报》发表的一篇书评中就断言《人性的枷锁》是一部"经典名著"。评论家多罗西娅·曼在同一年发表的评论文章中也写道:"我真希望看到那种时刻的到来:即一个博览群书的人会不愿承认他没有读过《人性的枷锁》,正如他羞于承认他没有看过莎士比亚的剧本一样。"实际上,那样的时刻似乎早就来到了。当代美国著名作家戈尔·维达尔在一九九〇年的一篇文章中承认:"对于我们这一代作家来说,如果他为人坦诚的话,很难装作对萨默塞特·毛姆的作品反应淡漠……十七岁的时候,我就阅读了莎士比亚的所有剧作、毛姆的所有作品。"①

《人性的枷锁》结构严谨,布局均衡,虽然人物众多,场景不时在英国和欧洲大陆之间转换,但层次分明,井然有序,在出版百年后的今天仍然深受广大读者的喜爱,一九九八年美国现代图书公司评选的二十世纪一百部最佳英文小说,以及二〇一三年英国《卫报》选出的一百部最佳英文小说里,《人性的枷锁》均名列其中,充分说明这部作品经受住了时间的考验。《人性的枷锁》不仅是毛姆最重要的作品,而且也是受到读者广泛阅读的二十世纪的小说之一。

译　者
二〇一五年五月

---

① 以上引文均见罗伯特·考尔德为《人性的枷锁》(企鹅二十世纪经典丛书 1992 年版)所写的前言。

作 者 序

　　这是一部篇幅很长的小说,而我所写的这篇序言想必会让它变得更加冗长,为此我深感惭愧。一本书的作者也许最不宜于给自己的作品撰写书评。在这方面,法国著名小说家罗歇·马丁·杜·加尔①曾经讲过一个有关马塞尔·普鲁斯特②的富有教益的故事。普鲁斯特想让法国某家期刊发表一篇评介他那部伟大小说的重要文章;在他看来,谁也不能比他自己写得更出色,于是就在桌旁坐下,亲自动笔撰写。接着,他请自己的一个年轻朋友,也是一位文人,给这篇文章署名,然后交给期刊编辑。那个年轻人照他的要求做了。可是几天以后,期刊编辑派人把年轻人找去,对他说:"我实在无法接受你的文章。要是我刊载了一篇对马塞尔·普鲁斯特的作品如此草率、如此冷漠的评论,那他永远也不会原谅我的。"尽管作家对自己的作品十分在意,也往往会对那些负面的评论充满怨气,但他们很少感到自满。他们清楚,这样一部花费了自己大量时间和心血的作品与他们最初的构想有多大的差

---

①　罗歇·马丁·杜·加尔(1881—1958),法国小说家,1937年诺贝尔文学奖得主,代表作为长篇小说《蒂博一家》(8卷)。

②　马塞尔·普鲁斯特(1871—1922),法国小说家,其创作强调生活的真实和人物的内心世界,以长篇巨著《追寻逝去的时光》(7卷)而闻名于世。

距;每逢想到这一点,他们就很容易为自己没能完整地表达原来的构想而感到恼火,反而不大可能满足于那几段可以让他们带着怡然自得的目光审视的零星文字。他们力求完美浑成,却苦恼地发现自己并没有达到这一目标。

对于这部作品本身,我什么都不打算说,我只想告诉读者,一部迄今为止(就小说的标准而言)已经算是寿命很长的小说,究竟是怎样写成的。如果读者对这一点不感兴趣,那我只好请他原谅。我最初动笔撰写这部小说是在我二十三岁那年,当时经过在圣托马斯医院连续五年的学习,取得了医学学位,我动身前往塞维利亚①,决心靠写作谋生。当时的原稿如今依然存在,但自从我把打字稿校正过之后,就始终没有再看过一遍;无疑,那是一部很不成熟的作品。我把它寄给了费希尔·昂温,他曾出版过我的第一部作品(我还是一个医科学生的时候,写过一本名叫《兰贝斯的丽莎》的小说,取得过一点成功),但我要求的几百英镑的稿酬遭到了他的拒绝,后来我又把稿子寄给其他几个出版商,结果无论我索取的稿酬多么低微,他们都不肯接受。这叫我感到心情沮丧,但现在我知道,当时我真算幸运;因为如果他们当中哪位表示接受的话(最初的书名叫《斯蒂芬·凯里的艺术家气质》),我就会失去一个因为自己过于年轻而不能好好利用的主题。那会儿,我与自己描述的那些事件还没有拉开足够的距离,让我可以对它们充分加以利用,而且我也不具备自己最终创作此书时用来充实作品的种种经历。另外,我也不明白,写你熟悉的事物,要比写你不熟悉的事物来得容易。比如说,我让我的主人

① 塞维利亚,西班牙西南部港口城市。

公去鲁昂①(我只是偶然游览过这座城市)学习法语,而不是去海德堡②(我自己就在那儿待过)学习德语。

遭到这样的挫折后,我把原稿收了起来。我写了另外几本小说,都得到了出版,接着我又写剧本。不久我成了一个十分成功的剧作家,决定把余生都奉献给戏剧艺术。可是我忽略了内心的一股力量,正是这股力量让我的决心完全落空了。那会儿,我心情愉快,诸事顺利,十分忙碌。头脑里充满了我想要写的剧本。我不知道究竟是成功没有给我带来原先期望的一切呢,抑或这是对成功的自然反应。总之我刚刚确定无疑地成为当时最受欢迎的剧作家,脑海里就又老是充满了对自己过去生活的回忆,萦绕不去。这些回忆咄咄逼人地不断出现在我的睡梦中,出现在我散步时,也出现在排演和宴会上,最终成了一个极大的精神负担,因此我认定,只有一种方法可以摆脱这些回忆,那就是把它们都写到纸上。在经受了多年赶写剧本的紧张工作后,我渴望创作小说时的无拘无束。我知道我头脑中的这本书会是一部篇幅很长的作品,我不想受到打扰,因此没有接受剧院经理们急切地向我提供的合同,暂时退出了舞台。那一年我三十七岁。

在我成为职业作家后的很长一段时间里,我花了大量的时间学习怎样写作,并且接受了一项令人十分厌烦的训练,力图改进我的文风。但在我开始编写剧本后,就放弃了这样的努力。这次又动笔写作,我的目标已经完全不同。我不再追求光鲜华丽的文字和优美和谐的神韵,这些东西我以前耗费

---

① 鲁昂,法国西北部塞纳河畔的港口城市。
② 海德堡,德国西南部城市,位于巴登-符腾堡州的内卡河畔。

了大量精力，却徒劳无功，仍未获得。相反，我力求写得质朴而简明。我有那么多内容要在合理的范围内述说，因而感到自己不能浪费笔墨，我打算只采用可以说明我的意思所需的文字。带着这种想法，我开始写作。我没有点缀修饰的余地。我在编写戏剧方面的经验教会了我简洁的价值。我持续不断地工作了两年。我不知道该给这本书取个什么名字，在大肆搜寻了一番后，我想到了"灰烬当中的美"，这句引自《以赛亚书》的短语①，在我看来十分贴切。但是我得知这个书名最近刚给别人用过，只好另行寻觅。最终我选定了斯宾诺莎②的《伦理学》中某一卷的标题，把我的小说叫做《人性的枷锁》。我有一种感觉，在我发现自己最初想到的那个书名不能使用时，我又一次交了好运。

《人性的枷锁》不是一部自传，而是一部自传体小说；事实与虚构密不可分地交织在一起；那些情感是我自己的，但叙述的事件并不与实际发生的情况完全吻合。有些事件，并不是从我本人的生活中，而是从那些与我关系密切的人的生活中，被移用到我的主人公身上。这本书达到了预期的目的。当它发行问世时（世界正饱受可怕的战争的煎熬，大家都非常关心自身的苦难和恐惧，根本无暇顾及一个虚构人物的冒险经历），我感到自己完全摆脱了原来曾经折磨我的那些痛苦和不愉快的回忆。这本书受到了不少好评。西奥多·德莱

---

① 《旧约·以赛亚书》第 61 章第 3 节："赐华冠（a crown of beauty）与锡安悲哀的人，代替灰尘，喜乐油代替悲哀，赞美衣代替忧伤之灵。"毛姆所说引文实际与《圣经》原文并不完全吻合。
② 斯宾诺莎（1632—1677），荷兰哲学家，唯理论的代表之一，认为只有凭借理性认识才能得到可靠的知识。

塞①为《新共和》周刊写了一篇很长的评论文章,他在谈论这部作品时富于才思,充满同情,这两点使得他写的所有文字都不同凡响。不过当时看来,这部书很可能会跟绝大多数小说一样,在出版几个月后就被永远遗忘。可是,我不知道究竟是出于什么偶然因素,几年之后,这部小说竟然引起许多美国著名作家的注意,并且由于不断地在报刊上被他们提到,逐渐又受到公众的注意。多亏这些作家,这部小说才获得了新生,同时我也必须为它逐年取得的越来越大的成功向他们表示感谢。

① 西奥多·德莱塞(1871—1945),美国小说家。

上　卷

1

破晓了,天色灰蒙蒙的,十分昏暗。空中悬着浓厚的阴云,寒气逼人,预示着马上就要下雪了。屋里有个孩子正在睡觉,一个女仆走了进来,拉开窗帘。她向对面的房子,一幢带有门廊的拉毛粉饰房子,呆呆地瞅了一眼,然后走到孩子床边。

"醒一醒,菲利普。"她说。

她掀开被子,抱起孩子,把他带下楼去。孩子蒙蒙眬眬的,还没完全睡醒。

"你妈妈要你去。"她说。

她来到下面一层楼,推开一间屋子的房门,把孩子抱到床前。床上躺着一个女人,是孩子的母亲。她张开两只胳膊,让孩子偎依在自己身边。孩子没有问为什么要在这会儿把他唤醒。女人吻了吻孩子的眼睛,并用两只瘦弱的小手,隔着孩子的白法兰绒睡衣,抚摩孩子温暖的身子。她让孩子挨得自己更近一点。

"还倦吗,宝贝儿?"她说。

她的声音十分低微,好像是从远处传来的。孩子没有回答,只是样子舒坦地微微一笑。他躺在这张暖和的大床上,身子又被两只温柔的胳膊搂着,感到非常快乐。孩子紧挨着母亲,尽力想把自己的身子缩得更小一点;他睡意蒙眬地吻着母亲。没有多久,他就闭上眼睛,睡熟了。医生走过来,站在床前。

"噢,不要这会儿就把他抱走。"女人呜咽着说。

医生神色严肃地望着她,没有回答。女人知道医生不会让孩子在她身边再待多久,她又亲了亲孩子;伸手往下抚摸着孩子的身体,最后碰到孩子的下肢;她把右脚握在手里,抚弄着那五个小脚趾,随后又慢慢地把手伸到左脚上。她抽泣了一声。

"怎么啦?"医生说,"你累了。"

女人摇了摇头,无法开口说话,眼泪顺着脸颊流了下来。医生弯下身子。

"让我来抱他。"

女人虚弱不堪,根本无法违抗医生的意愿,只好让他把孩子抱走。医生把孩子交还给保姆。

"你最好把孩子送回他自己的床上去。"

"好的,先生。"

仍在酣睡的孩子给抱走了。做母亲的这时心碎肠断地抽泣起来。

"可怜的孩子,不知他往后会怎么样?"

照料产妇的护士竭力想让她平静下来。不久,她耗尽了体力就不哭了。医生走到屋子另一侧的一张桌子跟前,桌上有个死婴,上面蒙着毛巾。他掀起毛巾瞧了瞧。尽管医生的身子被一个屏风挡住,但床上的产妇仍然猜到了他在干什么。

"是女孩还是男孩?"她低声问护士。

"又是个男孩。"

女人没有再出声。不一会儿,孩子的保姆回来了。她走到床前。

"菲利普少爷睡得很沉。"她说。

出现一阵静默。医生又给病人诊脉。

"我想眼下我做不了什么事儿,"他说,"等到早饭以后我再来。"

"让我领您出去。"孩子的保姆说。

他们默不作声地走下楼梯。到了门厅,医生站住脚。

"你们派人去请凯里太太的大伯子了,是吗?"

"是的,先生。"

"你知道他什么时候能到这儿?"

"不知道,先生,我正在等电报。"

"那小孩儿怎么办?我觉得最好把他领走。"

"沃特金小姐说她愿意照看孩子,先生。"

"她是什么人?"

"是那孩子的教母,先生。您觉得凯里太太的身体还能康复吗,先生?"

医生摇了摇头。

2

一个星期以后。在翁斯洛花园街上沃特金小姐的公馆里,菲利普正坐在客厅的地板上。他没有别的小伙伴,已经习惯于独自玩耍取乐。客厅里摆满了厚实的家具,每张长沙发上都放着三个大靠垫。每把扶手椅上也有一个椅垫。菲利普把这些软垫都拿过来,又凭借几把轻巧的、容易挪动的镀金藤背靠椅,搭成一个精巧的洞穴。他隐藏在里面,就可以避开那些埋伏在帷幔后面的印第安人。菲利普把耳朵贴在地板上,聆听野牛群在草原上奔跑。不久,他听见门开了,赶紧屏住呼吸,免得被人发现;可是,一只有力的手猛然拉走一把靠背椅,软垫纷纷跌落到地上。

"调皮鬼,沃特金小姐会被你弄得生气的。"

"你好啊,埃玛!"菲利普说。

保姆弯腰吻了吻他,接着把软垫抖抖干净,一一放回原处。

"我该回家了,是不是?"菲利普问道。

"是呀,我就是来接你的。"

"你穿了一件新的连衣裙。"

那是一八八五年。保姆身上穿一件黑丝绒裙服,腰里有着裙撑,窄袖削肩,裙摆上还镶了三条宽宽的荷叶边;头上戴一顶系有丝绒饰带的黑色软帽。她迟疑起来。她原来以为孩子见面就会提出的那个问题,结果并没有提出,因此她预先准备好的回答也就无法说出口来。

"你不想问一下你妈妈身体好吗?"最后她只好这么说。

"噢,我忘了。妈妈身体好吗?"

埃玛这时已有准备。

"你妈妈身体很好,也很快乐。"

"哦,我真高兴。"

"你妈妈已经走了,你再也见不到她了。"

菲利普没有明白她的意思。

"为什么见不到了?"

"你妈妈已经在天堂里了。"

埃玛哭了起来,菲利普尽管不完全理解是怎么回事,却也跟着哭起来。埃玛是个身材很高、骨骼粗大的女人,一头金发,浓眉大眼。她是德文郡人,虽然在伦敦做了好多年佣工,却始终没有改掉自己的乡音。她这样一掉眼泪倒真情绪激动起来,把那孩子一下子紧紧搂在自己的怀里。她看到这个孩子被剥夺了他在世间唯一的爱,那种完全无私的爱,心里隐隐地对他起了一股怜悯之情。眼看不得不把他交给陌生人,真叫人感到难受。但是,不久她又冷静下来。

"你的威廉大伯正等着见你呢。"她说,"去跟沃特金小姐说声再见,我们要回家了。"

"我不想去说再见。"菲利普回答说。他本能地急于掩饰自己的泪水。

"好吧,那就赶快上楼去拿帽子。"

菲利普取了帽子,回到楼下,埃玛正在门厅里等他。菲利普听到有人在饭厅后面的书房里说话。他站住脚。他知道是沃特金小姐和她姐姐在跟朋友聊天;他这个九岁的孩子似乎觉得,假如自己这会儿走进去,她们也许会为他而感到难受。

"我看还是该去跟沃特金小姐说声再见。"

"我看你最好去说一声。"埃玛说。

"那你就进去告诉她们说我来了。"他说。

菲利普希望充分利用一下这个机会。埃玛敲了敲门,走了进去。他听见她说:

"小姐,菲利普少爷想向您告别。"

谈话声突然停止了,菲利普一瘸一拐地走了进来。亨丽埃塔·沃特金是个身体健壮的女人,有着红润的脸盘儿,染过的头发。当时染发往往招致人们的议论,教母刚给自己头发

7

染色那会儿,菲利普就在家里听到不少闲话。沃特金小姐和姐姐住在一起。她姐姐心满意足地安于自己的暮年生活。有两位菲利普不认识的女士正好在此拜访,她们好奇地望着菲利普。

"我可怜的孩子。"沃特金小姐说,一边张开两只胳膊。

她开始哭起来。菲利普这时候才明白为什么她先前没有在家吃午饭,为什么今天她要穿一件黑衣服。沃特金小姐哽咽着说不出话来。

"我得回家去了。"菲利普最后这么说。

菲利普从沃特金小姐的怀里脱出身来;她又吻了吻这个孩子。接着菲利普走到教母的姐姐面前,也跟她说了声再见。两位陌生女士中的一位问菲利普可不可以让她吻一下,菲利普一本正经地表示同意。尽管他泪汪汪的,但是对面前由他造成的这种哀伤激动的场面,倒觉得极为受用。他很乐意再在这儿多待一会儿,让她们在自己身上尽情地宣泄一下,但又感到她们期望自己快点走开,因此便说埃玛正在等他,径自走出了书房。埃玛已经下楼到地下室跟她的女友聊天去了,菲利普就在楼梯口等她。他能听到亨丽埃塔·沃特金的说话声。

"他母亲是我最好的朋友。想到她就这么死了,我真受不了。"

"你本来就不该去参加葬礼,亨丽埃塔,"她姐姐说,"我知道那会叫你难受的。"

接着一位陌生女士开口说话。

"可怜的小孩儿,想到他就这么孤零零地活在世上,真是可怕。我看到他走路腿还有点瘸呢!"

"是呀,他有只脚生来就是畸形的。这让他的母亲极为痛心。"

这时埃玛回来了。他们叫了一辆双轮双座马车,埃玛把去的地方告诉了车夫。

3

凯里太太在里面去世的那幢房子坐落在肯辛顿区一条沉寂而体面的大街上,位于诺丁山门和高街之间。马车一到那儿,埃玛就把菲利普领进客厅。他伯父正在给赠送花圈的亲友写信致谢。有个花圈送来的时候太迟了,没有赶上葬礼,这会儿仍装在门厅桌子上的纸板箱里。

"菲利普少爷来了。"埃玛说。

凯里先生慢悠悠地站起身来跟小孩握手,转念一想,又弯腰在孩子的脑门上亲了亲。凯里先生的个儿中等偏下,身体已有发胖的趋势。他头发留得很长,特地让它遮住光秃秃的头顶。他脸刮得光光的,相貌端正,可以想象,年轻的时候一定长得很好看。他的表链上挂着一个金质十字架。

"菲利普,从这会儿起,你就要跟我一起过日子了,"凯里先生说,"你愿不愿意?"

两年前,菲利普出水痘的时候,曾被送到这位教区牧师的宅子里住过一阵子;但如今他只回想起来那儿的一间顶楼和一个大花园,对他的伯父和伯母却没有什么印象。

"愿意。"

"你得把我和你的路易莎伯母看作自己的父母。"

孩子的嘴巴微微颤动了一下,脸唰地变红了,但是他没有说话。

"你亲爱的妈妈把你托付给我来照管。"

凯里先生不善于用言辞来表达自己的意思。一得到他弟媳病势垂危的消息,他马上动身前来伦敦。他一路上没想什么别的事,只琢磨着假如弟媳亡故,自己只得负起照管她儿子的责任,这样会给他的生活带来的纷扰。他年过五十,结婚已有三十年,妻子没生过一个子女;对家里出现这么一个可能吵吵闹闹、举止粗野的小男孩,他并没有一点儿快乐的期待心情。他对他的弟媳一向就没有多少好感。

"我明天就打算带你去黑马厩镇。"他说。

"埃玛也一起去吗?"

孩子把手伸进埃玛的手掌,埃玛把他的手紧紧握住。

"恐怕埃玛得离开你了。"凯里先生说。

"但是我要埃玛跟我一块儿去。"

菲利普开始哭起来,保姆也忍不住泪水直流。凯里先生无可奈何地望着他们。

"我看最好让我单独跟菲利普少爷待一会儿。"

"很好,先生。"

虽然菲利普紧紧地拉住她,但埃玛仍然温柔地让孩子把手松开。凯里先生把孩子抱到膝头上,用胳膊搂着他。

"别哭了,"凯里先生说,"你现在已经长大了,不该再用保姆了。我们得安排送你去上学。"

"我要埃玛跟我一块儿去。"孩子又说道。

"这样花费太多了,菲利普。你父亲并没有留下多少钱,不知道如今还剩下几个子儿。你对自己花费的每个便士都得好好考虑一下。"

凯里先生在前一天去拜访了家庭律师。菲利普的父亲是位医术高明的外科医生,他在医院担任的各种职务表明他在医疗界获得了相当稳固的地位。因此,当他突然死于败血病,大家看到他留给自己妻子的财产只有一笔人寿保险金,以及将他们在布鲁顿街的那幢房屋出租所能收到的租金时,都感到相当意外。那是六个月前的事;当时凯里太太已经身体虚弱,又发觉自己怀了孩子,于是一有人提出要租那幢房子,就毫无头脑地同意了。她把自己的家具存放起来,另外租了一幢备有家具陈设的房子,为期一年,花费的租金,照那位牧师看来,简直高得惊人。这样一来,她就可以在孩子出生前不遭受任何烦扰。可是她从来就不习惯管理钱财,无法节省支出,以适应变化的境况。本来为数不多的那点儿钱财,就被她用这样那样的方式,几乎都从她的指缝里漏掉了。因此现在,等到付清了所有的费用以后,只剩下两千英镑出头一点,在孩子能独立谋生之前,就得靠这笔款子来维持生活。要把所有这一切向菲利普解释清楚是不可能的,而这个孩子仍在呜呜地哭泣。

"你还是找埃玛去吧。"凯里先生说,他觉得埃玛比随便哪个人都更会安慰孩子。

菲利普一声不响地从大伯的膝盖上滑了下来,但凯里先生马上又把他拦住。

"我们明天就得起程,因为星期六我还要准备布道的讲稿。你得让埃玛今天就把行装收拾好。你可以带上所有的玩具,假如想要什么父母的遗物作为纪念,可以各拿一件。其余的东西都要卖掉。"

孩子悄悄地走出客厅。凯里先生素来不习惯书写工作,这时候充满怨气地又去写他的信。书桌的一头放着一沓账单，这些玩意儿使他满腔怒火。其中有一张显得特别荒唐。凯里太太刚合眼，埃玛立刻向花店订购了大批白花，放在死者的房间里。这完全是乱花钱。埃玛太自作主张了。即便家境宽裕，他也要把她辞退。

可是菲利普却跑到埃玛面前，一头扑到她怀里，哭得十分伤心。菲利普出生后一个月就一直由埃玛照管，而埃玛也觉得，菲利普差不多就是她的亲生儿子。她轻言细语地安慰菲利普，答应以后有时会来看他，绝不会把他忘掉；她把菲利普要去的那个地方的情况讲给他听，接着又讲了自己德文郡家里的一些情况——她父亲在通往埃克塞特的公路上看守税卡；她家的猪圈里养了许多猪；另外还养了一头母牛，这头母牛刚生下一个牛犊——听到后来，菲利普忘了自己的泪水，而且想到这次渐渐临近的旅行还兴奋起来。过了一会儿，埃玛把他放到地上，她还有许多事情要做。菲利普帮着她把自己的衣服在床上展开。埃玛叫他到儿童室去把玩具收拾到一起，没过多久，他就十分开心地玩了起来。

最后他一个人玩腻了，就又回到卧室。埃玛正在那儿把他的衣物用品收到一个大铁皮箱里。这时候，菲利普突然想起大伯说过他可以拿一点父母的遗物留作纪念。他把这事告诉埃玛，并且问她应该挑选什么。

"你最好上客厅里去瞧瞧有什么你喜欢的东西。"

"威廉大伯在那儿呢。"

"没关系，那些东西现在都是属于你的。"

菲利普步子缓慢地走到楼下，发现客厅的门开着。凯里先生已经不在那儿。菲利普慢悠悠地转了一圈。他们在这幢房子里并没有住多久,里面几乎没有什么东西特别使他感兴趣。这是某个陌生人的屋子,菲利普没有看到一件自己中意的东西;但是他仍旧能辨别出哪些是母亲的遗物,哪些是房东的物品。不久,他的目光停留在一只小钟上,有一次他曾听母亲说她很喜欢这只小钟。菲利普拿着小钟,又郁郁不乐地走上楼去。到了母亲的卧室门外,他站住脚,用心细听。尽管谁也没有吩咐他不要进去,但是他总感到自己不可以贸然闯入。菲利普有点儿害怕,心脏难受地跳个不停,同时却又在什么想法的驱使下去转动门的把手。他轻轻地转动把手,好像不想被里面的人听见,然后把门慢慢地推开。他在门口站了一会儿,接着鼓起勇气走了进去。这时候他已经不害怕了,只是觉得屋里的景象有些陌生。他随手把门带上。百叶窗都关上了,一月午后清冷的日光从窗缝里透进来,使屋里显得相当昏暗。梳妆台上放着凯里太太的发刷和一面带柄的镜子。一只小盘里有几个发卡。壁炉台上摆着他自己的一张照片,还有一张他父亲的照片。以前他常趁母亲不在屋里的时候到这儿来,但如今,这屋子似乎变了样儿。那几把椅子的外观显得有点奇特。床铺收拾得十分整齐,好像当晚有人要来安歇。枕头上有个盒子,里面放着件睡衣。

菲利普打开大衣橱,里面挂满了衣服,他跨进衣橱,伸出胳膊尽可能多地抱住一堆衣服,把脸埋在衣堆里。衣服上有着母亲生前所用的香水气味。接着他拉开抽屉,里面满是母亲的衣饰用品。他仔细察看,内衣中间夹着几个薰衣草袋,发出清新、好闻的香味。屋子里的那种陌生景象消失了,他似乎觉得母亲只是刚刚出去散步,一会儿就要回来的,而且还要到楼上的儿童室来跟他一块儿用茶点。他的嘴唇似乎也感觉到母亲给他的亲吻。

说他再也见不到妈妈了,这话可靠不住。这话靠不住,因为这是不可能的。菲利普爬上床去,把头搁在枕头上。他一动不动地躺在那儿。

4

菲利普眼泪汪汪地跟埃玛分了手,但是去黑马厩镇的旅程却给他带来不少乐趣。等最后到了那儿,他已变得相当听话,兴致勃勃。黑马厩镇离伦敦六十英里。凯里先生把行李交给脚夫,便跟菲利普一起朝牧师公馆走去。走了不过五分钟就到了。他们来到门口,菲利普猛然记起了眼前这扇大门。那是一扇装了五根栅栏的红色栅门,可以转动自如地向里外两个方向开闭;也许倒可以攀在栅门上不住地来回摆动,不过大人可不许他这么做。他们穿过花园来到正门前。这扇正门只在客人前来拜访时,或是在星期天,再不就是遇到某些特殊场合,比如牧师出门前往伦敦或从伦敦归来时,才会使用。平常家里人进出都走边门;另外还有一扇后门,专供花匠、穷叫花子和流浪汉出入。这是一幢相当宽敞的黄砖红顶楼房,大约修建于二十五年前,有教堂建筑的风格。正门的样子很像教堂的门廊,客厅的窗户是哥特式的。

凯里太太知道他们会乘哪一班火车来,就在客厅里静心等候,注意听着栅门的咔嗒声。她一听到这声音,便马上跑到门口。

"这就是你的路易莎伯母,"凯里先生瞧见他太太时对菲利普说,"快过去亲亲她。"

菲利普拖着他那只畸形的脚跑起来,样子相当笨拙,接着他又站住了。凯里太太是个矮小、干瘪的女人,跟丈夫岁数相同,长着两只淡蓝色的眼睛,脸上异乎寻常地布满深深的皱纹;灰白的头发仍然依照她年轻时流行的发型,梳成一个个小发卷。她穿了一件黑色的衣裙,身上唯一的饰物就是一根金链条,上面挂着一个十字架。她神态羞怯,说话声音柔和。

　　"一路走来的吗,威廉?"她一边吻着丈夫,一边带着几乎责怪的口气说。

　　"我可没有想到这一点。"凯里先生回答说,同时朝他侄子瞥了一眼。

　　"走了这么些路,脚疼不疼,菲利普?"她问孩子说。

　　"不疼。我走惯了。"

　　菲利普听了他们之间的谈话觉得有点儿诧异。路易莎伯母叫他进屋去,他们一同走进门厅。门厅里铺着红黄相间的花砖,上面交替印着希腊正十字图案和耶稣的画像。一道气象壮观的楼梯直通到门厅外面,楼梯是用磨光发亮的松木做的,发出一股特别的气味。以前教堂安设新座椅的时候,幸而剩下不少木料,于是就修建了这道楼梯。楼梯栏杆上装饰着象征四位《福音书》作者的寓意图案①。

　　"我已叫人生好了炉子,我想你们经过这番旅程,到家一定会感到冷的。"凯里太太说。

　　门厅里有个黑色的大火炉,只有在天气十分恶劣、外加牧师伤风感冒的时节才生起火来取暖。即便凯里太太着凉感冒

① 《福音书》的四位作者分别是马太、马可、路加和约翰。他们的标志分别为雄狮、奶牛、人和老鹰。

了,也不把这个炉子生起来。煤太贵了。再说,女仆玛丽·安也不愿意在屋子里到处生火取暖。要是他们想把每个炉子都生上火,就必须再请一个女仆。冬季,凯里夫妇成天待在饭厅里,这样,只需在那儿生个火就行了。到了夏季,他们无法改变养成的习惯,就也待在那儿,凯里先生只在星期天下午才上客厅去睡个午觉。可是每星期六,他总让人在书房里生个火,好在那儿撰写他布道的讲稿。

路易莎伯母领着菲利普上了楼,把他带进一间朝着车道的小卧室。临窗有一棵大树,菲利普一下子记起了这棵大树,树的枝条垂得很低,凭借这些枝条,可以攀缘上树,爬得很高。

"小孩儿住小屋。"凯里太太说,"你一个人睡不害怕吧?"

"哦,不害怕。"

菲利普头一次上这儿来的时候,有保姆陪着,所以凯里太太无须为他操心。这会儿她望着菲利普,心里却有点儿拿不大准。

"你自己会洗手吗?要不要我来帮你洗一下?"

"我自己会洗。"菲利普相当干脆地回答。

"嗯,等你下楼来用茶点的时候,我可要检查的。"凯里太太说。

她对孩子的事一无所知。在决定让菲利普来黑马厩镇之后,凯里太太老是琢磨着自己该怎么对待他。她急切地想尽一个做长辈的义务;而如今孩子来了,她却发现自己在菲利普面前,就跟菲利普在自己面前一样腼腆羞涩。她希望菲利普不是个吵吵闹闹、举止粗野的孩子,因为她丈夫不喜欢那样的孩子。凯里太太找了个借口走了,把菲利普独自留下,可是马上又跑回来敲门。她没有进房,只是站在门外问菲利普会不会自己倒水,随后便下楼打铃吩咐仆人准备茶点。

饭厅相当宽敞,结构也很匀称,房间两面都有一排窗户,挂着厚实的大红棱纹平布窗帘。饭厅当中放着一张大桌子,一头摆着一个颇气派的带镜红木餐具柜。一个角落里放着一架小风琴。壁炉两边各有一把皮靠椅,皮革面上有商标压印,椅背上都罩着椅套。其中一把安了扶手,被叫作"丈夫椅";另一把没有扶手,被称为"太太椅"。凯里太太从来不坐那把有扶手的椅子。她说,她宁可坐不太舒服的椅子;家里每天总有许多事要干,要是她的椅子也安上扶手,她也许就会一直坐在那儿,不想站起来了。

菲利普进来时,凯里先生正在给炉子加煤。他指给侄子看两根拨火棍。其中一根又粗又亮,表面光滑,还没有用过,他管这根叫"牧师";另一根要细得多,显然经常用来拨弄炉火,他管这根叫"副牧师"。

"咱们还等什么呢?"凯里先生说。

"我吩咐玛丽·安给你煮个鸡蛋。我想你走了这一趟,一定感到饿了。"

凯里太太以为从伦敦到黑马厩镇的旅程相当劳累。她自己难得出门,因为牧师的俸禄只有每年三百英镑;每逢丈夫要想外出度假,因为无法负担两个人的旅费,牧师总是一个人去。凯里先生很爱参加教会代表大会①,每年总要设法去伦敦一次。他曾到巴黎去参观过一次展览会,还上瑞士去旅行

---

① 教会代表大会,英国圣公会每年举行的代表会议,讨论教会所关心的宗教、道德和社会问题。

17

过两三回。玛丽·安把鸡蛋端了进来，他们入席就座。菲利普嫌坐的椅子太低，凯里先生和太太一时竟不知如何是好。

"我去拿几本书给他垫在下面。"玛丽·安说。

玛丽·安从小风琴的顶盖上取下一部大开本《圣经》和牧师祷告时习惯用的那本祈祷书，把它们放在菲利普的座椅上。

"噢，威廉，他可不能坐在《圣经》上面。"凯里太太惶恐不安地说，"你能不能上书房去给他拿几本书来？"

凯里先生寻思了一会儿。

"玛丽·安，我想如果你偶然把祈祷书搁在上面一次，也没什么要紧，"他说，"这本《公祷书》①是一些像我们这样的凡人编写的，并不算是什么神的著述。"

"这我倒没有想到，威廉。"路易莎伯母说。

菲利普在这两本书上坐定，牧师做完了感恩祷告，动手把鸡蛋的尖头切下来。

"哎，"他说道，一边把切下的部分递给菲利普，"要是你喜欢，可以把这块蛋尖吃了。"

菲利普很想自己能吃到一整个鸡蛋，既然没法那样，就只好能吃多少是多少了。

"我出门以后，母鸡下蛋的情况怎么样？"牧师问。

"噢，糟糕得很，每天只有一两只鸡下蛋。"

"你觉得这块蛋尖的味道怎么样，菲利普？"大伯问。

"很好，谢谢您。"

---

① 《公祷书》，英国国教祈祷书，托马斯·克兰麦等编，1549 年首次发行，1662 年修订后基本未作改动。

"星期天下午，你还可以吃上这样一块。"

凯里先生星期天用茶点的时候总要吃个煮鸡蛋，这样才有精力主持晚上的礼拜仪式。

5

菲利普终于渐渐熟悉了要与之一起生活的那些人，他从他们平时交谈中的片言只语——有些当然不是有意讲给他听的——知道了许多有关自己和已故父母的情况。菲利普的父亲要比黑马厩镇上的牧师小好多岁。经过在圣路加医院实习时的辉煌生涯，他被医院正式聘为医生，不久，就开始赚到数量可观的钱款。他花起钱来毫无节制。有次牧师着手整修教堂，向他的兄弟募集捐款，竟然意外地收到了两三百英镑。凯里先生生性节省，手头又不宽裕，只好精打细算，他收下那笔款子时充满了矛盾的复杂心情。他妒忌弟弟，因为弟弟竟有条件提供这么一大笔钱；他也为教堂感到高兴，但隐隐约约地又对这种近乎炫耀的慷慨行为感到生气。后来亨利·凯里跟一个病人结了婚，那是一个相貌标致却家境贫寒的姑娘，一个缺乏近亲却出身名门的孤女。婚礼上有大批的良朋好友。从那以后，每逢牧师前往伦敦，总去看望这位弟媳，那时他总显得神态矜持。他在弟媳的面前感到有些畏缩；但对她那非凡的美貌却心怀怨恨。凯里太太身为一个工作勤奋的外科医生的妻子，她的穿着未免过于华丽；而她家里精美可爱的家具，还有那些鲜花（即使在冬天，她也要生活在鲜花丛中），表明她生活奢靡，已经到了令他痛心疾首的地步。牧师还听她谈起她打算前去参加宴会。牧师回到家里对妻子说,既然弟媳接受了人家的款待,总要设宴回请。他在饭厅里曾看到一些鲜葡萄,价钱至少是八先令一磅;在吃午饭的时候,还请他尝了鲜芦笋,这种芦笋,在牧师家的菜园里还要过两个月才能食用。现在,他所预料的一切都已发生了。牧师不禁有种满足的感觉,就像预言家亲眼看到一个面对自己的警告而不改过自新的城市,最终受到地狱的硫火吞噬一般。可怜的菲利普如今几乎身无分文,他母亲的那些良朋好友现在又有什么用呢?菲利普听说,自己父亲的挥霍浪费实在是罪孽;老天爷真是慈悲,决定把他亲爱的妈妈招回自己身边。对于金钱,他妈妈并不比小孩更有见识。

菲利普来到黑马厩镇一个星期以后,发生了一桩似乎令他大伯十分恼火的事情。有天早上,牧师看到餐桌上放着一小包邮件,那是从凯里太太生前在伦敦的住所转寄来的。上面写着已故凯里太太的名字和地址。牧师拆开邮件,发现里面是凯里太太的十二张照片。照片只拍了头部和肩部。头发梳成比平时朴素的式样,低垂在前额上,使她的样子显得有点特别;脸庞瘦削,面容枯槁,但是疾病却无损她美丽的容貌。两只乌黑的大眼睛里透出一股哀伤的神情,这种神情菲利普已不记得了。凯里先生一看到这个已经过世的女子,心里不禁微微一惊,紧接着又感到茫然不解。这些照片似乎是不久前拍摄的,但他想象不出究竟是谁让拍的。

"菲利普,你知道这些照片是怎么回事吗?"他问道。

"我记得妈妈说去拍过照,"菲利普回答说,"沃特金小姐还为此责怪妈妈……妈妈说:'我要给孩子留点儿什么,好让他长大后能记住我。'"

凯里先生朝菲利普看了一会儿。孩子说话的声音尖细而清晰。他回想起母亲的话,却不理解话里的意思。

"你最好拿一张去,把它放在自己的房间里,"凯里先生说,"其余的就让我收起来。"

他寄了一张给沃特金小姐。沃特金小姐回了封信,解释了拍摄这些照片的经过。

当时,凯里太太躺在床上,感到自己比往常精神稍微好些,医生早晨似乎也对她的病情抱有希望。埃玛带着孩子出去了,女仆们都在下面的地下室里,凯里太太突然感到自己只身待在世上,万分凄凉。她蓦地产生了一种巨大的恐惧:她本来预计不出两个星期,身体就会康复,如今看来却要卧床不起了。儿子只有九岁,怎么能指望他记住自己呢?一想到他将来长大成人,会把自己忘掉,彻底忘掉,她就无法忍受;她之所以那么热烈地爱着儿子,是因为他身体虚弱,又有残疾,更因为他是自己的亲骨肉。结婚以后她还没有拍过照,而结婚已经十年了。她要让儿子知道自己去世前的样子,这样儿子就不会把自己忘掉,完全忘掉了。凯里太太明白如果她呼唤侍女,说自己想要起床,那么侍女一定会阻拦她,也许还会把医生叫来。这会儿,她可没有力气扭打或争辩。她下了床,开始穿衣服。由于在病床上躺了很长时间,她双腿发软,几乎无法支撑住身体,随后脚底又感到刺痛,简直无法把脚放到地上。可是她坚持下去。她不习惯自己梳理头发;抬起胳膊梳头时,感到险些晕倒。她再也梳不成侍女给自己梳的那种发式。那头鲜艳的深金色的秀发,十分纤细。两道眉毛又直又黑。她穿上一条黑裙子,但选了一件自己最喜爱的晚礼服紧身胸衣。胸衣是用当时相当流行的白锦缎做的。她照照镜子,看见自己脸色十分苍白,但皮肤却很光洁。她脸上素来就没有多少血色,而这总使她那美丽的嘴唇显得更加红润。她禁不住抽泣了一声。可是,眼下可不能顾影自怜,她已经感到极度疲惫。凯里太太披上皮外套,那是亨利前一年圣诞节送给她的,当时她为这件礼物感到无比自豪,极其快乐。她悄悄地走下楼梯,心儿怦怦乱跳。她顺利地出了屋子,叫了辆车去照相馆。凯里太太付了拍摄十二张照片的钱。在坐着照相的那段时间里,她不得不要了杯水才让自己支撑下去。摄影师的助手看到她有病,建议她改天再来,但她执意要一直把照片拍到结束。最后总算拍完了,她又叫车返回肯辛顿那所昏暗的小屋。她从心底里厌恶那个住所。死在那样一所屋子里,真是可怕。

她发现大门开着。她的车刚停下来,侍女和埃玛就赶紧跑下台阶来搀扶她。先前她们看到房间里没有人,心里十分惊慌。最初,她们以为太太一定是到沃特金小姐那儿去了,便打发厨娘去找。后来沃特金小姐带着厨娘一块儿回来,一直焦急不安地守在客厅里。这时候,沃特金小姐也跑下楼来,内心充满忧虑,嘴里不停地责怪凯里太太。但是凯里太太已经劳累不堪,而且需要顽强的时刻也过去了,她再也挺不住了,一头扑倒在埃玛怀里,接着便被抬上楼去。凯里太太昏迷了一阵子,那段时间对于守护在她身旁的人来说,真是长得不可思议;他们赶紧派人去请医生,医生却并没有来。到了第二天,凯里太太身体略微好转了一点,沃特金小姐才从她嘴里听到有关这件事的解释。那时候,菲利普正坐在母亲卧室的地板上玩耍,两个女人谁都没把注意力放在他身上。他只是半懂不懂地听到一些她们说的话,他也说不清那些话为什么会留在他的记忆里。

"我要给孩子留点儿什么,好让他长大后能记住我。"

"真不明白她为什么要拍十二张,"凯里先生说,"拍两张就行了。"

6

牧师公馆里的生活,每一天都没有什么变化。

早饭过后不久,玛丽·安便把《泰晤士报》拿进来。这份报纸是凯里先生跟他的两位邻居合订的。十点到一点归凯里先生看,接着花匠就拿去给莱姆斯大宅的埃利斯先生,整个下午报纸都留在他那儿,到七点再转交给庄园大宅的布鲁克斯小姐。她拿到报纸的时间很晚,倒也有个好处,可以留在手里。夏天凯里太太做果酱的时候,常问她要份报纸来包果酱罐。每当牧师坐下来看报的时候,凯里太太就戴上软帽上街去买东西。菲利普总陪着她一起出门。黑马厩镇是个渔村,镇上只有一条大街,店铺、银行都开设在那儿,医生以及两三个煤船船主的住宅也坐落在这条街上。小渔港的周围都是些穷街陋巷,住着渔民和穷苦的人;既然他们只到非教区教堂去做礼拜,想必是一些无足轻重的家伙。凯里太太在街上一看到非国教教会的牧师,就赶紧走到街对面去,免得跟他们迎面相遇;要是实在来不及闪避,就两眼紧盯着人行道。在这条大街上,竟有三座非教区教堂,真是说不过去,牧师对于这种情况着实难以容忍,他禁不住感到法律应当着手干预,不准修建这样的教堂。教区教堂离小镇有两英里,因而镇上不信奉国教的居民相当普遍。在黑马厩镇买东西可不是件简单的事,必须只跟国教派教徒打交道,凯里太太心里完全清楚,牧师家人光顾哪家店铺可能会对店主的信仰产生根本的影响。镇上有两个肉铺老板,一向都到教区教堂去做礼拜,他们不理解为什么牧师不能同时惠顾他们两家店铺;牧师的解决办法十分简单,这六个月在这家肉铺买肉,那六个月再照顾另一家的买卖,但他们对这个办法也不满意。一旦哪家不能持续不断地向牧师家送肉,老板就威胁说以后不再去教区教堂了;牧师有时也只好作出回应:不到教区教堂来做礼拜,已经十分错误,如果他竟要加重罪孽,果真跑到非国教教堂去做礼拜,那么就算他铺子里的肉再好,他凯里先生迫不得已,当然只好永远不来照顾他的买卖了。凯里太太路上经过银行,往往在那儿停留片刻,好把丈夫的口信带给经理乔赛亚·格雷夫斯。格雷夫斯是教区教堂的唱诗班指挥,同时兼任司库和执事。他身材又高又瘦,灰黄色的脸上长着个长鼻子,头发雪白,在菲利普看来,他似乎老得不能再老了。格雷夫斯管理教区的账目,同时也为唱诗班歌童和主日学校学生安排外出游玩的事。尽管教区教堂连架风琴也没有,但格雷夫斯带领的唱诗班,在黑马厩镇却被公认是整个肯特郡最好的唱诗班。每逢要举行什么仪式,比如主教大人前来主持坚信礼,乡村主任牧师在收获感恩节前来讲道,他都做好必要的准备工作。可是,他无论处理什么事务都干脆利落,从来不跟牧师认真商量。而牧师呢,虽然一向不愿操心费神,但对这位教会执事的专断作风仍然充满怨恨。看来他真的认为自己是教区的首要人物了。牧师老是对他妻子说,如果乔赛亚·格雷夫斯不注意收敛,早晚要好好教训他一顿。不过凯里太太劝他还是忍耐一下:乔赛亚·格雷夫斯用意还是好的,就算他缺少绅士风度,那也不能怪他。牧师采取克制的态度,从遵循基督徒的美德中求得安慰;但背地里仍然骂这位教会执事是"俾斯麦"①,作为报复。

有一次,两个发生了激烈的口角;凯里太太如今想起那段令人焦虑不安的日子,仍然心神不安。当时保守党候选人宣布打算在黑马厩镇发表演说;乔赛亚·格雷夫斯把演说地点安排在布道堂内,接着跑去找凯里先生,说自己希望到时候也在会上讲几句话。看来那位候选人已经请乔赛亚·格雷夫斯主持会议了。这种做法叫凯里先生实在无法忍受。牧师的职权理应受到尊重,在这方面他的观点没有半点动摇。一个有牧师出席的会议,竟由教会执事来主持,那真是荒唐可笑。他提醒乔赛亚·格雷夫斯,教区牧师就是教区的首要人物,也就是说,在教区里该由牧师说了算。乔赛亚·格雷夫斯回答说,谁也不像他那样认可教会的尊严,但这是政治方面的事务;他反过来提醒牧师,救世主耶稣基督曾经告诫他们,"该撒的物当归给该撒"②。听了这句话,牧师回敬说:魔鬼为了自己的目的,也会引用《圣经》;只有他本人才对布道堂拥有独一无二的管辖权,如果不请他主持,他不会答应使用教堂来召开政治会议。乔赛亚·格雷夫斯告诉凯里先生,他尽可以按自己的意思去做,而在

---

① 俾斯麦(1815—1898),普鲁士王国首相(1862—1871),德意志帝国宰相(1871—1890),有"铁血宰相"之称。此处借用来指格雷夫斯独断专行的作风。
② 见《新约·马可福音》第12章,是耶稣所作的一句训诫,格雷夫斯在这儿加以引用,意思是说,非教会的俗人之事该俗人来料理。

他格雷夫斯看来,卫斯理教派①的教堂同样是个很合适的开会场所。凯里先生说,如果乔赛亚·格雷夫斯竟然去一个并不比异教徒的庙宇好上多少的地方,他就不配担任国教教区的执事。乔赛亚·格雷夫斯便辞去了所有的职务,并在当晚派人到教堂来拿回黑长袍和白法衣。为他操持家务的妹妹格雷夫斯小姐,也辞去了产妇会的干事职务。产妇会旨在向教区里的贫苦孕妇提供法兰绒服、婴儿衣、煤以及五先令的救济金。凯里先生说,这一来他终于当家做主了。可是牧师很快发现,他得处理各种各样的事情,而他对这些事情一无所知;而乔赛亚·格雷夫斯呢,经过最初的愤怒之后,也发现自己失去了生活中的主要爱好。凯里太太和格雷夫斯小姐也为这场争吵而深为苦恼。她们相当谨慎地通了几次信,随后才彼此会面,决定要使两个男人言归于好。她们一个劝说自己的丈夫,一个劝说自己的哥哥,从早晨一直说到晚上。既然她们的多方劝解本来就是这两位绅士心里想做的,他们俩经过令人焦虑不安的三个星期之后,终于和解了。这样对双方都有好处,但他们却把这番和解归于对主的共同的爱。演讲会仍在布道堂里举行,不过改请医生来主持,凯里先生和乔赛亚·格雷夫斯两人都在会上讲了话。

凯里太太把口信带给银行家以后,通常总要上楼跟格雷夫斯小姐闲聊上一会儿。她们谈谈教区里的事,对副牧师,或是对威尔逊太太的新帽子议论一番。威尔逊先生是黑马厩镇最有钱的人,每年至少有大概五百英镑的收入。他娶了自己

---

① 卫斯理教派,基督教会新教的一派,1729 年由英国布道家约翰·卫斯理(1703—1791)等所创。

的厨娘做老婆。她们闲聊的时候,菲利普文文静静地坐在气氛拘束的客厅里,眼睛不停地看着鱼缸里面游来游去的金鱼。这间客厅只在接待客人的时候才会使用,窗户整天关着,只在早晨开几分钟,让房间通一通风。客厅里有股浑浊的气味,菲利普觉得这种气味跟银行业有着某种神秘的联系。

这时候,凯里太太想起还得到杂货铺去,便又和菲利普一块儿上路了。买好东西后,他们经常沿着一条小街一直走到一小片海滩上。小街两边都是些渔民居住的小屋,大多是用木头造的(各处都可以看见渔民坐在自己家门口的台阶上织补渔网,渔网就晾在门上)。海滩两边仓库林立,但在那儿仍可以望见大海。凯里太太在海滩上站了几分钟,望着浑浊发黄的海面(谁知道她心里在想什么呢?);而这当儿,菲利普就四处寻找扁平的石块,打水漂玩儿。接着他们慢吞吞地往回走,经过邮局时,朝里面看了看时间,走过医生家门前,又向坐在窗口缝衣服的医生老婆威格拉姆太太点头打个招呼,这才回家。

午饭在一点钟吃。星期一、二、三,有烤牛肉、牛肉丝、剁牛肉;星期四、五、六,吃羊肉。星期日享用一只自家饲养的鸡。每天下午,是菲利普做功课的时间。大伯教他拉丁语和数学,其实大伯自己对这两门学问也不甚了解。伯母教他法语和钢琴,而她对法语也几乎是一无所知,但她会弹一点钢琴,能为自己伴奏几首老掉牙的歌曲,这些歌她已经唱了三十年。威廉大伯经常对菲利普说,当年他还是副牧师的时候,他太太便有十二首歌牢记在心,无论什么时候请她表演,她都能即刻演唱几首。就是如今牧师公馆举行茶会的时候,她仍不时露一手。凯里夫妇不愿邀请太多的人来参加茶会,他们的客人总是那么几位:副牧师、格雷夫斯兄妹、威格拉姆医生夫妇。用完茶点之后,格雷夫斯小姐演奏一两首门德尔松①的《无词歌》,而凯里太太就演唱一首《当燕子飞回家的时候》或者《跑呀,跑呀,我的小马》。

不过,凯里先生家并不经常举行茶会,因为张罗起来总使他们心神烦乱,等到客人一走,他们都感到疲惫不堪。他们倒喜欢自己饮茶。用完茶点,再玩一会儿十五子棋②,凯里太太总设法让凯里先生赢,因为他输了就不高兴。晚上八点吃晚饭,摆上些残羹冷菜。玛丽·安准备了茶点之后,就不愿意再做什么菜了,凯里太太还得帮着收拾碗碟。凯里太太平常只吃点涂了黄油的面包片,随后再尝几片煮酥的水果;牧师则吃一片冷肉。晚饭一结束,凯里太太便打铃晚祷。接着菲利普就上床睡觉。他硬是不让玛丽·安给他脱衣服,过了一阵子,终于取得了自己穿衣、脱衣的权利。到了九点,玛丽·安把盛着鸡蛋的盘子端进屋来。凯里太太在每个鸡蛋上面写上日期,并把鸡蛋的数目记录在本子上。随后玛丽·安挎着餐具篮上楼。凯里先生从他的旧书中抽出一本来,继续看下去。但是钟一敲十点,他便站起身来,熄了灯,随妻子睡觉去了。

菲利普刚来那会儿,很难决定究竟安排他在哪天晚上洗澡。厨房的锅炉出了毛病,始终难以得到充足的热水,同一天不可能安排两个人洗澡。在黑马厩镇,只有威尔逊先生家里有浴室,大家认为他是有意摆阔。星期一晚上,玛丽·安在厨房洗澡,因为她喜欢干干净净地开始新的一周。威廉大伯不

---

① 门德尔松(1809—1847),德国作曲家和钢琴家,《无词歌》是他创作的一组钢琴套曲。
② 十五子棋,一种双方各有十五枚棋子、掷骰子决定行棋格数的游戏。

能在星期六洗澡,因为下一天他事务十分繁重,而洗完澡,他总感到有点儿困倦,因此就安排他在星期五洗澡。凯里太太出于相同的原因要在星期四沐浴。看来菲利普自然要在星期六洗澡了,但玛丽·安说她星期六可不能让炉火一直烧到晚上,因为星期日得烧那么多的菜,又要做糕点,还有说不清的各种事,再要在星期六晚上给孩子洗澡,她感到实在没有精力应付,而这孩子显然不会自己洗澡。凯里太太对于给一个男孩子洗澡,心里有些羞怯;牧师当然得忙着准备他的布道讲稿。但是牧师执意认为,菲利普应当干干净净、样子可爱地迎接主日。玛丽·安说她宁可一走了之也不愿遭受欺负——她在这儿已经干了十八个年头,可不想再承担什么外加的活儿,他们也不妨体谅她一下。但菲利普却表示,他不要任何人给他洗澡,自己完全能够对付。这样一来,问题就解决了。玛丽·安说孩子自己是洗不干净的,她对这一点相当肯定。与其让孩子身上脏巴巴的,倒不如让她自己干得累死,就算是在星期六晚上也成——这倒不是因为孩子就要出现在上帝面前,而是因为看到那种身上洗得不干净的孩子,她就无法忍受。

7

星期日这天有一大堆事。凯里先生总爱说:在整个教区内,每星期工作七天的就他一人。

这天,全家都比平常早半个小时起床。玛丽·安按时八点前来敲房门,那时凯里先生总要嘀咕说:做牧师的真是可怜,连休息日也不能在床上多躺一会儿。凯里太太这天用来穿衣服的时间也比平时要长,到了九点,她才有些喘吁吁地下楼来用早餐,正好赶在丈夫的前面。凯里先生的靴子放在炉火前,烘得暖和和的。做祷告的时间比平时要长,早餐也比往常丰盛。早餐以后,牧师开始准备圣餐,把面包切成薄片;菲利普相当荣幸地在一旁把面包皮削去。牧师打发菲利普上书房去把一块大理石镇纸取来,用它按压面包。等到面包被压得又薄又软,再把面包切成许多小方块。数量的多少,得看天气的好坏。刮风下雨的日子,前来做礼拜的人寥寥无几;如果天气十分晴朗,来的人虽然很多,但没有多少会留下来领受圣餐。要是天气干燥无雨,又没到风和日丽的程度,步行前往教堂相当舒适,大家也不急着要去享受假日的乐趣。遇到这种日子,领圣餐的人才最多。

随后凯里太太从餐具室的食橱里取出圣餐盘,牧师用一块羚羊皮把盘子擦亮。十点钟的时候,马车来到门口,凯里先生穿上靴子。凯里太太花了好几分钟才戴好她那顶帽子,这当儿,牧师披着件宽大的斗篷,站在门厅里,脸上那副神情,就像一个古代的基督徒正要被领到竞技场中间去似的。真是奇怪,结婚已经三十年了,妻子每到星期天早晨仍然不能及时准备好出门。最后她总算来了,身上穿着件黑缎子衣服。无论什么时候,牧师都不喜欢教士太太穿上色彩鲜艳的衣服;到了星期天,他更是非要妻子穿上黑色的衣服。有时候,凯里太太跟格雷夫斯小姐串通好了,大胆地在帽子上插一根白羽毛或者一朵粉红色的玫瑰,但牧师执意要把它们拿掉;他说不愿跟不正经规矩的女子一块儿上教堂。身为女人,凯里太太不禁叹了口气;而作为妻子,她只好表示服从。他们正要上马车的时候,牧师突然想起今天家里还没有人给他吃过鸡蛋。她们知道他得吃个鸡蛋来润润嗓子;家里有两个女人,却没有一个关心他的饮食起居。凯里太太责怪玛丽·安,但玛丽·安却回嘴说,她无法把什么事都想到。玛丽·安急忙去把鸡蛋拿来;凯里太太随手把蛋打在一杯雪利酒里。牧师一口吞了下去。圣餐盘放进马车,他们出发了。

这辆马车是从"红狮车行"雇来的,车上有股发霉稻草的怪味。一路上,两边车窗关得严严实实,以免牧师伤风感冒。教堂司事正在教堂门廊上,等着把圣餐盘接过去。牧师往法衣室走去,凯里太太和菲利普则在牧师家属席上坐定。凯里太太在自己面前放了个六便士的硬币,每次她习惯性地把这点钱投在圣餐盘里时,也会给菲利普一个三便士的硬币,派同样的用处。教堂里渐渐坐满了,礼拜随即开始。

菲利普听着牧师讲道,开始感到厌倦,但是只要他身体略微移动一下,凯里太太便伸手轻轻按住他的胳膊,同时用责备的目光看着他。等最后一支圣歌唱完,格雷夫斯先生端着圣餐盘经过大家身边的时候,菲利普才又产生了兴趣。

做礼拜的人都离开教堂后,凯里太太走到格雷夫斯小姐的座位前,跟她闲聊上几句,一边等着那两位绅士;而菲利普这时却跑进了法衣室。他的大伯、副牧师和格雷夫斯先生都仍穿着白法衣。凯里先生把剩下的圣餐给了菲利普,说他可以吃掉。以往一向都是牧师自己吃的,因为丢弃了似乎亵渎神明;菲利普食欲旺盛,如今正好代他承担这项义务。接着他们清点盘里的钱币,有一便士的,有六便士,也有三便士的。每次总有两个一先令的硬币。一个是牧师放进去的,另一个是格雷夫斯先生放的;有时还会出现一个弗罗林①。格雷夫

---

① 弗罗林,英国在1849年首次铸造的两先令银币。

斯先生告诉牧师这个银币是谁给的,通常总是一个到黑马厩镇来的外乡人。凯里先生暗自纳闷,不知这位施主究竟是何许人。不过格雷夫斯小姐早把这种轻率冒失的举动看在眼里,而且能把这个外乡人的情况告诉凯里太太:他是从伦敦来的,结过婚,还有几个孩子。在坐车回家的路上,凯里太太把这个消息转告丈夫,于是牧师打定主意要前去拜访,请他为"候补副牧师协会"捐款。凯里先生问起菲利普先前在教堂里是不是很守规矩,而凯里太太却说着别的事:威格拉姆太太穿了件新斗篷啦,考克斯先生没来做礼拜啦,以及有人认为菲利普斯小姐已经订了婚啦。他们回到家里,都觉得理应吃上一顿丰盛的午饭。

饭后,凯里太太回自己的房间歇息。凯里先生躺在客厅的长沙发上,午睡片刻。

他们在下午五点用茶点,牧师吃了个鸡蛋,好让自己主持晚祷的时候能支撑得住。凯里太太留在家里,以便玛丽·安去教堂参加晚祷,不过她依然念祈祷文,吟唱圣歌。晚上,凯里先生步行去教堂,菲利普一瘸一拐地跟在他的身旁。顺着乡村小路在黑暗中行走,给菲利普留下了新奇深刻的印象。远处灯火通明的教堂,渐渐地变得越来越近,似乎显得极为亲切。一开始菲利普在大伯面前还很害臊,后来慢慢地就跟他相处惯了,他常把手悄悄伸到大伯的手掌里,他感到自己正受到保护,走起路来也就比较轻松自在了。

他们一回到家就开始吃晚饭。凯里先生的拖鞋已准备好,就摆在炉火前的脚凳上;菲利普的拖鞋放在旁边:其中一只跟普通小男孩的拖鞋毫无区别,另一只却呈畸形,样子怪异。菲利普上楼睡觉时累得要命,只好听凭玛丽·安帮他把

衣服脱掉。玛丽·安给菲利普盖好被子后亲了亲他;菲利普
开始喜欢她了。

8

　　菲利普一向过的是独生子女那种孤寂的生活,因此到
了牧师公馆以后,也不见得就比母亲在世时更冷清寂寞。
他跟玛丽·安成了朋友。玛丽·安是个渔民的女儿,身材
矮小,胖乎乎的,年纪三十五岁。她十八岁那年就来到牧师
家,这是她帮佣的头一户人家,她也不打算离开这儿;但是
她经常拿自己可能出嫁来作为对付生性胆小的男女东家的
武器。她父母住在港口街附近的一所小屋里。她有时晚上
外出去看望他们。她讲的那些有关大海的故事引发了菲利
普的想象。港口附近狭窄的街巷,经过他幼小的心灵想象,
都变得充满了传奇色彩。有天晚上,菲利普问是不是可以
跟玛丽·安一块儿回去,但伯母生怕他会染上什么疾病,而
大伯则说不良的交游有损良好的举止①。凯里先生素来不
喜欢那些打鱼的人,嫌他们粗野无礼,而且又去非教区教堂
做礼拜。可是菲利普觉得,待在厨房要比待在饭厅更加自
在;一有机会,他就把玩具拿到厨房里去玩。伯母倒并没感
到不安。她不喜欢屋子里乱七八糟;不过她也承认,男孩子
免不了脏巴巴的,因此她宁可让他把厨房弄得脏乱不堪。
平时,只要菲利普略微有点儿坐立不安,凯里先生就显得相
当烦躁,说真该送他去上学了。凯里太太却觉得菲利普还

———————

① 英语谚语。

没有到上学的年岁,她对这个失去母亲的孩子十分同情,很想赢得孩子的好感,做法却不够灵巧。孩子感到害臊,总是紧绷着脸接受她做出的各种亲切表示,这叫她感到相当难堪。有时候,她听到菲利普在厨房里发出嗓门刺耳的笑声,可是只要自己一走进厨房,孩子就马上闷声不响了。玛丽·安解释所开的玩笑时,菲利普就涨红了脸。凯里太太听了,却并不觉得有什么好笑的地方,只是勉强地笑笑。

"威廉,他待在玛丽·安身边似乎比跟我们在一起更快乐。"她回进屋来,干针线活的时候说。

"看得出来,这孩子缺少教养。得好好管教一下。"

菲利普到这儿以后的第二个星期天,发生了一桩倒霉的事。午饭以后,凯里先生照常到客厅去小睡片刻,但那天他心情烦躁,怎么都睡不着。上午牧师用几盏烛台来装饰教堂圣坛,却受到乔赛亚·格雷夫斯的强烈反对。这几盏烛台是他从特坎伯雷买来的旧货,他觉得它们看上去很有气派。可是乔赛亚·格雷夫斯认为那是天主教的玩意儿。这样的嘲讽总能引起牧师的怒火。当年牛津运动①兴起的时期,他正在牛津念书,后来那场运动以爱德华·曼宁②脱离国教而告终。他对罗马天主教多少有些同情。他很乐意把黑马厩低教会派③教区的礼拜仪式搞得比平常隆重一些,在他的心灵深处,对于那种排成行列、烛光明亮的场面不胜向往。他不赞成在

---

① 牛津运动,19世纪以牛津大学为中心的英国基督教圣公会内兴起的运动,旨在反对圣公会内的新教倾向,标榜恢复传统的教义和礼仪。
② 爱德华·曼宁(1808—1892),英国红衣主教,牛津运动的领导人之一,1851年皈依罗马天主教。
③ 低教会派,英国基督教圣公会中的一派,主张简化仪式,反对过于强调教会的权威地位。

仪式上焚香,也讨厌新教徒这个称呼,而把自己称作天主教徒。他老是说,那些信奉罗马公教的人,由于需要一个体现自己身份的称号,才成了罗马天主教徒;实际上,英国国教才是最美好、最充分、最堂皇地体现其确切含义的"天主之教"。一想到刮得光溜溜的脸使自己显得像个天主教教士,他就很高兴;而他年轻时那副苦行僧的样子,更给人这样的印象。他经常对人讲起自己在布伦①度假时的一段经历(那次也跟他往常度假时一样,为了省钱,妻子没有陪他前去):有一天,他正坐在一座教堂里,一位本堂神甫走到他面前,邀请他上台布道。他坚定地认为,尚未担任牧师圣职的教士应该独身禁欲,因此他手下的副牧师只要一结婚,就都被他辞退了。可是在某次大选时,自由党人在他花园的栅栏上涂了几个蓝色大字:此路通往罗马。他看了十分生气,扬言要去控告黑马厩镇的自由党首领。这时候他打定主意,无论乔赛亚·格雷夫斯怎么说,他都不会把摆在圣坛上的烛台拿开;他独自气恼地嘟囔了几声"俾斯麦"。

突然,牧师冷不防听到哗啦一声。他掀开盖在脸上的手帕,从沙发上爬起来,走进饭厅。菲利普坐在桌子上,四周围堆满了砖头。他刚才搭了一座巨大的城堡,由于底部有了缺陷,整个建筑物就哗啦一下子倒塌了,成为一堆废墟。

"你拿那些砖头干什么,菲利普? 要知道,星期天是不准玩游戏的。"

菲利普瞪着两只惊恐的眼睛望了牧师一会儿,同时习惯性地把脸涨得通红。

———————

① 布伦,法国北部港口城市。

"我以前在家里总是玩游戏的。"他回答说。

"我相信,你亲爱的妈妈绝不会允许你干这样的坏事。"

菲利普不明白这样做是坏事;不过假如真是这样,他可不希望人家以为他母亲同意他这么干。他耷拉着脑袋,没有回答。

"难道你不知道星期天玩游戏是很不、很不好的吗?你想一想,干吗要把星期天叫作安息日?你今天晚上要去教堂,而下午却违反了上帝的戒律,晚上怎么去面对上帝呢?"

凯里先生叫菲利普马上把砖头搬走,并且站在一旁监督。

"你这孩子真是十分淘气,"他又说了一遍,"想想你这样做,会使你在天国里的可怜的妈妈多么伤心。"

菲利普有些想哭,但是出于本能,他不愿让人看到自己流泪,于是他咬紧牙关,不让自己哭出来。凯里先生在扶手椅上坐下,拿起一本书开始翻阅。菲利普站在窗口。牧师公馆离那条通往特坎伯雷的公路有一段距离。从饭厅可以望见一块狭长的半圆形草坪,接着是远处天边的绿色田野。羊群在田野里吃草。天空凄迷而昏暗。菲利普感到极为愁闷。

不久,玛丽·安进来摆放茶点,路易莎伯母也下楼来了。

"午觉睡得好不好,威廉?"她问。

"不好,"他回答说,"菲利普吵闹得那么厉害,弄得我简直无法合眼。"

这种说法并不完全合乎事实,因为他是自己有心事才睡不着的。菲利普脸色阴沉地听着,心里暗想:他只不过弄出了一次声音,在这之前和之后,大伯可没有什么理由睡不着觉。凯里太太要丈夫解释一下,牧师就把事情的前后经过说了一遍。

"他甚至都没有说一声'对不住'。"凯里先生最后说。

"噢,菲利普,我确实觉得你对不住你大伯。"凯里太太说,希望孩子不要给他伯父留下更坏的印象。

菲利普没有出声,继续咀嚼着手里的黄油面包片。他自己也不清楚究竟是内心的何种力量,阻止他表示出任何歉意。他感到耳朵里隐隐发痛,有点儿想哭,但是什么话都说不出口。

"你也不用板着脸,事情已经够糟了。"凯里先生说。

大家默不作声地吃完茶点。凯里太太不时偷偷地对菲利普看上一眼,但牧师却有意不理睬他。菲利普一看到大伯上楼去做上教堂的准备,就跑到门厅拿起自己的帽子和外套,可是当牧师下楼看见菲利普时,却对他说:

"我希望你今晚别去教堂了,菲利普。我想目前你的这种精神状态,是不适合走进上帝的圣堂的。"

菲利普一句话也不说,感到自己蒙受了莫大的羞辱,双颊涨得通红。他默默地站在那儿,看着大伯戴上宽边帽,披上宽大的斗篷。凯里太太照常跑到门口去送丈夫,随后转过身来对菲利普说:

"不要紧,菲利普,下一个星期天你就不淘气了,是吗?这样你大伯晚上就会带你去教堂的。"

她脱掉菲利普的帽子和外套,领他走进饭厅。

"咱们来一块儿念祈祷文好吗,菲利普? 咱们还要在小风琴的伴奏下唱圣歌。你想不想这样?"

菲利普样子坚决地摇了摇头,凯里太太不禁吃了一惊。要是这孩子不愿意跟她一起做晚祷,那她就不知道该拿他怎么办了。

“那么在你大伯回来前,你想干什么呢?”她无可奈何地问。

菲利普终于开口了。

“我不要哪个人来管我。”他说。

“菲利普,你怎么能说出这样冷酷的话来呢?难道你不晓得你大伯和我只是为你好吗?难道你一点儿也不爱我吗?”

“我讨厌你。巴不得你死了才好呢!”

凯里太太倒抽一口冷气。这孩子竟说出这样凶狠无礼的话,把她吓了一跳。她什么话都说不出来了。她在丈夫的扶手椅上坐下,想到自己多么渴望疼爱这个无依无靠的跛足孩子,想到自己多么热切地希望得到这个孩子的爱——她自己不能生儿育女,她觉得自己没有儿女显然是上帝的旨意。尽管如此,有时她看到别人家的孩子,仍觉得几乎无法忍受,心里万分痛苦——想着想着,她不禁热泪盈眶,接着一颗颗泪珠便慢慢地顺着脸颊往下流淌。菲利普十分惊讶地两眼紧盯着伯母,只见她掏出一块手帕,放声大哭起来。菲利普猛然意识到自己刚才所说的话把她惹哭了。他感到十分内疚,悄悄走到伯母的面前,在她脸上吻了一下。这是菲利普头一次主动地吻她。这位可怜的太太——她脸色灰黄,形容枯槁,穿着黑缎子衣服显得那么瘦小,头上梳的螺旋状发卷又是那么可笑——把孩子一下子抱到自己的膝头,紧紧搂住,一面仍然十分伤心地哭着。然而她的泪水,一半却是幸福的泪水,她感到他们两个人之间的隔膜已经消失。现在她用一种崭新的爱来爱这孩子,因为这孩子使她尝到了痛苦的滋味。

9

下个星期天,牧师正准备到客厅去睡午觉(他生活中的一切行动都像举行仪式似的一板一眼),而凯里太太也正打算上楼,菲利普这时候开口问道:

"要是不许我玩,那叫我干什么呢?"

"你就不能破例安安静静地坐着不动吗?"

"我没法在吃茶点之前,老这么一动不动地坐着。"

凯里先生朝窗外望了望,外面阴冷寒峭,他不能提出让菲利普到花园里去玩。

"我知道你可以干点儿什么。你可以把规定今天念的那段短祷文背出来。"

他从小风琴上拿下那本供祷告用的祈祷书,翻到要找的那一页。

"这一段不长。要是在我进来吃茶点的时候你能毫无差错地背出来,你就可以吃到我的鸡蛋尖。"

凯里太太把菲利普的椅子拖到餐桌旁——他们已为菲利普买了一把高脚座椅——接着把祈祷书放在他的面前。

"魔鬼会使闲散无事的人干坏事。"①凯里先生说。

他给炉子添了点煤,这样等他进来用茶点的时候,炉火就会烧得很旺。凯里先生走进客厅,松开衣领,把靠垫摆好,随后舒舒服服地在沙发上躺下。凯里太太想到客厅里有点冷飕

---

① 此处系借用英国牧师、诗人、赞美诗作家艾萨克·瓦茨(1674—1748)的诗句:"魔鬼对于游手好闲的家伙,永远会找些坏事叫他们干。"

飕的,便从门厅拿来一条旅行毛毯,给他盖在腿上,并把他的双脚裹紧。她把百叶窗放下,免得光线刺眼。看到他已闭上眼睛,她便蹑手蹑脚地走出客厅。牧师今天心神安宁,不出十分钟就睡着了,还微微地打起了呼噜。

那天是主显节①后的第六个星期日,规定这天念的那篇短祷文的开头是这样的:主啊,圣子已表明他可以破除魔鬼的妖术,从而使我们成为上帝之子,成为永生的后嗣。菲利普念完那篇短祷文,却不明白意思。他开始朗读,但里面有许多不认得的词语,句子的结构也很奇怪。菲利普头脑里顶多也只能记住两行。他老是走神:牧师公馆四周沿墙种着许多果树,有根细长的树枝不时拍打着窗上的玻璃;羊群在花园那边的田野里神态漠然地嚼着青草。菲利普的头脑里似乎结满了疙瘩。接着,想到待会儿用茶点的时候,自己可能还背不出那段短祷文,心里不禁一阵恐慌;他又不停地低声念起来,念的速度很快,他不再设法去理解含义,而只是像鹦鹉学舌一般硬把这些语句记住。

那天下午,凯里太太却无法入睡,到了四点钟,仍然没有一点睡意,便走下楼来。她想先听菲利普背一遍短祷文,以免在背给大伯听的时候出现什么错误,这样大伯就会感到高兴,明白这孩子的心地还是善良的。可是凯里太太来到饭厅门口,正要走进去的时候,突然听见一个声音,使她一下子站住了。她心头猛地一跳。她转过身,悄悄地走出正门,沿着屋子绕到饭厅窗下,小心谨慎地朝里面张望。菲利普仍然坐在她端给他的那把椅子里,但是却把脑袋伏在桌上,埋在两只胳膊

---

① 主显节,每年1月6日基督教纪念耶稣向世人显现的节日。

当中,正十分悲伤地低声呜咽着。凯里太太看到他的肩膀剧烈地抽搐。这可把她给吓坏了。过去她总有这样一种印象,就是这孩子好像非常镇定,从来没有见他哭过。凯里太太如今才明白,他表现出的冷静原来是某种本能的反应,觉得流露感情是很羞耻的,因而他背着人偷偷哭泣。

牧师素来不喜欢别人突然把他从睡梦中唤醒,凯里太太这时却顾不得了,她一下子冲进客厅。

"威廉,威廉,"她说,"那孩子哭得好不伤心。"

凯里先生坐起身子,把裹在腿上的毛毯掀掉。

"他为什么事哭啊?"

"我不知道……噢,威廉,我们可不能让孩子伤心难受。你看这是不是我们不对? 假如我们自己有孩子,就知道该怎么办了。"

凯里先生茫然不解地望着太太。他感到特别无能为力。

"该不会是因为我叫他背短祷文才哭的吧。总共还不超过十行。"

"威廉,我去拿几本图画书来给他看看,你觉得成吗? 咱们有几本关于圣地的图画书。这么做不见得会有什么不妥。"

"好吧,我没意见。"

凯里太太走进书房。搜集图书是凯里先生唯一爱好的事,每次他上特坎伯雷总要在旧书店待上一两个小时,而且总要带回来四五本发霉的旧书。这些书他从来不读,因为他早就没有阅读的习惯了,但他有时喜欢翻翻,书里要是有插图,就看看那些插图。他还喜欢修补旧书的封皮。遇到下雨的日子,他倒心情愉快,因为可以问心无愧地待在家里,用胶锅调点蛋白,花费整个下午来修补几册四开本旧书的俄罗斯软革封面。他收藏了好多册里面附有钢版雕刻画插图的古代游记;凯里太太迅速找到两本描述圣地巴勒斯坦的书。她在饭厅门口有意咳嗽一声,好让菲利普有时间平静下来。她觉得,如果菲利普在泪汪汪的当口被自己撞见,一定会感到丢脸。接着她把门把手拧动得咔嗒咔嗒直响。她走进饭厅,菲利普正专心致志地在看祈祷书。他用手遮住眼睛,不让凯里太太发觉自己刚才在掉眼泪。

"短祷文背出来了吗?"凯里太太问。

菲利普没有立刻回答;凯里太太意识到孩子生怕自己的嗓音露出马脚。她感到这种局面困窘得出奇。

"我背不出来。"菲利普喘了一口气,终于开口说。

"噢,不要紧,"她说,"你用不着背了。我拿了几本图画书来给你看。来,坐到我膝盖上来,咱们一块儿看吧。"

菲利普从椅子上滑了下来,一瘸一拐地向她走来。他低头望着地面,不让凯里太太看到自己的眼睛。她伸出胳膊搂住他。

"瞧,这儿就是耶稣基督出生的地点。"

她指给他看一座东方的城市,城内满是平顶、圆顶的建筑物和寺院的尖塔。画面的前景是一排棕榈树,两个阿拉伯人和几峰骆驼正在树下歇息。菲利普用手在画面上抹了一下,仿佛想摸到画上的那些房屋和游牧民身上的宽松衣衫。

"念一念这上面写些什么。"他请求说。

凯里太太用平和的声调念了对面那一页上的文字叙述。那是三十年代某个东方旅行家写的带有传奇色彩的游记,词句也许过于浮艳,但却弥漫着浓郁甜美的情感,而对于在拜伦和夏多勃里昂①之后的那一代人来说,东方世界正是带着这种情感色彩出现在他们的面前。过了一会儿,菲利普打断了凯里太太的朗读。

"我想看另一幅图画。"

这时玛丽·安走了进来,凯里太太站起身来帮她铺桌布,菲利普捧着书,赶紧把书里所有的插图都翻阅了一遍。他伯母费了好一番气力,才说服他放下书本来用茶点。他已忘了先前背短祷文时的极度苦恼,忘了自己的泪水。第二天下雨,他又要看那本书。凯里太太十分高兴地拿给了他。凯里太太曾跟丈夫谈起孩子的前途,发觉他们俩都希望孩子将来能接受圣职;如今,菲利普对这本描述耶稣所在的圣地的书显出热切的兴趣,这似乎是个好兆头。看来这孩子的心灵好像天生专注于神圣的事物。而过了一两天以后,他又提出要看别的书。凯里先生把他带到书房里,让他看一排书架,上面放着凯里先生收藏的插图书籍,并为他挑了一本介绍罗马的书。菲利普如饥似渴地接了过去。书中的插图给他带来新的乐趣。他开始阅读每幅版画前后页的文字叙述,以便了解图画的内容。不久,他对玩具就再也没有什么兴趣了。

后来,只要身旁没有人,他就把书拿出来自己看;说不定是因为最初在他心里留下深刻印象的是一座东方城市,他对那些描述地中海东部国家和岛屿的书籍最有兴趣。一看到画着清真寺和富丽堂皇的宫殿的图片,他的心就兴奋得怦怦乱跳;在一本关于君士坦丁堡②的书里,有一幅插图特别能激发

---

① 夏多勃里昂(1768—1848),法国早期浪漫主义作家,写有《墓畔回忆录》和反映北美印第安人生活的小说《阿达拉》等。

② 君士坦丁堡,土耳其西北部港口城市伊斯坦布尔的旧称。

他的想象。这幅名为"千柱厅"的插图,画的是拜占庭式的一个大水池,经过人们的想象,它成了一个神奇怪异、烟波浩渺的大湖。菲利普念了有关这幅插图的说明:在湖的入口处,总停泊着一条小船,引诱那些行事莽撞的汉子,而凡是冒险闯入这片黑暗深渊的游客,就再也见不到他的踪影。菲利普暗自纳闷,不知道这条船究竟是在始终不断地穿过那一道又一道柱廊呢,还是最终抵达了某座陌生的大宅。

有一天,好运降临到菲利普的头上,他意外看到一本莱恩翻译的《一千零一夜》。他一下子就被书里的插图迷住了,接着便开始阅读。首先读那几篇有关魔法的故事,随后又读了其他各篇;他对自己喜欢的那几篇一读再读。他心里只想着这些故事,把别的事都丢在脑后。他总要别人叫上两三遍,才前来吃饭。不知不觉间,他养成了世上给人带来最大乐趣的习惯——阅读的习惯;他并没有意识到这样一来,就给自己提供了一个躲避人生忧患苦难的场所;他也没有意识到,他正为自己创造一个虚幻的天地,这个天地又使得日常的现实世界成为痛苦失望的源泉。不久,他又开始阅读其他的书籍。他的智力过早地成熟了。大伯和伯母看到孩子既不发愁也不吵闹,把心思完全放在书本上,就也不再为他操心费神了。凯里先生的藏书多得连他自己也弄不清楚;他几乎不看什么书,因此也忘了因为贪图便宜,自己陆陆续续买回来的那些零星旧书。在一大堆讲道集、游记、圣徒及长老传记、教会史等书籍中间,偶尔也混杂了几本旧小说,而这些旧小说最终也被菲利普发现了。根据书名,他把它们挑了出来。第一本他读的是《兰开夏的女巫》,接着读了《令人钦佩的克里奇顿》,以后又读了许多别的小说。每逢他翻开一本书,看到书里描写的两个孤独的游客,正在深不可测的峡谷边缘策马行进的时候,他总感到自己是安全的。

夏天到了。一位以前当过水手的花匠给菲利普做了一张吊床,挂在垂柳的枝干上。菲利普一连几个小时躺在这张吊床上看书,兴致勃勃地看呀看的,无论哪个人到牧师公馆来,都见不到他。时光流逝,转眼已是七月,接着又到了八月。每逢星期天,教堂里总挤满了陌生人,做礼拜时募到的捐款往往达到两个英镑。在这段时间里,牧师跟他太太轻易不走出他们家的花园。他们不喜欢见到那些陌生面孔,十分讨厌那些来自伦敦的游客。有位先生租下了牧师公馆对面的那幢房子,为期六周。这位先生有两个小男孩。他来拜访时问菲利普是否愿意上他家去和他的孩子一起玩耍,但凯里太太婉言谢绝了。她担心菲利普会被伦敦来的孩子带坏。他往后是要当牧师的,因此绝对不能让他沾染上不好的习气。凯里太太希望他从小就是个撒母耳①。

10

凯里夫妇决定送菲利普到特坎伯雷皇家公学念书。附近一带的牧师都把自己的儿子送到那儿就读。根据长久以来的传统,这所学校跟当地的大教堂联系在一起:学校校长是教堂牧师会的名誉会员;有一位前任校长还是大教堂的副主教。学校鼓励孩子立志领受圣职;那儿的教育也着眼于培养诚实的少年,让他们将来终身侍奉上帝。皇家公学有一所附属预

---

① 撒母耳,基督教《圣经》故事人物,希伯来的法官和先知。

备学校,如今安排送菲利普去的就是这所学校。靠近九月底的一个星期四下午,凯里先生带着菲利普去特坎伯雷。这一整天,菲利普既兴奋,又有些害怕。他对学校生活并无多少了解,只是从《男童报》上的故事里略微知道一些。他还念过《埃里克或点滴进步》那本书。

他们在特坎伯雷走下火车时,菲利普紧张得快要呕吐了;在进城的途中,他脸色苍白,默不作声地坐在马车里。学校前面有道高高的砖墙,使学校的外表看起来就像一座监狱。墙上有扇小门,他们刚一按铃,门就开了。一个笨手笨脚、衣衫不整的工友走出来,把菲利普的铁皮衣箱和个人用品箱搬进去。他们被领进会客室。会客室里摆满了笨重、难看的家具,沿墙放着一圈靠椅,给人一种冷峻刻板的印象。他们等候校长的到来。

"沃森先生是什么样子的人?"过了一会儿,菲利普问。

"待会儿你自己瞧吧。"

接着又是一阵沉默。凯里先生暗暗纳闷,不知为什么校长还不露面。这时菲利普鼓起勇气,又说:

"告诉他我有只脚畸形。"

凯里先生还没来得及回答,门猛地给推开了,沃森先生大模大样地走了进来。在菲利普看来,他简直是个巨人:身高六英尺出头,肩膀宽阔,长着两只巨大的手,留着一大把红胡子。他说起话来嗓门很大,显得乐呵呵的;但是他这种咄咄逼人的快活劲儿,却使菲利普心惊胆战。沃森先生跟凯里先生握了握手,接着又把菲利普的小手捏在自己的手掌心里。

"喂,小家伙,来上学了,觉得开心吗?"他大声说。

菲利普红着脸,不知该怎样回答是好。

“你几岁啦？”

“九岁。”菲利普说。

“你得称呼一声先生。”他大伯说。

“我看你要学的东西可多着呢。”校长欢快地大声嚷道。

为了增强孩子的自信心，沃森先生用他粗大的手指胳肢起菲利普来。菲利普给他搔得不住地扭动身子，觉得又难为情，又不舒服。

“我暂时把他安排在小宿舍里……这样安排你会喜欢的，是不是？”他朝菲利普补充道，“你们那儿只有八个人。你不会感到太陌生的。”

这时候门打开了，沃森太太走了进来。她是个皮肤浅黑的女人。乌黑的头发从头的正中间整齐地向两边分开。嘴唇厚得出奇，鼻子既小又圆，两只眼睛又大又黑。这位太太的神态异常冷漠。难得开口说话，脸上的笑容就更难见到了。沃森先生把凯里先生介绍给自己的太太，随后又亲切友好地把菲利普往她身边一推。

“这是个新来的孩子，海伦。他叫凯里。”

沃森太太闷声不响地跟菲利普握了握手，随后默然无语地在一旁坐下。校长问凯里先生菲利普在读些什么书，程度如何。黑马厩镇的教区牧师对沃森先生吵吵嚷嚷的热心劲儿感到有点儿困窘；过了一会儿，他就起身告辞。

“我想，现在该把菲利普托给你照应啦。”

“行啊，”沃森先生说，“他在我这儿不会有什么事的。他很快就会习惯的。你说呢，小家伙？”

不等菲利普回答，这个高大的汉子突然哈哈大笑起来。凯里先生在菲利普的额头上亲了一下，随即离开了。

"跟我来,小家伙,"沃森先生大声喊道,"我带你去看看教室。"

沃森先生跨着大步,大模大样地走出会客室,菲利普赶紧一瘸一拐地跟在他的后面。他被领进一个长长的房间,里面空荡荡的,只摆着两张长度跟房间几乎一样的桌子,桌子两边各有一排长板凳。

"现在还没有什么学生,"沃森先生说,"我再带你去看看操场,然后就让你独自去闯荡了。"

沃森先生在前面领路。菲利普发现自己来到一个大操场,操场三面都是高高的砖墙,还有一面装着一道铁栅栏,透过栅栏,可以看到一大片草地,草地那边便是皇家公学的几幢楼房。有个小男孩愁眉苦脸地在那儿转悠,一边走一边踢着脚下的沙砾。

"喂,文宁,"沃森先生大声喊道,"你什么时候来的?"

小男孩走上前来跟沃森先生握手。

"这是个新来的同学,年龄比你大,个子也比你高,你可别欺负他。"

校长友好地瞪眼望着这两个孩子,他那雷鸣般的嗓音使孩子们充满恐惧,随后他发出一阵狂笑,走开了。

"你姓什么?"

"凯里。"

"你爸爸是干什么的?"

"他去世了。"

"哦!你妈妈给人洗衣服吗?"

"我妈妈也去世了。"

菲利普以为这样回答会使那孩子感到有些窘迫,但是文宁仍然乱开玩笑,并不把那当回事儿。

"哦,那她生前洗衣服吗?"他继续问。

"洗过。"菲利普气愤地回答。

"那她是个洗衣女工啰?"

"不,她不是洗衣女工。"

"那她就没给人洗过衣服。"

小男孩对自己在论证方面取得的胜利十分得意。接着他一眼瞥见了菲利普的脚。

"你的脚怎么啦?"

菲利普本能地想缩回那只跛足,不让他看见。他把跛足藏到那只健全的脚后面。

"我有只脚畸形。"他回答说。

"怎么会变成这样的?"

"生下来就这样。"

"让我瞧瞧。"

"不行。"

"那就不看好了。"

那孩子嘴里这么说,却对着菲利普的小腿猛地踢了一脚。菲利普没有料到会出现这种情况,因此毫无防备。他疼得直喘气儿,但是内心的惊讶还是超过了肉体上的疼痛。他不明白文宁为什么要踢他。他仍然心慌意乱,顾不上动手把对方打得鼻肿眼青。再说,这孩子年龄也比他小。他在《男童报》上看到过这样的观点:揍一个比自己幼小的人是件卑鄙恶劣的事。在菲利普揉小腿的时候,操场上又出现了另一个孩子,那个折磨他的孩子丢下他跑开了。过了一会儿,菲利普注意到他成了他们俩谈论的话题,他感到他们正打量着自己的两只脚,不禁脸上发烫,颇不自在。

这时候又来了另外一些孩子,一共有十来个,接着又跑来几个,他们开始谈起自己在假期里干了些什么,去过哪些地方,打了多少场精彩的板球。几个新同学出现了,不一会儿,菲利普不知不觉地竟跟他们交谈起来。他羞答答的,紧张不安,一心想给他们留下愉快的印象,但一时却找不出话来说。那几个孩子问了他一大堆问题,他都欣然地一一做了回答。有一个男孩还问他会不会打板球。

"不会,"菲利普回答说,"我有只脚畸形。"

那个孩子迅速地低下头去,涨红了脸。菲利普看出那孩子意识到自己问的问题很不得当,羞得连句道歉的话都说不出口,只是局促不安地望着菲利普。

11

第二天早晨,菲利普被一阵叮叮当当的铃声吵醒的时候,他相当惊讶地四下打量着自己的这个小卧室。接着听到有个声音大声叫唤,才记起自己是在什么地方。

"你醒了吗,辛格?"

小卧室是用磨光的油松木隔成的,每间卧室的正面都挂着一块绿色门帘。当时很少考虑室内的通风问题,窗户总是关得紧紧的,只在早晨开上一会儿,让宿舍透点儿新鲜空气。

菲利普从床上爬起来,跪下身子做祷告。那是一个寒冷的早晨,他有些哆嗦;但是大伯曾教导过他,穿着睡衣做祷告,要比穿戴整齐后再做祷告更合乎上帝的心意。他对这种说法倒并不感到吃惊,因为他已开始明白:他是上帝创造的生灵,而上帝素来重视他的信徒遭受的困苦艰辛。做完祷告,他开始梳洗。宿舍里有两个浴盆,供五十名寄宿生轮流使用,每个学生一星期洗一次澡。平常就用放在脸盆架上的小脸盆洗脸擦身。这个脸盆架,外加床铺和一把椅子,就是每个小卧室的全部家具。孩子们一边穿衣服,一边快活地闲聊着。菲利普全神贯注地听着。接着又响起一阵铃声,大家赶紧跑下楼去,在教室里那两张长桌旁的条凳上坐定。沃森先生也进来坐下,后面跟着他的太太和几名工友。沃森先生神态威严地念起祷告文来,他那响亮的嗓门发出的有如雷鸣一般的祈求,好像是针对每个孩子本人发出的恐吓言论。菲利普心神不安地听着。随后沃森先生念了一章《圣经》,工友们一个挨一个出去了。不一会儿,那个衣衫不整的年轻工友端来两大壶茶,接着第二趟又捧进来几大盘涂着黄油的面包片。

菲利普本来就容易恶心,看到涂在面包上的那一层厚厚的劣质黄油,更叫他倒胃口,但是发现别的孩子都把那层黄油刮掉,他也就照他们的样子这么做了。他们都有罐装肉之类的食品,是放在他们的个人用品箱里带来的。有些学生还添一份"额外的食物",比如鸡蛋或熏咸肉,沃森先生从这上面赚一笔外快。沃森先生也曾问过凯里先生,是否让菲利普也添上一份"额外的食物",凯里先生回答说他觉得不该溺爱孩子。沃森先生对他的话十分赞同——他认为,对于那些身体正在发育成长的少年来说,再没有比涂黄油的面包更好的食物了——但是有些做父母的却过于娇惯子女,坚持要给他们添加"额外的食物"。

菲利普发现"额外的食物"给某些孩子赢得了几分脸面,于是他打定主意,等到给路易莎伯母写信时,要求给自己也添一份"额外的食物"。

　　早饭以后，孩子们都到外面操场上去闲逛。走读生也陆陆续续地到校了。他们的父亲不是当地的牧师，就是兵站的军官，或是居住在这座古城里的工厂主和实业家。不久铃声响了，孩子们成群结队地走进课堂。课堂包括一个长长的大房间和一个小套间。大房间的两头，由两位教师分别教中、低班的课程；小套间归沃森先生使用，他教高班。为了表明这所学校是附属于皇家公学的预备学校，在每年的授奖典礼日和成绩报告单上，这三个班级被正式称为预科高班、预科中班和预科低班。菲利普被安排在低班。这个班的老师名叫赖斯，脸盘儿红红的，嗓音悦耳动听，给孩子们上课时欢快有趣。时间过得飞快，一转眼已是十点三刻，菲利普感到非常惊讶。孩子们被放到教室外面去休息十分钟。

　　全校学生都闹哄哄地拥到操场上。新来的学生按吩咐站在操场中央，其他学生分别沿着左右两边的围墙站立。他们开始玩起逮猪的游戏。校内原来的学生从这一堵墙跑到另一堵墙，中间新来的学生这时便设法去抓他们，如果抓住一个，就念声咒语："一、二、三，猪归咱。"那个被逮住的孩子便成了俘虏，转过来帮新学生去抓那些仍在自由奔跑的人。菲利普看见一个男孩从身边跑过，想上前把他抓住，但他一瘸一拐，根本不可能抓到那个孩子；于是，那些仍在奔跑的孩子趁机都朝他把守的区域跑来。其中有个男孩灵机一动，模仿起菲利普奔跑的笨拙样子。其他的孩子见了都笑起来，接着他们便都学那男孩的样子，在菲利普周围怪模怪样地瘸着腿奔跑，一面尖着嗓门又叫又笑。他们完全沉迷在这种新的娱乐所带来的喜悦之中，不由自主地乐得几乎喘不过气来。有个孩子把菲利普绊了一下,而菲利普就像平常摔倒时那样,重重地摔在地上,膝盖也跌破了。他从地上爬起来的时候,孩子们笑得更厉害了。一个男孩从背后推了菲利普一下,要不是另一个男孩一把抓住他,他管保又要摔倒。大家一味拿菲利普的残疾取乐,把原来玩的游戏也忘了。其中有个孩子还发明了一种奇特的、身子摇摆的跛行动作,让别的人觉得特别滑稽可笑,好几个孩子甚至躺倒在地,笑得直打滚:菲利普完全吓呆了,他实在弄不懂他们为什么要嘲笑他。他的心怦怦乱跳,几乎都透不过气来了。菲利普生来还从未受过这么大的惊吓。他呆头呆脑地站定在那儿,别的孩子在他周围哄然大笑,模仿他的步态,跑来跑去。他们对着他大声喊叫,要他去抓他们,但是菲利普一动不动。菲利普不想让他们再看到自己奔跑。他竭尽全力地强忍住眼泪。

突然铃声响了,学生们纷纷返回课堂。菲利普的膝盖淌着血,头发蓬乱,满身灰土。有好几分钟,赖斯先生都无法控制班上的秩序。他们仍对刚才那种新奇的玩意儿感到兴奋;菲利普看到有一两个同学还在偷偷朝下打量自己的下肢,连忙把脚缩到板凳下面。

下午,孩子们要去踢足球。菲利普吃好午饭,正往外走,沃森先生把他拦住。

"你大概不会踢足球吧,凯里?"他问菲利普说。

菲利普羞得涨红了脸。

"不会,先生。"

"那好。你最好也到场地上去。那儿你能走得到吧?"

菲利普不知道足球场在哪儿,但他仍然回答了一句:

"能的,先生。"

孩子们在赖斯先生的带领下正要出发,赖斯先生瞥见菲利普没换衣服,便问他为什么不准备去踢球。

"沃森先生说我用不着去,先生。"菲利普说。

"为什么?"

许多孩子围着菲利普,好奇地望着他。菲利普感到一阵羞愧,垂下目光没有言语。其他孩子便替他回答了。

"他有只脚畸形,先生。"

"噢,我明白了。"

赖斯先生十分年轻,一年前刚取得学位。他一下子感到十分尴尬。他本能地想对菲利普表示歉意,但又腼腆得说不出口。他粗声粗气地对别的孩子嚷道:

"喂,孩子们,你们还等什么呀? 快走吧!"

有些学生早就出发了,留下来的人也三三两两地走了。

"你最好跟我一起走,凯里。"老师说,"你不认得路,是吗?"

菲利普猜出老师的好意,喉头感到一阵哽咽。

"我走不快的,先生。"

"那我就走得慢点。"老师笑嘻嘻地说。

听到这位红脸盘的平凡的年轻人说的这句体贴的话,菲利普一下子对他有了好感。他顿时不再感到那么伤心难受了。

可是晚上孩子们上楼脱衣睡觉的时候,那个叫辛格的男孩却从自己的小卧室里跑出来,把头伸进菲利普的卧室。

"嗨,让我们瞧瞧你的脚。"他说。

"不。"菲利普回答说。

他赶紧跳上床去。

"别对我说'不'字。"辛格说,"快来,梅森。"

隔壁卧室里的那个孩子正在门旁边观看,一听到叫唤,立刻钻了进来。他们朝菲利普走过去,想要掀掉盖在他身上的毯子,但菲利普紧紧揪住不放。

"你们干吗要缠着我不放?"菲利普喊道。

辛格抓起一把刷子,用刷子背敲打菲利普两只紧抓着毛毯的手。菲利普大叫起来。

"你干吗不安安静静地把脚伸出来给咱们看一下?"

"我不想给你们看。"

在走投无路的情况下,菲利普握紧拳头,捶打那个折磨自己的孩子,但是他势单力薄,辛格一把抓住他的胳膊,把它反扭过来。

"哦,别扭了,别扭了,"菲利普说,"我的胳膊要给你扭断了。"

"那么你就躺着别动,把脚伸出来。"

菲利普抽泣了一声,喘了口气。辛格又把他的胳膊猛地扭了一下。菲利普疼得难以忍受。

"好吧,我伸。"菲利普说。

菲利普伸出了脚。辛格仍然抓住菲利普的手腕不放。他好奇地打量着那只畸形的脚。

"好不恶心!"梅森说。

这时又有一个孩子跑进来观看。

"呸。"他厌恶地说。

"哎哟,样子真怪。"辛格说道,一面做了个鬼脸,"它硬不硬?"

他小心翼翼地用食指尖碰了碰那只脚,好像它本身具有生命似的。突然,他们听到楼梯上传来沃森先生沉重的脚步声,就赶紧把毯子扔还给菲利普,像兔子似的迅速跑回自己的卧室。沃森先生走进学生宿舍。他只要踮起脚尖,就可以从挂着绿色门帘的横杆上方看到里面的动静。他查看了两三间学生卧室。孩子们都已安然入睡,他关了灯,转身出去。

辛格叫唤菲利普,但菲利普没有搭理。他用牙紧咬着枕头,不让人听到自己的呜咽声。他暗自哭泣,倒不是因为他们给他带来的肉体上的疼痛,也不是因为给他们看了自己的跛足所蒙受的羞辱,而是恼怒自己无用,经受不住折磨,竟然主动地把脚伸了出去。

这时候,他感受到了生活中的苦难。在他这个幼小的孩子看来,这种痛苦似乎永远没有尽头。不知怎的,他猛然想起埃玛把他从床上抱起、放到妈妈身旁的那个寒冷的早晨。自那以后,他再也没有回想过那一幕景象;但是如今,他似乎又感受到自己挨着母亲身子、被她抱在怀里的那股暖意。他忽地觉得自己所经历的一切,母亲的去世、牧师公馆的生活、在学校这两天的不幸遭遇,有如一场幻梦;明天一早醒来,自己又会回到家里。他想到这儿,泪水也就干了。他真是太不幸了,这一切想必只是一场幻梦;他母亲仍然活着,埃玛不久就会上楼来睡觉的。他睡着了。

可是第二天早晨他一觉睡醒,耳边仍是叮叮当当的铃声,首先出现在他眼前的,仍是他小卧室里的那块绿色门帘。

12

时间一长,菲利普的残疾不再引起大家的兴趣。那就像是某个孩子的红头发,或者另一个孩子的过度肥胖那样,结果也被他们认可了。然而在这段时间里,菲利普却变得极其敏感。只要可以不跑,他就决不奔跑,因为他知道一跑起来,自己就瘸得更为明显,他采取了一种独特的行走方式。他尽量站定不动,并把那只畸形的脚藏到另一只脚后边,免得引起注意。他时刻都在留神别人是否提到自己的跛足。他无法参加其他孩子玩的那些游戏,因此对于他们的生活始终不大熟悉。至于他们的各种活动,他也只能站在一旁观看。他觉得自己跟别的孩子之间似乎有一道障碍。有时候,孩子们似乎也认为他不会踢足球是他自己的过错,而菲利普又无法让他们明白自己的情况。他经常独自一个,无人搭理。他素来很爱说话,如今却渐渐变得寡言少语。他开始思考自己跟别的孩子之间的不同之处。

宿舍里最大的孩子辛格不喜欢菲利普。就年龄而言,菲利普算是个子矮小的,他不得不忍受各种虐待。学期大约过了一半的时候,学校里兴起一阵玩"笔尖"游戏的热潮。这是一种双人游戏,在桌子或长凳上用钢笔尖比试着玩。玩的人得用指甲把自己的笔尖朝前推去,设法让它迎面爬到对手的笔尖头上;而对手一面闪躲防备,一面也设法使自己的笔尖迎面爬上对方的笔尖背。哪个人成功了,就在自己拇指的肉球上呵口气,随后使劲按住这两只笔尖,如果能把它们粘住,一块儿提起来,那么,这两只笔尖就都属于赢家。不久,到处都看见学生们在玩这种游戏,那些本领高超的孩子赢得了大量笔尖。可是,过了一阵子,沃森先生认定这是一种赌博,就禁止学生玩这种游戏,并把他们手里的笔尖全部没收。菲利普玩起这种游戏来十分拿手,却也只好心情沮丧地交出他赢到的所有笔尖。但是,他手指痒痒的,仍想再玩一玩。几天以后,在去足球场的路上,他跑进一家店铺,花了一个便士,买了几个J字形钢笔尖。他把这些笔尖散放在口袋里,摸着过瘾。不久,辛格就发现菲利普手里有这些笔尖。辛格的笔尖也都交出去了,但是他暗自留下一只名叫"大象"的特大笔尖,这只笔尖几乎战无不胜。如今,可以把菲利普的J字形笔尖赢到手里的机会摆在面前,他可无法放弃。尽管菲利普知道用自己的小笔尖跟他较量,完全处于下风,但他生性喜爱冒险,也愿意大胆一试。再说他也清楚,辛格是不会允许自己拒绝的。已经歇手了一个星期,现在坐下来又玩起这种游戏,心里感到一阵兴奋。菲利普很快就输掉了两只小笔尖,辛格开心得不得了。可是第三次交锋时,辛格的"大象"不巧一下子滑转过来,菲利普乘机把他的J字形笔尖推上"大象"的脊背。他胜利地欢呼起来。就在这时,沃森先生走了进来。

"你们在干什么?"他问。

他望了望辛格,又望了望菲利普,但他们俩谁也没有吭声。

"难道你们不知道,我禁止你们玩这种极为愚蠢的游戏?"

菲利普的心怦怦直跳。他知道会有什么后果,吓得丧魂落魄,但恐惧之中也掺杂着几分喜悦。他还从来没有挨过老师的鞭子。遭受鞭打当然很疼,但事过之后,却可以夸耀一番。

"到我书房来。"

校长转过身,他们并排跟在后面,辛格低声对菲利普说:

"咱们肯定要倒霉了。"

沃森先生指着辛格说:

"弯下身去!"

菲利普脸色煞白,看到辛格每挨一鞭,身子就抖动一下。三鞭以后,辛格就哇哇地哭喊起来。紧接着又抽了三鞭。

"行了,站起来。"

辛格直起身子,脸上流淌着泪水。菲利普朝前迈了一步,沃森先生端详了他一会儿。

"我可不想用藤条抽你。你是一个新来的学生,而且我也不能打一个瘸腿的孩子。走吧,你们俩都走吧,不许再淘气了。"

他们两个人走回教室时,一群孩子正在那儿等着,他们已经通过某种神秘的途径打听到发生的事情。他们马上急切地向辛格问这问那。辛格面对着他们,脸因为疼痛而涨得通红,面颊上带着泪痕。辛格用脑袋朝站在身后不远的菲利普一指,愤愤不平地说:

"他躲过了处罚,因为是个瘸子。"

菲利普红着脸,一声不响地站着。他感到他们朝他投来轻蔑的目光。

"你挨了几下?"有个孩子问辛格。

可是辛格没有回答。他受了皮肉之苦,心里十分气恼。

"以后不要再来找我斗笔尖了,"他对菲利普说,"你可真讨巧,什么风险也不用担。"

"我可没来找你。"

"你没有?"

辛格猛地伸出脚去,把菲利普绊了一下。菲利普平常就站不大稳,他重重地摔倒在地。

"瘸子。"辛格说。

在后半学期里，辛格残酷地折磨菲利普。尽管菲利普竭力回避，但是学校的地方太小，要不跟他打照面是不可能的。他试图跟辛格欢快、友好地相处，甚至卑躬屈膝地买了一把小刀送他，但辛格收下了小刀，却不愿和解。有一两次，菲利普实在无法忍受，就朝这个比他大的男孩又踢又打，但辛格的力气比菲利普要大多了，菲利普根本无法跟他对抗，总是在多少遭受了一番煎熬后，被迫向他请求原谅。这一点特别叫他恼恨不已，因为他忍受不了赔礼道歉的屈辱，而每逢疼痛超出了肉体所能忍受的限度，他又不得不赔礼道歉。更糟的是，他的这种悲惨不幸的生活似乎看不到尽头。辛格才十一岁，一直要到十三岁才会升到中学部去。菲利普明白还得跟这个折磨自己的家伙相处两年，而且根本无法逃避。他只有在做功课或者上床睡觉的时候，才略微快活一点。他脑子里经常会有一种奇怪的感觉：眼下的生活，以及其中的所有苦难，都只是一场幻梦而已，也许哪天早晨一觉醒来，自己又躺在伦敦家里的那张小床上了。

13

两年过去了，菲利普也快十二岁了。如今他已进入预科高班，在班里的成绩名列前茅。圣诞节后，有几个学生要前往中学部去念书，到那时，菲利普就会成为班上最突出的学生了。他已获得了一大批奖品，都是些纸张很差、没有多少价值的图书，但装帧华丽，封皮上还饰有学校的校徽。菲利普取得了优等生的地位以后，就没有人再来欺负他了，而他也不再那么闷闷不乐。由于他身有残疾，同学们对他取得的优秀成绩倒并不那么妒忌。

"要知道，就他而言，要得到奖品还不容易，"他们说，"他除了死命用功，还能干什么呢!"

菲利普已不像早先那么惧怕沃森先生，也习惯了他那种粗大的嗓门；每次校长的手重重地按在菲利普的肩膀上时，他总隐隐约约地觉察出这其实是一种爱抚的表示。菲利普记性很好，而记忆力往往比智力对学业成绩更有帮助。他知道沃森先生期望他在离开预备学校时获得一笔奖学金。

可是他的自我意识变得十分强烈。新生的婴儿无法意识到自己的躯体不同于周围的物体，是自身的一部分；他摆弄自己的脚趾，就像摆弄身旁的拨浪鼓似的，一点也不觉得这些脚趾是属于他自己的。只有通过疼痛的感觉，他才逐渐理解自己肉体的存在。而对个人来说，为了意识到自我的存在，他也非得经历同样的痛苦不可；不过其中也有差别：虽然我们每个人都同样感到自己的身躯是独立而完整的机体，但并不是所有的人都同样感到自己是以完整而独立的个性存在的。大多数人在青春期到来时都会产生一种落落寡合的感觉，但这种感觉并不总是发展到明显地与伙伴们难以投合的地步。只有像蜂巢里的蜜蜂那样很少感觉到自身存在的人，才是生活的幸运儿，因为他们最有可能获得幸福：他们一起参加各种活动，而他们的欢乐，也只因为大家共同享有，才成为欢乐。在圣灵降临节①后的那个星期一，你可以看到他们在汉普斯特德公园②婆娑起舞，在足球比赛中呐喊助

① 圣灵降临节，复活节后的第七个星期日，基督教庆祝圣灵降临的节日。
② 汉普斯特德公园，位于伦敦西北部，面积广阔，有大片的绿色草地。

威,或是从蓓尔美尔大街的俱乐部窗口向盛大的游行队伍欢呼致意。正因为有他们这些人,人类才被称为社会性的动物。

菲利普由于跛足而时常遭受别人的戏弄,逐渐失去了童年时代的天真,转而痛苦地意识到自身的存在。他个人的情况十分特殊,因此无法运用在通常情况下行之有效的现成规则来应付周围的环境。他不得不独立思考。他看过许多书,脑子里充满了各种各样的念头,他对书中的意思只是一知半解,这倒给他的想象力提供了更多发挥的余地。在他痛苦的害羞心理的背后,某种东西正在他的内心逐渐发展,他朦朦胧胧地意识到自己的个性。但有的时候,这也叫他感到异常惊讶;他做的事情,有时连自己也不知道缘由,事后回想起来,也一片茫然。

班里有个叫卢亚德的男孩,与菲利普成了朋友。有一天,他们在教室里一块儿玩的时候,卢亚德拿起菲利普的一根乌木笔杆变起戏法来了。

"别瞎摆弄了,"菲利普说,"你只会把笔杆折断的。"

"不会的。"

可是这孩子话音未落,笔杆便啪的一声折成两段。卢亚德惊慌失措地望着菲利普。

"哎呀,实在对不起。"

泪珠顺着菲利普的脸颊滚滚流下,但他没有吭声。

"嘿,怎么啦?"卢亚德吃惊地说,"我赔给你一根一模一样的好啦。"

"笔杆我倒不在乎,"菲利普声音颤抖地说,"只是这支笔杆是我妈临终时留给我的。"

"噢,凯里,真是太对不起了。"

"没关系,这不怪你。"

菲利普把折成两段的笔杆拿在手里察看着。他强忍着不哭出声来,心里十分悲苦。然而他说不出自己为什么这样难受,因为他很清楚,这支笔杆是他上次在黑马厩镇度假时用一两个便士买来的。他压根儿不明白自己为什么凭空虚构这么一个哀婉动人的故事,但是他极为伤感,好像真的发生过这样的事似的。牧师公馆的虔诚气氛和学校里的宗教色彩,使菲利普的良心变得十分敏感;他不知不觉地对自己形成了这样一种观念:魔鬼时刻都在守候着,想要攫取他的永生不灭的灵魂。尽管他并不比大多数孩子更加诚实,但是每次他说了谎,事后总悔恨不已。他把刚才发生的这件事仔细思考了一下,心里十分苦恼,打定主意要去找卢亚德,告诉他那故事是自己编造出来的。虽然他在世上最怕的莫过于蒙受羞辱,但是一想到自己为了上帝的荣耀而丧失脸面,想到那种令人痛苦的喜悦,他又有一两天暗中沾沾自喜。然而他并没有做出进一步的行动。他只向全能的上帝表示忏悔,采取这种比较轻松的方式来安慰自己的良心。可是他不明白为什么会真心诚意地被自己编造的故事所打动。在他那龌龊的脸颊上流淌的泪水,确实是充满真情的泪水。接着他又意外联想到埃玛把母亲去世的消息告诉自己时的那番情景。当时他尽管哭得说不出话来,仍然执意要进屋去跟两位沃特金小姐辞别,好让她们看到自己的哀伤,对他抱有怜悯之情。

14

接着学校里掀起一股笃信宗教的浪潮。再也听不到骂人的脏话了,年龄幼小的孩子的捣蛋行为受到大家的强烈反感,而那些岁数较大的孩子则像中世纪时上院的世俗议员①那样,凭借自己的臂力迫使弱小的孩子养成良好的品格。

菲利普的头脑一向十分活跃,渴望探索新事物,他变得十分虔诚。不久,他听说有个"圣经联合会"招收会员,便写信到伦敦去询问详情。回信说需要在一张表格上填写申请人的姓名、年龄和所在学校;还要在一份正式的声明书上签字,保证自己每天晚上念一段指定要念的《圣经》,为期一年;另外再交半个克朗②会费。对方解释说,这一方面是为了表明申请者要求加入"圣经联合会"的诚意,另一方面也是为了分担该会的办公费用。菲利普及时地把表格和钱寄去,随后收到对方寄来的一本价值约为一个便士的日历,上面注明每天规定要念的那段经文;另外还附了一页纸,纸的一面印着一幅耶稣和羊羔的图画,另一面是一小段周围框了红线的祈祷词,每天在念《圣经》之前,必须先吟诵这段祈祷词。

每天晚上,菲利普总是尽快地脱去衣服,以便赶在煤气灯熄掉之前完成他的读经任务。他勤奋用功地阅读经文,就像平常念书一样,对于那些残暴、欺骗、忘恩负义、弄虚作假和卑鄙狡诈的故事,他都不加褒贬地一气念下去。这些行为假如

① 世俗议员指不是主教或大主教的贵族议员。
② 克朗,在英国旧币制中,相当于五先令的硬币。

出现在周围的现实生活中,肯定会使他心惊胆战,而如今阅读的时候,竟然不予置评地让它们在他的脑海里掠过,因为这些行为都是在上帝的直接授意下干的。"圣经联合会"的读经办法是交替诵读《旧约》和《新约》中的篇章。有天晚上,菲利普偶尔看到耶稣基督的这样一段话:

> 你们若有信心,不疑惑,不但能行无花果树上所行的事,就是对这座山说,你挪开此地,投在海里,也必成就。
> 你们祷告,无论求什么,只要信,就必得着。①

当时这段话并没有给他留下什么特别的印象。但是,两三天后的那个星期天,住在任所的教堂牧师会成员正好也挑选了这段话作为他布道的内容。按说就算菲利普想要凝神倾听,恐怕也无法听得清楚,因为皇家公学的学生都被安排在唱诗班的座席上,而布道坛又设在教堂的交叉甬道的角上,这样一来,布道的牧师几乎是背对着他们。况且,距离又那么远,布道的牧师非得有一副好嗓子,还要懂得演讲的技巧,才能让坐在唱诗班座席上的孩子们听清楚自己的话。依照长久以来的习惯,挑选特坎伯雷大教堂牧师会的成员,是根据他们的学识,而不是根据他们是否具有胜任大教堂事务的实际才能。但是那段经文,也许是因为菲利普不久前刚刚念过,因而仍能相当清楚地传到他的耳中。突然他觉得这些话好像是针对自己讲的。在布道的过程中,菲利普老琢磨着那段话。那天晚上,刚睡上床,他就翻开《福音书》,又找到了那段经文。尽管他素来对书本上看到的每件事深信不疑,但已认识到《圣经》

---

① 见《新约·马太福音》第 21 章第 21 节和第 22 节。

里有时讲得相当明确的一桩事,往往却神秘地意味着另一回事。学校里没有一个他乐意请教的人,因此他把这个问题记在心里,直到圣诞节回家度假时,他才创造出一个机会提出来。有一天吃过晚饭,刚做完祷告,凯里太太跟往常一样正清点着玛丽·安拿进来的鸡蛋,并在每一只上标明日期。菲利普站在桌旁,假装懒洋洋地翻看《圣经》。

"我说,威廉大伯,这儿的一段话,真是这个意思吗?"

他用指头点着那段经文,好像是无意中读到似的。

凯里先生抬起头来,从眼镜框的上面望着菲利普。他正拿着一份《黑马厩镇时报》在炉火前面烘烤。那天晚上送来的报纸,油墨还没有干透,牧师在看之前,总要先把报纸烘上十分钟。

"是哪一段?"

"嗯,是讲只要有信念,就能把大山搬走的那一段。"

"如果《圣经》上这么说,那当然就是这个意思了,菲利普。"凯里太太语气柔和地说,一面挎起餐具篮。

菲利普望着大伯,等他回答。

"这是个信念的问题。"

"您的意思是不是说,只要真心相信,就一定能把大山搬走呢?"

"要靠上帝的恩典。"牧师说。

"好了,向你大伯道个晚安吧,菲利普。"路易莎伯母说,"你总不见得今晚就想把大山搬掉吧?"

菲利普让大伯在自己的额头上亲了一下,接着赶在凯里太太前面上楼去了。他已经打听到了自己想要了解的情况。小房间里冷得要命,他换上睡衣的时候,不由得直打哆嗦。可是他总觉得在艰苦的条件下做祷告,更能赢得上帝的好感。他手脚冰冷,也是对全能的上帝所作的供奉。今晚他跪下身子,双手掩面,竭尽全力地向上帝祈祷,恳求上帝使他的跛足变得完好无瑕。跟搬走大山比起来,这真是一件不足挂齿的小事。他知道只要上帝愿意,马上就能办到;而他自身也有绝对的信念。第二天早晨他在结束祷告时,又提出同样的请求,同时还确定了这项奇迹出现的日期。

"哦,上帝,假如仁爱与怜悯乃是您的意愿,就请让我得到您的仁爱与怜悯,在我回学校的前一天晚上,把我的脚治好吧。"

菲利普高兴地把他的祈求编成一套固定的语句。牧师每次念完祷告后,总要跪在那儿静默片刻才站起来,后来,菲利普在饭厅里就是利用这段空隙把那些语句重复一遍。晚上他又说了一遍;上床睡觉之前,他穿着睡衣,浑身发抖地又说了一遍。他坚信不疑。他竟然破天荒地急切盼望假期早点结束。想到大伯看见自己一步三级地跑下楼来,会有多么惊讶;早餐以后,自己和路易莎伯母还得匆匆出门去买一双新靴子,他不禁暗自笑了。学校里的那些同学也会大为震惊。

"喂,凯里,你的脚怎么啦?"

"噢,已经好啦。"他漫不经心地回答说,好像这是世上最自然不过的事儿。

于是他可以踢足球了。他似乎看到自己在跑呀跑的,跑得比别的随便哪个孩子都快,他的心禁不住怦怦直跳。在复活节学期结束时,学校要举行运动会,他可以参加各种速度竞赛;他还想象自己飞步跨栏的情景。他可以跟其他孩子一样,那些不知道他身有残疾的新来的学生,再也不会好奇地紧盯着他了;夏天上澡堂洗澡,也不必在脱衣服时多方防范,随后赶紧把脚藏到水里了。这一切真是妙极了。

他把心灵的全部力量都用在祈祷上,一点也没有受到疑虑的困扰,对上帝的言辞充满信赖。在返回学校前的那天晚上,他上楼睡觉时激动得身子不住颤抖。屋外地面上积满了雪;路易莎伯母也破例在自己的卧室里生起火来享受一下,但菲利普的小房间里冷飕飕的,连手指都冻得麻木了。他好不容易才把衣领解开。牙齿不停地格格打战。菲利普蓦地产生一个念头:他必须用某种不同寻常的举动来引起上帝的注意。于是,他把床前的小地毯翻起来,好让自己跪在光秃秃的地板上;接着他又突然想到,身上穿的睡衣太柔软了,可能会引起造物主的不快,因此干脆就把睡衣脱了,光着身子做祷告。他回到床上的时候,浑身冰凉,好半天都睡不着。可是一旦进入梦乡,就睡得十分酣畅,到了第二天早晨,玛丽·安把热水给他送进房来的时候,竟不得不把他摇醒。玛丽·安一边拉开窗帘,一边跟他说话,但是菲利普却没有搭腔,因为他一醒就马上想起,今天早晨应当出现奇迹。他心里充满了喜悦和感激。他最初的本能,就是想伸手去摸那只眼下已经完好无缺的脚,但这么做,似乎是对上帝的仁爱表示怀疑。他知道自己的脚已经治好了。最后他拿定主意,用右脚的脚趾碰了碰地面。接着他伸手去摸。

就在玛丽·安走进饭厅准备祷告的时候,菲利普一瘸一拐地下了楼,在餐桌旁坐下来用早餐。

"今儿早上你怎么闷声不响的,菲利普?"过了一会儿,路易莎伯母说。

"他正在想明天学校里他要吃到的那顿丰盛的早餐。"牧师说。

菲利普回答的话与眼前谈论的事没有什么关系,这种答非所问的样子总叫大伯感到恼火。大伯把他的这种情况称作"心不在焉的坏习惯"。

"假如你请求上帝做某件事,"菲利普说,"而且也真心相信这件事会发生,噢,我指的是搬走大山之类的事,而且也有信念,结果事情却没有发生,这意味着什么呢?"

"真是个古怪的孩子!"路易莎伯母说,"两三个星期之前,你就问过搬走大山的事啦。"

"那只意味着你的信念不坚。"威廉大伯回答说。

菲利普接受了这样的解释。要是上帝没有给他医治好,那是因为自己并不是真心相信。然而他看不出自己怎样才能做得更加真心实意。也许是没给上帝足够的时间,他只给了上帝十九天的期限。过了一两天,他又开始祷告了。这一次,他把日期定在复活节。那是上帝之子光荣复活的日子,上帝沉浸在幸福之中,也许会大发慈悲。菲利普为了实现自己的愿望,又添加了其他一些办法:每逢他看到一弯新月或者一匹花斑马的时候,他就开始为自己祝愿;他对天上的流星也密切注意。有一次他放假回来,正遇上家里吃鸡,他跟路易莎伯母一起扯那根如愿骨①时,又表示了自己的心愿。每一次他都希望自己的跛足能恢复正常。他无意中竟然向自己种族早期信奉的众神发出祈求,这些神祇比以色列人信奉的上帝具有更古老的历史。白天一有空闲,只要他记起来,就连续不断地

① 如愿骨,指家禽、鸟等胸前的叉骨。西方迷信认为,两人同扯叉骨,扯到长的一段的人可以有求必应。

向全能的上帝祈祷,总是相同的几句话。在他看来,用同样的词语向上帝请求,是至关重要的。可是不久,他又觉得这一次他的信念依然不够坚定。他不断受到疑虑的困扰,根本无法抵御。他把自己的体验归结为这样一条普通规律。

"依我看,谁也没有足够的信念。"他说。

这就像他保姆以前常对他讲的盐的作用一样。保姆说:无论什么鸟,只要你在它的尾巴上撒点盐,就能把它抓住。有一次,他真的带了一小袋盐,进了肯辛顿花园。可是他怎么也无法挨近小鸟,好把盐撒在它的尾巴上。没等到复活节,他就放弃了这种努力。他觉得自己上了大伯的当,心里隐隐约约地对大伯有了一股怨气。《圣经》上的那段有关搬走大山的经文,正是属于这样一种情况:说的是一桩事,指的又是另一回事。他觉得大伯一直在捉弄自己。

15

菲利普十三岁那年进了特坎伯雷皇家公学。这所学校以其历史久远而自豪。最初是一所修道院学校,创建于诺曼人征服英国①之前,当时只设有几门基础课程,由奥古斯丁教团的修士讲授。这所学校也像别的许多同类学校一样,在修道院遭到毁坏之后,由亨利八世国王陛下的官员整顿重建,学校的名称就源于此。自那时起,学校采取了比较适宜的办学方针,为当地上流人士以及肯特郡各行各业人士的子弟提供足以应付实际需要的教育。有一两个学生走出校门之后,便成

---

① 指1066年诺曼底公爵征服者威廉率领的诺曼人对英国的军事征服。

为名闻遐迩的作家,开始以诗人的身份出现,只有莎士比亚才具有盖过他们的非凡才华,最后从事散文写作,他们的人生观对菲利普这一代人仍有着深刻的影响。这所学校也出了一两个才干卓越的律师,不过如今才干卓越的律师并不罕见。另外,还出了一两个战功显赫的军人。然而,皇家公学在脱离修士会以后的三百年内,主要还是培养教士、主教、主任牧师、牧师会成员,特别是乡村牧师。学生里有不少孩子的父亲、祖父和曾祖父也都在这儿念过书,也都当过特坎伯雷主教管区内的教区长,因此这些学生踏入校门时,就已经决定要担任牧师。尽管如此,仍然有一些迹象表明,就连在这些人身上也会出现某些变化:有几个孩子重复着他们在家里听到的话,说什么如今的教会已经跟以前不一样了。问题倒并不在于教会的俸禄微薄,而是现在从事教会事务这个阶层的人跟过去不同了。据两三个孩子了解,有几位副牧师的父亲就是做买卖的。他们宁可出国到殖民地①去(当时,凡是在英国无法找到工作的人,仍然把殖民地看作他们最后的希望),也不愿在某个出身卑微的家伙手下当副牧师。在皇家公学也像在黑马厩镇的牧师公馆一样,说到做买卖的,就是指那些没有福分获得田产(这里,拥有田产的乡绅和一般的土地所有者之间存在着细微的差别),或那些并非从事四大专门职业②的人(一个有身份的人可以干的也不外乎这四门职业)。这所学校的走读生里面,大约有一百五十人是当地的上流人士或驻扎在兵站里

---

① 殖民地,指英国在美国独立前最初建立的十三个殖民地,也就是美国独立时的十三个州。

② 四大专门职业,一般指需要接受高等教育和特殊训练的律师、建筑师、医生和牧师这样四种职业。

的军官的儿子,至于那些父亲经商的孩子,则感到自己身份低微而无法抬头。

学校里的那些教师有时在《泰晤士报》或《卫报》上也看到一些教育方面的新思想,但是根本不肯接受。他们热情地希望皇家公学保持原有的老传统。那些死亡的语言①被教得十分全面到家,孩子们在后来的岁月中往往一想到荷马或维吉尔,就感到一阵厌烦。尽管也有一两个放肆大胆的人在教员公共休息室用餐时暗示说,数学已显得日益重要,但大家仍普遍觉得这门学科不如古典文学高雅。学校里既不教授德语,也不设置化学课。而法语也只由级任教师教授,他们比外国教师更能维持好课堂的秩序;况且,他们的语法知识丝毫不比任何法国人差,至于若不是侍者懂点儿英语,他们中的无论哪一位恐怕都无法在布洛涅的餐厅里喝上一杯咖啡,这一点似乎无关紧要。地理课主要是让学生们画地图,这也是他们最爱干的事儿,特别是涉及某个多山国家的时候,因为画画安第斯山脉或是亚平宁山脉②,可以消磨掉很多时间。教师都是一些从牛津或剑桥毕业的、没有结婚的教士。假如他们当中偶尔有哪个想要结婚成家,就得听凭牧师会的安排,接受某项俸禄微薄的职务才行。可是多年以来,他们当中还没有哪一个愿意离开特坎伯雷这个品位高雅的社交圈子(这个社交圈子既充满了宗教的气氛,又由于当地的骑兵站而具有尚武的色彩),去过乡村教区那种单调的生活;他们眼下都已进入中年。

~~~~~~~~~~~~

① 死亡的语言,指拉丁语等人们在日常生活中不再使用的语言。
② 安第斯山脉在南美洲,而亚平宁山脉在意大利境内。

另一方面,校长却非得结婚不可;他主持学校事务,直到年老体衰才罢手。校长退休时,不但可以获得一份比下级教师所能希望的优厚得多的俸禄,而且还被授予牧师会的名誉会员。

可是,就在菲利普进入皇家公学的前一年,学校发生了一项重大的变化。早一阵子,当了二十五年校长的弗莱明博士耳聋得十分厉害,显然无法继续为上帝效劳增光了。后来,市郊正好出现了一个年俸六百英镑的肥缺,牧师会便提出把这份差事给他,其实也是在暗示他应该马上退休。靠着这样一份俸禄,他完全可以舒舒服服地调养身体,医治病痛。有两三位对这份肥缺感到眼红的副牧师对他们的妻子说:把这样一个需要由身体强壮、精力充沛的年轻人来主持的教区,交给一个对教区的工作一无所知、已经捞足了油水的老头儿,真是太不像话了。但是这些尚未得到圣职的教士私底下的怨言,是传不到大教堂牧师会成员的耳朵里的。至于那些教区居民,他们在这桩事上没什么可说的,因而也就没有人去征求他们的意见。而卫斯理宗教徒和浸礼会教徒在乡村里也都设有自己的小教堂。

对弗莱明博士做出这样的安排后,就有必要找一个继任人。假如从本校的下级教师中挑选,那是违背学校传统的。全体教师一致希望选择预备学校校长沃森先生出任:他几乎不能算是皇家公学的教师,大家认识他已有二十年了,用不着担心他会成为一个惹人讨厌的角色。可是,牧师会的意外决定却叫他们大吃一惊。牧师会选中了一个名叫珀金斯的家伙。一开始,谁也不知道珀金斯是什么人,他的姓名也没给谁留下好的印象。然而他们在震惊之余,忽然意识到这个珀金斯原来就是亚麻织品店老板珀金斯的儿子。弗莱明博士在午餐前才把这个消息通知全体教师,他的神态也显得十分慌乱。那些留在学校里吃饭的教师,几乎默不作声地埋头用餐,在工友离开屋子前绝口不提这件事,过后才议论起来。当时在场的那些人的姓名实在无关紧要,但是他们的外号"常叹气""柏油""瞌睡虫""水枪"和"小团团"却为学校里的好几代学生所熟知。

他们全都认识汤姆·珀金斯。首先他这个人算不得上流绅士。大家对他的情况记得十分清楚。他是个身材矮小、肤色浅黑的小男孩,长着一头乱蓬蓬的黑发和两只大眼睛,看上去像个吉普赛人。他来校念书时,是名走读生,享受学校提供的最高奖学金,所以他在学校里接受教育压根儿不用花一个子儿。当然,他的确十分聪明。在每年的授奖典礼上,他总拿到许多奖品。汤姆·珀金斯成了学校用来展示的学生。这会儿,教师们相当苦涩地回想起当年他们那么担心他去领取某所规模较大的公学的奖学金,从而溜出他们的掌心。弗莱明博士曾经亲自跑去拜访他那位开亚麻织品店的父亲——他们都还记得开设在圣凯瑟琳大街上的那家"珀金斯—库珀"亚麻织品店——而且表示希望汤姆在上牛津大学之前能始终留在他们那儿。皇家公学是"珀金斯—库珀"亚麻织品店的最大主顾,珀金斯先生自然十分乐意地做出规定的保证。汤姆·珀金斯继续成功得意。他是弗莱明博士记得的古典文学学得最出色的学生。离校时,他领走了学校向他提供的最优厚的奖学金。他在马格达兰学院又得到一份奖学金,接着便开始了大学里的辉煌生涯。校刊上记载了他一年年取得的荣誉。当他两门功课都获得第一名时,弗莱明博士便亲自写了几句颂词,刊登在校刊的头版上。学校教师在为他学业上的成绩感到欣喜时,心里也分外满意,因为"珀金斯—库珀"亚麻织品店这时已经遭逢了厄运。库珀纵酒狂饮;而就在汤姆·珀金斯取得学位之前,这两位亚麻织品商提交了破产申请书。

汤姆·珀金斯及时接受圣职,开始当上了牧师,而他干这个行当是再合适也不过了。他先后在威灵顿公学和拉格比公学担任过副校长。

可是,对他在其他学校所取得的成绩感到欣喜是一回事,而在自己学校里在他的手下供职,那又是另一回事。"柏油"先生经常罚他抄书,"水枪"先生还打过他的耳光。他们实在想象不出牧师会怎么会犯下这样的错误。谁也不会忘记他是个破产的亚麻织品商的儿子,而库珀的嗜酒如命似乎更叫他丧失颜面。不言而喻,特坎伯雷教长自然热情地支持自己提出的候选人,大概还会请他赴宴用餐。但是,在教堂场地内举行的那种令人愉快的小型宴会,如果让汤姆·珀金斯坐在桌旁,是否还会具有相同的气氛呢?兵站方面又会有什么反应?他根本无法指望军官和上流人士会把他当作他们中的一员来加以接待;那样会给学校带来无法估量的损害。家长们肯定会表示不满,如果大批学生中途退学,谁也不会感到意外。况且,到时候还要称他一声"珀金斯先生",实在有失尊严!教师们很想集体递交辞呈以示抗议,但是又心神不安地害怕上面会不动声色地接受他们的辞呈,便只得作罢。

"唯一的办法就是做好应变的准备。""常叹气"先生说。五年级的课他已教了二十五年,再也找不到哪个人教得像他那样不称职的了。

他们和新校长见面后，并没有感到安心一点。弗莱明博士邀请他们在午餐时跟新校长见面。如今他已经三十二岁，个子又高又瘦，而那副散漫的不修边幅的样子仍然和教师们记忆中的那个小男孩完全相同。他身上胡乱地穿着几件做工粗糙的破旧衣服，头发还是像以前那样又黑又长，显然他从来没有学会如何梳理头发；随着他的每一个动作，那一绺绺头发就耷拉到脑门上，接着他迅速地用手把眼睛旁边的头发往上一撩。他脸上胡子拉碴，黑色的胡须几乎都快长到颧骨上了。他跟教师们谈起话来从容自在，仿佛刚跟他们分别了一两个星期。显然他见到他们很高兴。他似乎对自己的职务一点儿也不感到生疏。人家称他"珀金斯先生"，他也好像并没察觉这里面有什么奇特之处。

　　他跟教师们道别时，有位教师没话找话，提到他可以有充足的时间去赶火车。

　　"我想到周围去转一圈，看看那家店铺。"珀金斯欢快地回答说。

　　在场的人明显地陷入了窘境。他们暗自纳闷，他怎么这样直心眼儿，而更糟的是，弗莱明博士没听清楚他说的话。他的太太对着他耳朵大声嚷道：

　　"他想到周围去转一圈，看看他父亲的老铺子。"

　　大家都感到了话里的羞辱之意，只有汤姆·珀金斯没有察觉。他转身朝着弗莱明太太：

　　"您知道那铺子现在是在谁的手里？"

　　弗莱明太太几乎答不上话来，心里十分恼火。

　　"仍然在一个亚麻织品商的手里呗，"她口气尖刻地说，"名字叫格罗夫。我们不再上那儿买东西了。"

"不知道他肯不肯让我进去看看。"

"我想要是讲清楚您是谁,他会让您看的。"

直到那天晚上吃完晚饭后,才有人在教员公用室里提起那件一直憋在大家心里的事。接着"常叹气"先生开口问道:

"哎,你们觉得我们的这位新上司怎么样?"

他们想起午餐时的那场交谈。实际上那算不上是一场交谈,而是一场独白。珀金斯一刻不停地说着话。他说起话来滔滔不绝,语速很快,嗓音深沉而洪亮。他笑的时候露出一口洁白的牙齿,笑声短促而古怪。他们很难听明白他的意思,因为他不断地从一个话题跳到另一个话题,他们并不总能领会两者之间的联系。他谈到教学法,这是相当自然的,但他却把教师们从来没有听说过的德国现代理论大讲特讲,听得他们满腹疑虑。他谈到古典文学,可又提起他本人去过希腊,接着又扯到考古学上,说他曾经花了整整一个冬天挖掘古物。他们实在看不出这一切对于教师辅导学生通过考试究竟有什么用处。他还谈到政治。教师们听到他把比肯斯菲尔德勋爵①跟阿尔西比亚德②加以比较,觉得相当怪异。他还谈到了格莱斯顿先生③和地方自治。他们这才明白,他原来是个自由党人。大家的心顿时往下一沉。他还谈到了德国哲学和法国小说。教师们认为,一个兴趣

① 比肯斯菲尔德勋爵(1804—1881),即本杰明·狄士累里,英国首相(1868;1874—1880),保守党领袖,作家,写过小说和政论作品。

② 阿尔西比亚德(公元前450—前404),雅典将军和政治家,后被放逐和暗杀。

③ 格莱斯顿先生(1809—1898),英国自由党领袖(1867—1875),曾四次担任首相(1868—1874;1880—1885;1886;1892—1894),曾于1886年和1893年两次提出地方自治法案,均遭上院否决。

如此广泛的人，其学术上的造诣肯定不会很深。

最终那位"瞌睡虫"先生把大家的印象总结起来，概括成一句可以用作结论的确凿不移的话语。"瞌睡虫"是三年级高班的级任教师，性格软弱，老是低垂着眼皮。他个子太高，体力不足，举动缓慢乏力，给人一种无精打采的印象，别人给他起的这个外号，真是再适当不过了。

"他这个人满腔热情。""瞌睡虫"说。

热情就是缺乏教养的表现。热情绝不是上流绅士所应有的风度。他们想到救世军吹吹打打的喧闹场面。热情意味着变动。他们一想到合乎心意的旧有习惯岌岌可危，都禁不住浑身起了鸡皮疙瘩。他们简直都不敢去展望未来。

"他看上去越来越像个吉普赛人了。"过了一会儿，有人这么说。

"不知道教长和牧师会选择他的时候是否知道他是个激进分子。"另一个人充满怨气地说。

可是谈话无法继续下去。大家心里都乱糟糟的，一时说不出话来。

一个星期以后，"柏油"先生和"常叹气"先生一块儿步行前往牧师会会堂参加每年举行的授奖典礼。在路上，素来说话刻薄的"柏油"先生对他的同事说：

"哎，咱们参加了这儿的好多次授奖典礼，是吧？真不知道下次是不是还会参加。"

"常叹气"显得比平时更加神色忧伤。

"只要有份略微像样一点的俸禄，我倒不在乎什么时候退休。"

16

一年过去了。当菲利普来这所学校念书时,那些老教师仍然都待在各自的位子上;尽管他们顽固地抵制,学校里仍然出现了许多变化。实际上,他们那股抵制的劲头,一点也不因为表面上赞同新上司的想法就变得更好对付一些。如今,级任教师仍然教授低年级学生的法语课,但是学校里又来了一位教师,他既教高年级的法语课,又给那些不愿意学希腊语的学生开德语课。这位新教师曾在海德堡大学获得语言学博士的学位,并在法国的一所中学里执教过三年。学校还聘请了一位数学教师,让他比较系统地讲授数学,而以前一直认为这样毫无必要。这两位教师都没有被授予圣职。这真是一场重大的变革,因此这两位教师刚来的时候,老教师们都对他们存有戒心。学校设置了实验室,还开设了军训课。大家都说学校的性质正在改变。天晓得珀金斯先生那颗思想混乱的脑袋瓜里,还在琢磨什么新的计划。这所学校跟一般的公学一样,校舍狭小,最多只能收两百个寄宿生,而且学校紧挨着大教堂,很难再扩大了;教堂四周围的那片场地,除了有一幢教师宿舍外,都让大教堂的教士们占据了,再也找不到什么可以扩建校舍的地方。可是,珀金斯先生精心设想出一个计划,实行起来,他就可以得到充足的空间,把学校现有的规模扩大一倍。他想吸引伦敦的孩子前来念书。他觉得让伦敦的孩子接触一下肯特郡的少年,会有一些好处,同时也可以使这儿乡间的孩子头脑变得敏锐。

"这可完全违背了我们的传统,""常叹气"听了珀金斯先生的提议之后说,"我们总想方设法,防止伦敦的孩子败坏我们学校的风气。"

"哦,真是胡说八道!"

以前,还从来没有哪个人当着这位级任教师的面说他胡说八道,他想要尖刻地回敬一句,也许可以在话里含蓄地提一下袜子、内衣之类的事。但就在他寻思的当儿,珀金斯先生又相当急躁、猖狂无礼地对他发话了。

"教堂场地里的那幢房子——只要您一结婚,我就设法让牧师会在上面再加盖两三层,我们可以把那些房间用作宿舍和书房,而您太太还可以照顾您。"

这位上了岁数的牧师倒抽了一口凉气。为什么他要结婚呢?他已经五十七岁了。哪个人到了五十七岁还结婚的?他不能到了这把年纪再来照管一个家庭。他根本不想结婚。假如只有结婚与乡居这两者供他选择,那他宁可辞职引退。现在他只求平静悠闲地过日子。

"我可没打算结婚。"他说。

珀金斯先生用那双乌黑发亮的眼睛看着对方,即便他眼睛里闪现出一丝光芒,可怜的"常叹气"先生也根本没有察觉。

"真可惜!您就不能帮我一把,结婚成家吗?这样,我向教长和牧师会建议把你的房子翻造加高时,就更有理由了。"

然而,珀金斯先生最令人不满的一项革新,还是他采用的那套偶尔同别的教师换班上课的方法。他嘴上请对方行个方便,但实际上这个方便却是对方无法拒绝的。按照"柏油"先生,也就是特纳先生的说法,这使双方都有失尊严。珀金斯先生经常事先也不通知,刚做完晨祷,就突然对某个教师说:

"不知道您能不能今天上午十一点替我上一下六年级的课。咱们彼此对调一下,行吗?"

教师们不知道其他学校是否也经常如此,但在特坎伯雷无疑是前所未有的,而上课的效果也不同寻常。首先受害的是特纳先生,他事先把消息透露给班上的学生,说这天的拉丁文课将由校长先生来上,同时,借口学生们也许想要问校长一两个问题,便利用历史课下课前一刻钟的时间,把规定那天要学的李维①的一段文章给他们全部解释了一遍,免得他们到时候丢人现眼。但是,等他回到班上,看到珀金斯先生的打分记录,不由得感到意外:他班上的两名尖子学生似乎表现很糟,而另外几个素来成绩并不优异的学生却得了满分。他问自己班上最聪明的学生埃尔德里奇究竟是怎么回事,那孩子绷着脸回答说:

"珀金斯先生压根儿没要我们解释课文,他问我知道多少有关戈登将军②的情况。"

特纳先生惊讶地望着埃尔德里奇。孩子们显然都觉得受了委屈,他禁不住对孩子们没有明说的不满情绪产生共鸣。他也看不出戈登将军与李维有什么关系。后来他斗胆探问了一下。

"您问埃尔德里奇知道多少有关戈登将军的情况,这可真把他难倒啦。"他勉强地轻声笑着对校长说。

① 李维(公元前59—公元17),古罗马历史学家,其巨著《罗马史》(共142卷,现存35卷)记述自罗马建城到其本人生活时期的历史。
② 戈登将军(1833—1885),英国殖民军官,曾在中国及苏丹任职。1885年,在苏丹与穆罕默德·艾哈迈德领导的马赫迪武装作战时被捕杀身亡。

珀金斯先生放声大笑。

"我看到他们已学到盖约·格拉古①的土地法,所以很想知道他们对爱尔兰的土地纠纷是否有所了解。可是他们对爱尔兰的了解,却只限于都柏林②位于利菲河畔这一点。因此我想知道他们是否听说过戈登将军。"

于是,大家都看到了这个可怕的事实:这位新来的上司原来是个"常识迷"。他对眼下学科考试的用处深为怀疑,学生们都死记硬背来应付这些考试。他注重的是常识。

每过一个月,"常叹气"就增添一分忧虑。他无法消除这样的念头:珀金斯先生肯定会要他确定结婚的日期。他也不喜欢这位上司对古典文学所采取的态度。毫无疑问,珀金斯先生是位杰出的学者,如今正埋头撰写一篇完全合乎传统的文章——一篇有关拉丁文学谱系的论文,但是他谈到古典文学时,口气相当轻率,好像是在谈论某种无关紧要的类似台球的游戏,似乎那只是供他消闲的玩意儿,不必认真对待。至于三年级中班的教师"水枪"先生,脾气也变得一天比一天暴躁。

菲利普进校之后,就被安排在他的班上。这位 B. B. 戈登牧师大人生性似乎并不适合当教师,他缺乏耐心,动不动就发火。外加无人过问他的教学,面对的又都是一些年幼的学生,他早就失去了所有自我控制的能力。他上课往往以勃然恼怒开始,以暴跳如雷结束。他个子中等,体形肥胖,长着一头如

---

① 盖约·格拉古(公元前158—前122),古罗马政治家,连续当选保民官,推行其兄提比略·格拉古提出的土地法,并提出多项制约元老院的改革法案,引起与贵族派的武装冲突,自杀身亡。

② 都柏林,爱尔兰东部海港城市,也是爱尔兰的首都。

今已经渐渐灰白的浅棕色短发,嘴唇上蓄着又短又硬的八字须。他五官不够鲜明,大脸盘上长着两只蓝色的小眼睛,脸色天生红润,但一发起脾气来马上转变成猪肝色,而他这个人又是经常动怒的。他手上的指甲给咬得露出了下面的活肉:因为当某个学生战战兢兢地解释课文时,他总坐在讲台旁边,充满怒火地浑身发抖,同时狠咬自己的手指。学校里流传着一些关于他虐待学生的传闻,也许其中有夸大其词的地方。听说两年前有位学生的家长威胁要向法院提出起诉,在学校里引起一阵骚动。因为他拿起一本书,狠命击打一个名叫沃尔特斯的孩子的耳光,结果那孩子的听觉受到影响,只好中途辍学。那孩子的父亲就住在特坎伯雷,城里好些人都感到愤愤不平,当地报纸也报道了这件事。可是,沃尔特斯先生只是一个酿造啤酒的商人,因此别人对他的同情也就出现了分歧。至于班上其余的孩子,虽然也讨厌这位教师,但出于唯有他们自己清楚的原因,在这件事情上仍然站在教师一边,而且为了对外界干预校内事务表示愤慨,他们对继续留在学校念书的沃尔特斯的弟弟多方刁难。不过,戈登先生差点儿被赶到乡下去过日子,此后他再也不揍学生了。教师们原来拥有的打学生手心的权利也随之取消,"水枪"再也不能用教鞭抽打讲台来特别显示心头的怒火了。如今他最多不过抓住学生的肩膀使劲摇摇。但是对于调皮捣蛋,或是桀骜不驯的孩子,他仍旧罚他们把一只胳膊悬空伸着,在那儿站上十分钟到半个小时,而他骂起学生来,也像以前一样凶狠刻毒。

对于一个像菲利普这样生性羞怯的学生来说,再没有比"水枪"更不合格的教师了。菲利普这次进皇家公学,并不像他头一次进沃森先生的学校时那样满怀恐惧。他认识好多过去跟他一起在预备学校念书的同学。他觉得自己长大了,他本能地意识到,周围同学的人数越多,他的残疾就越不那么引人注目。可是从进校的头一天起,戈登先生就把他吓坏了;这位老师一眼就能看出哪些学生怕他,似乎也由于这个缘故而特别讨厌菲利普。过去,菲利普听老师讲课觉得很有乐趣,但现在却对在学校上课的那几个小时不寒而栗。教师提问时,他宁可呆头呆脑地坐在那儿,闷声不响,也不愿冒险做出可能错误的回答,引来老师的一阵痛骂;每逢要轮到他站起来解释课文时,他总是提心吊胆,脸色煞白,仿佛害了什么病似的。只有珀金斯先生前来代课,才是他感到快乐的时候。对于这位热衷于普通常识的校长,菲利普颇能投其所好,他看过各种供成年人阅读的离奇古怪的书籍。珀金斯先生在课上提出的问题往往在学生中转了一圈,谁也答不上来,这时珀金斯先生总在菲利普身旁站住脚,脸上挂着使那孩子欣喜若狂的笑容,然后说:

"好,凯里,你来讲给他们听吧。"

菲利普在这种场合取得的好分数,更加深了戈登先生的愤恨。有一天,轮到菲利普做翻译练习,戈登先生坐在那儿,一面恶狠狠地瞪着菲利普,一面气冲冲地咬着大拇指。他正在发火。菲利普开始低声解释。

"别嘴里嘟嘟囔囔的!"老师嚷道。

菲利普喉咙里好像给什么东西堵住了似的。

"说下去,说下去,说下去!"

戈登先生一连喊叫三次,一次比一次响,结果把菲利普原来知道的东西都吓得忘记了,菲利普茫然地看着书上的文字。戈登先生直喘粗气。

"要是你不懂,为什么不明说呢?你到底懂不懂?上次解释课文的时候,你是不是都听进去了?干吗不开口?说呀,你这个傻瓜,说呀!"

老师抓住椅子的扶手,紧紧抓牢,好像生怕自己会朝菲利普扑过去。学生们都知道,过去他经常一把掐住学生的脖子,直到他们几乎窒息才松手。这时候,戈登先生脑门上青筋毕露,脸色阴沉可怕。他简直是个疯子。

菲利普前一天已把那段课文完全弄懂了,但现在却什么也记不起来。

"我不懂。"他呼吸急促地说。

"你怎么会不懂呢?咱们来逐字逐句地解释一下,马上就能知道你是不是真的不懂。"

菲利普一声不响地站在那儿,面无血色,身子微微颤抖,脑袋低垂着,几乎碰到了课本。老师的鼻息呼呼直响,简直像在打呼噜。

"校长说你很聪明,真不知道他是怎么看出来的。普通常识!"他粗野地笑起来,"我不明白他们干吗要把你安排在这个班上。傻瓜!"

他对这个词儿十分满意,提起嗓门一连说了好几声。

"傻瓜!傻瓜!一个瘸腿大傻瓜!"

戈登先生的怒火这才消除了几分。他看见菲利普的脸一下子涨得通红。他叫菲利普去把记过簿拿来。菲利普放下手里的《恺撒纪事》,悄悄地走出教室。记过簿是个浅黑色封面的本子,上面记录着学生的姓名以及他的不端行为。哪个学生的姓名在本子上出现三次,就要挨一顿鞭子。菲利普走到校长的住处,敲了敲他的书房门。珀金斯先生正坐在桌旁。

“先生，我可以拿一下记过簿吗？”

“就在那儿。”珀金斯先生回答说，一面朝着摆放记过簿的地方点一点头，“你做了什么不该做的事啦？”

“我不知道，先生。”

珀金斯先生迅速朝菲利普瞅了一眼，但没有再说什么，继续干自己的事儿。菲利普拿起本子，走出书房。几分钟后，下课了，他又把记过簿送回来。

“让我看一下。”校长说，“哦，戈登先生把你的姓名写在记过簿上，说你‘粗鲁无礼’，这究竟是怎么回事？”

“我不知道，先生。戈登先生说我是个瘸腿的傻瓜。”

珀金斯先生又瞅了菲利普一眼，他不知道这孩子的回答是否暗含讽刺的意味，但是这孩子仍然心慌意乱，脸色苍白，目光里流露出惊恐、苦恼的神色。珀金斯先生站起身，放下记过簿，顺手拿起几张照片。

“今天上午，我的一个朋友给我寄来几张雅典的照片。”他口气相当随便地说，“瞧，这是雅典卫城①。”

他开始把照片上面的古迹解释给菲利普听。经他这么一说，照片上坍塌破败的建筑也变得充满生气。他还把狄俄尼索斯②露天剧场指给菲利普看，解释当时观众按什么顺序就座，又讲到观众向哪边纵目远眺，可以看见蓝色的爱琴海。接着，他突然话锋一转，说：

“我记得自己在戈登先生班上念书那会儿，他常常管我叫‘站柜台的吉卜赛人’。”

---

① 雅典卫城，建于山岩之上，上有祭祀雅典娜女神的帕台农神庙和其他有名建筑，大部分均可追溯到公元前五世纪。
② 狄俄尼索斯，希腊神话中的酒神。

菲利普的心思都集中在那些照片上,还没有来得及揣摩这句话的含义,珀金斯先生又拿出一张萨拉米斯岛①的图片,用手指点给他看当年希腊、波斯两国战船排列的阵形。他那根手指的指甲尖上有一小圈黑边。

17

在接下来的两年里,菲利普的生活单调而自在。与其他一些个头儿跟他差不多的学生相比,他也并没有受到更多的欺负;他身有残疾,无法参加任何体育活动,因此别人觉得他无关紧要,而菲利普倒也正求之不得。他并不讨人喜欢,十分孤独。他在"瞌睡虫"先生教的三年级高班上学了两个学期。这位"瞌睡虫"先生,成天低垂着眼皮,老是一副困倦的样子,看上去对一切都极为厌烦。他算得上恪尽职守,只是做什么都心不在焉。他心地善良,性情温和,就是有点傻气。他十分信任学生的品格;他觉得要使孩子们坦率诚实,最要紧的就是自己脑子里一刻也不应当有他们可能会说谎的念头。他还引经据典地说:"祈求得多,给你们的就也多。"②在三年级高班里,日子很容易打发。遇到解释课文,你预先就可以确切地知道哪几行会轮到你来解释,而且那本注释本又在学生手里传来传去,不出两分钟就可以找到你所需要的东西。教师依次提问时,你可以把拉丁文语法书摊开放在自己的膝头上;即便在十几个学生的练习本上出现同样的令人难以置信的错误,

---

① 萨拉米斯岛,希腊东南海岸附近的一个岛屿,公元前480年,希腊军队曾在此处海战中击败波斯军队。

② 见《新约·马太福音》第7章第7节。

"瞌睡虫"也从不察觉其中有什么奇怪的地方。他不怎么相信考试，因为他发现学生的考试成绩从来不像平时他们在班上表现的那么好；这种情况令人失望，但无关大局。到时候，学生们照样升级，他们在课堂上几乎没学到什么东西，只学会了坦然地厚着脸皮歪曲真实情况的本领，但在他们以后的生活中，这种本领也许倒比读懂拉丁文对他们更有用处。

随后他们便归"柏油"先生管教了。他的真实姓名叫特纳，在学校的老教师中，他显得最有生气。他身材短小，皮肤黝黑，挺着个大肚子，下巴上的那一把黑胡须已经变得灰白。他穿上牧师服，身上倒确实有种叫人联想到柏油桶的地方。平时要是他偶然听到哪个孩子唤他的这个外号，他就根据规定罚那个孩子抄五百行字，但是在教堂场地内举行的宴会上，他自己常常拿这个外号开几句玩笑。在教师当中，他最贪图世俗的享乐，外出赴宴的次数比随便哪个人都多，而与他往来的人也并不限于牧师这个圈子。学生们把他看作一个十足的无赖。到了假期，他便脱去身上的牧师服，有人看到他在瑞士穿了一套相当花哨的花呢衣服。他好酒贪杯，爱吃美味的饭菜。有一次，有人还看到他跟一位女士（大概是他的一位近亲）在皇家餐馆一起用餐。自那以后，好几代学生都认为他沉溺于纵酒宴乐之中，有关这方面的详尽细节，说明人性的堕落不容置疑。

特纳先生估计，得花一个学期的时间才能把这些在三年级高班待过的学生整治得像点样子。他不时在学生面前诡秘地露一点口风，表示他对同事班上发生的一切了如指掌。面对这种情况，他倒并不气恼。在他看来，学生都是一些小流氓，只有在肯定自己的谎言会被识破的时候，他们才会变得诚实一些。他们有自己独特的荣誉感,而这种荣誉感在和教师打交道的时候并不适用;等他们知道调皮捣蛋得不到一点好处时,就不见得会惹是生非了。特纳先生为自己的班级感到自豪,如今他已五十五岁了,但仍像刚到学校来执教时那样,热切地希望自己班级的考试成绩胜过别的班级。他也像身体肥胖的人那样容易冒火,但火气来得快,消得也快;不久,学生们就发现,尽管他老是对他们严加训斥,但在他疾言厉色的外表下面,却含有亲切和善的意思。他对那些头脑愚笨的学生缺乏耐心,但是对于那些他认为外表任性、内心聪颖的学生,却愿意费心教授。他喜欢请他们到自己的房里用茶,尽管那些学生发誓说,跟特纳先生一块儿喝茶时,从来没有见到蛋糕和松饼之类的点心(大家普遍认为,特纳先生的发福,说明他食量过人,而这样过人的食量则说明他肚里多了几条绦虫),但他们仍旧真心乐意接受他的邀请。

菲利普如今变得更自在了:学校的空间十分有限,只有高年级学生才能享用书房。在这之前,他一直住在一个大厅里,学生们在里面吃饭,低年级学生还在那儿预习功课,乱哄哄的,这总叫他隐隐地感到不快。跟别人待在一起,时常使他坐立不安,他迫切地想要一个人清静一下。他经常独自漫步到乡间。那儿有条小溪流过绿色的田野,溪水两边的岸上耸立着一棵棵截去树梢的大树。菲利普沿着溪岸闲逛,心里总感到很快活,他自己也说不出原因。走累了,他就趴在岸边草地上,观看鲦鱼和蝌蚪在水里急切地来回游动。在教堂场地里四处漫步,给了他一种独有的乐趣。教堂场地的中央有一片草地,夏天学生们在那儿练习打网球,而在别的季节,那儿十分安静。孩子们有时候手挽着手在草地上转悠,或者有个勤奋用功的孩子在那儿慢悠悠地走着,眼睛里露出凝神专注的神情,嘴里不断背诵着需要记住的课文。一群秃鼻乌鸦栖息在那几棵参天的榆树上,空中充满了它们凄厉的哀鸣声。正中有座高大塔楼的大教堂耸立在草地的一侧。菲利普那会儿还不懂什么叫美,但是当他抬头仰望教堂的时候,总生出一股难以理解、令人困惑的喜悦之情。他拥有书房之后(那是一间朝着贫民窟的四四方方的小屋,由四个学生合用),买了一张大教堂的风景照片,把它钉在自己的书桌上方。他从四年级教室的窗户里朝外眺望,发现自己对眼前的景物产生了新的兴趣。教室对面是一块块保养得很好的古老的草坪,其间还有着枝繁叶茂的葱翠树木。这些景物使菲利普心里有了某种奇怪的感受,说不出究竟是痛苦,还是快乐。那是他头一次萌生出美感。与此同时,还出现了其他一些变化。他的嗓音也开始变了,喉头不由自主地发出古怪的声音。

　　他开始到校长的书房里听校长上课,那是在下午用过茶点以后,为了给孩子们行坚信礼而开设的课程。菲利普对上帝的虔诚经受不住时间的考验,他早就晚上不再诵读《圣经》了。可是如今,在珀金斯先生的影响下,加上身体内部所发生的使他如此烦躁不安的新变化,他原来的感情又恢复了生机;他悔恨地责怪自己中途退缩。他脑海里闪现出地狱之火熊熊燃烧的景象。他的所作所为并不比一个异教徒好上多少,假如他眼下就离开人世,一定会落入地狱。他完全相信永久苦难的存在,而且那种程度远远超过了对于永久幸福的笃信;一想到自己所冒的风险,他禁不住不寒而栗。

　　菲利普那天在班上遭到最难以忍受的凌辱之后,心里十分难受,但就在这时,珀金斯先生却亲切地跟他谈话,从那以后,菲利普便对校长怀着一种好似家犬眷恋主人一般的敬仰之情。他绞尽脑汁地设法讨好校长先生,但是毫无结果。校长偶然脱口而出的赞许之词,哪怕是最微末的片言只语,他也看得十分宝贵。他来到校长的住所参加那些非正式的小型聚会时,简直想要拜倒在校长脚下。他坐在那儿,目不转睛地盯着珀金斯先生那双亮闪闪的眼睛,嘴巴半开半闭,脑袋微微前倾,生怕漏听一个字。周围的环境相当平凡,这倒使他们谈论的问题格外引人关注。校长自己往往也受到他那奇妙的话题的吸引,他把面前的书往前一推,接着把紧握在一起的双手放在胸口,好像想使怦怦乱跳的心房平静下来似的,开口讲述起宗教的玄妙奥秘。有时菲利普并不怎么明白,但也不想要明白,他模模糊糊地觉得,只要能感受到那种气氛就够了。在他看来,这位黑发散乱、脸色苍白的校长,此时很像那些敢于直言申斥国王的以色列先知;而当他想到耶稣基督时,又似乎看到耶稣也长着同样的黑眼睛和苍白的脸颊。

珀金斯先生承担这部分工作时,态度极为认真。平时他闪现出的幽默谈吐往往使其他教师疑心他举止轻率,但在这种场合,他却从来没有显露出那副神气。在忙碌的一天中,他总能找到时间来处理各种事情,每隔一阵子,还能抽出一刻钟或二十分钟,分别接待那些准备受坚信礼的孩子。他想让他们感觉到,这是他们在人生道路上自觉迈出的重要的第一步。他设法在孩子们的心灵深处探索,想把自己强烈的献身精神灌输到他们的心灵中去。他觉得菲利普尽管外表羞怯,但内心却可能蕴藏着一股丝毫不亚于自己的激情。在他看来,这孩子的气质基本上是属于那种虔诚信教的气质。有一天,他在跟菲利普谈话时,突然中断了原来的话题,问道:

"你考虑过自己长大了要干什么吗?"

"我大伯要我当牧师。"菲利普说。

"那你自己呢?"

菲利普把脸转向别处,他想回答说自己觉得不配侍奉上帝,却又不好意思开口。

"我不知道世上还有什么生活像我们的生活这样充满幸福。我希望能让你感到,这是一种多么了不起的特殊荣幸。世人都能以各种身份侍奉上帝,但我们离上帝更近。我并不想给你什么影响,不过,要是你拿定了主意——哦,顿时——就会不由自主地感受到那种再也不会失去的欢乐和宽慰。"

菲利普没有回答,但校长从菲利普的眼神里看出,这孩子已经领悟了他话里想要表明的意思。

"要是你继续像现在这样勤奋用功,那么很快就会发现自己成为全校成绩名列第一的学生,这样在你离开学校的时候,就应该可以稳稳当当地拿到奖学金。你自己有什么财产吗?"

"我大伯说等我到了二十一岁,每年可以有一百英镑的收入。"

"那你可以算是很阔气的了。我那会儿可是什么都没有。"

校长停顿了一下,然后拿起一支铅笔,在面前的吸墨纸上漫不经心地画着线条,一面继续说:

"以后供你选择的职业,恐怕相当有限。你当然无法从事任何需要体力活动的职业。"

菲利普的脸涨得通红,每逢有人提到他的跛足时,他总是这样。珀金斯先生神情严肃地望着他。

"不知道你对自己的不幸是不是过于敏感。你就没有想过要为此而感谢上帝吗?"

菲利普迅速抬起头来。他双唇紧闭,想起自己怎样听信别人的话语,一连好几个月,祈求上帝能像治愈麻风病人,让盲人重见光明那样治愈自己的跛足。

"只要你在接受这种不幸时露出叛逆的意思,那它就只能给你带来耻辱。可是如果你把它看作上帝恩宠的表示,看作是因为上帝见到你双肩强健,足以承受,才赐予你担负的一个十字架,那么它就会成为你幸福的源泉,而不再是你痛苦的根源。"

校长看出孩子不喜欢谈论这件事,就让他走了。

可是事后,菲利普把校长的每一句话都仔细思考了一下,不久,他脑海里就只想着即将面临的坚信礼的仪式,沉浸在神秘的狂喜之中。他的心灵好像摆脱了肉体的束缚,他似乎已经过上新的生活;他怀着满腔热情,渴望达到尽善尽美的境界。他要把整个身心都用来侍奉上帝。他已经明确地拿定主意,要当牧师。当这个伟大的日子到来的时候,他心里又是欢喜,又是害怕,几乎无法自持;他的灵魂被他所做的一切准备、他所研读过的所有书籍,特别是校长的巨大影响深深地打动了。有个念头始终折磨着他。他知道他得独自走过圣坛,他害怕在大伙儿面前暴露自己一瘸一拐的步态,不仅暴露在参加仪式的全校师生面前,而且还暴露在本城人士或者前来观看自己儿子受坚信礼的学生家长这样一些陌生人面前。然而,一旦那个时刻到来了,他突然感到自己完全可以心情愉快地接受这种屈辱。于是他一瘸一拐地走向圣坛,他的身影在大教堂巍然高耸的拱顶下,显得那么渺小、那么微不足道,他有意把自己的残疾作为一份供品，奉献给怜爱他的上帝。

18

可是菲利普不可能在山顶稀薄的空气中长期生活下去。他最初心中充满宗教的热情时所出现的情形，如今又出现了。由于他深切地感受到信仰之美，由于渴望自我牺牲的火苗在他心中燃烧，闪射出宝石般的光彩，所以他显得有些力不从心，难以实现自己的抱负。狂热的激情使他疲惫不堪。他的心灵突然奇特地变得毫无生气。他开始忘了那位早先似乎无处不在的上帝。尽管他仍然按时做礼拜，但只是流于形式而已。开始他还责备自己不该背弃信仰，而对于地狱之火的恐惧也促使他重新情绪激昂。但那股激情已经熄灭，而且，生活中其他一些使他感兴趣的事物也逐渐分散了他的心思。

菲利普没有什么朋友。他养成的读书习惯使他变得落落寡合。阅读成了他生活中必不可少的需要，因而在大伙儿中间待了一阵，他便感到厌倦和烦躁；他博览群书，获得了丰富的知识，为此相当自负；他头脑敏捷，又不善于掩饰，对同伴们的愚昧无知往往流露出轻蔑的意思。他们抱怨他骄傲自大；他们觉得菲利普只是在一些无关紧要的问题上胜他们一筹，就含讥带讽地问他凭什么这样目空一切。菲利普逐渐产生一种幽默感，发现自己有一套挖苦人的本领，一开口就能触到别人的痛处。他说些尖酸刻薄的话，无非因为那会给他带来一些乐趣，几乎没有意识到这些话有多伤人，而等他发现受到奚落的人就此对他极为反感，他又十分生气。最初进学校时所遭受的种种羞辱，使他尽量避开他的同学；他始终无法完全克服这种畏缩心理；他仍然那样腼腆羞涩，寡言少语。可是，尽管他千方百计地跟其他孩子保持距离，实际上却真心诚意地渴望得到他们的喜爱，这对有些孩子来说简直不费吹灰之力。他待在一旁，对这些孩子佩服得不得了。尽管他讽刺起他们来往往更加厉害，而且经常狠狠地拿他们打趣，但是他愿意付出任何代价去换取他们的地位。说真格的，他甘心情愿跟全校脑子最蠢笨的学生调换位置，因为那孩子四肢健全。他渐渐养成一种怪癖，常常把自己想象成某个他特别喜欢的孩子，也可以说，是把自己的灵魂倾注到那个孩子的躯体里，用那孩子的声音讲话，学那孩子的样子开怀大笑；他想象自己做着那个孩子所做的一切。他想象得活灵活现，一时间竟好像自己真的成为另一个人了。他就是用这种方式，不时短暂地领略一番异想天开的快乐。

行过坚信礼之后，便是圣诞节假期。假期后的新学期开始时，菲利普搬进了另一间书房。同房间的孩子中，有个叫罗斯的，跟菲利普是同一年级的同学，菲利普对他总是既羡慕又钦佩。那孩子的模样并不好看：他长着一双大手，骨骼粗大，说明他将来肯定是个大高个儿。他样子粗笨，但两只眼睛却很迷人，每次笑起来的时候（他经常发出笑声），眼角周围的皮肤上就有趣地布满了皱纹。他既不聪明，也不愚蠢，功课倒还不错，在体育活动上更是出色。他是教师和同学心中的宠儿，而他自己也喜欢周围的每一个人。

菲利普被安排在这间书房以后，不禁发现同屋的其他人对自己相当冷淡。他们几个已经一起在这儿住了三个学期。他觉得自己是个擅自闯入的外人，有些紧张不安。不过，他已学会了掩饰自己的情感，他们看到他沉默寡言，也不喜欢张扬。菲利普跟别的孩子一样，难以抵御罗斯的魅力，他在罗斯面前显得比平时更加腼腆、更不自在。不知是由于看到他这副样子，不知不觉地想要在他身上检验一下自己特有的魅力，还是完全出于一片好意，罗斯首先把菲利普拉进了他的生活圈子。一天，他相当突然地问菲利普是否愿意跟自己一起去足球场。菲利普涨红了脸。

"我走得不快，跟不上你的。"他说。

"胡说，走吧！"

他们正要出发，有个学生把头从书房门口探进来，要求罗斯跟他一块儿走。

"不行，"他回答说，"我已经答应了凯里。"

"别为我费心，"菲利普赶紧说，"我不会在意的。"

"胡说。"罗斯说。

他用那双温和的眼睛瞅了菲利普一下，哈哈大笑起来。菲利普感到心头起了一阵不同寻常的颤动。

没过多久，他们俩的友谊就像男孩之间的友谊那样，迅速发展起来，他们成了一对形影不离的伙伴。其他同学看到他们俩突然变得这么亲密，十分诧异，有人问罗斯究竟看中了菲利普身上的哪一点。

"噢，我也不知道，"他回答说，"说真的，他这个人一点儿也不坏。"

同学们经常看到他们俩手挽手地上教堂，或是在教堂场地内漫步交谈；不久他们对此就也习惯了。无论在哪儿，只要发现其中一个，另一个也肯定在场。凡是有事要找罗斯的同学，总会托凯里传个口信，好像承认罗斯已经非他莫属。一开始，菲利普还颇为节制，不让自己完全沉浸在内心充盈的那种喜悦中而扬扬得意;但是没有多久,他对命运的怀疑就在狂热的幸福面前消失了。他觉得罗斯是他所见到的最了不起的人物。他的那些书籍如今变得无足轻重;当某种重要得多的事需要他去处理的时候,他就无法再在书本上花费心思了。罗斯的朋友们没什么事可干时,经常到他书房里来喝茶、闲坐——罗斯喜欢热闹,从不放过戏耍逗乐的机会——他们发现菲利普是个相当不错的人。菲利普满心欢喜。

到了学期的最后一天,他和罗斯商量好了假满返校时该坐哪一趟列车,这样他们就可以在车站上碰头,一块儿在城里用茶点,然后再回学校。菲利普心情沉重地回到家里,整个假期,他终日思念罗斯,脑子里生动地想象着下学期他俩会在一起做的事。他在牧师公馆里都待得腻味了。到了假期的最后一天,他大伯照例用那种爱好打趣的口气问他那个老问题:

"哎,要回学校去了,你心里高兴吗?"

菲利普快活地回答说:

"那还用说!"

为了保证能在车站上跟罗斯见面,菲利普改乘更早的一趟列车回校。他在站台附近等了一个小时。等从法弗沙姆开来的那趟列车进站时,菲利普激动地跟着火车奔跑起来,他知道罗斯必须在法弗沙姆换车。可是罗斯并不在这趟火车上。菲利普向搬运夫打听下趟火车什么时候到站,又继续等下去,但他又一次失望了。他又冷又饿,只得穿过小街和贫民窟,抄近路走回学校。他发现罗斯已经待在书房里,两只脚搁在壁炉架上,正滔滔不绝地在跟六七个同学闲扯,那些同学东一个西一个地坐在能坐的地方。罗斯满怀热情地同菲利普握手,菲利普却把脸一沉。他明白罗斯早把他们约好要在车站碰头的事丢在脑后。

"嘿,你怎么来得这么晚呀?"罗斯说,"我还以为你永远不来了呢。"

"你四点半就到火车站了,"另一个同学说道,"我来的时候看见你了。"

菲利普的脸微微泛红。他不想让罗斯知道自己竟像个傻瓜似的等在车站上。

"我得照顾家里的一个朋友,"他随口瞎编说,"他们要我送她一下。"

可是他十分扫兴,生起了闷气。他默不作声地坐着,有人跟他说话,他只是嗯嗯啊啊地勉强应付。菲利普打定主意,要等自己和罗斯单独在一起时,再跟他把话说清楚。但是其他人走了之后,罗斯马上走过来,坐到菲利普懒洋洋地靠着的那张椅子的扶手上。

"嘿,真高兴咱们俩这学期又住在同一间书房里。真是妙极了,不是吗?"

看到菲利普,他似乎发自内心地感到高兴,菲利普肚子里的怒气顿时全消了。两人又热切地谈起他们感兴趣的成百上千的事来,好像分手还不到五分钟似的。

19

一开始,菲利普对罗斯向他表示的友谊简直是万分感激,从不对他提出任何要求。他一切顺其自然,日子倒也过得愉快。但是不久,他看到罗斯无论对什么人都那么和蔼可亲,开始怨恨不满起来,他想要的是更为专一的情谊,以前作为恩惠所接受的东西,现在却当作权利来要求了。他妒忌地注视着罗斯跟别的孩子交往,尽管知道自己不合情理,但有时仍忍不住要讥讽罗斯几句。要是罗斯在别人的书房里花上一个小时嬉闹逗乐,那么等他回到自己的书房时,菲利普就眉头紧皱地板下脸来。他会整整一天都闷闷不乐;而罗斯呢,不是没有注意到他在闹脾气,就是故意视而不见,这使菲利普更加痛苦。他明明清楚自己实在傻气,但仍不止一次地硬要跟罗斯争吵,接着一连两三天,两个人彼此都不讲话。然而怄气的时间一长,菲利普又无法忍受,即便有时他相信自己有理,却仍然低声下气地向罗斯道歉。随后一个星期,他们又变得像过去一样亲密无间。可是友谊的高潮已经过去,菲利普看出来,罗斯跟他一起散步,往往只是出于原来的习惯,或者是怕他生气;他们已经不像当初有那么多的话要说。罗斯经常感到厌烦。菲利普觉得自己的瘸腿开始让罗斯感到恼火。

学期快结束时,有两三个学生得了猩红热。学校里一时风传要把他们都送回家去,免得疫病传播开来。结果患者受到隔离,也没有学生再患上这种病症,大家都以为猩红热的爆发总算被止住了。菲利普也是一个猩红热患者,整个复活节假期都住在医院里。夏季学期开始时,他被送回牧师公馆,去透透新鲜空气。尽管医生担保说菲利普的病已不再传染,但牧师仍然心怀疑虑,认为医生建议他侄子到海边来疗养恢复,考虑得实在不够周全,而他同意菲利普回家,也只是因为那孩子实在没有别的地方可去。

菲利普过了半个学期才回到学校。他已经忘了跟罗斯发生争吵的事,只记得罗斯是他最要好的朋友。他明白自己以前太傻了,决心往后要通情达理一些。在他养病期间,罗斯曾给他寄来过两三封短信,在每封信的结尾处,都希望他"尽早返回学校"。菲利普觉得罗斯一定盼望他回去,那种期盼程度就跟他自己想要见到罗斯的程度一样。

菲利普打听到由于有个六年级的学生死于猩红热,学校已对书房做了一些调整,罗斯不再跟他住在一起了。这实在令他扫兴。可是一到学校,他就径自冲进罗斯的书房。当时罗斯正坐在书桌旁,跟一个名叫亨特的同学一起做功课。菲利普进门时,罗斯气恼地转过身来。

"究竟是哪个家伙?"他嚷道,然后看到是菲利普,"哦,原来是你啊。"

菲利普不好意思地站住脚。

"我想进来看看你身体怎么样。"

"我们正在做功课哪。"

亨特在旁边插了一句。

"你什么时候回来的?"

"才回来五分钟。"

他们坐在那儿望着他,好像受到了他的搅扰。显然,他们期望菲利普快点走开。菲利普涨红了脸。

"我这就走。你做完功课,可以到我房间来谈谈。"他对罗斯说。

"好的。"

菲利普随手带上门,一瘸一拐地走回自己的书房。他觉得极为不快。罗斯见到自己,非但一点也不感到高兴,反而几乎显得有些着恼,好像他们俩素来只是泛泛之交而已。他在自己的书房里等着,一刻也没有离开,唯恐罗斯正好那时前来找他,但他的朋友始终没有露面。第二天早上,他开始做晨祷时,只见罗斯同亨特手挽着手,大摇大摆地走了过去。别人把他离校后无法亲眼看到的情形讲给他听。他忘记了,在一个学生的生活中,三个月是一段漫长的时光。在这段时间里,他离群索居,但罗斯却生活在现实的世界中。亨特轻而易举地就填补了这个空缺。菲利普发觉罗斯一直在悄悄地避开他。然而他可不是那种甘心接受某种局面,把话憋在肚子里不说的孩子;他等待时机,直到确信只有罗斯一个人在书房里的时候,就走了进去。

"可以进来吗?"他问道。

罗斯困窘地望着他,这种窘境使他迁怒于菲利普。

"行,你想进来就进来好了。"

"那真谢谢你了。"菲利普含讥带讽地说。

"你想要干什么?"

"听我说,自从我回来后,你干吗变得这么差劲?"

"噢,别这么傻气。"罗斯说。

"真不明白你看上了亨特的哪一点。"

"这不关你的事。"

菲利普垂下眼睛,心里的话却无法说出口来,生怕蒙受羞辱。罗斯站起身来。

"我得上健身房去了。"他说。

他走到门口,菲利普硬从嘴里挤出一句话来:

"听我说,罗斯,别这么毫无情义。"

"哦,见你的鬼。"

罗斯随手砰的一声把门关上,让菲利普一个人留在房里。菲利普气得浑身发抖。他回到自己的书房,脑子里反复想着刚才的那场谈话。他现在痛恨罗斯,想要给罗斯带来一些伤害,又想到刚才本可以对他说点什么尖刻刺耳的话。他心情沮丧地琢磨着他们之间的友情就此终结,想象着旁人会在背后作何议论。他十分敏感,似乎从其他同学的举止中看到了各种嘲讽和惊讶的表示,其实他们压根儿没把心思放在他的身上。他想象着别人对这件事会说些什么。

"毕竟好景不长。真不知道他怎么受得了凯里,那个讨厌的家伙!"

为了显得自己对这件事满不在乎,菲利普突然跟一个名叫夏普的同学打得火热,这个他向来讨厌而且鄙视的同学是从伦敦来的,样子蠢笨,身材粗壮,嘴唇上面露出刚冒头的胡子尖儿,两道浓眉在鼻梁上方连在一起。他长着两只软绵绵的手,举止文雅得跟他的年龄很不相称;说起话来,带点儿伦敦口音。他属于那种极为懒散,什么体育活动都不参加的学生。为了逃避学校规定必须参加的活动项目,他心思巧妙地提出种种借口。同学和教师都隐隐约约地对他有些反感。而菲利普如今主动跟他交往,完全是出于傲慢自大。再过两个学期,夏普打算去德国待上一年。他讨厌上学,把念书学习看作是有失尊严的苦差事,而在长大成人踏入社会之前又非得忍受不可。他只对伦敦感兴趣,有关自己假期里在伦敦的活动,他有许多故事好讲。他说起话来,声音柔和、低沉,从他的言谈里好像隐隐约约地传来伦敦夜晚街头的市声。菲利普听了既心驰神往,又相当厌恶。凭着活跃的想象力,他仿佛看到了剧院正厅大门周围汹涌的人流;看到了收费低廉的餐馆和酒吧间里的耀眼灯光,一些喝得半醉的汉子坐在高脚凳上,正跟酒吧女招待闲谈;看到了路灯底下模模糊糊的人群,神秘莫测地来来往往,一心想要追欢逐乐。夏普把一些从霍利韦尔街买来的廉价小说借给菲利普,菲利普便怀着某种奇特的恐惧在自己的小房间里看起来。

有一次,罗斯试图跟菲利普和解。他性情温和,不喜欢树敌结仇。

"听着,凯里,你干吗这么傻气呀?你不理睬我,对你又没有什么好处。"

"我不明白你的意思。"菲利普回答说。

"嗯,我想不出你为什么不跟我讲话?"

"你叫我讨厌。"菲利普说。

"那就请便吧。"

罗斯耸了耸肩膀,走开了。菲利普脸色煞白(每逢他感情冲动时,总是这副样子),心儿怦怦直跳。罗斯走后,他突然感到悲苦万分。他不明白自己为什么要那样回答罗斯。本来只要跟罗斯友好相处,他愿意付出任何代价。他为自己跟罗斯发生了争吵而感到遗憾;看到自己给罗斯带来了痛苦,他十分后悔。可是当时,他实在无法控制自己,就像魔鬼缠身似的,被迫违心地说了一些刻薄的话,其实,即便在那会儿,他也想跟罗斯握手言欢,主动迎合罗斯的意愿。但是那种出口伤人的欲望实在太强烈了。他一直想为自己所忍受的痛苦和屈辱进行报复。这是自尊心在作怪,而这种做法也是相当愚蠢的,因为他知道罗斯压根儿不会把这件事放在心上,而他自己却会备受煎熬。他脑子里忽然闪过这样一个念头:自己去找罗斯,并且对他说:

"喂,对不起,我刚才太粗暴了。我也没有法子。咱们俩和好吧。"

可是,他知道自己绝不会这么做的。他怕引起罗斯的讥笑。他不禁生起自己的气来。过了一会儿，夏普走了进来，菲利普一抓到个机会就跟他吵了一架。菲利普有一种揭别人伤疤的残忍本能，而且往往说出一些激起怨恨的话，因为那些话都是实情。可是这一次，最后说得他无言以对的却是夏普。

"我刚才听到罗斯跟梅勒谈到你，"夏普说，"梅勒说：'你干吗不踢他一脚？那可以教他懂点儿规矩礼貌。'罗斯说：'我可不想那么干。该死的瘸子！'"

菲利普蓦地变得满脸通红，一句话也说不出口，他的喉咙哽住了，几乎连气都透不过来。

20

菲利普升到了六年级，但是如今他从心底里讨厌上学念书。由于失去了奋斗目标，他对于自己的功课究竟学得是好是坏，根本不放在心上。每天早晨醒来，他便心情沮丧，因为又得度过沉闷乏味的一天。现在他对自己必须干的一切都感到厌烦，因为这都是别人要他干的。学校规定的各种限制也令他相当恼火，这倒不是因为这些限制不合理，而是因为它们本身就是束缚人们身心的规定。他渴望自由。他讨厌重复那些自己早已知道的东西；而教师为了照顾头脑愚笨的学生，反复讲解某些他一眼就能看懂的内容，也叫他感到厌倦。

珀金斯先生的课，你用不用功可以随自己的意思。他上课时样子热切而又心无旁骛。六年级的教室设在一座经过整修的古修道院内，教室里有一个哥特式窗户，菲利普上课时就把这个窗户一遍又一遍地画着，想借此消闲解闷；有时他凭着记忆就勾勒出大教堂的主塔楼，或是描绘那条通向教堂场地的通道。他真能画上几笔。路易莎伯母年轻时曾画过一些水彩画,如今手头还保存着好几本画册,里面都是她画的教堂、古桥和田舍风光等景物。牧师公馆举行茶会时,往往把这些画册拿出来请客人观赏。有一次,她把一盒颜料作为圣诞节的礼物送给菲利普;而菲利普学画,就是从临摹他伯母的水彩画开始的。他临摹得相当出色,超出了人们的预期。不久,他就开始自己构思作画。凯里夫人鼓励他学画,觉得这是一个防止他调皮捣蛋的好办法,而且往后,菲利普画的画儿也许还能拿去义卖。他有两三幅画还配了镜框,挂在自己的卧室里。

可是有一天,上午的课结束后,菲利普正懒洋洋地朝教室外面走,珀金斯先生叫住了他。

"我有话要对你说,凯里。"

菲利普等着。珀金斯先生一边用他细瘦的手指捋着胡子,一边望着菲利普,似乎在仔细思考要对这孩子说些什么。

"你究竟怎么啦,凯里?"他突然问道。

菲利普红了脸,飞快地朝珀金斯先生看了一眼。可是眼下他已摸透了校长的脾气,并不回答,而是等着他继续往下讲。

"近来我对你的表现很不满意。你老是这么松松散散,心不在焉,似乎对自己的功课毫无兴趣。作业做得潦潦草草,质量很差。"

"很抱歉,先生。"菲利普说。

"你要说的就是这么一句话吗?"

菲利普绷着脸,垂下目光。他怎么能回答珀金斯先生说自己对这儿的一切都厌烦得要命。

"你知道,这学期你的学业不但没有长进,反而退步了。

我不会给你一份成绩优秀的报告单。"

菲利普暗自思量，要是校长知道家里如何对待那份报告单的话，不知会有什么表示。成绩报告单是在早饭的时候到的，凯里先生漠不关心地瞥了一眼，便顺手递给菲利普。

"是你的成绩报告单。你最好看看上面写些什么。"他说道，一面用手指去剥旧书目录册上的封皮。

菲利普看了一下成绩报告单。

"成绩好吗？"路易莎伯母问。

"不像我实际应该得到的那么好。"菲利普笑嘻嘻地说，把成绩报告单递给伯母。

"等一下我戴上眼镜再看吧。"她说。

可是早饭以后，玛丽·安进来说肉铺老板来了，她通常就把这件事给忘了。

这时候，珀金斯先生继续说：

"你真叫我感到失望。简直无法理解。我知道只要你愿意，一定能取得一些成绩，但你似乎不想再用功了。我本来打算下个学期让你当班长，可我看还是等等再说吧。"

菲利普涨红了脸，想到自己遭到忽视，心里很不高兴。他双唇紧闭。

"还有件事。现在你得开始考虑自己的奖学金了。除非从这会儿起就发奋用功，否则你什么也得不到。"

菲利普被这顿训斥激怒了。他既生校长的气，又生自己的气。

"我想我不打算上牛津去念书了。"他说。

"为什么不去呢？我以为你是打算当牧师的。"

"我已经改变了主意。"

"为什么？"

菲利普没有回答。珀金斯先生摆出他一贯的那种古怪的姿势,宛如佩鲁吉诺①画中的人物,若有所思地捋捋自己的胡须,他望着菲利普,似乎想看穿这孩子的心思,然后突然对菲利普说他可以走了。

显然,珀金斯先生并不满意,因为过了一个星期,有天晚上,菲利普到他书房来交作业,他又开始谈起那个话题,但这一次他采取了不同的谈话方式:不是以校长身份来和学生谈话,而是作为普通人在与对方交谈。这一次,他似乎并不理会菲利普功课差,也不在乎菲利普面对劲敌几乎没有什么可能获得进牛津大学所必需的奖学金,重要的问题在于:菲利普竟改变了他今后的生活目的。珀金斯先生决心要重新点燃孩子心中当牧师的热情。他极为巧妙地在菲利普的感情上下功夫,这么做比较容易,因为他本人也动了真情。菲利普改变了主意,让珀金斯深为苦恼,他真心认为菲利普竟莫名其妙地错过了获得人生幸福的机会。他说话的声音娓娓动听,令人信服。菲利普素来很容易被别人的情感所打动,尽管他外表相当平静——除了短暂地红了红脸之外,几乎不大显露出内心的感受。这一方面是他生性如此,另一方面也是多年来在学校养成的习惯——实际上却很容易感情冲动。这时候,他被校长的一番话深深打动了。他十分感激校长对他的关心,觉得自己的行为给校长带来了忧伤,良心上深为不安。珀金斯先生身为校长,得考虑整个学校的事务,竟然还为他操心费

---

① 佩鲁吉诺(1446—1523),意大利文艺复兴时期画家,著名画家拉斐尔的老师。

神,想到这儿,他隐隐地感到十分荣幸;可是与此同时,内心有个别的什么东西,像个紧挨在他胳膊肘旁边的第三者,拼命抓住这两个字不放:

"我不!我不!我不!"

他感到自己在不断沉沦。他面对似乎充溢自己整个身心的软弱,无能为力;那种情况就像一只浸在盛满水的脸盆里的空瓶,水正在不断往里灌;他咬紧牙关,一遍又一遍地对自己重复这几个字:

"我不!我不!我不!"

最后,珀金斯先生把手放在菲利普的肩头。

"我也不想对你施加影响。"他说,"你得自己拿定主意。向全能的上帝祈祷,求他给你帮助,为你指点迷津。"

菲利普从校长的屋子里走出来时,天正下着蒙蒙细雨。他在那条通往教堂场地的拱道内走着。周围一个人也没有,秃鼻乌鸦默默地栖息在榆树上。菲利普慢腾腾地四处转悠。他浑身发热,雨水正好给他带来一点凉意。他把珀金斯先生刚才说的每句话都仔细想了一下,既然如今他已从自己个性的狂热之中解脱出来,正好可以冷静地思考一下,他庆幸自己总算没有让步。

在昏暗的夜色中,他只能隐隐约约地看见大教堂的巨大轮廓:现在他讨厌这座教堂,因为他不得不在那儿参加冗长而令人厌倦的礼拜仪式。唱起圣歌来无休无止,而你得始终兴致索然地站着;布道时的声音单调而低沉,你根本无法听清;你想四处走动一下,却不得不端端正正地坐着,于是身子不由自主地抽搐起来。接着菲利普又想到在黑马厩镇每星期天早晚两次做礼拜的情景:教堂里空荡荡的,十分寒冷;到处都可以闻到润发香脂和上过浆的衣服的气味。两次布道分别由副牧师和他大伯主持。随着年岁的增长,他逐渐了解大伯的为人。菲利普性格直率、偏执;他无法理解这种现象:一个人可以作为牧师真诚地讲上一套大道理,却从不以普通人的身份加以实行。这种欺骗行为使他相当愤慨。他大伯是个软弱、自私的人,生活中的主要愿望就是免去各种麻烦。

珀金斯先生对他谈到了献身于侍奉上帝的美妙之处。菲利普知道自己家乡东英吉利①那一隅的牧师过着什么样的生活。离黑马厩镇不远,有个怀特斯通教区,教区牧师是个单身汉,为了给自己找点事干,最近竟开始务农了。当地报纸不断报道他怎样在郡法院不时跟这个或那个人打官司的情况——不是雇工们控告他不肯支付工资,就是他指控做买卖的人骗取钱财;有人传说他竟让自己的奶牛挨饿。大家议论纷纷,认为应当对这个牧师采取某种一致的行动。另外,还有费尔内教区的牧师,一个留着胡子、体态优美的人,妻子无法忍受他的虐待,不得不离家出走。妻子对街坊邻舍说了许多有关他的不道德的行为。在沿海的小村庄苏尔勒,每天晚上大家都可以在小酒店里见到教区牧师。他的公馆离酒店只有一箭之遥。那一带的教会执事曾前来向凯里先生求教。在那儿除了农夫或渔民外,他们根本找不到什么别的人可以闲谈。在漫长的冬天夜晚,寒风在光秃秃的树林间凄厉地呼啸而过。周围看到的只是一片片毫无变化的耕翻过的田地。到处都是贫穷的景象,缺乏任何重要一点的工作。人们性格中的各种乖僻之处都完全显露出来,什么都不能对他们加以约束。他们

① 东英吉利,英国一个地区,在英格兰东部,包括诺福克郡和萨福克郡。

变得心胸狭窄,脾气古怪。菲利普对这一切知道得十分清楚,但是出于年轻人特有的偏执心理,他并不把这作为理由提出来。一想到要过这样一种生活,他就不寒而栗;他要闯到外面的天地中去。

21

不久,珀金斯先生就看出来自己的话对菲利普不起什么作用,因而在那学期余下的时间里,就也没有再去理他。珀金斯先生在学期结束后给他写了一份措辞尖刻的成绩报告单。报告单寄到家里时,路易莎伯母问菲利普那上面是怎样写的,菲利普欢快地回答说:

"糟透了。"

"是吗?"牧师说,"那我得再看一下。"

"您觉得我在特坎伯雷待下去还有什么好处吗? 我早该想到,倒不如去德国待一阵子的好。"

"你怎么会有这种想法?"路易莎伯母说。

"您不觉得这是个相当不错的主意吗?"

夏普已经离开了皇家公学,并从汉诺威给菲利普写过信。他才是真正开始生活了;菲利普一想到这点,就越发坐立不安。他觉得再在学校里束手束脚地过上一年,实在难以忍受。

"可是,那你就拿不到奖学金啦。"

"反正我也没有希望拿到,况且,我觉得自己也不怎么特别想进牛津大学。"

"可是,菲利普,你不是打算当牧师的吗?"路易莎伯母惊叫起来。

"我早就打消了那个念头。"

凯里太太用吃惊的目光望着菲利普，不过她惯于自我克制，马上给菲利普的大伯又倒了一杯茶。他们都没有说话。霎时间，菲利普看见眼泪顺着伯母的脸颊缓缓往下流淌。他的心猛地感到十分难受，因为他给伯母带来了痛苦。伯母穿着街那头的裁缝给她缝制的黑色紧身外衣，脸上布满皱纹，眼睛倦怠无神，灰色的头发仍像年轻时那样梳理成一圈圈傻气的小发卷，她的模样既滑稽可笑，又不知怎么叫人觉得十分可怜。菲利普还是头一次注意到这一点。

后来，牧师跟副牧师在书房里关起门来谈心。菲利普伸出胳膊，一把搂住伯母的腰。

"唉，路易莎伯母，真对不起，我让您感到烦心了。"他说，"但是，如果我真的不是当牧师的材料，勉强当了，也不会有什么好处的，对不对？"

"这太叫我失望了，菲利普。"伯母不满地说，"我早就有那样一种心思，觉得你往后可以做你大伯的副手，这样等到我们的大限来临时——我们终究不可能长生不老，对不对？——你就可以接替你大伯的位置。"

菲利普浑身发抖，突然感到惶恐不安，心儿怦怦乱跳，好像陷入罗网的鸽子在不停地扑打翅膀。伯母把头靠在他的肩上，低声地呜咽起来。

"希望您能劝说威廉大伯，让我离开特坎伯雷。我实在讨厌那个地方。"

然而，黑马厩镇的教区牧师可不会轻易改变已经做好的安排。根据原来的计划，菲利普要在皇家公学待到十八岁，随后再进牛津念书。菲利普这时就想退学的事，说什么也听不进去,因为事先没有通知学校,这学期的学费无论如何仍需照付。

"那您是不是可以通知一下学校,说我圣诞节要离开?"经过漫长而言辞激烈的交谈,菲利普最后这么说。

"我会写信给珀金斯先生,把这件事告诉他,看看他有什么意见。"

"哦,真希望现在我就年满二十一岁。干什么都得听凭别人的安排,真叫人憋闷!"

"菲利普,你不该这样对你大伯说话。"凯里太太温和地说。

"难道您不明白珀金斯先生不想让我走吗?他希望把学校里的每个学生都抓在手心里面。"

"为什么你不想去牛津念书?"

"既然我不打算当牧师,进牛津又有什么意思?"

"什么不打算当牧师,你已经是教会里的人了!"牧师说。

"那么算是受到任命了。"菲利普不耐烦地答道。

"那你打算干什么呢,菲利普?"凯里太太问。

"我也不知道。我还没有拿定主意。但是不管我干什么,懂点儿外语总是有用的。在德国住上一年学到的东西,要比继续待在那个鬼地方多得多。"

菲利普觉得进牛津实际上就是继续他的学校生活,并不比现在强,但他不愿意直说出来。他满心希望能独立自主。再说,一些老同学多多少少知道他这个人,而他就是想远远避开他们。他觉得他的学校生活完全失败了。他想要开始新的生活。

菲利普想去德国的愿望正巧跟黑马厩镇上人们最近议论

的某些观点不谋而合。有时候,医生的一些朋友上他家来盘桓一阵,也带来了外界的消息;八月里到海边来消夏的那些游客,也有他们自己观察事物的方式。牧师也听说过,有人认为旧式教育如今已不像过去那么管用了,而各种现代语言正在取得他年轻时所没有的重要地位。他自己内心也感到有些彷徨不定。他的一个弟弟有次考试没有及格,就被送往德国念书,从而开创了先例。可是后来他在那儿死于伤寒,因而只能认为这样的试验实在相当危险。经过无数次的谈话,结果商量好了:菲利普再回特坎伯雷念一学期,然后离开那儿。对于这样一项协议,菲利普倒并没感到有什么不满意的地方。但是他回到学校几天之后,校长就对他说:

"我收到你伯父的一封来信。看来你想到德国去,他问我对这件事有什么看法。"

菲利普大吃一惊。他的监护人竟然说话不算数,这不禁叫他怒气冲天。

"我认为这件事已经定下来了,先生。"他说。

"差得远呢。我已经写信告诉你伯父,我觉得让你中途退学是莫大的错误。"

菲利普立刻坐下来,给他大伯写了一封言辞激烈的信。他也顾不得斟酌词句。他气得要命,那天晚上,一直到深夜方才睡着;次日一早醒来,又默默地琢磨着他们对付自己的手法。菲利普焦急万分地等着回信。过了两三天回信来了,是路易莎伯母写的,语气相当温和,字里行间充满了痛苦,说他不该给他大伯写那样的话,弄得他大伯十分苦恼,说他用词刻薄,没有基督徒的宽容精神;他应该知道,他们为他付出了所有的心血,况且他们的岁数比他大得多,究竟什么对他有利,肯定能做出更好的判断。菲利普握紧了拳头。这种话他听得多了，真不明白为什么大家认为这种说法无可置疑。他们并不像他那样了解实际情况，凭什么就想当然地认为年岁越大就越有智慧呢？那封信的结尾还告诉他，凯里先生已经撤回了他给学校的退学通知。

菲利普心中的怒火，一直憋到下个星期的半休日。学生们在星期二和星期四放半天假，因为星期六下午他们都得到大教堂去做礼拜。那天课后，六年级的其他学生都走了，只有菲利普留了下来。

"先生，请问今天下午我可以回黑马厩镇去一次吗？"他问道。

"不行。"校长相当干脆地说。

"我有十分重要的事跟我大伯商量。"

"你没听到我说'不行'吗？"

菲利普没有做声，走出教室。他受辱蒙羞，简直想要呕吐。他遭到了双重羞辱，先是不得不开口请求，接着又被断然回绝。现在他厌恶这位校长。那种从不为自己无比霸道的行为提供理由的专横作风，真使菲利普痛苦万分。他怒不可遏，什么都顾不上了。吃过午饭，他便从自己很熟悉的偏僻小路走到火车站，正好赶上开往黑马厩镇的列车。他走进牧师公馆，看见大伯和伯母正坐在饭厅里。

"嘿，你是从哪儿冒出来的？"牧师说。

显然，他并不怎么高兴见到菲利普，看上去有点儿不大自在。

"我想应该来跟您谈一下我离校的事。上次我在这儿的时候，您亲口答应了，但一星期后又是另一种做法，我想弄明白您这么做究竟是什么意思。"

菲利普对自己的胆量感到有点吃惊,但他对于自己确切地要说些什么,早已拿定了主意,因此尽管他的心剧烈地跳动着,但仍然逼着自己把话说出口来。

"今天下午你回来,学校是不是准你假了?"

"没有。我向珀金斯先生请假,被他一口拒绝了。要是你乐意写信告诉他我回来过了,管保可以让我挨一顿臭骂。"

凯里太太坐在一旁织毛线活儿,两只手不住地颤抖。她不习惯看着别人在她面前争吵,这种场面使她十分焦虑不安。

"要是我写信告诉他,你挨骂也是活该。"凯里先生说。

"要是你想当个彻头彻尾的告密者,那也成啊。既然你已经给珀金斯先生写过信了,这种事你完全干得出来。"

菲利普说这样的话实在很傻,正好给了牧师一个求之不得的机会。

"我可不想再一动不动地坐在这儿,听凭你对我说些放肆无礼的话。"大伯气派十足地说。

他站起身来,飞快地走出饭厅,进了书房。菲利普听见他关上房门,而且还上了锁。

"哦,上帝,要是眼下我二十一岁就好了。像这样遭受束缚,实在糟透了。"

路易莎伯母低声地哭起来。

"噢,菲利普,你不该用这样的态度对你大伯说话,快去给他道歉。"

"我可没什么要道歉的地方。是他在狠心地愚弄我。让我继续留在那儿念书,当然只是白白浪费金钱,但他在乎什么呀?反正不是他的钱。让一些什么也不懂的人来当我的监护人,实在叫人痛苦。"

"菲利普!"

菲利普正滔滔不绝地发泄着心头的怒气,听到伯母这声叫唤,一下子停了下来。那是一声心碎肠断的喊叫。他没有意识到自己说的话多么刻薄。

"菲利普,你怎么可以这么无情无义?要知道我们可是为你付出了所有的心血。我们知道自己没有经验,因为我们自己没有过孩子,所以我们写信去请教珀金斯先生。"她嗓音突然变了,"我尽量像母亲那样对待你。我爱你,把你当作我的亲生儿子一样。"

她身材那么矮小,那么瘦弱,在她那副老处女似的神态中,有着某种极为凄婉哀伤的地方,使菲利普受到了感动。他喉咙突然一下子哽住了,眼睛里充满泪水。

"真对不起,"他说,"我不是存心这样粗暴无礼。"

他在伯母的身旁跪下,伸出胳膊把她抱住,吻着她那湿漉漉的、憔悴的脸颊。伯母伤心地抽泣着;她就这样虚度了一生,菲利普似乎突然为此产生了一股怜悯之情。她从来没有像现在这样充分表露自己的情感。

"我知道,我始终不能像我心里想的那样对待你,菲利普,但我不知道该怎么办是好。我没有儿女,这就像你失去母亲一样令人愁苦。"

菲利普忘记了自己的满腔怒火,也忘记了自己关心的事,只想着怎样安慰伯母,他一边嘴里说着结结巴巴的话语,一边用手笨拙地抚摸着伯母的身子。接着时钟响了。他得马上动身去赶火车,只有赶上那班列车,才能及时返回特坎伯雷,参加晚点名。他在火车车厢的角落里坐定,方才发现自己什么也没做成。他对自己的软弱无能十分生气。牧师傲慢自负的神态,还有伯母的泪水,竟然使他改变了原来的意图,实在窝囊。可是,他不知道后来那老两口子是怎么商量的,结果又有一封信写给了校长。珀金斯先生一边看信,一边不耐烦地耸了耸肩膀。他把信让菲利普看了。上面写道:

亲爱的珀金斯先生:

　　请原谅我为菲利普的事再次打扰您,但是这个受我监护的孩子着实让我和他伯母感到心神不安。他似乎十分急切地想要离开学校,他伯母也觉得他心情不愉快。我们不是他的亲生父母,真不知道究竟该怎么处理。他似乎认为自己的学业不够理想,觉得继续留在学校简直浪费金钱。要是您能跟他谈一次,我将感激不尽;如果他不肯回心转意,也许还是按我原来的打算,让他在圣诞节离校为好。

　　　　　　　　　　　　您的非常忠实的
　　　　　　　　　　　　威廉·凯里

菲利普把信还给校长,心里产生一阵胜利的自豪感。他总算达到了自己的目的,感到十分满意。他的意志战胜了别人的意志。

"你大伯收到你的下一封信,也许又要改变主意,我花上半个小时给他回信,实在也没多大用处。"校长恼怒地说。

菲利普一言不发,脸色十分平静,却无法掩饰眼睛里亮闪闪的光芒。珀金斯先生觉察到他的眼神,突然笑了起来。

"你算成功了,是吗?"他说。

菲利普坦然地露出了笑容。他无法掩饰内心的狂喜。

"你真的十分急切地想要离开吗?"

"是的,先生。"

"你待在这儿心情不愉快吗?"

菲利普涨红了脸,他本能地讨厌别人探问他内心深处的情感。

"哦,我不知道,先生。"

珀金斯先生慢条斯理地用手指捻着下巴上的胡子,若有所思地望着菲利普,看上去好像是在自言自语。

"当然啰,学校是为智力平常的学生开设的。反正洞眼儿都是圆的,不管木桩是什么形状,好歹都得揳进去。① 谁也没时间去为那些智力超凡的学生操心费神。"接着,他突然对菲利普说道,"嗨,我倒有个建议要向你提一下。眼看这学期就快要结束了,再待上一个学期,也不见得会要你的命。如果你想到德国去,最好等过了复活节再动身,而不要一过圣诞节就走。春天出门比在仲冬时节出门舒服得多。要是等到下学期结束,你仍执意要走,那我就不阻拦你了。你觉得怎么样?"

"非常感谢您,先生。"

菲利普总算争取到了那最后三个月的时间,心情十分欢畅,因而多待一个学期也不在乎了。他知道在复活节前就可以获得永久的解脱,学校似乎也减少了几分牢狱的气氛。菲利普心花怒放。那天晚上在学校小教堂里,他环顾四周那些

---

① 英语成语"a square peg in a round hole"(方枘圆凿)。该成语原来指人的性格和能力与其所任工作不相适合,此处是指学校按照固定的章程办事,不能根据学生的不同特点因材施教。

站在各自年级队列里规定位置上的同学,想到自己不久就再也见不到他们了,不禁心满意足地暗自发笑。这倒使他对他们几乎怀有一种友好的感情。他的目光落在罗斯身上。罗斯十分认真地履行班长的职责;他一心想成为学校里具有模范带头作用的学生。那天晚上,正轮到他朗读经文,他念得婉转动听。菲利普想到自己将永远摆脱他的影响,露出了满脸笑容。再过六个月,无论罗斯身材多么高大,四肢多么健全,对他都没有什么关系了;罗斯究竟是班长,还是耶稣十一个门徒的首领,又有什么要紧呢?菲利普注视着那些身穿教士服的老师。戈登已经去世了,他在两年前死于中风,但其他老师全都在场。如今菲利普明白他们是多么可怜的一群家伙,也许特纳算是例外。他身上多少还有点男子汉的气概。他想到自己竟一直遭受他们这些人的管束,感到极为痛苦。再过六个月,他们就也变得无足轻重了。他们的褒奖对他毫无意义,而听到他们的训斥,他只是满不在乎地耸耸肩膀。

菲利普已学会克制自己的情感,在外表上不露声色。他仍为自己的腼腆羞涩感到苦恼,但他的情绪往往十分高昂。尽管他瘸着条腿,带着严肃的神情,沉默而拘谨地四处走动,但他内心却似乎在大声欢呼。在他自己看来,他的步伐也轻松多了。他脑子里闪过各色各样的念头,不断浮现出一个个幻想,它们相互追逐,速度快得简直难以捕捉。它们来来往往,使他无比兴奋。现在他心情愉快,可以用功读书了。在本学期剩下的几个星期里,他决心把荒废多时的功课都补起来。他的头脑十分管用,他把激发自己的才智看作一大乐事。在期终考试时,他成绩十分优秀。珀金斯先生对此只评论了一句,那会儿他正给菲利普评讲作文。

珀金斯先生做了通常的评讲之后,说:

"看来你已拿定主意不再瞎胡闹了,是吗?"

他对菲利普微微一笑,露出一口亮闪闪的牙齿,而菲利普则目光下垂,不好意思地笑了笑。

有五六个学生期望能瓜分明年夏季学期结束时学校颁发的各种奖品和奖金,他们早就不把菲利普看作不可忽视的对手,现在却对他另眼看待,心里有些不安。菲利普到复活节就要离校,因此根本算不上是什么竞争对手,但是他没有把这桩事告诉任何人,而是让他们提心吊胆。他知道罗斯曾在法国度过两三个假期,自以为在法语方面胜过别人,而且还指望把牧师会教长颁发的英语作文奖拿到手。但罗斯如今发现,自己在这两门科目上远远赶不上菲利普,便不免有些沮丧;菲利普看到他这副样子,心里感到极大的满足。另一个叫诺顿的同学,要是拿不到学校的一项奖学金,就无法进牛津念书。他问菲利普是否在争取奖学金。

"你有什么反对的意见吗?"菲利普反问道。

菲利普想到别人的前途竟掌握在自己的手里,觉得相当有趣。先把各种不同的奖赏都实实在在地抓在自己的手心里,然后,因为自己看不上这些玩意儿才让给别人。这样确实有几分浪漫色彩。最后期末的日子到了,菲利普前去向珀金斯先生道别。

"你总不见得真的要离开这儿吧?"

看到校长露出明显的惊讶神色,菲利普沉下脸来。

"您说过到时候不会加以阻拦的,先生。"菲利普回答说。

"当时我觉得你只是一时心血来潮,还是迁就一下的好。我知道你这个人既固执,又任性。你究竟为什么现在就要离开呢？反正你也只剩下一个学期了。你可以轻而易举地获得马格达兰学院的奖学金；我们学校颁发的各种奖品，你也可以拿到一半。"

菲利普满脸不高兴地望着珀金斯先生，觉得自己又上当受骗了。不过珀金斯先生既然许下了诺言，就得说话算数。

"在牛津你会过得很愉快的。你用不着马上决定今后要干什么。不知你是否明白，对于任何一个有头脑的人来说，那儿的生活有多快乐。"

"现在我已做好了去德国的一切安排，先生。"菲利普说。

"这些安排就不可以改变吗？"珀金斯先生问道，嘴上挂着挖苦的笑容，"失去你这样的学生，我很惋惜。学校里，头脑愚笨而用功的学生往往比聪明而懒散的学生学得好，但要是聪明的学生也肯用功——嗨，那么就会取得你这学期所取得的成绩。"

菲利普一下子把脸涨得通红。他不习惯听别人夸奖的话，在这之前，谁也没有说过他聪明。校长把手放在菲利普的肩膀上。

"你知道，要把知识灌输到愚笨学生的脑子里去，实在是件乏味的工作。但是如果你不时有机会教到一个心思灵敏的孩子，你几乎还没有把话都说出口来，他就领会了你的意思。嘿，那时候，教书就成了世上最令人振奋的事了。"

校长的一番好意使菲利普的心软了下来。他根本没有想到珀金斯先生会对自己的去留这么在意。他被打动了，心里十分得意。要是极其荣耀地结束他在中学的学习生活，然后再进牛津念书，那该多么舒畅。转瞬之间，他眼前闪现出一幅幅大学的生活场景。这些情况有的是从回校参加皇家公学校友比赛的校友们嘴里了解到的,有的是从其他同学在书房里朗读的校友来信里听到的。可是他感到惭愧,如果他现在做出退让,那他在自己眼里也是个十足的傻瓜;他大伯会为校长的计谋成功而暗自发笑。他本来就对学校的奖品不屑一顾,因而打算引人注目地放弃这些唾手可得的东西,现在要是他也像普通人一样去你争我夺,实在有些寒碜。其实这时候,只需要有人再劝上菲利普几句,使他的自尊心不受伤害,他就会完全依照珀金斯先生的愿望去做。可是菲利普表面上一点儿也没露出他内心情感的冲突,阴沉的脸上显得十分平静。

"我想还是离开的好,先生。"他说。

珀金斯先生也像不少凭借个人影响处理事情的人那样,发现自己的力量没有立刻奏效,就变得有点不耐烦了。他手头有许多工作要做,不可能在一个在他看来顽固不化的孩子身上浪费更多的时间。

"好吧,我说过假如你真的想走,就放你走。我信守自己的诺言。你什么时候去德国?"

菲利普的心剧烈地跳动着。这一仗算是打赢了。他也不清楚自己是不是倒宁可输掉。

"五月初就走,先生。"他回答说。

"嗯,你回来以后,一定要来看看我们。"

他伸出手来,如果他再给菲利普一次机会,菲利普就会改变主意,但是他似乎认为这件事已经没有挽回的余地了。菲利普走出屋子。他的中学时代结束了。他自由了,但是以前他一直期待的那种欣喜若狂的激情这时却渺无影踪。他在教堂场地里慢悠悠地四处徘徊,突然感到意气消沉。现在他懊悔自己不该那么傻气。他不想走了,但是,他知道自己绝对无法鼓起勇气再跑到校长面前,说自己愿意留下来。他永远也不会让自己遭受这样的耻辱。他不知道他到底做得对不对。他对自己以及周围的一切都深为不满。他心情沮丧地暗自问道:是不是每次一个人达到了自己的目的之后,总希望自己没有成功。

22

菲利普的大伯有一个老朋友叫威尔金森小姐,住在柏林,是一位牧师的女儿。凯里先生就是在这位小姐的父亲(当时他是林肯郡某村的教区长)手下度过了担任副牧师的最后任期。父亲死后,威尔金森小姐不得不自谋生计,先后在法国和德国的许多地方当过家庭教师。她跟凯里太太保持着通信联系,还曾到黑马厩镇的牧师公馆来度过两三次假期,她也像偶尔来凯里先生家盘桓的客人一样,付点儿膳宿费。等到事情已经十分明朗,凯里太太觉得与其反对菲利普的心愿,倒不如依顺他为好,那样可以减去不少麻烦,于是便写信给威尔金森小姐,征求她的意见。威尔金森小姐推荐说,海德堡是学习德语的最理想的地方,而欧林教授夫人的住所也十分舒适。菲利普可以住在那儿,每星期付三十马克的膳宿费。欧林教授在当地一所中学任教,可以亲自教授菲利普德语。

五月里的一天早晨,菲利普来到了海德堡。他把行李放在手推车上,跟着脚夫出了车站。天空一片碧蓝;他们所经过的大街上绿树成荫;四周的气氛让菲利普有一种新鲜的感觉。菲利普刚开始新的生活,处于陌生人中间,感到既羞怯又无比兴奋。他看到没有人前来接他,心里有些不快;脚夫把他带到一幢白色大房子的正门前,径自走了。菲利普觉得怪难为情的。一个衣衫不整的小伙子开门让他进去,把他领进客厅。客厅里摆满了一大套家具,上面都蒙着绿色的丝绒;客厅中央有一张圆桌,桌上摆着一束养在清水里的鲜花,用一条好似羊排肋骨的装饰纸边紧紧地扎在一起;花束周围间隔有序地放着一些皮封面的书籍。屋子里有股霉味。

不久,教授太太带着一股烧菜做饭的气味,走了进来。她身材不高,十分健壮,头发梳得一丝不乱,一张脸红扑扑的,两只小眼睛像珠子似的晶莹闪亮,举止洋溢着一股热情。她一把握住菲利普的两只手,问起威尔金森小姐的情况。威尔金森小姐曾两次到她的家里来,住了几个星期。她嘴里讲着德语,也夹几句不地道的英语。菲利普无法让她明白他本人并不认识威尔金森小姐。接着,她的两个女儿露面了。菲利普觉得她们俩的年纪似乎都不小了,但也许还没有超过二十五岁。大女儿特克拉,个子跟她母亲一样矮,脸上的神情也同样那么圆滑多变,不过脸很漂亮,还长着一头浓密的黑发;妹妹安娜,身材修长,相貌平常,但她笑得很甜,菲利普立刻觉得还是妹妹更讨人喜欢。他们互相寒暄了一阵以后,教授太太把菲利普领到他的房间就走开了。房间在角楼上,俯视着街心花园①内的树梢;床安放在凹室里,因此你坐在书桌旁观察,会觉得这间屋子一点也不像一间卧室。菲利普解开行李,把所有的书籍都拿出来摆好。他终于可以独立自主了。

一点钟的铃声响了,唤他去用午餐。他发现教授太太的房客都聚集在客厅里。教授太太把菲利普介绍给自己的丈

---

① 原文是德语。

夫,那是一个高个子的中年人,脑袋很大,金黄色的头发已经有些灰白,两只蓝色的眼睛,目光柔和。他用准确无误却相当陈旧的英语跟菲利普交谈,显然他的英语是通过对英国古典作品的钻研才掌握的,而不是从日常会话中学来的;他用的口语词汇听上去十分别扭,菲利普只在莎士比亚的剧作中才见过它们。欧林教授太太并不把自己的这所住宅叫作膳宿公寓,而是称之为"房客之家",其实也许需要玄学家的敏锐眼力,方能确切地辨别出两者之间的差异。当大家在狭长而阴暗的客厅外套间坐下来用饭时,菲利普看到桌上共有十六个人,他感到非常腼腆。教授太太坐在餐桌的一头,用刀切开熟肉。饭菜仍由那个给菲利普开门的小伙子端上来,他笨手笨脚,把盘子碰得叮叮当当直响;尽管他动作很快,仍然难以应付,最早一批拿到饭菜的人已经吃完了,而最后一批却还没有拿到自己的那一份。教授太太执意要大家用餐时只讲德语,这样一来,即便羞怯的菲利普鼓起劲来想要说上几句,也只好闭口不言了。他端详着面前这些自己将和他们一起生活的人。教授太太身旁坐着好几个老太太,菲利普对她们并没多加注意。餐桌上有两个年轻姑娘,都是一头金黄色的头发,其中一个长得十分标致,菲利普听到别人称呼她们赫德威格小姐和凯西莉小姐。凯西莉小姐的背后拖着条长辫子。她们俩并排坐着,一面喊喊喳喳地说个不停,一面竭力压低笑声,并不时朝菲利普瞥上一眼,其中一个低声说了句什么,她们俩就咯咯地笑起来。菲利普尴尬得飞红了脸,觉得她们在取笑他。她们旁边坐着一个中国佬,黄黄的脸上挂着爽朗的微笑。他在大学里研究西方社会的状况。他说起话来很快,带有奇怪的口音,所以他嘴里说的话,姑娘们并不能完全听懂。于是她们就哈哈大笑,他自己也好性儿地跟着笑了,笑的时候,那双杏眼几乎合成了一道缝。另外还有两三个美国人,他们穿着黑外套,皮肤又黄又干燥,都是神学院的学生。菲利普从他们那不地道的德语里听出了新英格兰口音中的鼻音,用怀疑的目光扫了他们一眼。学校给他灌输了这样一种看法:美国人都是些莽撞冒失、不顾一切的野蛮人。

饭后,他们回到客厅,在那儿张蒙着绿丝绒的硬邦邦的椅子里坐了一会儿。安娜小姐问菲利普是否愿意跟他们一块儿去散步。

菲利普接受了邀请。出来散步的人还真不少,有教授太太的两个女儿、另外两位姑娘、一个美国大学生,再加上菲利普。菲利普走在安娜和赫德威格小姐的旁边。他有点儿紧张不安。他从来没有跟哪个姑娘交往过。在黑马厩镇,只有一些农家姑娘和当地商人的闺女。他听到过她们的名字,也曾经见过她们,但他十分羞怯,总觉得她们在嘲笑他的残疾。凯里牧师夫妇认为自己高人一等,不同于地位低下的庄稼汉,菲利普也乐意接受这种看法。医生有两个女儿,但年纪都比菲利普大得多,在菲利普还是小孩的时候,她们就先后嫁给了医生的两位助手。学校里有些学生认识两三个相当大胆、不够稳重的姑娘,同学间有着一些耸人听闻的传言,说他们跟那些姑娘有私情,这多半是出于男性的想象。但菲利普总是摆出一副高傲的轻蔑神气,来掩饰自己内心对这些传闻的惊恐。他的想象力,以及他看过的书籍,在他心中唤起一种想要保持深沉忧郁的态度的愿望。他一方面怀有病态的害羞心理,另一方面又确信自己应该显出风流殷勤的样子,结果弄得十分苦恼。这会儿,他觉得自己应该显得头脑聪明,谈吐风趣,但脑子里却似乎空无一物，他完全不知道该说什么好。教授太太的女儿安娜小姐出于责任感，不时跟他攀谈几句，但另一位姑娘却很少开口，时常用两只闪闪发亮的眼睛瞅着他，间或还在一旁放声大笑，弄得他心里乱糟糟的。菲利普觉得自己在她眼里一定极为可笑。他们沿着山坡在松林中漫步，松树那沁人心脾的幽香使菲利普心旷神怡。天气暖洋洋的，万里无云。最后他们来到一片高地，放眼眺望，只见莱茵河流域在阳光的照射下展现在他们面前。广阔的田野、远处的城市都闪耀着金色的光芒。而莱茵河宛如银色的缎带，从中蜿蜒而过。在菲利普所熟悉的肯特郡那一隅，很少见到这样开阔的场所，只有大海才能让人见到海天相接的苍茫景象。他看着眼前这片广阔无垠的田野，蓦地产生一阵奇特的、难以描述的兴奋。他突然感到欢欣鼓舞。尽管他自己并不了解，但这是他破天荒头一次体验到了美，而且并没有掺杂外来的情感。他们，就他们三个人，坐在一张长凳上，其他的人已经继续往前走了。两位姑娘用德语快速交谈着，而菲利普毫不理会她们就在旁边，尽情观赏着眼前的风光。

　　"天哪，我真幸福！"他不知不觉地暗自说道。

23

　　菲利普偶尔也想到特坎伯雷皇家公学，每逢回想起以前他们在一天当中的某个时刻正在干些什么，他就不禁暗自发笑。他时常梦见自己仍然待在那儿，等到一觉睡醒，意识到自己是躺在角楼上的小房间里，心头立刻感到一种不同寻常的满足。他从床上就能看见飘浮在蓝天里的大团积云。他尽情享受着自由的乐趣。他想什么时候睡觉就什么时候睡觉，爱什么时候起床就什么时候起床。再也没有人把他差来遣去。他忽然想到往后再也用不着撒谎了。

　　根据安排，由欧林教授来教菲利普拉丁语和德语；一个法国人每天上门来给他上法语课；教授夫人另外推荐了一个英国人教他数学。这个人名叫沃顿，眼下正在大学攻读语言学学位。菲利普每天早晨上他那儿去。他住在一幢破败失修的房子的顶楼上，那房间又脏又乱，里面充满一股刺鼻的怪味，是各种污物所散发出的形形色色的臭气。菲利普十点钟来到这儿的时候，沃顿通常还没有起床，接着便一跃而起，披上一件脏巴巴的晨衣，穿上一双毛毡拖鞋，一面吃着简单的早餐，一面就开始讲授。他个子矮矮的，由于啤酒喝得太多而变得大腹便便，留着浓密的口髭和一头乱蓬蓬的长发。他在德国待了五年，已经变得很日耳曼化了。他得过剑桥大学的学位，但提到那所大学时，总是带着鄙夷的口气；在海德堡大学取得博士学位后，他必须返回英国，开始教书的生涯；而在谈到这种生活前景时，又心怀厌恶。他很喜爱德国大学的生活，无拘无束，逍遥自在，可以跟朋友们欢快地交往。他是大学生联合会①的会员，答应带菲利普到小酒店②去。他十分穷困，对菲利普也毫不掩饰，说给他上课直接关系到自己的午餐究竟是吃肉以饱口腹，还是嚼面包和奶酪充饥。有时他夜晚饮酒过度，第二天头疼得连杯咖啡也喝不下，就昏头昏脑地给菲利普上课。为了应付这种场合，他在床底下藏了几瓶啤酒，一瓶酒外加一斗烟，就可以帮助他承受生活的重负。

　　①②　原文是德语。

"解酒还须杯中物。"他往往一边给自己倒啤酒,一边这么说。他倒得十分小心,不让酒面泛起好多泡沫,耽误自己喝酒的时间。

随后他就对菲利普谈起海德堡大学里的情况,什么相互敌对的校友会之间的争吵啦、决斗啦,还有这位、那位教授的长处啦,等等。菲利普从他那儿学到的人情世故要比学到的数学还多。有时候,沃顿往椅背上一靠,笑着说:

"嘿,咱们今儿什么都没干,这一课你用不着付我钱啦。"

"噢,没关系。"菲利普说。

沃顿讲的事既新鲜,又十分有趣,菲利普觉得那比三角学更为重要,这门学科他怎么学也搞不明白。现在眼前好像打开了一扇生活的窗户,他有机会凭窗朝里面窥视,而且一边偷看,一边心儿狂跳不已。

"不行,还是把你的臭钱留着吧。"沃顿说。

"那你午餐吃什么呢?"菲利普笑吟吟地说,因为他对这位老师的经济情况一清二楚。

沃顿甚至要求菲利普把每节课两先令的费用,从每月一付改为每周一付,这样算起钱来可以简单一些。

"哦,别管我吃些什么。喝瓶啤酒当饭,又不是头一回。这样我的头脑反而比任何时候都更清醒。"

说完,他一骨碌钻到床底下(床上的床单由于不常洗涤,已经现出了灰色),又掏出一瓶啤酒来。菲利普年纪还轻,不懂得生活中的美妙情趣,不肯同他举杯对饮,于是他又独自喝起来了。

"你打算在这儿待多久?"沃顿问。

他和菲利普两个人已把数学这块装门面的幌子扔开了,

心里感到十分松快。

"噢,我也不知道,大概一年吧。然后家里人要我上牛津念书。"

沃顿轻蔑地耸了耸肩膀。菲利普生平还是头一次看到有人竟然对那样一所堂堂学府毫无敬畏之心。

"你到那儿去干什么? 无非是镀镀金,外表显得光鲜而已。干吗不在这儿上大学呢? 一年时间没有用,得花上五年时间。要知道,生活中有两样宝贵的东西:思想自由和行动自由。在法国,你有行动的自由,可以爱做什么就做什么,谁也不会来干涉,但是你的思想必须跟其他人一致。在德国,你的行动必须跟其他人一致,但是你可以爱怎么想就怎么想。这两样东西都很宝贵。就我个人而言,更喜欢思想上的自由。然而在英国,两项自由都没有:你遭到陈规积习的压制,既不能无拘无束地思想,又不能随心所欲地行动。这就因为它是个民主国家。我看美国的情况更糟。"

他小心翼翼地朝后靠着,因为他坐的那把椅子一条腿有点儿摇晃,要是在他言辞华丽地说得兴起的当儿,猛然一屁股摔在地上,岂不狼狈不堪。

"今年我得回英国去,但如果能积攒点钱,勉强可以糊口,我就在这儿再待一年。然后,我就不得不回去,必须丢下所有这些东西。"他伸出手臂朝那间肮脏的顶楼四下一挥。床铺没有收拾整齐,衣服就放在地板上,靠墙是一排空啤酒瓶,每个角落里都堆着封面脱落的破书。"到某个地方大学去,设法搞个语言学教授的职位。到时候我还要打打网球,各处参加茶会。"他突然住嘴不说了,诧异地看了菲利普一眼。菲利普穿戴整齐,衣领十分干净,头发梳得纹丝不乱。"哟,天哪! 我得洗一下脸了。"

菲利普顿时涨红了脸,觉得自己整洁漂亮的样子竟受到了令人难以忍受的责备。他近来也注意起穿着打扮来,离开英国的时候带了几条经过精心挑选的好看的领带。

夏天像个征服者似的来到了这个国家。每天都是晴朗的好天气。碧蓝的天空透出一股傲气,像踢马刺一样刺痛人的神经。街心花园①里的树木,青葱翠绿,浓烈扎眼;那一排排房屋,在阳光的照射下,闪现出炫目的白光,刺激着你的感官,最终使你难以忍受。有时菲利普从沃顿那儿出来,回去的路上就在街心花园的树荫底下找条长凳坐下来乘凉,一面观赏着耀眼的阳光透过繁枝茂叶在地面上形成的光亮的图案。他的心灵也像阳光那样欢欣雀跃。他尽情享受着这种忙里偷闲的时光。有时菲利普在这座古老城市的街上悠然漫步。他用敬畏的目光瞧着那些大学生联合会的学生,他们的脸上划了好多条口子,血淋淋的,头上戴着五颜六色的帽子,在街上昂首阔步。下午,他总跟教授太太宅里的姑娘们一起在山坡上闲逛。有时候,他们沿着河岸朝上游走去,在绿树成荫的露天啤酒店里用茶点。晚上,他们在市立公园②里来回转悠,聆听乐队的演奏。

菲利普不久就知道了住在这幢房子的人各自所关注的问题。教授的大女儿特克拉小姐跟一个英国人订了婚,那人曾在这所宅子里待过一年,专门学习德语,他们的婚礼原定于年底举行。可是那个年轻人来信说,他父亲(一个住在斯劳③的

---

① ② 原文是德语。

③ 斯劳,英国英格兰东南部伦敦西面的一个城镇。

橡胶商人)不同意这门亲事,因此特克拉小姐经常眼泪汪汪。有时候,可以看到她和她的母亲目光严厉,嘴巴抿得紧紧的,仔细地阅读着那位无可奈何的情人的来信。特克拉会画水彩画,偶尔她跟菲利普,再由另一位姑娘陪同,一起到户外去写生。漂亮的赫德威格小姐也有爱情方面的烦恼。她是柏林一个商人的女儿。有位风度潇洒的轻骑兵军官爱上了她。他还算是个 Von① 呢。但是,轻骑兵军官的父母反对儿子跟一个像她这种身份的女子结婚,于是她被送到海德堡来,让她把对方忘掉。可是她随怎么样也无法把他忘掉;她不断地跟他通信,而那位情郎也竭尽全力地劝说他那恼怒的父亲回心转意。她把这一切都告诉了菲利普,一边娇媚地连声叹息,一边羞红了脸,把那个性格欢快的中尉的照片拿出来给菲利普看。在教授太太家里的所有姑娘中,菲利普最喜欢她,出外散步时总是设法待在她的身旁。当别人打趣地说他不该如此明显地偏心时,他变得面红耳赤。他破天荒头一次向赫德威格小姐做了表白,可惜完全出于偶然。事情的经过是这样的:晚上,姑娘们如果不出去的话,就在铺满绿丝绒的客厅里唱唱歌,那位一向助人为乐的安娜小姐,总卖力地为她们弹琴伴唱。赫德威格小姐最喜欢唱的一首歌叫《Ich liebe dich》(《我爱你》)。有天晚上,她唱完了这首歌,来到阳台上,菲利普正站在她的旁边,抬头望着满天星斗,突然想到要谈一下自己对于这首歌的感受。他开口说:

"Ich liebe dich."

他讲起德语来结结巴巴,一边挖空心思地寻找自己需要

---

① 德语,用在人名前,表示贵族身份。

的词。他只停顿了一刹那的工夫,但是不等他继续往下说,赫德威格小姐就抢先说道:

"Ach,Herr Carey Sle müssen mir nicht 'du' sagen[①]——不要用第二人称单数这样对我说话。"

菲利普顿时感到浑身发烫,其实他从来不敢在姑娘面前这样亲昵放肆,但实在想不出该说什么好。假如对她解释说,他并不是在表示自己的看法,而只是随口提到一首歌的歌名,这未免显得不够殷勤有礼。

"Entschuldigen Sie,"[②]他说,"请您原谅。"

"没关系。"她悄没声儿地说。

她露出了甜美的笑容,悄悄地抓住菲利普的手,紧紧地握了一下,然后转身回了客厅。

第二天,菲利普在她面前十分不好意思,什么话也讲不出来。由于害羞,菲利普想方设法地避开她。姑娘们邀他像往常一样出外散步,他借口有事,婉言谢绝了。可是赫德威格小姐瞅准了一个跟他单独说话的机会。

"您干吗要这样呢?"她和蔼地说,"要知道,我并没有因为您昨晚讲的话而生气呀。要是您爱我,那也是没办法的事。我感到很得意。不过,尽管我还没有跟赫尔曼正式订婚,但我绝不会再爱别人了,我已把自己看作他的新娘啦。"

菲利普脸又红了,但这次却装出一副遭到拒绝的情人的神情。

"希望您非常幸福。"他说。

①② 德语,意思就是紧跟在后面的那句话。

24

欧林教授每天给菲利普上一堂课。他开了一张书单,规定菲利普要读些什么作品,为最后读懂《浮士德》做好准备。与此同时,欧林教授独出心裁地先教菲利普学一个莎士比亚剧作的德译本,菲利普早在中学里就学过莎士比亚的剧作。当时在德国,歌德的名声正处于登峰造极的阶段。尽管他对爱国主义显示出纡尊降贵的态度,但仍然作为民族诗人被德国人所接受。而且,自从一八七〇年战争①爆发以来,他似乎成了体现民族团结的最为重要的光荣代表之一。热情洋溢的人们,听到格拉沃洛特②的隆隆炮声,好像沉浸在格拉沃洛特③的狂热之中。可是,一个作家之所以伟大的标志,就在于不同的人可以从他的作品里得到不同的启示。这位厌恶普鲁士人的欧林教授,对歌德却热烈地表示倾倒,因为只有歌德那些超凡脱俗、庄严静穆的作品,才为神志正常的人提供了一个庇护所,可以用来抵御当代人的猛烈进攻。在海德堡,近来经常可以听到一位戏剧家的姓名,去年冬天,他的一个剧本在剧院上演时,拥护者欢呼喝彩,而正派人士却发出一片嘘声。在教授太太家的长桌旁,菲利普经常听到人们谈论这件事;遇到这种场合,欧林教授一反常态,不再显得那么沉着冷静,挥拳敲着桌子,不住咆哮,他那低沉悦耳的声音压倒了所有的反对

---

① 指 1870 年 7 月 15 日爆发的普法战争。

② 格拉沃洛特,法国东北部的一个市镇,普法战争中普鲁士军队在此击败法国军队。

③ 原文是德语,指五朔节前夜。

意见。这出戏完全是瞎胡扯，都是些令人作呕的瞎胡扯。他硬逼着自己一直把戏看完，说不出究竟是厌烦更多呢，还是恶心更多。如果往后的戏剧都是这副样子，就应该马上让警察出面干预，关闭所有的戏院。欧林教授并不是个十分拘板的人，他在王宫剧院①观看闹剧时，看到台上谐趣横生、风骚放浪的表演，也跟所有的观众一样哈哈大笑。但是在上面说的那出戏里，除了污秽下流的东西，什么内容也没有。他做了个有力的手势，捏住鼻子，从牙缝间吹出一声口哨。那出戏实在是家庭的毁灭，道德的沦丧，德意志的崩溃。

"听我说，阿道夫，②"教授太太在桌子的另一头说，"别激动！"

他朝她扬了扬拳头。他是个性格再随和不过的人，事先不跟太太商量，他从不敢贸然行事。

"不，海伦，你听我说，"他大声嚷道，"我宁愿让女儿死在我的脚下，也不让她们去听那个无耻之徒的无聊废话。"

那出戏是《玩偶之家》，作者是亨利克·易卜生。

欧林教授把易卜生和理查德·瓦格纳③归为一类，但是谈到瓦格纳的时候，他并不生气，只是好性儿地笑笑。瓦格纳是个江湖骗子，不过是个成功的江湖骗子，单凭这一点，总带有几分喜剧色彩，令人感到欢欣。

"Verrückter Kerl!④ 一个疯汉。"他说。

---

① 王宫剧院，指巴黎圣·奥诺雷街上由红衣主教黎希留献给法国国王、从而改称"王宫"的那座建筑中所开设的剧院。
② 原文是德语。
③ 理查德·瓦格纳(1813—1883)，德国作曲家，毕生致力于歌剧的改革与创新。
④ 德语，意思就是紧跟在后面的那句话。

他看过《洛亨格林》，这出歌剧还算过得去，内容有些沉闷，但不算太糟。可是《齐格弗里特》呢！欧林教授一提到这出歌剧，就用手托着脑袋，大笑起来。歌剧从头到尾，没有一个悦耳动听的旋律。他做出这样一番想象：理查德·瓦格纳本人就坐在包厢里，看到台下所有的观众都作古正经地观看这出歌剧，他不禁笑得连肚子也疼起来了。这是十九世纪最大的骗局。他把自己的那杯啤酒举到嘴唇边，头朝后一仰，一饮而尽。随后他用手背抹了抹嘴，说：

"我可以肯定地说，年轻人，用不着等到十九世纪结束，瓦格纳就会被人们彻底遗忘。瓦格纳！我宁愿拿他的全部作品去换多尼采蒂①的一出歌剧。"

25

在菲利普的这些教师中，最古怪的要算他的法语老师。迪克罗先生是个日内瓦公民，一个高个儿老头，肤色灰黄，双颊凹陷，灰白的头发又稀又长。他穿着一身破旧的黑衣服，上衣的肘部已露出破洞，裤子也已磨损，内衣很脏。菲利普从来没有见到他的衣领干净整洁过。他说话很少，教课时认真负责，就是缺乏热情：准时到达，按点离去；上课收取的费用十分低廉。他沉默寡言；有关他的一些情况，菲利普都是打别人那儿探听到的。他似乎在反对罗马教皇的斗争中跟加里波第②一起战斗过。等他清楚地看到自己为了自由（他所说的"自

---

① 多尼采蒂(1797—1848)，意大利作曲家。
② 加里波第(1807—1882)，意大利民族解放运动的领袖，毕生致力于意大利的统一。

由"就是指建立共和国)所作的全部努力无非是换上一副枷
锁而已,就愤然离开了意大利;后来不知道在政治上犯了什么
罪,他被驱逐出日内瓦。菲利普对眼前的这个人物感到既困
惑又惊奇,因为迪克罗先生一点也不像菲利普心目中的革命
者的形象。迪克罗先生说起话来声音很低,对人特别斯文有
礼;别人要是不请他坐下,他就始终站着;当他偶尔在大街上
遇到菲利普的时候,总是做出礼数周到的样子,摘下头上的帽
子;他从来没有发出过笑声,甚至脸上也从来没有露出一丝笑
意。如果有谁的想象力比菲利普更完善,也许就会把当年的
迪克罗想象成一位前途辉煌的青年,因为他想必是在一八四
八年开始成年的。当时国王们记起他们法国兄弟的下场,便
如芒刺在背,惶惶不安地四处奔走;也许,那股席卷整个欧洲
的渴望自由的激情,清除了横在它面前的那些在一七八九年
革命之后的反动逆流中出现的专制主义和暴政的残余灰烬,
使每一个人胸中都充满了无比炽热的烈火。人们不妨这样想
象:他热烈地信奉有关人类平等和人权的理论,跟别人一起探
讨、争论,在巴黎的街垒后面奋勇作战,在米兰的奥地利骑兵
队面前狂奔疾驰:时而在这儿被关进监牢,时而又在那儿遭到
放逐。他总是充满希望,始终凭借"自由"这个字眼,这个似
乎具有无穷魔力的字眼来支撑住自己。直到最后,他被疾病、
饥饿、衰老压垮,除了靠给几个穷学生上几节课、赚点儿钱外,
就没有其他可以勉强维持生计的手段了。他发现自己身处这
座干净整洁的小城市,遭受到的个人暴政的蹂躏,更甚于欧洲
其他城市。说不定在他沉默寡言的外表下,暗藏着对人类的
蔑视,因为他的同类已经抛弃了他年轻时所追求的那些伟大
的理想,沉湎于懒懒散散的闲适之中。也许三十年来的革命

已经使他明白,人类本来就不配享有自由,他意识到自己一生所追求的目标原来并不值得探求。再不然,大概他已筋疲力尽,只是漠不关心地等待从死亡中得到解脱。

一天,菲利普带着他那种年纪所有的直率劲儿,问起迪克罗先生以前是否真的跟加里波第在一起待过。老头似乎一点也不把这个问题看得有多重要。他用跟往常一样的那种低低的声调,相当平静地回答说:

"是的,先生。"①

"听人家说,您参加过公社②。"

"是吗? 咱们开始上课吧,好吗?"

他把书本翻开,菲利普怯生生地开始翻译那段他已准备好的课文。

有一天,迪克罗先生好像身上疼痛万分,几乎无法费劲地爬上通往菲利普卧室的那许多级楼梯;一走进菲利普的房间,他就重重地坐到椅子上,想要歇口气。他那灰黄色的脸歪扭着,脑门上冒出一颗颗汗珠。

"恐怕您病了吧?"菲利普说。

"没关系。"

可是菲利普看出来他病得不轻,等到课上完了,菲利普问他是否最好歇一阵子,等身体好些再继续上课。

"不,"老头仍用平稳、低沉的声音说,"我身体还行,倒愿意继续教下去。"

菲利普在不得不提到金钱的时候,总是病态地感到神经

① 原文是法语。
② 公社,指1871年在巴黎选举出的公社制地方自治政权巴黎公社,后遭到政府军队残酷镇压。

紧张,这会儿他飞红了脸。

"但这对您不会有什么影响,"菲利普说,"我会把上课的费用照样付给您。如果您不介意,我想预先把您下星期的上课费用付给您。"

迪克罗先生的上课费用是每小时十八个便士。菲利普从口袋里掏出一个十马克的硬币,相当羞怯地把它放在桌子上。他无法鼓起勇气把钱塞到老头的手里,好像他是个叫花子似的。

"既然这样,那我就等身体好些再来吧。"迪克罗先生收下了那个硬币,仍然像他往常告辞时那样,向菲利普深深地鞠了一躬后走了出去,再也没有任何别的表示。

"你好,先生。"①

菲利普隐隐地觉得有点儿失望。自己如此慷慨大方,原以为迪克罗先生准会对他千恩万谢,表示感激。看到这位年迈的教师,收下赠送给他的这笔钱,就像是他理应得到的酬劳似的,菲利普相当诧异。他年纪太轻了,还不明白这样一种情况:受惠者的感恩图报的心理,要比施惠者的施恩图报的心理淡薄得多。五六天之后,迪克罗先生又来了,走路时的脚步越发蹒跚,身体也显得很虚弱,不过似乎总算战胜了剧烈的病痛。他仍旧像以前那样寡言少语,还是那么神秘、冷淡、邋遢。一直等到课上完了,他才提到自己生病的事。接着,就在他起身告辞、打开房门的时候,突然在门口站住脚。他犹豫起来,好像有什么话很难说出口似的。

"要不是你给我的那点钱,我早就饿死了。我就靠那点

---

① 原文是法语。

钱过日子。"

他庄重而讨好地鞠了一躬,走出房去。菲利普感到喉咙口一下子哽住了。他似乎有几分明白过来,这位老人是在绝望的痛苦中挣扎,就在菲利普觉得生活如此舒心合意的时候,对这位老人来说,生活却是多么艰辛。

26

菲利普在海德堡已经待了三个月。一天早晨,教授太太告诉他有个名叫海沃德的英国人要住到这所宅子里来,当天晚上吃饭时,他就见到了一张陌生面孔。一连几天,这家人都沉浸在兴奋之中。首先,经过教授太太母女俩低声下气的恳求、隐含不露的威胁,天晓得还施展了什么样的谋略,那位与特克拉小姐订婚的英国青年的父母,总算邀请她去英国看望他们。她起程出发时,随身带了一本水彩画册,用来显示自己富有才艺,另外还带去一大捆书信,以证明那个英国青年在爱情中陷得有多深。一星期之后,赫德威格小姐又喜气洋洋、满脸笑容地宣布,她倾心相爱的那个轻骑兵中尉,就要跟父母一起前来海德堡。中尉的父母一方面被儿子死乞白赖的纠缠弄得精疲力竭,另一方面又对赫德威格小姐的父亲主动提出的那份嫁妆动了心,终于同意在路过海德堡的时候跟这位少女认识一下。会面的结果令人满意,赫德威格小姐得意扬扬地把她的情人领到市立公园,让欧林教授家所有的人见识一下他的风采。那几位紧挨着教授太太坐在上席的老太太,平时沉默寡言,这会儿却显得心神不定。当赫德威格小姐说她要马上动身回家去举行订婚仪式时,教授太太不惜费用地说,她愿意请大家喝草莓酒①,以示祝贺。欧林教授颇为自己调制这种清淡的酒精饮料的手艺而自豪。晚饭过后,在客厅的圆桌上隆重地摆好一大碗掺了苏打水的白葡萄酒,里面还漂着一些香草和野草莓。安娜小姐取笑菲利普,说他的情人看来就要走了,菲利普听了很不自在,感到有些惆怅。赫德威格小姐唱了好几首歌,安娜小姐演奏了《婚礼进行曲》②,教授唱了《保卫莱茵河》③。在这样欢乐的气氛中,菲利普对那位新来的房客并没怎么留意。先前吃晚饭时他们彼此面对面地坐着,但菲利普只顾忙着跟赫德威格小姐闲聊,而那个陌生人不懂德语,只好默默地埋头吃饭。菲利普看到他戴了一条淡蓝色的领带,就为此而突然对他心生厌恶。陌生人二十六岁光景,相貌俊美,蓄着拳曲的长发,时常漫不经心地抬手抚弄一下。他长着一双蓝色的大眼睛,不过那种蓝色很淡,眼神已经显得相当困倦。他的脸刮得光光的,尽管嘴唇很薄,但整个嘴巴的形状很美。安娜小姐对于相面术很感兴趣,后来她要菲利普留神注意,那陌生人的头颅外形多么匀称,而他脸的下部却显得极为柔弱乏力。那颗脑袋,她评论说,是思想家的脑袋,但下巴却缺少个性。这个注定了要做一辈子老处女的安娜小姐,生着高高的颧骨和一个样子难看的大鼻子,特别重视人的个性。就在他们谈论这个人的模样时,他已离开了大家,站到一旁观看这群吵吵闹闹的人,露出心情愉快、微带几分傲

---

① 原文是德语。
② 《婚礼进行曲》,瓦格纳的名曲,原来是他的三幕传奇歌剧《罗恩格林》里的一首混声四部合唱。
③ 《保卫莱茵河》是由德国青年施内肯博格在1840年作词、卡尔·威廉在1854年作曲的著名歌曲,在普法战争后广为传唱。

慢的神情。他身材瘦长,摆出一副安闲得体的样子。在场的美国学生当中有一个名叫威克斯的,看到他独自一人,便走上前去跟他攀谈。他们俩形成了奇怪的对照:那个美国人衣着整洁,上身穿一件黑色外套,下身套一条夹花条纹呢裤子,长得又瘦又干瘪,神态中已经多少露出点教士的热忱;而那个英国人呢,穿着一身宽松的花呢衣服,手脚粗大,动作缓慢。

菲利普直到第二天才跟新来的房客讲上话。午餐前,他们发现只有他们俩站在客厅外的阳台上。海沃德向他招呼说:

"你大概是英国人吧?"

"是的。"

"这儿的伙食总像昨天晚上那么差吗?"

"几乎总是这个样子。"

"糟透了,是不是?"

"糟透了。"

菲利普一点也没发觉伙食有什么不对头的地方。实际上,他不但吃得津津有味,而且吃的数量也很多。可是,他并不想让人看出自己在吃的方面毫无辨别能力,竟把别人觉得难以下咽的食物看作美味的饭菜。

特克拉小姐已去英国做客,妹妹安娜就得操持更多的家务,再也抽不出时间经常去远处散步了。那位脸庞很小、鼻子扁平、把一头金发梳成长辫子的凯西莉小姐,近来好像也不大愿意跟别人交往。赫德威格小姐走了,而经常陪他们一起外出散步的那个美国人威克斯,也到德国南部旅行去了。菲利普只好经常一个人待着。海沃德设法跟他结交,但菲利普有这样一个不幸的特点:由于生性腼腆,或者说由于某种返祖遗传,在他身上出现了穴居野人的特征,他跟别人初次相识的时候,总是心生厌恶。一直要等到以后往来熟悉了,才会消除最初的印象。这使得别人很难跟他接近。对于海沃德的友好表示,菲利普显得十分羞怯。一天,海沃德邀他出去散步,他只好答应,因为他实在想不出什么斯文有礼的托词。他照常表示歉意,同时为自己禁不住满脸飞红而感到恼火,于是发出一阵笑声,想借此来应付这种尴尬的局面。

"我恐怕不能走得很快。"

"天哪,我又不是打赌看谁走得快。我就是喜欢闲逛一下。您不记得佩特①在《马里乌斯》的一章里说过,缓步徐行是交谈最好的助兴剂?"

菲利普善于领会他人说话的妙处。尽管他自己也常常想说些精巧的妙语,但往往等到说话的机会已经过去了,才想起那么几句;海沃德却十分健谈。凡是比菲利普更多一些阅历的人,也许都会觉得海沃德就是爱听他自己高谈阔论。他那目中无人的态度给菲利普留下很深的印象。他对菲利普看作近乎神圣的许多事物都微微地露出鄙夷的神色,对于这样一个人,菲利普不能不感到钦佩,不能不充满敬畏。海沃德贬责世人对体育的盲目崇拜,把从事各种体育运动的人都轻蔑地斥之为"获奖迷";而菲利普却没有意识到,海沃德只是用在身心修养方面的某中痴迷作为替代而已。

他们信步走到城堡那儿,在城堡旁边可以俯瞰整座城市

① 佩特(1839—1894),英国文艺批评家,散文作家。《马里乌斯》是他写的一部长篇历史小说,全名为《伊壁鸠鲁的信徒马里乌斯》。

的平台上坐定。小城坐落在景物宜人的内卡河①的河谷中间，显示出轻松友好的气氛。从烟囱里冒出来的袅袅青烟，笼罩在古城上空，化成一片淡蓝色的雾霭；高耸的屋顶和教堂的塔尖给小城添加了一种赏心悦目的中世纪风味。整个城市有一种令人内心感到温暖的亲切表示。海沃德谈到了《理查·弗浮莱尔》②和《包法利夫人》，谈到了魏尔兰③、但丁和马修·阿诺德④。当时，菲茨杰拉德翻译的欧玛尔·海亚姆⑤的诗集，只为少数特殊阶层的人所知晓，而海沃德却能把诗集背诵给菲利普听。他很喜欢背诵诗篇，不管是自己写的，还是别人写的，都以一种缺乏变化的平板腔调加以吟诵。等到他们回到家里时，菲利普对海沃德的猜疑已经转变为热情的仰慕了。

他们养成习惯，每天下午都要一起到外面去散步。不久，菲利普就了解到海沃德的一些身世情况。他是个乡村法官的儿子，不久前法官去世，他继承了一笔每年三百英镑的遗产。海沃德在查特豪斯公学的学业成绩极为优异，因此进剑桥大学的时候，就连三一学院院长也特意对他决定进该学院就读

① 内卡河，德国西部的一条河流，发源于黑林山，向北及西流经斯图加特，在曼海姆与莱茵河交汇。

② 《理查·弗浮莱尔》是英国小说家、诗人梅瑞狄斯（1828—1909）写的长篇小说，全名为《理查·弗浮莱尔的苦难》。

③ 魏尔兰（1844—1896），法国诗人，诗作富于音乐性，强调"明朗与朦胧相结合"。

④ 马修·阿诺德（1822—1888），英国诗人和评论家。

⑤ 欧玛尔·海亚姆（1048—1122），波斯诗人，以擅写四行诗而闻名，所写诗篇表现出对生存奥秘的沉思和对世俗逸乐的赞美。他的诗集由英国诗人、评论家菲茨杰拉德（1809—1883）以完全意译的方法译成英语，曾在英国上流社会风行一时。

表示满意。海沃德准备干一番辉煌的事业。他跟才智超群的知识界人士交往,热情研读勃朗宁①的诗作,对丁尼生②的作品却嗤之以鼻。他对雪莱如何对待哈丽雅特③的细节了如指掌;他对艺术史也有所涉猎(在他房间的墙壁上,挂着 G. F. 华茨④、伯恩-琼斯⑤和波堤切利⑥的画作的复制品)。他自己也写了一些笔调悲观,却不乏特色的诗篇。朋友们彼此谈论,都说他天资卓越;当他们预言说海沃德将来会如何声名显赫的时候,他总是十分乐意地听着。经过一段时间之后,他就成了文学艺术方面的权威。纽曼⑦的《自辩书》对他颇有影响;罗马天主教生动别致的教义正好合乎他的美感,他只是害怕父亲(他父亲是个坦白、直率、思想褊狭的人,平时爱读麦考利⑧的作品)赫然震怒才没有"转而改宗"。当海沃德只取得普通学位毕业时,朋友们都惊讶不已;而他却耸了耸肩膀,巧妙地暗示说他可不愿受到主考人的愚弄。他让人感到一级优等的学位总不免沾有几分俗气。他用豁达诙谐的口气描述了一次口试的过程:有个家伙围着极为讨厌的领圈,问起他有关逻辑学方面的问题;口试极为冗长乏味,突然,他发现主考人

①　勃朗宁(1812—1889),英国诗人,采用创新的戏剧独白形式和心理描写方法写作诗歌,对后世诗人产生较大影响。
②　丁尼生(1809—1892),英国诗人,其诗作音韵和谐,辞藻华丽,1850 年被封为"桂冠诗人"。
③　哈丽雅特,英国诗人雪莱的前妻,后于 1816 年自杀。
④　G. F. 华茨(1817—1904),英国画家、雕塑家。
⑤　伯恩-琼斯(1833—1898),英国画家。
⑥　波堤切利(1444—1510),意大利文艺复兴时期的画家。
⑦　纽曼(1801—1890),英国神学家和作家,牛津运动的创始人之一,1845 年皈依罗马天主教并于 1879 年成为红衣主教。
⑧　麦考利(1800—1859),英国历史学家、作家。

穿着一双两边有松紧布的紧口靴,样子既怪诞又可笑,他思想不再集中,想到了王家学院哥特式教堂的美来。不过他仍在剑桥度过一段美好的时光:他在那儿宴请朋友时饭菜的丰美,是他认识的任何人都难以企及的;他在自己房间里发表的谈话往往令人难以忘怀。他给菲利普引述了这样一句精辟的警句:

"他们告诉我,赫拉克利特①,他们告诉我,你已经去世了。"②

这会儿,当他又有声有色地讲述关于主考人和他靴子的逸事时,不禁大笑起来。

"这当然是件蠢事,"他说,"不过在这件蠢事当中也有些微妙之处。"

菲利普心里一阵激动,觉得真是了不起。

随后海沃德到伦敦去攻读法律。他在克莱门特法律协会租了几个十分雅致、墙壁上镶了木板的房间,设法把它们布置得就像他在学院里的房间那样。他隐约有些政治方面的抱负,自称是辉格党人。有人推举他参加一个属于自由党的,但绅士气息却很浓厚的俱乐部。海沃德的计划是先当律师(他想要处理大法官法庭方面的诉讼事务,因为那不怎么严酷无情),一旦对他做出的各项许诺兑现之后,就设法当上某个合乎心意的选区的议员。在此期间,他经常上歌剧院,结交少数几个情趣相投的富有魅力的人士。他还加入某个聚餐俱乐部,俱乐部的座右铭是:全、佳、美。他跟一个住在肯辛顿广

①　赫拉克利特(公元前540—前470),古希腊哲学家,认为"火"是万物之源,永恒是一种虚幻,万物都处在不断变化的过程中。
②　引自古希腊诗人卡利马科斯(约公元前305—前240)所写的警句。

146

场,比他年长几岁的女士建立了柏拉图式的友谊。差不多每天下午,他都要跟她在被罩子遮挡住的烛光下喝茶,谈论乔治·梅瑞狄斯和沃尔特·佩特。众所周知,任何一个傻瓜都能通过律师协会举行的考试;因此海沃德只是疲疲沓沓地应付着学业。他结业考试没有通过,却把这看作是对他个人的侮辱。也就在这个时候,那位住在肯辛顿广场的太太告诉他说,她丈夫马上要从印度回国来度假了,她丈夫尽管在各方面都无可非议,但终究是个见识平凡的男人,对于一位青年男子的频繁拜访,恐怕无法理解。海沃德感到生活中充满了丑恶,同时一想到自己还要再次面对吹毛求疵的主考人,就从心底里感到厌恶。他觉得干脆把脚边的球一脚踢开,倒是一个绝妙的办法。况且他欠下不少债务;在伦敦,想依靠每年三百英镑的收入像绅士那样生活,也很困难。他内心向往着威尼斯和佛罗伦萨,这两个城市被约翰·罗斯金①描摹得极为神奇。他觉得自己无法应付庸俗繁忙的法律事务,因为他发现,在大门上书写自己的姓名,根本难以为他招揽到诉讼的案件,而且现代政治似乎也缺乏高尚的品格。他觉得自己是个诗人。他退掉了在克莱门特法律协会租下的房间,动身前往意大利。他在佛罗伦萨和罗马分别度过了一个冬天,现在又来到德国,度过他在国外的第二个夏天,以便往后可以阅读歌德的原著。

海沃德具有极为可贵的天赋:他对文学有着真切的感受力,能够把自己的激情源源不绝地倾注到作品中,使自己获得与作家相同的感受,看出作家的一切精华所在,然后别有会心地对他加以评论。菲利普也读过很多书,但是从不加以选择,

---

① 约翰·罗斯金(1819—1900),英国作家、文艺批评家。

而是拿到什么就读什么，现在遇到这样一个能在文学品位方面给他指点的人，实在是太好了。菲利普从城里藏书量有限的公共图书馆借来各种书籍，开始把海沃德提到的所有精彩作品一本本地念过去。尽管读的时候并不总是感到兴味盎然，但他始终坚持不懈。他热切地希望自己有所长进，觉得自己太无知，太浅陋了。到八月底，威克斯从德国南部回来的时候，菲利普已经完全处于海沃德的影响之下。海沃德不喜欢威克斯，对那个美国人的黑外套和夹花条纹呢裤子不以为然；每逢谈到威克斯那新英格兰的良心，就轻蔑地耸耸肩膀。听到海沃德辱骂威克斯，菲利普也暗暗得意，尽管威克斯对他格外亲切友好。但是当威克斯对海沃德说出几句不太中听的话语时，菲利普就马上发起火来。

"你的新朋友看起来倒像个诗人。"威克斯说，他那充满忧虑和怨恨的嘴角上挂着一缕淡淡的笑容。

"他本来就是个诗人。"

"是他对你这么说的吗？在美国，我们管他这种人叫标准废物。"

"可我们又不在美国。"菲利普冷冷地说。

"他多大了？二十五岁？他就这样成天住在膳宿公寓里写诗，什么别的事都不干。"

"你不了解他。"菲利普怒气冲冲地说。

"不，我很了解他。像他这样的人，我见过一百四十七个。"

威克斯的两只眼睛闪闪发亮，但是菲利普领会不了美国人的幽默，他噘起嘴巴，板着脸。在菲利普看来，威克斯似乎已到中年，实际上他刚三十出头。威克斯身材瘦长，好像学者似的,有点驼背,脑袋长得又大又难看,头发暗淡而稀疏,皮肤现出土黄色。薄薄的嘴唇,细长的鼻子,明显朝前突出的额骨,使他显得样子粗野。他态度冷淡,举止刻板,既无生气,也无激情,却有一种莫名其妙的轻浮气质,搞得一些性格严肃的人困窘不安,而威克斯出于本能,却天生喜欢跟这些人混在一起。他在海德堡攻读神学,而另一些也在本地攻读神学的同胞对他都心怀疑忌。他离经叛道的气息太浓,使他们望而生畏。他的那种奇特的幽默,也引起他们的非难。

"像他这样的人,你怎么可能见过一百四十七个呢?"菲利普一本正经地问。

"我在巴黎的拉丁区见过他;我在柏林、慕尼黑的膳宿公寓里见过他。他住在佩鲁贾①和阿西西②的小旅馆里。他那样的人三五成群地站在佛罗伦萨的波堤切利的名画前;他那样的人占满了罗马西斯廷教堂③的座席。在意大利,他葡萄酒喝得稍稍多了一点;在德国,他喝起啤酒来毫无节制。凡是正确的事物,无论是什么,他一概表示赞赏。不久,他打算写一部皇皇巨著。想一想吧,一百四十七部绝世之作,蕴藏在一百四十七位大人物的胸中;可悲的是,这一百四十七部绝世之作一部也写不出来。然而世界呢,照样在前进。"

威克斯一本正经地说着,但是在他这番洋洋洒洒的议论结束时,那双灰色的眼睛微微闪现出喜悦的神情。菲利普脸红了,知道这个美国人在嘲弄他。

"你在信口胡说。"菲利普气呼呼地说。

① 佩鲁贾,意大利中部城市,翁布里亚区首府。
② 阿西西,意大利中部翁布里亚区的一个市镇。
③ 西斯廷教堂是罗马教皇宫殿中的教皇礼拜堂。

27

威克斯在欧林夫人家的后屋租了两个小房间,其中一间布置成会客室,用来接待客人,倒也相当舒适。威克斯生性顽皮,他在马萨诸塞州坎布里奇①的朋友对此也没有什么办法。现在也许在这种脾气的驱使下,吃过晚饭,他往往邀请菲利普和海沃德上他屋里来聊天。他礼数周到地接待他们,一定要他们在屋里仅有的两张比较舒服的椅子上坐下。尽管他本人并不喝酒,但是在海沃德的胳膊肘旁边却放了两三瓶啤酒,在这种殷勤有礼的态度中,菲利普看出了嘲弄的意思。在双方言辞激烈的争论中,每逢海沃德的烟斗熄灭,威克斯就执意要为他划火柴点火。他们刚相识的时候,海沃德身为那所举世闻名的大学中的一员,在哈佛大学毕业生威克斯面前摆出一副屈尊俯就的神态。谈话之中,话头偶然转到希腊悲剧作家的身上,海沃德觉得他对这个题目可以发表权威性的意见,于是摆出一副得由他来指点讲授的架势,根本不跟对方交换看法。威克斯面带笑容、态度谦虚地在一旁洗耳恭听,直到海沃德的话讲完了,他才提出一两个表面显得十分幼稚、暗中却藏有陷阱的问题,海沃德满不在乎地回答了,一点没有看出自己会陷入多么狼狈的困境。威克斯先生先是谦恭有礼地表示异议,接着对一项事实做出纠正,随后引用某个鲜为人知的拉丁评注家的一段注释,继而又提到某个德国权威的论断;情况表

---

① 坎布里奇,美国马萨诸塞州东部的一个城市,哈佛大学和麻省理工学院的所在地。

明他是个精通古典文学的学者。威克斯就这么面带微笑、从容自在地把海沃德说的所有观点都驳得体无完肤,一面不断表示歉意。他揭露出海沃德学识的肤浅,却仍显得足恭尽礼。他谑而不虐地嘲讽了海沃德几句。菲利普不能不看到海沃德完全显得像个傻瓜,海沃德并没有意识到应该闭口不说了。他一气之下,越发刚愎自用,仍然力图辩驳。他胡乱地妄加评论,威克斯则在一旁亲切友好地加以纠正;海沃德毫无根据地加以推论,威克斯又证明他这么做是多么荒谬。最后威克斯承认,他在哈佛大学教过希腊文学。海沃德轻蔑地付之一笑。

"这一点我其实早就可以看出来。当然,你是像教师那样阅读希腊文学作品,"他说,"而我则是像诗人那样来欣赏它的。"

"在你对作品的意思并不怎么了解的情况下,你是否反而觉得作品更富有诗意呢?我觉得只有在启示宗教①里,误译才会使原意更加丰富。"

最后海沃德喝完啤酒,浑身燥热,头发凌乱,离开了威克斯的房间。他气恼地挥了挥手,对菲利普说:

"这位先生无疑是个书呆子,对于美没有一点真切的感受。准确是办事员的优点。我们着眼的是希腊文学的精神实质。威克斯就像那样一个角色,去听鲁宾斯坦②演奏钢琴,却抱怨他弹错几个音符。弹错几个音符!只要他演奏得出神入化,那又有什么关系?"

这番议论给菲利普留下很深的印象,他不知道世上有多

① 启示宗教是指以上帝的启示为信仰基础的宗教,如犹太教、基督教等。
② 鲁宾斯坦(1835—1881),俄国钢琴家、指挥家。

少无能之辈正是从这种无知的话语中寻求安慰。

　　每当威克斯提供给海沃德一个机会，让他可以夺回前一次失去的地盘，海沃德总不肯放掉，因此威克斯轻而易举地就能把海沃德拉来展开争论。尽管海沃德不能不看到，自己在这个美国人面前显得多么学识浅薄，但是出于英国人的那股执着劲，由于虚荣心受到伤害（也许这两者是一回事），他不愿就此作罢。海沃德似乎把显示自己的无知、自满和固执当作乐事。每逢海沃德说出一些不合逻辑的话，威克斯三言两语就指出他推理中的谬误，停顿了一会儿来领略胜利的喜悦，然后匆匆转到另一个话题，好像出于基督教徒的兄弟之爱，他才放过了已经战败的敌手。有时候，菲利普想要插进去说上几句，帮他的朋友解围，但是给威克斯轻轻一击，便完全失败了。不过威克斯对他的态度极为和气，跟反驳海沃德时的样子很不一样，就连极度敏感的菲利普也不觉得在感情上受到伤害。海沃德感到自己越来越像个傻瓜，往往沉不住气，破口大骂起来，亏得那个美国人总是面带笑容，客客气气，才没有把争论变成争吵。每逢海沃德在这种情况下离开威克斯的房间，他总是恼怒地嘟哝道：

　　"该死的美国佬！"

　　这样就再也没有可说的了。对于某个似乎无可辩驳的论点，这真是一个理想的回答。

　　在威克斯的那个小房间里，尽管他们开始讨论的是各种各样的问题，但最后总要转到宗教这个话题上来：神学院学生对于宗教有种职业上的兴趣；而海沃德也欢迎这样的话题，因为在这方面，无情的事实不会使他张皇失措。既然个人感受是衡量事物的标准，那就用不着把逻辑放在眼里，既然逻辑又是他的薄弱环节,这样岂不正合他的心意。海沃德觉得要不花费一番言辞,很难向菲利普解释明白自己的信仰。但是有一点相当清楚(而这也跟菲利普对天地万物的正常秩序的看法相符),海沃德一直是在国教的影响中成长起来的。尽管海沃德目前已经完全放弃成为一个罗马天主教教徒的念头,但对那个教派仍然抱有同情。在颂扬罗马天主教方面,他有不少话要说。他认为罗马天主教的豪华典礼要胜过英国国教的简单仪式。他把纽曼的《自辩书》拿给菲利普看,菲利普觉得这本书枯燥乏味,但还是把它看完了。

"看这本书,是为了欣赏它的风格,不必注重它的内容。"海沃德说。

他兴致勃勃地谈起奥拉托利会①的音乐,并且就焚香与虔诚之心的关系,发表了一番相当动听的言论。威克斯在一旁听着,脸上挂着一丝冷淡的微笑。

"你认为约翰·亨利·纽曼写得一手地道的英语,而红衣主教曼宁仪表出众,就能证明罗马天主教所体现的真理,是吗?"

海沃德暗示说他的心灵也经受过许多苦恼。他曾在黑茫茫的海洋中漂泊了一年。他用手指抚摸了一下那头金黄色的波浪形头发,对他们说,即便给他五百英镑,他也不愿再次经受那种精神上的痛苦煎熬。幸而他总算进入了风平浪静的水域。

"可是你到底信仰什么呢?"菲利普问,他从不满足于含

---

① 奥拉托利会,罗马天主教的在俗司铎修会,1564 年在罗马创立,提供简朴的祈祷和大众礼拜。

糊其辞的说法。

"我相信全、佳、美。"

海沃德说这话的时候,摆动着他那舒展而宽大的四肢,再加上头部的优雅姿势,样子显得十分潇洒,而且也颇有气派。

"你在人口调查表里就这样填写你的宗教信仰?"威克斯语调温和地问。

"我讨厌死板的定义:那么丑陋,那么明显。要是你乐意的话,我得说我信奉的是威灵顿公爵①和格莱斯顿先生所信奉的那个教。"

"那就是英国国教嘛。"菲利普说。

"哦,多聪明的年轻人!"海沃德回嘴说,同时微微一笑,把菲利普羞得面红耳赤,因为他感到,自己把别人委婉含蓄的言辞中的含义用平淡无奇的语言表达出来,实在显得粗俗。"我属于英国国教,但是我很喜欢罗马教士身上穿的金线绸缎,喜欢他们奉行的独身主义,喜欢教堂里的忏悔室和死后洗涤罪过的炼狱。置身于意大利阴暗的大教堂里,沉浸在香烟弥漫、神秘莫测的气氛中,我真心诚意地相信弥撒的奇迹。在威尼斯,我看到一个渔妇光着双脚走进教堂,把鱼篓往身旁一扔,双膝下跪,向圣母马利亚祈祷。我觉得这才是真正的信仰,我怀着同样的信仰,跟她一块儿祈祷。不过,我也信奉阿佛洛狄特、阿波罗和伟大的潘神②。"

---

① 威灵顿公爵(1769—1852),英国陆军元帅,以在滑铁卢战役中指挥英、普联军击败拿破仑而闻名,有"铁公爵"之称。
② 阿佛洛狄特,希腊神话中的爱与美的女神,相当于罗马神话中的维纳斯。阿波罗,希腊神话中的太阳神,主管智慧、预言、音乐、诗歌、医药等。潘神,希腊神话中的牧羊神。

他的嗓音悦耳动听,说话时斟词酌句,说得抑扬顿挫,节奏分明。他还想继续说下去,但威克斯这时打开了第二瓶啤酒。

"让我再给你倒点儿喝的。"

海沃德转身朝着菲利普,略微露出几分纡尊降贵的姿态,给那个年轻人留下了极为深刻的印象。

"现在你满意了吧?"他问。

菲利普有点儿手足无措,表示自己满意了。

"你没在自己的信仰里再加上点佛教的成分,真叫我感到失望。"威克斯说,"坦白地说,我倒有点同情穆罕默德。我很遗憾,你竟把他排除在外。"

海沃德放声大笑。那天晚上他心情愉快,那些清脆悦耳的语句仍然在他的耳边回响。他把杯子里的啤酒一口气喝干了。

"我并不指望你能了解我,"他回答说,"凭着你们美国人那种冷冰冰的智力,你只能采取批评的态度,就像爱默生①之流那样。可究竟什么是批评呢?批评纯粹是破坏性的。任何人都会破坏,但并非每个人都会建设。你是个书呆子,我亲爱的伙计。重要的问题在于建设:我是富有建设性的;我是个诗人。"

威克斯瞅着海沃德,目光中似乎既带着严肃的神色,同时又露出欢快的笑意。

"我想,恕我直言,你有点醉了。"

"这点酒压根儿算不了什么,"海沃德兴致勃勃地回答

---

① 爱默生(1803—1882),美国散文作家、诗人。

说,"还不足以让我醉得无法在辩论中压垮你。得啦,我已经对你敞开胸怀说了心里话。现在你来说说什么是你的宗教信仰。"

威克斯把头一侧,看起来活像一只停歇在栖木上的麻雀。

"多年来,我一直想要找到这个问题的答案。我想我是个唯一神教派教徒①。"

"可那就是非国教派教徒啰。"菲利普说。

他想象不出他们俩为什么都大笑起来:海沃德纵声狂笑,而威克斯则滑稽地咯咯发笑。

"在英国,非国教派教徒就算不上是绅士,对吗?"威克斯问。

"嗯,如果你直截了当地发问,我得说是的。"菲利普相当气恼地回答说。

他讨厌受到嘲笑,而他们偏又笑了起来。

"那你能不能告诉我,究竟怎样才算是绅士呢?"

"哦,我可说不上来,这一点大伙儿都知道。"

"你是个绅士吗?"

菲利普对于这个问题心里从未有过一点儿怀疑,不过,他知道这种事不该由他本人来表示意见。

"假如有个人在你面前自称绅士,那你就可以断定他绝不是绅士。"菲利普回嘴说。

"那我算是绅士吗?"

菲利普为人诚实,觉得很难回答这个问题,不过他生来很

---

① 唯一神派,基督教的一个教派,认为上帝只有一位,反对三位一体的学说。

讲礼貌。

"噢,你不一样,"他说,"你是美国人嘛,对不对?"

"我想,是不是可以这样认为,只有英国人才算是绅士?"威克斯神情严肃地说。

菲利普没有反驳。

"你能不能讲得再稍微详细一些?"威克斯问。

菲利普涨红了脸,不过他一生气,也就顾不得是否会丢人现眼了。

"我可以给你讲得非常详细。"他想起他大伯曾说过:要花上三代人的时间才能造就一个绅士。俗话说,猪耳朵做不成丝线袋①,就是这个意思。"首先,他必须是绅士的儿子,在公学里念过书,而且还上过牛津或者剑桥大学。"

"看来念过爱丁堡大学还不行啰?"威克斯问。

"他得像绅士那样讲英语,他的穿着要合宜得体。如果他本人是个绅士,那他无论何时都能辨别出别人是不是绅士。"

菲利普越说下去,越感到自己的论点站不住脚。不过情况本来就是这样:所谓"绅士",就是他说的那个意思,他所认识的每个人也都是这么说的。

"显然,我算不上是绅士,"威克斯说,"但我不明白,为什么我一说自己是非国教派教徒,你就感到那么惊讶。"

"我不大清楚唯一神教派教徒究竟是怎么回事。"菲利普说。

威克斯又样子古怪地把头歪向一侧,你简直以为他真的

---

① 英语谚语。

要像麻雀那样吱吱鸣叫。

"对于唯一神教派的教徒来说,凡是世人相信的事物,他几乎都极为真诚地表示怀疑,而凡是自己不大了解的事物,他却对之怀有热烈而持久的信仰。"

"我不明白你干吗要取笑我,"菲利普说,"我是真心想要了解。"

"亲爱的朋友,我可没有取笑你。我是经过多年的巨大努力,经过焦虑不安、绞尽脑汁的钻研,才得出这样的定义。"

当菲利普和海沃德起身告辞时,威克斯递给菲利普一本薄薄的平装书。

"我想你现在可以相当顺畅地阅读法语书了。不知这本书会不会给你带来乐趣。"

菲利普向他道了谢,接过书来,看了看书名,原来是勒南①写的《耶稣传》。

28

无论是海沃德还是威克斯,都没想到他们用来消磨无聊夜晚的那些谈话,竟会在菲利普活跃的头脑里引起好一番思考。他以前从来没有想到宗教竟是一个可以探讨的问题。在他看来,宗教就是英国国教,不相信国教的教义乃是恣意任性的表现,不是今世就是来世,肯定要受到惩罚。对于不相信国教者要受到惩罚这一点,他心里也有一些怀疑。也许有那么一位心地慈悲的审判官,专把地狱之火用来对付那些相信伊斯兰教、

① 勒南(1823—1892),法国哲学家、历史学家,以历史观点研究宗教。

佛教以及其他宗教的异教徒,而对非国教派教徒和罗马天主教徒则可能开恩饶恕(尽管这得付出代价——他们在被迫承认错误时得蒙受多大的羞辱!)。也许上帝本人也怜悯那些没有机会了解实情的人——这也合乎情理,传教会尽管四处活动,但活动范围毕竟有限——不过,如果他们有这样的机会却置之不顾(罗马天主教徒和非国教派教徒显然属于这一类别),他们就无法躲避应得的惩罚。显然,信奉异端邪说的人处于危险的境地。也许并没有人用这些话来教导菲利普,但是他无疑得到了这样的印象:只有英国国教派的教友,才真正有希望获得永久的幸福。

有一点菲利普倒是听人明确地提到过,那就是:不信奉国教者都是邪恶、凶残的人。但是,尽管威克斯对菲利普所信仰的一切事物几乎都表示怀疑,他却过着基督徒的纯洁无瑕的生活。菲利普并没有从生活中得到多少友爱,如今却被这个美国人乐于助人的心意感动了。有一次,他患感冒在床上躺了整整三天,威克斯像慈母一样护理照料他。在威克斯身上,没有一点邪恶和凶残的影子,而只展现出真诚和仁爱。显然,一个人完全有可能既有德行,而又不信奉国教。

另外,菲利普也从别处了解到,有些人只是由于顽固不化,或是出于自身的利益才死抱住其他信仰不放:他们心里清楚那些信仰都是假的,但仍故意设法来哄骗别人。为了学习德语,菲利普本来已习惯于在星期日上午去路德会①教堂做礼拜,但在海沃德来到这儿以后,又开始跟他一起去做弥撒。

---

① 路德会,也称信义宗,为基督教新教主要教派之一。因以马丁·路德的宗教学说为依据,故名。

他发现新教教堂内几乎空荡荡的,做礼拜的所有教徒都显得无精打采;而另一方面,耶稣会①教堂内却挤满了人,教徒们似乎在真心诚意地祷告。他们外表一点也不像是伪君子。看到如此鲜明的对比,菲利普感到相当惊讶;他当然知道路德会的教义比较接近于英国国教,因此它比罗马天主教会更贴近真理。大多数信徒(做礼拜的主要都是男信徒)是德国南部人,菲利普禁不住心里暗想,要是自己出生在德国南部,也肯定会成为一个天主教徒。虽然他生于英国,但也完全可能出生在某个天主教国家;就是在英国,他出生在一个幸好是信奉法定国教的家庭,但也完全可能出生在某个卫斯理宗教友、浸礼会教友或循道宗教友的家庭。想到自己所冒的风险,他有点儿呼吸急促。菲利普跟那个身材矮小的中国佬关系相当融洽,每天要跟他同桌用餐两次。那个人姓宋,总是笑嘻嘻的,为人和蔼,举止文雅。他要是仅仅因为自己是个中国佬就得在地狱里经受煎熬,那似乎相当奇怪。然而,要是不论一个人的信仰如何,他的灵魂都能获得拯救,那么信奉英国国教似乎也就没有什么得天独厚的地方了。

菲利普一生还从来没有像现在这样迷茫,他去试探威克斯对这个问题的看法。他必须小心在意,因为他对别人的讥消十分敏感,而那个美国人谈论英国国教时的尖刻诙谐的口气,弄得菲利普极为难堪。威克斯只是使他越发困惑不解。他迫使菲利普承认:他在耶稣会教堂看到的那些德国南部人士,他们对罗马天主教的笃信程度,完全跟他对英国国教的笃

① 耶稣会,天主教的一个教派,1534 年,由西班牙人伊格纳丢斯·洛约拉所创建,主张坚忍、刻苦;而新教徒则指摘其虚伪、阴险。

信程度相同。威克斯接着又使他承认,伊斯兰教徒和佛教徒也对他们各自的宗教教义深信不疑。由此看来,认为自己正确似乎并无什么意义,大家都认为自己正确。威克斯无意暗中破坏这个孩子的信仰,但他对宗教深感兴趣,觉得宗教是个引人入胜的话题。他说过,凡是他人信仰的事物,他几乎都真切地表示怀疑,这话倒也相当准确地表达了他自己的观点。有一次,菲利普问了他一个问题,那是菲利普以前听他大伯提出来的,当时报纸上正在热烈讨论某部温和的唯理主义的作品,而在牧师公馆里,大家也谈到了这部作品。

"可为什么偏生是你对,而像圣安塞姆①和圣奥古斯丁②那样一些人物倒错了呢?"

"你的意思是,他们都是聪明非凡、学问渊博的人。而你十分怀疑我是否也那么聪明、那么博学,是吗?"威克斯问。

"嗯。"菲利普含糊地回答,因为自己刚才那样提出问题,似乎有些莽撞失礼。

"圣奥古斯丁认为地球是平的,而且太阳绕着地球转动。"

"我不明白这说明什么问题。"

"嗨,这证明一代人有一代人的信仰。你的那些圣人生活在信仰的时代,当时那些在我们今天看来绝对无法相信的事物,他们却几乎不可能抱有怀疑。"

---

① 圣安塞姆(1033—1109),出生于意大利的哲学家和神学家,1093年成为英国坎特伯雷大主教。

② 圣奥古斯丁(?—604),罗马本笃会圣安德烈隐修院院长,597年率传教团来到英格兰,使英格兰人皈依基督教,同年出任英国坎特伯雷首任基督教大主教。

"那么,你又怎么知道我们现在掌握了真理呢?"

"我并没有这么说。"

菲利普沉思了一会儿,然后说:

"我不明白,为什么我们如今深信不疑的事物,就不会像他们过去所相信的事物那样,同样也是错误的呢?"

"我也不明白。"

"那你怎么还能相信任何事物呢?"

"我不知道。"

菲利普又问威克斯对海沃德的宗教信仰有什么看法。

"人们总是按照自身的形象来塑造神灵,"威克斯说,"他信奉生动别致的事物。"

菲利普停了一会儿,又说:

"我不明白一个人为什么非得信奉上帝。"

这句话刚一出口,他马上意识到自己已不再信奉上帝了。他好像一头掉到了冷水里,一下子透不过气来。他用惊恐的目光望着威克斯,突然害怕起来,连忙尽快离开了威克斯。他想要独自待一会儿。这是他一生中最叫人震惊的经历。菲利普想把这件事仔细思考一下;这件事使他十分兴奋,因为它似乎关系到他的整个一生(他觉得在这个问题上所作的决定,必然深刻影响到他今后的生活道路),只要稍一失误,就可能永久沉沦,万劫不复。可是他越是仔细琢磨,那种信念就越坚定;尽管在接下去的几个星期里,他兴致勃勃地阅读了几本帮助了解怀疑主义的书籍,结果只是更确定了他本能感受到的东西。事实是他已不再相信上帝了,这倒不是出于这样或那样的理由,而是因为他生来没有笃信宗教的气质。信仰是从外部强加给他的。那完全是环境和榜样所起的作用。新的环境和新的榜样给了他认识自我的机会。他毫不费劲地抛弃了童年时代的信仰，就像脱掉一件他不再需要的斗篷一般。抛弃信仰以后，起初生活似乎显得陌生而寂寞，毕竟信仰是他生活中的可靠支柱，尽管他始终没有意识到。他觉得自己像个素来依靠拐杖行走的人，如今突然被迫要独自迈步了。确实，白天似乎更加寒冷，夜晚似乎越发凄凉。但是兴奋的情绪在支撑着他，这样一来，生活好像成了一场更加激动人心的冒险；不久以后，那根被他扔到一边的拐杖，那件从他肩头滑落的斗篷，就像难以忍受的重负，彻底从他身上卸去了。多年来一直强加在他身上的那套宗教仪式，已成为他宗教信仰的一个基本组成部分。他想到那些过去要他背诵的祈祷文和使徒书，想到在大教堂里举行的那些冗长的礼拜仪式，他自始至终都得坐着，手脚发痒，渴望能够活动一下。他回想起当年夜间如何穿过泥泞的道路前往黑马厩镇的教区教堂，那座凄凉的建筑物里多么阴冷，他坐在那儿，双脚冻得像冰一般，手指发僵，难以伸展，而周围还充满了令人作呕的润发油的气味。哦，他感到实在无聊！当他明白自己完全摆脱了所有这一切时，他的心禁不住怦怦直跳。

他对自己的表现感到诧异，竟然如此轻易地就不相信上帝了。他不明白自己之所以会有这样的感受，是内在天性的微妙作用，而把自己这种确定无疑的看法归因于自己的聪明。他高兴得有点忘乎所以。菲利普年轻气盛，对任何不同于自己的处世态度都不加体谅。他相当看不起威克斯和海沃德，因为他们满足于那种被称作上帝的模糊的感情，而不愿跨出在菲利普看来似乎异常明显的那一步。一天，他独自登上某座山岗，观赏四周的景色。他自己也不知道什么缘故，野外的景色总叫他心神振奋,如醉若狂。眼下已是秋天,仍然经常是万里无云的好天气,天空似乎闪耀着更加灿烂的光芒:大自然好像有意要把更饱满的激情,倾注到剩余的晴朗日子里。他俯视着眼前那一大片在阳光下微微抖动的平原,远处显露出曼海姆的楼房屋顶,而更远处则是那朦朦胧胧的沃尔姆斯。四处闪烁着更为耀眼的光芒的,则是那条穿过平原的莱茵河。极其宽广的河面上金光闪闪。菲利普站在那里,心里充满欢乐地不住跳动,他想象着当初魔鬼如何跟耶稣一起站在高山顶上,把人间的王国指给他看。菲利普陶醉在眼前美丽的景色之中,在他看来,似乎整个世界都展现在他面前,他急切地想要走下山去,体味人间的欢乐。他摆脱了对沉沦堕落的恐惧,摆脱了世俗的偏见。他完全可以按自己的意愿行事,而不必害怕地狱之火的难以忍受的折磨。他猛然意识到自己身上也不再有责任的重负了,以往由于这一重负,凡是他生活中的一举一动,都得考虑即刻产生的后果。如今他可以在比较轻松愉快的气氛中比较畅快地呼吸。他的所作所为,只需对自己负责就行了。自由!他终于可以独立自主了。出于原来的习惯,他又不知不觉地为此而感谢那位他已不再信奉的上帝。

菲利普一边得意地陶醉在自己的智慧和勇敢无畏之中,一边从容不迫地开始了新的生活。可是,信仰的丧失对他的行为举止的影响,并不像他原来预期的那样明显。尽管他把基督教的教义扔到一旁,但他从未想到要去批评基督教的道德观;他接受了基督教倡导的各种美德,并且认为,要是能因其本身的价值而身体力行,并不考虑报偿或惩罚,倒也确实是件好事。在教授太太的家里,很少有表现这些英雄品质的机会,但他表现得比以前更诚实些,强迫自己对那几位有时想找他闲谈的枯燥乏味的老太太更殷勤些。文雅的诅咒语,激烈的形容词,这些体现我们语言特色的东西,菲利普以前一向看作男子汉气概的象征而加以修习,可现在则刻意地避而不说了。

既然整个这件事都圆满地解决了,菲利普便想把它置诸脑后,但说起来容易,做起来可费劲了;他无法排除那些懊悔的念头,也不能抑制不时折磨着自己的种种疑虑。菲利普终究年纪太轻,结识的朋友也太少,因此灵魂的永生不灭对他并没有特别的吸引力;他毫不费劲就能放弃对英国国教的信仰;但是有一件事使他黯然神伤。菲利普暗自责备自己不近情理,试图凭借自己的笑声来摆脱这种哀伤之情。可是,每逢他想到自己将再也见不到那位美丽的母亲,眼睛里总充满了泪水。他母亲死后,随着岁月的流逝,他越来越感到母爱的可贵。好像是由于无数虔诚、敬神的祖先在暗中对他施加影响,有时他会突然感到极度恐惧:也许这一切全是真的,在那儿,蓝天的后面,藏着一位爱好妒忌的上帝,他将用永不熄灭的烈火来惩罚无神论者。遇到这种时候,理智也无法给他什么帮助,他想象着无尽无休的肉体折磨所带来的巨大痛苦,就吓得要命,全身汗水淋漓。最后,他绝望地暗自说道:

"要知道,这并不是我的过错。我不能强迫自己去相信。要是果真有个上帝,而且就因为我老老实实地表示不相信他而要惩罚我,那我也没有办法。"

29

冬天开始了。威克斯到柏林去听保尔森讲学去了,海沃德开始考虑去南方。当地的戏院开门营业。菲利普和海沃德每星期要到戏院去两三次。看戏的目的是为了提高他们的德语水平,倒也值得赞扬。菲利普觉得,采用这种方式来熟练掌握语言比听教士布道更开心有趣。他们发现自己身处戏剧复兴的浪潮之中。冬季准备上演的剧目中,有好几出易卜生的戏剧。苏德尔曼①的《荣誉》当时是一部新的剧作,上演之后,在这座宁静的大学城里引起了极大的骚动,既受到了过度的揄扬,又遭到了猛烈的抨击。其他一些剧作家也跟着奉献了不少在现代思潮影响下写成的剧本。菲利普亲眼见到了一系列剧作,在这些作品中,人类的邪恶暴露无遗。在此之前,他还从来没有看过戏剧(以前,一些可怜巴巴的巡回剧团有时也到黑马厩镇的会场来演出,但是那位教区牧师一方面由于自己的职业,另一方面也因为觉得看戏显得趣味粗俗,从来不肯前去观看),他被舞台上表现出的激情吸引住了。一走进那个破旧不堪、灯光暗淡的小戏院,他心中就感到一阵激动。不久,他就逐渐了解了那个小剧团的特色。只要看到演员角色的分配情况,就能马上说出剧中人物的性格特征;不过这对他并无什么影响。在他看来,戏剧就是真实的生活,那是一种暗淡而痛苦的奇特生活,男男女女都把自己内心的邪恶暴露在观众无情的目光之下:美好的容颜包藏着堕落的灵魂;君子淑女拿德行当作掩盖他们隐秘的罪恶的面具;徒有其表的强者由于自身的弱点而失去了勇气;正人君子原来道德败坏;贞洁女子原来淫乱放荡。你似乎住在这样一个房间里面:前一夜,有人在这儿纵酒行乐,清晨,窗户还没有打开,空气污浊,

---

① 苏德尔曼(1857—1928),德国剧作家、小说家。

屋里充满啤酒的残渣、难闻的烟雾和闪烁的煤气灯的气味。台下听不到什么笑声,至多也只是对那些伪君子或傻瓜偷偷笑上几声罢了;剧中人物表达自己的思想时所使用的冷酷无情的言辞,好像是在羞辱和痛苦的逼迫下硬从心里挤出来的。

菲利普完全被剧中那种乌七八糟的行为迷住了。他似乎以另一种方式重新察看世界,对于眼前这个世界,他也渴望了解。演出结束后,他跟海沃德一块儿去小酒店,坐在明亮而暖和的店堂里,吃一客三明治,喝一杯啤酒。周围都是三五成群的学生,他们谈笑风生。阖家光临酒店的也四处可见,父亲、母亲、两个儿子和一个女儿。有时候,女儿说了句尖刻的话,做父亲的就往椅背上一靠,开怀大笑起来。那是十分亲切、纯真的笑声。整个场面充满愉快的、无拘无束的家庭气氛,但菲利普对此却视而不见。他仍在想着刚才看过的剧情。

"你确实认为这就是生活,对不对?"他激动地说,"你知道,我觉得自己不会再在这儿长待下去。我要到伦敦去,真正开始生活。我要见见世面。老是在为生活作准备,实在令人厌烦:我要体验一下生活。"

有时候,海沃德让菲利普独自回住所去。他从不对菲利普急不可待的提问做出确切的回答,而是欢快地傻笑着,含蓄地提到某一桩风流韵事。他引用几行罗塞蒂①的诗句。有一次甚至给菲利普看了一首十四行诗。诗中感情热烈,辞藻华丽,充满了悲观哀伤的情调,全都针对着一个名叫特鲁德的少女。海沃德把自己肮脏、庸俗的艳遇罩上一个诗歌的光环,并

---

① 罗塞蒂(1828—1882),英国诗人、画家。

且认为自己的诗笔颇有几分伯里克利①和菲狄亚斯②的风格，因为在描述他所追求的意中人时，用了"hetaira"③这样一个词，而没有从英语所提供的那些比较直截了当、比较贴切的字眼中选择一个。白天，菲利普在好奇心的驱使下，曾到古桥附近的小街上走了一趟。街上有几幢整洁的、装着绿色百叶窗的白房子，据海沃德说，特鲁德小姐就住在那儿。可是，那些走出门来、大声跟他打招呼的女人，个个涂脂抹粉，满脸凶相，使他心里十分害怕。她们还伸出粗糙的双手想把菲利普留住，吓得他赶紧逃跑。他特别渴望增加阅历，觉得自己愚蠢可笑，因为到了他这样的年龄，竟然还没有体味过他从所有的小说中知道的那种人生最重要的东西；但是，他不幸具有那种洞察事物本来面目的才能，摆在他面前的现实，跟他梦境中的理想，真有天壤之别。

他不明白，一个人一生必须越过一大片干旱荒芜、地势险峻的旷野，才能跨入现实世界。所谓"青春就幸福"的说法，只是一种幻觉，是已经失去青春的人们的一种幻觉；而年轻人知道自己是不幸的，因为他们头脑中充满了别人灌输给他们的各种不切实际的幻想。每逢他们跟现实接触时，总是碰得头破血流。看来，他们似乎成了一场阴谋的受害者，因为他们所读过的书籍（由于经过必然的淘汰，留存下来的都是相当完美的），还有长辈之间的交谈（长辈们是透过健忘的玫瑰色

---

① 伯里克利（公元前495—前429），古雅典政治家，后成为雅典城邦的实际统治者，其统治时期成为雅典文化和军事上的全盛时期。
② 菲狄亚斯（公元前490—前430），古雅典雕刻家，主要作品有雅典卫城的三座雅典娜纪念像和奥林匹亚宙斯神庙的宙斯坐像，原作均已无存。
③ 希腊语，情人。

雾霭来回首往事的），都为他们准备好一个虚幻的生活前景。年轻人必须自己去发现：所有他们以往念到过的书、听到过的话，都是谎言，谎言，谎言；而且每一次的发现，都是往那具已被钉在生活十字架上的身躯再打进一颗钉子。奇怪的是，每个经历过痛苦幻灭的人，由于受到内心那股无法抑制的力量的驱使，又总是无意中加深了这样的幻灭。对菲利普来说，世上再没有比与海沃德交往更糟糕的事了。海沃德这个人从不自行观察周围的一切，而只是在文学的气氛中去了解；他很危险，因为他欺骗自己，达到了真心诚意的地步。他真诚地把自己的纵欲好色误当作浪漫的情感，把自己的优柔寡断误视为艺术家的气质，把自己的游手好闲误看成哲人的淡泊宁静。他头脑平庸，却追求高雅的情趣，因而在他看来，所有的事物都蒙上一层感伤的金色薄雾，轮廓模模糊糊，结果就显得比实物的尺寸大些。他在说谎，却从不知道自己在说谎；当别人给他指出来的时候，他却说谎言是美好的。他是一个理想主义者。

30

菲利普焦躁不安，对一切都深为不满。海沃德引用的富有诗意的典故害得他想入非非，他的心灵渴望着风流艳遇。至少，他对自己就是这么说的。

正好这时候欧林夫人的宅子里发生了一桩事，使菲利普更加关注有关两性的问题。菲利普在山间散步时，有两三次遇到凯西莉小姐独自在那儿转悠。菲利普走过她身边，朝她弯腰行了礼，就继续往前；没走多远，又看到了那个中国佬。

当时他并没有把这件事放在心上;可是一天傍晚,暮色已经降临,菲利普在回家的路上,有两个紧靠在一起的行人从他身旁经过,但他们一听到他的脚步声,便赶紧向两旁闪开。尽管他在朦胧的夜色中看不大清楚,但几乎可以肯定那是凯西莉和宋先生。他们俩迅速分开的动作,说明刚才是手挽着手一起走的。菲利普感到既困惑,又惊讶。他以前从未对凯西莉小姐多加注意。她是个相貌平常的姑娘,方方的脸,眉眼并不怎么清秀。既然她仍把一头金黄色的长发梳成辫子,那她就不可能超过十六岁。那天晚上用餐时,菲利普好奇地打量着她,尽管近来她在桌上很少说话,这会儿却跟菲利普闲谈起来了。

"你今天到哪儿去散步的,凯里先生?"她问。

"哦,我朝御座山那儿走了一下。"

"我没有出去,"她主动表白说,"头有点疼。"

坐在她旁边的那个中国佬这时转过脸来。

"实在遗憾,"他说,"希望你现在好点了。"

凯西莉小姐显然仍不放心,她又对菲利普说起话来。

"你在路上遇到不少人吧?"

菲利普当面扯了个弥天大谎,禁不住涨红了脸。

"没有,我好像连个人影儿也没见到。"

菲利普觉得她的眼睛里掠过一丝宽慰的神色。

然而不久,对于他们俩之间的暧昧关系,就不可能再有什么好怀疑的了。教授太太宅子里的其他人,也看到他们俩鬼鬼祟祟地躲在阴暗的地方。坐在上席的那几位老太太,现在开始把这桩事当作丑闻来谈论。教授太太既生气又烦恼,尽力装作什么都没觉察。时节已近隆冬,要让宅子里住满房客可不像在夏天那么容易。宋先生是个很好的主顾:他在底楼租了两个房间,每顿饭都要喝一瓶摩泽尔白葡萄酒,教授太太每瓶收他三个马克,赚头不少。她的其他房客都不喝酒,有的甚至连啤酒也不喝。她也不想失去凯西莉小姐这样的房客。凯西莉小姐的父母在南美洲经商,他们为了酬谢教授太太慈母般的照顾,付的费用相当可观。教授太太知道,假如她写信给凯西莉小姐的那位住在柏林的叔父,他就会马上把她带走。于是,教授太太就只好在餐桌上朝他们俩神色严厉地瞪上几眼算了;她不敢冒犯那个中国佬,但对凯西莉小姐却言辞粗暴,以发泄自己的怒气。可是那三位老太太并不满意。她们三个人中有两个是寡妇,一个是外貌颇似男子的荷兰老处女。她们付的膳宿费已经少得不能再少,而且还给人增添了不少麻烦,但她们是固定的房客,所以对她们也只好表示容忍。她们去找教授太太说,一定得采取什么措施,这真不光彩,整个宅子的名声都要给败坏了。教授太太竭力抵挡,时而固执己见,时而怒气冲天,时而眼泪汪汪,但仍然敌不过那三位老太太。最后,她突然摆出一副义愤填膺的样子,表示要把这桩事了结掉。

午饭后,她把凯西莉带到自己的卧室里,开始一本正经地跟她谈话。令教授太太惊讶的是,那个姑娘的态度竟那样恬不知耻,提出她要依照自己的意思四处走动。如果她乐意跟那个中国佬一起散步,她看不出那跟别的人有什么相干,那本来就是她自己的事。教授太太威胁说要给她的叔父写信。

"那海因里希叔叔就会安排我在柏林的某户人家过冬,这对我来说只有更好。宋先生也会到柏林去的。"

教授太太哭了起来。泪水从她那粗糙、红润、肥胖的脸上流下来,凯西莉却在一旁笑话她。

"那就是说,整个冬天要有三个房间空着。"她说。

接着教授太太改变了对策,想要激发凯西莉的天性中较好的一面:说她厚道、懂事、忍让;不该再拿她当小孩子看待,而应当把她看成一个成年女子。教授太太说,要不是那个中国佬,黄黄的皮肤,扁平的鼻子,还有两只小小的猪眼睛,事情本来也不会这么糟! 就是他那副长相实在难看。一想到那副模样,就令人满怀厌恶。

"别说了!"①凯西莉迅速地吸了一口气说,"别人说他的坏话,我一句也不想听。"

"可你只是说着玩的吧?"欧林夫人呼吸急促地说。

"我爱他。我爱他。我爱他。"

"我的上帝!"②

教授太太神色惊恐地盯着凯西莉小姐看。她本来以为这一切不过是女孩子的淘气,一场幼稚的胡闹而已。可是听到她说话声音里流露出的强烈情感,便一切都明白了。凯西莉用那双灼热的眼睛望了教授太太一会儿,然后耸了耸肩膀,走出房去。

欧林夫人绝口不提这次谈话的详情细节。一两天后,她把餐席的座次变换了一下。她问宋先生是否愿意坐到她这一头来,一贯温文有礼的宋先生欣然答应了。凯西莉对这样的改变满不在乎。可是仿佛是因为发现大家都已知道他们俩的关系,他们变得越发不知羞耻。现在,他们不再偷偷地一块儿出去散步,每天下午都相当公开地到小山冈那儿转悠。显然,他们已不在乎旁人怎么议论了。最后,甚至连性格温和的欧

①② 原文是德语。

林教授也沉不住气了,他执意要妻子跟那个中国佬谈一次。教授太太把宋先生拉到一边,对他加以规劝:他在败坏那个姑娘的名誉;他在危害整所宅子的名声;他必须明白他的行为多么错误,多么邪恶。但是她遭到的却是面带微笑的否认;宋先生不知道她在说什么,他对凯西莉小姐一点也不感兴趣,他从来没跟她一起散过步。所有这一切都是无中生有,没有一句是真的。

"哦,宋先生,你怎么能这么说呢?人家不止一次地看到你们俩在一起。"

"不,你弄错了。没有这样的事。"

他始终笑嘻嘻地望着教授太太,露出一口整齐、洁白的细牙。他十分镇静,什么都不承认。他泰然自若、厚着脸皮地加以抵赖。最后,教授太太发起火来,说那姑娘已承认爱上他了。但宋先生仍然不动声色,脸上继续挂着微笑。

"瞎扯!瞎扯!压根儿没有这种事。"

教授太太从他嘴里根本问不出什么来。天气变得十分糟糕,又是下雪,又是降霜。接着,冰雪消融,又是一长串沉闷凄凉的日子,出外散步也变得兴味索然。一天晚上,菲利普刚上完教授先生的德语课,正站在客厅里跟欧林夫人说话,一会儿,安娜飞快地跑了进来。

"妈妈,凯西莉在哪儿?"她说。

"大概在她的房间里吧。"

"她房间里没有灯光。"

教授太太惊叫一声,神色惶恐地望着女儿。安娜脑子里的念头也在她的脑海一闪而过。

"打铃叫埃米尔上这儿来。"她嗓音嘶哑地说。

埃米尔就是那个呆头呆脑的愣小子,吃饭时,他在桌旁伺候,平时的大部分家务活也都归他一个人干。他走了进来。

"埃米尔,到楼下宋先生的房间去,你进去时不用敲门。如果里面有人,你就说是来照看火炉的。"

埃米尔那神情淡漠的脸上,没有一点惊讶的表示。

他慢悠悠地走下楼去。教授太太和安娜让房门开着,留神听着楼下的动静。不久,他们听到埃米尔又上楼来了,便叫住他。

"屋里有人吗?"教授太太问。

"有的,宋先生在那儿。"

"就他一个人吗?"

他抿起嘴来,脸上露出一丝狡黠的笑容。

"不,凯西莉小姐也在那儿。"

"哦,真不像话。"教授太太叫道。

这会儿,埃米尔咧开嘴笑了起来。

"凯西莉小姐每天晚上都在那儿。一待就是好几个小时。"

教授太太开始绞扭着双手。

"哦,真可恶!为什么你不早点告诉我?"

"这可不关我的事。"埃米尔回答说,一面慢吞吞地耸了耸肩膀。

"我看他们一定给了你不少钱吧,走开!走吧!"

埃米尔笨拙地迈着蹒跚的步子朝门口走去。

"一定得叫他们离开,妈妈。"安娜说。

"那让谁来付房租呢?税款就要到期了。一定得叫他们离开,你说得倒轻巧。但是他们一走,我就付不了账了。"她转身朝着菲利普,脸上流淌着泪水,"哎,凯里先生,你不会把听到的这些话说出去吧?假如让弗尔斯特小姐知道了——"就是那位荷兰老处女——"假如让弗尔斯特小姐知道了,她会立刻离开这儿的。假如大家都走了,咱们就只好关门大吉。我实在无法维持下去。"

"当然我什么也不会说的。"

"如果她在这儿待下去,我可不想再理睬她了。"安娜说。

那天晚上吃饭时,凯西莉小姐准时入席就座。她的脸比平时显得红些,带着一副固执的神情。但宋先生没有露面,有一会儿,菲利普以为他打算躲避这种难堪的局面。最后宋先生仍然来了,满脸堆笑,两只小眼睛滴溜溜地转动着,为自己到晚了而连声道歉。他还是像往常一样,执意要给教授夫人倒一杯他订的摩泽尔白葡萄酒,另外也给弗尔斯特小姐倒了一杯。屋子里很热,因为炉子整天烧着,窗户又难得打开。埃米尔慌慌张张地跑来跑去,但手脚还算利索,好歹能依次为席上的每个人端汤送菜。三位老太太默不作声地坐在那儿,露出一脸不以为然的神情;教授太太哭了一场,几乎尚未恢复过来;她丈夫一言不发,心情沉重。谈话冷下来了。菲利普好像觉得,在这群天天与他同桌用饭的人身上,似乎有着某种令人惶恐的东西;在饭厅那两盏吊灯的映照下,他们看上去跟以前有些不同;菲利普隐隐感到心神不安。有一次,他与凯西莉小姐的目光相遇,他觉得她望着他的目光里充满了仇恨与轻蔑。屋子里闷得叫人透不过气来,仿佛大伙儿都被这对情人的兽欲搞得心烦意乱。周围有一种东方的堕落的气氛:好几炷香散发出的淡淡香味,还有男女偷情的神秘味儿,似乎逼得人直喘粗气。菲利普可以感觉到脑门上的动脉在不住地搏动。他自己也不明白,究竟是什么奇怪的情感搞得他心里七上八下,他似乎感到某种吸引力极强的事物,而同时心里又觉得厌恶和惊恐。

这种情况延续了好几天,整个气氛令人作呕,大家感到周围弥漫着那股违反常理的恋情,小小住所中每个人的神经似乎都很紧张,一下子就要发作。只有宋先生没受什么影响,他仍然像以前那么满面笑容,那么和蔼可亲,那么温文有礼。谁也说不出他的那种态度究竟算是文明的胜利呢,还是东方人对于被击败的西方世界的一种轻蔑表示。凯西莉则扬扬得意,摆出一副玩世不恭的样子。最后,就连教授太太对这种情况也觉得无法再忍受下去了。她突然感到一阵惊恐,因为欧林教授用极为冷酷的坦率口气向她表明,这一众所周知的私通事件可能会产生的后果。她看到自己在海德堡的好名声,连同自己这所宅子的良好声誉会被这桩无法掩盖的丑闻所断送。不知怎的,也许是被眼前的利益迷了心窍,她竟一直没想到这种可能性。而眼下,她又因极度的恐惧而头脑混乱,几乎忍不住要马上把这姑娘赶出门去。亏得安娜很有见识,给凯西莉在柏林的那位叔父写了封措辞谨慎的信,建议他把凯西莉领走。

可是,教授太太打定主意要摆脱这两个房客之后,就再也按捺不住在心头克制了那么久的怒气,非要畅快地发泄一下不可。现在,她可以对凯西莉爱怎么说就怎么说了。

"我已经写信给你叔叔了,凯西莉,要他来把你领走。我不能再让你在这所宅子里待下去了。"

教授太太注意到那姑娘的脸唰地变白了,自己那双溜圆的小眼睛禁不住闪闪发亮。

"你真不要脸,不要脸。"她继续说。

她对凯西莉恶语谩骂。

"你对我的海因里希叔叔说了些什么呢,教授太太?"那姑娘问,原来那副扬扬得意、我行我素的神态突然消失了。

"噢,他本人会告诉你的。我想明天就能收到他的回信。"

第二天,为了让凯西莉当众出丑,教授太太在吃晚饭时,就对那个坐在桌子下首的姑娘大声嚷嚷。

"我已经收到你叔叔的来信啦,凯西莉。你今晚就把行李收拾好,明天早上,我们送你上火车。你叔叔会亲自到中央车站去接你的。"

"很好,教授太太。"

在教授太太的眼中,宋先生仍然满面笑容,尽管她再三推辞,他还是硬给她倒了一杯酒。这顿晚饭,教授夫人吃得津津有味。可是她得意得太早了。就在上床安歇之前,她把仆人叫到跟前。

"埃米尔,要是凯西莉小姐的行李箱已经收拾好了,你最好今晚就把它拿到楼下去。明天早饭之前,脚夫要来取的。"

仆人去了,但不一会儿又回来了。

"凯西莉小姐不在她的房间里,她的手提包也不见了。"

教授太太大叫一声,赶紧往凯西莉的房间跑去:箱子放在地板上,已经捆扎好了,而且上了锁,但是手提包不见了,帽子和斗篷也都不见了。梳妆台上空空如也。教授太太喘着粗气,跑下楼去,直奔那个中国佬的房间。她已有二十年没这么快步行走了。埃米尔在她背后连声呼喊,要她小心不要摔倒。她连门也顾不上敲,径直闯了进去。房间里空荡荡的,行李已不知去向,那扇通向花园的门仍然开着,说明行李是从那儿搬出去的。桌上的一个信封里面放了几张钞票,算是偿付本月的膳宿费和大致与其他额外花销相当的费用。教授太太由于刚才疾步行走,这时突然支撑不住,她嘴里发出一阵呻吟,胖乎乎的身躯倒在沙发上。事情变得无可置疑:那对情人一起私奔了。埃米尔仍旧那么呆头呆脑,无动于衷。

31

一个月来,海沃德老是说自己明天就要到南方去,但是想到收拾行李的麻烦,旅途的沉闷无聊,他又拿不定主意,结果就一个星期又一个星期地往后拖延,直到圣诞节前,大家都在准备过节时,才最终迫不得已地走了。他受不了条顿民族的寻欢作乐的观念。只要一想到节日期间那种纵情狂欢的场面,他身上就会起鸡皮疙瘩。为了躲避摆在眼前的这种场面,他决定在圣诞节前夕外出旅行。

菲利普为海沃德送行时,并不感到难受,因为他是个脾气直率的人,看到有谁拿不定主意,心里就会恼火。尽管他深受海沃德的影响,但他并不认为一个人优柔寡断,就说明他感觉敏锐,讨人喜欢。另外,海沃德对他端方正直的处世作风总是微微露出一点嘲讽之意,这也使他怨恨不满。他们俩有书信往来。海沃德是个极其善于写信的人,知道自己在这方面的才能,写起信来也就特别经心在意。就海沃德的气质而言,他对自己接触到的美好事物具有很强的感受力,可以让自己从罗马写来的信中散发出意大利淡雅的清香。他觉得古罗马人修建的这座城市有点儿俗气,只是在罗马帝国衰落的时候才出了名;但是教皇们的罗马①却在他心头引起共鸣,在他字斟句酌的精心描绘下,洛可可式建筑②的华美跃然纸上。他谈到古老的教堂音乐和阿尔巴诺丘陵③的风光,谈到袅袅熏香给人带来的倦怠,以及令人神往的雨夜街景:人行道上亮闪闪的,街灯微茫迷离。说不定他把这些令人赞叹的书信,也毫无改动地抄寄给了别的许多朋友。他不知道这些书信给菲利普心头带来多大的烦扰。面对这些书信,菲利普的生活似乎实在沉闷乏味。随着春天的到来,海沃德诗兴大发,他提议菲利普到意大利去。菲利普待在海德堡是虚度时光。德国人举止粗鲁,那儿的生活平淡无奇。身处那种整齐呆板的景物中,人的心灵怎么能得到升华?在托斯卡纳④,眼下已到春天,四处都是鲜花;而菲利普已经十九岁了。快来吧,他们可以一起到翁布里亚⑤的各座山城去漫游一番。那些地方的名字在菲利普的心中回响。而凯西莉跟她的情人,也跑到意大利去了。每当菲利普想到这对情侣,心中就突然产生一种无法解释的烦躁不安的感觉。他诅咒自己的命运,因为他没有钱出外旅行,他知道大伯除了按照原先讲定的每月十五英镑外,不会再多给他一个子儿。他自己也不善于精打细算。付了膳宿费和学费之后,手里的钱也就所剩无几了。他发现跟海沃德外出走动,花费实在太大。海沃德经常提出要去郊游,要去看戏,

① 指梵蒂冈。
② 洛可可式建筑系指18世纪后半期盛行于欧洲、具有精巧、烦琐的装饰风格的一种建筑,以图案和涡卷装饰的不对称性为其特点。
③ 阿尔巴诺丘陵,位于罗马东南郊外,那里有湖泊和景色优美的山顶小镇。
④ 托斯卡纳,意大利中西部的一个地区。
⑤ 翁布里亚,意大利中部一个地区。

或者去喝瓶酒，而这种时候，菲利普的月钱早已花光了；在他那样年岁的年轻人都相当愚蠢，总是不肯承认自己无力承担这种奢侈的享受。

幸好海沃德难得来信，菲利普又有时间定下心来过他的勤奋学习的生活。他进了海德堡大学，听了一两门课程。库诺·费希尔①当时正处于声名鼎盛的时期。那年冬天，他相当出色地做了一系列有关叔本华②的讲座。菲利普开始学哲学就是由此入门。他的头脑注重实际，一接触抽象概念就惴惴不安，可是他在聆听哲学上的专题演讲时，却出乎意外地着了迷，屏住了呼吸，有点像是观看走钢丝的演员在万丈深渊上空表演惊险的绝技，令人无比兴奋。这一悲观主义的主题吸引了他这个年轻人。他相信自己就要步入的这个世界是一个暗无天日、冷酷无情的痛苦场所，但他仍然急切地想要跨入这个世界。不久，凯里太太来信转达了菲利普的监护人的意见，说他到了该回国的时候了。他兴奋地表示同意。他现在必须拿定主意，自己往后究竟打算干什么。要是他在七月底动身离开海德堡，他们就可以在八月里好好商量一下，这倒是做出安排的大好时机。

回国的行期确定后，凯里太太又来了一封信，提醒他别忘了威尔金森小姐，承蒙这位小姐的帮助，菲利普才去海德堡欧林夫人的宅子里居住。信中还告诉他说威尔金森小姐准备到黑马厩镇来跟他们一起待几个星期。她将在某月某日从弗拉

---

① 库诺·费希尔(1824—1907)，德国哲学家、教育家。
② 叔本华(1788—1860)，德国哲学家，认为意志是人的生命的基础，也是整个世界的内在本性。

辛①坐船渡海;假如菲利普也能在这一天动身,就可以在路上照顾她一下,跟她一起到黑马厩镇来。菲利普生性腼腆,立刻回信表示说他要晚一两天才能动身。他想象着自己怎样四处寻找威尔金森小姐,怎样困窘地走上前去问她是否就是威尔金森小姐(他很可能招呼错了人而遭受白眼),随后又想到,他也不晓得在火车上究竟是该跟她闲谈呢,还是可以不去搭理她,只顾自己看书。

他终于离开了海德堡。整整三个月,他脑子里只考虑着自己的前途,走的时候一点也不感到惋惜。他从来都没觉得自己在那儿的生活有多快乐。安娜小姐送给他一本《柴金恩的号手》②,菲利普回赠她一册威廉·莫里斯③的著作。他们都很聪明,谁也没去阅读对方赠送的书。

32

菲利普见到他伯父伯母的时候,不觉吃了一惊。他以前从没注意到他们已这么衰老了。牧师照例用那种不冷不热的态度接待他。牧师的身体略微胖了一点,头又秃了一点,白发也更多了。在菲利普看来,大伯是个多么微不足道的人物啊。他脸上露出软弱和放纵的神色。路易莎伯母把菲利普搂在怀里,不住地亲他;幸福的泪水顺着脸颊流淌下来。菲利普深为感动,又有些难为情,他以前并不知道伯母竟这样如饥似

---

① 弗拉辛,荷兰西南部沃尔切伦岛上的一个港口城市。
② 《柴金恩的号手》,德国诗人、小说家约瑟夫·维克托·冯·舍费尔(1826—1886)写的一首富有浪漫色彩、风趣幽默的故事长诗。
③ 威廉·莫里斯(1834—1896),英国诗人、画家、工艺美术家。

渴地疼爱自己。

"哦！菲利普，自从你走后，时间似乎过得很慢。"她抽泣着说。

她抚摩着他的双手，用喜悦的目光端详着他的脸庞。

"你长高了，简直就是一个大人啦。"

他上唇边上已长出薄薄一层短髭。他买了一把剃刀，不时小心翼翼地把光滑的下巴上的软毛剃掉。

"你不在家，我们好冷清啊。"接着伯母又用微带颤抖的声音，怯生生地问道，"你回到自己家里怪高兴的吧？"

"那当然啦。"

伯母瘦骨伶仃，整个身子好像能被人的目光穿透似的。那两条搂住菲利普脖子的瘦弱的胳膊，不禁让人联想到鸡骨头；那张憔悴的脸上布满了皱纹。一头灰白的鬈发仍然梳成她年轻时流行的式样，样子显得既古怪，又叫人感到怜悯。那干瘪瘦小的身躯宛如秋天的一片树叶，你觉得只要刮起一阵刺骨的寒风，就会把它吹得渺无影踪。菲利普心里明白，他们这两个寡言少语的小人物的人生已经完结了：他们属于过去的一代，现在正在那儿耐心而又相当麻木地等待着死亡的到来。而他正青春年少，充满活力，渴望刺激与冒险，对这样的虚度岁月感到万分惊骇。他们一生无所作为，一旦归天之后，也就好像没有来过人世一般。他对路易莎伯母不胜同情，突然怜爱起她来，因为她那样疼爱自己。

这时威尔金森小姐走进屋来。刚才她十分知趣地没有露面，好让凯里夫妇有机会对侄儿的到来表示一下欢迎。

"这是威尔金森小姐，菲利普。"凯里太太说。

"浪子回家啦，"威尔金森小姐说道，一边伸出手来，"我给浪子带来一朵玫瑰花,可以别在他上衣的纽扣洞里。"

她喜笑颜开地把刚从花园里摘来的那朵玫瑰花别在菲利普上衣的纽扣洞里。菲利普羞红了脸,觉得自己傻乎乎的。他知道威尔金森小姐是威廉大伯从前的教区长的女儿;他自己也认识许多牧师的女儿。她们身上穿着剪裁式样难看的衣服,脚上的靴子也很肥大。她们通常穿一身黑衣服。菲利普早先待在黑马厩镇的那几年,手工纺织的布料还没传到东英吉利来,而牧师家的太太小姐们也不喜欢色彩鲜艳的衣服。她们头发梳得乱糟糟的,上过浆的内衣发出一股刺鼻的怪味。她们认为展现女性的魅力有失身份,因而无论老少,都是一样的打扮。她们因自己信奉的宗教而傲慢自大。仗着与教会的密切关系,对其余的人所采取的态度,不免有几分专横之气。

威尔金森小姐却截然不同。她身穿一件白纱长服,上面印有灰色的小花束图案,脚下穿一双尖头高跟鞋,再配上一双网眼长袜。在涉世不深的菲利普看来,她的穿着似乎极为华丽,他不知道她的外衣乃是一件式样俗艳的便宜货。她头发做得十分讲究,故意让一绺好看的发卷耷拉在脑门中央,发丝乌黑发亮,也很硬整,看上去似乎永远不会变得散乱。她的两只眼睛又黑又大,鼻梁略呈钩形;她的侧影略有几分猛禽的神气,但正面看上去却很讨人喜欢。她常常笑吟吟的,但因为嘴大,笑的时候,总是竭力不让自己那排又大又黄的牙齿露出来。可是最叫菲利普感到困窘的,是她脸上抹的那层厚厚的脂粉。他对女性的行为举止的看法十分严格,认为一个有教养的女子绝不可涂脂抹粉;不过威尔金森小姐当然是位有教养的女子,因为她是牧师的女儿,而牧师则是一个上流人士。

菲利普拿定主意不对她产生丝毫的好感。她说话时略微带一点法国腔,菲利普不明白她为什么要这样,因为她是在英格兰内地土生土长的。他觉得她笑起来假惺惺的,那股忸怩作态的轻浮神态也使他感到恼火。开始两三天,他默不作声,心怀敌意,而威尔金森小姐显然没有察觉他的态度,显得格外亲切友善。她几乎只跟菲利普一个人谈话,并且不断地在某些方面征求他的意见,这种做法确有讨人喜欢的地方。她还引他发笑,而菲利普对于那些能把自己逗乐的人,一向没有抵抗:他颇有口才,能不时说出几句巧妙的话语,如今遇到一位会意的知音,真是快乐非凡。牧师和他太太都没有一点幽默感,无论菲利普说什么,都不能引得他们发笑。菲利普渐渐地跟威尔金森小姐混熟了,就不再那么腼腆了,而且开始喜欢起她来了;他觉得她的法国腔别有风味;在医生家的游园会上,她打扮得比任何人都漂亮。她穿着一身蓝底大白点子的薄软绸裙衫,引起一阵轰动,令菲利普感到十分喜悦。

"我敢肯定,他们准会认为你的行为不规矩。"他笑着对她说。

"让人们看作无耻的荡妇,本来就是我一生的愿望。"她回答说。

有一天,威尔金森小姐待在自己房里时,菲利普问路易莎伯母她有多大年纪了。

"哦,亲爱的,你绝不应当打听一位小姐的年龄。但有一点是肯定的,要是你和她结婚的话,那她年纪可就太大啦。"

牧师肥胖的脸上慢慢现出一丝笑意。

"她可不是个年轻小姐儿,路易莎。"他说,"咱们在林肯郡的时候,她就差不多是个大姑娘了,而这已是二十年前的事了。那会儿,她背后还拖着一条辫子。"

"当时她也许还没有超过十岁吧。"菲利普说。

"不止十岁了。"路易莎伯母说。

"我想那会儿她快二十了吧。"牧师说。

"哦,不,威廉,最多十六七岁。"

"那她早已三十出头啦。"菲利普说。

就在这时候,威尔金森小姐步子轻快地走下楼来,嘴里哼着邦雅曼·戈达尔①的一首曲子。她戴着帽子,因为打算跟菲利普一起出去散步;她伸出手来,让菲利普为她扣好手套的纽扣。菲利普动作十分笨拙,尽管有些不好意思,却觉得颇有骑士风度。现在他们俩之间的谈话变得无拘无束;两人一边信步闲逛,一边海阔天空地聊着。她告诉菲利普自己在柏林的所见所闻,而菲利普则对她讲起这一年在海德堡的生活情形。他讲的时候,那些本来似乎无足轻重的琐事却增添了新的趣味。他描述了欧林太太宅子内的房客;至于海沃德和威克斯之间的那几次谈话,当时似乎意义重大,这会儿他却略加歪曲,好让两位当事人显得荒唐可笑。听到威尔金森小姐的笑声,他感到十分得意。

"你真叫我害怕,"她说,"你真是尖酸刻薄。"

接着,她又开玩笑地问他在海德堡可有过什么艳遇。菲利普不假思索地坦率地告诉她没有,但威尔金森小姐不肯相信。

"你嘴巴真紧!"她说,"在你这样的年纪,怎么可能呢?"

菲利普飞红了脸,哈哈一笑。

"你想知道的太多了。"他说。

① 邦雅曼·戈达尔(1849—1895),法国作曲家、小提琴家。

"啊,果然不出我所料。"威尔金森小姐得意扬扬地笑起来,"看你脸都红啦。"

她竟然认为自己是个情场老手,真叫他感到欣喜;他赶紧改变话题,以便让她相信自己确实有各种各样的风流韵事需要隐瞒。他只恨自己没有这样的经历。这种机会始终没有出现。

威尔金森小姐对自己的命运深为不满。她怨恨自己不得不自谋生计,对菲利普絮絮叨叨地讲起她母亲的一个叔父的情况;她本来预期会从他那儿继承一笔财产,但这个叔父跟他的厨娘结了婚,把遗嘱改了。她暗示自己早先的家境相当阔绰,她把当年在林肯郡有马可骑、有车可坐的生活跟目前寄人篱下的卑微处境作了对比。后来菲利普对路易莎伯母提起这件事,路易莎伯母告诉他,当年她认识威尔金森一家的时候,他们家至多也只有一匹矮种马和一辆双轮轻便马车而已。路易莎伯母的这些话倒叫他有点迷惑不解。至于那位有钱的叔父,路易莎伯母也曾听人说起过,但是他早就结了婚,而且在埃米莉①出生前就有了孩子,因此埃米莉根本没希望得到他的遗产。威尔金森小姐如今在柏林工作,她把那儿说得一无是处。她抱怨德国的生活粗俗不堪,相当苦涩地把它同巴黎的辉煌灿烂的生活作了对比。她在巴黎待过好几年,但没有说究竟待了几年。她在一个时髦的肖像画家的家里当家庭教师,画家的妻子是个有钱的犹太女子。在那儿,她遇到许多知名人士,她说了一大串名流的名字,把菲利普听得目眩神迷。法兰西喜剧院的几位演员是她主人家的常客。吃饭的时候,

———————

① 即威尔金森小姐。

科克兰①就坐在她的旁边,他对她说,他从来没有遇到过哪个外国人能讲这么地道的法国话。阿尔丰斯·都德②也来过,还送给她一本《萨福》。他本来答应把她的姓名写在书上的,但她后来忘记提醒他了。尽管如此,她仍然对这本书十分珍视,愿意借给菲利普看看。还有那位莫泊桑。威尔金森小姐心照不宣地瞅着菲利普,发出一阵笑声。多么了不起的人,了不起的作家!海沃德曾谈到过莫泊桑,他的名声菲利普也早已知晓。

"他向你求爱了吗?"他问道。

这句话似乎奇怪地在他的喉咙口哽住了,但他还是说了出来。现在他很喜欢威尔金森小姐,她的谈话总叫他兴奋不已,可他很难想象会有哪个人向她求爱。

"好傻的问题!"她嚷道,"可怜的居伊③,不论他遇到哪个女人,都会向她求爱的。他这种脾气怎么也改变不了。"

她轻轻地叹了口气,似乎满怀柔情地回想着往事。

"他可是个迷人的男子啊。"她嘟哝道。

换了一个比菲利普阅历更深的人,就会从她的话里猜到那种可能发生的邂逅场面:那位著名的作家应邀前来参加家庭午宴,家庭女教师带着她教的两个身材修长的女孩子,神色端庄地走了进来:主人向客人介绍:

"我们的英国小妞。"④

<hr>

① 科克兰(1841—1909),法国著名演员。

② 阿尔丰斯·都德(1840—1891),法国小说家。《萨福》(1884)是他写的一本小说。

③ 居伊系法国小说家莫泊桑(1850—1893)的名字。

④ 原文是法语。

"小姐。"①

席间,著名作家跟男女主人交谈着,而那位英国小姐则默默地坐在一旁。

可是她的那番话却在菲利普头脑里唤起了远为浪漫的遐想。

"快把他的情况给我讲一下。"他激动地说。

"实在也没什么好讲的。"她坦率地说,但脸上的神态却好像表示出这样一种意思:就算写上三大卷,也写不完他们那惊世骇俗的风流艳史,"你可不该这样寻根究底。"

她开始谈起巴黎来。她喜欢那儿的林荫大道和树林子。每条街道都优美雅致,而香榭丽舍大街上的树木更是独具一格,与众不同。他们俩这会儿坐在大路旁的篱边台阶②上,威尔金森小姐望着面前那几棵雄伟高大的榆树,脸上露出鄙夷的神情。还有那儿的戏院,上演的剧作十分精彩,演技也无与伦比。每逢她学生的母亲,富约太太到成衣店去试衣时,常由她陪同前往。

"哦,没钱是多么痛苦啊!"她大声嚷道,"那些漂亮的时装,只有巴黎人才懂得穿衣打扮,而我却买不起!可怜的富约太太,她的身段可实在不好。有时候,成衣匠低声对我说道:'唉,小姐,要是她能有您这样的身段就好啦!'"

菲利普这时才注意到威尔金森小姐体形健壮,而且她为此感到自豪。

---

① 原文是法语。
② 篱边台阶,乡间用木板做成的一种供人穿越树篱、栅栏却不让兽类通过的台阶。

"英国的男人真是太蠢了。他们只注重脸蛋。法国人才是懂得爱情的民族,他们知道身段比脸蛋重要得多。"

菲利普以前从不关心这种事,如今注意到威尔金森小姐的脚踝又粗又难看。他赶紧把目光移开。

"你应该到法国去。你为什么不去巴黎待上一年? 那样可以学会法语,也会使你变得 déniaiser①。"

"那是什么意思?"菲利普问道。

她狡黠地笑了。

"这你可得去查一下词典。英国男人不懂得怎样对待女人,他们太害臊了。男子汉还害臊,怪可笑的。他们不懂得怎样向女人求爱,甚至在恭维女人娇艳动人时,也免不了露出一副傻相。"

菲利普感到自己愚蠢可笑。显然,威尔金森小姐期望自己不要这么束手束脚。这会儿,要是他能说出几句殷勤的、诙谐有趣的话,那心里该有多高兴啊。可是他怎么也想不出来;等到他真的想到了,却又生怕说出口来丢丑。

"哦,我爱巴黎,"威尔金森小姐叹息着说,"可是却不得不前往柏林。我在富约家一直待到他们的女儿先后出嫁,接着就找不到什么事干了,后来我获得了去柏林工作的机会,就是目前的这份差使。我在布雷达街有一小套房间,是在六层楼②上,那儿一点也不体面。你知道布雷达街的情形——这些女子③,是吧。"

菲利普点了点头,实际上压根儿不明白她说的是什么,只

① 法语,懂事一些。
②③ 原文是法语。

是隐隐约约地猜到了一点。他担心她会觉得自己太愚昧无知了。

"可是我不在乎。我又没有成家，对不对?①"她很喜欢讲上一句法语，而确实也讲得不错，"在那儿，我曾经有过一番奇遇。"

她停了下来，菲利普催她讲下去。

"你也不愿把自己在海德堡的奇遇讲给我听。"她说。

"实在太平淡了。"菲利普回嘴说。

"要是凯里太太知道我们在一起谈这种事，真不知道她会怎么说呢。"

"你总不至于设想我会去告诉她吧?"

"你能保证不说吗?"

菲利普做了保证后，她就告诉他：在她楼上的房间里住着一个学美术的学生——但她突然不往下说了。

"你何不去学美术呢? 你画得真不错。"

"还差得远呢。"

"这得由别人来评判。我在这方面很在行②我相信你具有成为大画家的素质。"

"如果我突然对威廉大伯说要到巴黎去学美术，难道你看不出他会摆出怎么一副嘴脸吗?"

"你可以自己做主吧?"

"你想拿这些话来搪塞推诿，还是请你把刚才的事说下去吧。"

威尔金森小姐微微笑了笑，继续说下去。有好几次，那

190

个学美术的学生在楼梯上从她身旁经过,而她并没怎么特别留意。她只看到他长着一双漂亮的眼睛,并且很有礼貌地脱帽致意。有一天,她发现从门底下塞进来一封信。原来是他写的。信上说他几个月来一直对她充满爱慕,他有意站在楼梯旁等她走过。哦,真是一封委婉动人的信! 她当然没有回信。不过,世上哪个女人不喜欢受人奉承呢? 第二天,又送来一封信! 这封信写得妙极了,感情热烈,十分感人。后来,她在楼梯上跟他相遇的时候,真不知道眼睛该往哪儿看才好。每天都有信来,他在信上恳求与她相会。他说他晚上来,九点钟左右①,她不知如何是好。当然,这是根本不可能的,他或许会不断拉铃,而她决不会去开门;可是就在她神经紧张地等待叮叮当当的铃声时,他却突然站在她的面前。原来她进来的时候忘记关门了。

"真是命中注定。"②

"后来呢?"菲利普问道。

"故事到此结束啦。"她回答说,发出一阵轻柔的笑声。

菲利普沉默了片刻。他的心怦怦直跳,心中似乎涌起一阵阵奇特的情感波澜。他眼前浮现出那道黑暗的楼梯,还有那一次次邂逅的情景。他钦佩写信人的胆量——哦,他可永远不敢那么做——还佩服他竟那样悄无声息,几乎神秘莫测地进了她的房间。在他看来,这才是风流艳遇的典型范例。

"他长得怎么样?"

"哦,长得十分英俊。迷人的小伙子。③"

"你现在还跟他来往吗?"

①②③　原文是法语。

菲利普问这句话的时候,心中略微感到有些气恼。

"他待我坏透了,男人都是一路货色。你们毫无心肝,没有一个好货。"

"这一点我可不大了解。"菲利普不无狼狈地说。

"咱们回家去吧。"威尔金森小姐说。

33

菲利普无法把威尔金森小姐的那段风流韵事从脑子里排除出去。尽管她讲到要害的地方就收住话头,但意思还是相当清楚的,他有点儿震惊。这种事对已婚女子倒还说得过去,他读过不少法国小说,知道这种事在法国确实相当普遍。可是威尔金森小姐是个英国女子,还没有结婚,而且她的父亲还是个牧师。接着他突然想到,那个学美术的学生大概既不是她的头一个,也不是她的最后一个情人,便倒抽了口冷气:他从来没有打这方面看待威尔金森小姐,竟然有人向她求爱,真是难以置信。他天真无知,对威尔金森小姐讲述的这番经历并没有什么怀疑,正如他从不怀疑书里的内容一样;叫他恼火的倒是,自己怎么从来就没遇到这种奇妙的事。如果威尔金森小姐执意要他讲讲在海德堡的艳遇,他可实在没什么好说的,那该多么丢脸啊。他确实也有一套凭空虚构的本领,但是否能使她相信自己是偷香窃玉的老手,那就很难说了。女子的直觉极为敏锐,菲利普看到书本上是这么说的,也许她毫不费劲就能发觉他是在说谎。一想到她也许会暗自发笑,菲利普禁不住羞得满脸通红。

威尔金森小姐一边弹着钢琴,一边用懒洋洋的声音唱着。她唱的是马斯内①、邦雅曼·戈达尔和奥古斯塔·奥尔姆②谱写的歌曲,不过这些曲子对菲利普来说相当新鲜。他们俩就这样在钢琴旁边一起消磨上好几个小时。有一天,威尔金森小姐想知道他是否有副好嗓子,执意要试试他的歌喉。她说他有一副悦耳动听的男中音嗓子,主动提出要教他唱歌。一开始,菲利普出于惯有的羞涩谢绝了,但威尔金森小姐一再坚持。于是每天早饭以后,遇到合适的时间,就教他一个小时。她具有当教师的天赋,无疑是个出色的家庭女教师。她授课有方,要求严格。尽管在讲课的时候,仍然带着浓厚的法国口音,但她那种甜美的腔调却完全消失了。她容不得半句废话,口气变得有点咄咄逼人;学生一不注意听讲,或是稍有马虎,她就本能地加以制止和纠正。她知道自己负有的职责,逼着菲利普练声吊嗓子。

课一结束,她毫不费劲地就又浮现出迷人的笑容,说话的声音又变得柔和动听了。她一下子就丢掉了做老师的架子,但菲利普却没这么容易摆脱自己的学生身份,他上课时得到的印象,跟听她讲述艳遇时自己心里的感受相互矛盾。他更加仔细地打量着她。他发觉威尔金森小姐晚上要比早晨好看得多。早晨,她脸上的皱纹不少,脖子上的皮肤也有一点粗糙。他真希望她把自己的脖子遮住,但那时天气十分暖和,她穿的衬衫领口开得很低。她又非常喜欢白色的衣服,而在上午,这种颜色的衣服对她实在并不合适。到了晚上,她往往显

---

① 马斯内(1842—1912),法国作曲家。
② 奥古斯塔·奥尔姆(1847—1903),法国作曲家。

得娇媚动人:她穿着像礼服一样的长裙,脖子上戴着一串红石榴石项链,长裙的前胸和肘部都缀有花边,使她显得柔和而讨人喜欢。她用的香水发出一股异香,搅得人心里乱腾腾的(在黑马厩镇,人们只用科隆香水,而且只在星期日或者头疼时才洒上几滴)。那会儿,她确实显得很年轻。

菲利普为搞清她的年龄费尽了心思。他把二十和十七加在一起,总得不出一个满意的答数。他不止一次地问路易莎伯母,为什么她认为威尔金森小姐有三十七岁了,因为她看上去还不满三十岁。大家都知道,外国女子比英国女子要老得快;威尔金森小姐在国外住了这么久,差不多也可以算是个外国人了。菲利普个人认为她还不到二十六岁。

"她可不止这个岁数了。"路易莎伯母说。

菲利普对凯里夫妇说话的准确性抱有怀疑。他们唯一记得清楚的,就是他们在林肯郡最后一次见到威尔金森小姐时她还梳着辫子。那么,当时她可能才十一二岁。那是很久以前的事了,而牧师的记性一向靠不住。他们说那是二十年前的事,但是人们总爱用整数,所以很可能是十八年,或者十七年前的事。十七加十二,只不过二十九。真见鬼,那并不算老吧?安东尼①为了克莉奥佩特拉②而舍弃整个世界时,那位埃及女王已经四十八岁了。

那年夏季天气晴好。每一天都万里无云,十分炎热,但由

---

① 安东尼(公元前82—前30),古罗马统帅和政治领袖,与李必达和屋大维结成"后三头"政治联盟。公元前30年,安东尼在与屋大维的权力角逐中兵败自刎。

② 克莉奥佩特拉(公元前69—前30),埃及托勒密王朝末代女王(公元前51—前30),美貌动人,先为恺撒情妇,后与安东尼结婚,安东尼兵败后,又欲勾引屋大维,未能成功,后以毒蛇自杀。

于靠近大海,暑气有所缓解,空气中有一股令人神清气爽的清新之意,因此人们并没有被八月的阳光炙烤得无法忍受,反而兴致很高。花园里有个水池,池中喷泉飞溅,水里长着睡莲,金鱼纷纷游到水面上来晒太阳。午饭以后,菲利普和威尔金森小姐常常把小地毯和坐垫拿到池边,躺在草地上,就在那一排高高的玫瑰树篱下的阴凉处。他们整个下午就在那儿聊天、看书,有时还抽支烟。牧师不允许在屋子里面抽烟,认为抽烟是种令人嫌恶的习惯。他经常说,任何人要是成为某一嗜好的奴隶,那就太不光彩了。他忘了自己也有午后用茶点的嗜好。这本书是威尔金森小姐在牧师书房的书堆里偶然翻到的。

有一天,威尔金森小姐给菲利普看《波希米亚人的生活》。那是跟凯里先生要的一批廉价书一同买来的,十年来就始终丢在那儿没有被人发现。

米尔热①的这本杰作情节有趣,文笔拙劣,内容荒诞,菲利普一开始看就马上着了迷。书中把饥荒的景象描写得那么风趣诙谐,把贫困的景象描写得那么生动如画,把下流的恋情描写得那么富于浪漫色彩,把假意作出的哀伤描写得那么叫人感动——所有这一切,都使菲利普心里乐开了花。鲁道夫和米米,米塞特和绍纳尔!他们穿着路易·菲利普②时代的稀奇古怪的服装,在拉丁区昏暗的街道上闲荡,时而在这个小阁楼上藏身,时而又在那一个小阁楼上栖息,含着眼泪,挂着

---

① 米尔热(1822—1861),法国诗人和小说家。他写的《波希米亚人的生活》一书对一群放荡不羁的巴黎青年艺术家作了浪漫而感伤的描写。该书后被意大利歌剧作曲家普契尼(1858—1924)改编成歌剧。
② 路易·菲利普(1773—1850),法国国王(1830—1848)。

微笑,无忧无虑,肆无忌惮。谁能不受他们的吸引呢?只有当你用更健全的鉴别力,回过头来再看这本书的时候,才会觉得他们的欢乐是多么粗野,他们的头脑是多么庸俗,这时你才会感到,那伙放荡不羁的人,不论作为艺术家,还是作为凡人,都毫无可取之处。但菲利普却为之痴迷陶醉。

"现在你想要去的是巴黎而不是伦敦了吧?"威尔金森小姐问道,对他表现出的热情觉得好笑。

"就算我想要去巴黎,现在也太迟了。"他回答说。

他从德国回来已有两个星期,曾跟大伯多次谈论自己的前途。他明确地拒绝进牛津大学念书,而且他也不可能拿到奖学金,甚至连凯里先生也得出他上不起大学的结论。菲利普的全部财产本来只有两千英镑,虽然这笔钱以百分之五的利息投资在抵押上,但他无法靠利息过日子。现在这笔钱又减少了一点。他上大学的最低生活费用每年起码两百英镑,花这样一笔钱去念书,简直荒唐。因为在牛津大学念上三年,仍然不见得就能养活自己。他急于直接到伦敦去谋生。凯里太太认为一个绅士只有四种行业可供选择:陆军、海军、司法和教会。她还加上一门医学,因为她的小叔子就是干这一行的,但她并没忘记在她年轻的时候,谁也不把医生看作上流人士。前两个行当压根儿不用考虑,而菲利普本人又坚决反对担任圣职,那就只剩下司法界这一行了。本地医生提出说,眼下许多有身份的人都从事工程技术,但凯里太太马上表示反对。

"我不想让菲利普去做买卖。"她说。

"是啊,但他总得有个职业。"牧师回答说。

"为什么不让他像他父亲那样去当医生呢?"

"我讨厌这种职业。"菲利普说。

凯里太太并不感到惋惜。既然菲利普不打算去牛津大学念书，就也不可能去当律师了。因为凯里夫妇觉得，要想在这一行里取得成功，拿个学位还是很有必要的。最后有人建议菲利普去给一个律师当学徒。他们写信给家庭律师阿尔伯特·尼克松，问他是否愿意收菲利普做徒弟。尼克松跟黑马厩镇的教区牧师都是已故的亨利·凯里的遗产的共同执行人。过了一两天回信来了，说他手下没有空缺，而且对他们的整个计划很不赞成。如今这个行当已经人满为患，一个人要是没有资金，没有重要的社会关系，至多也只当个事务所的常务书记员。他建议菲利普去当特许会计师。牧师跟他妻子对会计师究竟是什么行当都一无所知，而菲利普也从没听说过哪个人是当特许会计师的。可是律师又来信解释说：随着现代商业的发展以及公司的增加，出现了许多审查账目、协助客户管理财务的会计师事务所，它们的那一套管理制度，是旧式的财务管理方法所没有的。自从在几年前取得皇家特许之后，这个行业逐年变得重要起来，越来越受到尊重，收入也越来越丰厚。为阿尔伯特·尼克松管理了三十年财务的那家特许会计师事务所正巧有个练习生的空缺，他们愿意招收菲利普，收费三百英镑，其中有一半在五年合同期内会以薪水的形式付还本人。前景并不怎么令人兴奋，但菲利普觉得自己必须做出决断，最终他想在伦敦生活的念头还是压倒了心头的畏缩之意。黑马厩镇的教区牧师写信向尼克松先生请教，这是不是一门适合上等人干的职业，尼克松先生回信说：自从有了特许状以后，许多念过公学和大学的人都从事这个行业。况且，要是菲利普不喜欢这种工作，一年之后希望离开的话，赫伯特·卡特,就是那个会计师,愿意归还所付的合同费用的一半。事情就这样定下来了。根据安排,菲利普应在九月十五日开始工作。

"我还有整整一个月的时间。"菲利普说。

"到那时,你将走向自由,而我却要身陷罗网。"威尔金森小姐回答说。

她的假期共有六个星期,会比菲利普早一两天离开黑马厩镇。

"不知咱们以后是否还会再见面。"她说。

"我不明白为什么不行。"

"哦,别用这种讲求实际的腔调说话。我还没见过像你这样不动感情的人。"

菲利普涨红了脸。他怕威尔金森小姐把自己看成一个懦夫:她毕竟是个年轻女子,有时还相当漂亮,而他自己也快二十岁了。如果他们的谈话只限于艺术和文学,那未免滑稽可笑。他应当向她求爱。他们谈论了许多有关爱情的话题,谈到过布雷达街的那个学美术的学生,还有她在他家住了很久的那位巴黎肖像画家。他请她给他当模特儿,并开始狂热地追求她,吓得她只好借故推托,不再给他当模特儿了。显然,威尔金森小姐对这类献殷勤的事早已习以为常。那天她戴了一顶大草帽,看上去十分漂亮。下午天气炎热,是入夏以来最热的一天,她上嘴唇上挂着一串汗珠。菲利普记起了凯西莉小姐和宋先生。以前他想到凯西莉时从不动心,她的模样实在不算好看,但如今回想起来,他们俩的私情倒似乎很有浪漫色彩。眼下他也有谈情说爱的机缘。威尔金森小姐几乎完全法国化了,这就给可能发生的艳遇增添了几分情趣。当他白天独自坐在花园里看书或是晚上躺在床上时,一想到这桩事就感到兴奋不已。可是当他见到威尔金森小姐时,事情似乎就不那么美好动人了。

不管怎样,在她对菲利普讲了自己的那几桩艳遇之后,如果菲利普也向她求爱,她是不会感到吃惊的。菲利普觉得她一定对自己至今没有任何表示感到奇怪。也许这只是他凭空想象,不过近一两天,他已不止一次地觉得她的目光里露出一点鄙夷的神色。

"你呆呆地在想什么呀?"威尔金森小姐说,一面笑盈盈地瞅着他。

"我可不想告诉你。"他回答说。

他想自己应当立刻吻她。不知道她是否巴望他这么做。但毕竟事先没有一点表示,他看不出自己怎么能那样贸然行事。她会以为他发疯了,或许会给他一个耳光,说不定还会去向他大伯告状。真不晓得宋先生是怎么跟凯西莉小姐勾搭上的。要是她把事情告诉了伯父,那就糟了。他知道大伯的为人,他一定会讲给医生和乔赛亚·格雷夫斯听的,而他本人就会显得像个十足的傻瓜。路易莎伯母老是说威尔金森小姐至少有三十七岁了。想到自己会成为大家的笑柄,他就不寒而栗。他们会说,她的年龄大得都可以做他的母亲了。

"瞧你又在发呆了。"威尔金森小姐笑着说。

"我在想你哪。"他大胆地答道。

不管怎样,这句话可不会给他带来什么麻烦。

"在想些什么呢?"

"啊,你想知道的可太多了。"

"淘气鬼！"威尔金森小姐说。

又是这句话！每逢他好不容易鼓足勇气的时候，她却总是说些扫兴的话，使他想起她那家庭教师的身份。他练唱时没有达到叫她满意的程度，她就开玩笑地把他称作淘气鬼。这一次可叫他心里很不高兴。

"希望你别把我当作小孩。"

"生气了吗？"

"气得很哪。"

"我可不是有意的。"

她伸出手来，他握住了。近来有一两次，他们晚上握手的时候，他觉得她轻轻捏了捏他的手，而这一次再没什么好怀疑的了。

他不大清楚自己接下去该说些什么。他冒险的机会终于出现了，如果不抓住这个机会，那可实在是个傻瓜。只是场面有点平淡，他本来指望更多一点刺激。他读到过许多有关爱情的描写，但他觉得自己一点也没有小说家们描写的那种内心突然涌起的激情；他并没有被一阵阵情欲弄得神魂颠倒，而威尔金森小姐也不是他理想中的情人。他经常为自己设想了这样一个娇媚可爱的姑娘：长着一双紫罗兰色的大眼睛，皮肤像雪花石膏似的白净光滑；他常常想象自己如何把脸埋在她那飘动的浓密的褐发之中。可是他无法想象自己会把脸埋在威尔金森小姐的头发里，他总觉得这位小姐的头发有点黏糊糊的。然而偷情毕竟很合他的心意，他为自己即将取得的成功打心眼里感到得意，感到兴奋。他认为自己应该把她勾引到手。他打定主意要去吻威尔金森小姐，但不是在那会儿，而是在晚上，在黑暗中比较方便些。只要吻了她，余下的事都会接着发生。就在当天晚上,他要吻她。他还依照这个意思立下了誓言。

他拟定了计划。晚饭后,他建议他们俩到花园里去散步,威尔金森小姐同意了。他们俩肩并肩地在花园中闲逛。菲利普十分紧张。不知什么缘故,谈话总是不能被引到正确的方向。他本来决定首先要用胳膊挽住她的腰肢,而她正在谈着下星期要举行的赛船会,他可不能突然伸手去搂住她的腰呀。他巧妙地把她引到花园最阴暗的地方,但一到那儿,他却失去了勇气。他们俩坐在长凳上,他真的打定主意要利用眼前的这个机会,可就在这时,威尔金森小姐却说这儿肯定有蠼螋,执意要往前走。他们又在花园里转了一圈,菲利普决定要在走到那张长凳之前断然采取行动,但就在他们从屋子旁边经过的时候,看见凯里太太站在门口。

"你们年轻人进屋来不是更好吗?夜晚的空气对你们肯定没有什么好处。"

"也许我们还是进去的好,"菲利普说,"我不想让你着凉感冒。"

说完,他如释重负地松了口气。那天晚上,他再也别想干什么了。可是后来他独自一人回到房里,却对自己极为恼火。他真是个十足的傻瓜。他可以肯定,威尔金森小姐正期待着自己去吻她,否则她不会到花园里去。她老是说只有法国人才懂得怎样对待女人。菲利普看过一些法国小说。假如他是个法国人,他会一把将她搂在怀里,热烈地对她诉说自己的爱慕之情;他要把嘴唇紧紧地贴在她的 nuque① 上。他不明白

---

① 法语,颈背。

为什么法国人总是喜欢吻女人的 nuque。他本人可看不出脖颈子有什么特别吸引人的地方。当然,对法国人来说,干这些事要容易得多,语言帮了不少忙;菲利普总禁不住感到用英语说出那些感情热烈的话,听上去有点荒唐可笑。菲利普如今真希望自己从来没有着手去围攻威尔金森小姐的贞操。开始两个星期,日子过得十分愉快,而现在他感到实在苦恼。然而他绝不就此作罢,否则会一辈子瞧不起自己的。他下了狠心,非要在下一天晚上吻她不可。

次日他起床时,看到外面正在下雨,他头脑里首先想到的,就是当天晚上他们不能到花园去了。早饭时他兴致很好。威尔金森小姐差玛丽·安来说,她头疼无法起床。直到下午用茶点的时候,她才走下楼来,脸色苍白,穿着一件合身的晨衣。可是到了吃晚饭的时候,她已完全好了,因此饭桌上的气氛十分欢快。做完祷告,她说她要直接上床歇息去了,她吻了吻凯里太太,随后转身对着菲利普。

"天哪!"她嚷道,"我也真想亲亲你呢!"

"为什么不呢?"他说。

她笑了笑,伸出手来。她明显地紧捏了一下他的手。

第二天,天空看不见一丝云彩,雨后的花园显得清新芬芳。菲利普去海滨游泳,回来后胃口很好地饱餐一顿。下午,牧师公馆里举行网球聚会,威尔金森小姐穿上最漂亮的衣服。她对穿衣打扮确实相当在行,菲利普不能不注意到,她待在副牧师太太和医生那位已出嫁的女儿旁边,显得多么娴雅。她在腰带上缀了两朵玫瑰,坐在草地边上的花园靠椅上,打着一把红阳伞,脸上的光线显得十分和谐。菲利普爱打网球,发球发得很好,他不便于奔跑,所以专在网前击球。尽管他有只脚畸形,但动作却很利索,很难使他失球。他把每一盘都赢下来了,觉得十分高兴。喝茶时,他在威尔金森小姐的脚边躺了下来,浑身燥热,气喘吁吁。

"你穿着这身法兰绒衣服很合适。"她说,"今天下午你看上去真帅。"

他高兴得脸都红了。

"我也可以老实地恭维你一句。你的样子使人神魂飘荡。"

她微微一笑,那双乌黑的眼睛久久地盯着他不放。

晚饭后,他执意要她出去散步。

"你玩了一整天还没有玩够吗?"

"今晚花园里夜色迷人,星星都出来了。"

他兴头十足。

"你知道吗?为了你,凯里太太还老在怪我呢,"当他们缓步穿过菜园子时,威尔金森小姐说,"她说我不该跟你调情。"

"你跟我调情了吗?我可没有注意到呀。"

"她只是开个玩笑罢了。"

"昨天晚上你真狠心,不肯吻我。"

"要是你看到我说那话时,你大伯瞅我的那副神情就好了!"

"你就这样畏缩了?"

"我亲吻别人的时候不喜欢有人在场。"

"现在可没有人在场了。"

菲利普伸出胳膊搂住她的腰,在她的嘴唇上亲了亲。她只是笑了笑,并无退缩之意。一切进行得相当自然。菲利普感到十分自豪。他表示要做的,已经做到了。这是世界上再容易不过的事。要是他早这样干就好了。他又吻了她一下。

"哦,你不该这样。"她说。

"为什么?"

"因为你的吻叫我喜欢呀。"她笑着说。

34

第二天吃过午饭,他们把地毯和坐垫拿到喷水池边。他们也带着书,但谁也不看。威尔金森小姐舒舒服服地安顿好之后,就撑开那把红色的阳伞。如今菲利普一点也不羞涩了,但是一开始威尔金森小姐却不许他吻自己。

"昨天晚上,我真不够检点。"她说,"我睡不着,觉得自己干了一件很不正当的事。"

"瞎说八道!"他大声说,"我可以肯定你昨天晚上睡得很香。"

"要是让你大伯知道了,你想想看他会怎么说?"

"他压根儿不会知道!"

他朝着她探过身子,心儿扑通扑通直跳。

"你为什么要吻我?"

他知道自己应该回答说"因为我爱你呀",但他实在说不出口。

"你倒说说看呢?"他反问道。

她满眼含笑地望着他,同时用手指尖轻轻地摸摸他的脸。

"你的脸多光滑啊!"她嘟囔道。

"我的脸真得仔细地刮才行。"他说。

说来实在叫人惊讶,他发觉要开口说些风流多情的话竟这么难!他觉得沉默倒比言语更能帮他的忙,他可以用脸上的神色来表达无法言传的情感。威尔金森小姐叹了口气。

　　"你到底喜欢我吗?"

　　"非常喜欢。"

　　菲利普又想去吻她,这次她没有抵抗。菲利普显出一副感情热烈的神气,其实只是摆摆样子,他成功地扮演了风流情种的角色,而且自以为演得十分出色。

　　"我开始对你感到有点害怕了。"威尔金森小姐说。

　　"晚饭后你出来好吗?"他恳求说。

　　"除非你答应规规矩矩的。"

　　"随你说什么我都答应。"

　　现在,这股他半真半假地撩拨起来的情焰真的烧到他身上来了。下午用茶点的时候,他嘻嘻哈哈,十分快活,威尔金森小姐紧张不安地看着他。

　　"你那两只眼睛不该那样亮闪闪的,"她后来对他说,"你的路易莎伯母会怎么想呢?"

　　"我才不在乎她怎么想呢!"

　　威尔金森小姐快活地小声笑了笑。晚饭刚一吃完,菲利普就对她说道:"你陪我出去抽支烟好吗?"

　　"你就不能让威尔金森小姐歇一会儿?"凯里太太说,"别忘了,她可不像你那么年轻。"

　　"哦,我也想出去走走,凯里太太。"威尔金森小姐口气有点尖刻地说。

　　"午饭过后走一程,晚饭过后歇一阵。"牧师说。

　　"你伯母为人很好,但有时候却惹得我心烦。"他们到了屋外刚把边门带上,威尔金森小姐就这么说。

菲利普把刚点着的香烟往地上一扔,张开胳膊一把将她搂住。她想把他推开。

"你答应过要规规矩矩的,菲利普。"

"你总不见得认为我会信守这种诺言的,是吗?"

"别这样,离屋子太近了,菲利普。"她说,"万一有人突然从屋里出来,怎么办?"

菲利普把她带到菜园子里,这时候谁也不会上这儿来,而这一次,威尔金森小姐也不再想到蠼螋了。菲利普热烈地吻她。有一点他感到困惑不解:早晨他对她没有一点好感;下午觉得她差强人意;可是到了晚上,一碰到她的手便叫他兴奋不已。他说出一些自己怎么也想不到竟能说得出口的情意缠绵的话。如果在大白天,那他肯定说不出口,他自己听了那些话,也感到既惊讶又满意。

"你求起爱来倒真有一手。"她说。

他自己也是这么想的。

"哦,要是我能把心中燃烧的激情完全倾吐出来,那该多好啊!"他口气热烈地嘟囔道。

真是妙极了。他还从来没有玩过这样激动人心的游戏;奇妙的是,他所说的每句话几乎都是他心里想的,只是略带几分夸张而已。看到这一切在威尔金森小姐身上产生的效果,他极感兴趣,而且十分激动。最后,显然威尔金森小姐费了好大的劲才提出说她要回屋去了。

"哦,不要现在就走。"他嚷道。

"一定得走了,"她嘟囔道,"我心里害怕。"

他突然产生一种直觉,明白自己这时该如何行事。

"我现在不能进去,要待在这儿好好想想。我双颊发烫,需要吹点晚风凉一凉。再见。"

菲利普神情严肃地伸出手来,她默不作声地握着。他觉得她在竭力克制,不让自己发出呜咽声。哦,真不赖呀!他独自在黑乎乎的园子里,十分无聊地待了一阵,觉得也说得过去了,就走进屋子,发现威尔金森小姐已经上床睡觉去了。

从此以后,他们俩之间的关系就不一样了。第二天和第三天,菲利普表现得像个样子急切的情人。他发现威尔金森小姐爱上了自己,心里美滋滋地十分得意:她用英语对他这么说,也用法语对他这么说。她对他大加赞扬。以前,从来没有哪个人说他有一双迷人的眼睛,有一张性感的嘴。他一向不怎么在个人仪表上花费心思,但现在一有机会,就要志得意满地照照镜子。在他亲吻威尔金森小姐的时候,可以感受到那股似乎使她心灵震颤的激情,真是奇妙非凡。他经常吻她,因为他觉得这要比说些情意缠绵的话儿来得容易。不过,他本能地感到她期望自己能在她耳边喁喁情语。如今要向威尔金森小姐表示倾倒仰慕,仍使他觉得愚蠢可笑。他真希望周围有一个可以听他吹嘘一番的人,愿意跟这个人讨论自己谈情说爱时的细枝末节。有时威尔金森小姐说的话玄奥费解,叫他摸不着头脑。要是海沃德在这儿就好了,那就可以向他请教她的话究竟是什么意思,自己接下去最好采取什么行动。他拿不定主意,究竟是该加紧行事呢,还是顺其自然。现在只剩下三个星期的时间了。

"一想到假期快要结束,我就受不了,"威尔金森小姐说,"我难受得心都要碎了,而且,咱们俩也许就再也见不着了。"

"要是你真的喜欢我,就不会对我这么狠心。"他低声说。

"哦,咱们继续保持这样的关系,你为什么还不满足呢?男人都是一个样儿,永远没有满足的时候。"

在他逼迫之下,她说道:

"难道你没看到这是不可能的吗,在这儿怎么行呢?"

他提出种种方案,但她根本不肯去试一下。

"我可不敢冒这个险,要是被你的伯母发觉了,那就糟透了。"

一两天后,他想出一个似乎是万无一失的好主意。

"嗨,如果星期天晚上你假装头疼,提出要留下来看家,那么路易莎伯母就会上教堂去了。"

通常星期天晚上,为了让玛丽·安去做礼拜,凯里太太总是留在家里。不过要是有机会参加晚祷,她也会欣然前去。

菲利普在德国时已改变了对基督教的看法,但觉得没有必要告诉他的亲戚,也不指望得到他们的理解,看来还是默默地去教堂做礼拜可以减少麻烦。可是他只在早晨去一次,把这看成是对社会偏见做出的一种体面的让步;他拒绝晚上再去教堂,认为这是他维护自由思想的一种适当的表示。

当他提出这个建议时,威尔金森小姐沉默了一会儿,然后摇了摇头。

"不,我不干。"她说。

可是到了星期天下午用茶点时,她却叫菲利普感到相当意外。

"我今晚不想去教堂了,"她突然说,"我实在头疼得要命。"

凯里太太十分关心,一定要她服用几滴她自己平常习惯用的"头痛药水"。威尔金森小姐谢谢她的好意,喝完茶就马上说要回房去歇息了。

"你真的不需要什么了吗?"凯里太太焦虑地问。

"什么都不要了,谢谢您。"

"因为,如果那样的话,我可要上教堂去了。晚上我常常没有机会前去。"

"行,您放心去吧!"

"我在家里,"菲利普说,"如果威尔金森小姐需要什么,可以随时叫我。"

"你最好让客厅的门开着,菲利普,这样,要是威尔金森小姐打铃,你就可以听到了。"

"好的。"菲利普说。

于是六点钟以后,房子里就只剩下菲利普和威尔金森小姐两个人。菲利普反而感到忐忑不安。他真心希望自己没有提出这个计划,但现在已经太晚了。他必须抓住这个自己创造出来的机会。要是他打退堂鼓,威尔金森小姐会怎么想呢?菲利普走进门厅,侧耳细听,房子里悄无声息。他不知道威尔金森小姐是否真的头疼。也许她早就忘了他的那个建议。他的心痛苦地跳着。他蹑手蹑脚地爬上楼梯。楼梯嘎吱一响,他就吓得停了下来。他总算来到威尔金森小姐的房间外面,先侧耳听了听,然后把手放在门把上,又等了一会儿。他似乎在那儿待了至少五分钟,竭力想要拿定主意,那只手抖个不停。要不是怕自己事后会懊悔不已,他早就逃跑了。现在的情况就好像已经爬上游泳池的最高一层跳板。从跳板下面抬头往上看,似乎没什么大不了的;可是等你站到跳板上,低头凝视底下的水面时,心禁不住直往下沉。唯一迫使你纵身跳下去的原因,就是不愿丢脸地从刚才爬上来的阶梯上再畏畏缩缩地爬下去。菲利普鼓起勇气,轻轻地转动门把,走了进去。他觉得自己浑身发抖,有如风中的一片树叶。

威尔金森小姐背对着门,正站在梳妆台前,一听到开门声,她赶紧转过身来。

"哦,是你啊! 你要干什么?"

她已脱掉了裙子和上衣,只穿着衬裙站在那儿。衬裙很短,只拖到靴子的顶端;衬裙的上半部是用一种乌黑发亮的料子缝制成的,镶着一条红色的荷叶边。她上身穿着一件短袖的白色棉布衬衣,显得怪模怪样。菲利普看了,心里便凉了半截。她似乎从来没有显得这样缺少风韵,但现在已经太晚了。他随手把门关上,并上了锁。

35

菲利普第二天一大早就醒了。他睡得很不安稳,可是当他伸展开双腿,望着从软百叶帘里透进来的阳光在地板上交织成的图案,仍然满意地舒了口气。他有些扬扬自得。他开始想到威尔金森小姐。她要他叫她埃米莉,但不知什么缘故,他就是叫不出口。在他脑子里她始终是威尔金森小姐。既然称她威尔金森小姐会遭到她的责骂,他就干脆避免叫她的名儿。他小时候经常听人说起路易莎伯母有个妹妹,一个海军军官的遗孀,大家都管她叫埃米莉姨妈。现在要用这个名字来称呼威尔金森小姐,他觉得怪不自在的,而他也想不出什么更合适的称呼。她从一开始就是威尔金森小姐,而这个名字似乎跟他对威尔金森小姐的印象是分不开的。他微微皱起眉头。不知怎的,他现在总是看到她最糟的模样。他忘不了昨晚看到她穿着衬衣衬裙,回过身来时自己的沮丧心情。他想起了她那略显粗糙的皮肤,以及头颈旁边又深又长的皱褶。那种胜利的喜悦一下子就消失了。他又计算了一下她的年龄,不明白她怎么会不到四十岁。这样一来,这桩风流韵事就变得滑稽可笑了。她毫无姿色,年岁也不小了。他那灵敏的想象力马上勾画出她的形象:尽管涂脂抹粉,但仍然满脸皱纹,形容枯槁;那一身穿着,就她的地位而言,未免显得过于艳丽,而对她的年龄来说,似乎又太富有青春的气息。他打了个哆嗦,突然觉得自己再也不想见到她了。一想到自己竟然跟她亲嘴,他就受不了。他对自己的行为大为震惊。难道这就是爱情?

为了晚点和她见面,他穿衣时尽量耽搁时间,他最终走进饭厅,心情十分沮丧。祷告仪式已经结束了,大家正坐下来吃早饭。

"懒鬼!"威尔金森小姐快活地喊道。

他望着她,宽慰地舒了口气。她背朝窗口坐着,模样还是很可爱的。他不知道自己为什么对她会有那样的想法。他又自鸣得意起来。

他对她身上所起的变化大吃一惊。一吃完早饭,她就马上对他说她爱他,说话的声音因情绪激动而微微颤抖。过了一会儿,他们俩走进客厅去上唱歌课,她在琴凳上坐下,一行音阶只弹到一半,她就仰起脸来,说:

"拥抱我。"①

菲利普刚弯下身子,她就伸出两只胳膊一把搂住他的脖

①　原文是法语。

子。这可有点儿不大舒服,因为她这样紧紧地勾住菲利普,弄得他几乎透不过气来。

"啊! 我爱你,我爱你,我爱你!"①她用一口浓重的法国腔大声说。

菲利普真希望她能用英语讲话。

"嘿,不知你想到没有,花匠随时都有可能从窗口经过。"

"啊! 我不在乎那个花匠。我不在乎,我一点也不在乎。"②

菲利普觉得这一切简直好像法国小说里的场景,他不知道为何对此感到有点恼火。

最后他说:

"嗯,我想到海滩那儿去逛逛,洗个海水澡。"

"哦,你总不见得偏要在今天早晨丢下我一个人吧?"

菲利普不大清楚为什么今天就不行,但这没有什么要紧。

"你想要我留下来吗?"他微笑着说。

"哦,亲爱的! 不,你去吧,去吧。我要想象一下你驾驭着带咸味的海浪,在辽阔的海面上畅游的情景。"

他拿起帽子,悠闲地走开了。

"真是女人嘴里的蠢话。"他暗自说道。

不过他感到既兴奋,又快乐,又得意。显然她已完全被自己迷住了。他顺着黑马厩镇的大街一瘸一拐地朝前行走,带着点儿目空一切的神气,望着过往的行人。他跟许多人都有点头之交,他微笑着向他们打招呼的时候,心里暗想,要是他们知道自己的这桩风流事儿,那该多好啊! 他确实迫切希望有人知道。他觉得要给海沃德写信,而且在脑

ᗰᗰᗰᗰᗰᗰᗰᗰᗰᗰᗰᗰ

①② 原文是法语。

子里构思起来。他要在信中谈到花园和玫瑰,谈到那位娇小的法国家庭女教师;她像玫瑰丛中的一朵奇葩,香气馥郁,妖艳异常。他要把她说成法国人,因为——哎,她在法国住了那么长时间,几乎也算得上是法国人了。再说,你也知道,如果把整个事儿都照着原样和盘托出,也未免不太光彩。他要告诉海沃德他们初次相见时的情景:她穿着一件漂亮的薄纱衣裙,还献给他一朵鲜花。他把这一情景写得具有优美的田园诗的情调:阳光和大海赋予爱情以激情和魔力,星星更增添了诗意,古色古香的牧师公馆花园正是完美适宜的谈情说爱的场所。他的情人颇像梅瑞狄斯笔下的人物,虽说比不上露西·弗浮莱尔①,也比不上克拉拉·米德尔顿②,但是那种娇媚动人的样子,却不是言辞所能形容的。菲利普的心突突直跳。他为自己的奇思妙想而欣喜万分,因此当他湿淋淋地爬回海滩,直打冷战地钻进更衣车之后,便马上又遐想起来。他想起自己心爱的情人。他要这样来向海沃德描绘:她长着无比娇小可爱的鼻子、棕色的大眼睛,还有一头棕色的浓密柔软的头发,把脸埋在这样的头发里面,真是妙不可言;至于她的皮肤,好似象牙和阳光一样洁白光亮,而她的脸蛋则像一朵鲜红的玫瑰。她多大岁数?也许十八岁吧。他管她叫米塞特。她笑声清脆,宛如潺潺的溪水;说话的声音那么低沉柔和,他耳朵里还从未听到过如此甜美悦耳的音乐。

"你在想什么呀?"

①　露西·弗浮莱尔,梅瑞狄斯的小说《理查·弗浮莱尔的苦难》中的女主人公。
②　克拉拉·米德尔顿,梅瑞狄斯的小说《利己主义者》中的女主人公。

菲利普蓦地站住脚。他正慢腾腾地往家里走去。

"我在四分之一英里以外的地方就开始向你招手了,你却心神恍惚。"

威尔金森小姐站在他的面前,嘲笑他那副吃惊的样子。

"我想我得来接你。"

"你真是太周到了。"他说。

"是不是把你吓了一跳?"

"有一点儿。"他承认说。

他仍然给海沃德写了一封信,一共写了八页。

剩下的两个星期转眼就过去了。尽管每天晚上,他们吃过晚饭到花园里去的时候,威尔金森小姐总是说又一天过去了,但菲利普心情极为愉快,不想让这种想法来败坏自己的兴致。一天晚上,威尔金森小姐提出,要是她能辞去柏林的工作而在伦敦找份差事,那该多么令人高兴啊。这样他们就可以经常见面了。菲利普说要能那样就太开心了,但这种前景并没有在他心中激起一点热情。他期待着伦敦奇妙的生活,不愿受到任何拖累。他说到自己往后的打算时口气过于随便了些,威尔金森小姐一眼就看出,他已经巴不得离开这儿了。

"要是你爱我的话,就不会用这种口气说话了。"她哭着说。

他大吃一惊,闭口不说了。

"我多傻啊。"她嘟囔道。

完全出乎他的意料,她竟哭了起来。他心肠很软,一向不喜欢看到别人伤心落泪。

"哦,真抱歉。我哪儿做错啦?别哭了。"

"哦,菲利普,不要把我丢下。你不知道,你对我有多么重要。我的生活多么不幸，而你让我感到多么幸福。"

他默默地吻着她。她的声调里确实含着极大的痛苦，他害怕了。他压根儿没想到她的话完全出自内心，绝不是说着玩的。

"我实在很抱歉。你知道我十分喜欢你。我巴不得你能到伦敦来呢。"

"你知道我来不了。这儿几乎无法找到工作，而且我也讨厌英国的生活。"

菲利普被她的痛苦忧伤所打动，几乎没有意识到自己是在扮演一个角色，他抱住她，越搂越紧。她的泪水使他隐隐地感到有些得意，他充满激情地吻着她，这次倒是出于一片真心。

可是一两天后，她却当众大闹了一场。牧师公馆举行了一次网球聚会，来客中有两位年轻姑娘，她们的父亲是一个驻扎在印度的兵团的退休少校，新近才在黑马厩镇安家。这对姐妹都长得很漂亮，姐姐与菲利普年龄相同，妹妹大概小一两岁。姐妹俩习惯于同年轻男子交往（她们脑子里满是印度山间驻地的趣闻逸事，那会儿，拉迪亚德·吉卜林[①]的短篇小说风靡一时，大家都竞相阅读），跟菲利普嘻嘻哈哈地开起了玩笑，而菲利普也喜欢新奇——黑马厩镇的年轻女子对待牧师的侄子都有点儿一本正经——快活得不得了。在他心中出现的那个魔鬼的驱使下，他竟然放肆地跟那姐妹俩调起情来；由于这儿只有他一个年轻人，她们俩也相当乐意地加以迎合。正巧她们俩的网球都打得不错，而菲利普本来就厌倦了跟威

---

① 拉迪亚德·吉卜林（1865—1933），英国小说家、诗人。

尔金森小姐推来挡去的击球（她来到黑马厩镇时刚开始学打网球），因此等他用完茶点，安排比赛阵容时，便建议先由威尔金森小姐同副牧师搭档，跟副牧师太太对阵，然后他才跟新来的这对姐妹交锋。他在年长的奥康纳小姐身旁坐下，低声对她说：

"我们先把那些笨货打发掉，然后我们痛痛快快地打上一盘。"

显然，他的话被威尔金森小姐无意中听到了，她把球拍往地上一扔，说是头疼，转身便走。大家都看出来她生气了。菲利普看到她竟然当众使性子，十分恼火。他们撇开她，重新安排了阵容，但是不久凯里太太来叫他了。

"菲利普，你伤了埃米莉的感情。她回到房里，正在哭呢。"

"为什么要哭？"

"哦，说是什么笨货对局的事儿。快到她那儿去，说你不是有意要伤她的心的，好孩子。"

"好吧。"

他敲了敲威尔金森小姐的房门，但是无人应声，便走了进去。他发现她正合扑在床上哭泣。他轻轻拍了拍她的肩膀。

"嘿，究竟是怎么回事？"

"别管我，我再也不想跟你讲话了。"

"我哪儿做错啦？如果我伤了你的感情，那我实在抱歉。我不是有意的。嘿，快起来吧。"

"哦，我真是不幸。你怎能对我这么狠心？你知道我讨厌那种无聊的运动。我只是为了想和你在一起玩才打网球的。"

她站起身,向梳妆台走去,朝镜子里飞快地扫了一眼,然后倒在椅子里。她把手帕捏成个小球,轻轻地擦拭眼角。

"一个女人能给男子的最宝贵的东西,我已经给了你——哦,我真傻呀——而你却毫无感激之情。你一定是个毫无心肝的人。你怎么能这么残忍地折磨我,跟那两个粗俗不堪的女孩吊膀子。我们只剩下一个多星期了。你连这么点时间都不能来陪陪我吗?"

菲利普满脸不高兴地站在一旁望着她。他觉得她的举动幼稚愚蠢,对她当着外人的面乱发脾气感到相当恼火。

"但是你知道,我对那两位奥康纳小姐一点也不在意。你究竟凭什么认为我喜欢她们呢?"

威尔金森小姐收起手帕。那张搽了粉的脸上满是泪痕,头发也有些散乱。这时候,那件白色的衣裙对她就不怎么合适了。她用饥渴的、情意绵绵的目光望着菲利普。

"因为你和她都只有二十岁,"她嗓音嘶哑地说,"而我已经老了。"

菲利普涨红了脸,把目光转向别处。她那悲痛欲绝的声调使他感到异常不安。他真心希望自己从未跟威尔金森小姐有过什么关系,若是那样就好了。

"我并不想让你痛苦难受。"他局促不安地说,"你最好还是下楼去照看一下你的朋友们。他们不知道你究竟怎么了。"

"好吧。"

他总算可以脱身了,心里很高兴。

他们俩吵了一架后,很快就和好了。可是在剩下为数不多的几天里,菲利普有时也十分厌烦。他只想谈谈将来的打算,但是一提到将来,威尔金森小姐总是直掉眼泪。一开始,她的泪水还能打动他,使他感到自己薄情寡义,于是他一再向她表白自己那永恒不变的爱情。可是如今,她的泪水却把他惹恼了:如果她是个姑娘,倒还说得过去,可是像她那样一个成年女子,老是哭哭啼啼的,实在太蠢了。威尔金森小姐不断地提醒他欠她的那份恩情,那是他永远也偿付不了的。既然她老是强调这一点,他也愿意承认;不过,他实在不明白为什么自己得感激她,而不是她该感激自己。她要菲利普从许多方面来做出感恩图报的表示,这可实在烦人。他一向习惯于孤身独处,有时这种生活对他是必不可少的。可是威尔金森小姐觉得,如果他不始终待在她的身边,对她唯命是从,就是刻薄无情。两位奥康纳小姐曾邀请他们俩去喝茶,菲利普当然乐意前往,但威尔金森小姐却说,她只剩下五天的时间了,要菲利普把全部时间都用来陪她。尽管这种说法相当悦耳动听,但做起来实在叫人厌烦。威尔金森小姐向他谈起法国男子要是和漂亮女人好上了,就像菲利普跟她威尔金森小姐那样,会表现得怎样体贴入微的趣闻逸事。她称赞法国男子殷勤有礼,渴望自我牺牲,极为机敏老练。威尔金森小姐似乎要求很高。

菲利普听她列举了一个完美情人所必须具备的种种品质,不禁暗自庆幸,幸亏她住在柏林。

"你会给我写信的,是吗?每天都要给我写信。我想知道你所做的一切,不要对我有任何隐瞒。"

"我会忙得不可开交,"他答道,"我尽量常给你写信就是了。"

她猛地张开胳膊,热烈地搂住菲利普的脖子。菲利普有时被她这种爱情的表示弄得困窘不堪,他宁愿她表现得被动一些。她竟然对他做出那么明显的暗示,真有点叫他震惊,这与他早先形成的有关女性端庄稳重的想法完全不符。

最终威尔金森小姐预计动身的日子来到了。她走下楼来吃早饭,脸色苍白,神情抑郁,身上穿着一件经久耐穿的黑白格子旅行服装,看上去是个十分称职的家庭女教师。菲利普也默不作声,因为他不大清楚在这种场合该说些什么,很怕说出什么轻率的话,惹得威尔金森小姐在他大伯的面前失声痛哭,大吵大闹。头天晚上,他们已经在花园里相互告别过了,这会儿,看来两人再也没有机会单独待在一起了,菲利普松了口气。早饭以后,他一直待在饭厅里,免得威尔金森小姐硬要在楼梯上吻他。他不想在他们这种丧失颜面的境地中被玛丽·安撞见。玛丽·安已接近中年,说话尖酸刻薄。她不喜欢威尔金森小姐,私下管她叫老猫。路易莎伯母身体不是很好,无法到车站去给威尔金森小姐送行,就由牧师和菲利普代她前去。就在火车快要开动的时候,威尔金森小姐探出身子,吻了凯里先生。

"我也得吻吻你,菲利普。"她说。

"好吧。"他红着脸说。

他站到台阶上,威尔金森小姐迅速地吻了吻他。火车开动了,威尔金森小姐坐到车厢的角落里,凄然泪下。在回牧师公馆的路上,菲利普显然感到如释重负。

"哎,你们把她平平安安地送走了吗?"路易莎伯母在他们进屋时这么问道。

"送走了,她似乎眼泪汪汪的。她硬要吻我和菲利普。"

"哦,这个,在她那样的年纪,也没什么危险。"接着凯里太太指了指餐具柜,"菲利普,那儿有你的一封信,是随第二班投递的邮件来的。"

信是海沃德寄来的。全文如下:

亲爱的老弟:

　　我马上给你回信。我冒昧地把你的信念给我的一位挚友听了。她是个娇艳可爱的女子,一个对文学艺术具有真正的鉴赏力的女子。她的帮助和同情对我是十分宝贵的。我们俩都认为你的信写得美妙动人。你的信发自肺腑。你不知道,字里行间洋溢着多么令人愉快的天真烂漫的气息。正因为你在恋爱,所以你下笔时就像个诗人。啊,亲爱的老弟,这才是真正的爱情。我感觉到你那火热的青春激情;信上的语句都出于真挚的情感,如同音乐一般悠扬动听。你一定很幸福! 当你们俩手挽着手,像达佛涅斯和克洛伊①一样在百花丛中漫步的时候,我真希望自己也能在场,躲在那座被施了魔法的花园里。我可以看到你,我的达佛涅斯,温存、热烈、欣喜若狂,眼睛里闪烁着初恋的光芒;而你怀里的克洛伊,那么年轻、温柔、娇嫩,她发誓绝不同意——最后还是同意了。玫瑰、紫罗兰、忍冬花! 哦,我的朋友,我真羡慕你。想到你的初恋非常富有诗意,实在令人高兴。珍惜这宝贵的时刻吧,因为永生的诸神已把世上最珍贵的礼物赐给了你,这种既甜蜜又忧伤的回忆,将一直伴随到你临终的那一天。你往后

----

① 达佛涅斯和克洛伊,古希腊田园传奇中被后人视为楷模的一对天真无邪的情侣。

再也领略不到这种无忧无虑的销魂极乐了。初恋是最宝贵的爱情；她容貌秀丽，你青春年少，整个世界都属于你们。你怀着值得钦佩的纯朴情感，告诉我说你把脸埋在她那头长长的秀发之中，那会儿，我感到自己的脉搏加快了。我相信那准是一头纤美的栗色秀发，看上去似乎微微抹了一层金色。我要让你们俩并排坐在枝繁叶茂的树下，一起阅读《罗密欧与朱丽叶》。然后我要你双膝跪下，代表我亲吻那留有她脚印的地面，并转告她，这是一个诗人对她那灿烂的青春和你对她的爱情所表示的敬意。

永远是你的

G.埃瑟里奇·海沃德

"真是瞎胡扯！"菲利普看完信说。

说也奇怪，威尔金森小姐的确曾提议他们俩一起看《罗密欧与朱丽叶》，但是遭到菲利普的坚决拒绝。接着，在他把信放到口袋里的时候，感到一阵莫名其妙的痛楚，因为现实与理想竟然判若云泥。

36

几天以后，菲利普到伦敦去了。副牧师曾提议他住在巴恩斯①，于是菲利普写信去那儿租了一套房间，租金是每星期十四先令。他到那儿已是薄暮时分。女房东是个古怪的老婆子，身子矮小而干瘪，脸上的皱纹很深。她为菲利普准备了顿

---

① 巴恩斯，伦敦西南的一个地区。

便餐①。起居室内的大部分地方都给餐具柜和一张方桌占据了，靠墙一侧放着一张覆盖着马鬃的沙发，壁炉旁配置了一把扶手椅，椅背上罩着白色的椅套，椅面上的弹簧坏了，所以上面放了个硬垫子。

吃完便餐，菲利普解开行李，整理好书籍，随后坐下来想看看书，却心情沮丧。街上的寂静使他有点焦虑不安，他感到十分孤单。

第二天他一早就起来了，穿好燕尾服，戴上在学校念书时戴的大礼帽；那顶礼帽已很破旧，他决定在去事务所的途中到百货店去买顶新的。买好帽子，他发觉时间还早，便沿着河滨街②朝前走去。赫伯特·卡特先生公司的事务所坐落在大法官法庭巷附近的一条小街上，菲利普不得不问了两三次路。他觉得街上的行人老是目不转睛地望着自己，有一次他摘下帽子，看看是否自己一时疏忽，把标签留在上面了。到了事务所，他敲了敲门，里面无人应声。他看了看表，发现刚刚九点半，心想自己来得太早了。他转身走开，十分钟后又回来，这次一个勤杂工前来开门。这个勤杂工长着个长鼻子，满脸粉刺，说起话来带有一口苏格兰腔。菲利普说要找赫伯特·卡特先生。他还没有来上班。

"他什么时候来这儿？"

"十点到十点半之间。"

"我还是等他一下吧。"菲利普说。

"你有什么事？"那个勤杂工问。

---

① 便餐，原文是 high tea，指傍晚前后吃的膳食，通常有茶，代替晚上正餐。
② 河滨街是伦敦老城和西区之间的通衢。

菲利普有点紧张不安,但想用诙谐的口气来掩饰内心的慌张。

"嗯,如果你不反对的话,我打算在这儿工作。"

"哦,你是新来的练习生? 请进来吧。古德沃西先生一会儿就到。"

菲利普进了事务所,他一边走,一边发现那个勤杂工——他跟菲利普的年龄差不多,自称是初级办事员——正瞅着他的脚,菲利普一下子飞红了脸,赶紧坐下来,把那只畸形的脚藏到另一只脚的后面。他环视了一下办公室,室内光线暗淡,而且十分肮脏,就靠屋顶天窗透进来的光线照明。室内有三排办公桌,桌前靠着高脚凳。壁炉台上挂着一幅画面污秽的职业拳击赛的版画。不久有个办事员走了进来,接着又来了一个。他们瞟了菲利普一眼,低声问那个勤杂工他究竟是什么人(菲利普发现那个勤杂工名叫麦克杜格尔)。这时耳边响起一声口哨,麦克杜格尔站起身来。

"古德沃西先生来了,他是这儿的常务办事员。要不要我去对他说你来了?"

"好的,谢谢。"菲利普说。

勤杂工走出去,不一会儿又回来了。

"请这边来好吗?"

菲利普跟着他穿过走道,被带到另一间陈设简陋的小房间。里面背对壁炉,站着个瘦小的男子,个头比中等身材还矮了一大截,但脑袋却很大,似乎松软地耷拉在身躯上,模样异常难看。他的脸庞宽阔而扁平,两只暗淡无神的眼睛朝外凸出,稀疏的头发黄中带红,脸上胡子乱蓬蓬的,在应该长满须髯的地方却偏偏光溜溜的。他的皮肤白里泛黄。他向菲利普伸出手来,面带微笑,露出一口蛀牙。他说话时,显示出一副纤尊降贵的神态,同时又有几分畏怯,似乎他感到自己微不足道,却偏要摆出一副举足轻重的气派。他说他希望菲利普会喜欢这份工作,当然其中有不少烦琐乏味之处,但一旦习惯了,仍会感到相当有趣。而且能够赚钱,这才是主要的,对吗?他带着那种既高傲又畏怯的古怪神情笑了起来。

"卡特先生一会儿就到,"他说,"星期一早晨,他有时来得晚一点。他来了我会叫你的。眼下我得找点事儿给你干干。你懂不懂一点簿记或记账?"

"恐怕不懂。"菲利普回答说。

"我想你也不懂。那些商业中很管用的学问,学校里恐怕都是不教的。"他沉思了片刻,"我想我能找到点事儿给你干干。"

他走进隔壁房间,隔了一会儿出来时,手里捧着个大纸板箱,里面放着一大堆乱七八糟的信件。他叫菲利普先把信件分类,再按写信人姓氏的字母顺序整理好。

"我把你带到练习生平时办公的房间去。那儿有个很好的小伙子,名叫沃森,他是沃森·克拉格·汤普森公司的老板沃森的儿子——你也知道——是做酿酒买卖的。他要在我们这儿见习一年。"

古德沃西先生领着菲利普穿过那间昏暗肮脏的办公室(眼下有六到八个办事员在那儿办公),走进后面一个狭小的房间,那是用玻璃隔板隔成的一个单独的套间。他们看到沃森正惬意地靠在椅子上,看着《运动员》杂志。他是个身材高大、体格健壮的年轻人,衣着十分讲究。古德沃西先生进去时,他抬起头来。他对常务办事员直呼其名,借以显示自己的身份非同寻常。常务办事员对他的这种亲近的样子不以为然,针锋相对地称他沃森先生,可是沃森并不明白这是一种责备,而把这一称呼看成对他本人绅士气派的一种恭维。

"我看到他们把里戈莱托撤下来了。"等到只剩下他们两个人时,他对菲利普说。

"是吗?"菲利普说,他对赛马一无所知。

他用敬畏的目光望着沃森那身华丽的衣服。沃森的燕尾服十分合身,在系着的大领带中央,巧妙地别着一枚贵重的扣针。壁炉台上放着他的大礼帽,帽子漂亮入时,形似大钟,闪闪发亮。菲利普感到自己穿得十分寒酸。沃森开始谈起狩猎来——在这个该死的办公室里浪费时光,实在叫人腻烦透了,他只能在星期六去打猎——接着又谈到了射击,全国各地都纷纷向他发出邀请,多有意思,当然他只好婉言谢绝。真是倒霉透了,但他不打算长久地忍受下去,只想在这个鬼地方待一年,然后就去做买卖经商。到那会儿,他可以每个星期打四天猎,还可以参加各地的射击比赛。

"你得在这儿挨上五个年头,是吗?"他说,一面伸出胳膊朝小房间四下一挥。

"我想是吧。"菲利普说。

"我看咱们以后还会经常见面的。你也知道,我们公司的账务是委托卡特管的。"

菲利普有点儿被这位年轻绅士的屈尊俯就的气度镇住了。在黑马厩镇,人们对酿酒业总怀有几分不算失礼的鄙夷之意,牧师也常常拿酿酒业开上几句玩笑。而如今菲利普发现,沃森竟是这样一个举足轻重、气派非凡的家伙,完全出乎他的意外。他在温彻斯特公学和牛津大学念过书,交谈中他反复提到这一点，给人留下深刻的印象。当他了解到菲利普受教育的详细情形后，越发摆出一副纡尊降贵的神态。

"当然啰，一个人如果不上公学，那类学校算是接下来最好的学校了，是吗？"

菲利普问起事务所内其他人的情况。

"哦，你知道，我可不在他们身上花费心思。"沃森说，"卡特这个人不坏。我们不时请他来吃顿饭。其余都是些粗俗的家伙。"

不久，沃森就埋头处理手头的事务，菲利普也开始整理信件。接着古德沃西先生进来说卡特先生到了。他把菲利普带到自己办公室隔壁的一个大房间里。房里放着一张大办公桌，两把大扶手椅；地板上铺着土耳其地毯，四周墙上挂着好几幅体育图片。卡特先生正坐在办公桌旁，一看到他们进来，便站起身来跟菲利普握手。他穿着长礼服大衣，样子像个军人，八字须上了蜡，灰白的头发又短又整齐，腰板儿笔直，说话时谈笑风生，家住在恩菲尔德①。他十分喜爱体育运动，刻意追求乡间生活的好处。他是哈福德郡义勇骑兵队的军官，也是保守党人协会的主席。当地有位大人物说，谁也不会把他当作一位在伦敦做买卖的人看待，他听说之后，觉得自己的这一生总算没有虚度。他和蔼可亲、相当随便地跟菲利普交谈着。古德沃西先生会照看他的。沃森这个人不错，是个彻头彻尾的绅士，还是个出色的猎手——菲利普打猎吗？多可惜，这可是上流绅士的消遣。

～～～～～～～～～

　① 恩菲尔德，位于伦敦北面的一个城镇。

如今他没有什么机会去打猎了,只好让给儿子去做。他儿子在剑桥大学念书,以前上过拉格比,出色的拉格比公学,那儿培养的都是品学兼优的学生。再过一两年,他儿子也要来这儿当练习生,那对菲利普会有好处,菲利普准会喜欢他儿子的,他是个身手出众的好猎手。他希望菲利普进展顺利,喜爱这项工作。他要给见习生讲课,菲利普可不要错过了。他们正想提高这一行的声势,需要物色一些上流绅士。好啦,好啦,古德沃西先生就在那儿,如果菲利普还想了解什么情况,古德沃西先生会告诉他的。他的字写得怎么样?啊,好啦,古德沃西先生会做出安排的。

菲利普被这种洒脱不羁的绅士风度弄得不知所措,因为在东英吉利,人们知道谁是上流绅士,谁算不得上流绅士,然而上流绅士从来不谈论这个问题。

37

一开始,由于工作新鲜,菲利普倒还感兴趣。卡特先生向他口授信稿,他还得誊清账目结算表。

卡特先生比较喜欢以绅士的方式来经营事务所;他不愿与打字文稿沾边,对速记也没有什么好感。那位勤杂工会速记,但只有古德沃西先生利用他的这项专长。菲利普经常跟一位经验比较丰富的办事员去某家商行查账。他逐渐明白了客户的情况:对哪些客户必须恭敬有礼,而哪些客户手头拮据。人们不时交给他一长串一长串的数字要他相加计算。为了应付第一次考试,他还要去听课。古德沃西先生一再地对他说,这项工作起初会显得枯燥乏味,但他慢慢就会习惯的。菲利普六点钟下班,步行过河来到滑铁卢区。等他到了住所,晚饭已经准备好了。他整个晚上都在家里看书。每个星期六下午,他总去国家美术馆转上一圈。海沃德曾推荐他看一本参观指南,那是根据罗斯金的著作编纂而成的。菲利普手里拿着这本指南,不辞辛劳地从一间陈列室走到另一间陈列室:他先是仔细阅读这位批评家对某幅名画的评论,然后非要在画面上看出同样的精妙之处不可。星期天的时间就很难打发了。他在伦敦一个人也不认识,经常只好独自消磨时间。有个星期天,律师尼克松先生请他去汉普斯特德①做客,于是菲利普跟一伙精力充沛的陌生人一起度过了愉快的一天。酒足饭饱之后,他还到石南丛生的荒原上转了一圈。辞别的时候,主人泛泛地请他高兴时再来玩。但是他深恐自己的来访会打扰主人,因此一直在等候正式的邀请。当然,他再也没等到,因为尼克松家有那么多朋友,不会想到这个孤独、沉默的年轻人,况且他也没有什么权利要求他们对他加以款待。因此,每逢星期天,他总是很迟才起床,然后就在河滨的纤道②上散步。巴恩斯那儿的泰晤士河,河水浑浊肮脏,随着海潮涨落。那儿既没有船闸上游一带景色迷人的旖旎风光,也见不到伦敦桥下那种水流汹涌的壮观奇景。下午,他在公用草地上四处转悠。那儿也是灰蒙蒙的,十分肮脏,既不属于乡村,也算不上城镇;金雀花长得又矮又小,到处都是文明世界扔出来的杂乱废物。每星期六晚上,他总要去看场戏,兴致勃

---

① 汉普斯特德,伦敦西北郊的住宅区。
② 纤道,旧时河流沿岸马拉拖船所走的路。

勃地在顶层楼座的厅门旁站上一个多小时。在博物馆关门后，去 A.B.C. 咖啡馆①吃饭还嫌太早，要在这段时间里回巴恩斯一次，似乎不大值得。他真不知道该怎样消磨这段时间。他不是沿着邦德街信步闲逛，就是缓缓穿过伯林顿拱道，走累了，就去公园里坐上片刻，如果碰到下雨天，就到圣马丁街的公共图书馆去看看书。他瞅着街上过往的行人，羡慕他们都有良朋好友。有时这种羡慕会变成憎恨，因为他们那么幸福，而自己却如此悲苦。他从来没有想到，身处一座大城市，竟会如此孤寂。有时他站在顶层楼座的门边看戏，身旁的看客想要跟他攀谈，但菲利普出于乡巴佬对陌生人固有的猜疑，总是冷淡地回答，致使交往无法深入。戏散场后，他只好把自己的观感闷在心里，匆匆穿过大桥来到滑铁卢区。他回到自己的住所（为了省钱，房间里都没有生火），心里十分沮丧。生活多么凄凉。他开始厌恶这个住所，厌恶在这儿度过的冷清而漫长的夜晚。有时候他孤独得连书也看不进去，于是就一小时又一小时地坐在那儿望着炉火出神，陷于极大的苦恼之中。

　　这时候他已在伦敦住了三个月，除了在汉普斯特德度过的那个星期天外，他至多也只是跟事务所的同事们交谈过几句。有天晚上，沃森请他去饭店吃饭，随后又一块儿上歌舞杂耍剧场，但他感到有些畏缩，浑身都不自在。沃森嘴里喋喋不休，说的都是一些他不感兴趣的事。尽管他把沃森看作毫无文化修养的市侩，但又禁不住佩服他。他感到

---

① A.B.C. 咖啡馆，指由伦敦泡腾面包公司（Aerated Bread Company）经营的一家咖啡馆。

气恼,因为沃森显然并不把他的文化修养放在眼里,可是根据别人的评价再对自己重新加以估量,他也开始鄙视起自己那一肚子素来自认为并非无足轻重的学问来了。他生平头一次感到贫穷的耻辱。他大伯每月寄给他十四英镑,他必须靠这笔钱添置许多衣服。那套晚礼服就花了他五个畿尼。他不敢告诉沃森这套晚礼服是在河滨街买的。沃森说整个伦敦只有一家真正像样的裁缝店。

"我想你不跳舞吧?"有一天,沃森朝菲利普的那只畸形脚看了一眼,说。

"不跳。"菲利普说。

"真可惜。有人要我带几个会跳舞的人去参加舞会。要不然,我倒可以介绍你认识几个讨人喜欢的姑娘。"

有一两次,菲利普实在不愿意回巴恩斯,就留在城里,夜晚时间已经很迟了,他仍在西区①游荡。忽然他发现有一所宅子,里面正在举行社交聚会。他混在一小群衣衫褴褛的人里面,站在仆役的背后,看着宾客们陆续到来,倾听着从窗口飘送出来的音乐。有时一对男女,不顾天气寒冷,仍到阳台上站一会儿,呼吸几口新鲜空气。菲利普想象他们俩一定是热恋中的情侣,他赶紧转过身子,怀着沉重的心情,沿着街道一瘸一拐地朝前走去。他永远也无法处于阳台上那个男子的境地。他觉得世上没有哪个女子会真心不对他的残疾感到厌恶。

这使他想起威尔金森小姐。但想到她,心里却并不感到满意。分手前他们曾经约定:她在知道他的确切地址前,先把

---

① 西区是伦敦的高等住宅区。

信投寄到查林十字架①的邮局。菲利普到那儿取信时，一下子就拿到了她的三封来信。她用的是紫墨水、蓝信纸，而且是用法语写的。菲利普不明白她为什么不能像个有见识的女人那样用英语写呢？她那感情热烈的话语一点也不能激起他的兴趣，因为信的措辞使他想起了法国小说。她责怪菲利普不给她写信，他回信推托说自己工作很忙。起初他还不大知道信上该用什么抬头，他实在不想用最亲爱的或者心肝宝贝之类的称呼，也不愿意称她埃米莉，所以最后就用了亲爱的这样的抬头。这个称呼孤零零地待在那儿，看上去不但古怪，而且也有点儿傻气，然而他还是这么用了。这是他生平所写的第一封情书，他自己也感到写得平淡乏味。他觉得，应该向她倾吐各种热情洋溢的言辞，说他如何时时刻刻都在思念她，如何渴望吻她美丽的双手，如何一想到她那两片红色的嘴唇就浑身颤抖，但是，出于某种无法说明的羞怯，他并没有这样写，而只是向她谈了自己的新住所和事务所的情况。她的回信由下一班回程邮递送来了，信上充满气愤、悲伤、责备的言辞：他怎么能这样冷酷无情？难道他不知道她在热切地等待他的回信？她把一个女人所能给予的都奉献给了他，竟然得到这样的回报。是不是他已经对她厌倦了？接着，因为他好几天没有回信，威尔金森小姐就接二连三地向他寄来一封封书信。她无法忍受他的薄情寡义；她等着邮差来投递邮件，却总见不到他的书信。每天夜晚，她都是哭着入睡的。如今她满脸病

①　查林十字架，伦敦一个不规则的广场，在河滨街的西端，特拉法尔加广场之南。1791年，英国国王爱德华一世曾于此地立十字架，以纪念其王后灵柩停留之所。

容,大家都议论纷纷。要是他不爱她,为什么不干脆直说呢?接着她又说,没有他,她就活不下去,唯一的法子就只有自寻短见。她说他冷酷自私,忘恩负义。所有这些都是用法语写的。菲利普清楚她这么做是为了卖弄才学,然而,他仍然被搞得忧心忡忡。他并不想使她伤心。过了不久,她又来信说她再也忍受不了这样的分离了,要设法到伦敦来过圣诞节。菲利普回信说,他觉得那是再好不过的事,只是他已跟朋友约好了要到乡下去过圣诞节,他想不出怎样不去践约。她回信说,她并不想死乞白赖地缠住他,显然他不希望见到自己;她为此深感痛心,她绝没想到他会这样严酷无情地报答她的一片痴情。她的信写得委婉动人,菲利普觉得似乎见到了信纸上的泪痕。他一时冲动,写了一封回信,表示万分抱歉,并且恳求她到伦敦来,等到收到她的回信才算松了口气,因为她信上说,自己实在无法抽身。不久,每逢威尔金森小姐的信一到,他的心就直往下沉,迟迟不愿拆开。他知道信里的内容无非是愤怒的责备和哀婉的恳求。这些信让他感到自己真是个人面兽心的家伙,可是他看不出自己有什么地方该受责备。他不愿回信,一天天地往后延搁,接着她又寄来一封信,说她得了病,感到寂寞而痛苦。

"天哪,当初真不该跟她发生什么关系。"他说。

他很佩服沃森,因为他处理起这种事情来一点也不费劲。这个年轻人跟巡回剧团里的一个姑娘勾搭上了,他叙述的这段风流韵事叫菲利普惊羡不已。可是过了不久,沃森变心了。一天,他向菲利普叙述了跟那姑娘决裂的经过。

"我觉得在这种事上犹豫不决没有什么好处,因此我只是对她说,我已经对你感到腻味了。"他说。

"她没有大吵大闹吗?"菲利普问。

"你也知道,这是免不了的。但我对她说,跟我来这一套是没什么用处的。"

"她哭了吗?"

"她开始哭了,但我真受不了那些哭哭啼啼的娘儿们,所以我对她说,她还是趁早溜吧。"

随着年岁的增长,菲利普的幽默感也越发敏锐了。

"她就这么溜走了?"他笑着问。

"嗯,除此以外,她还能做什么呢,是吧?"

圣诞节假期越来越临近了。整个十一月,凯里太太一直在害病,医生建议她和牧师在圣诞节前后去康沃尔住上几个星期,让她恢复体力。这样一来,菲利普就没有地方可去了,只好在自己的住所里过圣诞节。在海沃德的影响下,菲利普也相信圣诞节期间的那一套庆祝活动既庸俗又粗野。因此他决定不去理会这个节日。可是到了这一天,他仍然奇特地受到周围欢乐的节日气氛的影响。房东太太和丈夫要同已出嫁的女儿过节去了,菲利普为了免去麻烦,宣布他要到外面去吃饭。将近中午,他才前往伦敦,独自在加蒂餐馆吃了一片火鸡和一客圣诞布丁。饭后他闲着没事,便到威斯敏斯特教堂去参加午祷礼拜。街道上几乎空荡荡的,不多的几个行人都带着心事重重的神色;他们并不是信步闲逛,心目中都有着确切的目标,而且几乎没有人独自行走。在菲利普看来,他们似乎都很幸福。他生平还从来没有像现在这样感到孤苦伶仃。他本来打算不管怎样要在街上把这一天打发掉,随后到一家饭馆去吃顿晚饭。可是他再也无法面对眼前出现的那些兴高采烈的人群(他们都在说说笑笑,尽情欢乐),因此就又走回滑铁卢区。在穿过威斯敏斯特桥路时,他买了一些火腿和几块百果馅饼,回到巴恩斯来。他在冷清清的小房间里把这些食物吃了,晚上就看书消遣,心头沮丧得几乎无法忍受。

节后回事务所上班时,沃森谈到自己怎样度过这个短暂的节日,菲利普听了心里痛苦万分。他们家来了几个欢快活泼的姑娘,晚饭后,他们把起居室腾出来,开了个舞会。

"我一直玩到三点钟才上床,也不知道是怎么爬上床的。我确实喝醉了。"

最后,菲利普悲观失望地问道:

"在伦敦,人们是怎么结交朋友的?"

沃森惊讶地望着他,暗自觉得好笑,神色中还略带几分鄙夷。

"哦,我也不知道,就这么认识了嘛。如果你去参加舞会,就会马上认识许多人,只要你应付得了,想认识多少都行。"

菲利普并不喜欢沃森,然而他情愿牺牲自己的一切,来换取沃森的地位。从前在学校里有过的那种想法如今又出现在他的心中。他想让自己钻到别人的躯壳中,想象自己要是沃森的话,生活会是什么样子。

38

到了年底,有一大堆事务要处理。菲利普跟一个叫汤普逊的办事员四处奔忙,整天一成不变地把账本上的一项项开支项目报给那个办事员听,让他核对;有时候,菲利普还得把项目繁多的账页上的数字统统加起来。他生来不善于计算,只能把数字慢慢地往上加。汤普逊对他计算中的错误相当恼火。这位同事个子瘦长,年纪四十左右,皮色灰黄,头发乌黑,胡须乱蓬蓬的,双颊凹陷,鼻子两侧的皱纹很深。他不喜欢菲利普,因为菲利普是个练习生,也因为这小子付得起三百个畿尼,能在这儿混上五年,往后也许有发迹成功的机会;而他呢,既有经验又有能力,却至多只能当个周薪三十五先令的办事员。他家里人口众多,生活负担很重,因而性子暴躁。他觉得在菲利普身上看到一股傲气,感到颇为愤恨,因为菲利普受到比他本人更良好的教育,他经常加以讥讽。他嘲笑菲利普的发音;他无法原谅菲利普说话时不带伦敦腔,因此在跟菲利普讲话时,挖苦地把 h 这个字母的音发得特别响①。一开始,他的态度只是相当粗暴,令人反感。可是等他发现菲利普丝毫没有当会计师的天赋时,就专以羞辱他取乐。他的攻击既粗野又愚蠢,却给菲利普的心灵带来伤害;菲利普出于自卫,也摆出一种自己以前没有意识到的神气活现的样子。

"今天早上洗澡了吧?"有天菲利普上班迟到了,汤普逊这么问道。如今,菲利普已不像早先那样守时了。

"是啊。你没有洗吗?"

"没有,我又不是上流绅士,只是个办事员而已。我只在星期六晚上洗个澡。"

"我想,这就是你星期一比平时更叫人讨厌的缘故吧。"

"今儿要屈尊大驾,把几笔款子的数目简单地加一加,恐怕这对一个懂拉丁文和希腊文的上流绅士来说,要求太高

---

① 伦敦土音中字母 h 往往不发音,汤普逊故意把它发得很响,是要学菲利普的发音,以示挖苦之意。

了吧。"

"你想说点儿挖苦话,可说得不大高明。"

不过菲利普心里清楚,其他那些薪水微薄、举止粗鲁的办事员都比自己管用。有一两次,古德沃西先生对他也变得不耐烦起来。

"到现在你实在也该干得好一点了。"他说,"你甚至还不如那个勤杂工机敏呢。"

菲利普板着脸听着。他不喜欢受人责备。有时候,古德沃西先生不满意他誊写的账目,又交给另一个办事员去重抄一遍,这也使他感到丢脸。起初,由于这项工作比较新鲜,还算可以凑合,可是现在却越来越令人厌烦;况且他发现自己又没有这方面的才能,就开始恨起这份工作来了。他常常把分配给他的活儿扔在一旁,在事务所的信纸上随手涂画,白白浪费时间。他为沃森画了各种想象得到的不同姿态的素描画,他的绘画天赋给沃森留下很深的印象。有天沃森忽然想到把这些画带回家去,第二天上班时,带来了他全家人的赞扬。

"我纳闷你怎么不去当个画家,"他说,"只是靠这玩意儿当然赚不了钱。"

过了两三天,卡特先生正巧到沃森家吃饭,这些素描也拿给他看了。第二天早晨,他派人去把菲利普叫来。菲利普难得见到他,对他感到有些敬畏。

"嗨,年轻人,你下班后干些什么,我可不在乎,但是我看到了你的那些画,都是画在事务所的信纸上,而且古德沃西先生也告诉我说现在你有些松松垮垮。要是你不加劲地干,你身为一个特许会计师,往后是搞不出什么名堂来的。这是一个体面的行当,我们正在吸引一批有才干的人士来从事,但是要干这一行,你就得……"他想找个恰当的词语来结束他的谈话,但一时想不出来,最后只好相当平淡地收场,"就得加劲地干。"

要不是有约在先——如果他不喜欢这份工作,可以在一年后离开,并可收回所付合同费用的一半,也许他就会安心地干下去了。他觉得自己适合干点比算账更有出息的工作。他连这种低贱的事都干得这么糟,实在丢脸。跟汤普逊争吵斗嘴,也弄得他心烦意乱。三月里,沃森在事务所的一年见习期满了,尽管菲利普并不怎么喜欢他,但是见到他走,心里又有点儿惋惜。事务所的其他办事员对他们俩都没有好感,因为他们俩所属的阶层要略微高过他们一点,这一事实无形中促使他们结成同盟。菲利普一想到自己还得跟这批枯燥无味的家伙一起待上四年多,心就凉了半截。他原指望在伦敦会有锦绣的前程,结果却一无所获。如今他痛恨这座城市。他一个人也不认识,也不知道该怎样去跟别人结交。他已厌倦了独自到处转悠。他开始觉得,这样的生活再也无法忍受下去了。晚上他躺在床上,暗自想道,如果永远不再见到那家昏暗肮脏的事务所,不再见到里面的那些家伙,从此离开这个死气沉沉的住所,那该多么快活。

春天,有件事使他大失所望。海沃德本来说打算到伦敦来度这个季节,菲利普也非常盼望能再跟他见面。最近他看了不少书,也想了很多,脑子里充满了各种想法,很想找个人谈谈,而他认识的人里面,没有哪个人愿意对这些抽象的事物表示兴趣。他想到能跟一个朋友开怀畅谈,心里十分兴奋。不想海沃德却来信说,意大利今年的春天比以往哪一年都可爱,他实在舍不得从那儿离开。这叫菲利普极为扫兴。海沃德信中还问菲利普,为什么不到意大利去。世界如此美好，却把自己关在一间办公室里，蹉跎青春的岁月，有什么意义呢？信里接着写道：

> 我真不知道你怎么忍受得了。现在只要一想到弗里特街①和林肯法学会②，我就厌恶得不寒而栗。世界上只有两样东西使我们的生活值得过下去，那就是爱情和艺术。我无法想象你坐在办公室里，埋头于账册之中。你是不是还头戴大礼帽，手里拿着雨伞和小黑包？我总觉得一个人应当把人生视作一场冒险，应当让宝石般的熊熊火焰在胸中燃烧，一个人应当不怕风险，出生入死。为什么你不到巴黎去学艺术呢？我一向认为你有这方面的才华。

最近一阵子，菲利普心里隐隐地反复思考着这种可能性，而海沃德的建议正好与他的考虑不谋而合。起初，这种念头使他吃了一惊，但他又不由自主地要往这方面想。经过反复琢磨，他觉得这是摆脱目前的不幸处境的唯一出路。他们都认为他有才华：在海德堡，大家称赞他的水彩画；威尔金森小姐也几次三番地对他说他的画美妙动人；甚至像沃森一家那样的陌生人，也被他的素描所吸引。《波希米亚人的生活》一书给他留下了很深的印象。他把这本书也带到伦敦来了，遇到心情极度抑郁的时候，只要看上几页，就好像被带到那些令人着迷的小阁楼里，鲁道夫和其他人在那儿唱歌，跳舞，谈情说爱。他开始向往巴黎，正如从前向往伦敦一样，而他并不害

---

① 弗里特街，由弗里特溪得名，与河滨街相连，为伦敦新闻业、印刷业所在之地。

② 林肯法学会，伦敦四个法学会之一，在旧城圈之内。

怕幻想的再次破灭。他渴望浪漫的生活,渴望美和爱情,而所有这一切,似乎在巴黎都能得到。他酷爱绘画,为什么他就不能画得跟别人一样出色呢?他写信给威尔金森小姐,向她打听要是自己住在巴黎,需要多少生活费用。她告诉他,一年八十英镑就可以毫不费劲地维持生活了。她热情地赞成他的计划,说他富有才华,不该白白浪费在办公室里。她动人心弦地问道:哪个可以成为大艺术家的人,愿意当个办事员呢?她恳求菲利普要相信自己,那才是重要的一点。可是,菲利普生性谨慎。海沃德当然可以谈论什么甘冒风险的话,他手里那些金边证券,每年给他生出三百英镑的利息,而菲利普的全部财产总共也不过一千八百英镑。他犹豫不决。

正巧有一天,古德沃西先生突然问他是否想去巴黎。他们的事务所替圣奥诺雷区的一家旅馆管理账务,那是一家属于某个英国公司的旅馆,古德沃西先生和一名办事员每年要到那儿去两次。那个经常去的办事员碰巧病倒了,而事务所里工作繁忙,别的人一时也无法脱身。古德沃西先生想到了菲利普,因为他是唯一抽得出来的人,而且契约上也规定他有权要求承担一份可以体现本行业乐趣的工作。菲利普十分高兴。

"白天得忙上一整天,"古德沃西先生说,"但是晚上就由咱们自己支配。巴黎毕竟是巴黎嘛。"他心照不宣地微微一笑,"旅馆里的人对我们招待得很周到,一日三餐都由他们供应,咱们一个子儿也用不着花。所以我喜欢到巴黎去,让别人来掏腰包。"

抵达加来的时候,菲利普看到一大群脚夫不断地做着手势,他的心也就突突直跳。

"这才是真正的生活。"他自言自语地说。

火车在乡间田野上飞驰,他目不转睛地望着窗外。他很喜欢那一堆堆沙丘,那些沙丘的颜色,似乎比他生平所见的任何景物都更为赏心悦目;那一道道运河,那一行行绵延不断的杨树,叫他看得入了迷。他们出了巴黎的北火车站,坐上一辆破旧不堪、吱嘎作响的出租马车,顺着用鹅卵石铺成的街道前行。菲利普觉得自己正在吸入的新鲜空气是那么令人陶醉,他几乎忍不住要大声喊叫起来。他们来到旅馆时,经理已站在门口迎接。他身体健壮,态度和气,说的英语还算过得去。古德沃西先生是他的老朋友,他热情洋溢地表示欢迎。他们在他的私人房间里进餐,由经理太太作陪。他们面前的桌上摆着酒菜,菲利普觉得自己似乎从没吃过像土豆牛排①这样鲜美可口的食物,也从没喝过像家常酒②这样醇香甘甜的美酒。

在古德沃西先生这样一个极有操守的、体面的当家人看来,法国首都就是淫乐的天堂。第二天早晨他问经理,目前有什么"够味"的东西可以一饱眼福。他总是尽情享受巴黎之行的乐趣,说到这儿来一次可以免得脑子迟钝。晚上,做完了一天的工作,吃过饭之后,他就带着菲利普到红磨坊③和女神游乐场④去。每逢他搜寻到那些淫秽的场面时,那双小眼睛便闪闪发亮,脸上也浮起一丝狡猾的淫笑。那些专为外国人

①② 原文是法语。

③ 红磨坊,法国巴黎蒙马特区一家歌舞餐厅,19 世纪和 20 世纪之交为诗人和艺术家聚集之处。

④ 女神游乐场,巴黎一个歌舞杂耍剧场,1869 年开业,以全裸和半裸舞女表演著称。

安排的各种冶游行乐的场所,他都跑遍了。事后,他又表示一个国家竟然允许这类事儿,最终是不会有什么好结果的。有一次在观看一出轻歌舞剧时,台上出现了一个几乎一丝不挂的女演员,他就用胳膊肘轻轻捣了一下菲利普,接着还把在剧场内四处闲逛的交际花中体态最为丰满的那个指给菲利普看。他让菲利普看到的,是一个粗俗下流的巴黎,但是菲利普却用一双被幻觉蒙住的眼睛看着这座城市。清晨,他总是匆匆跑出旅馆,来到香榭丽舍大街,站在协和广场边上。时节已是六月,空气清新柔和,整个巴黎闪现出一片银白色的光泽。菲利普觉得自己的心飞到了人群之中。他想,这儿才是他寻求的浪漫之乡。

他们在那儿待了不到一个星期,在星期日离开。当菲利普深夜回到他在巴恩斯的昏暗肮脏的寓所时,心里已经拿定了主意。他要解除契约,前往巴黎学画。不过他决定在事务所待满一年再走,免得让人觉得他不讲道理。在八月底前,他有两周假期。临走之前,他要告诉赫伯特·卡特说自己不打算再回来了。尽管菲利普可以迫使自己每天到事务所上班,却无法装出一点对工作感兴趣的样子。他脑子里老想着将来。过了七月半,就没有什么活儿了,他借口为了应付第一次考试,得去听业务讲座,经常不上班。他利用这些时间到国家美术馆去。他阅读各种有关巴黎和绘画的书籍,潜心研读罗斯金的论著,另外还看了瓦萨里①写的许多画家传记。他很喜爱柯勒乔②的一生经历;他想象自己站在某幅伟大的杰作

---

① 瓦萨里(1511—1574),意大利画家、建筑师和美术史家。
② 柯勒乔(1494—1534),意大利画家,创作了大量油画和天顶画,多以宗教和神话为题材。

面前大声呼喊:我是一个画家①。现在他不再犹豫不决了,深信自己具备成为一个大画家的素质。

"不管怎样,我也只能去试一下了,"他自言自语地说,"人生贵在冒险嘛。"

终于到了八月中旬。卡特先生这个月在苏格兰度假,事务所里的事都由常务办事员负责管理。自从巴黎之行以后,古德沃西先生似乎对菲利普有了几分好感,而菲利普知道自己很快就要脱身自由了,对这个可笑的、个头矮小的人也就不再多作计较。

"凯里,你明天就要去休假了吗?"傍晚,古德沃西先生问菲利普。

一整天菲利普不断地对自己说:这可是他最后一次坐在这间可恨的办公室里了。

"是啊,我的第一年见习期满了。"

"恐怕你干得并不那么出色。卡特先生对你很不满意。"

"我对卡特先生更不满意呢。"菲利普欢快地回答说。

"凯里,我觉得你不该这么说。"

"我不打算回来了。我们有个约定,要是我不喜欢会计师的工作,卡特先生就会把所付的合同费用的一半退还给我,我只要待满一年,就可以歇手不干。"

"你不该匆忙地做出这样的决定。"

"十个月来,我始终讨厌这儿的一切,讨厌这儿的工作,讨厌这个办公室,也讨厌伦敦。我宁可打扫街道,也不愿在这儿混日子。"

---

① 原文是意大利语。

"好吧,我得说,我也觉得你不适合会计师的工作。"

"再见了,"菲利普说,同时伸出手来,"我要谢谢你对我
的照应。如果我给你们添了麻烦,那很抱歉。我几乎从一开
始就明白自己是干不好的。"

"好吧,要是你真的拿定了主意,那就再见吧。我不知道
你今后打算做什么,但是如果你什么时候上这一带来,请进来
看看我们。"

菲利普笑了笑。

"恐怕我的话显得很不礼貌,但我从心底里希望以后不
再见到你们当中的任何一位。"

<h1 style="text-align:center">39</h1>

黑马厩镇的教区牧师不愿跟菲利普向他提出的计划沾
边。他有那么一种卓越的见解:一个人无论开始干什么,都应
当坚持下去。他也像所有软弱无能的人一样,过于强调不该
轻易改变主意。

"当初可是你自愿要当会计师的。"他说。

"我当初之所以选择这一行,是因为我看到那是我到伦
敦去的唯一机会。现在我讨厌伦敦,讨厌那项工作,说什么我
也不会再回那儿去了。"

听到菲利普打算当画家,凯里夫妇都相当明显地感到震
惊。他们对菲利普说,他不该忘了自己的父母都是上等人,而
绘画可不是个正经的职业,那是放荡不羁的人干的,既不光
彩,又不道德,况且还要去巴黎!

"只要我在这桩事情上还有点发言权,我就不会让你住

到巴黎去。"牧师口气坚决地说。

那是罪恶的渊薮。淫荡的妇女,巴比伦的娼妓,在那儿炫耀自己的无耻行径,世上再也找不到比它更邪恶的城市了。

"你从小就按上流绅士和基督徒的标准培养成长,如果我让你去遭受那样的诱惑,我就辜负了你已故的父母对我的嘱托。"

"嗯,我知道我不是一个基督徒,现在也开始怀疑自己是不是一个上流绅士了。"菲利普说。

争论变得更加激烈了。菲利普还有一年才能自行支配他父亲留下的那一小笔遗产。凯里先生提出,在这段时间里,菲利普只有继续留在事务所里,才能拿到生活费。菲利普清楚,如果他不打算继续干会计师这个行当,就必须现在离开,这样才能取回所付的见习合同费用的一半。但牧师压根儿听不进去。菲利普再也无所顾忌,说了不少令人恼火的、伤感情的话。

"你可没有权利糟蹋我的钱!"他最后说,"说到底,这是我的钱,不是吗?我又不是小孩子。如果我拿定主意去巴黎,你也拦不住我。你不能强迫我回伦敦去。"

"要是你干的事我觉得不合适,那就什么钱也不给,这一点我是办得到的。"

"好吧,我不在乎。巴黎我是去定了,我会把我的衣服、书籍以及我父亲的首饰卖掉。"

路易莎伯母默默地坐在一旁,既焦急又伤心。她发现菲利普已经气疯了,知道自己这会儿无论说什么都只会火上浇油。最后,牧师声称他不想再听这件事,说完就神色庄严地离开了房间。在接下去的三天里,叔侄俩彼此不理不睬。菲利普写信给海沃德探听巴黎的情况,决定一收到回信就马上动身。凯里太太脑子里不断琢磨着这件事。她觉得菲利普对她丈夫心怀怨恨,结果她自己也被牵连在内。这个想法使她十分苦恼。她真心实意地疼爱这个孩子。最后她找菲利普谈话,菲利普对她诉说了自己对伦敦所抱幻想的破灭,以及将来渴望实现的抱负,她专心致志地听着。

"也许,我搞不出什么名堂,但至少得让我试试。总不见得会比待在那个讨厌的事务所里更差劲。我感到自己能够画上几笔,知道在这方面还有点儿能耐。"

路易莎伯母并不像丈夫那样自信,认为他们对侄儿如此强烈的爱好加以阻挠是正确的。她看过一些大画家的传记,那些画家的父母都曾反对他们学画的愿望,结果证明这种做法是多么愚蠢。归根结底,一个画家也可能像特许会计师那样,过着道德高尚的生活,为主增添荣耀。

"我对你去巴黎这一点真是怪担心的,"她可怜巴巴地说,"如果你在伦敦学画,就也不会这么糟了。"

"要学就得学得完整地道,只有在巴黎,才能学到真正的绘画艺术。"

凯里太太根据菲利普的建议,给律师写了封信,说菲利普不满意自己在伦敦的工作,征求他对菲利普改变职业的意见。尼克松先生的回信如下:

亲爱的凯里太太:

我已见过赫伯特·卡特先生,恐不能不如实相告,令侄的表现并不像原来希望的那样出色。如果他十分强烈地反对这份工作,也许还是趁此机会及早解约为好。我自然感到极为失望,但是你也知道那句谚语:汝可牵马去

245

河边,无法迫其饮河水。

你的十分真诚的

阿尔贝特·尼克松

信拿给牧师看了,结果反倒使他更加固执了。他愿意让菲利普去从事其他行当,提议他继承父业,去当医生。然而,如果菲利普前往巴黎,那说什么也别想从他手中拿到生活费。

"这只是自我放纵、耽于声色的借口罢了。"牧师说。

"听到你责备别人自我放纵,我觉得怪有趣的。"菲利普口气尖刻地回嘴说。

这时候,海沃德的回信已经来了。信里提到一家旅馆的名字,菲利普每月花费三十个法郎,就可以在那儿租到一个房间。信里还附了一封给某美术学校女司库①的介绍信。菲利普把信念给凯里太太听,并对她说,他打算在九月一日动身。

"但你身上一个子儿也没有呀?"她说。

"今天下午,我打算去特坎伯雷变卖首饰。"

他父亲留给他一个带金链的金表、两三个戒指和几副链扣,另外还有两枚饰针,其中一枚镶有珍珠,可以卖大价钱。

"一件东西值多少钱,跟这件东西能卖多少钱,完全是两回事。"路易莎伯母说。

菲利普笑了笑,因为这是他大伯的一句口头禅。

"这我知道。但我想这些玩意儿至少可以卖一百英镑。这样一笔钱,就可以让我维持到二十一岁了。"

凯里太太没有搭腔,径自跑上楼去,戴上她那顶黑色小帽,然后出门到银行去。不出一个小时,她回来了。她走到正

---

① 原文是法语。

在客厅里看书的菲利普面前,交给他一个封套。

"是什么呀?"他问。

"给你的一份薄礼。"她回答说,露出羞涩的笑容。

他拆开封套一看,里边有十一张五英镑的钞票,还有一个里面塞满了金镑①的小纸包。

"我不忍心让你卖掉你父亲的首饰。这是我存在银行里的钱,差不多有一百英镑。"

菲利普一下子羞红了脸,也不知道为什么,顿时热泪盈眶。

"哦,亲爱的,这个我可不能拿。"他说,"你心肠真是太好了,但我也不忍心收下这笔钱。"

凯里太太出嫁时,手头有三百英镑的私房钱,这笔钱她小心地守着,只为了用来应付什么意外的开支,紧急的慈善捐助,或是给她丈夫和菲利普买圣诞节或生日的礼物。这些年来,尽管这笔钱已经可悲地所剩不多,但仍被牧师当作打趣的话题,他说妻子是个阔女人,而且不断提到这笔私房钱。

"哦,菲利普,请收下吧。只可惜我平时用钱不够节省,现在就只剩这些了。可是如果你收下的话,会叫我很高兴的。"

"可你自己也需要啊。"菲利普说。

"不,我想我用不着了。我留着这笔钱,本来是预防你大伯会比我先离开人世。我想,手头有点儿钱总有用处,可以应付不时之需,但现在想想,我也活不了多久了。"

"哦,亲爱的,快别这么说。嗨,你当然会长生不老的。

---

① 金镑,英国金币,面值一英镑,1914 年后停用。

我可少不了你啊。"

"哦,我现在没有什么遗憾了。"她用双手捂住脸,声音都变了。可是不一会儿,她擦干泪水,又勇敢地笑了。"起初,我常祈求上帝别把我先召去,因为我不想让你大伯独个儿留在世上,我不想让他遭受痛苦。但现在我明白了,他并不像我,不会把这一切看得那么重。他比我更想活下去。我从来就不是他理想中的妻子,要是我有什么不测,他大概会再次结婚的。因此我希望能先走一步。菲利普,我这么说,你不会觉得我自私吧?但是万一他先去了,我可受不了。"

菲利普吻了吻伯母那布满皱纹的、枯瘦的面颊。他不知道为什么见到她对伯父这种深情厚爱的样子,反而莫名其妙地感到羞愧。对一个如此冷漠自私、如此极端任性的男人,她却这样关心体贴,实在难以理解。菲利普隐隐约约地猜到,尽管伯母心里知道自己的丈夫冷漠自私,这些情况她都清楚,但仍然恭顺地爱着他。

"你会收下这笔钱的吧,菲利普?"她说,一面轻轻地抚摸着菲利普的手,"我知道你没有这笔钱也能对付,但你收下这笔钱,会叫我感到莫大的快乐。我一直想为你做点儿什么。你知道,我自己从没养过孩子,我疼爱你,好像你就是我的亲生儿子。你小时候,我几乎老是希望你身子有病,那样一来我就可以日夜守护在你身边,尽管我也知道那种想法不好。可是你只生过一次病,后来你就去上学了。我非常想给你一点儿帮助。这是我一生中仅有的机会。说不定哪一天,你真的成了大画家,你就不会忘记我,你会记得是我帮助你创业的。"

"你的心肠真好,"菲利普说,"我非常感激。"

伯母疲惫的眼睛里浮现出一丝笑意,那是一种福至心灵的笑意。

"哦,我太高兴了。"

40

几天以后,凯里太太到车站去给菲利普送行。她站在车厢门口,竭力忍住泪水。菲利普的神情急切而又不安,渴望早点离开。

"再吻我一下。"她说。

菲利普把身子探出车窗,吻了吻她。火车开动了。她站在小车站的木头站台上,不住地挥动手帕,直到火车消失在视线之外。她心情十分沉重。回牧师公馆的路程总共只有几百码,却似乎很长很长。她暗自寻思:菲利普渴望离开,本来也很自然,他毕竟年轻,未来在向他召唤。而她呢——她咬紧牙关,不让自己哭出来。她心里默默祈祷,求上帝保佑菲利普,让他免遭诱惑,赐给他幸福和好运。

可是菲利普在车厢里舒舒服服地坐下后不久,就把他伯母丢在了脑后,心里只想着自己的未来。他写过一封信给某所美术学校的女司库,奥特太太,海沃德已向她介绍过菲利普的情况,这会儿,菲利普口袋里还揣着奥特太太邀他明天去喝茶的请帖。到了巴黎,他雇了一辆出租马车,让人把行李放到车上。马车缓缓前行,穿过充满活力的街道,越过大桥,驶入拉丁区的狭窄街道。菲利普在两校旅馆租了一个房间。这家旅馆位于离蒙帕纳斯大街不远的一条寒碜破败的小街上,从这儿到他学画的阿米特拉诺美术学校还算方便。一个侍者提着菲利普的箱子上了五段楼梯,把他领进一个小房间,里面窗户紧闭,发出一股霉味。房间的大部分区域都被一张大木床占据了。床顶上覆着大红棱纹平布罩篷,窗户上挂着同样布料制成的、厚实但已褪色的窗帘。五斗橱兼用作脸盆架,另外还有一个结实的大衣柜,其式样令人想到那位贤明的国王路易·菲力普。房间里的糊墙纸由于年深日久,原来的颜色都褪掉了,现出一片深灰色,但仍然可以隐约地看到原来上面的棕色树叶的花环图案。菲利普觉得这个房间布置得古雅有趣,令人着迷。

夜已很深,但是菲利普却兴奋得无法入睡。他出了旅馆,走上大街,朝灯光明亮处走去,最后来到了火车站。车站前面的广场,在弧光灯的照耀下显得生机盎然,黄颜色的有轨电车似乎从四面八方穿过这个广场,周围一片喧嚣。菲利普看着眼前的这一切,不禁欢快地笑出声来。广场四周开设了许多咖啡馆。他正巧有点口渴,而且也很想就近观察一下街上的人群,于是就在凡尔赛咖啡馆外面的露天小桌旁坐下。别的桌子都已坐满了,因为那天晚上天气很好。菲利普好奇地望着周围的人:这边是全家人在欢聚共饮,那边坐着一群头上戴着奇形怪状的帽子、留着络腮胡须的男子,他们一边粗声大气地闲谈,一边不住地打着手势;邻座的两个男子看上去像是画家,身旁还有女人陪着,菲利普相信她们并不是画家的合法妻子;背后,他听到有几个美国人在大声争论有关艺术的问题。菲利普心里感到十分兴奋。他就这样坐在那儿,尽管身子疲乏,却高兴得不肯起身,直到很晚才走。等到他最终上了床,却一点儿睡意也没有。他侧耳细听着巴黎市内形形色色的喧嚣。

第二天下午的喝茶时分,菲利普动身去贝尔福狮子街,在一条从拉斯帕依大街朝外延伸的新修筑的马路上,找到了奥特太太住的地方,奥特太太是个三十来岁的地位低微的妇人,样子粗俗,却有意摆出一副贵夫人的气派。她把菲利普介绍给她母亲。菲利普不久就发现她已在巴黎学了三年美术,后来又知道她已跟丈夫分居。小小的会客室里,挂着一两幅她画的肖像画。菲利普终究缺乏眼力,在他看来,这些画已经到了尽善尽美的地步。

　　"不知道将来我是不是也能画得这么好。"他对她说。

　　"哦,我看没有什么问题。"她不无得意地答道,"当然啰,做什么都不可能一蹴而就。"

　　她想得十分周到,给了他一家店铺的地址,在那儿可以买到画夹、图画纸和炭笔。

　　"明天上午九点左右,我要到阿米特拉诺学校去,如果你也在那时候去那儿,我可以设法给你找个好位子,帮你安排一下其他的事。"

　　她问菲利普打算干些什么,菲利普觉得不能让她看出自己对整个事情还没有什么明确的打算。

　　"嗯,我想先学素描。"他说。

　　"听你这么说我很高兴。人们总是急于求成。就我来说,在这儿待了两年,才动笔去画油画。你看看效果如何。"

　　她朝挂在钢琴上方的一幅黏糊糊的油画瞟了一眼,那是她母亲的一幅肖像。

　　"换了我是你的话,在跟别人结识时,一定多加小心。我不想跟任何外国人在一起厮混。我自己一向十分谨慎。"

　　菲利普谢谢她的指点。但心里觉得相当奇怪。他不明白自己为什么需要小心谨慎。

"我们现在过日子,就跟在英国时一样。"奥特太太的母亲说,在此之前,她几乎没有开口说话,"我们来这儿的时候,把原来家里所有的家具都搬来了。"

菲利普朝四周看了看。房间里塞满了一套厚重结实的家具,窗户上挂的那几幅镶着花边的白色窗帘,跟夏天路易莎伯母在牧师公馆里挂的一模一样。钢琴和壁炉台上都铺着利伯提公司①出品的绸罩布。奥特太太的目光也随着菲利普四处张望的眼睛来回转动。

"晚上一关上百叶窗,就好像真的回到了英国一样。"

"我们一日三餐依然照着以前家里的规矩,"她母亲补充道,"早餐有肉食,正餐安排在中午。"

从奥特太太家出来,菲利普便去购买绘画用品。第二天早晨,他九点整来到美术学校,竭力摆出一副胸有成竹的样子。奥特太太已经到了,这时带着亲切的笑容迎上前来。菲利普一直担心自己作为新生②会受到什么样的接待。他在不少书里都看到,初来习画的学生往往在画室里遭受别人的肆意嘲弄,但是奥特太太消除了他的疑虑。

"哦,这儿可没有那种事,"她说,"你瞧,我们这儿大约有一半是女生,她们左右了这儿的风气。"

画室很大,空荡荡的,灰色的墙上钉着一幅幅获奖习作。一个模特儿正坐在椅子上,身上披着件宽松的外套。周围站着十多个男女学生,有的在闲谈,有的仍在埋头作画。这是模

① 利伯提公司,伦敦著名的服装公司,由阿瑟·拉森拜·利伯提(1843—1917)于1879年创建。
② 原文是法语。

特儿的第一次休息时间。

"一开始,你最好试些难度不是很大的东西,"奥特太太说,"把画架放在这儿。你会发现,这样看到的姿势最容易画。"

菲利普按照她的指点放好画架,接着奥特太太把他介绍给坐在他身旁的一个年轻女子。

"这位是凯里先生。这位是普里斯小姐。凯里先生以前从来没有学过画,开头还得麻烦你帮他一下,你不会在意吧?"接着,她转身对模特儿说,"摆好姿势。"①

那个模特儿正在看《小共和国报》②,这时把报纸扔到一边,绷着脸一下子脱掉了外套,登上画台。她支开双脚,笔直地站在那儿,双手十指交叉,托着后脑勺。

"这姿势显得怪笨拙的,"普里斯小姐说,"真不明白他们为什么要选这个姿势。"

菲利普先前进门的时候,画室里的人都好奇地打量着他,模特儿也冷淡地瞥了他一眼,眼下他们就不再注意他了。菲利普面前的画架上,铺着一张漂亮的画纸,他局促不安地瞅着模特儿,不知该从哪儿开始下笔。他以前还从来没有见过一个裸体的女人。这个模特儿岁数不小了,乳房已经萎缩,色彩暗淡的金发乱蓬蓬地垂在脑门前,脸上满是大块的雀斑。他朝普里斯小姐的作品瞥了一眼。这幅画她刚画了两天,看起来好像遇到了麻烦。她不断地用橡皮擦拭,画面已经被弄得脏巴巴的。在菲利普看来,她画的人体都奇怪地走了样。

① 原文是法语。
② 《小共和国报》,创办于 1876 年的一份拥护共和政体的日报。

"我早该想到,自己总可以画到这种水平的。"他暗自说道。

他开始先画头部,打算慢慢地往下画。但不知道为什么,他发现那个模特儿的头画起来却比单凭想象画个人头难得多。他陷入了困境。他朝普里斯小姐瞥了一眼。她正神情极为严肃地画着。她心情热切,连眉头都皱了起来,眼睛里流露出焦急不安的神色。画室里很热,她额头上渗出了一颗颗汗珠。她是个二十六岁的姑娘,长着一头浓密的暗金色的头发,发丝相当好看,但梳理得很马虎,她把头发从前额往后一缩,草草地扎成个发髻。她脸盘宽大,五官开阔而扁平,眼睛很小;皮肤苍白,带有几分异样的病态,脸蛋上没有一点血色。她那样子好像从不梳洗似的,人们不禁心里纳闷,不知她晚上是否和衣而睡。她沉默寡言,态度严肃。第二次休息时,她退后一步,察看着自己的画作。

"不知怎么回事,总有那么多伤脑筋的地方,"她说,"不过,我打算彻底弄个明白。"她转脸朝着菲利普,"你画得怎么样?"

"一点也不好。"菲利普苦笑着回答说。

她看了看他的画。

"你这样画法可不行。你得先量好尺寸大小,然后在纸上画好方格。"

她动作麻利地给他示范了一下该如何入手。她表现出的这种诚挚的情意叫菲利普十分感动,但她那毫无风韵的样子却又让菲利普感到不快。他感谢她的指点,又拿起画笔来。这时候,其他学画的人也都纷纷进来了,大部分都是男的,因为女人总是先到。今年这个时候(尽管季节还早了点),画室里面的人已经相当满了。不久,走进来一个年轻人,稀疏的黑发,特大的鼻子,一张长脸让人禁不住联想起马来。他在菲利普身旁坐下,并且隔着菲利普向普里斯小姐点头招呼。

"你来得真够晚的,"普里斯小姐说,"是不是刚起床啊?"

"今天是这么个天朗气清的日子,我觉得应该躺在床上,想象一下外面的景色有多美。"

菲利普笑了笑,但普里斯小姐却把他说的话当真了。

"这种做法看起来真好笑。我倒觉得早点起床,在外面好好享受一下这样的天气,才更合情合理。"

"要想当个诙谐风趣的人可真不容易呀。"那个年轻人一本正经地说。

他似乎还不想动笔,只是端详着自己面前的画布。他正要给画着色,因为昨天他就把这个模特儿的草图勾勒好了。他转身对菲利普说。

"你刚从英国来吧?"

"是的。"

"你怎么会到阿米特拉诺学校来的?"

"我只知道这么一所美术学校。"

"希望你来这儿时没有那样一种想法,以为在这儿可以学到什么最起码的有用的本领。"

"这是巴黎最好的美术学校,"普里斯小姐说,"这是唯一认真对待艺术的学校。"

"难道对待艺术就一定得认真吗?"那个年轻人问。由于普里斯小姐的回答只是轻蔑地耸耸肩膀,他又接着往下说,"但关键在于:所有的美术学校都不好,都显然是学究气十足。而这儿之所以不像大多数美术学校那么有害,是因为这儿的教学比别处更加不行,因为你什么也学不到手……"

"那你干吗要上这儿来呢?"菲利普插嘴问道。

"我看到了坦途捷径,却仍然留在原来的道路上。普里斯小姐文化修养很高,一定记得这句话的拉丁语原文。"

"希望你谈话时不要把我拉扯进去,克拉顿先生。"普里斯小姐毫不客气地说。

"学习绘画的唯一途径,"他泰然自若地继续说,"是租一间画室,雇个模特儿,自己闯出条路来。"

"这似乎做起来并不难。"菲利普说。

"只需要钱。"克拉顿回答说。

克拉顿开始动笔画了,菲利普斜着眼睛偷偷地打量他。他个子很高,瘦得只剩一把骨头,那巨大的骨架似乎从身体上突了出来;两个胳膊肘尖得几乎要把他那件破外套的袖子给撑破了。裤子的臀部已经磨破,每只靴子上都打了个难看的补丁。普里斯小姐站起身,朝着菲利普的画架走过来。

"要是克拉顿先生肯闭上嘴安静一会儿,我就可以帮你一下。"她说。

"普里斯小姐不喜欢我,是因为我风趣诙谐。"克拉顿一边说,一边沉思地端详着自己的画面,"而她讨厌我,则是因为我有一些才华。"

他郑重其事地说着,看着他那个样子丑陋的大鼻子,菲利普觉得他的话听上去十分新奇有趣,忍不住笑出声来。普里斯小姐却气得满脸通红。

"这儿除了你之外,谁也没责备你有才华。"

"这儿也只有我的意见对我自己毫无用处。"

普里斯小姐开始对菲利普的习作加以批评。她口齿流利地谈到解剖、结构、平面、线条,以及菲利普不了解的其他许多东西。她在这个画室已经待了很长一段时间,知道教师所强调的绘画要点,可是尽管她能指出菲利普习作中的各种毛病,却无法告诉他应该怎样纠正。

"谢谢你这么不厌其烦地帮助我。"菲利普说。

"哦,没什么,"她回答说,局促不安地红了脸,"我刚来的时候,人家也是这样指点我的,无论是谁,我都乐意效劳。"

"普里斯小姐想要表明,她向你传授知识只是出于责任感,而不是因为你有什么迷人的魅力。"克拉顿说。

普里斯小姐怒气冲冲地瞪了他一眼,又回到自己的座位上继续画画。十二点的钟声敲响了,模特儿如释重负般地叫了一声,从画台上走下来。

普里斯小姐收拾好自己的画具。

"我们有些人要去格雷维亚餐馆吃午饭,"她对菲利普说,并瞟了克拉顿一眼,"我总是自己回家去。"

"如果你愿意的话,就让我带你去格雷维亚餐馆好了。"克拉顿说。

菲利普道了谢,准备离开画室。往外走了没有几步,奥特太太过来问他今天学画的情况如何。

"范妮·普里斯有没有给你什么帮助?"她问道,"我特为把你安排在她旁边,因为我知道,只要她乐意,还是能帮得上忙的。这个姑娘脾气不好,难以相处,她自己也根本不会作画,但是她懂得绘画的诀窍,只要她不嫌麻烦,倒可以给新来者提供帮助。"

他们走上大街的时候,克拉顿对菲利普说:

"你给范妮·普里斯留下了不错的印象,你最好留点神。"

菲利普哈哈大笑。对她那样的女人,他根本不想给她留下什么好的印象。他们来到一家收费低廉的小餐馆,画室的几个学生正坐在那儿用餐,克拉顿在一张餐桌旁坐下,那儿已经坐了三四个人。在这儿,花一个法郎就可以吃到一个鸡蛋、一盘肉,外加奶酪和一小瓶酒。要喝咖啡,则需另外付钱。他们就坐在人行道上,黄颜色的电车在大街上穿梭往来,叮叮当当的铃声不绝于耳。

"顺便问一下,你叫什么名字?"他们就座时,克拉顿问道。

"凯里。"

"请允许我把一位可信赖的老朋友介绍给你们,他叫凯里。"克拉顿一本正经地说,"这位是弗拉纳根先生,这位是劳森先生。"

在座的人笑了笑,又继续交谈起来。他们天南海北地谈论着各种事情;大家都各说各的,谁也不去注意旁人说些什么。他们谈到夏天去过哪些地方,谈到画室和各种各样的流派;他们提到许多菲利普不熟悉的名字:莫奈①、马奈②、雷诺阿③、毕沙罗④、德加⑤。菲利普全神贯注地听着,尽管感到有点摸不着头脑,心里却兴奋得突突直跳。时间过得真快。克拉顿站起身来说:

"今晚要是你愿意来,大概能在这儿找到我。你会发觉这是拉丁区里最好的一家餐馆,只消花上极少的几个钱,就可以让你吃得消化不良。"

<hr>

① 莫奈(1840—1926),法国画家,印象派创始人之一,常在户外作画,探索光色与空气的表现效果。
② 马奈(1832—1883),法国画家,对传统绘画的技法加以革新,画风色彩鲜明,明暗对比强烈。
③ 雷诺阿(1841—1919),法国印象派画家,创作题材广泛,尤以人物见长。
④ 毕沙罗(1830—1903),法国印象派画家,作品多描写农村及城市景色。
⑤ 德加(1834—1917),法国印象派画家,擅长描绘人物瞬间的动态。

41

　　菲利普沿着蒙帕纳斯大街闲逛。眼前的巴黎,跟他春天来给圣乔治旅馆结算账务时看到的景象完全不同——他想到那一段生活经历就不寒而栗——倒和自己心目中的外省城镇的风貌相去无几。周围充满了安闲自在的气氛;充足的阳光,开阔的视野,使人的心神完全沉浸到遐想之中。修剪得整整齐齐的树木、富有生气的洁白的房屋、宽阔的街道,全都令人心神舒畅。他觉得自己完全像在家里一样毫无拘束。他在街上悠然漫步,一边打量着过往的行人。在他看来,就连那些最平凡的巴黎人,比如那些束着宽宽的红色腰带、穿着肥大的裤子的工人,那些身材矮小、穿着褪了色却很漂亮的制服的士兵,似乎都有其风雅之处。不久,他来到天文台大街,看到眼前那种气象宏伟而又典雅优美的景色,不禁喜悦地叹了口气。他又来到卢森堡公园:儿童在那儿玩耍嬉戏,头发上束着长丝带的保姆,成双结队地缓缓溜达;公务繁忙的男子,夹着皮包匆匆走过;小伙子们穿着各种奇装异服。景色匀称而雅致。自然景色虽然经过人工的安排布置,却显得极为精巧。由此看来,自然风光要是不经人工的安排布置,就不免会失之粗犷。菲利普被眼前的景象迷住了。以前他在书中念到过许多有关这个地点的描写,如今身临其境,真是兴奋不已。对他来说,这儿是历史悠久的文艺胜地,他感到既敬畏又欣喜,那种感受就跟一个老学究初次见到明媚的斯巴达平原时一样。

　　菲利普正在四下闲逛的时候,偶然看见普里斯小姐独自坐在一条长凳上。他犹豫起来,这会儿他实在不想见到任何人,而且普里斯小姐那粗鲁的作风与自己周围的欢乐气氛也很不相称。但他早就发现她是个相当敏感、动辄觉得受到冒犯的女子。既然她已看到了自己,那么他认为出于礼貌,也该跟她说上几句话。

"你上这儿来干什么?"她在菲利普走过来的时候,这样问。

"玩玩。你呢?"

"哦,我每天下午四点到五点都要上这儿来。我觉得整天埋头工作没有什么好处。"

"可以在这儿坐一会儿吗?"他说。

"随你的便。"

"你这话听上去可不大亲切友好。"他笑着说。

"我这个人不大会甜言蜜语。"

菲利普感到有点儿困窘,默默地点起一支烟来。

"克拉顿谈论过我的画吗?"她突然问道。

"没有,我印象里他没说什么。"菲利普说。

"你知道,他根本不行。他以为自己是个天才,其实不然。先就说一点吧,他实在太懒惰了。天才应该具有无限的吃苦耐劳的能力。最要紧的,就是要坚持不懈地干下去。一个人只要铁了心去做一件事,那就非做不可。"

她说话时,带着相当明显的激昂慷慨的情绪。她头戴黑色水手草帽,上身穿一件不大干净的白衬衫,下身束一条棕色裙子。她没戴手套,而那双手也该好好洗洗了。她那样缺乏风韵,菲利普真后悔不该跟她攀谈。他弄不清楚普里斯小姐究竟是希望他留下呢,还是希望他走开。

"我愿意尽力为你效劳。"普里斯小姐突然前言不搭后语地说,"我知道这可费劲了。"

"非常感谢你。"菲利普说。过了一会儿他又说,"咱们找个地方用茶点好吗?"

她迅速瞅了他一眼,立刻飞红了脸。她脸一红,那苍白的皮肤顿时色彩斑驳,样子很怪,就像草莓放到了变质的奶油里似的。

"不,谢谢,你想我干吗要用茶点呢?我刚吃过午饭。"

"我想可以消磨一下时间。"菲利普说。

"你要知道,如果你觉得无聊,可用不着为我操心。我并不介意一个人待着。"

这时候,有两个男子从旁边走过。他们穿着棕色棉绒上衣和肥人的裤子,戴着巴斯克便帽。他们年纪很轻,却都留着胡子。

"嘿,他们是美术学校的学生吗?"菲利普说,"倒活像是从《波希米亚人的生活》那本书里走出来的。"

"是一些美国佬,"普里斯小姐轻蔑地说,"法国人已经有三十年不穿这样的服装了。可那些从美国西部来的人,一到巴黎就买下这种衣服,赶紧穿着去拍照。这大概就是他们所了解的艺术。他们才不在乎呢,反正有的是钱。"

菲利普倒很喜欢那些美国人大胆别致的装束,认为这体现了浪漫的精神实质。普里斯小姐问菲利普现在几点了。

"我得到画室去了。"她说,"你打算去上素描课吗?"

菲利普压根儿不知道有素描课。她告诉菲利普,每晚五点到六点,画室有个模特儿供人写生,谁愿意去,只要付五十生丁就行了。每天都换一个模特儿,这是个很好的习画的机会。

"我看你眼下的水平还画不了,最好过一阵子再去。"

"我不明白干吗不能去试试,反正又没有别的事。"

他们站起身来,朝画室走去。菲利普从普里斯小姐的态度上看不出她究竟希望有他做伴呢,还是宁愿独自前往。实际上,他是完全出于困窘,不知道该怎样脱身,才留在她的身边;但普里斯小姐不想说话,总是口气粗暴地回答他的问话。

有个男子站在画室门口,手里端着一个大盘子,凡是进去的人都往盘子里面丢半个法郎。画室里面的人比早晨多得多,其中英国人和美国人不再占据多数,女子所占的比例也有所减少。菲利普觉得这一大群人,跟他预期的习画者的样子很不相同。天气十分暖和,屋子里的空气很快就变得混浊不堪。这次的模特儿是个老头,下巴上蓄着一大把灰白胡子。菲利普想把上午学到的那点儿技巧拿来实践,结果却画得很糟。他意识到他并不能画得像自己想的那么好。他十分羡慕地瞥了一眼坐在他旁边的一两个习画者的作品,暗自纳闷,不知自己往后是否也能那样熟练地运用炭笔。一个小时飞快地过去了。他不想再给普里斯小姐增添麻烦,先前便没有在她的旁边坐下。最后,当菲利普经过她的身边往外走的时候,普里斯小姐却不客气地问他画得怎样。

"不怎么好。"他微笑着说。

"要是你刚才肯屈尊坐在我的旁边,我倒可以给你指点一下。我看你太自负了。"

"不,哪儿的话。我怕你会嫌我讨厌。"

"要是那样的话,我会直接对你说的。"

菲利普发现,她是以其特有的粗鲁方式来给他帮助。

"好吧,明天我就要让你受累了。"

"没关系。"她回答说。

菲利普走出画室,不知道该怎样打发晚饭前的这段时间。他渴望干点儿独特的事。来点儿苦艾酒①吧！当然有这样的必要。于是,他悠闲地朝火车站走去,在一家咖啡馆的露天餐桌旁坐下,要了杯苦艾酒。他喝了一口,直犯恶心,心里却很满足。这种酒的味道叫人难以下咽,但精神效果极好:眼下他觉得自己完全是个投身艺术的学生了。由于空肚子喝酒,不久他就变得情绪高昂。他注视着周围的人群,感到所有的人都是他的弟兄。他十分快乐。来到格雷维亚餐馆时,克拉顿那张餐桌上已坐满了人,但是一看到菲利普一拐一瘸地走过来,克拉顿就马上大声地招呼他。他们给他腾出个座儿。晚餐费用低廉,一盆汤,一碟肉,再加上水果、奶酪和半瓶酒。可是菲利普对自己面前的食物并不在意,只顾打量同桌用餐的人。弗拉纳根也在那儿。他是个美国人,年纪很轻,身材矮小,欢快的脸上长着个又短又平的翘鼻子,嘴巴老是含有笑意。他穿着图案鲜明的诺福克上衣,脖子上系一条蓝色的宽领带,头上戴一顶形状奇怪的花呢帽。那时候,印象派在拉丁区居于统治地位,但是印象派对老的画派所取得的胜利还是新近的事。卡罗路斯–杜朗②、布格罗③之流仍被人捧出来与马奈、莫奈和德加分庭抗礼。欣赏老一派画家的作品,依然是情趣高雅的标志。惠斯勒④以及他整理的那套颇有眼光的日

① 苦艾酒,一种黄绿色的香味浓烈的酒,味略苦而不甜。因该酒具有毒性,1915 年在法国和许多国家都被禁止销售。

② 卡罗路斯–杜朗(1837—1917),法国画家。

③ 布格罗(1825—1905),法国画家。

④ 惠斯勒(1834—1903),美国画家,长期侨居英国,以夜景画、肖像画和版画而闻名,画风受日本绘画影响。

本版画集,在英国画家及其同胞中间产生了很大的影响。古代大师们的画作受到新标准的检验。几个世纪以来,拉斐尔①都深受世人的尊崇,如今这种尊崇在聪明的年轻人的眼中却成了笑柄。他们觉得他的全部作品,还不如委拉斯开兹②笔下的那幅陈列在国家美术馆里的腓力四世头像。菲利普发现有关艺术的讨论往往言辞激烈。午餐时遇到的那个劳森也在场,就坐在他的对面。他是个身材瘦削的年轻人,满脸雀斑,一头红发,长着两只明亮的绿眼睛。菲利普坐下后,劳森目不转睛地看着他,突然发表了一通议论:

"拉斐尔只有在临摹别人的作品时,还算过得去。比如,他临摹佩鲁吉诺或平图里乔③的那些画,就很讨人喜欢,而当他想画出自己的风格时,就只是个——"说到这儿,他轻蔑地耸了耸肩膀,"——拉斐尔。"

劳森把话说得那么放肆,菲利普不禁大吃一惊,不过他用不着回答,因为这时候,弗拉纳根不耐烦地插嘴了。

"哦,让艺术见鬼去吧!"他大声说,"让咱们痛快地喝酒吧。"

"昨晚你喝得够痛快的了,弗拉纳根。"劳森说。

"昨晚是昨晚,我说的可是今宵。"弗拉纳根回答说,"谁想得到身在巴黎,竟然整天只想着艺术。"他说话时,带着一口浓重的西部口音,"嗨,活在世上多么美好。"他打起精神,

---

① 拉斐尔(1483—1520),意大利画家,被视为文艺复兴时期最伟大的艺术家之一,尤以画圣母像著称。

② 委拉斯开兹(1599—1660),西班牙画家,西班牙国王腓力四世的宫廷画师,画风写实。

③ 平图里乔(1454—1513),意大利文艺复兴早期画家,以壁画的强烈装饰风格著称。

用拳头砰地猛击餐桌，"听我说，让艺术见鬼去吧！"

"说一遍就行啦，何必讨厌地唠叨个没完。"克拉顿神色严厉地说。

同桌还有个美国人，他的穿着打扮跟菲利普下午在卢森堡公园见到的那些漂亮的小伙子一样。他长得相当俊美，脸庞瘦削而严峻，上面嵌着两只乌黑的眼睛。他穿了那身奇异的服装，倒有点像个勇往直前的海盗。他那头丰茸乌黑的头发不断地耷拉下来，遮住眼睛，因此他做得次数最多的动作，便是引人注目地把头往后一仰，将那绺长发甩开。他开始谈起马奈的名画《奥林匹亚》，这幅画当时陈列在卢森堡美术馆里。

"今儿我在这幅画前待了一个小时。听我说，这幅画算不上一幅上乘之作。"

劳森放下手中的刀叉，绿色的眼睛冒出火星。他怒不可遏，几乎透不过气来，可以看出，他在竭力抑制心中的怒火。

"听一个野蛮无知的家伙发表的高见，真是怪有趣的。"他说，"你好不好告诉我们，为什么这幅画不是一幅上乘之作？"

那个美国人还没来得及回答，另一个人就气势汹汹地插话了。

"你的意思是说，你看着那幅人体画，竟能说它画得不好？"

"我可没那么说。我觉得右乳房画得还真不错。"

"去你的右乳房。"劳森嚷着说，"整幅画就是绘画艺术上的奇迹。"

他详细地讲述起这幅画的美妙之处来，但是在格雷维亚餐馆的这张餐桌上,凡是发表长篇大论的人,只有他自己得益。谁也不会去听他的。那个美国人怒气冲冲地打断了劳森的话。

"你该不是说,你觉得那头部画得很出色吧?"

劳森这时激愤得脸色发白,开始为那幅画的头部辩解。而克拉顿呢,他一直默不作声地坐在一旁,脸上露出心情愉快的轻蔑神情,这时突然插话了。

"就把那颗脑袋给他吧,咱们不需要那颗脑袋。这对于整幅画毫无影响。"

"好吧,我就把这颗脑袋给你了。"劳森嚷道,"提着它,见你的鬼去吧!"

"那条黑线又是怎么回事?"美国人大声说,一面得意扬扬地把一绺几乎掉进汤里的头发往后一抹,"自然界的万物中,还没见过四周有黑线条的。"

"哦,上帝呀,快降下天火来把这个渎神的家伙烧死吧!"劳森说,"大自然跟这幅画有什么关系?谁说得清楚自然界究竟有什么,没有什么!世人是通过艺术家的眼睛来观察自然的。嗨!几个世纪以来,世人看到马在跳越篱笆时,总是把腿伸得直直的。啊,老天在上,先生,四条腿确实是伸得直直的!在莫奈发现影子具有色彩之前,世人一直看到影子是黑的,老天在上,先生,影子确实是黑的。如果我们决定用黑线条来勾勒物体,世人就会看到黑色的轮廓线,而黑色的线条也就这样存在了;如果我们把草画成红色,把牛画成蓝色,人们也就看到它们是红色、蓝色的了,老天在上,它们确实会成为红色和蓝色的。"

"让艺术见鬼去吧!"弗拉纳根嘟嚷道,"我要的是开怀痛饮!"

劳森没去理睬他。

"听我说,当《奥林匹亚》在巴黎美术展览会上展出时,左拉——在那些市侩庸人的嘲笑声中,在那伙因循守旧的画家、法兰西学院院士和公众的一片嘘声中——左拉宣布说:'我期望有那么一天,马奈的画将陈列在罗浮宫里,挂在安格尔①的《女奴》对面,两相对比,占据上风的将不是《女奴》。'《奥林匹亚》肯定会挂在那儿的,每一天,我都看到这一时刻更近了一点。不出十年,《奥林匹亚》一定会陈列在罗浮宫里。"

"绝不会的,"那个美国人嚷道,突然用双手把头发狠命地往后一抹,好像要一劳永逸地消除这种烦扰,"不出十年,那幅画就会遭到遗忘。它不过投合眼下的风尚。任何 幅画要是缺乏一点实质性内容,就不会有生命力,而马奈的画,就这条标准而言,还差十万八千里。"

"什么是实质性内容呢?"

"缺乏道德成分,任何伟大的艺术都不可能存在。"

"哦,天哪!"劳森怒火万丈地嚷道,"我早知道是这么回事。他需要的是道德寓意。"他双手紧握在一起,做出向上天祈祷的样子,"哦,克利斯朵夫·哥伦布,克利斯朵夫·哥伦布,当你发现美洲大陆的时候,你都干了些什么啊?"

"罗斯金说……"

他还来不及再往下说,克拉顿突然盛气凌人地用刀柄猛敲桌面。

"诸位先生,"他声音严厉地说,那只大鼻子也因为激愤

---

① 安格尔(1780—1867),法国画家,古典主义画派的最后代表人物。

而明显地起了皱纹，"刚才有人提到一个名字，我绝没有想到在上流社会竟然又会听到这个名字。言论自由固然很好，但我们应当遵守日常的礼节，不可失了分寸。要是你愿意，你尽可以谈谈布格罗：这个名字听起来引人发笑，其中有着令人感到欢快的讨厌之处。但是我们可千万别让 J. 罗斯金、G. F. 瓦茨和 E. B. 琼斯这样一些名字来玷污我们纯洁的双唇。"

"罗斯金究竟是什么人？"弗拉纳根问。

"维多利亚时代的伟人之一，英文文体大师。"

"罗斯金文体——就是由七零八碎的浮华辞藻拼凑起来的大杂烩，"劳森说，"再说，让维多利亚时代的那些伟人统统见鬼去吧！每当我翻开报纸，看见某个维多利亚时代的伟人的讣告，我就感谢天地，他们当中又少了一个啦。他们唯一的本领就是长寿。艺术家一过四十岁，就该让他们去见上帝。一个人到了这个年龄，已经完成了他最优秀的作品。打这以后，他所做的只是老调重弹。难道你们不认为，济慈、雪莱、博宁顿①和拜伦的早年丧生，实在是交了世上少有的好运吗？如果斯温伯恩②在出版第一卷《诗歌和民谣集》的那天与世长辞，他在我们眼中会是多么伟大的天才啊！"

这番话说得很合大家的心意，因为在座的没有一个人超过二十四岁。他们又兴致勃勃地议论开了。这一次他们倒是意见一致，而且还各自作了详尽的论述。有人提议把法兰西学院四十个院士的所有作品拿来，燃起一大片篝火，维多利亚时代的伟人，只要年满四十岁，也都要被扔进火堆。这个主意

---

① 博宁顿(1802—1828)，英国画家，擅长水彩画和油画。

② 斯温伯恩(1837—1909)，英国诗人、文学评论家。

受到一阵欢呼。卡莱尔①、罗斯金、丁尼生、勃朗宁、G.F.瓦茨、E.B.琼斯、狄更斯和萨克雷都被匆匆抛进烈焰之中。格莱斯顿先生、约翰·布赖特②和科布登③,也遭到同样的下场。关于乔治·梅瑞狄斯,曾有过短暂的争论;但是马修·阿诺德和爱默生,则被欢快地付诸一炬。最后轮到了沃尔特·佩特。

"沃尔特·佩特就算了吧。"菲利普嘟囔道。

劳森用那双绿眼睛紧盯着他看了一会儿,然后点了点头。

"你说得很对,只有沃尔特·佩特一个人证明了《蒙娜丽莎》的价值。你知道克朗肖吗? 他过去和佩特很熟。"

"克朗肖是谁?"菲利普问。

"他是个诗人,就住在这儿附近。现在咱们上丁香园去吧。"

丁香园是一家咖啡馆,晚饭后他们常到那儿去消磨时间。晚上九点以后,深夜两点之前,总可以在那儿找到克朗肖。可是弗拉纳根一晚上已经听腻了这种耗费脑力的谈话,一听到劳森的提议,他便转身对菲利普说:

"哎呀,咱们还是找个有姑娘的地方去玩玩吧。上蒙帕纳斯游乐场去,咱们去开怀痛饮一番。"

"我宁愿去见克朗肖,保持清醒的头脑。"菲利普笑着说。

---

① 卡莱尔(1795—1881),英国散文作家和历史学家。
② 约翰·布赖特(1811—1889),英国议会议员,反谷物法联盟创始人之一。
③ 科布登(1804—1865),英国政治家,下院议员,极力主张废除谷物法。

42

　　大家闹哄哄地离开了。弗拉纳根和另外两三个人前往歌舞杂耍剧场,而菲利普则同克拉顿和劳森一起慢悠悠地朝丁香园走去。

　　"你应该到蒙帕纳斯游乐场去看看,"劳森对他说,"那是巴黎一个最美的地方。总有一天,我要去把它画下来。"

　　菲利普在海沃德的影响下,也用鄙夷的目光看待歌舞杂耍剧场,但他到达巴黎的时候,正赶上歌舞杂耍表演的兴盛期,它那潜在的艺术价值刚被人们发现。灯光照明的独特别致、大片的暗红色与失去光泽的金黄色、又浓又厚的阴影,以及各种装饰线条,都为艺术创作提供了新的主题。拉丁区大约有一半的画室里都陈列着在本地各家不同的剧场所作的写生画。文人墨客紧步画家的后尘,也突然共同探索起杂耍剧目的艺术价值来。于是,那些红鼻子的喜剧演员由于他们塑造角色的能力而被捧上了天;那些肥胖的女歌手,曾经默默无闻、声嘶力竭地唱了二十年,如今人们却发现她们的演唱具有无与伦比的谐趣;有些人在耍狗戏中获得美的感受,另一些人则费尽他们所掌握的词汇,来颂扬魔术师和自行车特技演员的精湛技艺。杂耍演出的观众也受到另一种影响,成为大家同情关注的对象。菲利普跟海沃德的观点一样,一向看不起乱哄哄的民众。他也像离群索居的人那样,厌恶地观看着平民百姓的滑稽表演;但克拉顿和劳森却热情洋溢地谈论着百姓大众。他们描述了拥挤在巴黎各类集市上的密密麻麻的人群,那真是人山人海,在电石汽灯的强光下,人们的脸若隐若现;嘟嘟的喇叭声、呜呜的汽笛声、嗡嗡的说话声都混杂在一起。他们所说的这些情况，菲利普听着觉得新鲜而离奇。他们向他谈起了克朗肖。

"你有没有看过他的作品？"

"没有看过。"菲利普说。

"他的作品发表在《黄皮书》①上。"

他们用画家对待作家经常会有的那种眼光来看待克朗肖，对他既有几分轻蔑（因为他在绘画方面是个门外汉），又有几分宽容（因为他搞的也是一门艺术），另外还有几分敬畏（因为他运用的艺术表现方式，使得他们局促不安）。

"他是个不同寻常的人。一开始，你会对他感到有点失望，他只有等到喝醉了，才会显露出非凡的才能。"

"讨厌的是，"克拉顿补充道，"他要喝上好长一段时间才有醉意。"

他们到了咖啡馆门口，劳森告诉菲利普说，他们还得往里走。秋风中几乎还感觉不到什么刺骨的寒意，但克朗肖有一种畏惧穿堂风的病态心理，即便遇到最暖和的天气，也非要坐在店堂里面不可。

"凡是值得结交的人，他都认识。"劳森解释说，"他曾同佩特和奥斯卡·王尔德②有过交往，如今他还跟马拉梅③这类人物保持往来。"

---

① 《黄皮书》，英国在1894年和1897年间出版的文学插图季刊，该刊物的编辑与当时兴起的美学运动有关。
② 奥斯卡·王尔德（1854—1900），英国诗人、剧作家、小说家，为19世纪末唯美主义的主要代表。
③ 马拉梅（1842—1898），法国诗人，象征派诗歌的代表人物。

他们要找的那个人正坐在咖啡馆里最不容易被风吹到的角落里。他穿着外套，衣领朝上翻起，帽檐压得低低的，一直盖到脑门上，免得被冷风吹到。他身材高大、健壮，但并不肥胖；圆圆的脸庞，两只呆滞无神的小眼睛，嘴上留着一小撮胡子。他的头似乎显得小了一点，与他的身材很不相称，看上去就像一颗豌豆摇摇欲坠地放在鸡蛋上。他正在跟一个法国人玩多米诺骨牌，只是默默地微笑着向新来的人打招呼；他没有说话，只把餐桌上的一小摞茶碟往旁一推，好像给他们腾出点地方似的。桌上有多少个茶碟，就说明他已经喝了多少杯酒。当别人把菲利普介绍给他的时候，他点了点头，继续玩他的骨牌。菲利普自己的法语并不高明，但他仍能听得出克朗肖的法语讲得很糟，尽管他在巴黎已经待了好些年。

终于，克朗肖脸上挂着胜利的笑容，把身子往椅背上一靠。

"你 输 给 我 了。"① 他带着极为难听的口音说，"跑堂的！"②

他大声招呼侍者，然后转过头来对菲利普说：

"刚从英国出来？看过板球赛没有？"

菲利普被这个出其不意的问题弄得有点不知所措。

"克朗肖对近二十年来每个一流板球队队员的球艺水平都了如指掌。"劳森笑嘻嘻地说。

那个玩牌的法国人离开了他们，到另一张桌子找他的朋友去了。克朗肖开始谈起肯特队和兰开夏队双方的球艺长处。他说起话来慢悠悠的，这倒是他的一个独特之处。他对

---

①② 　原文是法语。

他们讲了上次看到的板球决赛,并描述了各个击球手——被杀出局的经过。

"这是我来巴黎后唯一惦念的事儿。"他喝完了侍者端来的那杯啤酒①,这么说道,"这儿你看不到一场板球赛。"

菲利普颇为失望,劳森也变得不耐烦起来,大概因为他急于要把拉丁区的一位名流向菲利普炫耀一下。那天晚上,克朗肖慢条斯理地喝着酒,迟迟不见醉意,尽管堆放在他旁边的那些茶碟表明他至少是诚心想把自己灌醉的。克拉顿饶有兴趣地观看着这个场面。他认为克朗肖卖弄自己在板球赛方面的那点微不足道的知识,未免有几分矫揉造作。他就是喜欢耍弄人,有意讲些显然令人生厌的话题。克拉顿插嘴问了个问题。

"你最近见到过马拉梅吗?"

克朗肖慢悠悠地望着他,好像心里反复琢磨着这个问题。他并没有急着回答,而是拿起一个茶碟,敲了敲大理石餐桌。

"把我的那瓶威士忌拿来。"他大声喊道,接着又转过脸来对着菲利普说,"我自己在这儿存了一瓶威士忌。喝那么一点儿就要付五十生丁,我可喝不起。"

侍者把那瓶酒端来了,克朗肖举起来对着灯光仔细端详。

"有人喝过了。跑堂的,谁偷喝了我的威士忌?"

"没有人喝过,克朗肖先生。"②

"昨晚我特地做了一个记号,你看这儿。"

"先生是做了记号,但过后仍在不断地喝着。照这种样子,先生做记号就是白白浪费时间。"

---

①② 原文是法语。

侍者是个心情愉快的家伙,跟克朗肖混得很熟。克朗肖目不转睛地望着他。

"如果你像贵族和绅士那样用名誉担保,除了我以外,谁也没有喝过我的威士忌,那么我就接受你的说法。"

这句话被他逐字译成极为生硬的法语,听起来十分滑稽,柜台①旁的那个女掌柜忍不住扑哧笑出声来。

"这人真逗乐儿。"② 她嘟囔道。

听到这句话,克朗肖不好意思地把目光转向她(那女掌柜是个健壮的中年女子,摆出一副家庭主妇的气派),并郑重其事地给了她一个飞吻。她耸了耸肩膀。

"别害怕,太太,"他费劲地说,"我已经不年轻了,半老徐娘的眷顾对我已没有什么吸引力。"

他给自己倒了点威士忌,又掺了些水,慢慢地喝起来。他用手背抹了抹嘴。

"他讲得十分动听。"

劳森和克拉顿明白,克朗肖的这句话是对刚才有关马拉梅的问题所做的回答。每星期二晚上,那位诗人都要接待文人和画家,不管人们向他提出什么话题,都能巧妙地侃侃而谈。克朗肖经常前去参加这样的聚会,显然最近也去过那儿。

"他讲得十分动听,不过全是废话。他谈到艺术,好像那是世上最重要的东西。"

"那当然啦,要不咱们上这儿来干什么?"菲利普问道。

"你为什么要来这儿,我可不清楚。这跟我一点也不相干。但艺术是一件奢侈的身外之物。人们所重视的只是自我保存,繁衍后代。只有在这两种本能得到满足以后,他们才肯把心思用到作家、画家、诗人所提供的消遣上来。"

克朗肖停下来喝了口酒。二十年来,他始终在思索这样一个问题:究竟是因为酒能助长谈话的兴致,他才如此喜爱喝酒呢,还是因为谈话使他口渴想要喝酒,所以他才喜欢谈天说地。

接着他说道:"昨天我写了一首诗。"

也不等人请,他就立刻吟诵起来了。他吟诵得十分缓慢,一边还伸出食指打着节拍。也许那是一首极为浑成完美的诗歌,但偏巧这个时候,外面跑进来一个年轻女子。她的嘴唇涂得通红,那鲜艳的双颊显然也并非出自她粗俗的本质。她把眉毛和睫毛染得漆黑,把上下眼睑都抹上醒目的蓝色,而且一直抹到眼角处,形成一个三角形,看上去古怪有趣。一头乌黑的头发梳理得很整齐,从耳朵上方往后挽起,那种发式由于克莱奥·德·梅罗德小姐①的提倡而相当流行。菲利普的两只眼睛在她的身上转来转去。克朗肖吟诵完了,朝菲利普宽容地微微一笑。

"你没在听啊。"他说。

"哦,不,我听着呢。"

"我不责怪你,因为你已经给我刚才说的话提供了一个贴切的实例。离开了爱情,又有什么艺术可谈呢?刚才你出神地望着这个妖媚迷人的年轻女子,对我写的好诗却无动于衷,为此我向你表示敬意和赞赏。"

女子从他们的餐桌旁边走过时,克朗肖一把拉住她的

---

① 克莱奥·德·梅罗德(1875—1966),法国舞蹈家。

胳膊。

"过来坐在我的身边,宝贝儿,让咱们俩来演一出神圣的爱情喜剧吧。"

"让我安静一会儿。"①女子说,一边使劲把他推开,继续朝前走去。

"所谓艺术,"克朗肖挥了一下手,又继续说,"只不过是聪明人在吃饱喝足、玩够了女人之后,为了消闲解闷而发明出来的玩意儿。"

克朗肖又给自己倒了满满一杯,继续洋洋洒洒地说起来。他说话的声音圆润洪亮,措辞都经过仔细斟酌。他把见解精辟的妙语和荒谬可笑的话语混杂在一起,那种方式真叫人瞠目结舌。他一会儿板着脸取笑他的听众,一会儿又嘻嘻哈哈地向他们提出合理的忠告。他谈到艺术、文学和人生。他时而态度真诚,时而满口脏话,时而兴高采烈,时而痛哭流涕。他显然已经喝醉了,接着他又吟诵起诗歌来——他自己的和弥尔顿②的、他自己的和雪莱的、他自己的和基特·马洛③的诗。

最后劳森疲乏不堪,站起来要回家。

"我也要走了。"菲利普说。

他们之中话讲得最少的是克拉顿,他嘴上挂着嘲讽的笑容,留下来继续听克朗肖胡言乱语。劳森陪着菲利普回到旅馆,随后向他道了晚安。可是菲利普上床后,却无法入睡。别人在他面前信口瞎扯的所有那些新颖的想法,这会儿在他的

① 原文是法语。
② 弥尔顿(1608—1674),英国诗人。
③ 基特·马洛,即克利斯朵夫·马洛(1564—1593),英国诗人。

脑海里随意地翻腾涌动。他无比兴奋,感到自己身上汇聚着巨大的力量,他还从来没有这么自信过。

"我知道自己会成为一个伟大的艺术家,"他自言自语地说,"我感到自己身上有这样的气质。"

当他脑子里闪过另一个念头时,他禁不住感到一阵激动。可是就连对自己,他也不愿把这个念头用言辞表达出来。

"老天在上,我相信我是有天才的。"

其实他已醉得相当厉害,不过,既然他喝下去的至多只是一杯啤酒,那么使他充满醉意的,就只可能是一种比酒精更危险的麻醉剂。

43

每逢星期二、星期五的上午,画师都到阿米特拉诺画室来评讲学生的习作。在法国,画家的收入十分微薄,只有为人作肖像画,取得某些有钱的美国人的资助,才好一些。就连一些知名画家,也愿意每周抽出两三个小时到某个教授绘画的画室去兼课,增加收入,反正巴黎有很多这样的画室。星期二这一天,由米歇尔·罗兰来阿米特拉诺画室授课。他是个上了年纪的人,胡子雪白,脸色红润。他曾为政府画过不少装饰画,而如今这却在他的学生们中成为笑柄。他是安格尔的弟子,对艺术的发展无动于衷,一听到马奈、德加、莫奈和西斯莱这伙举止轻浮的家伙①的名字,他就感到恼火。但他是个极为高明的教师:温文有礼,诲人不倦,善于鼓励引导学生。至

---

① 原文是法语。

于每星期五到画室来巡视的富瓦内,却是个很难相处的家伙。他身材瘦小干瘪,满口蛀牙,一副脾气乖戾的样子,蓄着一把乱蓬蓬的灰胡子,长着两只恶狠狠的眼睛,说话的嗓门很高,语气嘲讽。他早年曾有几幅画作被卢森堡美术馆购买,因此在二十五岁的时候,本指望自己会有远大的前程。可是他的艺术才华只是由于他青春年少,而并非出自他的个性。二十年来,他除了一再重复早年使他成名的风景画之外,没有取得一点成绩。当人们指责他的作品千篇一律时,他回答说:

“柯罗①一辈子只画一样东西,为什么我就不可以呢?”

无论哪个人的成功都叫他感到妒忌,对于那些印象派画家,他更是格外厌恶。因为他把自己的失败归咎于疯狂的时尚,公众——卑鄙的家伙②——在时尚的影响下,都被印象派画家的作品吸引了过去。对于印象派画家,米歇尔·罗兰只是温和地表示鄙夷,把他们称作江湖骗子,而富瓦内却以连声咒骂来加以应和,坏蛋③和恶棍④算是最客气的字眼了。他以诬蔑他们的私生活来取乐,用冷嘲热讽的诙谐口气,骂他们是私生子,攻击他们有婚外的私情,并提供了种种亵渎神明和淫乱的细节。为了更加突出那些不堪入耳的讥诮言辞,他还使用了东方人的比喻手法和东方人的强调语式。在检查学生们的习作时,他也毫不掩饰自己对他们的轻蔑。学生们对他是又恨又怕;女学生经常由于受不了他那毫不留情的嘲讽而掉眼泪,结果又被他奚落一顿。尽管学生们被他骂得狗血喷头而纷纷抗议,但他仍然留在画室执教,因为他无疑是巴黎一

①　柯罗(1796—1875),法国风景画家。
②③④　原文是法语。

个最优秀的美术教师。有时候,学校的管理人,也就是那个老模特儿,大胆地劝他几句,但在这位蛮横暴躁的画家面前,他的规劝转眼就化为低声下气的道歉。

菲利普首先遇到的就是富瓦内。菲利普来到画室时,富瓦内已经在里面了。他一个画架一个画架地巡视过去,在一旁陪同的是学校的女司库奥特太太,遇到那些不懂法语的学生,便由她充当翻译。范妮·普里斯坐在菲利普旁边,十分兴奋地画着。她心情紧张,面如土色;她不时地放下画笔,在上衣上擦擦手,她急得手掌滚热发烫。突然她神色焦虑地朝菲利普转过脸来,眉头紧锁,似乎想借此来掩盖内心的忧虑。

“你看我画得好吗?”她问,一边朝自己的画点点头。

菲利普站起身来,朝她的画看了看。他大吃一惊,觉得她准是彻底失去了观察力。画得完全走了样,一点也不协调。

“我真希望能画得有你一半那么好。”他回答说。

“那可没门儿,你刚来嘛。现在就想要画得跟我一样好,那你的期望也未免太高了。我来这儿已经两年了。”

范妮·普里斯令菲利普感到困惑不解。她那副自高自大的样子实在叫人吃惊。菲利普已经发现,画室里所有的人都打心眼儿里讨厌她。这也并不奇怪,因为她似乎故意出口伤人。

“我在奥特太太面前对富瓦内表示不满。”她说,“近两个星期,富瓦内对我的画竟不看上一眼。他每次几乎要在奥特太太的身上花半个小时,就因为她是这儿的女司库。不管怎么说,我付的学费并不比别人少,我想我的钱也跟他们的钱一样货真价实。我不明白,为什么我不能像别人一样受到关注。"

她重新拿起炭笔,但不一会儿又放下了,嘴里发出一声呻吟。

"我再也画不下去了,心里紧张得要命。"

她望着富瓦内,他正跟奥特太太一起朝他们这边走来。奥特太太性格温顺,画艺平庸,扬扬自得的样子中露出几分自命不凡的神气。富瓦内在一个名叫露丝·查利斯的英国姑娘的画架旁边坐了下来。露丝身材矮小,衣衫邋遢,长着一双漂亮的黑眼睛,目光倦怠,但时而闪现出激情;那张瘦削的脸庞,显得严肃而又富于性感,肤色如同年岁久远的象牙——这种风韵,正是当时在伯恩-琼斯的影响下,切尔西①的年轻女子所刻意培养的。富瓦内今天似乎心情很好,他没跟她多说什么,只是拿起她的炭笔,迅速、果断地画了几笔,点出了她的错误。他站起来的时候,查利斯小姐高兴得喜眉笑眼。富瓦内走到克拉顿跟前,这时候菲利普也紧张起来了,不过奥特太太早就答应过会对他加以照顾。富瓦内在克拉顿的习作前站了一会儿,默默地咬着大拇指,然后心不在焉地把咬下的那一小块皮吐在画布上。

"这根线条画得不错,"他终于开口说,一边用拇指点着他所满意的地方,"你开始有点入门了。"

克拉顿没有搭腔,只是望着他的老师,仍然摆出平时那种不把世人的看法放在心上的嘲讽神情。

"我开始觉得,你至少有那么点儿才华。"

---

① 切尔西,英国伦敦西南部一个住宅区,位于泰晤士河北岸,为艺术家和作家的聚居地。

奥特太太一向不喜欢克拉顿,听了这话就噘起嘴来。她看不出画里有什么不同寻常的地方。富瓦内坐下来,开始详细地讲解绘画技巧。奥特太太站在一旁,渐渐有些不耐烦了。克拉顿什么话都不说,只是不时点点头;富瓦内感到很满意,克拉顿领悟了他说的话,而且明白其中的道理。在场的大多数人也在侧耳倾听,但显然根本没有听懂。接着富瓦内站起身,朝菲利普走来。

"他刚来两天,"奥特太太赶紧解释说,"是个初学者,以前从没学过画。"

"看得出来,"①画师说,"看得出来。"

他继续朝前走去,奥特太太低声对他说:

"这就是我跟你说过的那个姑娘。"

富瓦内望着范妮·普里斯,好像她是什么讨厌的动物似的,他说话的声音也变得更加刺耳。

"看来你认为我对你不够关注。你老是在女司库面前抱怨。好吧,就把你希望我加以注意的那幅作品拿出来让我看看吧。"

范妮·普里斯涨红了脸。在她那不健康的皮肤下,血液似乎呈现出一种奇怪的紫色。她没有回答,只是指了指面前的画,这幅画,她从这个星期开始一直画到现在。富瓦内坐了下来。

"哎,你希望我对你说些什么呢?要我对你说,这是一幅好画?不是。要我对你说,画得怪不错的?画得不好。要我对你说,这幅画有那么一些可取之处?压根儿没有。要我指

---

① 原文是法语。

出你的画有些什么毛病？全是毛病。要我告诉你该怎么处理？把它撕了。现在你总满意了吧？"

普里斯小姐脸色煞白,怒气冲天,因为画师竟当着奥特太太的面如此挖苦她。虽然她在法国待了很久,完全听得懂法语,但自己却讲不出几句话来。

"他没有权利这样对待我。我的钱跟别人的一样货真价实,我付钱是要他来教我。可这哪儿是在教我!"

"她说些什么？她说些什么？"富瓦内问。

奥特太太犹豫着,不想把这些话转译给他听。普里斯小姐自己用拙劣的法语又说了一遍:

"我付钱是要你来教我。"①

画师眼睛里闪着怒火。他提高嗓门,挥着拳头。

"但是,他妈的,② 我教不了你。教一峰骆驼也比教你要容易。"他转身对奥特太太说,"问问她,她学画究竟是为了消遣,还是指望靠它挣钱谋生。"

"我要像画家那样挣钱过日子。"普里斯小姐答道。

"那么我就有责任告诉你,你是在白白浪费时间。你缺乏天赋,这倒不要紧,如今真正有天赋的人也不是在街上到处都能见到的;问题是你一点也没有悟性。你来这儿有多久了？一个五岁的小孩,上了两堂课后,画得也会比你强。我只想奉劝你一句,放弃这种毫无希望的尝试吧。如果你想要谋生,也许当个干所有家务活的女仆③,倒比当画家更为合适。瞧!"

他抓起一支炭笔,刚在纸上勾画,炭笔就折成两截。他咒骂了一声,接着便用断笔头画了几根粗大有力的线条。他动

①②③ 原文是法语。

作利索,边画边讲,不断恶声恶气地骂个不停。

"瞧,这两条胳膊竟不一样长短。还有这个膝盖,被画得奇形怪状。我告诉你,五岁的孩子也比你强。你看,这两条腿叫她怎么站得稳呢!瞧这只脚!"

他每说出一个词,那支炭笔就恶狠狠地在纸上留下个记号,不一会儿,范妮·普里斯花了那么多时间和心血画成的画,就被涂得无法识别,画面上净是乱七八糟的线条和斑点。最后他扔下炭笔,站起身来。

"听我的忠告,小姐,还是去学学做裁缝的手艺吧。"他看了看自己的表,"十二点了。先生们,下星期见。①"

普里斯小姐慢腾腾地收拾起画具。菲利普有意让别人先走,想安慰她几句。他想不出什么别的话,只是说:

"哎,我真是难过。这个人多么粗野!"

她恶狠狠地对他发起火来。

"你等在这儿就是为了对我说这个?等我需要你同情的时候,我会开口求你的。现在请别挡住我的去路。"

她从他身边走过,出了画室。菲利普耸了耸肩,一瘸一拐地到格雷维亚餐馆吃午饭去了。

"她活该!"菲利普把刚才的事儿告诉劳森后,劳森这么说,"坏脾气的臭娘们儿。"

劳森很怕受到批评,因此每逢富瓦内来画室授课,他总是避而不去。

"我不希望别人对我的画作评头论足,"他说,"是好是坏,我自己心里清楚。"

----

① 原文是法语。

"你的意思是说,你不希望别人对你的画作做出不好的评论。"克拉顿冷冷地接口说。

下午,菲利普想去卢森堡美术馆看看那儿的画。他在穿过公园时,一眼看见范妮·普里斯仍然坐在她的老位置。他先前出于一番好意,想安慰她几句,而她竟如此粗暴无礼,他心里很不高兴,因此这次从她身边走过时就只当没有看见。可是她却马上站起身,朝他走来。

"你想装作没看见我,是吗?"

"不,哪儿的话。我想也许你不希望别人跟你说话。"

"你上哪儿去?"

"我想去看看马奈的那幅名画,我老是听人谈到它。"

"要我陪你去吗?我对卢森堡美术馆相当熟悉,可以领你去看一两件精彩的画作。"

他意识到她不愿直接向他赔礼道歉,而想以此来弥补自己的过失。

"那真是太感谢你了。我正求之不得呢。"

"要是你想一个人去,也用不着勉强。"她不放心地说。

"我不想一个人去。"

他们朝美术馆走去。那儿最近正在展出卡耶博特①的私人藏画,习画的学生头一次有机会从容自在地仔细观看印象派画家的作品。在此之前,只有在拉菲特街杜朗-吕埃尔的店铺里(这个商人跟那些对画家摆出优越感的英国同行不一样,总是乐意把画拿给穷学生看,他们想看什么就让他们看什么),或是在他的私人住所内,才能见到这些作品。他的住所

---

① 卡耶博特(1848—1894),法国画家,印象派成员及赞助人。

每星期二对外开放,弄张入场券倒也不难,在那儿你可以看到许多世界名画。进了美术馆,普里斯小姐领着菲利普径直来到马奈的《奥林匹亚》跟前。菲利普看着这幅油画,惊得说不出话来。

"你喜欢吗?"普里斯小姐问。

"我说不上来。"他茫然不知所措地回答。

"你相信我的话好了,也许除了惠斯勒为他母亲作的肖像画以外,这幅画就是美术馆里最精妙的展品了。"

她给他一些时间来仔细观赏这幅杰作,随后领他去看一幅描绘火车站的油画。

"看,这是一幅莫奈的作品,"她说,"画的是圣拉扎尔火车站。"

"但画面上的两道铁轨不是平行的。"菲利普说。

"那有什么关系呢?"她傲气十足地问道。

菲利普深感羞愧,范妮·普里斯捡起了目前各个画室议论不休的话题,凭着自己这方面的广博的知识,轻而易举地就给菲利普留下了深刻的印象。她开始给菲利普讲解美术馆里的画作,尽管口气狂妄,倒也不无敏锐的眼光。她讲给他听各个画家的创作意图,指点他该在画面上探寻什么。她说话时老是用大拇指比比画画。她所讲的一切,对菲利普来说都很新鲜,因此他听得津津有味,却又有点儿困惑不解。在此之前,他一直崇拜瓦茨和伯恩-琼斯,前者的绚丽色彩,后者的工整雕琢,完全合乎他的审美观。他们朦胧的理想主义,以及他们作品标题中所包含的那点儿隐隐约约的哲学意味,都与他在勤奋地研读罗斯金著作时所领悟到的艺术功能完全吻合。可是这里看到的画作却大不相同:作品里没有道德的感染力,观赏这些作品,也无助于把人们引向更纯洁、更高尚的生活。他感到困惑不解。

最后他说:"你知道,我简直累坏了,我的头脑里大概再也装不进什么有益的东西了。咱们去找条长凳,坐下来歇会儿吧。"

"艺术这玩意儿还是不要一下子吸收太多为好。"普里斯小姐回答说。

他们走出美术馆,菲利普对她不怕麻烦地陪自己参观,衷心地表示感谢。

"哦,这算不了什么,"她有点不客气地说,"我这么做是因为我喜欢。要是你愿意,咱们明天去罗浮宫,随后再领你到杜朗-吕埃尔的店铺走一趟。"

"你待我真是太好了。"

"你不像他们多数人那样,他们压根儿不把我当人看待。"

"我可不是这样。"他笑着说。

"他们以为能把我从画室里赶走,但他们不会成功的。我愿意在那儿待多久,就待多久。今儿早上发生的事,都是露茜·奥特搞的鬼,我知道就是这么回事。她对我始终怀恨在心,以为这样一来我就不会再待下去了。我想,她巴不得我走呢。她生怕我太了解她的底细。"

普里斯小姐长篇大论、头绪纷繁地对菲利普讲了一阵,无非想要说明,奥特太太这个身材矮小的女人表面上品格端正,资质平凡,实际上生活放荡,常跟别人私通。接着,她又谈到露丝·查利斯,就是上午受到富瓦内夸奖的那个姑娘。

"她跟画室里所有的男人都鬼混,简直和妓女差不多,而且十分邋遢,一个月也不洗上一次澡。这都是事实,我确定无疑。"

菲利普听着觉得很不舒服。有关查利斯小姐的各种流言蜚语,他也早就听说了。可是要怀疑那位跟母亲住在一起的奥特太太的贞操,未免荒谬可笑。他身旁的这个女人竟然对别人恶意中伤,实在令他惊骇。

"他们说些什么,我可不在乎。我会照样继续干下去。我知道自己有天赋,感到自己是个艺术家。我宁可自杀也不放弃这一行。哦,在学校里受到他们大家嘲笑的,我又不是头一个,但是那些遭到嘲笑的人结果往往倒成了唯一的天才。艺术是我唯一关心的事,我愿一辈子都献身于艺术。关键只在于坚持到底,锲而不舍。"

要是有谁对她的这种自我评价表示异议,就会被她视为怀有不可告人的动机。她讨厌克拉顿。她告诉菲利普,克拉顿其实并没有什么才能;他的画华而不实,相当肤浅。他无论怎样也画不出什么像样的肖像来。至于劳森,她说:

"一个红头发、满脸雀斑的浑小子。对富瓦内竟然怕得不敢把自己的习作拿给他看。不管怎么说,我并不畏缩,不是吗?我并不在乎富瓦内对我说的那些话,我知道自己是个真正的艺术家。"

他们到了她住的那条街上,菲利普宽慰地舒了口气,离开了她。

44

尽管如此,下星期天普里斯小姐主动提出要带他去参观卢浮宫时,菲利普还是接受了。她领他去看《蒙娜丽莎》。菲利普望着这幅名画,心里微微感到有些失望。但他以前曾把沃尔特·佩特对于这幅画的评论,也就是给这幅举世闻名的画添加了几分美感的珠玑妙语念得滚瓜烂熟。此刻,菲利普便把这段话背给普里斯小姐听。

"那完全是文人在舞文弄墨,"她用略带几分轻蔑的口气说,"你可不要理会那一套。"

她指给他看伦勃朗①的画作,同时还对这些作品作了一番恰如其分的介绍。她在《埃墨斯村的信徒》那幅画前面站住了脚。

"如果你能感受到这幅画的妙处,"她说,"那么你对绘画也算懂得点门道了。"

她又让菲利普看了安格尔的《女奴》和《泉》。范妮·普里斯是个强横霸道的向导,不让菲利普去看自己想看的画,硬要菲利普赞赏她所推崇的作品。她对学画极其认真,有股拼劲。菲利普从长廊的窗口经过,窗外的杜伊勒利宫色彩鲜艳,充满阳光,风格典雅,好像拉斐尔笔下的一幅画作,他禁不住喊道:

"嘿,真美啊!咱们在这儿待一会儿吧。"

普里斯却冷淡地说:"好吧,就这样吧。不过咱们是来这儿看画的。"

秋天的空气轻盈欢快,充满活力,菲利普感到十分兴奋。靠近正午的时候,他们站在卢浮宫宽敞的庭院里,菲利普真想

---

① 伦勃朗(1606—1669),荷兰画家,擅长运用明暗对比,讲究构图的完美,尤善于表现人物的神情和性格特征。

像弗拉纳根那样,大喊一声:让艺术见鬼去吧!

"嘿,咱们一起上米歇尔大街,找家餐馆去吃些点心,怎么样?"菲利普提议说。

普里斯小姐怀疑地朝他瞅了一眼。

"我已经在家里准备好了午饭。"她说。

"那也没关系,你可以留着明天吃嘛。就让我请你一回吧。"

"不知道你干吗要请我?"

"这会叫我感到高兴。"他笑嘻嘻地回答。

他们过了河,在圣米歇尔大街的拐角处有家餐馆。

"咱们进去吧。"

"不,我不进去,这家馆子看上去太高档了。"

她不由分说地朝前走去,菲利普只好跟在后面。没走几步,他们又来到一家小餐馆跟前,在那儿人行道的凉篷底下,已经有十来个客人在用餐。餐馆的橱窗上写着几个白色大字:供应午餐1.25法郎包括酒资①。

"咱们不可能吃到比这更便宜的午饭了,这地方看上去也怪不错的。"

他们在一张空桌子旁坐下,等侍者给他们送上煎蛋卷,那是菜单上的第一道菜。菲利普开心地端详着过往的行人,似乎对他们充满兴趣。他虽然有点儿困倦,心里却十分快活。

"哎,瞧那个穿罩衫的男人,真有趣!"

他朝普里斯小姐瞥了一眼,令他惊讶的是,他看到她一点也不理会眼前的景象,而只是低头瞅着自己的菜盘子,两颗沉

---

① 原文是法语。

甸甸的泪珠正顺着脸颊滚落下来。

"你究竟怎么啦?"他惊叫道。

"如果你再对我说什么,我站起来马上就走。"她回答说。

菲利普完全摸不着头脑。幸好这时候煎蛋卷送了上来。菲利普把煎蛋卷分成两半,他们就开始吃起来。菲利普尽量讲些无关紧要的事,而普里斯小姐似乎也竭力显得脾气随和。不过,这顿饭总的说来并没有获得良好的结果。菲利普原来就容易恶心呕吐,而普里斯小姐吃东西的那副样子,更叫他倒了胃口。她吧嗒着嘴、狼吞虎咽地吃着,那副样子真有点像动物园里的一头野兽。她每吃完一道菜,总用面包片来抹盘子,直到把盘子抹得又白又亮才住手,好像连一小滴卤汁也舍不得丢掉似的。他们在吃卡芒贝尔奶酪①时,菲利普看到她把自己那一份都吃了,连奶酪的外皮也吞下了肚,禁不住感到憎恶。就算她饥肠辘辘,恐怕也不见得会这样狼吞虎咽。

普里斯小姐的性情难以捉摸,菲利普也说不准,你今天跟她友好地分别,下一天她是否就会对你举止粗鲁,紧绷着脸。然而他向她学到了不少东西。虽然她自己画得并不高明,但是一切可以口头传授的知识,她都懂得一点。由于她不断指点,菲利普才在绘画上有所长进。奥特太太也给了他不少帮助,查利斯小姐有时也对他的习作加以批评。另外,劳森口齿流利的高谈阔论,以及克拉顿所提供的范本,也都使菲利普得益匪浅。可是,范妮·普里斯小姐很不喜欢他接受别人的指点;每逢菲利普跟别人交谈之后再去向

---

① 卡芒贝尔奶酪,法国诺曼底地区产的一种优质软奶酪,未经压榨而成,有特殊香味和蓝莓纹斑。

她求教,总遭到她粗暴无礼的拒绝。其他那些人,劳森、克拉顿、弗拉纳根就常拿她来取笑菲利普。

"留神一点,小伙子,"他们说,"她已经爱上你啦。"

"哦,瞎胡扯。"菲利普笑着说。

普里斯小姐这样的人也会坠入情网,这种想法真是相当荒谬。菲利普只要一想到她那难看的长相,那头潮湿肮脏的头发,那双邋遢的手,以及那件老穿不换、沾满污迹、衣边磨破的棕色衣衫,就不寒而栗。看来她手头很紧。实际上他们都手头不宽,但她至少应该保持整洁。用针线把那条裙子缝补得整齐一点,总还是可以办得到的。

菲利普开始把自己接触到的人留给他的印象整理了一番。如今,他不再像旅居海德堡时那样淳朴天真了(那一段岁月似乎已是很久以前的事)。一旦他开始比较审慎地对周围的人发生兴趣,他往往喜欢在一旁观察,并暗自做出评判。他与克拉顿相识已经有三个月了,尽管每天见面,但发现自己对克拉顿的了解仍然跟最初认识他的时候一样。克拉顿在画室里留给别人的总的印象是:他这个人颇有几分能耐。大家都认为他会大有作为,他自己也是这么认为的。可是他究竟打算干些什么,无论是他还是别人,都不怎么清楚。克拉顿到阿米特拉诺画室来之前,曾先后在"朱利安画室""美术学校""马克弗松画室"等好几个地方学过画,在阿米特拉诺待的时间比其他地方都更长一些,因为他发现在这儿更可以不受干扰。他不喜欢展示自己的画作,也不像大多数学画的年轻人那样,爱向别人讨教或对他人加以指点。据说,他在首次战役路有一间兼作工作室和卧室的小画室,那儿藏着他的一些精心绘制的杰作,只要谁能说动他把这些画拿出来展览,他准会一举成名。他雇不起模特儿,只画些静物画。劳森老是谈起他所画的一幅盘中苹果图,声称那是一幅杰作。克拉顿生性十分挑剔,一心追求某种连自己也不怎么清楚的目标,整体上总对自己的画作不够满意。也许作品中的某一部分,比如说,一幅人体画的前臂或腿脚,静物画中的一个玻璃杯或酒杯,令他还算满意,于是他就把这些部分剪下来加以保存,而把其余的画面毁掉。这样,如果人家要求观赏他的画作,他就可以如实回答说,他连一幅可以供人观赏的画也没有。在布列塔尼,他曾遇到一个默默无闻的画家,一个怪人,原来当过证券经纪人,直到中年才开始学画①。克拉顿深受这个人的作品的影响,他正打算摆脱印象派的风格,自己煞费苦心地找出一种特有的绘画和观察事物的方法。菲利普觉得克拉顿身上确实有一股特别富于创意的劲头。

无论是在他们用饭的格雷维亚餐馆,还是晚上在凡尔赛或丁香园咖啡馆里,克拉顿总是寡言少语。他默默地坐在一旁,瘦削的脸上露出嘲讽的神情,只在看到有机会插一两句俏皮话的时候,他才开口。他喜欢有个嘲弄的对象,要是有哪个他可以讽刺挖苦的人在座,那他就特别来劲。他很少谈到绘画以外的话题,而且只跟一两个他认为值得交谈的人谈论。菲利普不知道他身上是否真有什么能耐。他的沉默寡言、他的那副形容枯槁的样子,以及那种辛辣的幽默口气,似乎都表明他的个性。可是所有这些,也许只是掩饰他才学空疏的有效的面具而已。

至于劳森,菲利普不久就跟他变得关系密切。劳森兴趣

---

① 这儿所讲的画家,系指法国后期印象派画家高更(1848—1903)。

广泛，是个讨人喜欢的伙伴。大部分学生都不像他看过那么多书。尽管他收入很少，却喜欢买书，也乐意借给别人。于是菲利普开始阅读福楼拜和巴尔扎克的小说，还有魏尔兰、埃雷迪亚①和维利埃·德利尔-亚当②的作品。他们经常一块儿去看戏，有时候还到歌剧院去，坐在顶层楼座里看喜歌剧。离他们住处不远，就是奥代翁剧场。菲利普不久也跟他的这位朋友一样，迷上了路易十四时期悲剧作家的作品，以及铿锵悦耳的亚历山大体诗行。在泰布街常举行红色音乐会，花上七十五个生丁，就可以在那儿欣赏到优美动听的音乐，也许还能另外免费喝上点儿饮料。座位不大舒适，场内挤满了听众，空气里充满了浓烈的烟草味儿，叫人透不过气来，但是他们凭着年轻人的热情，对这一切毫不在意。有时候，他们也上比利耶舞厅去玩玩。遇到这种机会，弗拉纳根也陪他们一起前去。他容易兴奋，喜爱大声叫嚷，身上充满欢快的劲儿，常常引得他们发笑。他跳舞跳得极为出色，进舞厅还不到十分钟，就已经跟一个刚结识的年轻女店员在舞池里翩翩起舞。

他们这伙人都想找个情妇。情妇成了在巴黎学美术的学生的一件装饰品。一个人有了情妇，周围的伙伴就会对他另眼相看，他自己也可以吹嘘一番。然而，难处就在于他们几乎都没有足够的钱来养活自己，尽管他们提出理由说，法国女子都聪明得很，两个人过日子也不见得会比单身增加多少开支，但是他们发现，要遇到一个愿意持有这种看法的年轻女子可不容易。因此，对大部分学生来说，只好满足于充满妒意地骂

① 埃雷迪亚(1842—1905)，法国诗人。

② 维利埃·德利尔-亚当(1840—1889)，法国小说家、戏剧家。

那些女子看不上他们这些穷学生，而去委身于那些社会地位更为稳固的画家。在巴黎要找个情妇竟这么困难，真是万分奇怪。有几次，劳森结识了一个年轻姑娘，并跟她订下了约会时间。在接下来的二十四小时内，他激动得坐立不安，遇到谁就详细描述那个姑娘如何迷人，可是到了约定的时间，那个姑娘却根本不见踪影。直到天色很晚，劳森才赶到格雷维亚餐馆，气冲冲地嚷道：

"真该死，又扑了个空！真不明白她们干吗不喜欢我。大概是嫌我法语讲得不好，或者是讨厌我的红头发。我在巴黎已经待了一年多了，竟连一个女子也没搞到手，真是太憋闷了。"

"你还没有摸着门道。"弗拉纳根说。

弗拉纳根可以说出自己在情场上所取得的一长串辉煌的战绩，真叫人羡慕不已。尽管他们可以不相信他说的所有的话，但是在事实面前，又不得不承认他说的并不全是谎言。不过他并不寻求那种永久性的结合。他只在巴黎待两年；他说服家里人让他到这儿来学画，而不是上大学。两年之后，他打算回西雅图去继承父业。他早就拿定主意要尽情地玩乐，因此并不追求什么持久不变的爱情，而老是寻花问柳，见异思迁。

"真不明白你是怎么把那些娘儿们弄到手的。"劳森愤愤不平地说。

"那没什么难的，伙计！"弗拉纳根回答说，"只要瞅准目标，加紧追求就行了！难的倒是以后怎样甩掉她们。那才需要耍点手腕呢。"

菲利普一心忙于画画，另外还要读书、看戏、听别人谈话，根本没有心思去追女人。他觉得等他能讲一口流利的法国话了,干这种事有的是时间。

自从他上次见到威尔金森小姐后,已经过去了一年多的时间。就在他准备离开黑马厩镇的时候,曾收到过她的一封信,来到巴黎后的最初几个星期,他忙得根本没有时间回信。后来她又寄来第二封信,菲利普知道信里肯定充满责备的言辞,当时他没有心思去看,便把信搁在一边,打算以后再拆开。可是他竟忘了,直到一个月后有一天清理抽屉,想找一双没有破洞的袜子,才又偶然翻到那封信。他心情沮丧地望着那封没有拆开的信,认为威尔金森小姐一定万分痛苦,觉得自己真是人面兽心。但是这会儿,她大概已经熬过来了,总之,已熬过了最痛苦的时刻。他又想到女人表达自己意思的时候,往往夸大其词。同样这些话要是由男人说出口来,分量就重得多。他自己早已打定主意,今后不论怎样都不再跟她见面了,他已好久没有给她写信,如今似乎也不值得再提笔来写。他决定不去看那封信。

"她大概不会再来信了,"他自言自语地说,"她不会不明白我和她的那段情缘已经断了。她毕竟年纪大得几乎可以当我的母亲。她应该有自知之明。"

有一两个小时,他感到有点儿不怎么自在。显然,他所采取的态度是正确的,但是他无法不对整件事感到不满。不过,威尔金森小姐没有再给他写信,也没有像他可笑地担心的那样,突然出现在巴黎,让他在朋友面前丢人现眼。没过多久,他就完全把她忘了。

与此同时,他相当明确地抛弃了自己以前崇拜的偶像。一开始他对印象派作品所感到的惊讶,如今已经变成了钦佩赞叹。不久,菲利普不知不觉地也跟其他人一样,振振有词地谈着马奈、莫奈和德加这些画家的长处。他买了一张安格尔的名画《女奴》和一张《奥林匹亚》的照片,把它们并排钉在脸盆架的上方,这样,他可以在刮脸时细细观察这两幅画作的美妙之处。现在他确信,在莫奈之前根本谈不上有什么风景画。当他站在伦勃朗的《埃默斯村的信徒》或委拉斯开兹的《被跳蚤咬破鼻子的女士》面前时,心里真的感到一阵兴奋。"被跳蚤咬破鼻子",这当然不是那位女士的真实姓名,然而也正是凭借这个诨号,她才在格雷维亚餐馆出了名,同时这幅画作的美妙之处也更为突出,尽管画中人的外貌有点儿令人厌恶。他已把罗斯金、伯恩-琼斯和瓦茨①等人,以及他刚来巴黎时所戴的圆顶礼帽和挺括的蓝底白点领带,全都丢在一边。现在,他戴的是宽边软帽,系的是随风飘动的黑领带,另外再披一件剪裁式样带有几分浪漫气息的斗篷,四处玩乐。他沿着蒙帕纳斯大街漫步,好像他生来就熟悉这个地方似的。同时凭着一股富有男子气概的毅力,他也学会了喝苦艾酒,不再感到难以下咽。他开始留起了长发,心里还很想蓄起胡子,只是造物主不讲情面,对年轻人的名垂千古的渴望总是不加理会,他才只好作罢。

45

菲利普不久便意识到,正是克朗肖的精神才使他的那伙朋友变得见闻广博。劳森的那套似非而是的论点就是从克朗

---

① 瓦茨(1817—1904),英国画家、雕塑家。

肖那儿学来的,就连那位竭力追求个性的克拉顿,在发表自己的观点时,也不知不觉地袭用了那位长者的一些词语。他们在餐桌上议论的是克朗肖的一些想法;他们评判事物的是非标准所依据的也是克朗肖的权威见解。他们无意中对克朗肖流露出几分敬意,为了对这种过失加以补救,便嘲笑他性格上的弱点,为他身上的种种恶习而悲叹。

"当然,可怜的老克朗肖再也没有什么作用了,"他们说,"这老头已无可救药。"

实际上也只有他们才欣赏他的天才,他们为此而颇为自豪。尽管出于青年人对中年人的愚蠢行为所固有的那种轻蔑,他们在自己圈子当中议论他的时候,总摆出屈尊俯就的样子,但如果他选择的时代只允许出现一个特别了不起的人物,那他们就不能不把他的天才看作一件值得夸耀的事。克朗肖从不到格雷维亚餐馆来。最近四年,他一直跟一个女人同居,境况十分糟糕,只有劳森见过那个女人一次。大奥古斯丁街上有不少破败不堪的公寓,他们就住在其中一幢公寓七楼的一个小套房里。劳森兴致勃勃地描绘了那个场所肮脏凌乱、满地垃圾的情形:

"那股臭气几乎要把你熏死。"

"吃饭的时候别谈这些,劳森。"有人劝阻说。

可是劳森正说得高兴,不愿住口,仍把那股钻进他鼻孔的气味绘声绘色地描述了一番。他还十分逼真地讲了那个给他开门的女人的模样,露出一副兴高采烈的样子。那女人肤色黝黑,身材矮小而丰满,年纪很轻。一头乌黑的头发好像随时都会蓬松开来。她穿了一件邋遢的短上衣,里面连紧身胸衣都没穿。她那红扑扑的脸蛋,那张富有性感的大嘴,以及那双闪闪发亮、充满欲火的眼睛，使人不禁想起陈列在罗浮宫里的弗朗斯·哈尔斯①的那幅《波希米亚女子》。她那副招摇显摆的粗俗样子，让人觉得既有趣又惊骇。一个矮小的没有梳洗干净的婴儿正趴在地上玩。大家都知道，那个荡妇背着克朗肖，跟拉丁区一些最下贱的浪荡汉子勾勾搭搭，而才思敏捷、无比热爱美的克朗肖竟然跟这样一个女人厮混在一起，真叫那些在咖啡馆的餐桌旁汲取克朗肖的智慧的头脑单纯的青年感到无法理解。可是克朗肖似乎倒很欣赏那女人嘴里的粗俗言辞，还常常把一些不堪入耳的粗话转述给别人听。嘲讽地把她称作我的看门人的女儿②。克朗肖十分穷困，就靠给一两家英文报纸撰写评论画展的文章勉强度日，另外还搞点翻译。他以前曾当过巴黎某家英文报纸的编辑，后来由于好酒贪杯而遭到辞退，不过目前仍为这家报纸干点零活，报道在特鲁沃饭店举行的大拍卖啦，或是介绍歌舞杂耍剧场上演的时事讽刺剧。巴黎的生活已经渗入他的骨髓之中；尽管他在这儿过得贫困、劳累和艰辛，但他宁肯舍弃世上的一切，也不愿改变这儿的生活。他一年到头都待在巴黎，即便到了夏天，他认识的每一个人都离开了，他也不走；只有待在离圣米歇尔大街一英里内的地方，他心里才感到自在。然而奇怪的是，他至今连一句像样的法国话都没学会。他穿着从"漂亮的女园丁"商场买来的破旧衣衫，仍然保持着一副根深蒂固的英国人的样子。

　　要是他生活在一个半世纪之前，日子一定会过得十分顺

---

① 弗朗斯·哈尔斯(约 1580—1666)，荷兰肖像画家和风俗画家。
② 原文是法语。

畅。因为那时候,只要善于言谈,就能结交社会名流,喝得酩酊大醉也不会受到限制。

"我本该生在十九世纪的,"他自己这么说,"我需要的是一个资助人。那样,我可以靠他的捐赠出版我的诗集,并把它奉献给某个贵族。我多么希望能为某个伯爵夫人的鬈毛狗写几行押韵的对句。我整个心灵都渴望着能和贵人的侍女谈情说爱,跟主教们谈天说地。"

接着他援引了富有浪漫色彩的《罗拉》①中的诗句:

"我来到一个太古老的世界,又来得太迟了。"②

他喜欢见到陌生的面孔,对菲利普颇有好感,因为菲利普在跟人交谈时似乎具有这样一种很难把握的本领:言语不多不少,既能引出谈论的话题,又不会影响对方滔滔不绝的话语。菲利普被克朗肖迷住了。他没有意识到克朗肖说的几乎没有什么新的东西。克朗肖谈话中显露出的个性具有一股奇异的力量。他嗓音洪亮悦耳,而那种表述的方式对年轻人又具有无穷的吸引力。他说的每句话似乎都很发人深思,劳森和菲利普在回去的路上,经常为了讨论克朗肖偶然提出的某个观点,而在各自寄宿的旅馆之间不断往返。菲利普身为年轻人,凡事都迫切地想看到结果,而克朗肖的诗作却有负众望,这不免使他感到困惑不安。克朗肖的诗作从未出过集子,大都发表在期刊上。经过多番劝说,克朗肖总算带来了一沓纸页,都是从《黄皮书》《星期六评论》以及其他一些杂志上撕下来的,每页上面都

---

① 《罗拉》,法国诗人、剧作家、小说家缪塞(1810—1857)的一首长诗,描写了巴黎这座淫逸放荡的城市中生活最放荡的青年罗拉的悲惨命运。
② 原文是法语。

刊登着他的一首诗。菲利普发现其中的大部分诗作都使他想起亨莱①或斯温伯恩的作品，不禁大吃一惊。克朗肖把他们的作品改成自己的诗章，倒也需要运用他那卓越的表达技巧。菲利普向劳森说出了自己对克朗肖的失望，而劳森又轻率地把这些话说了出去。因此，菲利普下一次到丁香园来的时候，那位诗人圆滑地笑着对他说：

"听说你对我的诗作评价不高。"

菲利普十分困窘。

"没这么回事，"他回答说，"我非常爱读你的诗作。"

"不要担心伤害我的感情，"克朗肖挥动了一下自己的那只胖手，接口说道，"我自己也不怎么看重自己的诗作。生活的价值在于它本身，而不在于你对它怎样描写。我的目标是要探索生活所提供的各种各样的经验，从生活的每时每刻中尽力索取它所呈现的感情涟漪。我把自己的写作看作一种优雅的才艺，是用来增添而不是汲取生活的乐趣。至于后世如何评说——让他们见鬼去吧！"

菲利普脸上露出笑容，因为你一眼就能看出：这位诗人一生所写的只是一些信笔涂写的拙劣的诗篇。克朗肖沉思地望着菲利普，给自己的杯子里斟满酒，又打发侍者去买盒纸烟。

"我这么谈论，你听了准会觉得好笑。你知道我是个穷人，跟一个粗俗的骚娘儿们住在公寓的顶楼上，那女人背着我同理发师和咖啡馆侍者②偷情。我为英国读者翻译不少浅陋鄙俚的书籍，替一些连骂都不值得骂的笔法低劣的画作写评

---

① 亨莱（1849—1903），英国诗人、评论家和编辑。

② 原文是法语。

论文章。不过,请你告诉我,人生的意义究竟是什么?"

"哎呀,这倒是个很难回答的问题。还是请你自己来做出解答,好吗?"

"不,答案只能由你自己去找出来,否则便毫无价值。照你看,你活在世上究竟为了什么?"

菲利普从来没问过自己这样的问题,他想了一会儿,然后回答说:

"哦,我不知道:我想是为了尽自己的责任,尽量发挥自己的能力,同时还要避免去伤害别人。"

"总之,就是你想人家怎样待你,就也要怎样待人,对吗?"①

"我想可以这么说。"

"基督教的精神。"

"不,不是的,"菲利普愤愤然地说,"这跟基督教的精神毫无关系,只是抽象的道德准则。"

"但是,世上根本就没有'抽象的道德准则'这种东西。"

"要是那样的话,假如你离开这儿时,因为喝醉了酒而忘了拿钱包,我捡了起来,你凭什么就认为我应该把钱包还给你呢? 那可不是因为害怕警察。"

"那是因为你害怕干了坏事会下地狱,也因为你希望积点阴德好上天堂。"

"可是我既不信有地狱,也不信有天堂。"

① 比较《新约·马太福音》第 7 章第 12 节,"无论何事,你们愿意别人怎么待你们,你们也要怎么待人。"以及《新约·路加福音》第 6 章第 31 节,"你们愿意人怎样待你们,你们也要怎样待别人。"

"那倒也可能。康德①在构思'绝对命令'的说法时,也是什么都不信的。你抛弃了信条,但保存了以上述信条为基础的伦理标准。实际上,你仍然是个基督教徒;因此,如果天堂里真有上帝,你肯定会得到报偿的。上帝不见得会像教会所说的那么愚蠢。只要你遵守他的法规,那么不管你究竟信他还是不信,我想上帝才一点不在乎呢。"

"不过,要是我忘了拿钱包,你也一定会把它还给我的。"菲利普说。

"那并不是出于抽象道德方面的动机,而只是由于我害怕警察。"

"警察几乎绝不可能查明此事。"

"我的祖先长期居住在文明的国度,因此对警察的畏惧已经渗入到我的骨髓之中。我的那位看门人②的女儿就不会有片刻的犹豫。你会回答说,她是属于罪犯的阶层。根本不是这样,她只是完全摆脱了世俗的偏见而已。"

"但同时也就丢掉了名誉、德行、良知、体面——丢掉了一切。"菲利普说。

"你有没有犯下什么罪过?"

"我不知道,我想大概有过吧。"

"你说话的口气就像个非国教派的牧师似的。我可从来没有犯下什么罪过。"

克朗肖穿着件破旧的长大衣,衣领朝上翻起,帽檐压得很

---

① 康德(1724—1804),德国哲学家。"绝对命令"是他的伦理学用语,系指在任何情况下都具有约束力,不取决于人的意向或目的的无条件道德义务。
② 原文是法语。

低,在红扑扑的胖圆脸上,两只小眼睛不住地闪烁,样子显得异常滑稽,只是菲利普太当真了,竟然一点也不觉得好笑。

"你从没干过自己感到后悔的事吗?"

"既然我所做的一切都是不可避免的,怎么会后悔呢?"克朗肖反问道。

"这可是宿命论的调子。"

"人总抱有一种幻觉,以为自己的意志是自由的,而且这种幻觉如此根深蒂固,以至于我也乐意接受它。我总好像一个行动自由的人那样行动。可是一旦完成了行动之后,就可以清楚地看到:我所采取的行动,完全是永恒的宇宙间的各种力量共同促成的结果,我无论如何都阻止不了。它是不可避免的。因此,要是干了好事,我也不声称自己有什么功劳,而如果干了坏事,我也不接受任何责难。"

"我有点儿头晕。"

"来点威士忌吧。"克朗肖回答说,同时把酒瓶递给菲利普,"要想让头脑清醒一下,没有比喝这玩意儿更灵的了。要是你执意老喝啤酒,脑子就会变得愚钝。"

菲利普摇了摇头,克朗肖又接着说:

"你是个很不错的小伙子,但是不愿喝酒。神志清醒反倒阻碍我们之间的交谈。不过当我谈到好事和坏事的时候……"菲利普明白他又接上了刚才的话头,"完全是依照传统的说法,并没有赋予什么特定的含义。我不愿对人类的行为划分等级,认为某些行为值得敬重,而另一些行为则会带来恶劣的名声。'恶'与'善'这两个字对我毫无意义。对任何行为,我既不称道赞扬,也不非难责备,而只是表示接受。我是衡量一切事物的标准。我就是世界的中心。"

"但是世界上总还有另外一两个人吧。"菲利普表示反对说。

"我只代表自己说话。只有在我的活动受到别人限制时，我才知道他们的存在。就他们来说，每个人的周围也各有一个世界在不停地转动。每个人也都是他自身所在的宇宙的中心。我个人的能力大小，限定了我对他人的权利范围。只在我力所能及的范围内，我才可以有所作为。我们喜欢群居交际，所以才生活在社会之中，而社会是靠力，也就是靠武力（即警察）和舆论的力量（即格朗迪太太①）来维持的。于是你面前就出现了以社会为一方，而以个人为另一方的局面：各方都是力图自我保存的有机体。彼此展开力的较量。我孤身一人，只得接受社会现实，但也算不上怎么勉强，因为我身为一个弱者，纳了税就可以获得社会的保护，不受强者的欺压。不过我是迫不得已才服从社会的法律的。我不承认法律的正义性：我不懂得什么是正义，只知道什么是权力。当我为取得警察的保护而纳了税，并在保卫我的房屋田产不受侵犯的军队里服过兵役以后（如果我生活在一个实施征兵制的国家里），我就不再欠社会什么了。接下来，我就凭借自己巧妙的计谋来对付社会的力量。社会为了保全自身而制定了法律。如果我犯了法，社会就会把我投入监狱，或者将我处死。它有力量这样做，因而也就拥有了这项权利。如果我犯了法，我愿意接受国家的报复，但是我绝不会把这看作是对我的惩罚，也

---

① 格朗迪太太，原为英国剧作家托马斯·莫顿(1764—1838)所写喜剧《加速耕耘》中的人物。这位太太拘泥传统礼俗，爱说闲话，喜好挑剔苛求他人，引得邻居对她十分畏惧。后来格朗迪太太就成为"社会舆论"的代名词。

不会觉得自己犯了什么罪。社会用名誉、财富以及同胞们的好评来诱使我为它效劳，但我既不在乎同胞们的好评，也不把名誉放在眼里。我并无什么钱财，但日子依旧过得很好。"

"可是，如果每个人都像你这么想，一切不就马上崩溃瓦解了！"

"别的人跟我有什么相干？我只关心我自己。实际上，人类中的大多数都是为了获取酬劳才干事的，而他们干的事总会直接或间接地给我带来方便，我正是利用了这一点。"

"我觉得你这么看问题，未免太自私了。"菲利普说。

"难道你认为人们做事竟有不出于自私的原因的？"

"是的。"

"那是不可能的。等你年纪稍微大一点，就会发现，要使世界成为一个可以忍受的生活场所，首先需要承认人类的自私是不可避免的。你要求别人忘我无私，要求别人应该为你牺牲他们的愿望，这种要求是相当荒谬的。他们为什么应该这样呢？人生在世都是为了自己。只有你承认了这一点，你才不会对同胞们有所奢求。他们不会使你失望，你也会更加宽容地看待他们。人在一生中所追求的无非就是一件事——欢乐。"

"不对，不对，不对！"菲利普喊道。

克朗肖咯咯地笑起来。

"我用了一个你的基督教精神认为具有贬义的词语，你就像一匹受惊的小马似的直立起来。你内心有个道德价值的等级体系；欢乐位于阶梯的最下面；你还有点兴奋地谈到自足、责任、慈善和坦诚。你把欢乐只看作感官方面的享受。那些可怜的奴隶创造了你所遵循的道德准则，对他们自己几乎无法享有的乐趣嗤之以鼻。如果我说的是幸福，而不是欢乐，你就不会如此吃惊了。幸福这个词儿听起来不那么令人震惊，而你的心也从伊壁鸠鲁①的猪圈进入了他的花园。但我仍然要说欢乐，因为我看出来，人们图的就是欢乐。我认为他们图的不是幸福。在你实施每一项善行时，其中都潜藏着欢乐。人之所以有所行动，是因为行动对他有好处。当这些行动对别人也有好处时，它们就被看作道德高尚的行动。如果他从施舍中得到欢乐，那么他就心地慈善；如果他从帮助别人中得到欢乐，那么他就乐于助人；如果他从为社会工作中得到欢乐，那么他就热心公益。可是你给叫花子两个便士，那是为了你个人的欢乐，正如我喝上另一杯威士忌加苏打，是为了我个人的欢乐一样。我不像你那么虚伪，既不为我的欢乐自吹自擂，也不要你对它称许赞赏。"

"可是人们往往做的不是他们想做的事，而是他们不想做的事，难道你就不知道这一点吗？"

"不。你提的这个问题相当傻气。你的意思是说，人们宁愿接受眼前的痛苦，也不愿接受眼前的欢乐。对你的这个问题表示异议，那就跟你提出这个问题一样傻气。显然，人们宁愿接受眼前的痛苦，也不愿接受眼前的欢乐，但那只是因为他们期望将来得到更大的欢乐。欢乐往往虚幻不定，但人们在计算方面的错误可不能用作批驳这条规律的证据。你感到茫然不解，那是因为你无法消除欢乐只是感官方面的享受这

---

① 伊壁鸠鲁（公元前341—前270），希腊哲学家，发展德谟克利特的原子说和流射说，强调感性认识的作用，主张人生目的是追求幸福。

种观念。可是,一个为国捐躯的人牺牲是因为他热爱这个国家,正如一个人吃酸白菜是因为他爱吃这种菜一样。这是宇宙的一条法则。如果人们宁愿遭受痛苦而不愿得到欢乐,如果出现这种可能,人类早就灭绝了。"

"但如果情况真是这样,"菲利普嚷道,"那么,生活还有什么意思呢? 如果去掉了责任,去掉了善与美,我们又何必到这个世界上来呢?"

"灿烂的东方来给我们提供答案了。"克朗肖微笑着说。

他朝店门口一指,只见两个流动小贩推开店门,随着一股冷风进了店堂。他们是地中海东部地区的人,专门兜售廉价地毯,各人的胳膊上都挽了一捆地毯。那是一个星期天的晚上,咖啡馆里座无虚席。两个小贩在一张张餐桌间穿行而过。店堂里烟雾弥漫,空气浑浊,还夹着客人身上散发出的难闻的气味。他们似乎给店堂里增添了一股神秘的气氛。两人穿着欧洲人的破旧的衣服,薄薄的大衣上经纬毕露,但各人头上都戴着顶土耳其无檐毡帽。他们的脸冻得发青。一个是中年人,蓄着黑胡子;另一个是年纪大约十八岁的小伙子,满脸麻子,还瞎了一只眼。他们从克朗肖和菲利普身边走过。

"真主真伟大,穆罕默德是真主的代言人。"克朗肖声音感人地说。

中年人走上前来,脸上挂着谄媚的笑容,样子就像一条习惯于挨揍的杂种狗。他斜着眼朝门口看了一下,鬼鬼祟祟而又动作麻利地亮出一幅色情画来。

"你是亚历山大①的商人马萨埃德·迪恩吗? 要不,你是

---

① 亚历山大,埃及北部港口城市。

从遥远的巴格达带来这些货色的？哦,我的大叔,瞧那边那个独眼的小伙子,从他身上,我好像看到了山鲁佐德①给她的君主讲的三国王故事里的一个国王呢,是吗?”

尽管克朗肖说的话,商贩一句也听不懂,他却笑得越发巴结,像个魔术师似的拿出一只檀香木盒。

“不,还是给我们看看东方织造的名贵织品吧,”克朗肖说,“因为我想用来说明一个道理,给我的故事增添几分趣味。”

东方人展开一幅红黄相间的桌布,上面的图案粗俗丑陋,古怪难看。

“三十五个法郎。”他说。

“哟,大叔,这块料子既不是出于撒马尔罕②的织工之手,也不是布哈拉③的染坊上的色。”

“二十五个法郎。”商贩谄媚地笑着说。

“它的产地是在穷边绝域,甚至可能是我的家乡伯明翰④的产品。”

“十五个法郎。”蓄着黑胡子的贩子奴颜婢膝地说。

“给我走吧,我的老弟,”克朗肖说,“但愿野驴在你姥姥的坟头撒尿!”

东方人收起脸上的笑容,夹着他的货物,不动声色地朝另一张餐桌走去。克朗肖转过脸来望着菲利普。

① 山鲁佐德:《一千零一夜》故事的叙述者苏丹新娘的名字,她以一夜复一夜给苏丹讲述有趣的故事而免于一死。

② 撒马尔罕,乌兹克斯坦东部城市。

③ 布哈拉,乌兹别克斯坦西部城市。

④ 伯明翰,英国英格兰中部城市。

"你去过克吕尼博物馆①吗？在那儿你可以看到色调最为典雅的波斯地毯,图案复杂,绚烂多彩,真令人赏心悦目,惊叹不已,从中你可以看到东方的神秘玄妙和感官之美,看到哈菲兹②的玫瑰和欧玛尔③的酒杯。实际上,不久你还会看到更多的东西。刚才你问到究竟什么是人生的意义。去瞧瞧那些波斯地毯吧,总有一天你自己会找到答案的。"

"你在故弄玄虚。"菲利普说。

"我喝醉了。"克朗肖回答说。

46

菲利普发觉在巴黎的生活开销并不像当初听人说的那样便宜,还没有到二月份,他随身带来的那些钱就已花掉了一大半。他自尊心极强,不愿意向他的监护人求助,也不希望让路易莎伯母知道他目前境况窘迫,因为他相信,伯母一旦知道了,一定会尽力把自己私囊中的钱给他寄来,而他心里明白,伯母实在也拿不出几个子儿。再过三个月,他就到了法定的年龄,那一小笔财产就可由他自己来支配了。他变卖了几件父亲留下的零星饰物,以应付眼前这段钱财匮乏的日子。

大约就在这个时候,劳森提议他们把一间无人使用的小

---

① 克吕尼博物馆,位于巴黎的拉丁区,实际系由两幢并排的建筑组成:建于公元1到3世纪的吕泰斯高卢与古罗马式公共浴池和建于15世纪末的克吕尼修士院。1843年,国家在此成立中世纪博物馆,藏品很大一部分来自热爱中世纪文化与艺术的亚历山大·杜索默拉尔。
② 哈菲兹(1325—1390),波斯诗人。
③ 欧玛尔,即欧玛尔·海亚姆,见前第144页注⑤。

画室租下来。画室坐落在拉斯佩尔大街的一条岔路上,租金相当低廉,还附有一个可以用作卧室的房间。既然菲利普每天上午都要去学校上课,劳森就可以在这段时间里独自使用画室,不受任何干扰。劳森曾一连换过好几所学校,最后得出结论,还是独个儿干最有成效。他建议雇个模特儿,每星期来三四天。起初,菲利普担心费用太大,有点犹像,后来他们计算了一下(两人都迫不及待地想有一间自己的画室,所以就实事求是地估算起来),发现租间画室的费用似乎也并不比住在旅馆里高多少。虽然房租加上看门人的清洁费,开支会略微多些,但是早饭①可以由他们自己动手来做,这样就能省出钱来。要是在一两年以前,菲利普一定不肯跟别人合住一个房间,因为他对自己那只畸形的脚过于敏感。不过,眼下他的这种病态心理已逐渐淡薄:在巴黎,他的残疾似乎算不上什么;尽管他自己从来也没忘记,但他不再感到别人老是注意他的跛足了。

他们俩搬了进去,买了两张床、一个脸盆架和几把椅子,生平第一次感到一种占有的喜悦。他们万分兴奋,迁居后的头天晚上,在这间可以称为"家"的屋子里,他们躺在床上,一直谈到凌晨三点。第二天,他们发现穿着睡衣,自己生火煮咖啡,真是一件十分快乐的事。直到将近十一点的时候,菲利普才赶到阿米特拉诺画室。今天他的心境特别好,一见到范妮·普里斯就向她点头打招呼。

"近来过得怎么样?"他欢快地问道。

"那跟你有什么相干?"她反问了一句。

---

① 原文是法语。

菲利普忍不住笑了。

"不要口气这么粗暴。我只想表示一下礼貌。"

"谁稀罕你的礼貌。"

"要是跟我也吵翻了,你觉得值得吗?"菲利普口气温和地问道,"实际上,目前愿意跟你交谈的人可实在不多。"

"那是我自己的事,对不对?"

"当然啰。"

菲利普开始作画,心里暗暗纳闷,不知范妮·普里斯干吗要显得这样性情乖戾。他早就得出结论:这个女人根本没有一点叫他喜欢的地方。大伙儿都对她没有好感。人家表面上对她客客气气,那无非是害怕她说出什么刻毒伤人的话语。可是那天菲利普心里实在高兴,就连面对普里斯小姐,也不想让她对自己抱有反感。他采用了以往经常奏效的那种手腕,想要消除她心头的怒气。

"嘿,我真希望你能过来看看我的画。我画得糟透了。"

"非常感谢,可我没有工夫,我有更值得的事情要做。"

菲利普瞪着眼睛,惊奇地望着普里斯小姐,因为有件事他总以为她会欣然答应的,那就是对别人做出指点。她压低嗓门,凶狠暴躁地迅速往下说道:

"现在劳森走了,你就又来迁就我了。非常感谢。还是去找别人帮忙吧!我可不想拾别人的破烂。"

劳森具有当教师的天赋,每逢他有什么心得,总是热切地传授给别人。由于他乐于教人,他的讲解也就让听的人获得不少益处。菲利普也没有多加考虑,就养成了在劳森旁边就座的习惯;他压根儿没有想到范妮·普里斯竟会拈酸吃醋,看到他接受别人的指导而心中的怒火越来越高。

"当初,你在这儿一个人也不认识,所以很乐意来迁就我,"她充满怨恨地说,"可你一交上新朋友,就马上把我给甩了,就像甩掉一只旧手套似的"——她把这个早已用滥了的比喻,不无得意地又重复了一遍——"就像甩掉一只旧手套似的。好吧,我并不在乎,但是你别想再愚弄我了。"

她的这番话倒也有几分实情,菲利普为此感到十分恼火,脑子里想到什么,立刻脱口而出:

"去你的吧! 我向你讨教,只是为了让你高兴罢了。"

她喘了一口粗气,突然神情悲切地朝菲利普瞅了一眼。接着,两行泪水便从她的脸上流了下来。她看上去既邋遢又古怪。菲利普不明白这种新的神态究竟有什么含义,又忙自己的画去了。他心里很不自在,有些愧疚。可是,他又不愿跑到她面前去,问一声自己是否伤了她的心,表示一下歉意,因为担心会被她乘机加以冷落。接下来有两三个星期,她没有跟他讲话。她对菲利普不理不睬,菲利普在克服了受她冷落的难堪后,似乎反倒因为自己摆脱了这样一个难以讨好的女友而略微松了口气。以往,她总摆出一副菲利普非她莫属的神态,让菲利普有点困窘不安。她是一个不同寻常的女人,每天早晨八点就来到画室,模特儿刚摆好姿势,她便立刻动手作画。她不停地画着,也不跟任何人说话,遇到了难以克服的困难,仍然一小时又一小时地奋力苦干,直到钟敲十二点才离开画室。至于她画的画,那真是糟糕透顶。大多数年轻人来画室学上几个月之后,总会有一点长进,可她至今与这些年轻人所能取得的普通成绩仍相差很远。她每天毫无变化地穿着那身难看的棕色衣裙,裙边上还留着上一个下雨天沾上的泥巴,菲利普初次跟她见面时就看到的破烂处,至今也没有缝补好。

然而有一天,她走到菲利普面前,红着脸问菲利普,待会儿她能否跟他说几句话。

　　"当然可以,你愿意说多少句都行。"菲利普笑着说,"十二点我留下来等你。"

　　那天的课结束后,菲利普朝她走去。

　　"你陪我走一段路行吗?"她说,困窘得不敢正眼去看菲利普。

　　"当然行了。"

　　他们俩默不作声地走了两三分钟。

　　"你还记得那天你对我说的话吗?"她突然这么问道。

　　"哦,听我说,咱们可别吵架了,"菲利普说,"实在犯不着。"

　　她痛苦而急促地吸了一口气。

　　"我不想跟你吵架。你是我在巴黎唯一的朋友。我本以为你有些喜欢我。我觉得我们之间似乎有点缘分。是你把我吸引住了——你知道我指的是什么,是你的跛足吸引了我。"

　　菲利普一下子涨红了脸,本能地想装出正常人的走路姿势。他不喜欢别人提到他的残疾。他明白范妮·普里斯这番话的意思。她容貌难看,举止粗野,而他呢,是个瘸子,因此他们俩应该同病相怜。菲利普心里对她十分恼火,但强忍着没有开口说话。

　　"你说你向我请教,只是为了让我高兴。那你认为我的画一无是处啰?"

　　"我只看过你在阿米特拉诺画室的画作,很难就此做出判断。"

　　"不知你是否愿意上我的住处看看我的其他作品。我从不邀请别人去看我的那些作品。我倒很想给你看看。"

"谢谢你的好意。我也很想看一看。"

"我就住在这儿附近,"她略带歉意地说,"只要走十分钟就到了。"

"噢,行啊。"他说。

他们沿着大街走去。她拐入一条小街,领着菲利普走进一条更加破旧的小街,沿街房屋的底层都是一些出售廉价物品的小铺子。最后总算到了。他们爬上一层又一层楼梯。她打开门锁,他们走进一间斜顶、开着扇小窗的小顶楼。窗户关得紧紧的,屋里散发出一股霉味。尽管天气很冷,屋里却没有生火,而且也没有曾经生过火的痕迹。床也没有铺好。一把椅子,一个兼作脸盆架的五斗橱,还有一个价钱便宜的画架——这些就是房间里的全部家具。这地方本来就够脏的了,再加上堆满杂物,凌乱不堪,让人看了真感到恶心。壁炉台上,胡乱摆放着颜料和画笔,其间还搁着一只杯子、一个脏盘子和一把茶壶。

"请你站在那边,我把画放在椅子上,那样你就可以看得清楚一些。"

她给菲利普看了二十张长十八英寸、宽十二英寸左右的小幅油画。她把这些画一张接一张地放在椅子上,两眼留神察看菲利普的脸色。菲利普每看完一张,就点点头。

"你确实喜欢这些画,是吧?"过了一会儿,她急切地问。

"我想先把所有的画看完,"他回答说,"然后再说一下自己的看法。"

菲利普尽力保持镇静,心里十分惊慌,不知该说什么是好。这些画不仅画得很糟,色彩上得也不好,好像是由毫无艺术眼光的外行人涂上去的,而且并不寻求明暗的层次对比,透视也怪诞可笑。这些画看上去好像出自五岁小孩的手笔,但小孩的笔下也会有几分天真的意趣,至少力图把自己看到的东西描摹下来。而摆在眼前的这些画,只能出于一个脑袋里塞满了庸俗画面的平庸的画匠之手。菲利普还记得她曾兴致勃勃地谈论莫奈和印象派画家,而摆在他面前的这些作品却承袭了皇家艺术院最拙劣的传统。

"喏,"她最后说,"全都在这儿了。"

尽管菲利普与人相处时并不见得比别人坦诚,但要他有意撒个弥天大谎,倒也着实很难。他在说出下面这句话的时候,脸涨得通红:

"我认为这些画都画得怪不错的。"

她那苍白的脸上泛起淡淡的红晕,浮现出一丝笑容。

"你知道,要是你觉得这些画并不怎么样,就不必这么说。我要你说实话。"

"这确实是我的看法。"

"难道就没什么批评意见了?总有一些作品,你不那么喜欢吧。"

菲利普无可奈何地朝四周看了看。他看到一幅风景画,一幅典型的业余爱好者的色彩绚烂的"小品":画面上有一座古桥,一幢四周爬满青藤的农舍,还有一条绿树成荫的河岸。

"当然啰,我并不想自称懂得绘画方面的门道,"他说,"可是,那幅画上的明暗层次,我可不大清楚。"

她的脸一下子涨得通红。她赶紧拿起那幅画来,让它的背面朝着菲利普。

"我不明白你干吗选这幅画来加以讥笑。这是我画作中最好的一幅。我相信画的明暗层次没有问题。这一点你还没有资格来指导别人,不管你究竟懂不懂画的明暗层次。"

"我觉得所有这些画都画得怪不错的。"菲利普又重复了一遍。

她带着扬扬自得的神情看着那些画。

"我觉得这些画完全拿得出去,没什么好害臊的。"

菲利普看了看表。

"哎呀,时间不早了。我请你去吃顿便饭,行吗?"

"这儿我已准备好了午饭。"

菲利普看不到一点午饭的踪影,暗自猜想:也许等他走后,看门人会把午餐给她送上来的。他只想赶紧离开这儿,屋里的那股霉味熏得他头疼。

47

到三月份,画室里热闹起来,大家都纷纷忙着为一年一度的巴黎美术展览会递送画稿。克拉顿与众不同,什么都没有准备,还对劳森送去的两幅头像画嗤之以鼻。这两幅画显然出自新手的笔下,是直接根据模特儿勾勒描绘的,但仍算有些气魄,而克拉顿一心追求完美无缺的艺术,根本无法容忍笔法迟疑的画作。他耸了耸肩膀,对劳森说,把一些绝对不该拿出画室的习作送去展览,实在荒唐冒失。即使后来那两幅头像被画展处接受了,他仍然满怀鄙夷之情。弗拉纳根也去碰了碰运气,结果他的画被退了回来。奥特太太送去一幅《母亲之像》,一幅具有一定功力、无可非议的二流作品,被挂在非常显眼的地方。

劳森和菲利普打算在自己的画室里举行一次晚宴,对劳森的画作入选展出表示庆贺。这时海沃德也到巴黎来盘桓几天,正好赶上这场聚会。自从他离开海德堡后,菲利普还始终没有见过他。菲利普一直盼望能再次见到海沃德,但如今最终见了面,菲利普却感到有些失望。海沃德的外貌略微有点改变。一头纤细的头发变得稀稀拉拉,随着俊美的容貌的迅速衰败,他正变得脸色苍白,皮肤干枯。两只蓝眼睛失去了以前的神采,整个面容都显得无精打采。可是他头脑里的想法却似乎一点也没变。只是给十八岁的菲利普留下深刻印象的那种文化修养,似乎只能引起二十一岁的菲利普的轻蔑之情。菲利普自己也有不少改变,他轻蔑地看待自己以往的那一整套有关艺术、人生和文学的见解,对那些至今仍持有这些见解的人,他简直无法容忍。他几乎没有意识到自己多么想在海沃德的面前卖弄一番。当他带海沃德到美术馆参观的时候,他却把自己新近刚接受的所有革命观点都倾吐出来。菲利普把海沃德领到马奈的《奥林匹亚》跟前,口气夸张地说:

　　"我愿意拿古典大师的全部作品来换取眼前的这幅画作,当然委拉斯开兹、伦勃朗和弗美尔①的作品除外。"

　　"弗美尔是谁?"海沃德问。

　　"哦,亲爱的老兄,你连弗美尔是谁都不知道? 简直好像还没开化。要是连弗美尔也不知道,那活着还有什么趣味。他是唯一具有现代派画家风格的古典大师。"

　　菲利普把海沃德从卢森堡美术馆里硬拖了出来,催着他

---

　　① 弗美尔(1632—1675),荷兰风俗画家,也作肖像及风景画,以善用色彩表现空间感及光的效果著称。

上罗浮宫去。

"这儿就没有别的画可看了吗?"海沃德怀着游客那种想把一切都看完整的心理问。

"剩下的都是些不值一提的作品,你以后可以自己带着导游手册来看。"

到了罗浮宫之后,菲利普就领着他的朋友步入长廊。

"我想看看那幅《乔康达夫人》①。"海沃德说。

"哦,我的老兄,那只是文学作品中的吹捧。"菲利普答道。

最后来到一个小房间,菲利普在弗美尔·凡·戴尔夫特的油画《织女》跟前停了下来。

"瞧,这是罗浮宫里最好的画,完全就像出自马奈的手笔。"

菲利普竖起他那意味深长、富于表现力的大拇指,细细地阐述这幅迷人的画作。他满口画室里的行话,令人听了为之折服。

"我说不上来自己是否看出了其中的任何非凡之处。"海沃德说。

"当然啰,那是画家的作品嘛。"菲利普说,"我认为,门外汉是看不出多大名堂的。"

"门——什么?"海沃德说。

"门外汉。"

正如大多数艺术爱好者一样,海沃德非常急于证明自己

---

① 乔康达夫人,即意大利文艺复兴时期著名画家达·芬奇所作名画《蒙娜丽莎》。

的见解是正确的。如果对方不敢坚持自己的主张,他就变得相当武断;但要是对方孤行己见,他就变得十分谦虚。菲利普充满自信的样子把海沃德给镇住了,他温顺地接受了菲利普的言外之意:只有画家才能对绘画做出评判,这种狂妄的主张倒也并不是放肆得毫无可取之处。

一两天后,菲利普和劳森举行晚宴。克朗肖这次也破例赏光,答应前来尝尝他们做的食品。查利斯小姐主动跑来为他们下厨做菜。她对女性毫无兴趣,婉言拒绝了他们为了她再去邀请别的女客的建议。出席宴会的有克拉顿、弗拉纳根、波特和另外两位客人。屋里缺少家具,只好把模特儿台拿来用作餐桌。客人们要是喜欢,可以坐在旅行皮箱上;要是不愿意那样,就席地而坐。菜肴有查利斯小姐做的蔬菜牛肉浓汤①,有从附近店铺里买来的烤羊腿,拿来时还冒着热气,散发出一阵香味(查利斯小姐早已把土豆煮好,整个画室弥漫着一股油煎胡萝卜的香气,这是她的拿手好菜),接着上来的是火烧白兰地梨②,是克朗肖自告奋勇做的。最后一道菜将是一块极大的布里奶酪③,这会儿正靠窗放着,给充满各种气味的画室增添了一股甜美的香味。克朗肖占据首席,坐在一个旅行皮箱上,盘起了两条腿,活像个土耳其帕夏④,向周围的年轻人露出和善的笑意。尽管小小的画室里生着火,热得很,但他出于习惯,身上仍然穿着长大衣,衣领朝上翻起,头上还戴着那顶圆顶礼帽。他心满意足地看着面前的四大瓶意大利基安蒂葡萄酒⑤。那四瓶酒排成一行,当中夹着一瓶威

———

① ② ③　原文是法语。

④　帕夏,旧时奥斯曼帝国和北非高级文武官员的称号。

⑤　基安蒂葡萄酒,产于意大利的托斯卡纳基安蒂山区的一种无气泡的红葡萄酒。

士忌酒。克朗肖说,这引起他的联想,就像四个身体肥胖的太监守护着一个体形苗条、容貌姣好的切尔卡西亚①女子。海沃德为了不让其他人感到拘束,穿了套花呢衣服,戴了条"三一堂"领带。他这副英国式打扮显得相当古怪。别的人都对他彬彬有礼,十分客气。喝蔬菜肉汤时,他们谈到天气和政局。在等那只羊腿上桌的时候,谈话出现了短暂的停顿。查利斯小姐点起一支烟。

"长发姑娘,长发姑娘,把你的头发放下来吧。②"她突然这么说。

她动作潇洒地举手解开头上的丝带,让一头长发披落到肩上。她摇了摇头。

"我总觉得头发放下来比较舒服一些。"

瞧着她那双棕色的大眼睛、苦行僧似的瘦削脸庞、苍白的皮肤和宽阔的前额,真叫人以为她是从伯恩-琼斯的画里走出来的。她长着一双纤长、好看的手,只是手指头已被尼古丁熏得蜡黄。她穿了件绿紫辉映的拖地长裙,身上洋溢着肯辛顿大街上的女子所特有的浪漫气息。她风流放荡,但为人温和、善良,真是个人间尤物,只是情感比较浅薄。这时听到门外有人敲门,大家都高声欢呼起来。查利斯小姐站起身去开门。她接过羊腿,高高地举过头顶,仿佛放在大盘子里的是施洗者约翰的头颅。她嘴里仍叼着烟,脚底下迈着庄严、神圣的

---

① 切尔卡西亚,高加索西北部的一个地区。
② 这句话出自《格林童话》中的《长发姑娘》,是巫婆要回到既没有门,也没有楼梯的高塔时对关在里面的长发姑娘说的话,长发姑娘听到后,就会坐在窗口,沿着窗边放下她的金色长发,巫婆便沿着绑着钩子的长发爬上塔去。

步伐。

"妙啊！希罗底的女儿①！"克朗肖喊道。

大家都津津有味地吃着羊肉，看到那个脸色苍白的女子竟有那么好的胃口，真叫人感到高兴。克拉顿和波特分别坐在她的两旁。大家都知道，她对这两个男子绝不会做出过于娇羞的样子。对于大多数男子，不出六个星期，她就感到厌倦了，不过她很清楚事后该怎样应付那些曾经拜倒在她脚下的年轻男子。她爱过他们，后来不爱了，但她对他们并不怀有什么怨恨，她跟他们友好相处，却并不亲昵。眼下，她不时用忧郁的目光望着劳森。火烧白兰地梨大受欢迎，一方面是因为里面有白兰地，另一方面是由于查利斯小姐执意要大家夹着奶酪吃。

"我说不出来这玩意儿究竟是美味可口呢，还是令人作呕。"她在充分品尝了这道杂拌以后说。

咖啡和科涅克白兰地被迅速端了上来，以防出现什么不良后果。大家舒舒服服地坐下抽烟。露丝·查利斯凡事都有意要显示出她的艺术家气质。她姿势优美地坐在克朗肖身旁，把她那小巧玲珑的脑袋倚靠在他的肩头。她充满忧思地望着空中，好似想要窥测那黑暗的时间深渊，有时沉思地朝劳森瞅上好半晌，同时深深地叹一口气。

接着夏天到了。这几个年轻人都坐不住了。碧蓝的天空引诱他们前往大海；习习和风在林荫大道的悬铃木的枝叶间轻声叹息，吸引他们去漫游乡间。每个人都打算离开巴黎。

---

① 希罗底的女儿为莎乐美，根据《圣经》故事，她曾在其继父西律·安提帕面前跳舞，使继父答应她的要求，将施洗约翰斩首，并把首级赏赐给她。

他们谈论着该带多大尺寸的画布最合适;还备足了写生用的油画板;他们争辩着布列塔尼各个避暑地的可取之处。最终弗拉纳根和波特到孔卡诺①去了;奥特太太和她母亲,生性喜爱一览无余的自然风光,便上蓬特阿旺②去了;菲利普和劳森决定去枫丹白露森林。查利斯小姐知道在莫雷有一家很好的旅馆,那儿有许多东西都值得一画,而且,离巴黎又不远,菲利普和劳森对火车费也并非毫不在乎。露丝·查利斯也要去那儿。劳森想在野外给她画一幅肖像画。那会儿,巴黎美术展览会上充满了这类人像画;画中人总待在充满阳光的花园里,眨巴着眼睛,阳光透过树叶,在他们的脸庞上投下斑驳的绿影。他们请克拉顿一起前去,但克拉顿喜欢独个儿度过夏天。他刚刚发现了塞尚③,急着要去普罗旺斯。他渴望见到阴沉沉的天空,而那火辣辣的蓝色,宛如汗珠一般从云层间滴落下来。他渴望见到尘土飞扬的宽阔的白色公路、因日晒而变得苍白的屋顶,以及被热浪烤成灰色的橄榄树。

就在打算动身的前一天,上午的课结束后,菲利普一边收拾画具,一边对范妮·普里斯说:

"我明天要走啦。"他兴冲冲地说。

"到哪儿去?"她连忙追问道,"你不会离开这儿吧?"她的脸沉了下来。

"我要到别处去避暑,你呢?"

"我不走,我留在巴黎。我以为你也要留下来呢。我原来盼望着……"

---

① 孔卡诺,法国西北部菲尼斯泰尔省的一个市镇,为海滨避暑胜地。
② 蓬特阿旺,法国西北部菲尼斯泰尔省的一个市镇。
③ 塞尚(1839—1906),法国后期印象派画家。

她一下子停嘴不说了,耸了耸肩膀。

"可夏天这儿不是热得够戗吗?对你的身体很不利。"

"对我身体有利没有利,你才不在乎呢。你打算到哪儿去?"

"莫雷。"

"查利斯也去那儿。你该不是跟她一起去吧?"

"我和劳森一块儿走。查利斯也要去那儿,我原来不知道我们实际上竟然同路。"

她喉咙里轻轻咕噜了一声,大脸盘涨得通红,脸色阴沉。

"真不要脸,我还以为你是个正派人,大概是这儿唯一的正派人呢。那婆娘同克拉顿、波特和弗拉纳根都有过私情,甚至跟老富瓦内也吊膀子——因此富瓦内才特别为她费神——现在可又轮到你和劳森两个了,这真叫我恶心!"

"哦,你胡说些什么呀。她可是个很正派的女人,大家只是把她当作男子看待。"

"哦,我不想听,我不想听!"

"可这跟你又有什么关系?"菲利普问道,"我愿意到哪儿消夏,完全是我自己的事嘛。"

"我一直急切地盼望着这样一个机会,"她喘着气说,好像在自言自语,"我还以为你没钱出去呢。到时候,这儿就再没有旁人了,咱们就可以一块儿作画,一块儿出去看画。"接着,她又猛然想到露丝·查利斯,"那个下流的贱货,"她嚷道,"她连跟我说话都不配。"

菲利普心神沮丧地望着她。他不是那种以为世上的姑娘都会爱上自己的人;他对自己的残疾十分敏感,因而在女人面前总感到局促不安,显得笨嘴拙舌。他不知道范妮·普里斯这阵发作还有什么别的意思。她站在他的面前,身上穿着那件肮脏的棕色衣裙,披头散发,样子邋遢,衣衫不整,脸蛋上还流下两道愤怒的泪水,真叫人反感。菲利普朝门口瞥了一眼,本能地希望这会儿有人进来,好结束这种难堪的场面。

"我实在很抱歉。"他说。

"你和他们都是一路货。能捞到手的,都捞走了,最终连声谢谢都不说。你所知道的一切,都是我教的。除我以外,哪个人愿意在你身上花费心神。富瓦内关心过你吗?老实告诉你吧,就算你在这儿学上一千年,也不会有什么出息。你这个人没有天分,没有一点独创性。不光是我一个人——他们也都是这么说的。你一辈子也成不了画家。"

"那也跟你没有关系,对吗?"菲利普红着脸说。

"哦,你以为我不过是在发脾气。你可以去问问克拉顿,去问问劳森,去问问查利斯。你永远,永远,永远也成不了画家!你没有当画家的天分。"

菲利普耸了耸肩膀,走了出去。她在他背后大声喊道:

"永远,永远,永远也成不了!"

那时候,莫雷是个只有一条街的老式小镇,坐落在枫丹白露森林的边沿。"金盾"客栈是一家仍然保留着王政时代遗风的旅馆,面临蜿蜒曲折的卢万河。查利斯小姐租下的那个房间,有个俯瞰河面的小阳台,从那儿可以看到一座古桥及其经过加固的桥口通道,景色优美迷人。每天晚上用过晚餐,他们就坐在这儿,喝咖啡,抽烟,谈论艺术。离这儿不远,有条流入卢万河的运河,河面狭窄,两岸都种着白杨树。工作之余,他们经常沿着运河的堤岸信步闲逛。整个白天,他们都用来画画。他们也跟同时代的大多数人一样,老是担心见到富有诗情画意的景色;摆在眼前的小镇的秀美风光,他们掉头不顾,而去寻找一些质朴无华的景物。他们对任何悦目好看的东西都嗤之以鼻。西斯莱①和莫奈曾经画过这儿白杨掩映的运河。对如此典型的法国风光,他们也很想试笔作画,可是又害怕眼前景色所具有的那种匀称之美,于是刻意加以回避。心思灵巧的查利斯小姐下笔作画时,有意把树木的顶端略去不画,以免画面落入俗套。尽管劳森素来瞧不起女子的艺术作品,但对她的机敏乖巧却留下了深刻的印象。劳森自己则灵机一动,在画的前景添上一块蓝色的梅尼耶巧克力糖②的大广告牌,以强调他对巧克力盒糖的厌恶。

菲利普现在开始画油画了。当他头一次使用这种高雅的艺术媒介时,心里不禁感到一阵欣喜。早晨,他带着小画箱跟劳森外出,坐在劳森旁边,在油画板上作画。他心满意足地画得起劲,竟没有意识到他所做的只是依样描摹而已。他受到这位朋友极大的影响,简直好像通过他朋友的眼睛来观察世界。劳森作画,爱用很低的色调,绿宝石似的草地,在他们的眼里成了深色的天鹅绒,而光彩辉煌的天空,在他们的笔下也成了一片郁郁苍苍的深蓝。整个七月里接连都是晴天,气候炎热;热浪似乎把菲利普的心烤干了,他终日倦怠乏力,无法提笔作画,脑子里充满了无数杂乱的念头。早晨,他常常在运河边的白杨树荫下消磨时光,念上几行诗,然后神思恍惚地默

---

① 西斯莱(1839—1899),法国印象派画家,喜以阳光中的树林和河流为题材。

② 原文是法语。

想半个小时。有时候,他租一辆破自行车,沿着通向森林的那条尘土飞扬的道路骑去,随后在一块林中空地上躺下,头脑里充满了浪漫的幻想。华托①笔下那些欢快活泼、无忧无虑的贵妇,在骑士们的陪伴下,似乎在参天的大树间漫游;她们彼此低声诉说着轻松、迷人的趣事,然而不知怎的,总是受到一种无名的恐惧的困扰。

旅馆里除了一个胖胖的法国中年妇女之外,就他们这几个人了。那女人真像拉伯雷②笔下的人物,时常咧嘴发出淫荡的笑声。她白天总很有耐心地待在河边钓鱼,尽管从没钓到过一条。有时候,菲利普走过去跟她聊上几句。菲利普发现,她过去干过那种行当——在那一行里面,我们这一代最有名的角色,就算华伦太太③了。她赚到了充足的钱财后,如今过着清闲自在的中产阶级的生活。她给菲利普讲了一些粗俗下流的故事。

"你得到塞维利亚去一次,"她说——她能讲几句拙劣的英语,"那儿有世界上最漂亮的女人。"

她淫荡地瞟了菲利普一眼,又朝他点点头。她那上下三层的下巴,以及那鼓起的大肚子,随着低沉的笑声不住地抖动。

天气变得酷热难当,晚上几乎无法安眠。暑热好似一种有形的物质,在树木下面滞留不散。他们不愿离开星光灿烂

---

① 华托(1684—1721),法国画家,作品大多描绘贵族的闲逸生活,往往与戏剧题材相关。

② 拉伯雷(1494—1553),法国作家,作品朴实幽默,对中世纪的学术与文艺加以嘲弄,对人文主义价值观予以肯定。

③ 华伦太太,系英国剧作家萧伯纳(1856—1950)的剧作《华伦夫人的职业》中的人物,以开妓院为业。

的夜景,三个人默不作声地坐在露丝·查利斯的房间的阳台上,一小时又一小时,困倦得谁都不想再说什么话,只顾尽情地享受夜晚的幽静。他们留神倾听小河潺潺的流水声,直到教堂的大钟敲了一下,两下,有时甚至三下,才拖着疲惫的身子上床安歇。突然,菲利普意识到露丝和劳森原来是一对情侣。这一点,他是从那姑娘凝视年轻画家的目光以及后者那副着了魔的样子中揣测到的。菲利普跟他们坐在一起的时候,总感到他们在眉来眼去,发出某种射流,好像空气也因带有某种奇特的东西而变得沉重起来。这个意外的发现令菲利普大吃一惊。他一向把查利斯小姐看成一个很好的伙伴,喜欢跟她闲谈,但似乎从没想到可以同她建立更紧密的关系。有个星期天,他们三个人带着野餐食品篮,一起走进森林。他们来到一块绿树环抱的林间空地,因为这儿具有田园风味,查利斯小姐执意要脱下鞋袜。要不是她的脚太大了些,而且两只脚的第三个脚趾上都长着一个大鸡眼,那种样子倒也相当迷人。菲利普觉得这使她行走的步态有点滑稽可笑。可是现在,菲利普用一种不同的眼光看待她。她那双大眼睛,那一身茶青色的皮肤,都具有温柔的女性的色彩。菲利普觉得自己真是个傻瓜,竟然没有注意到她是那么娇媚动人。他似乎察觉她有点儿瞧不起他,因为他原来这么迟钝,竟然看不到她的存在;而他发现劳森也带有几分傲慢自大的神气。他妒忌劳森,但他妒忌的倒不是劳森本人,而是他的爱情。他真希望自己处在劳森的地位,像劳森那样去感受爱情。他心烦意乱,担心爱情会从他身旁悄悄溜走。他希望有股感情向他猛然袭来,把他卷走;他会听凭这股势不可当的激流的摆布,无论被卷到什么地方,他都不在乎。在他看来,查利斯小姐和劳森如今似乎有点不一样了。老是跟他们俩待在一起,使他感到坐立不安。他对自己很不满意。生活并没有把他想得到的东西给他。他心里很不自在,觉得是在虚度光阴。

那个法国胖女人不久就猜到了这对青年男女之间的关系,并非常直率地向菲利普谈起这件事。

"你呢,"她说,脸上挂着宽容的微笑,凡是依靠同胞的淫欲而发财致富的人总有这样的笑容,"你有女朋友①吗?"

"没有。"菲利普红着脸说。

"为什么没有呢?你已经到年龄了。②"

菲利普耸了耸肩膀。他手里拿着魏尔兰的一本诗集,信步走开了。他想看看书,但是内心的情欲太强烈了。他想起弗拉纳根向他讲过的那些零星的风流艳遇,想到对断头小巷里的宅子的私下探访,那些装饰着乌得勒支③丝绒织品的客厅,还有那些涂脂抹粉的卖笑女子贪图金钱的姿态。菲利普不禁打了个哆嗦。他一下子躺倒在草地上,像一头刚从睡梦中醒来的小动物那样展开四肢。那不断泛起涟漪的河水,那在微风中轻轻颤动的白杨树,那蔚蓝的天空,所有这一切,菲利普几乎都无法忍受。他已陷入了自织的情网。他想入非非,似乎感到有两片温暖的嘴唇在吻他,有一双温柔的手搂着他的脖子。他想象自己怎样躺在露丝·查利斯的怀里,想到了她那双乌黑的眼睛和细腻光滑的皮肤,他竟错过了这样一场无比美妙的艳遇,真是万分愚蠢!既然劳森这么干了,他为什么干不得呢?不过,只有在查利斯小姐不在眼前的时候,晚

①② 原文是法语。
③ 乌得勒支,荷兰中部城市。

上他躺在床上睡不着觉,或是白天在运河边悠然遐想时,他才会有这种念头。而一见到她,他就突然感到不一样了;他既不想拥抱她,也想象不出自己如何吻她。这真是十分奇怪。她不在眼前的时候,他觉得她娇艳柔媚,只记得她那双美丽动人的眼睛和带有奶油色的苍白脸庞;可是跟她待在一起的时候,他只看到她那扁平的胸脯和那一口微蛀的龋齿,而且还忘不了她脚趾上的鸡眼。他简直无法理解自己。难道是由于自己那种似乎一味夸大对方的可厌之处的畸形视觉,他才永远只有当意中人不在眼前的时候才能去爱,而一旦获得跟她当面相对的机会,反倒感到扫兴吗?

气候的变换,宣告漫长的夏天已经结束,他们都不得不返回巴黎,此时菲利普心里并不感到有什么遗憾。

48

菲利普回到阿米特拉诺画室,发现范妮·普里斯已经不在那儿学画了。她个人专用柜的钥匙也已交还给学校。菲利普问奥特太太是否知道她的情况,奥特太太耸了耸肩膀,回答说她大概回英国去了。菲利普松了一口气。普里斯小姐那暴躁的脾气实在叫他厌烦。况且,她执意要对他的画加以指点,要是他不照着她的意见去做,她便认为受到轻慢,她无法理解,菲利普觉得自己已经不是当初那么一个蠢笨无知的家伙了。不久,菲利普便把她忘得一干二净。现在他学起油画来了,而且兴致很高,满心希望画出几幅有分量的作品,好参加来年的巴黎美术展览会。劳森在画查利斯小姐的肖像画。她的模样确实值得一画,凡是为她的迷人风采所倾倒的年轻人，都曾为她作过画。她天生一副懒洋洋的神态，外加喜欢搔首弄姿，使她成为一个绝好的模特儿。再说，她也有足够的专门知识来对画作提出有益的批评意见。由于她热衷艺术，主要是向往艺术家的生活，所以她对荒废自己的学业倒并不怎么在乎。她喜欢画室里的热闹气氛，也喜欢有机会大量抽烟。她用低沉悦耳的声音，谈到对艺术的爱，谈到爱的艺术，而她自己对这两者也没有做出清楚的区分。

近来，劳森始终在拼命埋头作画，一直干到有好几天都直不起腰来，随后又把画好的部分全部刮掉。幸好是露丝·查利斯，要是别的人早就不耐烦了。最后，画面被他弄得乱七八糟，再也无法补救。

"唯一的办法就是换块画布，从头开始。"他说，"现在我心里清楚该怎么做了，用不着花很多时间就能画好。"

那时菲利普也在场，查利斯小姐对他说：

"你干吗不也给我画一张呢？你在一旁观看劳森先生怎么画，会学到不少东西的。"

查利斯小姐总用姓氏①来称呼他的情人，这也是她待人接物细致周到的地方。

"要是劳森不介意的话，我非常乐意这么做。"

"我一点也不在乎。"劳森说。

菲利普还是头一次动手画人像，一开始感到有些惶恐不安，但心里也很得意。他坐在劳森旁边，一边看他画，一边自

_____

① 根据西方国家习惯，以姓氏相称，既表示客气，也显得疏远。亲友和熟人之间，一般都以教名相称。

己画。面前放着这样一个样板,又有劳森和查利斯小姐直言不讳地加以指点,菲利普自然得到不少益处。最后,劳森完成了这幅画,把克拉顿请来批评指教。克拉顿刚回巴黎。他从普罗旺斯一路南下,到了西班牙,很想看看马德里的委拉斯开兹的作品,然后他又前往托莱多①,在那儿待了三个月。回来后,他嘴上老挂着一个在这些年轻人听来颇为陌生的名字:他把一个名叫埃尔·格列柯②的画家说得不同凡响,看来要想学他的画,只能去托莱多。

"哦,对了,我知道他这么个人,"劳森说,"是个古典大师,他的特征就在于他的作品跟现代派一样拙劣。"

克拉顿比以往任何时候都更寡言少语,这会儿他没有搭腔,只是含讥带讽地瞅了劳森一眼。

"你打算让咱们瞧瞧你从西班牙带回来的画作吗?"菲利普问道。

"我在西班牙什么也没画,我太忙了。"

"那你在干些什么呀?"

"我在思考问题。我相信自己跟印象派一刀两断了。我认为不出几年,他们的作品就会显得十分空洞而肤浅。我想把以前所学的一切完全丢弃,重新开始。我回来以后,就把过去所画的东西全都销毁了。在我的画室里,除了一个画架、我用的颜料和几块干净的画布外,什么也没有了。"

"那你打算干什么呢?"

"我还说不上来。对于今后要干什么,我也只有一点模糊的

---

① 托莱多,西班牙中部城市,位于塔古斯河畔。

② 埃尔·格列柯(1541—1614),西班牙画家,原籍希腊。作品多为宗教画和肖像画,画风受风格主义影响,色彩明亮偏冷,人物造型奇异修长。

想法。"

他神态古怪,说起话来慢悠悠的,好像在竭力倾听某种勉强可以听到的声音。他身上似乎有种连他自己也不明白的神秘力量,正在暗自拼命寻找发泄的途径。他的那股劲头给人留下深刻的印象。劳森嘴上要求别人批评指教,心里却感到害怕,装出一副对克拉顿的意见不以为然的样子,来冲淡自己认为可能受到的指摘。但菲利普却很清楚,要是能从克拉顿嘴里听到几句赞扬的话,那真会叫劳森无比高兴。克拉顿盯着那幅画像,默不作声地看了好一会儿,随后又朝菲利普画架上的画瞥了一眼。

"那是什么玩意儿?"他问。

"哦,我也试着画画人像。"

"依样画葫芦。"他嘟囔道。

他又转过脸去看劳森的画布。菲利普涨红了脸,没有说话。

"嗯,你觉得怎么样?"最后劳森问道。

"表现出的立体感相当不错,"克拉顿说,"我看画得很好。"

"你看明暗层次是不是还可以?"

"相当不错。"

劳森欣喜得露出笑容。他像条落水狗似的,身子连着衣服一起抖动起来。

"嘿,你喜欢这幅画,我非常高兴。"

"我并不喜欢。我认为这幅画无足轻重。"

劳森的脸沉了下来,他惊讶地望着克拉顿,不清楚他究竟是什么意思。克拉顿不善言辞,说起话来似乎相当费劲。他说话颠三倒四，结结巴巴，十分啰唆，不过菲利普对他那漫无头绪的谈话中所用的词句倒并不陌生。克拉顿自己从不看书，这些话最初是从克朗肖那儿听来的，当时虽然印象不深，却留在他的记忆里。近来，这些话又突然浮现在脑海里，给了他某种新的启示：一个出色的画家，有两个主要的描绘对象，即人和他心灵的意向。印象派画家所关心的是别的问题，他们笔下的人物令人赞叹，但他们却像十八世纪的英国肖像画家那样，很少费心去考虑人物心灵的意向。

"可是如果你试图做到这一点，就会变得具有文学色彩，"劳森插嘴说，"还是让我像马奈那样画人物吧，而让心灵的意向见鬼去吧！"

"如果你能在马奈擅长的人像画方面胜过他，那当然很好，但你根本无法赶上他的水平。你所涉足的领域已经光秃秃的一无所有，你无法把以往的东西用作自己创作的食粮。你必须重新退回去。我直到见到格列柯的画作之后，才感到可以从肖像画中获得比我以前所知道的更多的东西。"

"那就又回到罗斯金的老路上去了。"劳森嚷道。

"不——你明白，他喜欢具有道德寓意，而我对那一套一点也不在乎。说教呀，伦理道德呀，诸如此类的玩意儿，压根儿没用，只有激情和情感才至关重要。最伟大的肖像画家，不仅描绘人物的外貌，而且也刻画出人物心灵的意向。伦勃朗和埃尔·格列柯就是这样。只有二流画家，才光描绘人物的外貌。幽谷中的百合花，即便没有香味，也很娇艳可爱；可是如果还能散发出阵阵芳香，就更加美丽动人了。那幅画，"——他指着劳森画的人像——"嗯，构图不错，立体感也很强，就是缺乏新意。线条的勾勒和实体的表现，都应该让你看出这是个讨厌的风骚娘儿们。外形准确固然很好,但埃尔·格列柯画中的人物却是身高八英尺,因为他想表达的意趣只能采用这样的方式。"

"去他妈的埃尔·格列柯,"劳森说,"我们连这个人的画都没机会见到,却在这儿一个劲儿地谈论他,有什么用呢?"

克拉顿耸了耸肩膀,默默地抽起一支烟,走开了。菲利普和劳森面面相觑。

"他讲得倒也有些道理。"菲利普说。

劳森气鼓鼓地凝视着自己的画。

"除了把你看到的东西准确无误地描绘下来,究竟怎样才能表达人物心灵的意向呢?"

大约就在这个时候,菲利普结交了一个新朋友。星期一早晨,模特儿都聚集在学校里,好选出那个星期工作的模特儿。有一次,选中了一个青年男子,他显然不是职业模特儿。菲利普被他的神态吸引住了:他跨上站台,两腿稳稳地站着,双拳紧攥,头部傲然前倾,这个姿态鲜明地显示出他那完美的体形;他身上没有什么脂肪,鼓突起来的肌肉犹如铁铸一般。头发剪得很短,头部的形状很美,下巴上留着短短的胡须;一双眼睛又大又黑,两道眉毛又粗又浓。他一连几个小时都保持着这种姿势,没有显示出一点倦意。他的神态既显得有些羞惭,又露出一股刚毅之气。他那感情热烈、活力充沛的样子,激起了菲利普浪漫的遐想。等到工作完毕,他穿上衣服,菲利普反而觉得他像个裹着破衣烂衫的国王。他沉默寡言。过了一两天,奥特太太告诉菲利普,这个模特儿是西班牙人,以前从来没有干过这一行。

"大概他在挨饿。"菲利普说。

"你有没有注意到他穿的衣服？既整洁又体面,是吗?"

赶巧在阿米特拉诺画室学画的一个美国人波特,这时要去意大利待几个月,愿意把自己的画室借给菲利普使用。菲利普很高兴。他对劳森那种盛气凌人的指教渐渐有点不耐烦了,正想独自去住。周末,他跑到那个模特儿跟前,借口说自己的画还没画完,问他是否肯去自己那儿当一天模特儿。

"我不是模特儿,"那个西班牙人回答说,"下个星期,我有别的事儿要干。"

"现在跟我一块儿去吃午饭,咱们可以商量一下。"菲利普说。看到对方迟疑不决,他又笑着说,"陪我吃顿饭并不会对你有什么害处。"

那个模特儿耸了耸肩膀,同意了,他们便一起到一家小饭店①去用餐。那个模特儿讲一口拙劣的法语,相当流利,但很难听懂。菲利普设法与他处得融洽。那西班牙人原来是个作家,到巴黎来撰写小说,在此期间,为了维持生活,采取了一个身无分文的穷光蛋可能采取的各种应急办法:他教书,翻译所有能揽到手的东西,主要是商务文件翻译,最后,竟不得不靠自己完美的体形来赚钱。给人当模特儿,倒能得到优厚的报酬,过去这个星期所挣到的钱,够他维持以后两个星期的生活。他告诉菲利普说,他靠两个法郎就能相当舒适地过上一天(菲利普听了大为惊讶)。不过,为了挣钱而不得不裸露自己的身子,实在叫他羞愧万分。他把做模特儿看作一种堕落,只有饥饿才成为这样做的理由。菲利普解释说,他并不想画整个身子,而是只画头部,他希望画一张他的头像,可以送到

---

① 原文是法语。

下一届巴黎美术展览会去展出。

"可为什么你一定要画我呢?"那个西班牙人问。

菲利普回答说对他的头部很感兴趣,他认为自己能画出一幅出色的人像画。

"我可抽不出时间。要我把写作的时间挤出一分一秒,我也不乐意。"

"但我只想占用你下午的时间。上午我在学校里作画。不管怎么说,坐着让我画像,总比翻译法律文件要强吧。"

依照传说,拉丁区里来自各个不同国家的学生,曾一度相处得十分融洽,但这早已成了往事。现在,几乎也像在东方城市里那样,不同国籍的学生彼此并不往来。在朱利安画室和工艺美术学校里,一个法国学生要是与外国人交往,就会遭到本国同胞的冷遇;而一个居住在巴黎的英国人要想与城里的当地居民深交,相当困难。说真的,有许多学生在巴黎住了五年,学到的法语只能应付在商店里购物。他们仍然过着英国式的生活,好像在南肯辛顿工作一样。

菲利普素来爱好富有浪漫气息的事物,如今有机会和一个西班牙人接触,他当然不肯错过。他费尽唇舌,想要说服对方。

"我说就这么办吧,"那个西班牙人最后说,"我可以给你当模特儿,但不是为了钱,而是我自个儿高兴这样。"

菲利普劝他接受一点报酬,但对方十分坚决。最后他们商定,他下星期一下午一点钟来。他给了菲利普一张名片,上面印着他的姓名:米格尔·阿胡里亚。

米格尔定期来当模特儿,虽然他拒绝接受报酬,但不时向菲利普借上五十法郎,这比按常规付给他的报酬反倒多了那么一点,不过却让西班牙人感到满意,因为他并不是以下贱的方式来糊口为生。由于他有西班牙的国籍,菲利普就把他看作浪漫民族的代表,向他问起塞维利亚和格拉纳达①,问起委拉斯开兹和卡尔德隆②。可是米格尔对自己国家的灿烂文化却无法忍受。他也像他的许多同胞一样,认为只有法国才是人才荟萃的地方,而巴黎则是世界的中心。

"西班牙完了,"他大声嚷道,"没有作家,没有艺术,什么也没有。"

渐渐地,米格尔以其民族所特有的那种浮夸的言辞,向菲利普披露了自己的雄心壮志。他正在写一部长篇小说,希望能借此一举成名。他受左拉的影响,把巴黎作为自己小说的主要生活场景。他向菲利普详细地讲了小说的情节。在菲利普听来,作品内容粗俗而无聊;有关秽行的幼稚描写——这就是生活,我亲爱的朋友,这就是生活,③米格尔喊道——只会更突出故事的陈腐的套路。米格尔置身于难以相信的困苦之中,一连写了两年,摈弃了当初吸引他到巴黎来的种种生活乐趣,为了艺术而与饥饿搏斗;他下定决心,任何事物也无法阻止他取得伟大的成就。这番努力真是不畏艰险。

"你干吗不写西班牙呢?"菲利普大声说,"那会有趣得多。你熟悉那儿的生活。"

"巴黎是唯一值得描写的地方。巴黎才是生活。"

有一天,他带来一部分手稿,用拙劣的法语一边念,一边翻译,显得十分激动,菲利普几乎无法听懂。米格尔念了好几

---

① 格拉纳达,西班牙南部城市。
② 卡尔德隆(1600—1681),西班牙剧作家。
③ 原文是法语。

段,实在糟糕透了。菲利普望着正在画的画,感到困惑不解,因为在那宽阔的脑门后面的思想,竟然那么浅陋平庸;那双闪闪发亮、热情洋溢的眼睛,竟只看到生活中的表面现象。菲利普对自己笔下的肖像总感到不满意,每次作画结束时,几乎总要把完成的画面全部刮掉。人物肖像,旨在表现心灵的意向,这种说法固然相当有理,但如果出现在你面前的是一些身上充满各种矛盾的人物,那谁又说得出他们心灵的意向是什么呢?他喜欢米格尔,明白他在拼命奋斗却白费力气,不免感到难过。成为优秀作家的一切条件,他都具备,唯独缺少才华。菲利普望着自己的画作。谁又能辨别出这里面是否蕴含着天才,还是纯粹在浪费时间呢?显然,那种一心想要取得成功的意志,帮不了你的忙,自信心也毫无意义。菲利普想到了范妮·普里斯:她对自己的才华深信不疑,意志力也不同寻常。

"要是我觉得自己成不了真正出色的画家,我宁可放弃不画了,"菲利普说,"我看当个二流画家实在没什么益处。"

一天早上他刚要出门,看门人叫住他,说有一封他的信。平时除了路易莎伯母,偶尔还有海沃德之外,就没有人给他写信了。这封信的笔迹他认不出来。信的内容如下:

> 见信后请立刻前来我处。我再也熬不下去了。请务必亲自前来。想到让别人来碰我的身子,我实在受不了。我要把所有的东西都留给你。

> 范·普里斯

我已经一连三天没有吃到食物了。

菲利普突然感到一阵恐惧。他急忙前往她的住处。她竟还留在巴黎,这叫他感到十分惊讶。他已经好几个月没有见到她,以为她早就回英国去了。他一到那儿,便问看门人她是否在家。

　　"在家,我已经两天没见她出门了。"

　　菲利普跑上楼去,敲敲房门。里面无人应答。他呼唤她的名字。房门锁着,他弯腰一看,发现钥匙插在锁孔里。

　　"哦,天哪!但愿她没干出什么可怕的事来。"他大声喊道。

　　他赶紧跑到楼下,告诉看门人说,她肯定在房间里。他曾收到她的一封信,担心发生什么可怕的意外。他建议把门撬开。那个起初绷着脸、不想听他说话的门房,一下子着了慌。他担当不起破门而入的责任,必须去把警察局长①请来。他们一块儿到了警察局,然后又找来锁匠。菲利普了解到普里斯小姐上个季度的房租仍然没付。元旦那天,也没给看门人什么礼物,而看门人按照常规,认为自己在那一天理应从房客那儿得到一份礼物。他们四个人一起上楼,又敲了敲门,仍然无人应答。锁匠动手开锁,大家终于进了房间。菲利普大叫一声,本能地用手捂住眼睛。这个可怜的姑娘已经上吊自尽了。绳索就系在天花板的铁钩上,而这钩子是以前某个房客用来挂床幔的。她把自己的小床挪开,先站在椅子上,随后把椅子蹬开。椅子现在就横倒在地上。他们割断绳索,把她放下来。她的身体早已冰冷了。

---

　　① 原文是法语。

49

从菲利普各方面了解到的情况看,范妮·普里斯的境遇相当凄惨。平时,范妮·普里斯从不跟画室里的女同学一起欢快地去餐馆用餐,因此免不了受到她们的抱怨。其实原因十分清楚:她穷苦不堪,心情压抑。菲利普想起他初来巴黎时他们曾一起吃过一顿午餐,当时她那副狼吞虎咽的馋相叫他不胜厌恶,如今他明白了,她那样吃饭是因为她饿坏了。看门人给菲利普讲了她平时吃些什么:每天给她留一瓶牛奶,面包由她自己去买回来。中午她从学校回来,啃半个面包,喝半瓶牛奶,剩下的就留到晚上吃。天天都是这样。想到她生前一定饱受煎熬,菲利普感到极为痛苦。她从来不让人知道自己比谁都穷;显然她的钱已花完了,最后没有条件再去画室学画。她的小房间里几乎没什么家具。至于她的衣服,除了她老穿在身上的那件破旧的棕色衣衫外,就再没有什么了。菲利普翻检她的遗物,想找到哪个亲友的地址,好跟他取得联系。他发现一张纸条,上面写满了他菲利普的名字。这使他格外震惊。大概她真的爱上自己了。他想起了那具吊在天花板的铁钩上、裹在棕色衣衫里的枯瘦尸体,不禁打了个寒战。可是如果她喜欢他,那干吗不接受他的帮助呢?他肯定乐意尽力解囊相助。他心里充满悔恨,因为当初他知道她对自己有特殊的感情,却视而不见。她信上的那句话极为哀婉动人:想到让别人来碰我的身子,我实在受不了。她是给饥饿逼死的。

菲利普终于找到一封署名为家兄艾伯特的信件。信是两三个星期前从萨比顿区①某街寄来的,信中拒绝了借给她五英镑的请求。写信人表示他得为妻子儿女着想;他不认为自己有理由把钱随意借给别人。他劝范妮回伦敦设法谋个差事。菲利普给艾伯特·普里斯发了一份电报。不久,回电来了:

> 深感悲痛。商务繁忙,难以脱身。是否非来不可?
> 普里斯。

菲利普又发了份简短而肯定的回电。第二天早晨,一个陌生人出现在他的画室门口。

"我是普里斯。"菲利普把门打开时,对方说道。

那个人身上略带粗俗之气,穿一身黑衣服,圆顶礼帽上扎了条带子。他那副笨手笨脚的样子有点像范妮。他蓄着短硬的八字须,讲话带有伦敦东区的口音。菲利普把他请进屋子。在菲利普向他讲述出事的前后经过以及料理后事的情况时,他不时斜着眼朝画室里四下打量。

"我用不着去看她的遗体了,是吗?"艾伯特·普里斯问,"我的神经比较脆弱,一点儿小事就会叫我心绪烦乱。"

他渐渐无拘无束地谈起来。他是个橡胶商人,家里有妻子和三个孩子。范妮原来是个家庭教师,他不明白为什么她不继续当家庭教师,而要跑到巴黎来。

"我和内人都告诉她,巴黎可不是一个姑娘待的地方。而且,干画画这一行赚不了钱——历来如此。"

显然,他跟妹妹的关系并不怎么融洽。他对她自寻短见

---

① 萨比顿区,位于伦敦西南郊的一个行政区。

深为不满,认为这是给他带来的最后伤害。他不喜欢认为他妹妹是因贫困而被迫自杀的看法,因为这似乎给他们家带来耻辱。他忽然想到,她的举动说不定另有某种较为体面的理由。

"我想她总不会跟哪个男人有什么瓜葛,是吧?你明白我的意思,巴黎以及这儿淫逸放荡的生活,也许她是为了保全自己的名誉才这么干的。"

菲利普感到自己脸红了,心里暗自咒骂自己的软弱。普里斯那双锐利的小眼睛似乎在怀疑菲利普跟他妹妹有什么私情。

"我相信令妹一向品行端正,"他口气尖刻地回答说,"她自寻短见是因为她快饿死了。"

"哟,你这么说,可叫她的家里人感到难堪,凯里先生。她只要给我来封信就行了。我总不会让妹妹缺吃少穿的。"

菲利普只是在看了他拒绝借钱的那封信后才知道他地址的,但菲利普只是耸了耸肩膀:如今对他加以指责,没有什么用处。他很讨厌这个矮小的男人,想要尽快地把他打发走。艾伯特·普里斯也希望迅速把必要的事情办完,及早返回伦敦。他们来到可怜的范妮生前住的那个小房间。艾伯特·普里斯看了看房里的那些画和家具。

"在艺术方面,我可不想自称内行。"他说,"我想这些画总可以卖些钱吧,是吗?"

"一钱不值。"菲利普说。

"这些家具值不了十个先令。"

艾伯特·普里斯不懂法语,一切都得由菲利普出面办理。看来必须经过一道道永无穷尽的手续,才能让那具可怜的遗体安然入土。从一个地方取到证件,得上另一个地方去获得签名,还得求见不少官员。一连三天,菲利普从早忙到晚上。最后,他总算和艾伯特·普里斯一起跟在灵车后面,朝蒙帕纳斯公墓走去。

"我想把丧事办得体面些,"艾伯特·普里斯说,"但白白浪费钱财,也没什么意思。"

灰蒙蒙的早晨充满寒意,简短的葬礼显得极为凄凉。参加葬礼的还有范妮·普里斯在画室里的五六个同窗:奥特太太身为女司库,认为参加葬礼乃是她的责任;露丝·查利斯则是由于心地善良;此外还有劳森、克拉顿和弗拉纳根。在范妮·普里斯生前,他们都对她没有什么好感。菲利普纵目望去,只见四周墓碑林立,有的简单粗糙,有的俗气造作,丑陋不堪。他禁不住打了个哆嗦。眼前的景象好不萧索惨淡。他们从公墓出来时,艾伯特·普里斯要菲利普陪他一起去吃午饭。菲利普如今对他十分厌恶,而且身子又感到很疲乏;这几天他一直睡不安稳,老是梦见穿着破旧的棕色衣衫的范妮·普里斯,挂在天花板的铁钩上;但他又想不出一个回绝的借口。

"你带我去一家馆子,咱们吃一顿非常讲究的午餐。这种事糟透了,真叫我的神经受不了。"

"拉夫纽餐厅可算是附近最好的一家馆子。"菲利普回答说。

艾伯特·普里斯在一张丝绒靠椅上坐下来,宽慰地舒了口气。他要了份丰盛的午餐,外加一瓶酒。

"嘿,我真高兴,事情总算办完了。"

他狡猾地提了几个问题,菲利普看出他很想了解巴黎画家的生活情况。尽管他口头表示画家的生活糟透了,但实际上却渴望听到他想象中画家所过的那种放荡生活的详情细节。他不时诡秘地眨眨眼睛,谨慎地偷偷笑上几声,表明他完全清楚,实际情况并不像菲利普所供认的那么简单。他是个见过世面的人,对这类事也相当在行。他问菲利普是否去过蒙马特尔①,那儿下至坦普尔酒吧,上至皇家交易所,都十分有名。他真想说自己曾去过红磨坊。他们这顿午餐菜肴精美,酒也是上好的。艾伯特·普里斯酒足饭饱之余,心情变得十分欢畅。

"咱们再来点白兰地吧,"咖啡端上来的时候,他说,"索性破费点钱!"

他搓了搓手。

"你知道,我有点想在这儿过夜,明天再回去。咱们一块儿度过这个晚上,你觉得怎么样?"

"要是你的意思是想要我今天晚上带你去蒙马特尔,那见你的鬼去吧!"菲利普说。

"我想我不是那个意思。"

他回答得那么一本正经,反倒把菲利普逗乐了。

"再说,你的神经恐怕也受不了。"菲利普神情严肃地说。

艾伯特·普里斯最后还是决定搭下午四点的火车返回伦敦,不久,他就和菲利普分手了。

"再见了,老弟。"他说,"你听我说,过些日子我还要设法到巴黎来一次,我会来拜访你,让咱们畅快地乐一下。"

那天下午,菲利普心里烦躁不安,无法工作,干脆跳上一

---

① 蒙马特尔,巴黎北郊的一个区,位于塞纳河畔的山上,是艺术家的聚居地。

辆公共汽车过河去杜朗-吕埃尔画铺,看看那儿是否有什么新的画作展出。随后,他沿着林荫大道信步闲逛。天气很冷,又有寒风席卷而过。行人裹紧大衣,步履匆匆,蜷缩着身子,想要抵御外面的寒气。他们脸色憔悴,充满忧虑。眼下,在那白色墓碑林立的蒙帕纳斯公墓的地下,一定冰冷彻骨。菲利普感到自己在世上孤苦伶仃,心里不禁奇怪地产生了思乡之情。他想找个伙伴。但这会儿,克朗肖正在工作,克拉顿从来就不欢迎别人前去拜访,劳森正在给露丝·查利斯画另一幅肖像,自然不愿意受到打扰。于是他决定去找弗拉纳根。他发现弗拉纳根正在作画,但很高兴能放下画笔来跟人闲谈。画室里既舒适又暖和,因为这个美国学生比他们大多数人都有钱。弗拉纳根忙着泡茶。菲利普端详着那两幅弗拉纳根打算送交巴黎美术展览会的头像。

"我要把画送去展出,脸皮未免太厚了吧,"弗拉纳根说,"但我不在乎,我还是要送去。你认为这两张画很糟吗?"

"不像我预想的那么糟。"菲利普说。

实际上,这两幅画所展现的灵巧的手法,真是令人震惊。凡是难以处理的地方都被他老练地回避掉了;色彩用得很有气魄,叫人惊讶之余,更觉得富有魅力。弗拉纳根虽然不懂得绘画知识或技巧,但他那放纵不羁的笔法却像个终生从事绘画艺术的画家。

"要是规定每幅画的观赏时间不得超过三十秒,那么弗拉纳根,你准会成为一个了不起的大师。"菲利普笑着说。

这些年轻人倒没有那种用过头的奉承话相互吹捧的习惯。

"在美国,我们时间很紧,看一幅画谁也不会超过三十秒钟。"弗拉纳根笑着说。

　　尽管弗拉纳根是世界上最轻率浮躁的人,但他心肠很软,不但令人意想不到,而且相当可爱。每当有人生了病,他便充当看护。他那欢快的天性比任何药物都要灵验。他跟大多数的美国同胞一样,不像英国人那样紧紧控制自己的情感,生怕被人说成多愁善感。他认为表露感情并没有什么愚蠢可笑之处,因此总对别人充满了同情,这往往使一些身陷苦恼的朋友感激不尽。他发现菲利普正为了自己所经历的事心情沮丧,就又说又笑地吵闹不休,真心实意地想让菲利普鼓起劲来。他有意加重自己的美国腔——他知道这样总能引得英国人哈哈大笑——呼吸急促、滔滔不绝地说个不停,他兴致勃勃,心情欢快,充满奇思异想。后来,他们一起到外面去吃饭,饭后又上蒙帕纳斯游乐场,那是弗拉纳根最喜欢的娱乐场所。入夜后,他的兴致更高了。他喝了很多酒,但不管他醉成什么样子,主要还是由于他生性活泼好动,而并不是酒力所致。他提议去比利耶舞厅,菲利普累得过了头,反而不想上床安睡,因此相当乐意地同意了。他们在舞池旁边的平台上找了张桌子坐下。这儿地势略微高出一点,他们可以一边喝黑啤酒一边看别人跳舞。不一会儿,弗拉纳根看见一个朋友。他发狂似的喊了一声,越过栅栏,跳进了舞池。菲利普打量着周围的人。比利耶舞厅并不是上流人士出入的娱乐场所。那是个星期四的夜晚,舞厅里挤满了人,其中有来自各个学院的大学生,但大多数男客是小职员和店员。他们穿着日常便服:现成的粗花呢衣服或式样古怪的燕尾服,而且都戴着礼帽,因为他们把帽子带进了舞厅,跳舞的时候帽子无处可放,只好戴在自己头上。有些女子看上去像是用人,有些是浓妆艳抹的风骚女子,但大多数是女店员,她们身上穿得相当寒碜,拙劣地仿效河对岸的时兴款式。那些风骚女子打扮得妖娆动人,看去就像歌舞杂耍表演的艺人或是当时声名狼藉的舞蹈演员;她们把眼圈画得又浓又黑,两颊抹得鲜红,真是不知道害羞。舞厅里的白色大灯,低低地挂着,使人们脸上的阴影越发明显。在这样的强光之下,所有的线条似乎都变得僵硬死板,而周围的色彩也显得粗陋简略。眼前呈现出一片乌烟瘴气的景象。菲利普把身子探过栅栏,目不转睛地望着台下,他的耳朵里不再听到音乐声了。舞池里的人们热烈兴奋地跳着。他们绕着舞厅,缓缓地跳舞,个个神情专注,很少有人说话。舞厅里热烘烘的,人们的脸上冒出亮晶晶的汗珠。在菲利普看来,他们扔掉了平时为了提防别人而戴上的面具,丢弃了对传统习俗的尊崇,如今露出了他们的真实面目。在这种恣意作乐的时刻,他们全都奇特地露出兽类的特征:有的好像狐狸,有的又像狼,也有的长着愚蠢的绵羊似的长脸。他们都过着不健康的生活,吃的又是质量粗劣的食物,因此全都脸色灰黄。庸俗的兴趣爱好,使他们的面容显得呆板迟钝,只有两只小眼睛骨碌碌地转动,露出狡猾的神情。他们的举止丝毫没有露出什么品格高尚的地方。你可以感觉到,对所有这些人来说,生活无非就是一长串的琐事和贪婪自私的念头。舞厅里空气浑浊,弥漫着人身上所发出的汗臭。可是他们发狂似的跳着,好像受到身体内部某种奇特的力量的驱使,而在菲利普看来,驱使他们向前的是一股寻求享乐的欲望。他们不顾一切地设法逃避这个恐怖的现实世界。克朗肖所说的那种追求欢乐的欲望,便是促使他们盲目前行的唯一动机。然而,正是这种异常强烈的欲望,似乎使人的行为失去了所有的欢乐。他们被一阵狂风吹向前去,根本无法抗拒,既不知道什么原因,也不知道会被吹往何处。命运之神似乎凌驾在他们的头上。他们不停地跳着,仿佛脚下便是永无尽头的黑暗深渊。他们的沉默隐隐令人感到惊恐。他们好像被生活吓破了胆,连自己的发言权也被剥夺了,因此内心发出的尖声喊叫到了喉咙口就消失了。他们的眼神狂乱而冷酷;尽管兽欲损毁了他们的外貌,尽管他们面容卑劣,样子残忍,尽管最糟糕的还在于他们的头脑愚蠢,然而,那一双双神情专注的眼睛显露出的极度痛苦,使得这群平凡的人变得既可怕又可怜。菲利普既讨厌他们,又为他们感到痛心,对他们充满无限的同情。

他从衣帽间取出外套,走到门外,步入刺骨的寒夜之中。

50

菲利普脑子里始终无法忘掉那桩不幸的事。最使他烦扰不安的,便是范妮所付出的努力竟然没有收到什么效果。谁也不像她那么刻苦用功,那么充满诚意:她一心相信自己具有才华。但是自信心显然没有什么意义。他所有的朋友都有自信心,至于别的人,比如米格尔·阿胡里亚,也是这样。这个西班牙人在写作上付出了不懈的努力,但他试图完成的东西却琐碎无聊。两者之间的差距实在叫人感到震惊。菲利普以前愁苦不幸的学校生活,唤起了他内心的自我分析能力。他的这种不良习惯,就像吸毒成瘾那样难以察觉,在他身上早已根深蒂固,无法摆脱。因此,如今他对自己内心情感的剖析就也特别敏锐。他不能不看到自己对艺术的感受与别人不同。一幅出色的画作能立刻令劳森心里感到一阵兴奋。他对画作的欣赏全凭直觉。就连弗拉纳根也能感受到某些事物，而菲利普却非得经过一番思考才能有所体会。菲利普对画作的欣赏全靠理智。他禁不住暗自想道：如果他身上也有"艺术家的气质"（他讨厌这个用语，但又想不出别的说法），那么他就会像他们那样，也能借助感情、不假思考地来感受美。他开始纳闷儿，不知自己除了有一手准确地依样临摹的浅薄功夫外，是否还有什么更大的才能。那实在算不了什么。现在他已学会蔑视技巧了。最要紧的是怎样用画作来表达作画人的感受。劳森按某种方式作画，这是他的天性所决定的；而他作为一个习画者，尽管易于接受各种影响，但在他的刻意模仿中，却可以清楚地看出他的个人特征。菲利普望着自己画的露丝·查利斯的人像，自打那幅画完成后已经过去了三个月，如今他才意识到自己的画只是劳森画作的忠实翻版而已。他觉得自己缺乏创造力。他是用脑子来作画的，而他心里完全清楚，唯一有价值的画作都是用心灵画出来的。

他没有多少钱财，总共还不到一千六百英镑，他必须厉行节约，省吃俭用。十年之内，他不能指望挣到一个子儿。在绘画史上，毫无收益的画家比比皆是。他必须安于贫穷。要是哪天他能画出一幅不朽之作，那倒也还值得，但他很怕自己至多只能当个二流画家。为此便牺牲自己的青春年华，舍弃生活的乐趣，错过人生的种种机缘，那值得吗？菲利普对于住在巴黎的许多外国画家的情况相当了解，知道他们生活闭塞，活动范围极其狭窄。他知道有些画家为了追求名声，辛辛苦苦地过了二十年，最后仍然没有成名，于是渐渐变得穷困潦倒，沦为酒鬼。范妮的自杀引起了菲利普对往事的回忆。他听到过这个或那个画家如何为了摆脱绝境而自寻短见的可怕传闻。他回想起那位画师对可怜的范妮提出的含讥带讽的忠告。要是她早点听他的话,放弃那毫无希望的尝试,她就不会有那样的下场。

菲利普完成了那幅米格尔·阿胡里亚的人像,决定把它送交巴黎美术展览会。弗拉纳根也打算把两幅画作送去,菲利普认为自己的绘画水平跟弗拉纳根不相上下。他在这幅画上花了那么多工夫,不由得感到它总有些可取之处。他在观看这幅画的时候,确实也觉得有什么地方画得不对,但一时又说不上来,可是只要那幅画不出现在眼前,他就变得情绪高昂,也不再感到不满意了。他把画给美术展览会送了过去,结果没被接受。他倒也并不怎么在意,因为事先他就想方设法来说服自己,入选的可能性实在很小。几天以后,弗拉纳根却冲进门来告诉菲利普和劳森,他送去的两幅画中的一幅已被画展选中了。菲利普神情淡漠地向他表示祝贺。弗拉纳根只顾为自己的成功感到高兴,一点儿也没察觉菲利普的道贺声中不由自主地流露出的挖苦口气。头脑机敏的劳森发觉菲利普话里带刺,好奇地望着菲利普。劳森自己送去的画没有问题,他在一两天前就知道了,他对菲利普的态度隐隐感到不满。可是那个美国人一走,菲利普冷不丁地向劳森问了一个问题,叫劳森感到十分意外。

"要是你处在我的地位,会不会就此甩手不干了?"

"你这话究竟是什么意思?"

"我不知道当个二流画家是否值得。你也明白,在其他的行当,就说行医或经商吧,即便你能力平庸,也不怎么要紧,你以此谋生,打发日子。然而要是老画些二流作品,有什么意思呢?"

劳森很喜欢菲利普，一想到菲利普准是为了画稿落选的事而深为苦恼，便竭力安慰他。大家都知道，不少被巴黎美术展览会退回的画作后来都成了名画。菲利普首次投稿应选，遭到拒绝应在意料之中；弗拉纳根的成功是可以理解的，他的画是卖弄技巧的肤浅之作，而缺乏生气的评选团所赏识的正是这类作品。菲利普变得不耐烦起来；劳森竟然以为自己会为了如此微小的挫折而心烦意乱，而不明白他心情颓丧是由于从根本上对自己的能力产生怀疑。这未免太叫他难堪了。

近来，克拉顿有点疏远那些在格雷维亚餐馆同桌进餐的伙伴，过起了离群索居的生活。弗拉纳根说他爱上了哪个姑娘，可是从他那严肃的神情里却看不出一点陷入情网的迹象。菲利普认为克拉顿回避朋友，很可能是为了好好清理一下他脑子里的那些新的想法。可是有天晚上，其他人都离开餐馆看戏去了，只剩下菲利普一个人坐在那儿，这时克拉顿走了进来，点了饭菜。他们开始闲聊。菲利普发现他比平时健谈，说的话也不那么挖苦，决定趁他心情好的时候向他讨教一下。

"哎，我很想请你来看看我的画，"菲利普说，"很想听听你的意见。"

"不，我可不干。"

"为什么不干？"菲利普红着脸问。

他们那伙人经常彼此提出这种请求，谁也没有打算拒绝。克拉顿耸了耸肩膀。

"大家嘴上请你批评，实际上只想听颂扬的话。再说，批评又有什么用处呢？你画得究竟是好是坏，又有什么关系？"

"对我可大有关系。"

"没有的事。一个人所以要作画，只是因为他非画不可。

这是人体的一种机能,就跟人体的所有其他机能一样,不过只有少数人才具有这种机能。一个人只是为了自己而作画,如果不让他作画,他就会去自杀。试想一想,天知道你费了多长时间,设法在画布上画了一些东西,你付出了不少心血,但结果又如何呢?十之八九,交送画展的作品要被退回来;就算被接受了,人们从它跟前走过时也不过看上十秒钟。如果你运气好,哪个愚昧无知的傻瓜把你的画买了去,挂在他家的墙上,那他对你的画也像对屋子里的餐桌一样,难得瞧上一眼。批评与艺术家毫无关系。批评是客观的评判,而凡是客观事物都跟画家无关。"

克拉顿用双手捂住眼睛,好把心思都集中在自己要说的话上。

"画家从所见的事物中获得某种特殊的感受后,便非要把它表现出来不可。他自己也不清楚是为了什么,只能用线条和色彩来表现自己的内心感受。这就跟音乐家一样。音乐家只要读上一两行文字,头脑里就会浮现出某种音符的组合,他自己也不知道为什么这样那样的词儿会使他心里想起这组那组的音符,反正就是这样。我还要告诉你一个理由,说明批评实在毫无意义。伟大的画家总是迫使世人按他的眼光来观察自然,但是到了下一代,另一位画家又用另一种方式来观察世界,而公众却仍按他的前辈而不是按他本人的眼光来评判他的作品。巴比松画派①的画家教我们的前辈用某种方式来观察树木,可后来又出了个莫奈,他用不同的方式作画,于是

---

① 巴比松画派,法国19世纪中、下叶的一个自然风景画画派,因其代表人物卢梭、米勒、柯罗和多比涅等人都长期定居在巴黎附近的巴比松镇而得名。

大家便说:树木可不是这个样子。他们从来没有想到,画家愿意怎样观察树木,树木就会有什么样子。我们作画是从里往外——如果我们能迫使世人接受我们的眼光,人们就把我们称作伟大的画家;如果不能,世人便不把我们放在眼里。但我们仍是原来的样子。无论伟大还是渺小,我们都不怎么看重。我们的作品以后会有怎样的遭遇,那是无关紧要的;我们作画的时候,已经得到了所能得到的一切。"

谈话暂时中断了,克拉顿狼吞虎咽地把摆在面前的食物一扫而光。菲利普抽着一支廉价的雪茄,仔细打量着克拉顿。他那凹凸不平的头颅——好似雕刻家用一块难以加工的顽石雕刻而成——再配上那头又粗又长的黑发、巨大的鼻子和宽阔的下颚骨,表明他是一个孔武有力的汉子。可是菲利普暗自纳闷,不知道在这副面具背后,会不会也隐藏着不寻常的软弱。克拉顿不肯让别人看他的画作,也许完全是虚荣心在作怪:他经受不住别人的批评,也不愿冒画作不被巴黎美术展览会所接受的风险;他希望别人把他当作艺术大师看待,但又不愿大胆地把画作拿出来跟别人对比,担心会觉得自愧不如。菲利普跟他认识已有十八个月,他变得越发乖戾和尖刻,尽管他不愿意公开站出来与伙伴们一见高低,但是对他们轻易取得的成功却愤愤不平。他看不惯劳森。他们俩再也不像菲利普最初认识他们的时候那么关系密切了。

"劳森可顺当了,"他用轻蔑的口气说,"他会回到英国,当个时髦的肖像画家,每年挣上一万英镑,不到四十岁就会成为皇家艺术院的准会员。专门为显贵名流画肖像!"

菲利普也窥测了一下未来。他似乎看到了二十年后的克拉顿,尖刻、孤独、粗野、默默无闻,仍然待在巴黎,因为巴黎的生活已经深入他的骨髓;他靠了那条狠毒的舌头,掌管着一个小型艺术团体①。他跟自己过不去,也跟周围的世界过不去。他越来越狂热地追求那种他无法达到的完美无缺的境界,却拿不出什么作品,最后也许会沦为酒鬼。近来,有个想法老是出现在菲利普的脑海里。既然人只有一次生命,取得成功就变得至关重要,但他并不认为只有发财致富,名声远扬,才算取得成功。不过成功究竟指的是什么,他自己也不大清楚。也许就是丰富自己的阅历,充分发挥自己的才能吧。不管怎么说,克拉顿的一生似乎命中注定,显然会以失败告终,除非往后他能画出几幅不朽的杰作。他回想起克朗肖用波斯地毯所作的离奇的比喻,近来他也经常想到这个比喻。当时克朗肖像农牧神那样风趣诙谐,不肯进一步说清意思,只是重复了一句:只有你自己找到答案,方才具有意义。菲利普之所以在是否继续他的艺术生涯的问题上举棋不定,归根结底是因为他渴望自己的一生取得成功。可是,克拉顿这时又开始说话了。

"我跟你谈起过的那个我在布列塔尼遇到的家伙,你还记得吗?前几天,我在这儿又遇到他了。他正要动身去塔希提岛②。现在他成了一个身无分文的穷光蛋。他本是个处理大量事务的人③,我想也就是英语中所说的股票经纪人吧。他有老婆孩子,收入也很可观,但为了成为一个画家,他把这一切都抛弃了。他离家出走,在布列塔尼安顿下来,开始了他

---

① 原文是法语。
② 塔希提岛,位于南太平洋中部,是社会群岛的一个岛屿,法属波利尼西亚的一部分。
③ 原文是法语。

的艺术生涯。他手里一个钱也没有,差点儿饿死。"

"那他的老婆孩子呢?"菲利普问。

"哦,他丢下他们,听任他们饿死。"

"这听起来未免太卑鄙了吧。"

"哦,我亲爱的老弟,如果你想做个正人君子,就绝对别当艺术家。两者毫不相关。你听说过有些人为了赡养老母,便粗制滥造一些画作来骗取钱财——哦,这说明他们是无比孝顺的儿子,但这可不能成为质量低劣的画作的理由。他们只能算是生意人。真正的艺术家会让自己的老娘被送往济贫院。我认识这儿的一位作家。他告诉我,他老婆在分娩时去世了。他非常爱她,悲痛欲绝;但是当他坐在床边看着他妻子咽气时,他发现自己心里正暗暗记下她弥留时的面部表情、她临终前的遗言以及自己当时的感受。这可不合乎上流绅士的身份吧,对不对?"

"你那位朋友是个出色的画家吗?"

"不,目前还算不上。他画得真像毕沙罗。他还没察觉自己的特长,不过他很会运用色彩和装饰。但问题不在这儿。要紧的是感情,而他身上就蕴藏着那么一股感情。他对待自己的老婆孩子,像个十足的无赖;他的行为举止始终像个十足的无赖,他对待那些帮助过他的人——有时他全靠朋友们的好心周济,才免受饥饿——他对他们态度恶劣,简直像个畜生。可他恰恰是个了不起的艺术家。"

菲利普沉思起来。那个人为了能用颜料在画布上把人世给予他的情感表现出来,竟然愿意牺牲一切:舒适的生活、家庭、金钱、爱情、名誉和责任。这可真了不起,但他就没有这种勇气。

刚才想到克朗肖，菲利普才记起他已经有一个星期左右没见到这位作家了，所以克拉顿离开后，他便漫步朝丁香园咖啡馆走去，他知道准能在那儿找到克朗肖。刚到巴黎的头几个月里，菲利普曾把克朗肖所说的话都奉为金科玉律，但如今他的观点已经变得讲究实际，对克朗肖的那套没有行动的空头理论开始感到不耐烦了。克朗肖的那一束薄薄的诗稿，似乎算不上是他悲惨一生的丰硕成果。菲利普出身于中产阶级，他无法驱除自己天性中的中产阶级本能。克朗肖生活穷困，干着雇佣文人的勾当，勉强糊口。他不是蜷缩在邋遢的顶楼上，就是坐在咖啡馆的餐桌旁，这种单调乏味的生活与他的名望极不相称。克朗肖相当精明，知道这个年轻人对自己不以为然，便含讥带讽地抨击他的市侩作风，有时带点开玩笑的意思，而在更多的场合，则言辞犀利。

"你是个生意人，"他对菲利普说，"你想把人生投资在统一公债上，这样就可以稳稳当当地拿到百分之三的年息。我是个败家子，我把老本都花光了，我要在最后一口气花掉最后一个子儿。"

这个比喻令菲利普十分恼火。因为这种说法不仅使克朗肖显出一种浪漫的处世态度，而且又诋毁了菲利普对人生的看法。菲利普本能地觉得要为自己辩解几句，但一时却想不出什么话来。

可是那天晚上，菲利普心里犹豫不决，想找克朗肖谈谈自己的事。幸好时间已晚，克朗肖餐桌上的茶碟堆得很高（有多少个茶碟就表示他喝下了多少杯酒），表明他已准备就人生世事发表自己的独到见解了。

"不知你肯不肯给我一点忠告。"菲利普突然开口说。

"你不会接受的,对吧?"

菲利普不耐烦地耸了耸肩膀。

"我相信自己在绘画方面搞不出多大的成绩。我看不出当个二流画家会有什么好处,正打算甩手不干了。"

"干吗不这样做呢?"

菲利普犹豫了一会儿。

"大概是因为我喜欢这种生活吧。"

克朗肖那张平静的圆脸上神色变了。嘴角突然垂了下来,眼窝深陷,双目呆滞无光。说来也奇怪,他似乎变得弯腰驼背,老态龙钟了。

"就因为这个?"他嚷道,朝他们的座位四周扫了一眼。他说话的声音确实也有些颤抖。

"要是你能脱身,那就趁早吧。"

菲利普瞪着眼睛,惊讶地望着克朗肖,但是这种情绪激动的场面,总使他感到腼腆羞涩,不禁垂下了目光。他明白,展现在他面前的是一场失败的悲剧。一阵沉默。菲利普心想,克朗肖这会儿一定在回顾自己的一生;也许他想到了自己充满灿烂希望的青年时代,后来这种希望的光辉逐渐在种种失意之中消失,如今只有可怜而单调的欢乐,以及暗淡的未来。菲利普注视着那一小摞茶碟,他知道克朗肖的目光也停留在那些茶碟上面。

51

两个月转眼就过去了。

菲利普经过冥思苦想,似乎从眼前的这些事情中得出一个结论:凡是真正的画家、作家和音乐家,身上总有那么一股力量,驱使他们把全部心神都放在事业上,这样一来,他们不可避免地要让个人生活从属于艺术事业。他们屈从于某种自己始终没有察觉的影响,实际只是受到主宰他们的本能的愚弄。生活从他们的指缝间溜过,他们一辈子就像没活过似的。可是菲利普感到,生活就该好好地过,而不应只用作描绘的题材。他要经历各种各样的遭遇,从人生的瞬间尽力吸取生活所提供的全部激情。最后,他打定主意要采取某种步骤,并承担其后果。一旦打定了主意,他决定马上付诸行动。正巧次日上午是富瓦内来校讲课的日子,菲利普决定直截了当地问他一下,自己是不是值得继续学画。这位画师对范妮·普里斯所提的无情的忠告,他始终没有忘记。那个忠告是正确合理的。菲利普不管怎样都无法把范妮从头脑里完全排除出去。画室里少了她,似乎显得相当怪异。有时,在那儿学画的某个女生一抬手或一开口说话,就会让他吓一跳,使他想起范妮。她死了反而比活着的时候更让人感觉到她的存在。菲利普经常在夜里梦见她,会被自己的惊叫声吓醒。她生前一定饱受折磨,想到这一点,菲利普就不寒而栗。

菲利普知道,富瓦内在来画室上课的日子,总要在奥德萨街上的一家小饭馆吃午饭。他匆匆吃完自己的那顿午饭,以便赶到那儿,在小饭店外面恭候。他在拥挤的街道上来回踱步,最后看见富瓦内先生低着头朝他走来。菲利普心里十分紧张,但仍硬着头皮迎上前去。

"对不起,先生,①我想跟您谈一会儿。"

----

① 原文是法语。

富瓦内迅速地朝他瞥了一眼,认出了他,但并没有微笑着跟他打招呼。

"说吧。"他说。

"我在这儿跟您学画,差不多已有两年了。我想请您坦率地告诉我,您觉得我是否还值得继续学下去?"

菲利普的声音有点颤抖。富瓦内头也不抬地继续朝前走去。菲利普在一旁察看他的脸色,发现他脸上没有任何表示。

"我不明白你的意思。"

"我家境贫困。如果我没有天赋,那我宁可及早改行。"

"你有没有天赋,难道你自己不清楚吗?"

"我的那些朋友,个个都认为自己具有天才,但我知道,其中有些人错了。"

富瓦内那张刻薄的嘴巴微微一撇,嘴角露出一丝笑意,问道:

"你就住在这附近?"

菲利普把自己画室所在的地点告诉了他。富瓦内转过身子。

"咱们就上你的画室去,怎么样?你得让我看看你的作品。"

"就现在吗?"菲利普嚷道。

"有什么不可以呢?"

菲利普一时无话可说。他在画师的身旁默默地走着,心里感到乱糟糟的。他根本没有想到富瓦内竟然立刻想去看他的作品。他本来打算问富瓦内:要是请他改天再去,或是让自己把作品拿到他的画室去,他是否愿意?这样菲利普就可以有时间在思想上作好准备。菲利普焦虑不安,身子直打哆嗦。

他心里希望富瓦内在看了他的画作以后,脸上会浮现出那种难得见到的笑容,而且握着他的手对他说:"不错。① 好好干下去吧,小伙子。你很有才华,真有几分才华。"想到这儿,菲利普心里得意扬扬。那会是多么大的安慰,多么令人欣喜啊!他从此可以勇往直前了。只要他最终能取得成功,艰苦、贫困和失望,那又算得了什么呢?他一直十分用功,如果他下的所有这些功夫都是白费劲儿,那未免太残酷了。接着他猛地一惊,想起曾经听到范妮·普里斯也正是这么说的。他们走到住所前,菲利普心里突然充满了恐惧。要是他有胆量的话,也许会请富瓦内走开。现在他不想知道真情了。他们走进屋子,看门人在他们经过的时候交给菲利普一封信,他朝信封瞥了一眼,认出上面是他大伯的笔迹。富瓦内跟着菲利普上了楼。菲利普想不出该说什么话,富瓦内也一言不发,而这种沉默更叫菲利普心烦意乱。教授坐了下来,菲利普什么话也不说,只是把那幅被美术展览会退回来的油画放在富瓦内面前。富瓦内点了点头,仍然没有开口说话。接着,菲利普又给富瓦内看了两幅他给露丝·查利斯画的肖像,两三幅在莫雷画的风景画,另外还有几幅素描。

"就这些了。"过了一会儿,菲利普紧张不安地笑着说。

富瓦内自己动手卷了一支烟,点上火。

"你没什么私人收入吧?"他终于开口问道。

"很少,"菲利普回答说,突然心里凉了半截,"还不足以维持生活。"

"要不断地为自己的生计操心,世上再没有比这更屈辱

---

① 原文是法语。

的事了。我最看不起那些蔑视金钱的人。他们不是伪君子就是傻瓜。金钱好比人的第六感官，少了它，就无法完全发挥其他五种感官的作用。没有足够的收入，生活中可能出现的机会就少了一半。唯一需要小心注意的就是，不要为了赚到一个先令而付出超过一个先令的代价。你常听到人们说，穷困是对艺术家最有力的鞭策。其实他们从来没有亲身体验过穷困的滋味。他们不知道穷困会使你变得多么吝啬。它使你蒙受无休止的羞辱，扼杀你的雄心壮志，甚至像癌一样地吞蚀你的灵魂。艺术家要求的并不是财富本身，而是足以给他提供保障的钱财，那样他就可以维持个人尊严，工作不受阻碍，做个慷慨、直率、独立自主的人。我真心可怜那种完全靠艺术糊口的艺术家，不论是耍笔杆子的，还是画画的。"

菲利普悄悄地把刚才拿出来给富瓦内看的画都收了起来。

"听您这么说，好像您觉得我没有多少成功的希望。"

富瓦内先生微微耸了耸肩膀。

"你的手可以算得上灵巧。只要你刻苦用功，锲而不舍，没有理由成不了一个兢兢业业、还算称职的画家。到那时，你会发现有数以百计的同行画得及不上你，也有数以百计的同行画得跟你不相上下。在你给我看的那些画里面，我没有看到才华，只看到勤奋和智慧。你永远只能当一个平凡的画家。"

菲利普只好用相当镇定的口气回答说：

"太麻烦您了，真是感激不尽。不知该怎么谢您才好。"

富瓦内先生站起身来，似乎要走了，突然又改变了主意，他收住脚步，把一只手搭在菲利普的肩膀上。

"要是你想问问我的意见,我会说,拿出勇气来,找别的行当去碰运气吧。尽管听上去很不悦耳,但我仍然要对你直言一句:如果我在你这样的年纪,也有人给我这种忠告并使我接受的话,那我愿意把我在这世界上所拥有的一切都奉献给他。"

菲利普抬起头来惊讶地望着他。那个画师张开嘴唇,勉强挤出一丝笑意,但他的眼神仍旧那样严肃,那样忧伤。

"等你无法挽回的时候再发现自己的平庸无能,那才叫人痛心呢。那无法改变一个人的性情。"

当他说出最后几个字的时候,哈哈一笑,随后迅速走出房间。

菲利普机械地拿起他大伯的信,看到大伯的字迹,心里有些惶恐不安,因为平常总是由伯母给他写信的。近三个月以来,她一直害着病。菲利普曾提出要回英国去探望她,但是她没有答应,担心那样会影响他的学业。她不愿意给他带来不便,说等到八月份再说吧,希望那时候菲利普能回牧师公馆去住两三个星期。万一病情加重,她会告诉他的,因为她总希望在临终前能再见他一面。既然这封信是他大伯写来的,那想必是伯母病得无法提笔了。菲利普拆开信,信的内容如下:

亲爱的菲利普:

　　我沉痛地告诉你,你亲爱的伯母已于今天早晨离开了人世。她溘然长逝,但走得相当安详。由于病情急转直下,以至来不及唤你前来。她自己对此早有充分准备,安然顺从了我主耶稣基督的神圣意志,长眠安息,同时深信自己会在天国复活。你伯母一定希望你能前来参加葬礼,因此我相信你一定会尽快赶回来的。当然,如今有一

大堆事务落在我的肩上,弄得我苦恼不堪。我相信你能
为我料理好一切。

> 你亲爱的大伯
>
> 威廉·凯里

52

菲利普第二天就赶回黑马厩镇。自从母亲去世后,他还
没有失去过任何近亲。伯母的去世不仅使他感到震惊,而且
也使他心里充满一种无名的恐惧:他生平头一次感到自己最
终也难逃一死。他无法想象,他大伯失去了那位爱他、侍候他
长达四十年的伴侣,生活将会变成什么样子。他料想大伯一
定会悲痛欲绝,支撑不住。他害怕这服丧期间的头一次见面,
他知道自己在这种场合说不出什么有用的话来。他暗自默默
诵读着几段得体的悼念之词。

菲利普从边门进了牧师公馆,来到饭厅。威廉大伯正在
看报。

"你坐的火车误点了。"他抬起头说。

菲利普准备尽情地痛哭一场,但是这种平淡的接待场面
让他感到十分吃惊。大伯情绪抑郁,不过倒还镇静,他把报纸
递给菲利普。

"《黑马厩镇时报》上有一小段关于她的文章,写得很不
错。"他说。

菲利普机械地接过来看了。

"想不想上楼看看她?"

菲利普点了点头。他们一起上楼。路易莎伯母躺在大床

中央,遗体四周摆满了鲜花。

"请为她做个简短的祷告吧。"牧师说。

牧师屈膝跪下,菲利普也跟着跪下,他知道牧师是希望他这么做的。他望着那张干枯皱缩的小脸,心里只有一种感觉:真是白白虚度的一生!过了一会儿,凯里先生咳了一声,站起身来,指指床脚边的一个花圈。

"那是乡绅老爷送来的。"他说。他说话的声音很低,好像正在教堂里做礼拜。但可以感到,身为牧师的凯里先生这会儿相当自在。"茶点大概准备好了。"

他们下楼回到饭厅。饭厅里百叶窗都放了下来,气氛显得有点阴郁。牧师坐在桌子头上他妻子生前坐的位子上,礼数周到地倒起茶来。菲利普不由得认为,在这种时候,他们俩都应当什么食物也咽不下去,可是他发现大伯的胃口并没有受到影响,于是他也像平时那样畅快地吃起来。有一阵子,他们俩谁也没有言语。菲利普埋头吃着一块精美可口的蛋糕,脸上却露出哀伤的神态,他觉得这样才比较合适。

"自打我当了副牧师以后,世风发生了很大的变化,"不一会儿,牧师开口说,"我年轻的时候,吊丧的人总能拿到一副黑手套和一块蒙在礼帽上的黑绸。可怜的路易莎常常用这些黑绸来做衣服。她总说,参加十二次葬礼,她就可以做成一件新衣裙。"

接着,他告诉菲利普有哪些人送了花圈,现在已经收到二十四个了,费尔内镇的牧师老婆罗林森太太去世的时候,曾经收到过三十二个花圈。不过,大概明天还会有很多花圈送来。出殡的行列要在十一点才从牧师公馆出发,花圈的数目肯定能轻易地超过罗林森太太。路易莎一向讨厌罗林森太太。

"我将亲自主持葬礼。我答应过路易莎,安葬她的事绝不让别人插手。"

当牧师拿起第二块蛋糕时,菲利普不以为然地望着他。在这种情况下,他不能不认为大伯太贪吃了。

"玛丽·安做的蛋糕当然是顶呱呱的。我看以后谁也做不出这么出色的蛋糕。"

"她不打算走吧?"菲利普吃惊地喊道。

自打菲利普能记事的时候起,玛丽·安就一直在牧师家里。她从不忘记菲利普的生日,到时候总要送他一个小玩意儿,尽管礼物不大像样,却很感人。菲利普真心地喜欢她。

"不,她要走的,"凯里先生回答说,"我想让一个单身女子留在这儿不大妥当。"

"可是天哪,她肯定有四十多啦。"

"是啊,我想她有这个岁数了。不过,近来她有点儿叫人讨厌,她太爱自作主张了。我想这正是把她打发走的好机会。"

"这种机会以后当然不见得会再有了。"菲利普说。

菲利普掏出一支香烟,但大伯不让他点火。

"等葬礼过后再抽吧,菲利普。"他温和地说。

"好吧。"菲利普说。

"只要你那可怜的路易莎伯母还在楼上,在屋子里抽烟,总显得不大恭敬得体。"

葬礼结束后,银行经理兼教会执事乔赛亚·格雷夫斯又回到牧师公馆用餐。百叶窗拉开了,菲利普不由自主地产生了一种奇特的如释重负的感觉。遗体停放在屋子里,使他感到很不自在。这个可怜的女人生前是善良、温和的化身,然而,当她身体冰凉、僵硬地躺在楼上卧室里的时候,却似乎成了一股可以对活人施加影响的邪恶力量。这个念头使菲利普不胜惊骇。

有一两分钟光景,饭厅里只剩下他和教会执事两个人。

"希望你能留下来陪你大伯住上一阵,"他说,"我想目前不该撇下他一个人。"

"我还没有什么打算,"菲利普回答说,"如果他要我留下来,我是很乐意这么做的。"

用餐时,教会执事为了给失去妻子的丈夫排忧解愁,谈起了黑马厩镇近来发生的一场火灾,这场大火烧毁了卫斯理教派的教堂的部分建筑。

"听说他们没有给教堂保险。"他说,脸上露出一丝浅笑。

"那也不会有什么两样,"牧师说,"重建教堂的时候,他们需要多少钱就能募集到多少。非国教的教徒总是乐意捐助的。"

"我看到霍尔登也送了花圈。"

霍尔登是当地的非国教派牧师。尽管看在为了他们双方而捐躯的耶稣的分上,凯里先生在街上常朝着他点头致意,但没跟他说过一句话。

"我想这一次可出风头了,"他说,"一共有四十一个花圈。你送来的那个花圈很漂亮,我和菲利普都叹赏不已。"

"哪儿的话。"银行家说。

其实他也相当满意,发现自己送的花圈比谁的都大,看上去十分气派。他们开始谈论起参加葬礼的人。镇上有些商店也因举行葬礼而停止营业。教会执事从口袋里掏出一张通告,上面印着:兹因凯里太太的葬礼,本店在下午一时前暂停营业。

"这是我的主意。"他说。

"他们都关了店门,真有情意,"牧师说,"可怜的路易莎要是在天有灵,也会心怀感激的。"

菲利普只顾闷头吃饭。玛丽·安把那天当作星期日看待,他们吃到了烤鸡和鹅莓馅饼。

"大概你还没有考虑过墓碑的事吧?"教会执事说。

"不,我考虑过了,我打算竖一个朴素的石头十字架。路易莎向来反对摆阔。"

"我觉得再也没有比竖一个十字架更合适的了。要是你正在考虑碑文,你觉得这句经文如何:留在基督身边,岂不更有福分?"

牧师噘起嘴来。这执事简直好像俾斯麦,一切都想由他来决定。他不喜欢那句经文。这似乎是对自己的批评非难。

"大概我不会用那句经文。我倒更喜欢这一句:主赐予的,主已取走。"

"噢,是吗? 我总觉得这一句似乎缺少那么点儿感情。"

牧师尖刻地回敬了一句,而格雷夫斯先生答话时的口气,在那位鳏夫听来又显得过于专断霸道。要是连书写在亡妻墓碑上的经文,他都无法自己选择,那未免太过分了。谈话停顿了一会儿,随后话题转到教区事务上去了。菲利普跑到花园里去抽烟斗。他在长凳上坐下,突然歇斯底里地大笑起来。

几天以后,牧师表示希望菲利普能在黑马厩镇再住几个星期。

"好的,这很合我的心意。"菲利普说。

"我想只要你待到九月份再回巴黎,就行了。"

菲利普没有回答。最近他老是想到富瓦内对他说的话,但仍然拿不定主意,因此不想谈到将来的事。如果他放弃学美术,自然是明智的,因为他深信自己不可能在这方面胜过别人。不幸的是,似乎只有他一个人这么想,别人会以为他是认输了,而他不想承认自己被击败了。他生性倔强,尽管心里隐约感到自己在某方面没有天赋,却偏要和命运抗争,要在这方面做出一点成绩。他可无法忍受自己遭到朋友们的嘲笑。为此,他本来很可能一时还不会采取明确的步骤,放弃学画,但是环境一变,他也突然就从不同的角度来看问题了。他也像许多人那样,发现一过英吉利海峡,原来似乎至关重要的事情就变得微不足道了。早先觉得那么迷人、根本舍不得离开的生活,如今却显得愚蠢无聊。他对那儿的咖啡馆,对那些饭菜做得很糟的饭馆,对他们那伙人的寒酸潦倒的生活方式突然产生了厌恶的感觉。他再也不在乎朋友们对他会有什么看法了。能言善辩的克朗肖、正经体面的奥特太太、装腔作势的露丝·查利斯、争吵不休的劳森和克拉顿,所有这些人都叫他感到厌恶。他写信给劳森,请他把自己留在巴黎的行李物品都寄来。过了一个星期,东西来了。菲利普打开包裹取出油画时,发现自己竟能冷漠地审视自己的画作。他注意到了这一事实,觉得很有趣。他大伯急着想看看他的画。尽管当初菲利普渴望前往巴黎,曾受到他的激烈反对,但如今他相当平静地接受了这种局面。牧师对巴黎学生的学习生活很感兴趣,老是向菲利普问起这方面的问题。实际上,他为自己的侄子感到有点自豪,因为菲利普成了一个画家。有人在场的时候,牧师总设法引菲利普开口说话。他兴致勃勃地观赏着菲利普拿给他看的那几幅模特儿的习作。菲利普把自己画的那幅米格尔·阿胡里亚肖像放在牧师面前。

"你干吗要画他呢?"凯里先生问。

"噢,我需要个模特儿练笔。他的头部使我感兴趣。"

"你在这儿闲着也没什么事,干吗不给我画一张呢?"

"您坐着会感到腻烦的。"

"我想我会喜欢的。"

"咱们等等再看吧。"

菲利普被大伯的虚荣心给逗乐了。显然,他渴望菲利普能给他画幅像。这种不用花费一个子儿就能得到好处的机会,自然不能错过。接下来的两三天,他不时做出暗示。他责怪菲利普懒惰,老问他什么时候可以动手工作。后来他逢人便说菲利普要给自己画像了。最后遇到一个下雨天,吃过早饭,凯里先生对菲利普说:

"哎,今天上午,你动手给我画像怎么样?"菲利普放下手里正在看的书,身子往椅背上一靠。

"我已经放弃画画了。"他说。

"为什么?"他大伯惊讶地问。

"我觉得当个二流画家没有什么意思,而我断定自己不会有更大的成就。"

"你真叫我吃惊。你去巴黎之前,曾相当肯定地认为自己是个天才。"

"我弄错了。"菲利普说。

"我本来以为既然你选定了哪一行,就会有那么点自尊心坚持下去。现在看来,你所缺乏的就是那股不屈不挠的劲头。"

菲利普有一点气恼,大伯竟然没有看出他的这份决心凝聚了多大的勇气。

"滚石不生苔藓。"①牧师继续说。菲利普最讨厌这句谚语,因为在他看来,这句谚语没有什么意义。菲利普离开会计事务所之前,大伯跟他争论时嘴里就经常挂着这句谚语。现在,他的监护人显然又想起了当时的情景。

"要知道,你已不是个孩子了,必须考虑过安定的生活了。最初你执意要当会计师,后来感到厌倦了,又想当画家,而现在,你居然又改变了主意,这说明……"

他犹豫了一会儿,想考虑这究竟说明了性格上的哪些缺陷,却被菲利普接着替他把这句话说完了。

"优柔寡断,缺乏能力,毫无远见,没有决心。"

牧师猛地抬起头,朝侄儿瞅了一眼,看看他是不是在嘲笑自己。菲利普脸色严肃,可他那双眼睛却亮闪闪的,惹得牧师大为恼火。菲利普不该这么玩世不恭。牧师觉得应该好好训斥他一顿。

"如今,你在金钱方面的事跟我一点没有关系了。你可以自己做主了。不过,你可别忘了,你的钱并不是永远花不完的,再说你不幸身患残疾,要养活自己,确实不是一件容易的事。"

菲利普眼下明白了,无论何时,只要哪个人对他发火,脑海中闪过的第一个念头就是要提到他的跛足。他对整个人类的看法正是由下述事实所决定的:几乎没有哪个人能抵制诱惑,不去触及人家的痛处。不过,菲利普现在经过锻炼,就算

---

① 英语谚语,意思是缺少恒心、经常改变职业的人不会有所建树。

有人提到他的残疾,他也能照样不露声色。菲利普小时候动不动就脸红,为此深为苦恼,如今就连这一点他也能控制自如了。

"您说得对,"他回答说,"我在金钱方面的事跟您一点没有关系了。我可以自己做主了。"

"不管怎样,你得说句公道话,承认当初你执意要去学画,我表示反对没有错吧?"

"这一点我倒不那么清楚。我想,一个人与其在别人指点下规规矩矩地行事,还不如依靠自己的力量闯荡,出点差错,那样反能获得更多的教益。我已尽情放荡过一阵。现在我不反对找份工作安顿下来。"

"干哪一行呢?"

菲利普对这个问题毫无准备,其实,他并没有拿定主意。他考虑过十来种职业。

"对你来说,最合适的职业就是干你父亲那一行,当个医生。"

"说也奇怪,我也正有这样的打算。"

在这么多的职业中,菲利普想到行医这一行,主要是因为医生这个职业可以让人享受到更多的个人自由,而他过去在事务所的那段生活经历,也使他决心永远不再干任何与事务所有关的差事。但他刚才对牧师的答话,几乎是在无意当中脱口而出的,带有敏捷应对的性质。他以这种偶然的方式拿定了主意,自己也觉得很好玩儿。他当场决定在秋天就进他父亲以前的医院学习。

"那么,你在巴黎的那两年就算是白白浪费了时间?"

"这我也说不大清楚。这两年我过得很快活,而且还学到了一两样本事。"

"什么本事？"

菲利普思索了一会儿，他的回答倒也不无几分想要惹恼对方的意味。

"我学会了看手，以前我从来没有看过。我还学会了用天空作为背景来观察房屋和树木，而不是孤立地观察房屋和树木。我还明白了影子并不是黑色的，而是有颜色的。"

"大概你自以为很聪明吧，但我认为你轻狂无礼，相当愚蠢。"

53

凯里先生拿着报纸回书房去了。菲利普换了个座位，坐到他大伯刚才坐的那把椅子上（那是房间里唯一坐着舒服的椅子），望着窗外的倾盆大雨。即便在这样阴沉的天气里，那一片延伸到天际的绿色田野仍然是那样闲适宁静。这片景色具有一种令人感到亲切的魅力，菲利普想不起自己以前是否注意到这一点。旅居法国两年的生活，提高了他的眼力，使他能察觉到自己乡村具有的美。

菲利普面带笑容地想起大伯的话。幸亏他的天性往往具有轻狂的倾向。他开始意识到父母双亡，使他遭受了多大的损失。这就是他人生中一个与众不同的地方，使他无法像别人那样来观察事物。做父母的对孩子的慈爱，是唯一真正无私的感情。在陌生人中间，他竭尽全力，总算长大成人了，但是别人对待他的时候往往缺乏耐心，不够宽容。他颇为自己的自制力感到得意。他的这股自制力是在伙伴们的奚落嘲讽中锤炼出来的,结果,他们反说他玩世不恭,冷漠无情。他学会了保持镇定的举止,在大多数情况下,能够不露声色,因此,现在他不可能轻易流露自己的感情。人家说他毫无感情,但他明白自己完全受到感情的支配,偶尔受到哪个人的帮助,他就无比感动,有时甚至都不敢开口,免得让人发觉自己颤抖的声音。他回想起自己在学校的痛苦生活以及当时所忍受的种种羞辱,回想起同学们对他的戏弄取笑如何使他病态地害怕自己在旁人面前出乖露丑。最后,他回想起自己所感到的孤寂,自从他面对社会以后,由于自己想象力活跃而对人生充满希望,但现实生活却并非如此,两者之间的悬殊导致了失望和幻想的破灭。可是尽管如此,他仍然能客观地看待自己,而且愉快地付之一笑。

"天哪! 要不是我生性轻狂,我真要去上吊自尽呢!"他欢快地心里暗想。

菲利普又想到刚才大伯问他在巴黎学到一些什么东西时自己所作的回答。实际上,他学到的东西比他讲给大伯听的要多得多。跟克朗肖的一番谈话始终印在他的脑海中;克朗肖说过的一句话,尽管相当平常,却使他的头脑开了窍。

"我的老弟,"克朗肖说,"世上根本就没有抽象的道德准则这种东西。"

当菲利普不再信仰基督教的时候,一下子感到卸下了肩头的重负。在此之前,他的一举一动都对不朽灵魂的安宁至关重要,而一旦把那种要为他的每一行动负责的责任感抛开了,他感到无拘无束,十分自在。但是现在他明白,这只是一种幻觉。他是在宗教的熏陶下成长起来的。当他抛弃宗教时,却把作为宗教重要组成部分的道德观念完整无损地保留了下来。因此他下定决心,对每个问题都要独立思考,不受任何偏见的影响。他把有关德行与罪恶的观念以及有关善与恶的既定法则都从头脑里清除出去,并一心想给自己另外找出一套生活的准则。他不知道生活中是否非有准则不可。这也是他想弄明白的一个问题。显然,世上好多似乎正确的准则之所以显得正确,只是因为从少年时代起,人们就是这样教育他的。他读过许多书,但是并没有给他带来多少帮助,因为这些著作都是基于基督教的道德观念撰写的,甚至那些再三强调不信基督教义的作者,最后仍满足于依照基督登山训众①的戒律,制定出一整套的道德规范。如果只是为了明白你遇事必须完全像别人一样为人处世,那似乎实在不值得去读一部篇幅冗长的论著。菲利普要想弄清楚,自己究竟该如何为人处世,他认为自己能够不受周围舆论的影响。可是他仍然得生活下去,因此在建立一套处世哲学之前,他先给自己规定了一条临时的准则。

"尽可能按自己的意愿行事,只是得适当注意街角处的警察。"

他认为自己在旅居巴黎时最宝贵的收获,就是精神上得到完全的自由。他终于感到自己绝对自由了。他曾随意浏览过大量哲学著作,如今他欣喜地盼望安享今后几个月的闲暇时光。他开始随意阅读,怀着激动的心情探究各种理论体系,指望从中找到某种可以控制自己行为的指南。他觉得自己好像是陌生的国度里的游客,一面奋力地向前进发,一面为这种

---

① 登山训众,指耶稣在山上对其门徒的训示,即《新约·马太福音》第 5 章到第 7 章所记载的耶稣基督的讲道,内容系基督教的基本教义。

胆识而陶醉。他情绪激动地读着各种哲学著作,就像别人阅读纯文学作品一样。一旦他在气派堂皇的词语中间发现了自己早已朦胧感觉到的东西,他的心就禁不住怦怦直跳。他的头脑只能思考具体的问题,一涉及抽象概念的领域就不大听使唤了。然而,即便他无法领会作者的推理,但随着作者迂回曲折的思路,在深奥难解的学海边缘巧妙穿行,仍能感受到一种奇特的乐趣。有时候,大哲学家们似乎对他已无话可说,但有时候,他又从他们的言辞中辨认出一个自己感到亲近熟悉的智者。他就像是深入中非腹地的探险家,突然闯入一片开阔的高地,上面长着不少参天大树,还有着一片片的草地,因此,他以为自己是置身于英国的公园之中。菲利普喜欢托马斯·霍布斯①那富有活力、通俗易懂的见解,对斯宾诺莎则满怀敬畏之意。在此之前,他还从来没有接触过如此清高、如此孤傲严厉的哲人,这使他联想起他所热烈赞赏的罗丹②的那座雕塑《青铜时代》。另外,还有休谟③,这位可爱的哲学家的怀疑主义也引起了菲利普的共鸣。菲利普十分喜爱他那清楚明晰的文体,这种文体似乎能把复杂的思想表达成声调和谐、节奏分明的简洁的语言,因此他在阅读休谟的著作时,就像在浏览小说似的,嘴上浮现出愉快的微笑。可是在所有这些书中,菲利普就是找不到自己所需要的东西。他在哪一本书里看到过这样一种说法:一个人究竟是柏拉图主义者还是亚里士多德的信徒,是禁欲主义者

---

① 托马斯·霍布斯(1588—1679),英国哲学家。

② 罗丹(1840—1917),法国雕塑家,擅用多样绘画性手法塑造生动的艺术形象。

③ 休谟(1711—1776),英国哲学家,不可知论的代表人物。

还是享乐主义者,都是生来就注定了的。乔治·亨利·刘易斯①的一生经历(除了告诉你们哲学都是无聊的废话之外)正表明了这样一个事实:每个哲学家的思想,总是跟他的为人紧密相连的;只要了解哲学家是个怎样的人,就可以在很大程度上猜出他所阐述的哲学思想。看来,似乎并不因为你按某种方式思维,就按某种方式行事;实际上,你之所以按某种方式思维,倒是因为你是按某种方式造就出来的。真理与此毫无关系。根本就没有真理这种东西。每个人都有他自己的一套哲学。昔日的伟人所苦心经营的整个理论体系,只对作者本人才有效。

这么说来,问题就是得先弄清楚你是什么样的人,随后你的一套哲学体系也就可以设想出来了。在菲利普看来,有三件事需要了解清楚:一个人跟他所生活的这个世界的关系;一个人跟生活在他周围的人的关系;一个人跟他自己的关系。菲利普精心制定了一个学习计划。

生活在国外有这样一个好处:在接触了周围人们的风俗习惯后,你又能作为局外人来加以观察,从而看到那些被当地人所遵循并视为必不可少的风俗习惯,实际上并无遵从的必要。你不会不发现这样的情况:一些在你看来似乎不言而喻的信仰,在外国人眼里却显得荒唐可笑。菲利普先在德国生活了一年,后来又在巴黎待了很长一段时间,这就为他接受怀疑论的学说做好了思想准备,所以现在这种学说一出现在他面前,他立刻感到极大的宽慰。他看到世间的事物并无善恶

---

① 乔治·亨利·刘易斯(1817—1878),英国哲学家和文学评论家。

之分,只是为了适应某种目的而存在。他读了《物种起源》①,许多使他感到苦恼的问题似乎都得到了解释。现在他倒像个这样的探险家:根据推断,他认定大自然必然会展现某些特点,然后沿着大河逆流而上,果然在此发现了他预料中的支流,那儿有人口众多的肥沃的平原,再过去则是连绵起伏的群山。每逢有了某种重大的发现,世人事后总会感到奇怪:为什么当初没有马上被人们所接受? 为什么对那些承认其真实性的人竟也没有产生任何重大的影响?《物种起源》一书最早的读者尽管在理性上接受了作者的观点,但是作为他们行为基础的情感,却并未受到触动。菲利普出生的时候,跟这本伟大著作的问世已经隔了整整的一代人;书中好些曾使上代人感到惊骇的内容,已渐渐被这一代的多数人所接受,因此菲利普能够心情欢快地来阅读这部著作。他被场面壮观的生存竞争深深打动了,这种生存竞争所提出的道德准则,似乎完全符合他原来的思想倾向。他心里暗自说道:强权就是公理。社会作为一方(社会是个有机体,有其自身生长及自我保存的规则),而个人则为另一方。凡是对社会有利的行为都被称为善举;凡是对社会有害的行为则被唤作恶行。善与恶无非就是这个意思。而罪孽则是自由人应当摆脱的一种偏见。社会在与个人的较量中有三件武器,那就是法律、舆论和良心;前两件可以用谋略来对付,谋略是弱者对付强者的唯一武器。当公共舆论宣称罪恶已被发现,它的使命也就完成了。可是

---

① 《物种起源》是英国博物学家达尔文(1809—1882)论述生物演化的重要著作,他在书中凭借自己在 19 世纪 30 年代环球科学考察中积累的资料,力图证明物种的演化是通过自然选择和人为选择的方式实现的。

良心是内部的叛徒;它在每个人的心里为社会作战,使得个人为了敌人的繁荣富足而投入全部的身心,真是轻率荒唐的牺牲。显然,这两者是无法调和的,国家和个人各自都明白这一点。前者为了自身的目的而使用个人,如果个人加以阻挠,就把他踩在脚下;如果他忠实地为它服务,便用勋章、养老金和荣誉来奖励他。至于后者,他的力量只在于自身的独立,为了便利起见而妥善地应付着国家,用金钱或服务来偿付某些福利,但毫无一点责任感;他对奖赏不感兴趣,只要求不受打扰。他是不愿遭受约束的游客,为了免去麻烦而使用库克旅游公司①提供的车票,但对那些亲身陪同的随行人员却心情愉快地露出鄙薄的眼神。自由人的行为说不上什么错。凡是自己喜欢的事,他就去做——如果可以的话。他的权力就是他的道德观的唯一标准。他承认国家的法律,又能够违反这些法律而毫无犯罪的感觉。可是,如果他遭到惩罚,他也毫无怨恨地坦然接受。社会毕竟具有权力。

可是如果就个人而言,并不存在是非对错的问题,那么在菲利普看来,良心也就失去了影响力。他发出一声胜利的欢呼,一把抓住这个无赖,把他从自己的胸膛里狠狠地扔了出去。然而,他并不比以前更明白人生的意义。为什么要有这个世界存在?人类的产生又究竟是为了什么?这些问题仍像以前那样无法解释。当然啰,肯定有某种原因。他想到克朗肖用波斯地毯所做的那个比喻。克朗肖提出那个比喻算是对生活之谜的解答。他还故弄玄虚地加了一句:答案得由你自

---

① 库克旅游公司,当时英国一家主要的旅游公司,由托马斯·库克(1808—1892)创建。

己去找出来,否则就根本算不上答案。

"真不知道他葫芦里卖的什么药。"菲利普笑着说。

就这样,在九月的最后一天,急于把所有这些新的人生学说付诸实施的菲利普,带着一千六百英镑的财产,拖着那只先天畸形的脚,第二次前往伦敦,开始他在人生道路上的第三次闯荡。

54

菲利普在给会计师当学徒之前曾通过一次考试,这个成绩就让他完全有资格进任何一所医科学校学习。他选了圣路加医学院,因为他父亲就是在那儿念书的。夏季学期结束之前,他抽出一天时间去了趟伦敦,找学校的秘书。他从秘书那儿拿到一份寄宿房间一览表,随后在一幢光线暗淡的房子里找了个住处。住在这儿有个好处,就是去医院只要两分钟。

"你得准备好一份解剖材料,"秘书对菲利普说,"最好先从解剖人腿着手,他们一般都是这样做的,似乎认为人腿比较容易解剖。"

菲利普发现自己要上的第一堂课便是解剖学,在十一点开始。大约十点半的时候,他一瘸一拐地穿过马路,朝医学院走去,心里有点紧张。一进校门,看见布告栏里钉着好几份通告,有课程表、足球赛预告等等。菲利普漫不经心地望着这些布告,竭力显出一副安闲自在的样子。一些年轻小伙子三三两两地走进校门,一边在信架上翻找信件,一边彼此闲聊,随后顺着楼梯朝地下室走去,那儿是学生阅览室。菲利普看见好几个学生在四处闲逛,露出茫无头绪的羞怯的神色,猜测这些人也和自己一样,是第一次来这儿。看完了一张张布告后,他发现一扇玻璃门,屋里面看来是个陈列馆。反正离上课还有二十分钟,菲利普便走了进去。屋里陈列着各种病理标本。不一会儿,一个大约十八岁的小伙子朝他走过来。

"嘿,你是一年级的吧?"他说。

"不错。"菲利普回答说。

"你知道课堂在哪儿吗?快十一点了。"

"咱们最好去找一下。"

他们从陈列馆出来,走进一条又长又暗的过道。过道两边的墙壁上漆成深浅不一的两种红色。另外一些年轻人也在过道里往前走,这说明课堂就在前面。他们来到一扇写着"解剖学课堂"字样的房门前,菲利普发现里面已经坐了许多人。座位是阶梯式的。就在菲利普进门的时候,有个工友走进来,把一杯茶水放在课堂前边的讲台上,随后又拿来一个骨盆和左右两块股骨。又有一些学生进来,在座位上坐定。到十一点的时候,课堂里竟然都坐满了。大约共有六十名学生。他们大多数比菲利普年轻得多,都是些嘴上无毛的十八岁小伙子,也有几个年纪比他要大。他注意到一个高个儿的男子,嘴唇上长着浓密的红胡子,样子在三十岁左右;还有一个头发乌黑的小个子,年纪只比前者小一两岁;再一个是戴眼镜的男子,胡子已有点儿灰白。

讲师卡梅伦先生走了进来。他相貌堂堂,五官清晰,头发雪白。他顺着名单上的那一长串名字挨个点名,随后说了一段开场白。他的嗓音悦耳动听,说话时字斟句酌,似乎为自己这番简明扼要的话暗暗得意。他提到学生可以买的一两本书籍,还劝他们每人去购置一具骨架。他相当热情地谈起解剖学:这是学习外科所必不可少的;懂得点解剖学,也可以提高艺术鉴赏力。菲利普仔细地听着。后来他听人说,卡梅伦先生也给皇家艺术院的学生上课。他曾侨居日本多年,在东京大学教过书,卡梅伦先生自以为颇能领略世间的美。

"今后你们不得不学习许多沉闷乏味的东西,"他在结束自己的开场白时这么说,脸上挂着宽容的微笑,"而那些东西,只要你们一通过期终考试,就会马上忘得一干二净。可是,就解剖学而言,即使学了再丢掉,也总比从来没有学过要强。"

卡梅伦先生拿起放在桌子上的骨盆,开始讲课了。他讲得条理清楚,相当动听。

那个在病理标本陈列馆跟菲利普攀谈过的小伙子,上课时就坐在菲利普的旁边,下课以后,他提议他们一起去解剖室看看。菲利普跟他又沿着过道走去,一个工友告诉他们解剖室在哪儿。一进解剖室,菲利普马上明白刚才在过道里闻到的那股刺鼻的气味是怎么回事了。他点着了烟斗,那工友哈哈一笑。

"这股味儿你很快就会习惯的。我已经感觉不到了。"

他问了菲利普的姓名,朝布告板上的名单看了看。

"你分到了一条腿——四号。"

菲利普看到在一个括号里写着他和另一个人的名字。

"这是什么意思?"他问。

"目前人体十分缺乏,我们只好让两个人共同解剖一个部位。"

解剖室是个很大的房间,墙上漆的颜色跟过道里一样,上半部是鲜艳的橙红色,下半部的护墙板则是深暗的赤褐色。

沿着房间的纵向两侧安放着一块块铁板,都和墙壁形成直角,铁板之间隔有一定的距离。铁板都像盛肉的盘子那样开有槽口,上面各放一具尸体。大部分是男尸。尸体长期浸泡在防腐剂里,颜色都发黑了,皮肤看上去几乎像皮革一样。尸体瘦得不成样子。工友把菲利普领到一块铁板跟前。那儿站着一个年轻人。

"你是凯里吧?"他问道。

"是的。"

"哦,那咱们俩就合用这条腿吧。真算幸运,是个男的,对吧?"

"为什么这么说?"菲利普问。

"他们一般都比较喜欢解剖男尸,"那个工友说,"女的往往会有厚厚一层脂肪。"

菲利普看着面前的那具尸体。胳膊和腿都瘦得失去了原有的形状,肋骨突出,外面的皮肤绷得紧紧的。死者在四十五岁上下,留着一把稀疏的灰白胡子,脑袋上稀稀拉拉地长着几根失去色泽的头发;眼睛闭着,下颚凹陷。菲利普想象不出这也曾经是个活人。房里的那排尸体,真有一种阴森恐怖的气氛。

"我大概在下午两点开始。"那个将与菲利普一起解剖的小伙子说。

"好吧,到时候我会到这儿来的。"

前一天,菲利普买了那盒必须备置的解剖器械,这会儿他分配到了一个衣物柜。他朝那个陪他到解剖室来的小伙子望了一眼,发现他脸色煞白。

"是不是觉得不舒服?"菲利普问他。

"我还是头一次见到死人。"

他们俩沿着过道一直走到校门口。菲利普想起了范妮·普里斯。那是他头一次见到的死人。他仍然记得那具尸体给了他怎样奇特的感受。活人与死者之间存在着无法计量的距离,他们似乎不属于同一物种。想起来也真奇怪,就在不久以前,这些人还在说话、走动、吃饭、嬉笑呢。死者身上似乎有着某种令人恐惧的东西,可以想象,他们说不定真会对活人产生什么有害的影响。

"去吃点东西好吗?"这位新朋友对菲利普说。

他们来到地下室。那儿有个布置成餐馆的光线昏暗的房间,学生在这家餐馆里同样能吃到外面无酵母面包店所供应的各种食品。在吃东西的时候(菲利普要了一客黄油烤饼和一杯巧克力),他知道这位伙伴叫邓斯福特。小伙子气色很好,长着两只可爱的蓝眼睛和一头乌黑的鬓发,手脚粗大,说话和动作都慢悠悠的。他刚从克利夫顿①来到伦敦。

"你是不是读联合课程②?"他问菲利普。

"是的,我想尽快取得医生资格。"

"我也读联合课程,不过以后我想成为皇家外科医师学会会员。我打算做个外科医生。"

大多数学生学的都是内外科医师学会联合委员会规定的课程。不过,那些更有抱负或者更为勤奋的学生还要继续攻读一段时间,直到取得伦敦大学的学位。就在菲利普进圣路加医学院的时候,学校规章刚刚有所变动;学制已从一八九二

① 克利夫顿,英国英格兰西南部港口城市布里斯托尔周边的郊区城镇。
② 指英国内外科医生协会联合委员会所规定的医学院课程。

年秋季前实行的四年改为五年。邓斯福特对自己的学习计划相当清楚,他告诉菲利普学校课程的一般情况:"第一轮联合课程"考试包括生物学、解剖学和化学三门学科,但可以分科分期参加考试,大多数学生是在入学三个月后参加生物学考试。这门学科新近刚被列入学生的必修课程,不过只要略微懂得一点皮毛就行了。

菲利普回到解剖室时迟了几分钟,因为他忘了事先买好保护衬衫的袖套。他看到许多人已经在埋头工作。他的伙伴准时动手干了,这会儿正忙着解剖皮肤神经。另外有两个人在解剖另一条腿。还有些人在解剖上肢。

"我已经动手了,你不会介意吧?"

"没有关系,继续干吧。"菲利普说。

菲利普拿起书来,书已翻到画有人腿解剖图的地方,他看着他们需要找到的部分。

"你真是这方面的能手啊。"菲利普说。

"噢,你知道,我以前在读预科时就做过大量的动物解剖。"

解剖台上响起不少说话声,有谈工作的,有预测足球赛季的前景的,也有议论解剖示教讲师和各种讲课的。菲利普觉得自己比别的人都要年长好多岁。他们都是些未经世事的学生。但是年岁大小并不说明什么问题,重要的倒是你肚子里的学问。纽森,那个跟他一起做解剖实验的活跃的小伙子,对这门课十分熟悉。也许他并不感到卖弄一下学问有什么难为情的地方,因此详细地向菲利普解释他是怎么干的。菲利普尽管一肚子学问,也只好在一旁洗耳恭听。接着,菲利普拿起解剖刀和镊子,开始解剖,纽森在一旁观看。

"碰上这么个瘦骨伶仃的家伙,真带劲。"纽森一边擦手一边说,"这家伙可能有一个月没吃什么东西了。"

"不知道他是怎么死的。"菲利普嘟囔道。

"噢,这我可不知道。凡是老家伙,我想多半都是饿死的。……嘿,当心,别把那根动脉割断了。"

"别把那根动脉割断了,说得倒很轻巧,"在对面解剖另一条腿的学生说道,"可这个老蠢货的动脉长错了地方。"

"动脉总是长错地方的,"纽森说,"所谓'正常标准'实际上就是你永远找不到的东西,所以才被称作'正常标准'。"

"别说这种话了,"菲利普说,"否则,我会割破手的。"

"如果你割破了手,"见多识广的纽森回答说,"就得马上用抗菌剂冲洗。这一点你千万不可大意。去年有个家伙只是略微被扎了一下,他也没把这当一回事,结果染上了败血症。"

"后来好了吗?"

"哦,没有,不到一个星期就死了。我还上太平间去看过他一下。"

到了吃茶点的时候,菲利普已经干得腰酸背疼。他午饭吃得很少,早就盼着吃茶点了。他手上有股气味,就是他上午在过道里头一次闻到的那种怪味。他觉得手里的松饼也有这种气味。

"哦,你会习惯的,"纽森说,"往后要是你在周围闻不到那股讨人喜欢的解剖室的臭味,你还会感到寂寞呢。"

"我可不想被这股气味弄得倒了胃口。"菲利普说。他刚把松饼吃完,马上又拿了一块蛋糕。

55

菲利普对医科学生生活的看法,也像他对一般公众的看法一样,是以查尔斯·狄更斯在十九世纪中期所描绘的社会生活画面作为依据的。不久他就发现,鲍勃·索耶①就算实有其人,也跟眼下的医科学生毫无相似之处。

从事医疗职业的人员鱼龙混杂,其中自然也有懒散成性的冒失鬼。他们认为学医不费什么力气,可以吊儿郎当地混上几年;待到钱财都用完了,或是怒气冲冲的父母不肯再供养他们,便离开了医学院。另一些人觉得考试实在太难,接二连三的考场失利使他们丧失了勇气。他们一跨进那令人生畏的联合课程委员会的大楼,就惊慌失措,把先前背得滚瓜烂熟的内容都忘了。年复一年,他们一直是年轻学生们嬉笑嘲弄的对象。最后,他们中间有些人总算勉强通过了药剂师考堂的考试;有些人则没有取得资格,只好充当医生助手,那是一个完全听凭雇主摆布的不稳定的职位。他们的命运就是贫困和酗酒。天知道他们会有怎样的结局。可是,大多数医科学生都是一些勤奋用功的小伙子。他们出身于中产阶级家庭,家里给的钱款,足以使他们维持原来习惯了的体面的生活方式。有许多学生,父辈就是做医生的,他们已经显出一副行家里手的气派。他们的事业前途也早规划好了:一旦取得资格,便去申请医院的职位,在担任了这个职位(也许当一名随船医生,去远东跑一趟)之后,就跟他们的父亲一起在乡间挂牌行医,

---

① 英国小说家狄更斯的小说《匹克威克外传》中的一个人物,医科学生。

安度余生。至于那一两个事先已被认定为出类拔萃的学生，他们每年领取到各种理应获得的奖品和奖学金，得到医院里的一个又一个职位，成为医院里的正式员工，最后在哈莱街开设一家私人诊所，成为一两个科目的专家。他们业务兴旺，声名显赫，拥有不少头衔。

医生这个职业是唯一不受年龄限制、随时可以有机会用来谋生的职业。就拿菲利普那个年级的学生来说吧，有三四个人已经不再青春年少。有一个人当过海军，据说是因为酗酒而被开除了军籍，他今年三十岁，脸红扑扑的，举止粗鲁，说起话来粗声大气。另一位已经成家，有两个孩子，他上了一个不负责任的律师的当，把手里的钱都丢光了；他弯腰曲背，好像承受不了生活的重负；他默不作声地埋头苦读，显然知道自己到了这样的年龄，要把书本的内容背熟记住可不容易，而他的头脑已经不灵活了。看到他这么勤奋用功，实在令人难受。

菲利普在自己的那套小房间里相当自在。他把书籍排列整齐，再把自己手头的一些画和素描都挂在墙上。在他楼上，也就是有客厅的那一层，住着一个名叫格里菲思的五年级学生，但菲利普很少见到他，一方面是因为他大部分时间待在医院病房里，另一方面也因为他上过牛津大学。凡是以前在大学里混过的学生经常聚在一块儿。他们采用了年轻人出于本性会采用的各种手段，好让那些时运欠佳的人深深地感到自己低人一等；他们那副目空一切的超然神态，别的学生都觉得受不了。格里菲思高高的个儿，长着一头浓密的红色鬈发，蓝眼睛，白皮肤，嘴唇鲜红。他是那种每个人见了都会喜欢的幸运儿，总是兴高采烈，样子欢快。他能胡乱地弹奏几下钢琴，还可以兴致勃勃地唱几首滑稽歌曲，而且每天晚上，当菲利普待在冷清的屋子里看书的时候,总能听到格里菲思的那伙朋友在楼上不住地叫嚷,哄然大笑。菲利普想起自己在巴黎度过的那些令人愉快的夜晚:他同劳森、弗拉纳根和克拉顿坐在画室里,共同谈论艺术与道德,讲述眼前所遇到的风流韵事,展望将来如何名声远扬。菲利普心里相当懊丧。他觉得做出一个英勇的姿态很容易,但要承担由此引起的后果就难了。最糟糕的是,他对目前所学的东西似乎感到厌烦。解剖示教讲师的提问使他头痛;听课时老是心不在焉。解剖学是一门枯燥无味的学科,尽叫人死记硬背那一大堆细节,解剖实验也使他觉得讨厌。其实不用费多大劲就能从书本上的图表或病理学陈列馆的标本中了解神经和动脉的确切位置,他实在看不出辛辛苦苦地解剖那些神经和动脉有何用处。

菲利普偶尔也交几个朋友,但跟他们并没有什么深交,因为他在同伴面前似乎没有什么特别的话好说。有时他对他们所关心的事,也尽量表示出兴趣,但又觉得他们认为自己是在屈尊俯就。菲利普也不是那种人,一谈起引起自己兴趣的话题,就根本不管听的人是否感到厌烦。有个同学听说菲利普曾在巴黎学过绘画,自以为和他兴趣相投,便想跟菲利普探讨艺术。但是,菲利普无法忍受和自己不同的观点;况且,他很快发现对方的看法因循守旧,便嗯嗯啊啊地不多说了。菲利普想讨大家喜欢,但又不愿主动接近别人。他担心遭到冷遇而不敢对别人显得亲切殷勤。他仍然极为腼腆,便用冷冰冰的沉默来加以掩饰。他在皇家公学的那一段经历似乎又要重演了,但医科学生在这儿的生活相当自由,他可以尽量不跟别人来往。

菲利普渐渐地跟邓斯福特亲近起来,这倒不是出于菲利普的个人努力。邓斯福特就是他在开学时认识的那个气色很好、身体厚实的小伙子。邓斯福特之所以喜爱菲利普,只是因为菲利普是他在圣路加医学院里结识的第一个人。邓斯福特在伦敦没有朋友,每逢星期六晚上,他跟菲利普总习惯一起去歌舞杂耍剧场,坐在正厅后座看歌舞杂耍表演,要不就是去戏院,站在顶层楼座上看戏。邓斯福特生性愚笨,但脾气温和,从不生气。他总讲些毫无新意的话,即便有时受到菲利普的嘲笑,也只是微微一笑。他笑得真甜。尽管菲利普把他当作打趣的对象,但心里仍然很喜欢他。他觉得邓斯福特直率得有趣,而且也喜欢他随和的性情:邓斯福特身上的迷人之处,正是菲利普深深地感到自己所缺少的。

他们经常去议会街上的一家点心店用茶点,因为邓斯福特赏识那儿的一个年轻女招待。菲利普看不出那个女子有什么娇媚动人的地方。她又高又瘦,臀部狭窄,胸部就像男孩那样平平坦坦。"要在巴黎,谁也不会瞧她一眼。"菲利普轻蔑地说。

"她那张脸可真漂亮!"邓斯福特说。

"脸有什么要紧?"

她相貌生得小巧端正,蓝蓝的眼睛,低而宽阔的脑门(莱顿勋爵①、阿尔马·泰德马②以及其他许多维多利亚女王时代的画家,都劝诱世人相信这种低而宽阔的脑门乃是一种典型的希腊美),头发看上去十分浓密,经过精心梳理,有意让几缕被她称作"亚历山大刘海"的青丝垂在额前。她患有严

----

① 莱顿勋爵(1830—1896),英国画家、雕塑家。
② 阿尔马·泰德马(1836—1912),英国画家。

重的贫血症,薄薄的嘴唇十分苍白,细嫩的皮肤微微发青,就连脸颊上也没有一丝血色,嘴里的牙齿长得倒很整齐。她干活时总小心在意地避免糟蹋自己那两只又瘦又白的纤手。伺候客人的时候,她总露出一副厌烦的神色。

邓斯福特在女人面前显得十分腼腆,始终未能顺利地与她交谈。他央求菲利普帮他一把。

"你只要替我开个头,"他说,"接下去我自己就能对付了。"

为了让邓斯福特高兴,菲利普就主动跟女招待攀谈,但她嗯嗯啊啊地不想多说。她已经暗自估量过了,他们只是些毛孩子,大概还在念书。她对他们不感兴趣。邓斯福特发现有个长着浅棕色头发、嘴唇上面留着一撮又短又硬的小胡子的男人,看上去像是德国人,每次走进店来,女招待总是殷勤相待;而他们想要点什么,非得招呼两三次她才答应。她对那些不认识的顾客神情冷淡,傲慢无礼;要是她在跟朋友讲话,有急事的顾客不管叫她多少遍,她也全然不理。至于那些前来用点心的女客,她也有一套应付的本领:既放肆无礼地激怒她们,却又把握分寸,不让她们抓到什么好向经理告状的机会。有一天,邓斯福特告诉菲利普,她的名字叫米尔德丽德。他听到店里另一个女招待这么称呼她的。

"多难听的名字。"菲利普说。

"为什么?"邓斯福德问道,"我倒喜欢这个名字。"

"这个名字太虚夸不实了。"

碰巧这天德国客人没来。女招待把茶点端来的时候,菲利普面带笑容地说:

"你那位朋友今天没来呢。"

"我不明白你这话的意思。"她冷冷地说。

"我是指那个留浅棕色小胡子的老爷。他丢下你找别人去了?"

"有些人还是少管闲事的好。"她回嘴说。

米尔德丽德撇下他们走了。有一阵子,店堂里没有别的顾客要伺候,她就坐下来,翻看一份顾客没有带走的晚报。

"你真傻,竟把她惹火了。"

"她摆的那副臭架子,我才不会在乎呢。"菲利普说。

可是他心里有些生气。他本来想讨好一个女人,反而惹得她发起脾气来了,实在叫他有些烦躁。他索取账单时,又大胆地跟她搭讪,想借此打开局面。

"咱们就此再也不讲话了吗?"菲利普微笑着说。

"我在这儿的差使就是请客人点菜,伺候他们。我对他们没什么话要说,也不想听他们对我说什么。"

她把一张标明应付款额的纸条往餐桌上一放,就朝她刚才坐的那张餐桌走回去。菲利普气得满脸通红。

"这可让你碰了一鼻子灰,凯里。"他们来到店外面,邓斯福特这么说。

"一个没教养的骚娘儿们,"菲利普说,"我以后再也不上那儿去了。"

菲利普的话对邓斯福特很有影响,于是他就跟菲利普到其他地方去吃茶点了。不久,邓斯福特又找到另一个可以调情的年轻女子。可是菲利普遭到那个女招待的冷遇后始终怨气难消。假如她当初待他谦恭有礼,那他压根儿不会把这样的女人放在心上。但她显然十分讨厌他,这就伤害了他的自尊心。菲利普禁不住产生一种想要对她报复的愿望。他为自己这样心胸狭窄而生气。他一连三四天都硬熬着不到那家点心店去，但这并不能使他把那个报复的念头压下去。最后他得出结论，还是去见她一面最为省事。只要再见过她之后，他就肯定不会再想她了。一天下午，菲利普借口要去赴约，丢下了邓斯福特，直奔那家他曾发誓再也不去光顾的点心店，心里倒一点也不为自己的软弱感到羞愧。菲利普一进店门，就看到那个女招待，于是在一张归她照管的餐桌旁坐下。他期望她会开口提到自己有一个星期不上这儿来了，但她走过来等他点茶点的时候，什么话也没说。刚才他还听到她对别的顾客说：

"您还是头一次来这儿。"

她一点也没表示出以前见过他的神气。为了弄清她是否真的把自己给忘了，菲利普在她把茶点端来的时候问道：

"今天晚上有没有见到我的朋友？"

"没有。他已经有好几天没上这儿来了。"

菲利普想以此作为开端，跟她交谈几句，但不知怎么心里一阵紧张，反而想不出什么话好说了。对方也不给他一个机会，马上就走开了。菲利普一直等到索取账单时，才又得到谈话的机会。

"天气真糟，是吗？"他说。

说来也真丢人，他竟勉强说出这么一句话来。他弄不明白在这个女招待面前，自己为什么会感到如此困窘。

"我整天都得待在这儿，天气的好坏跟我没有多大关系。"

她口气里那种倨傲的劲儿特别叫菲利普感到恼火。他真想挖苦她一句，但话到了嘴边，仍然强咽了下去。

"我真巴不得这女人说出什么放肆无礼的话来，"菲利普愤然地对自己说，"这样我就可以到老板那儿告她一状，让店里把她解雇。那她才真他妈的活该呢。"

56

菲利普总是无法把她忘掉。他对自己的愚蠢行为感到又好气又好笑：他竟把一个患贫血症的女招待对自己说的话放在心上，真是荒唐。但不知怎么，他老觉得蒙受了羞辱。尽管除了邓斯福特外，谁也不知道这桩丢脸的事，而且邓斯福特肯定也早忘了，可菲利普觉得自己不洗刷掉这种羞辱，心里就无法得到安宁。他仔细琢磨着最好的做法。最终他打定主意，以后每天都要到那家点心店去。显然，他已给她留下了很不友善的印象。不过他觉得自己仍有消除这种印象的本事。今后他要注意谈吐，让最敏感的人听了也不会觉得生气。后来他也确实这么做了，却毫无效果。每逢他走进店堂时，总要道一声"晚上好"，她也照样回他一句。有一次他没有跟她打招呼，想看看她是否会先向自己问好，结果她什么也没说。菲利普心里暗自嘀咕了一声，而他嘀咕的那个词语，尽管对某些女性往往很适用，但是在上流社会里却不常用来谈论她们。他脸色平静地要了份茶点。他打定主意，一句话也不说，临走时也不像平时那样说一声"晚安"。他决心再也不上那儿去了，但第二天到了吃茶点的时候，他又觉得坐立不安。他竭力去想别的事情，可就是控制不住自己的思绪。最后他豁出去了，说道：

"想去就去吧，毕竟又没有什么我不该前去的理由。"

菲利普思想斗争了好一阵子,等他最后走进那家点心店的时候,已经快七点了。

　　"我还以为你今天不来了呢。"菲利普坐下来的时候,那姑娘招呼说。

　　菲利普的心怦怦直跳,觉得自己脸也红了。

　　"有事耽搁了,不能早来。"

　　"大概在挑人家的刺儿吧?"

　　"还不至于那么坏。"

　　"你还在学校念书,是吗?"

　　"不错。"

　　她的好奇心似乎得到了满足,径自走开了。时间已经不早了,她照管的那几张餐桌上已没有别的顾客,她埋头看起小说来了,那会儿,市面上还没流行那种廉价的翻版小说。有一批无聊的雇佣文人,专门为一些识字不多的民众定期提供他们按照要求撰写的廉价小说。菲利普心里喜滋滋的。她总算主动来跟他说话了,他看出快要时来运转了,到那时候,他就会把自己对她的看法明确地告诉她。要是能把自己内心所有的轻蔑之情都发泄出来,那才真叫痛快呢。他定睛注视着她。她的侧影确实很美。说来也真奇怪,她那个阶层的英国姑娘往往具有完美无缺、令人惊叹的轮廓线条,但是她那侧影却冷冰冰的,好像是用大理石雕刻出来的一般;微微泛青的细嫩的皮肤给人一种病态的印象。所有的女招待都打扮成一个样子:朴素的黑色衣衫,白色围裙,再加上一副护腕和一顶小帽。菲利普从口袋里掏出半张白纸,趁她坐在那儿低头看书,努动着嘴唇阅读的当儿,给她画了幅速写。菲利普临走时把画留在餐桌上。这真是一个妙招。第二天他一进店门,她就对他露出了笑容。

"真没想到你还会画画呢。"她说。

"我在巴黎学过两年美术。"

"我把你昨晚留下来的那张画拿去给女经理看了,她竟然看得出了神。那画的是我吧?"

"不错。"菲利普说。

当她去给他端茶点时,另外一个女招待朝他走过来。

"我看到了您给罗杰斯小姐画的那张画,画得真像。"她说。

菲利普还是头一次听说她姓罗杰斯,当他索取账单时,就用这个姓招呼她。

"看来你知道我的姓名了。"她走过来的时候这么说。

"你朋友跟我谈起那张画的时候,提到了你的姓名。"

"她也想要你给她画一张。你可别给她画。要是开了个头,事情就没个完了,她们都想请你替她们画。"紧接着,她突然毫无头绪地问道,"过去经常跟你一起来的那个小伙子上哪儿去了?已经离开这儿了吗?"

"想不到你竟然还记得他。"菲利普说。

"他是一个模样长得挺俊的小伙子。"

菲利普心里有了一种奇异的感觉。他自己也说不清是怎么回事。邓斯福特长着一头讨人喜欢的鬈发,脸上气色很好,笑起来也很甜。菲利普忌妒地想到了邓斯福特的这些长处。

"哦,他正在谈情说爱呢。"菲利普笑着说。

菲利普一瘸一拐地走回家去,一路上暗自回味着刚才交谈中的每一句话。现在她对他已相当友好。以后如果出现机会,他会提出为她画上一幅更加精美的素描,他相信她一定会喜欢的。她的脸庞叫人很感兴趣,侧面的轮廓相当可爱,就算那因贫血而微微泛青的皮肤,也有一种奇特的迷人之处。菲利普尽力想着这皮肤究竟像什么颜色。一开始他想到了豌豆浓汤,但立刻气呼呼地驱散了这个念头,接着又想到了黄玫瑰花蕾的花瓣,是那种含苞未放就被人撕成碎片的玫瑰花骨朵儿。眼下,菲利普对她已没有任何敌意。

"她这个人不坏。"他嘟囔道。

就因为听到她说的那几句话而生气,那可真傻。无疑这都是他的过错;她又没存心要显得脾气乖张。初次见面就给人留下不好的印象,现在他对这种情况应该习以为常了。他对自己那幅画的成功颇为得意。既然她知道自己还有这么一手,自然要对他更感兴趣了。第二天,菲利普老是坐立不安。他想去点心店用午餐,但知道那时候店里的顾客一定很多,米尔德丽德根本无法来陪他闲谈。如今菲利普已逐渐摆脱了跟邓斯福特共进茶点的习惯,到了四点半整(他已看了十多次手表),他走进那家点心店。

米尔德丽德背对着菲利普,这时正一边坐下来,一边跟那个德国人交谈。两个星期之前,菲利普几乎天天都在店里见到那个德国人,此后就再也没有见到他。德国人说的什么话正引得米尔德丽德咯咯直笑。菲利普觉得她的笑声相当粗俗,禁不住打了个寒噤。菲利普叫了她一声,但她没有理会。他又叫了她一声;后来他不耐烦了,心头火起,就用手杖啪嗒啪嗒地敲打桌面。米尔德丽德绷着脸走了过来。

"你好!"菲利普说。

"你好像急得不得了。"

她低头瞅着菲利普,那种傲慢的神态倒是菲利普非常熟悉的。

"嗨，你怎么啦？"他问道。

"请你点一下菜，我会把你想要的东西给你端来，可要我整晚上陪你说话，我可受不了。"

"请来一份茶和烤面包。"菲利普简短地回答说。

菲利普对她十分恼火。他随身带着一份《明星报》，当她把茶点端来的时候，就故意埋头看报。

"如果你现在就把账单开给我，我就不必再来打扰你了。"菲利普冷冷地说。

米尔德丽德开了账单，往餐桌上一放，就又回到那个德国人身边去了。不一会儿，她就兴致勃勃地跟他谈起来。德国人中等个头，长着典型的日耳曼民族的圆脑袋，一张灰黄色的脸，嘴唇上留着又粗又硬的浓密的八字须，身上穿着一件燕尾服和一条灰裤子，胸前拖着一根粗粗的金表链。菲利普觉得店里的其他女招待这会儿正交替地看着自己和那边餐桌上的一对，一面彼此交换着意味深长的眼色。他觉得她们肯定在嘲笑他，于是他全身血液沸腾。如今他打心底里恨透了米尔德丽德。他知道自己所能采取的最好的方法，就是以后别再光顾这家点心店。可是一想到自己在这件事上落了下风，他就无法忍受。于是他想出一个计划，要让米尔德丽德明白他菲利普根本就看不起她。第二天，菲利普在另一张餐桌旁坐下，向另一个女招待要了茶点。米尔德丽德的朋友那时又在店里，米尔德丽德只顾跟他说话，没去注意菲利普。于是，菲利普有意趁她不得不跟他打照面的当儿，起身朝店门外走去。菲利普经过的时候朝她看了一眼，好像以前从来没见过她似的。这种方法他一连试了三四天，一心指望她不久就会找个机会跟他说话。他以为她可能会问他最近为什么始终没有光顾她照管的餐桌，而他也想好了怎样回答，话里充满了对她的厌恶之情。他明知自己这样劳心费神，相当荒唐可笑，但就是控制不住。他又一次败下阵来。那个德国人突然不见了，但菲利普仍然坐在别的餐桌旁。米尔德丽德依旧对他不加理会。菲利普突然意识到自己的这种做法，她压根儿就不在乎。他可以继续这样做下去，就算做到世界末日，也不会有什么效果。

"我还没有把这事了结呢!"菲利普暗自说道。

第二天，他又坐到原来的座位上，米尔德丽德走上前来，向他道了声"晚安"，好像这一个星期并没有遭到他的冷落。菲利普脸上很平静，心儿却禁不住狂跳起来。那时候，音乐喜剧①刚刚时兴，颇受公众喜爱。他相信米尔德丽德也很乐意去看一场的。

"嗨，"他突然开口说，"不知你能否哪天晚上陪我吃顿饭，然后再去看《纽约美女》。我可以搞到两张正厅前座的戏票。"

为了鼓动她前去，他有意加了最后那句话。他知道女孩子上戏院，通常都坐在正厅后座，即便有男朋友陪着，也很少有机会坐在比楼厅更贵的座位上。米尔德丽德那张苍白的脸上的神情却毫无变化。

"行，我无所谓。"她说。

"你哪天有工夫?"

"星期四我下班早些。"

---

① 音乐喜剧，一种穿插着歌舞场面的喜剧。

他们商量好怎样碰头。米尔德丽德跟她姨妈一起住在赫恩山。音乐喜剧在八点钟开始，因此他们得在七点吃饭。她建议菲利普在维多利亚车站的二等候车室里等她。她没有露出一点儿高兴的样子，她接受别人的邀请，看上去倒像她在向别人施行恩惠似的。菲利普心里隐隐感到有些恼火。

57

菲利普来到了维多利亚车站，比米尔德丽德约定的时间几乎提早了半个小时。他在二等候车室里坐下来苦苦等候，米尔德丽德却一直没来。他开始感到焦急不安，便起身走进车站，望着从郊区开来的那一列列火车。米尔德丽德确定的时间已经过了，仍然见不到她的踪影。菲利普不耐烦了，走进另外几间候车室，打量着坐在里面的人。突然，他的心扑通跳了一下。

"你在这儿！我还以为你不来了呢。"

"让我等了这么长时间，亏你还说得出口。我正有点想回家去算了。"

"可你说好是到二等候车室里来的啊。"

"我压根儿没那么说。既然我可以坐在一等候车室里，就根本不可能去坐在二等候车室里，你说呢？"

菲利普确信自己没有听错，但他不再为自己辩解。他们俩上了一辆出租马车。

"我们上哪儿吃饭？"她问道。

"我想去阿德尔菲饭店。你觉得合适吗？"

"上哪儿吃饭，我都不在乎。"

米尔德丽德粗声粗气地说。刚才她等了好长时间，憋了一肚子气，菲利普想跟她说话，她只嗯嗯啊啊地不愿搭理。她身上披了件深色粗料的长斗篷，头上裹着钩针编织的披巾。他们来到饭馆，在一张桌子旁坐下来。她满意地环顾四周。餐桌上的蜡烛都罩着红色的灯罩，店堂里满是金色的装饰，再加上一面又一面镜子，显得富丽堂皇。

"这儿我可从没来过。"

她朝菲利普露出笑容。她已经脱下斗篷，只见她穿着一件淡蓝色的方领衣衫，头发比往常梳得更加讲究。菲利普点了香槟酒，酒拿到餐桌上来的时候，她的眼睛闪闪发亮。

"你真是大手大脚。"她说。

"就因为我要了香槟吗?"菲利普满不在乎地问道，好像他一向只喝香槟似的。

"那天你邀我上戏院，我着实感到吃惊。"

谈话进行得并不怎么顺畅，米尔德丽德似乎没多少话要说，而菲利普紧张不安地意识到自己没有把她逗乐。米尔德丽德心不在焉地听着他说话，两只眼睛却望着其他的客人，她并没有装出对菲利普感兴趣的样子。菲利普开了一两个玩笑，而她却当真了。只有在菲利普谈到餐馆里其他女招待的时候，她才显得活跃起来。她受不了店里的那个女经理，详尽地向菲利普讲了女经理的种种不端行为。

"她那个人我怎么都受不了，特别是她摆出来的那副臭架子。有时候，我真想当面揭穿她的老底，她还以为我什么都不知道呢。"

"什么事呀?"菲利普问。

"嗯，我碰巧听人说起，她经常跟一个男人到伊斯特本①去度周末。我们店里有个姑娘的姐姐已经成家，有次跟她丈夫一块儿去伊斯特本，在那儿撞见了我们店的女经理。女经理和她住在同一所食宿公寓里。别看她手上戴着结婚戒指，就我所知，她并没有结过婚。"

菲利普把她的杯子斟得满满的，希望她喝了香槟酒会变得随和一些，一心盼着这次出游能取得成功。他注意到她拿餐刀的样子，就像握着笔杆似的，而她举杯喝酒的时候，那根小拇指就翘了起来。菲利普一连换了好几个话题，但都很难从她嘴里多引出几句话来。他回想起她在店里跟那个德国人一起嘻嘻哈哈、说个不停的情景，好不气恼。吃完晚饭，他们就上戏院看戏。菲利普是个很有修养的年轻人，根本不把音乐喜剧放在眼里。他觉得戏里的笑话粗俗下流，而音乐的曲调又缺乏韵味。在他看来，法国的音乐喜剧要高明得多。可是米尔德丽德却看得津津有味，每当看到逗乐儿的地方，就笑得连腰都直不起来，而且不时地瞅菲利普一眼，显然是想跟他交换一下愉快的眼色，同时还如痴如狂地拍着手。

"我已是第七次上这儿来了，"第一幕结束后，她说，"就是再来七次，我也没有意见。"

她对周围坐在正厅前排座位里的女人很感兴趣。她指给菲利普看，哪些脸上涂了脂粉，哪些头上戴了假发。

"这些西区的娘儿们真糟透了，"她说，"我不明白她们怎么能干得出来。"她伸手摸着自己的头发，"我的头发可每一根都是自己的。"

---

① 伊斯特本，英国东南部一个港口城市。

戏院里没有一个人能赢得她的赞赏,无论提到哪个人,她都要讲几句不好听的话。菲利普听了感到很不自在。他想,也许明天她会告诉店里的其他姑娘,说他带她出去玩过了,令她厌烦得要死。他并不喜欢米尔德丽德,然而不知道为什么,他就是想跟她待在一起。在回家的路上,他问道:

"你今天玩得尽兴吧?"

"那还用说。"

"哪天晚上再和我一块儿出去走走,好吗?"

"我无所谓。"

他总是无法从她嘴里听到更有感情色彩的话语。她那种冷漠的神情把他气疯了。

"听起来好像你去不去都不怎么在乎。"

"哦,你不带我出去,别人也会来约我。我从来就不愁没人陪我上戏院。"

菲利普不做声了。他们来到车站,菲利普朝售票处走去。

"我有月票。"她说。

"我想要是你不介意,还是让我送你回家吧,时间已经很晚了。"

"哦,要是这样能让你高兴,我也无所谓。"

菲利普给她买了一张单程头等票,又给自己买了一张来回票。

"嗯,我得说,你这个人倒并不小气。"在菲利普推开车厢门时,她说。

其他的旅客也走进了车厢,菲利普无法再开口说话,他自己也不知道心里是高兴还是懊丧。他们在赫恩山下了车,菲利普一直陪她走到她住的那条街的街角上。

"咱们就在这儿分手吧。"她伸出手来说,"你最好不要走到我的家门口去。我知道街坊邻舍都是怎样的人,我可不想让别人说闲话。"

她道了声晚安,匆匆离去。黑暗中,他仍能看到那条白披巾。他想她也许会回过头来,但是没有。菲利普留神看她走进哪一幢房子,随即走上前去打量了一番。那是一幢外表整洁、普普通通的黄砖房子,跟街上别的小屋一模一样。他在外面站了几分钟,不久,顶楼窗户里的灯光灭了。菲利普慢腾腾地走回车站。这一晚真不合乎心意。他感到又气又恼,烦躁不安,悲苦万分。

他躺在床上,似乎仍看到米尔德丽德坐在车厢的角落里,头上裹着那条钩针编织的白色披巾。还得过好几个小时才能再次见到她,真不知道该怎样打发这段时间才好。他瞌睡蒙眬地想到她那张瘦削的脸庞、纤巧的五官,还有那苍白而微微泛绿的肌肤。虽然他跟她待在一起并不感到快乐,但是一旦离开了她,却又愁苦不堪。他想坐在她的身旁,望着她,抚摸她的身体,他想要……那个念头刚冒出来,他还来不及细想下去,就突然完全清醒了……他要吻她那张没有血色的小嘴,吻她那两片又窄又薄的嘴唇。他终于明白过来:他爱上她了。这真是叫人难以相信。

他过去经常想到自己如何陷入情网,脑子里反复展现出这样一幕情景:他看到自己走进舞厅,目光停留在一小群正在聊天的男女来客身上,其中一个女子转过身来,两只眼睛凝视着自己。他觉得自己直喘粗气,而且知道那女子也在喘着粗气。他一动不动地站着。她身材颀长,肤色黝黑,十分漂亮,两只眼睛像夜一样黑;她穿着白色的衣衫,钻石在乌黑的头发中闪闪发光。他们俩相互对视,忘了周围的人。菲利普径直朝她走去,她也款步迎上前来。两人都感到寒暄客套已属多余。菲利普对她说起话来。

"我一生都在寻找你。"他说。

"你终于来了。"她喃喃地说。

"愿意跟我跳舞吗?"

菲利普张开两只手,那个女子投入他的怀中,他们一道翩翩起舞(菲利普总是佯装自己的脚没有残疾)。她跳得好极了。

"我还从来没有跟一个像你跳得这么出色的人跳过舞。"她说。

她取消了原来的安排,整个晚上他们都在一起跳舞。

"我真感到高兴,因为我一直在等待着你,"菲利普对她说,"我知道最终一定会遇到你的。"

舞厅里的人全都瞪大了眼睛看着。他们毫不在意,一点不想掩盖自己内心的激情。最后,他们一块儿走进花园,菲利普把一件单薄的斗篷披在她的肩头,扶她上了一辆正在等候的马车。他们赶上了午夜开往巴黎的火车。火车载着他们穿过寂静无声、星光灿烂的黑夜,冲进未知的国度。

他沉浸在自己昔日的幻想之中。他竟然爱上米尔德丽德·罗杰斯这样的女人,这似乎是不可能的事。她的名字古怪可笑。菲利普觉得她长得不漂亮,而且也不喜欢她那副瘦骨伶仃的样子。就在那天晚上,他还注意到她的胸骨怎样从身上的那件晚礼服中明显地突起。菲利普对她的面部五官逐一考量,他不喜欢那张嘴,那病态的肤色也微微激起他的反感。她资质平常,说起话来词汇贫乏,单调乏味,老是重复那么几句言辞,说明她头脑空洞。菲利普想起她听到音乐喜剧中的那些笑话时所发出的粗俗的笑声;想起她举杯饮酒时有意翘起的那根小拇指。她的举止就跟她的谈吐一样,矫揉造作,令人作呕。菲利普还想起她那副傲慢不逊的样子。有时候,他真想给她两个嘴巴,可是蓦地,他自己也不知道什么缘故——也许是因为想到要揍她,或者是因为回想到她那对漂亮的小耳朵——他被一股突然涌起的感情冲动攫住了。他思慕着她,想把她那纤弱瘦小的身子搂在怀里,并亲吻她那苍白的小嘴。他要用手抚摸她那微微发青的脸颊。他多需要她啊。

　　菲利普一直把爱情看作令人销魂荡魄的感受,一旦陷入情网,整个世界就似乎变得好像春天那样美好,他一直在期待着那种如痴如醉的欢乐。可是爱情给他带来的却不是欢乐,而是心灵的饥渴,是痛苦的思念,是极度的苦恼,这种滋味是他以前从未尝到过的。菲利普竭力回想,究竟是什么时候心里开始产生了这种感情。他自己也不知道,只记得他最初两三次到点心店去,也没感到怎样。后来每去一次,心里便有一种隐隐作痛的感觉。他还记得,每当米尔德丽德对他说话,他便奇特地感到呼吸急促。当米尔德丽德从他身边走开的时候,他便觉得万分苦恼,等她又出现在他面前时,他心里又充满绝望。

　　菲利普像条狗似的手脚伸展地躺在床上,心里暗自纳闷,不知该怎样忍受这种永无休止的心灵的痛楚。

58

　　第二天菲利普清早醒来,首先想到的就是米尔德丽德。他忽然产生了一个念头:他可以去维多利亚车站接她,然后陪她走到店里去上班。菲利普赶紧刮脸,匆匆穿好衣服,出门搭上去火车站的公共汽车。七点四十分他到了车站,留神观察着一列列进站的火车,只见拥挤的人流不断地从车厢里拥出来。早上这个时候,车上都是一些赶去上班的职员和店员。他们拥上月台,匆匆前行,有时成双结对,但孤身独行的居多,还不时看到三五成群的姑娘。在这大清早,他们多数脸色苍白,面容难看,露出一副心神恍惚的样子。年轻人步子轻快,仿佛踏在水泥月台上颇为畅快,而其他的人好似受到某种机器的驱策,只顾埋头赶路:他们都皱眉蹙额,脸上露出焦虑的神色。

　　菲利普终于看到了米尔德丽德。他急切地迎了上去。

　　"早上好,"他说,"我想,我得来看看你昨晚看戏之后究竟身体怎样。"

　　她穿着一件旧的棕色长大衣,戴一顶水手草帽。显然,她并不高兴在这儿遇见菲利普。

　　"噢,我身体很好。我可没有多少时间好浪费的。"

　　"让我陪你沿着维多利亚街走一段路,你不在意吧?"

　　"时间不早了,我得抓紧赶路。"她回答说,一边低头瞅着菲利普的跛足。

　　菲利普唰地涨红了脸。

　　"对不起,那我就不耽搁你了。"

"请便吧。"

米尔德丽德朝前走去,菲利普则心灰意冷地回家去吃早饭。他十分怨恨米尔德丽德。他知道自己为她这样操心费神,实在傻透了。像她这种女人,压根儿就不会把自己放在心上,而且一定会对自己的残疾充满厌恶。菲利普决定当天下午不再去那家点心店吃茶点。可到时候他仍然去了,这实在叫他怨恨自己。米尔德丽德看到他进来,便朝他点了点头,露出了笑容。

"我想,今天早上对你有些失礼。"她说,"你要知道,我根本没想到你会来,太出乎意外了。"

"哦,一点也没关系。"

他感到全身上下突然一阵轻松。这么一句亲切的话就足以使他无限感激。

"干吗不坐下来?"菲利普说,"眼下又没人要你照应。"

"就坐一会儿,我倒也无所谓。"

菲利普望着她,一时却想不出什么话好说。他绞尽脑汁,设法寻找话题,好使她留在自己身边。他想告诉米尔德丽德,说她在自己心中占有多么重要的位置。然而这会儿,他真心实意地爱上了,反倒不知道该怎样向意中人求爱。

"你那位嘴唇上留着漂亮的小胡子的朋友到哪儿去了?近来怎么没有见到他。"

"噢,他回伯明翰去了。他在那儿做生意。只是偶尔上伦敦来一趟。"

"他爱上你了吗?"

"这你最好去问他本人。"她笑着说,"我倒不明白,假如他爱上了我,跟你又有什么相干。"

一句刻薄的话已到了嘴边,但是他已学会了自我克制。

"真不知道为什么你要对我说这种话。"结果他只勉强说了这么一句。

米尔德丽德用她那双冷漠的眼睛瞅着菲利普。

"看来你并不怎么重视我。"菲利普又加了一句。

"我干吗非要重视你呢?"

"确实没有这样的理由。"

菲利普伸手去拿自己带来的报纸。

"你这个人性情急躁,"米尔德丽德看到菲利普的那副姿态时,说,"动不动就生气。"

菲利普微微一笑,带着几分恳求的神情望着米尔德丽德。

"你肯帮我一个忙吗?"他问道。

"那得看是什么事儿。"

"让我今晚陪你走到车站。"

"随你的便。"

吃完茶点,菲利普走出店堂,回自己的住所去了。可是到了晚上八点,点心店关了门,他已在外面等候了。

"你真是个怪人,"米尔德丽德走出门来说道,"我实在不明白你的心思。"

"要明白我的心思,我看也并不难吧。"菲利普苦涩地回答说。

"你在这儿等我,有没有给店里别的姑娘看到?"

"我不知道,也不在乎。"

"你要知道,她们都在嘲笑你,说你被我迷住了。"

"你才不会在意呢。"菲利普嘟囔道。

"瞧你又想跟我吵嘴了。"

到了车站,菲利普买了一张车票,说要送她回家。

"你似乎闲得没多少事要干。"她说。

"我想我可以按自己的方式打发时间。"

他们俩似乎总是几乎要吵起来。实际上是菲利普怨恨自己竟爱上了她。她似乎在不断地羞辱菲利普,而菲利普每受到一次冷遇,心里就对她充满怨恨。可是那天晚上,米尔德丽德很亲切友好,十分健谈。她告诉菲利普,她的双亲都已去世。她有意让菲利普知道,她无须挣钱谋生,她出外干活只是为了消遣取乐。

"我姨妈不赞成我出来做事。我家里并不缺少生活用品,样样都是最好的。你可别以为我是不得已才出来干活的。"

菲利普知道她说的不是实话。她那个阶层的人都喜欢装出体面的气派,而她也就采用这样的托词来避免挣钱谋生的耻辱。

"我家也有一些有钱有势的亲戚朋友。"她说。

菲利普微微一笑,被米尔德丽德注意到了。

"你笑什么?"她迅速问道,"你不相信我讲的是实话?"

"我当然相信你说的。"菲利普回答说。

米尔德丽德用怀疑的目光望着菲利普。但是,过了一会儿,她又忍不住要向菲利普夸耀一下自己昔日的荣华。

"我父亲常年备有一辆双轮马车,家里雇有三个男仆、一个厨师、一个女仆,还有一个打杂的短工。我们经常栽种美丽的玫瑰,打我们家门口经过的行人经常站住脚,打听这是谁家的住宅,说那些玫瑰真美。当然啰,我不得不跟店里那些姑娘厮混在一起,实在不大体面,我可不习惯跟那个阶层的人接触,所以有时候,我真想歇手不干了。店里的活儿我倒并不在乎,你可别这样想我;问题主要在于我不得不跟那个阶层的人厮混在一起。"

他们面对面地坐在车厢里,菲利普同情地听着米尔德丽德所说的话,心里十分快活。她的天真幼稚,不仅使他感到有趣,而且也有所触动。米尔德丽德的脸蛋上泛起淡淡的红晕,菲利普心里暗想,要是能吻一下她的下巴尖,自己准会感到心欢意畅。

"你一进我们的店门,我就看出你是一个地地道道的上流绅士。你父亲是个专业人士吧?"

"他是个医生。"

"凡是专业人士,你总能马上认出来。他们身上总有一些不寻常的地方。究竟是什么,我也说不上来,但是一看就知道了。"

他们一块儿从车站出来,朝前走去。

"嘿,我想请你再陪我去看一场戏。"他说。

"我无所谓。"她说。

"你就不能说一声你很想去吗?"

"为什么要那么说?"

"没有关系。咱们定个日子。星期六晚上你看行不行?"

"行。"

他们又做了进一步的安排,接着不知不觉地已来到米尔德丽德所住的那条街的拐角上。她朝菲利普伸出手来,菲利普握住了。

"嘿,我真想就叫你米尔德丽德。"

"要是你喜欢,就这么叫吧,我不在乎。"

"你也叫我菲利普,好吗?"

"要是我想得起来的话,我就这么叫你。但是称你凯里先生似乎更自然些。"

菲利普轻轻把她朝自己的身边拉去,但是她却往后一仰。

"你要干什么?"

"难道你不愿在分手之前亲我一下?"他低声说。

"你真放肆!"她说。

米尔德丽德猛地把手抽回,匆匆地朝自己的住所走去。

菲利普买好了星期六晚上的戏票。那天不是米尔德丽德早下班的日子,因此她没时间赶回家去更衣,但她打算早上随身带件外套,下了班就在店里匆匆换上。要是碰上女经理心情好,说不定会让米尔德丽德在七点钟就下班。菲利普答应七点一刻就开始在点心店外面等候。他焦急不安地期待着那个时刻的到来,因为他觉得看完戏后,在搭乘马车从戏院去火车站的途中,米尔德丽德会让他吻一下的。这种交通工具为男人伸手搂住姑娘的腰肢提供了各种便利(这是马车比现今的出租汽车优越的地方);光凭这种乐趣,晚上看戏的花销就也值了。

可是到了星期六下午,就在菲利普进店吃茶点、想进一步确定晚上的约会时,碰上了那个蓄漂亮小胡子的男人从店里走出来。菲利普现在知道他叫米勒,是一个入了英国籍的德国人,已经在英国住了好多年,连自己的名字也英国化了。菲利普以前听过他说话,尽管他说的英语流利、自然,但是语调仍跟土生土长的英国人不大一样。菲利普知道他正在跟米尔德丽德调情,因此对他十分妒忌,但是看到米尔德丽德生性冷淡,他感到几分慰藉,而另一方面又有些苦恼。他心里暗想,既然米尔德丽德不易动情,他的对手的境况就也不会比他强。不过这会儿,菲利普的心直往下沉,因为他立刻想到,米勒的突然出现可能会影响他几天来所热切盼望的这次出游。他走进店门,心里忐忑不安。那个女招待走到他跟前,问他要些什么茶点,不一会儿就端来了。

"十分抱歉,"她说,脸上确实露出几分难过的神情,"今天晚上我实在去不成了。"

"为什么?"菲利普说。

"别为这点儿事就铁板着脸,"她笑着说,"这又不是我的过错。我姨妈昨晚病倒了,今晚又遇上女仆放假,所以我得留在家里陪她。总不能把她一个人丢在家里不管,对吧?"

"没关系。让我送你回去吧。"

"可是你已买好票了,浪费了多可惜。"

菲利普从口袋里掏出戏票,有意把票子撕了。

"你这是干什么?"

"你该不会认为我独自想去看那种糟不可言的音乐喜剧?我只是为了你才坐在那儿。"

"即便你当真想送我回家,我也不要你送。"

"你已经另有安排了。"

"我不明白你这话是什么意思。你就像世上所有别的男人一样自私,光想到自己。我姨妈身子不舒服,总不能怪我吧。"

米尔德丽德迅速开好账单,转身走开了。菲利普太不了解女人,否则他就会明白,就算是她们的谎言一眼就能被人看穿,你也得表示相信。他打定主意,非要守在点心店外面,看看米尔德丽德是否真的跟那个德国人一起出去。他有一种不幸的爱好,凡事都想搞得确实无误。到了七点钟的光景,菲利普待在点心店对面的人行道上,四处寻找米勒,却不见他的踪影。过了不到十分钟,米尔德丽德从店里出来了,她身披斗篷,头上裹着披巾,打扮得就跟菲利普那天带她上沙夫茨伯里戏院时一样。眼下她显然不是回家。菲利普来不及躲避,被米尔德丽德看到了。她先是一怔,随后径直朝他走来。

"你在这儿干什么?"她说。

"透透空气。"菲利普回答说。

"你在暗中监视我,你这个卑鄙小人。我还当你是正人君子呢。"

"你以为正人君子会对你这样的人发生兴趣?"菲利普嘟囔道。

他心中的怒火实在按捺不住,就使情况变得更糟了。他要像米尔德丽德对待自己那样,也狠狠地伤害一下她的感情。

"我想只要我愿意,就可以改变主意。我又不是非得跟你出去不可。告诉你,现在我要回家去了,我不想受到跟踪,遭到监视。"

"你今天见到米勒了吗?"

"那不关你的事。实际上我并没见到他,因此你又错了。"

"今天下午我见到他了。我走进店门时,他正好走出来。"

"噢,就算他来过了又怎么样?要是我愿意,我完全可以跟他一起出去,对不对?我不明白你有什么好说的。"

"他让你久等了,是吗?"

"哟,我宁愿等他,也不愿意要你等我。你仔细想想我的话吧。现在你还是回家去吧,以后少管闲事。"

菲利普的情绪突然变了，满腔怒火化为一片绝望，说话时连声音也发抖了。

"嘿，别对我这么无情无义，米尔德丽德。你知道我十分喜欢你。我想我是一心一意地爱着你。难道你还不肯回心转意吗？我迫不及待地盼着今晚的到来。你瞧，他没来。其实他压根儿就不把你放在心上。跟我一起去吃饭好吗？我再去买两张戏票，你愿意去哪儿，咱们就去哪儿。"

"告诉你，我不愿意。你再怎么说也没用。我已经打定了主意，而我一旦打定了主意，就不会改变。"

菲利普望了她一会儿，心如刀割似的难受。人行道上，来来往往的行人在他们身旁匆匆走过，街上的马车和公共汽车川流不息，发出一阵阵喧嚣声。他发现米尔德丽德正在那儿四处张望。她生怕看不见夹在人群中间的米勒。

"我不能再这样下去了，"菲利普呻吟着说，"太低三下四了。如果我现在走了，就再也不会来找你。除非你今晚跟我走，否则就再也见不到我了。"

"你似乎以为这样就会把我吓倒。实话对你说吧，你不在我跟前，只有清净。"

"那好，再见吧。"

菲利普点了点头，一瘸一拐地走开了，他步子很慢，一心希望米尔德丽德会把他叫回去。走到下一根路灯杆，他收住脚步，回头察看，以为她也许会招手唤他回去——他愿意忘记一切，预备忍受任何屈辱——然而她早已转身走了，显然，她根本就不把他放在心上。菲利普这才明白，米尔德丽德很高兴能把他甩掉。

59

　　菲利普在痛苦的煎熬中度过了那个夜晚。他事先告诉女房东，说晚上不回来用餐，所以没有给他准备吃的东西，他只好到加蒂餐馆去吃了顿晚饭。接着，他又回到自己的住所，但是格里菲思那一伙人正在楼上聚会，听到一阵阵热闹的欢声笑语，他内心的痛苦越加难以忍受。于是他前往歌舞杂耍剧场，只是星期六晚上，场内都坐满了，只好站着观看。站了半个小时，他的两条腿就开始发酸，加上节目也很乏味，他便返回住所。他想看一会儿书，却无法集中思想，而如今又非加紧用功不可，再过两个星期就要举行生物考试了。尽管这门课并不难，但他近来没有认真听课，知道自己什么也不懂。幸好只是口试，他觉得可以在两个星期内把这门学科的知识掌握得足以通过考试。他对自己的才智充满信心。他把书本扔到一旁，专心致志地思考起那件始终萦绕在他心头的事。

　　他狠狠责备自己那天晚上的行为。干吗要米尔德丽德做出抉择呢，说要么她跟自己一起去吃饭，要么就别再跟他相见？她当然要拒绝。他应该考虑到她的自尊心。他已经破釜沉舟，没有退路了。要是菲利普觉得她这会儿也很痛苦，那么他心里也就会好受一些，可是他对她太了解了，她压根儿就不把他放在心上。要是他当时略微聪明一点，就会装作相信她的谎话。他应该有那么点涵养功夫，不流露出自己的失望情绪，也应该有自我克制的能力，不动怒发火。菲利普实在不明白自己为什么会爱她。他曾在书本里看到过所谓理想化的爱情的说法，但他在米尔德丽德身上清楚地看到了她的本来面目。她既不有趣,也不聪明,思想相当平凡;她身上那股狡黠的市民习气也叫菲利普反感;她既没有教养,也不温柔。正如她所宣称的那样,她是个"谋取个人利益的"女人。要是哪个人耍了一个巧妙的花招,愚弄一个老实人,准能赢得她的赞赏;哄人"受骗上当",总能叫她心舒神畅。菲利普想到她装出来的那副斯文有礼的样子,用餐时的那种娴雅的神态,禁不住一阵狂笑。她还受不了粗俗的言辞,尽管她词汇贫乏,却偏生爱用委婉的词语。她总能察觉哪个地方言行不够得体。她从来不说"裤子",而硬要说"下装"。她觉得擤鼻子有些不够雅观,所以每逢要擤鼻子,总露出一副不以为然的神态。她严重贫血,自然也伴有消化不良症。她那扁平的胸部和狭窄的臀部叫菲利普颇为扫兴;她那俗气的发式也叫菲利普厌恶。他为自己竟然爱上这样一个女人而厌恶自己,鄙视自己。

其实,他现在已无能为力。他觉得这就如同当年在学校里有时遭到大孩子欺负一样。他与在力量上占据优势的对手拼命搏斗,直到自己筋疲力尽,虚弱无力——他仍然记得那种四肢疲软的奇特感觉,好像全身瘫痪了似的——最后只好身不由己地听凭他人摆布。他简直就像死了一样。如今,他又产生了那种虚弱的感觉。他爱上了这个女人,才明白他以前从来没有爱过谁。他对米尔德丽德身体或品格上的缺点并不怎么在乎,甚至觉得连那些缺点他也爱上了。无论如何,那些缺点在他看来,实在算不了什么。整个这件事似乎并不直接与他个人的利害有关,他只觉得自己受到一股奇异力量的驱使,不断做出一些违背自己意愿也不合乎自己利益的蠢事。他素来酷爱自由,所以十分痛恨那副束缚他的心灵的枷锁。每逢想到自己以前老是渴望体验一下势不可挡的情欲的滋味,他就嘲笑自己。他诅咒自己竟无法控制自己的情欲。他想起这件事的起因。要是当初他不跟邓斯福特去那家点心店,也就不会出现目前的这种情况了。整个这件事都怪自己不好。要不是由于那种荒唐可笑的虚荣心,他绝不会在那个举止粗鲁的臭娘儿们身上费神。

不管怎样,当晚发生的争吵总算把这一切全都了结了。只要他还有一点儿羞耻之心,就不可能再回去。他热切地想摆脱令人困扰的爱情;这种可恨的爱情叫他丧失脸面。他必须不让自己再去想她。过了一会儿,他心中的痛苦一定缓解了几分。他开始回想起往事。他不知道埃米莉·威尔金森和范妮·普里斯为了他,是否也忍受过他眼下所遭受的这种煎熬。他不禁感到一阵悔恨。

"那时候,我还不知道爱情是怎么回事。"他自言自语道。

他晚上睡得很不安稳。第二天是星期天,他开始复习生物。他坐在那儿,面前摊着一本书,为了集中思想,他嘴唇翕动着,默读书上的语句,却什么也记不住。他发现自己无时无刻不在想着米尔德丽德;他把前一天晚上跟米尔德丽德争吵的话,又一字一句地回忆了一遍。他不得不硬把注意力拉回到书本上来。接着他出去散步。泰晤士河南岸的那些街道平时十分肮脏,但街上生气蓬勃,车来人往,多少还有几分活力。可是每逢星期天,店铺全都关门停业,路面上也没有车辆来往,四下静悄悄的,显得冷落萧条,给人一种难以形容的沉闷之感。菲利普觉得这一天长得好像没有尽头。后来他实在太累了,才酣然入睡。到了星期一,他又毫不动摇地开始投入到生活中去。圣诞节已经临近,好多学生到乡下去度假了(在分作两部分的冬季学期的中间,有一段不长的假期)。他大伯曾邀他回黑马厩镇去度假，但被他婉言回绝了。他借口就要举行考试，其实是不愿意离开伦敦和米尔德丽德。他的学业荒疏得实在厉害，现在只剩下两个星期，要把规定在三个月里学完的课程统统补上。他真的用起功来。他发觉，随着日子一天天过去，自己也就比较容易不去想米尔德丽德了。他庆幸自己还有那么一股毅力。他遭受的痛苦不再像以前那样钻心刺骨地难受，而是隐隐作痛，就像从马背上摔下来时会有的感觉，尽管骨头没有跌断，但是遍体瘀伤，昏昏沉沉。菲利普发觉，他倒能带着几分好奇心来审视自己最近几个星期的处境。他饶有兴味地分析了自己的感情。他对自己的表现觉得有点好笑。有一点给了他深刻的印象：在当时那种情况下，个人的想法是多么无足轻重！他那一套自己设想出来的感到十分满意的个人哲学，结果竟帮不了他的忙。他为此感到困惑不解。

可是有时候，他在街上看到一个模样极像米尔德丽德的姑娘，他的心又似乎停止了跳动。接着，他会不由自主，急急忙忙地追上去，心里既热切又焦虑，结果却发现原来完全是一个陌生人。同学们从乡下回来了，他和邓斯福特一起到一家A.B.C.咖啡馆去吃茶点。他一见到那熟悉的女招待制服，竟难受得连话也说不出来了。他产生了这样一种念头：也许米尔德丽德已经调到她所在的公司的另一家分店去工作了，说不定哪一天他会蓦地发现自己正面对着她。这个念头使他心里十分慌乱，他担心邓斯福特会看出自己神态失常。他实在想不出什么话来说，只好装出在听邓斯福特讲话的样子。他越听越恼火，竭力克制，不让自己对着邓斯福特大喊一声：看在老天的分上，快住口吧！

接着考试的日子到了。轮到菲利普的时候，他信心十足地走到主考人的桌子跟前。他先回答了三四个问题，随后主考人又指给他看各种各样的标本。菲利普平时上的课太少，因此一问到书本上没讲到的内容，立刻被难倒了。他尽量掩饰自己的无知，主考人也没多加追问，十分钟的口试很快就过去了。他觉得及格应该不成问题，可是第二天，当他来到考试大楼看张贴在大门上的考试成绩时，不禁大吃一惊，他在考试及格的考生名单里没有找到自己的学号。他惊讶地把那张名单一连看了三遍。邓斯福特这会儿就在他的身旁。

"嗨，真是遗憾，你没及格。"他说。

他刚问过菲利普的学号。菲利普转过身来，看到邓斯福特面有喜色，知道他通过了。

"哦，一点也没关系。"菲利普说，"你通过了，我真为你高兴。我七月份再升上去吧。"

他急于装出满不在乎的样子，在他们俩沿着泰晤士河河堤回学校的路上，菲利普尽说些无关紧要的事儿。邓斯福特出于好意，想谈论一下菲利普考试失利的原因，但菲利普执意摆出漫不经心的神气。实际上，他感到万分耻辱，一向被他看作非常讨人喜欢、头脑却相当迟钝的邓斯福特，居然通过了考试，这使他在考场上的失利变得更加难以忍受。他一向为自己的才智感到自豪，可现在他急不可待地心里暗问，他对自己的这种看法是否弄错了。在冬季学期的三个月时间里，十月份入学的那些学生分化成了好几档，哪些学生才华出众，哪些聪明伶俐或者勤奋用功，又有哪些是"窝囊废"，早已相当清楚。菲利普心里明白，他在考场上的失利，除了他自己以外，谁都不感到意外。现在到了吃茶点的时刻，他知道许多同学这会儿正在医学院的地下室里喝茶。那些顺利通过考试的人兴高采烈;那些本来就不喜欢自己的人会幸灾乐祸地望着他;而那些考试没有及格的可怜虫则会对他表示同情,以便自己也得到同情。出于本能,菲利普想一个星期都不挨近医院,等到这桩事被人们淡忘了的时候再去。然而,正因为他不愿意在这个时候去,他倒偏偏去了:他想让自己遭受折磨。他一时忘记了自己的生活准则:尽可能按自己的心愿行事,只是得适当注意街角处的警察。如果说他正是根据这项准则行事的,那么他的性格中一定具有某种奇特的病态因素,使他把折磨自我当作阴森可怖的乐事。

后来,菲利普经受了这场强加在自己身上的折磨,听够了吸烟室里闹哄哄的谈话,独自步入黑夜之中,心里突然产生了极度的孤寂之感。他觉得自己既荒唐又愚蠢。他迫切需要安慰;那种想要去见米尔德丽德的诱惑再也无法抗拒。他不无心酸地想到,自己不大可能从她那儿得到什么安慰。但是他要见她一面,就算一句话也不跟她说。她毕竟是个女招待,不得不伺候他。她是自己在这个世界上唯一牵挂的人。不承认这一事实是没有用的。当然啰,要他摆出若无其事的样子再到那家点心店去,实在丢脸,不过他也没有多少自尊心了。尽管他嘴上不肯承认,心里却天天盼望她会给自己写封信。她知道只要把信寄到医院,就能送到他的手里;可是她并没有写。显然,见不见得到他,她压根儿就不在乎。菲利普暗自不断地重复着说:

"我一定要见她,我一定要见她。"

这种愿望强烈得连步行前去都嫌太慢,他跳上一辆出租马车。他一向生活节俭,只要可以避免,就不会为此破费。他在店门外站了一两分钟,头脑里忽然闪过一个念头:说不定米尔德丽德已经离开这儿了。他提心吊胆地急忙走了进去。他一眼就见到了她。他坐了下来,米尔德丽德朝他走过来。

"请来一杯茶,外加一块松饼。"菲利普吩咐道。

他几乎连话也说不出来。一时间,他真担心自己会哭起来。

"我简直当你死了呢。"她说。

她露出笑容。她笑了!她似乎已经把上次争吵的事全忘了,而菲利普却把双方的口角之辞在心里重复了不知多少遍。

"我以为如果你想要见我,会给我写信的。"他回答说。

"我要干的事情太多了,哪有时间想到给你写信。"

看来她嘴里总说不出什么亲切的话。菲利普诅咒命运竟把自己跟这样一个女人拴在一起。她去给他端茶点。

"要不要我陪你坐上一两分钟?"米尔德丽德把茶点端来时,说。

"坐吧。"

"这一阵子你到哪儿去啦?"

"我一直在伦敦。"

"我还当你度假去了。那你干吗不上这儿来?"

菲利普用那双狂乱的、充满激情的眼睛望着米尔德丽德。

"我说过再也不想见你了,难道你忘了?"

"那你现在干吗来呢?"

她似乎急于要他饮下这杯丢失脸面的苦酒。不过菲利普了解她的为人,知道她是随口说说而已。她深深地刺痛了他的心,但并不总是出于本意。菲利普没有回答她。

"你竟然对我施展卑劣的手段,暗中监视我。我一直以为你是一个道道地地的正人君子。"

"别对我这么狠心,米尔德丽德。我可受不了。"

"你真是个怪人,我实在摸不透你。"

"这很简单。我是个该死的大傻瓜,真心诚意地爱着你,我知道你压根儿不把我放在心上。"

"如果你是个正人君子,我觉得你第二天就会来向我赔个不是。"

她毫无怜悯之心。菲利普瞅着她的脖子,真恨不得用那把切松饼的小刀在她的脖子上捅一下。他学过解剖学,完全有把握一刀刺到她的颈动脉,而同时他又想在她那张苍白、瘦削的脸庞上四处亲吻。

"但愿我能让你明白,我是多么狂热地爱你。"

"你还没有求我原谅呢。"

菲利普脸色煞白。米尔德丽德觉得自己那天一点也没错,现在倒想要他显出俯首帖耳的样子。菲利普向来自尊心很强。有一刹那,菲利普真想叫她见鬼去,但是他不敢说出口来。情欲已把他身上的傲气都消磨掉了。只要能见到她,不管要他干什么,他都愿意顺从。

"我很对不起你,米尔德丽德,请你原谅。"

他只好硬从嘴里挤出这几句话,费了好大的劲儿。

"既然你这么说了,我就不妨告诉你。我真后悔那天晚上没跟你一块儿出去。我原以为米勒是个正人君子,现在才发现我是看错了人。我很快就把他给打发走了。"

菲利普倒抽了一口凉气。

"米尔德丽德,今晚你愿不愿意陪我出去走走?咱们去找个地方吃顿饭。"

"哦,不行。我姨妈等我回去呢。"

"我去给她发份电报,你就说在店里脱不开身,她又弄不清楚。哦,看在上帝的分上,来吧。我好久没有见到你啦,我想跟你谈谈。"

米尔德丽德低头看了看自己的衣服。

"那你不用担心,咱们可以找个随便点的地方,那儿不管你穿什么都没关系。饭后,咱们就去歌舞杂耍剧场。你就答应了吧。那会叫我感到十分快乐。"

她犹豫了一会儿,菲利普用哀求的目光可怜巴巴地望着她。

"嗯,那就去吧。我也说不清究竟有多久没出去走走啦。"

菲利普费了好大的劲才管住自己,没有当场抓住她的手热吻起来。

60

他们俩在索霍区①吃晚饭。菲利普高兴得直哆嗦。他们吃饭的地方,并不是那种相当拥挤的低级餐馆(一些境况窘迫的体面人士爱到这类餐馆用餐,因为在那儿,既可显示自己狂放不羁的本色,又可以确保收费低廉),而是一家外表简陋的小馆子,由一个善良的鲁昂人跟他老婆一同经营。这家馆子是菲利普偶然发现的,他对那种法国风味的橱窗布置很感

---

① 索霍区,伦敦的一个地区,位于牛津街的南面,自1685年以来,主要为外籍移民居住区,以餐馆著称。

兴趣:橱窗正中通常放一盘未经煎煮的牛排,两旁各放两盘生菜。馆子里只有一名衣衫褴褛的法国侍者,他想在这儿学一点英语,但他耳朵里听到的却都是法语。到这家餐馆里来的客人是几个生活放荡的女子;有一两个法国家庭也在这儿包饭,店里存有他们自备的餐巾;另外,还有几个模样古怪的男子,进店来简单地匆匆吃上一顿。

菲利普和米尔德丽德在这儿可以单独占据一张餐桌。菲利普打发侍者去附近酒店买了一瓶法国勃艮第葡萄酒,另外点了一客蔬菜浓汤①、一客陈列在橱窗里的牛排加土豆②和一客樱桃酒煎蛋卷③。这儿的饭菜和环境真有几分浪漫的风味。米尔德丽德起初有点不以为然:"我一向不大相信这些外国馆子,你永远也不知道他们这些乱七八糟的盘子里盛的是什么东西。"可没有多久,她就不知不觉地改变了看法。

"我喜欢这个地方,菲利普。"她说,"在这儿一点儿也不用感到拘束,你说是吧?"

有个高个子的家伙走了进来。他那灰白的头发又长又密,稀疏的胡子乱蓬蓬的。他身上披了件破旧的斗篷,头上戴一顶阔边呢帽。他朝菲利普点了点头,因为菲利普以前在这儿见到过他。

"他看上去倒像个无政府主义者。"米尔德丽德说。

"他呀,是欧洲一个最危险的人物。大陆上的每座监狱,他都待过。他动手干掉的人超过了任何一个未上绞架的杀人魔王。他四处走动,口袋里总装着一颗炸弹。当然啰,这样跟他谈话就有点儿棘手,因为如果你不同意他的看法,他就耀武

①②③　原文是法语。

扬威地掏出炸弹,砰地往桌子上一放。"

米尔德丽德惶恐惊讶地望着那个人,随后又充满猜疑地瞥了菲利普一眼,发现菲利普的眼睛里露出笑意。她微微皱起眉头。

"你在耍弄我。"

菲利普轻轻地发出一声欢呼。他心里快活极了。可是米尔德丽德并不喜欢受到取笑。

"我看不出撒谎有什么好笑的地方。"

"别发脾气。"

菲利普握住她搁在餐桌上的那只手,轻轻地捏了捏。

"你真可爱,就是要我吻你脚下踩过的尘土,我也可以去做到。"他说。

她那白得发青的皮肤叫菲利普感到心醉神迷,而她那两片薄薄的缺少血色的嘴唇,也有一股不同寻常的魅力。由于患有贫血,她呼吸有点急促,嘴巴经常微微张着。在菲利普眼中,不知怎么的,这种病态反倒给她的脸庞增添了几分娇媚动人。

"你确实有点喜欢我,是吗?"他问。

"嗯,要是我不喜欢你,大概我就不会上这儿来了。你是一个地地道道的上流绅士。"

他们吃完饭,开始喝咖啡。菲利普把省钱的念头都抛到了九霄云外,竟然抽起三便士一支的雪茄来了。

"你想象不出,就这样坐在你对面,望着你,能带给我多大的快乐。我一直思念着你,渴望能见你一面。"

米尔德丽德微微一笑,脸上泛起淡淡的红晕。这会儿,她倒没有像平时饭后那样患消化不良。她对菲利普从没有像今天这样友好,连她的眼睛也一反常态,充满柔情,这叫菲利普满心喜悦。他本能地知道自己对她这样痴迷,任她摆布,实在是发疯。要想赢得她的欢心,就应该对她摆出漠不关心的样子,而绝不能让她看出那股在他胸中沸腾着的汹涌激情;否则她就会利用他的弱点。但是如今,他无法再那么谨小慎微了。他向她诉说自己在跟她分手后所忍受的一切痛苦,诉说自己的内心斗争,如何竭力想克制情欲,一度还以为取得了成功,可结果发现,那股情欲仍和以往一样强烈。他知道自己并不是真的想要克服这股情欲。他实在太爱她了,就算自己遭受点折磨也不在乎。他向她倾诉衷肠,得意地把自己的弱点都暴露在她面前。

对菲利普来说,再没有比坐在这个舒适、简陋的饭馆里更叫他感到快乐的事了,但他知道,米尔德丽德想要得到娱乐消遣。她生性好动,无论到了什么场所,过了一会儿,就想上别的地方去。他可不敢让她感到厌烦。

"听我说,咱们上歌舞杂耍剧场去,怎么样?"他说道。

他心里却飞快地想道:要是她真有那么一点喜欢自己,就会表示她宁愿待在这儿。

"我正在想,要是咱们打算去歌舞杂耍剧场,现在就该走了。"

"那就去吧。"

菲利普急不可待地等着演出终场。下一步该如何行动,他早已拿定了主意。因此他们一上马车,他就装作无意似的顺手搂住她的腰肢。可是他"哎哟"叫了一声,赶紧把手缩了回去。他被什么东西扎了一下。米尔德丽德咯咯地笑了。

"嘿,这就是你把胳膊往这儿乱伸的结果。"她说,"男人什么时候想要伸出胳膊来搂住我,那总是瞒不过我的。我的那枚别针总不会放过他们。"

"这一次我可要小心一点了。"

菲利普又伸出胳膊搂住她的腰肢。她没有表示反对。

"这样坐着真舒服。"他极为快乐地叹息道。

"只要你高兴就行。"她回嘴说。

马车从圣詹姆士大街拐进了公园。菲利普迅速地吻了她一下。他对她怕得出奇,那需要他鼓起所有的勇气。而她呢,只是默默地把嘴唇转向他。她似乎既不介意,也不喜欢。

"你绝对不知道我想吻你想了有多久。"菲利普嘟囔道。

他想再吻她一下,她却把头扭开了。

"一次就够啦。"她说。

菲利普陪着她往赫恩山走去,暗自希望能再亲吻她一次,等他们来到她所住的那条大街的尽头时,他问道:

"咱们再接一个吻好吗?"

她神情冷漠地望着他,接着又朝街上瞥了一眼,周围一个人也看不见。

"随你的便。"

菲利普一把将她搂在怀里,热烈地吻着她,但是米尔德丽德把他推开了。

"当心我的帽子,傻瓜。你真是笨手笨脚。"

61

自那以后,菲利普天天都跟她见面。他开始上那家点心店吃午饭,但是米尔德丽德不让他这么做,说这样会引得店里的姑娘们说闲话的，因此他只好满足于在那儿用茶点。不过他总是守在点心店附近等她下班，陪她走到车站。每个星期，他们都要一起出去吃上一两次饭。他还送给她一些金镯儿、手套、手帕之类的小礼品。眼下他开销很大，完全超出了他所能负担的程度，但他也没有法子，因为米尔德丽德只有在礼物到手的时候，才会流露出一点温情。她知道每样东西的价钱，而她表示谢意的热烈程度，完全根据礼物价值的大小而定。菲利普对此倒并不在意。当米尔德丽德主动亲吻他的时候，他高兴非凡，根本顾不上考虑究竟自己凭借什么手段才获得这种热情的表示。他发觉米尔德丽德星期天在家感到无聊，于是星期天上午，他就跑到赫恩山去，在马路尽头跟她相见，随后陪她去教堂做礼拜。

"我一直想去教堂看看。"她说，"那儿看上去相当气派，是吗？"

接着她回家去吃午饭，菲利普在一家旅馆里随便吃了点东西。下午，他们又去布罗克韦尔公园散步。彼此没什么好多说的，菲利普十分害怕她感到厌烦（她动不动就感到厌烦），只好绞尽脑汁，寻找话题。菲利普知道，像这样的散步，不会带给双方任何的乐趣，但他实在舍不得离开她，就尽量延长散步的时间，直到她走累了，发上一通脾气收场。菲利普知道她不喜欢自己，他的理智告诉他，这个女人生来并不懂得什么爱情，她冷若冰霜，可他偏想从她那儿得到爱情。他无权向她提出什么要求，可又不由自主地要强求于她。由于他们彼此比以前更加亲近，他觉得不像以前那么容易控制自己的脾气，经常发怒，禁不住要说些尖酸刻薄的话。他们俩时常争吵，她就在一段时间里不跟他讲话，结果总是他屈服顺从，奴颜婢膝地求情告饶。菲利普为自己如此丧失尊严而暗自气恼。要是他看到米尔德丽德在店堂里跟别的男人说话，顿时便会妒火中烧，而他一有了妒意，似乎就无法控制自己的情绪了。他会故意辱骂她一顿，走出店堂。到了晚上，在床上辗转反侧，夜不成眠，时而怒气冲天，时而悔恨不已。第二天，他又会到店里去求她宽恕。

"别生我的气吧，"他说，"我实在太喜欢你了，所以根本控制不住自己的情绪。"

"总有一天，你会闹得无法收拾的。"她回答说。

菲利普非常希望到她家去走动一下，这样在与她上班时所偶尔结识的那些人相比时，他就能因为这层比较亲近的关系而占据上风了。可是米尔德丽德不愿意让他上门。

"我姨妈会觉得很怪。"她说。

菲利普疑心她的拒绝只是因为不想让他见到她的姨妈。米尔德丽德一直把她姨妈说成是个有身份的寡妇，丈夫生前是个专业人士（这就是她用来表示"身份高贵"的说法），而她心神不安地意识到，那位善良的妇人很难称得上是"身份高贵"的人。菲利普猜想，她实际上只是个小商人的遗孀罢了。他知道米尔德丽德相当势利。他想向她表明，无论她的姨妈出身多么平凡，他都不在乎，可他想不出采用什么手段把这种意思说明。

一天晚上，吃饭的时候，他们又非常激烈地吵了起来。她告诉菲利普，有个男人想请她一块儿去看戏。菲利普马上脸色发白，面孔铁板，神色严峻。

"你不会去吧?"他说。

"为什么不去? 他可是个很有绅士风度的人。"

"不管你喜欢去哪儿，我都可以带你去。"

"可这不是一回事。我不能老是跟着你四处走动。再说，他让我自己定个日子，我只出去一个晚上，只要不是跟你一起外出的日子就行了嘛。这又不会对你有什么影响。"

"要是你还知道点儿体面，要是你还有点儿感激之情，那你做梦也不会想去的。"

"我不明白你说的'感激之情'究竟是什么意思。如果你指的是你送给我的那些东西，那你完全可以拿回去。我不想要那些玩意儿。"

她说话的腔调就像泼妇骂街似的，不过她用这种口气说话，也不是头一次了。

"老是跟着你四处走动，实在没多大乐趣。你总是反复地问我说：'你爱我吗？你爱我吗？'简直叫我都感到腻烦了。"

（菲利普知道自己一再问她这个问题实在愚蠢得很，但又不由自主地要问。

"哦，我确实喜欢你。"她总是这么回答。

"就这么完了？我可是真心诚意地爱着你。"

"我不是那种人，不会说上一大套。"

"但愿你能知道，就那么一个词儿，会给我带来多大的幸福！"

"唉，我还是那句老话：我就是这副样子，哪个人要是跟我交往，就得接受。如果不合他们的心意，也只好忍受一下。"

有时候，她表达得更加清楚明白。当菲利普问到那个问题时，她回答说：

"哦,别又这样问个不停了。"

于是菲利普绷着脸,一声不响,心里对她十分憎恨。

这会儿,菲利普说:

"哦,如果你真是这么想的,我真不明白干吗你还要屈尊跟我一起出来呢?"

"我才不想出来呢,这一点你完全清楚,是你硬把我拖出来的。"

这句话狠狠地刺伤了菲利普的自尊心,他狂怒地回答说:

"你以为我就那么好脾气,只配在无人约你出去的时候请你吃饭看戏,一旦来了个什么人,就只能滚到一边去。得了吧,我讨厌这样被人利用。"

"我可不愿有哪个人用这种口气来跟我说话。我要让你瞧瞧,我是多么想吃你的这顿该死的晚饭!"

她站起身来,穿上外套,飞快地走出餐馆。菲利普仍旧坐在那儿,他打定了主意待着不动。可是十分钟后,他跳上一辆出租马车,又去追赶她了。他推测她会搭公共汽车去维多利亚车站,所以他们大约会同时到达那儿。他看见她站在月台上,就避开她的视线,跟她搭上同一班火车去赫恩山。他打算等到她踏上回家的路,再跟她说话,那会儿她就不能避开他了。

米尔德丽德刚从灯光明亮、车马喧嚣的大街上转出来,他就赶上了她。

"米尔德丽德。"他喊道。

她继续朝前走去,既不看他一眼,也不回答他一声。菲利普又叫了一声,她才站住脚,转脸望着菲利普。

"你想干什么?我看见你在维多利亚车站荡来荡去。你干吗老缠着我不放？”

"我非常抱歉。让咱们和解好吗？"

"不。我讨厌你的坏脾气和醋劲儿。我不喜欢你，从来就没喜欢过你，也永远不会喜欢。我再也不想跟你有什么来往了。"

她又匆匆朝前走去，菲利普只好快步赶上。

"你根本就不体谅我，"他说，"要是你没有关心的对象，那你当然可以整天兴高采烈，和和气气。可是一旦你也像我这样陷入了情网，就很难这样了。怜悯我一下吧。你不喜欢我，我并不在乎。毕竟你也没有办法。只要你能让我爱你就行了。"

她不肯开口，继续朝前走去。眼看再走上几百码就到她家门口了，菲利普感到苦恼不堪。他放下了身份，语无伦次地倾诉心中的爱和悔恨。

"只要你能原谅我这一次，我保证今后绝不再让你诉苦抱怨。你愿意跟谁出去，就跟谁出去。如果你什么时候有空，愿意陪我一会儿，那我就再高兴也不过了。"

她又停下脚步，因为他们已经来到街角，平时他们总在这儿分手。

"现在你可以走了。我不要你走到我的家门口。"

"我可不走，除非你说你原谅我了。"

"这一切都让我厌烦透了。"

菲利普犹豫了一会儿，因为他本能地觉得自己可以说上几句让她感动的话，不过要把这些话说出口，连他自己都几乎感到恶心。

"世道真是残酷，我要忍受多大的痛苦啊。你不知道跛脚的人过的是什么日子。你当然不喜欢我。我也不指望你会喜欢我。"

"菲利普,我没有那个意思,"她赶紧回答说,声音里突然流露出几分怜悯,"你知道不是这么回事。"

菲利普如今开始演起戏来。他的嗓音低微、嘶哑。

"哦,我可感觉到了呢。"他说。

米尔德丽德握住他的手,望着他,眼睛里充满了泪水。

"我向你担保:这一点从来对我没有什么影响。除了最初的一两天,我就再没往那方面想过。"

他沉默不语,摆出一副忧郁悲哀的神气,他要让米尔德丽德觉得,他完全被内心涌起的情感击垮了。

"菲利普,你知道我十分喜欢你。只是有时候你太叫人受不了。让咱们和解吧。"

她把自己的嘴唇凑上前去,菲利普宽慰地舒了口气,吻了她一下。

"现在你又高兴了吧?"她问道。

"高兴极了。"

她向他道了晚安,然后沿着马路匆匆朝前走去。第二天,他送给她一个小巧的怀表,表链上系有一枚胸针,可以别在衣服上。她一直渴望得到这件礼物。

可是三四天以后,米尔德丽德给他上茶点时对他说:

"你还记得那天晚上对我做出的保证吗?你说话是算数的,是吗?"

"是的。"

他完全清楚她话里的意思,因此对她接下去要说的话已有了思想准备。

"因为今天晚上,我要跟上次向你提到过的那位先生出去一次。"

"好吧。希望你能玩得畅快。"

"你不介意,是吗?"

如今他完全控制住了自己的感情。

"我不喜欢这样,"他微笑着说,"不过,现在我会尽量约束自己,不再乱发脾气了。"

她对这次外出游玩相当兴奋,欣然开始谈了起来。菲利普暗自纳闷,不知她这么做,究竟是有意让他心里难受呢,还是仅仅因为她麻木不仁。他习惯于想到她愚昧无知,以此来为她的冷酷无情开脱。她头脑迟钝,竟然没察觉自己伤了他的心。

"跟一个既无想象力又无幽默感的姑娘谈情说爱,实在没有多大的乐趣。"他一边听一边这么想。

可是,也正由于她生来缺少这两种禀性,菲利普才不怎么怪她。他觉得要不是他意识到这一点,他就永远不会原谅她给自己带来的痛苦。

"他已在蒂沃利戏院订了座,"她说,"他让我挑选,我就选了那家戏院。我们先要上皇家餐厅吃晚饭。他说那是全伦敦最豪华的一家馆子。"

"他可是一个地地道道的上流绅士。"菲利普心里暗想,但是他咬紧牙关,一声不吭。

菲利普也去了蒂沃利戏院,看到米尔德丽德和她的同伴坐在正厅前座的第二排。那是个脸上光溜溜的小伙子,头发油光光的,打扮得十分整洁漂亮,看上去像个旅行推销员。米尔德丽德戴了一顶黑色阔边帽,上面插着几根鸵鸟羽毛,这种帽子对她倒挺合适的。她听着那个请她看戏的人说话,脸上挂着菲利普所熟悉的那种文静的微笑。她一向缺乏轻松活泼的表情。只有那种粗俗露骨的闹剧,才引得她哈哈大笑。不过,菲利普看得出来,眼下她兴致勃勃,听得津津有味。他不无苦涩地暗自寻思,她跟那个穿着奢华、心情愉快的同伴倒是天生的一对。米尔德丽德生来不够活跃,十分欣赏那些吵吵嚷嚷的人。菲利普虽然很喜爱跟别人探讨问题,但并不擅长聊天。他的一些朋友,例如劳森,不费什么劲儿就能说笑逗乐,这种本领总叫他钦佩不已。他往往感到自卑,因而显得腼腆和狼狈。凡是叫他感兴趣的事,米尔德丽德却觉得厌烦无聊。她期望听到男人谈论足球和赛马,而菲利普对这两者一窍不通。他不知道那些说了就能叫她发笑的时髦话。

菲利普素来迷信印刷品,如今为了给自己的言谈增添一点情趣,便勤奋用功地看起《体育时报》来了。

62

菲利普不愿意沉溺在耗费心神的情欲中。他知道,人生的一切不会永久不变,总有一天,自己的情欲也会终止。他极为热切地盼望这一天的到来。爱情好似依附在他心灵上的一条寄生虫,靠吮吸他的心血来维持那可恶的生活;爱情吸引了他的全副心神,使他对生活中的其他事情都感受不到乐趣。过去,他喜爱去景色优美的圣詹姆士公园,经常坐在那儿观赏在蓝天衬托下的树木的枝条,样子宛如一幅日本版画。他也常去秀丽的泰晤士河河畔,觉得那布满驳船和码头的河上风光具有一股无穷的魅力。伦敦的变幻无常的天空使他的心灵充满了各种令人愉快的幻想。可是如今，美景在他看来毫无意义。只要不跟米尔德丽德待在一起，他就感到烦闷无聊，坐立不安。有时候他去观赏画展，想以此排遣心中的忧伤，结果却像观光的游客那样，匆匆走过国家美术馆的画廊，没有一幅画能在他的心里唤起激情。他暗自纳闷，不知自己是否还会喜爱以前所迷恋的那些事物。过去他埋头专心阅读，现在书本却变得毫无意义。他一有空闲时间，就到医院俱乐部的吸烟室去，把无数的期刊逐一翻阅。这样的爱情真是一种折磨，他苦涩地怨恨自己竟然身陷其中而无法自拔。他成了一个囚犯，但他心中渴望自由。

有时他早晨醒来，什么感觉也没有。他的心灵产生一阵兴奋，因为他认为自己终于得到了自由：他不再爱她了。可是过了一会儿，等到他完全清醒了，心里又感到了痛苦，他明白自己的心病依然没有痊愈。尽管他疯狂地思慕米尔德丽德，但心里对她又相当鄙视。他暗自寻思：恐怕世上再没有比这种又是爱慕又是蔑视的矛盾感情更折磨人的了。

菲利普一向习惯于探究内心的感情，不断地解剖自己，最终得出结论：只有使米尔德丽德成为自己的情妇，才能根除这种可耻的情欲的折磨。他的痛苦就在于性欲得不到满足；如果这一点得到了满足，也许他就能从那条束缚着他身心的、难以忍受的锁链中挣脱出来。他知道米尔德丽德在这方面对他一点不感兴趣。每逢他热烈地亲吻她的时候，她出于本能的厌恶，总是设法闪避。她竟然没有半点春心。有时候，他谈到在巴黎的风流艳遇，想借此引起她的妒意，但是她对这些事没有丝毫兴趣。有一两次，他坐到店堂里的其他餐桌上，假装跟别的女招待调情，可是她完全不在乎。菲利普看得出来，她倒不是有意装出来的。

"今天下午,我没坐到你照管的座位上去,你不介意吧?"有一次,他陪她去火车站的时候这么问,"你管的那几张桌子似乎都坐满了。"

这话并不符合事实,但她也没有反驳。其实,就算她不把菲利普所表示的冷落放在心上,要是她装出几分在意的样子,菲利普也会表示感激的。如果再说一句责备的话,那对菲利普的心灵会是莫大的安慰。

"我觉得你天天都坐在同一张餐桌旁,是很傻的。你应该也不时地光顾一下其他姑娘的座儿。"

可是,菲利普越想越相信让她完全委身相就,才是自己获得自由的唯一途径。他就像古代中了妖术而变成怪兽的骑士,四处寻找那种可以恢复自己美好身形的药剂。菲利普只有一线希望。米尔德丽德很想去巴黎看看。在她眼中,就像在大多数英国人的眼中一样,巴黎就是欢乐和时尚的中心。她听人说起过罗浮商场,在那儿可以买到最新款式的商品,价钱大约只有伦敦的一半。她的一个女友曾去巴黎度蜜月,在罗浮宫里消磨了一整天。在巴黎停留期间,她跟她的丈夫,我的天哪,天天总要玩到第二天早晨六点方才上床睡觉。"红磨坊"啦什么的,我也说不清。菲利普觉得,就算她委身相就只是为了满足前往巴黎的愿望所勉强付出的代价,自己也不在乎。只要能满足自己的情欲,什么条件他都不理会。他甚至产生了耸人听闻的疯狂的念头——想给她下麻醉药。吃饭时,他不断地劝她喝酒,希望使她兴奋,但她并不喜欢喝酒。每次用餐,她总爱让菲利普点香槟酒,因为这种酒放在餐桌上显得气派,但是她喝下肚的从来不超过半杯。她喜欢把斟得满满的一大杯酒原封不动地留在餐桌上。

"让跑堂的瞧瞧咱们是什么样的人物。"她说。

有一天她的神态似乎比平时要和蔼一些,菲利普看准这个机会就把这事提了出来。三月底他参加解剖学考试。再过一个星期就是复活节,到时候米尔德丽德有整整三天的假期。

"听我说,那会儿你干吗不去一趟巴黎?"他提议说,"咱们可以十分畅快地玩玩。"

"那怎么行呢?得花好多钱呢。"

菲利普已经考虑过了,去一趟巴黎至少得花二十五英镑。这对他确实是一大笔钱。但他愿意在她身上花掉自己的最后一个子儿。

"那有什么关系?你就答应了吧,亲爱的。"

"我倒想知道,世上还有什么比这更荒唐的事儿。我怎么能没结婚就跟一个男人出门乱跑!亏你提出这样一个建议。"

"那有什么要紧?"

他详细说明和平大街多么繁华,女神游乐厅又是多么富丽堂皇。他描述了罗浮宫和廉价商场的景象。最后又谈到了虚无酒家、修道院以及外国游客常去光顾的场所。他把自己所鄙视的巴黎那一面抹上了一层鲜艳夺目的油彩。他竭力劝米尔德丽德跟他一同前往巴黎。

"嗯,你老是说你爱我,要是你当真爱我,就该要我嫁给你。可你从来也没向我求婚。"

"你知道我没有条件结婚。说到底,我还在念医学院一年级。今后六年里面我赚不到一个子儿。"

"哦,我并没有责怪你的意思。即便你跪在我面前向我求婚,我也不会嫁给你的。"

他曾不止一次想过结婚的事,但他不敢贸然跨出这一步。在巴黎的时候,他就形成了这样一种看法:婚姻乃是市侩之徒的荒谬习俗。他也知道,跟她缔结姻缘就会断送他的前程。菲利普具有来自中产阶级的人的本能,觉得娶一个女招待为妻,真是颜面扫地的事。家里有了粗俗的妻子,体面的人士就不愿上门求诊。再说,他手里的钱只够维持到他最终取得医生的资格。要是成了家,就算商定不生小孩,他也无法养活妻子。想到克朗肖怎样跟一个庸俗、邋遢的婆娘牵扯在一起,菲利普就惶恐不安得直打哆嗦。他可以预见到,附庸风雅、智力平庸的米尔德丽德将来会是怎么个情形。他无法跟这样一个女人结婚。可是他只是凭借理智做出这样的决定;另一方面,他感到无论如何也得把她占为己有。如果不跟她结婚就不能把她弄到手里,那他就娶她做老婆好了,将来的事等到将来再说。就算最终可能会搞得身败名裂,他也根本不在乎。他脑子里一产生某个念头,就无法摆脱,一个劲儿地老围绕着这个念头琢磨。他还有一种不寻常的本领:凡是自己想做的事,他总能设法让自己相信都合乎情理。如今,他也不知不觉地把自己想到的所有那些反对这门婚事的正当理由都一一推翻了。他只觉得自己一天比一天对米尔德丽德更加钟情;而那股无法得到满足的爱最终竟化为怒气和怨恨。

"说真的,要是哪天我娶了她做老婆,一定要让她为我所忍受的所有这些痛苦付出代价。"他暗自说道。

最后,他再也经受不住这种痛苦的折磨。一天晚上,在索霍区那家小餐馆吃过晚饭之后(如今他们经常去那个地方),菲利普对她说:

"哎,那天你说,即便我向你求婚,你也不会嫁给我的,这话可是真的?"

"嗯,怎么不是真的?"

"我没有你就活不成。我要你永远陪在我的身边。我设法摆脱,可就是摆脱不掉。永远也做不到。我要你嫁给我。"

她曾读过许多言情小说,自然不会不知道该如何应付这样的求婚。

"我确实非常感激你,菲利普。承蒙你向我求婚,我感到十分荣幸。"

"哦,别说这些废话。你愿意嫁给我的,是吗?"

"你觉得咱们会幸福吗?"

"不会。但那又有什么关系?"

这些话几乎是菲利普违背自己的意愿,硬从牙缝里挤出来的。她听了大吃一惊。

"哟,你这个人真怪。那你干吗还要跟我结婚呢?那天你还说你没有条件结婚。"

"我大概还剩下一千四百英镑。两个人一起生活几乎跟一个人过日子一样省钱。这笔款子可以维持到我取得行医资格、完成医院里的实习期,随后我就能当上助理医生。"

"那就是说,在这六年里你挣不到一个子儿。在你当上助理医生前,咱们就得靠四英镑左右的钱过一个星期,是吗?"

"只有三英镑多一点儿。我还得付学费呢。"

"你当上了助理医生,能有多少收入?"

"每周三个英镑。"

"你的意思是说,经过成年累月的用功读书,自己还花费了许多钱,结果却每周只挣三个英镑?我看不出自己将来的境况会比现在好多少。"

菲利普沉默了一会儿。

"这就是说你不愿意嫁给我啰?"他嗓音嘶哑地问,"难道我的一片深情对你毫无意义吗?"

"在这些事情上,谁也免不了要为自己考虑,对吧?结婚我倒并不在乎,但如果结婚以后的境况并不比现在好,那我就不想结婚。我看不出这样的婚事有什么意义。"

"要是你喜欢我,就不会有这样的想法。"

"大概是这样。"

菲利普默不作声。他喝了一杯酒,想清清哽塞的嗓子眼儿。

"瞧那个刚走出去的姑娘,"米尔德丽德说,"她穿的那件毛皮大衣是在布里克斯顿的廉价商场里买的。上次我到那儿去的时候在橱窗里看到过。"

菲利普冷冷地笑了笑。

"你笑什么?"她问道,"真是这样的。当时我还对姨妈说,我才不愿意买那种陈列在橱窗里的货色呢,因为你是花几个钱买来的,谁都清楚。"

"我真不明白你的意思。先是伤透了我的心,接着又说些与咱们谈论的话题毫不相干的废话。"

"你净对我使性子,"她相当委屈地回答说,"我没法不去注意那件毛皮大衣,因为我对姨妈说过……"

"你对你姨妈说些什么关我屁事。"他不耐烦地打断她的话。

"我希望你跟我说话的时候嘴里放干净些,菲利普,你知道我不爱听粗话。”

菲利普脸上露出一点笑容,但眼睛里却闪着怒火。他沉默了一会儿,闷闷不乐地瞅着她。对眼前的这个女人,他既痛恨,又鄙视,又爱慕。

“要是我还有一点头脑的话,就绝不会再想见你。”他终于开口说,“但愿你能知道,就因为爱你,我打心底里鄙视自己!”

“你这样对我说话,不大得体吧。”她绷着脸说。

“是不得体。”他笑着说,“让我们到帕维廉剧场①去吧。”

“你这个人就是这么怪。偏生在人家意想不到的时候笑起来。既然我让你那么伤心,为什么你还要带我去帕维廉剧场呢?我准备回家去了。”

“只是因为跟你待在一起不像跟你分开那么伤心。”

“我倒想要知道你对我的真实的看法。”

他放声大笑。

“亲爱的,要是你知道了我对你的看法,就再也不会跟我说话啦。”

---

① 帕维廉剧场,伦敦当时最有名的歌舞杂要剧场,位于皮卡迪利广场北面。

外国文学名著丛书

〔英〕威廉·萨默塞特·毛姆/著

人性的枷锁 下

叶 尊/译

"外国文学名著丛书"编委会

人民文学出版社
PEOPLE'S LITERATURE PUBLISHING HOUSE

下　卷

63

　　菲利普没有通过三月底举行的解剖学考试。他曾跟邓斯福特在考试前一起温习功课。两个人面对菲利普置备的那具骨架,相互问答,直到把人体骨骼上的所有附着物以及各个骨节、骨沟的功用都背得烂熟于胸。可是进了考场以后,菲利普却突然惊慌起来,生怕答错了题,结果弄得无法做出正确的解答。他知道自己不会及格,所以第二天甚至懒得跑到考试大楼去看自己的学号是否登在榜上。由于这第二次的考试失利,他无疑被列入了他所在年级中无能而又懒散的学生的行列。

　　菲利普倒并不怎么在意。他有别的事情需要考虑。他对自己说,米尔德丽德想必也有跟别人一样的感官,问题只是如何唤醒她的这些感官而已。他有一套关于女人的理论,认为她们内心也贪欢好色,只要你百折不挠,哪个女人也顶不住。关键在于捺住性子,等待时机,不时向她们献点殷勤,以削弱她们的意志;趁她们身体疲惫的时候,温存体贴地让她们敞开心扉;每当她们在工作中遇到什么烦心的事,能为她们提供慰藉。菲利普和米尔德丽德谈起他在巴黎的那些朋友与他们所爱慕的美貌女子之间的关系。那种生活在他的描绘下相当迷人,不但显得轻松欢快,而且毫无粗俗之气。他把米米和鲁多夫以及米塞特①和其他人的冒险奇遇交织在自己对往事的回忆之中,让米尔德丽德听起来觉得那种生活尽管贫困,却洋溢着歌声和欢笑,富有诗情画意,就连那些无法遏制的爱情,也由于青春与美而具有浪漫的色彩。他从来不直言不讳地抨击她的偏见,而是旁敲侧击地加以驳斥,指出她的那些看法太褊狭了。他从来不为遭到她的疏忽怠慢而烦扰,也不为她的神情冷漠而恼怒。他觉得自己已经叫她厌烦了。他努力显得和蔼可亲,谈吐风趣;他不再发火动气,不再要求任何东西,也绝不埋怨、责骂。当她约好了跟他会面而又失约的时候,第二天他照样笑脸相迎;她向他表示歉意,他只说了一声"没关系"。他从来不让她察觉她给自己带来了多少痛苦。他知道他诉说的相思之苦曾使她十分厌烦,因此他小心在意,不流露出丝毫的情感,免得惹她讨厌。他表现得相当崇高。

米尔德丽德从不提到菲利普的这种变化——因为她没有刻意去留心这种事,然而,这仍然对她起了作用;她开始跟菲利普讲心里话了。她把自己所遭受的委屈向菲利普诉说;她总是抱怨店里的女经理、同事中的某个女招待,或是她的姨妈。现在她倒很爱说话,虽然谈的都是一些琐碎的小事,但菲利普总是不厌其烦地听着。

"你不想向我求爱的时候,我倒喜欢你。"有一次她对他这么说。

"这真叫我高兴。"菲利普笑着说。

她不知道这句话叫菲利普心里多么沮丧,也不知道菲利普需要费多大的劲儿才回答得如此轻松。

---

① 此三人均为米尔热的小说《波希米亚人的生活》中的人物,见第195页注①。

“哦,你不时地吻我一下,我倒也不在乎。那伤不着我什么,却又让你感到高兴。”

偶尔,她甚至主动要菲利普带她去外面用餐。听到她的这个提议,菲利普欣喜若狂。

“我可不愿对别人提出这种要求,”她为自己这么辩解,“可是,我知道可以跟你一起去吃饭。”

“这真叫我感到无比高兴。”菲利普笑嘻嘻地说。

靠近四月底的一天晚上,米尔德丽德要菲利普带她去吃点什么。

“行。”他说,“饭后,你想上哪儿去?”

“哦,哪儿也别去,咱们就坐着聊聊。你不会有意见吧,呃?”

“当然没有。”

菲利普认为米尔德丽德一定开始对他有了一点情意。三个月以前,要是想到整个晚上都坐着聊天,准会叫她厌烦得要死。那天天气晴朗,春意盎然,这更增添了菲利普的兴致。如今他很容易满足。

“嗨,等到夏天来了,那才带劲呢。”菲利普说,那会儿他们正坐在去索霍区的公共汽车的顶层上——米尔德丽德主动提出说,不该那么挥霍钱财,出门老是坐马车。“每逢星期天,咱们可以在泰晤士河上玩上一天。可以把午餐用食品篮带去。”

她微微一笑,菲利普在这样的鼓动下,一把握住她的手。她也没有把手抽回。

“我真的觉得你开始有点喜欢我了。”他笑着说。

“你真傻。你知道我喜欢你,否则,我就不跟你上这儿来了,对不对?"

如今,他们已成了索霍区那家小餐馆的老主顾了。他们一走进店堂,老板娘①就对着他们含笑致意。那个跑堂的也露出巴结逢迎的样子。

"今晚让我来点菜。"米尔德丽德说。

菲利普把菜单递给了她,觉得她今晚分外娇媚动人。她点了几个她最爱吃的菜。菜单上的品种不多,这家餐馆所有的菜肴他们都已吃过好多次了。菲利普喜气洋洋,他窥视着她的双眼,仔细端详着她那完美无瑕的苍白脸蛋。吃完晚餐,米尔德丽德破例抽了支烟,她是难得抽烟的。

"我觉得女人抽烟,看着很不顺眼。"她说。

她犹豫了一会儿,又接着说:

"我要你今晚带我出来,请我吃饭,你是否感到有些奇怪?"

"我十分高兴。"

"我有话要对你说,菲利普。"

他迅速瞥了她一眼,心头猛地一沉。不过如今他已经老练多了。

"噢,请说吧。"他面带微笑地说。

"你不会傻乎乎地想不通吧?实际情况是,我就要结婚了。"

"是吗?"菲利普说。

他一时想不出什么别的话好说。以前他也经常考虑到这种可能,并设想自己到时候会说些什么,做些什么。一想到自

---

① 原文是法语。

己会陷入怎样的绝望境地,他便心如刀割;他还想到自杀,想到自己到时候会陷入疯狂的怒火而无力自拔。然而,也许因为他对自己将要体验到的情感早已完全有所预料,所以此刻他只感到精疲力竭。他觉得自己就像一个病情危重的病人,已经气息奄奄,对什么问题都不感兴趣,只求不受别人的打扰。

"你知道,我年纪越来越大了,"她说,"今年已经二十四岁,也该成家了。"

菲利普默不作声。他望着坐在柜台后面的那个老板娘,随后目光又落在一位女客人帽子上面插着的红羽毛上。米尔德丽德有些气恼。

"你应该向我道喜呀。"

"应该向你道喜,可不是吗?我简直无法相信这是真的。我经常梦到这件事。你要我带你出来吃饭,我竟然心中乐开了花,想来真是好笑。你要跟谁结婚啊?"

"米勒。"她回答说,脸上微微现出红晕。

"米勒!"菲利普惊讶得叫了起来,"可是你已经好几个月都没见到他了。"

"上个星期,有一天他到店里来吃午饭,就在那会儿向我求婚。他赚好多钱。如今每星期挣七个英镑,以后的前景也不错。"

菲利普又不做声了。他记起来米尔德丽德一向喜欢米勒。米勒能引得她发笑;在他的外国血统中有一股奇异的魅力,米尔德丽德不知不觉地被这种魅力迷住了。

"我看这也是难免的,"他最后这么说,"你必然会接受那个出价最高的人。你们打算什么时候结婚?"

"就在下星期六。我已经发出通知了。"

菲利普突然感到万箭攒心。

"这么快?"

"我们打算去户籍登记处办个手续。埃米尔喜欢这样。"

菲利普感到疲惫不堪,只想早点脱身,立刻上床睡觉。他招呼跑堂儿的前来结账。

"我叫一辆马车送你去维多利亚车站。大概你不用等多久就能搭上火车。"

"你不陪我去了?"

"要是你不介意的话,我想就不去了。"

"随你的便,"她神态傲慢地回答说,"我想明天用茶点的时候还会见到你的吧?"

"不,我想咱们最好就此一刀两断。我看不出继续搞得自己伤心不快的理由。车费我已经付了。"

他朝米尔德丽德点了点头,勉强挤出一丝笑容,随后跳上公共汽车回家去了。上床之前,他抽了一斗烟,但连眼睛都几乎无法睁开。他并不感到有什么痛苦,头一搁到枕头上,便马上酣然沉睡。

64

可是大约在凌晨三点的时候,菲利普就醒了,再也无法安睡。他想起了米尔德丽德。他竭力不去想她,但实在不能自已。他翻来覆去地老想着这件事,直弄得自己头昏脑涨。米尔德丽德要出嫁,这是不可避免的,因为对一位不得不独立谋生的姑娘来说,生活是艰难的;如果她发现有人能够给她提供一个舒适的家,便接受了,那也不该遭到非难。菲利普承认,在米尔德丽德看来,让她跟自己结婚才是个愚蠢的行动,因为只有爱情才能使人受得了这种贫苦的日子,而米尔德丽德并不爱他。这并不是米尔德丽德的过错,而是他不得不接受的又一个事实。他试图劝说自己。他告诉自己,他那遭到打击的尊严深深地埋在心底,他的恋情起源于受到伤害的虚荣心。实质上,正是由于这一点,才使他如今变得那么苦闷烦恼。菲利普像鄙视米尔德丽德那样鄙视自己。接着他为未来做出种种打算,翻来覆去地考虑着同样的计划;同时,头脑里又不时回想起自己在她那柔嫩、苍白的脸蛋上亲吻的情景,耳边又响起她那拖长语调的说话声。他有许多事情要做,一方面因为夏天他要修化学课程,另一方面由于两门考试没有及格,需要补考。他早就跟医院里的朋友们不来往了,而如今他却希望有人做伴。正好有一桩开心的事儿,半个月前,海沃德来信说他要路过伦敦,邀请菲利普一同用餐,但那会儿菲利普不愿受到打扰,婉言谢绝了。海沃德就要回来,度过伦敦的社交旺季,于是,菲利普决定给他写封信。

八点钟敲响的时候,他感到十分欣慰,因为他可以起床了。他脸色苍白,神情疲倦。可是在洗了个澡,穿上衣服,用过早餐以后,他感到自己又重新回到了世间,痛苦也变得比较容易忍受了。那天上午,他不想去上课,却来到陆海军商场为米尔德丽德买一件结婚礼物。菲利普犹豫了好一会儿,最终决定买个化妆手提包。这个手提包的价格是二十英镑,大大超出了他的支付能力,但样子显得艳丽俗气。他知道米尔德丽德一定会十分准确地看出这个手提包的价钱。这件礼物既能使她感到快乐,又能表示自己对她的轻蔑。他为自己选中了这样一件礼物而获得一种忧伤的满足。

菲利普心神不安地期待着米尔德丽德结婚的日子,他期待着一种难以忍受的痛苦。但叫菲利普心里宽慰的是,星期六早晨他接到海沃德的一封信,说他就在当天一早抵达伦敦,并请菲利普帮他找个住处。菲利普急于想分散一下心思,便去查阅时刻表,找出海沃德唯一可能搭乘的那班列车。他赶到车站去接海沃德。朋友重逢,相当兴奋。他们把行李寄存在车站,随后便心情欢快地走了。海沃德仍按照他惯常的做法,提议他们首先该到国家美术馆去参观一个小时。他已经好些时候没有观赏画作了,表示需要去瞧一眼,好让自己跟伦敦的生活旋律合拍。几个月来,菲利普找不到一个人能跟自己谈论艺术和书籍。自从旅居巴黎的那个时期以来,海沃德始终在埋头研究法国现代诗人。而在法国,这类诗人多如牛毛。如今他就要把好几个新出现的天才诗人的情况讲给菲利普听。他们漫步穿过美术馆,彼此向对方指点着自己心爱的图画,情绪激动地交谈着,从一个话题转到另一个话题。那时候,阳光灿烂,天气暖和。

"咱们到公园去坐一会儿,"海沃德说,"吃过午饭再去找住处吧。"

公园里春光明媚。这样的日子叫人感到只要活着就是幸福的。在天空的映衬下,青翠嫩绿的树木分外好看。淡蓝色的天空中点缀着朵朵白云。在那用作装饰的水池尽头,是一群身穿灰色制服的皇家禁卫骑兵队。这种井然有序的优美景色具有十八世纪画作的风韵。眼前的景色,使人想到的是让-巴普蒂斯特·佩特①的那种比较平淡质朴的画作,而不是华托的作品。华托的风景画充满田园诗意,令人回想起只有在梦境中才能见到的林区幽谷的景色。菲利普心里感到无比轻松。他从自己以前读过的书本中明白,艺术(因为艺术的存在正如他眼中自然界的存在一样)还可以把人的心灵从痛苦中解救出来。

他们俩去一家意大利餐馆吃午饭,还要了一瓶基安蒂葡萄酒。两个人慢慢地边吃边聊,彼此回想起他们在海德堡的熟人,说到菲利普在巴黎的朋友,谈论书籍、绘画、道德和人生。突然,菲利普听到时钟接连敲了三下,他记得米尔德丽德就在这个时候结婚,心里感到一阵刺痛。有那么一两分钟,他根本听不见海沃德在说些什么。可是,他仍然把自己的杯子里斟满酒。他不习惯喝酒,酒力一下子直冲脑门。不管怎么说,如今他用不着烦心了。好多个月,他那敏捷的头脑都闲着不用,这会儿完全陶醉在谈话中。他为有个跟自己情趣相投的人在一起交谈而感到欣慰。

"我说呀,咱们不要把这样美好的时光浪费在寻找住处上。今晚我来安顿你。你可以在明天或者下星期一再去找个住处。"

"好吧。那眼下咱们干什么呢?"海沃德回答说。

"咱们花上一个便士,乘汽船到格林尼治②去。"

这个主意正合海沃德的心意。于是他们俩跳上一辆出租马车,前往威斯敏斯特大桥,接着又乘上一艘刚要离岸的汽

---

① 让-巴普蒂斯特·佩特(1695—1736),法国画家。

② 格林尼治,英国英格兰东南部城市,位于伦敦东南、泰晤士河畔,是本初子午线所经过的地方。

船。这时候,菲利普的嘴角露出一丝笑意,说道:

"我记得当初刚到巴黎时,克拉顿,大概就是他,发表了一通长篇宏论,表示是画家和诗人把美赋予事物,他们创造了美。在他们看来,乔托①的钟楼和一家工厂的烟囱并没什么两样。另外,美丽的事物随着它们勾起一代又一代人的情感而变得越发绚烂多彩。古老的事物要比现代的事物更加美丽,原因也就在于此。《希腊古瓮颂》②现在就比刚问世的时候更加美妙动人,因为上百年来,情侣们不断地加以吟诵,而那些内心失意忧伤的人也从诗句中获得安慰。"

菲利普让海沃德去推断,面对眼前掠过的景色,听了他的话会领悟到什么。他发现海沃德对自己的暗示毫无觉察,不觉暗自欣喜。长期以来他所过的那种生活,突然在他心头引起了强烈反应,才使得他如今感慨万分。伦敦的天空闪烁着淡淡的彩虹色的光辉,给建筑物的灰石蒙上了一层轻淡柔和的色彩;那一个个码头、一座座仓库却具有日本版画的那种高雅朴素的气息。他们继续朝前行驶。那气象堂皇的水道是大英帝国的标志,变得越来越宽。河面上帆樯林立,穿梭不息。菲利普想起那些画家和诗人把所有这一切描绘得如此壮丽,心里充满了感激之情。他们来到伦敦桥下的泰晤士河河面上。谁又能描绘出它那庄严的景象呢?他思绪万千,极为兴奋。天晓得是什么使得人们把这

---

① 乔托(1267—1337),意大利文艺复兴初期画家、雕塑家和建筑师。
② 《希腊古瓮颂》,英国诗人济慈(1795—1821)的名作,从一个古瓮上彩绘的画面着手,探索艺术的不朽。

宽阔的河面变得如此平静,使得鲍斯韦尔①老是跟随在约翰逊博士②的身旁,使得老佩皮斯③登上一艘军舰。原来是场面壮观的英国历史,是离奇的遭遇和惊心动魄的冒险!菲利普转向海沃德,两只眼睛亮闪闪的。

"亲爱的查尔斯·狄更斯。"他喃喃地说,对自己这样情绪激动觉得有点好笑。

"你放弃学画,就不感到后悔吗?"海沃德问道。

"不后悔。"

"看来你喜欢行医?"

"不,我并不喜欢当医生,但也没有什么别的事情可干。头两年的功课繁重枯燥得真叫人受不了,可惜的是,我又没有科学家的气质。"

"哎,你可不能再改换职业了。"

"噢,不会的。我打算坚持学医。我想一旦到了病房,就会更加喜欢这一行当的。我觉得在世上一切事物中,我对人最感兴趣。依我看,当医生是唯一可以享有充分自由的职业。你把知识装在脑子里,带着医疗器械箱,外加几种药,就可以四处谋生了。"

"这么说,你不打算开业行医吗?"

"至少在很长一段时间里不打算做开业医师。"菲利普回答说,"我一取得医院的职位,就搭上海轮。我想到东方

---

① 鲍斯韦尔(1740—1795),苏格兰作家,曾著《塞缪尔·约翰逊传》。
② 约翰逊博士,即塞缪尔·约翰逊(1709—1784),英国作家、评论家和著名的词典编纂者。
③ 佩皮斯(1633—1703),英国作家,曾为海军大臣,以所写日记闻名于世。

去——到马来群岛、暹罗①、中国等地方去——然后,我会找些临时的活儿干干。事情总是有的,比如说,印度闹霍乱病啦,诸如此类。我还想去周游各地,见见世面。一个家境贫寒的人要做到这一点,唯一的办法就是行医。"

接着他们来到了格林尼治。伊尼戈·琼斯②设计的宏伟的大厦气象庄严地正视着河面。

"嘿,快瞧,那准是可怜的杰克③跳到泥浆里去捞钱的地方。"菲利普说。

他们俩在公园里信步闲逛。衣衫破烂的孩子们在那儿嬉戏玩耍,他们大喊大叫,闹哄哄的。年迈的水手们东一处西一处地坐着晒太阳。到处弥漫着百年前的古老气息。

"你在巴黎白白浪费了两年时光,似乎有些可惜。"海沃德说。

"白白浪费?瞧那个孩子的动作,瞧那阳光穿过树木照在地上的图案,再瞧瞧上面的天空——嗨,要是我没去过巴黎,我就不会见到这样的天空。"

海沃德发觉菲利普嗓音哽咽,不禁惊讶地望着他。

"你怎么啦?"

"没什么。对不起,我太情绪激动了。不过,这半年来,我始终渴望着观赏一下大自然的美。"

"你过去那么讲究实际。听你说出这种话,倒怪有趣的。"

---

① 暹罗是泰国的旧称。
② 伊尼戈·琼斯(1573—1652),英国建筑师、舞台设计师。
③ 英国小说家弗雷德里克·马里亚特(1792—1848)的小说《可怜的杰克》(1840)中码头周边的街头流浪儿们对其首领的称呼。

"去你的,我可不想变得有趣。"菲利普笑着说,"咱们去喝杯浓茶吧。"

65

海沃德的来访对菲利普大有好处,日益冲淡了他对米尔德丽德的思念。菲利普回顾过去,感到十分厌恶。他不明白自己以前怎么会陷入那种不体面的爱情中的。每当想起米尔德丽德,他便又气又恨,因为米尔德丽德使他蒙受了这么大的羞辱。这会儿,呈现在他想象中的是被他夸大了的米尔德丽德在容貌和举止方面的瑕疵。因此,一想到自己竟跟米尔德丽德这样的女人有过一段纠葛,他就不寒而栗。

"这一切都表明我是多么意志薄弱啊。"菲利普暗自说道。那段经历就像一个人在社交场合犯下的重大过错,糟糕得不管做什么都无法得到宽恕,唯一的补救办法,就是把它忘却。他对自己先前的堕落深为憎恶。这倒帮了他的忙。他好像一条蜕了皮的蛇,万分厌恶地望着自己过去的躯壳。他为自己恢复了自制力而兴高采烈。他意识到,在他沉溺于人们称作爱情的癫狂之中的时候,他失去了世上多少别的乐趣啊。那种滋味他已经尝够了。如果爱情就是这种情形,他可再也不想陷入情网了。菲利普把自己的一些经历告诉了海沃德。

"索福克勒斯①不是祈求有朝一日能摆脱吞噬他那深切爱情的情欲这头野兽吗?"他问道。

菲利普似乎真的获得了新生。他呼吸着周围的空气,仿

①　索福克勒斯(公元前496—前406),古希腊悲剧作家。

佛从来没有呼吸过似的。他像孩子一般开心地察看着世间万物。他把那段癫狂时期说成是服了半年的苦役。

海沃德在伦敦没有住上多少天，菲利普就接到一张从黑马厩镇转寄来的请柬，邀请他去参观在一家美术馆举办的预展。他带了海沃德一同前往。在浏览画展目录册时，他们发现劳森也有一张画参加这次预展。

"我想请柬就是他寄的，"菲利普说，"咱们找他去，他肯定站在自己那幅画的前面。"

那张露丝·查利斯的侧面画像被摆在一个角落里，劳森就站在这张画的附近。他头戴一顶线条柔和的大帽子，身穿宽大的浅色服装，待在前来参观预展的时髦的人群当中，样子显得有点迷惘。他热情地跟菲利普打招呼，接着同往常一样，又口齿流利地告诉菲利普他已经搬来伦敦居住了，露丝·查利斯是个风骚女子，他租到了一间画室，巴黎已经不时髦了，有人委托他画一幅肖像，他们最好一块儿用餐，好好地叙谈一番。菲利普提醒劳森，他跟海沃德也早就相识，并且饶有兴趣地看到劳森对海沃德那风雅的服饰和堂皇的气派露出一点儿肃然起敬的样子。他们俩一起数落劳森，比在劳森和菲利普合用的那个寒碜的小画室里还要厉害。

吃饭的时候，劳森继续讲他的新闻。弗拉纳根已经返回美国。克拉顿不见了。克拉顿得出一个结论，认为一个人只要同艺术和艺术家接触，就不可能有所作为，唯一的办法就是马上离开。为了使这一步更加顺利，克拉顿跟他在巴黎的每一个朋友都吵翻了。他善于对他们诉说令人难堪的真实情况，迫使他们相当坚忍地听他宣布说，他在巴黎已经待够了，打算去赫罗纳定居。这座位于西班牙北部的小城镇在他坐火车去巴塞罗那的途中出现在他眼前时,就把他迷住了。现在他独自一个人住在那儿。

"我不知道他是否会有什么成果。"菲利普说。

克拉顿喜欢做出人为的努力,来表达人们头脑里模糊不清的问题,因此,病态、易怒与他这个人就完全相称。菲利普隐隐地觉得自己也是这样,但是,对他来说,是他在整个生活范围中的操行使他困惑不解。那就是他的自我表现的方式,至于该怎么办,他也不大清楚。可是,他没有时间按这样的思路继续往下想,因为劳森坦率地诉说了自己跟露丝·查利斯的风流韵事。她离开了他,转而跟一个刚从英国来的年轻学生打得火热,弄得伤风败俗。劳森真的认为应当有人出来干预一下,拯救那个年轻人,不然,她会毁了那个年轻人的。菲利普暗自猜想,劳森最怨愤不满的还是他正把那幅人像画到一半的时候,他们俩就决裂了。

"女人们对艺术没有真正的感受力,"他说,"她们只是假装具有这种感受力而已。"不过,最终他相当冷静地说,"话得说回来,我给她画了四幅肖像,至于正在画的这最后一幅是否会取得成功,我倒也拿不准。"

菲利普看到这位画家对他的风流恋情处理得如此轻松,感到十分羡慕。劳森非常愉快地度过了一年半,不费一个钱就得到一个漂亮的模特儿,最后心里又没感到多少痛苦就跟她分手了。

"那么,克朗肖的情况怎么样?"菲利普问道。

"噢,他算是完了,"劳森答道,露出年轻人那种皮笑肉不笑的样子,"他不出半年就要死了。去年冬天,他得了肺炎,在一家英国医院里住了七个星期。出院时,人家对他说,他康复的唯一机会就是戒酒。"

"可怜的家伙。"菲利普笑着说。他一向是饮食有度的。

"有一阵子,他滴酒不沾。他仍然经常到丁香园去,他可没法不去那个地方。不过,他经常只是喝杯热牛奶,配上橙花水①,他已经完全麻木了。"

"我想你没有对他隐瞒实情吧?"

"哦,他自己也知道。不久以前,他又喝起威士忌来了。他说他已经老得无法再重新开始了。他宁愿痛痛快快地过上半年就死去,也不愿再苟延残喘地活上五年。我想他近来手头一定极为拮据。你知道,他生病期间,什么收入都没有,而且跟他同居的那个荡妇使他吃尽了苦头。"

"我记得,头一次见到他的时候,我对他佩服得不得了,"菲利普说,"我觉得他真了不起。庸俗的中产阶级的德行竟然付出这样的代价,真令人厌恶。"

"当然啰,他是个不中用的家伙。他早晚会死在贫民窟里。"劳森说。

菲利普有些不高兴,因为劳森不愿看到这件事的可悲之处。当然,这件事是因果关系,而生活的全部悲剧就存在于这一因果相随的必然规律之中。

"哦,我忘了一件事,"劳森说,"你刚走不久,克朗肖派人给你送来一件礼物。当时我以为你还会回来,也就没有放在心上,而且我认为根本不值得把它转寄给你。不过,那件礼物会跟我的另外几件行李一起运到伦敦来,如果你想要的话,哪一天可以到我的画室来取。"

---

① 原文是法语。

"你还没有告诉我那是什么东西呢。"

"哦,那只是一小块破烂不堪的地毯。我想它值不了什么钱。有一天我问他,究竟为什么要送给你这种脏东西。他告诉我他在雷纳街的一家商店里看到这块地毯,便花了十五个法郎把它买了下来。看上去是一块波斯地毯。他说你曾问过他什么是人生的意义,而那块地毯就是答案。不过,那会儿他已经酩酊大醉了。"

菲利普笑了起来。

"哦,是的,我知道了。我会来取这块地毯。这是他的绝妙的主意。他说我必须自己去找出这个答案,否则就毫无意义。"

66

菲利普轻松、顺畅地埋头用功。他有许多事情要做,因为七月里他要参加第一轮联合考试的三个科目的考试,其中两项他上次没有考到及格。不过,他仍然觉得生活相当愉快。他结识了一个新朋友。劳森在寻找模特儿的时候,发现了一位在一家戏院充当候补演员的姑娘。为了劝说那位姑娘坐着让他画像,劳森在一个星期天安排了一次小型午餐会。那位姑娘带来一个女伴。菲利普也应邀前往,这样凑足了四个人。劳森要他专门陪伴那位姑娘的女伴。他发觉这件事并不难,因为这个女伴是个讨人喜欢的话匣子,说话相当风趣。她邀请菲利普到她的住处去看她。她在文森特广场有一套房间,总是下午五点在家吃茶点。菲利普真的去了,看见自己受到欢迎而感到高兴,以后又去拜访。内斯比特太太不过二十五岁,身材矮小,脸庞虽不怎么好看,却显得和蔼可亲。她长着两只十分明亮的眼睛,高高的颧骨和宽宽的嘴巴。她脸上各个部分的色调相差过于悬殊,叫人想起一位法国现代画家创作的一幅肖像画。她的皮肤雪白,脸蛋火红,眉毛浓密,头发漆黑,这样的效果颇为古怪,也有点儿不自然,但绝不使人感到讨厌。她跟丈夫分居,靠撰写稿酬微薄的言情小说来维持她和孩子的生活。有一两家出版商专门出版这种小说,所以她能写多少就可以写多少。这种小说的稿酬很低,写一篇三万字的小说只能得到十五个英镑,不过,她也满足了。

"这种小说,读者毕竟只要花两个便士,"她说,"而且他们喜欢一而再、再而三地阅读故事情节一样的作品,我只要换换名字就行了。每逢我感到厌倦时,一想到要付洗衣费和房租,还要给孩子添置衣服,我就又继续写下去了。"

除此之外,她还到几家需要临时演员的戏院去跑跑龙套,借此挣几个钱。一旦受到雇用,每个星期就可以赚十六个先令到一个畿尼。干了一天后,她累得筋疲力尽,晚上睡得活像一个死人。她的生活状况相当艰难,但能尽力而为;她那强烈的幽默感使得她能在烦闷苦恼的处境中仍然自得其乐。有时情况变得很不顺当,她发觉身上一个钱也没有了,于是就把那些不值钱的家当送进沃霍尔大桥路上的那片当铺。她每天只吃涂着黄油的面包,直到局面有所好转为止。她总是保持着那副乐呵呵的模样。

菲利普对她那种得过且过的生活很感兴趣。她对菲利普叙述自己那些离奇古怪的奋斗经历来逗他发笑。菲利普问她为什么不试着写一点比较像样的文学作品。可是,她知道自己没有这样的天赋,而她撰写的那些质量低劣的作品按千字计算的稿酬还算说得过去,同时那也是她所能写出的最好的东西。她并没有什么期望,只求眼下这种日子延续下去。她似乎没什么亲戚,她的几位朋友也跟她一样穷困。

"我不去考虑未来,"她说,"只要手头有钱付三个星期的房租,有一两个英镑购买食品,我就什么也不担忧了。要是老为今天发愁,又为明天操心,生活还有什么意思呢?就是情况糟到不能再糟的地步,我想总还是有路可走的。"

不久,菲利普就养成了每天都去跟她一起用茶点的习惯。他带上一块蛋糕、一磅黄油或是一些茶点去拜访她,这样就不会使她感到尴尬。他们俩开始用彼此的教名称呼对方。他对女性表现出的同情还不熟悉,但有人乐意倾听自己的所有烦恼,他心里很高兴。时间很快就过去了。他并不掩饰自己对她的钦佩之情。她是一位令人愉快的伴侣。他不禁把她跟米尔德丽德加以比较:一个是既固执又愚昧,凡是她不知道的东西一概不感兴趣;另一个是头脑灵活,具有敏锐的欣赏能力。想到自己原来可能终身跟米尔德丽德这样的女人牵扯在一起,他就心神沮丧。一天黄昏,菲利普把他跟米尔德丽德之间的爱情纠葛从头到尾地告诉了诺拉。这件事并不能让他感到傲然自负,但能得到诺拉的无比娇媚的同情,实在叫他心情愉快。

"大概你现在已经完全解脱了。"菲利普讲完后,她说了这么一句。

有时,她像阿伯丁的小狗似的,滑稽地把头侧向一边。她坐在一张直背靠椅上,做着针线活儿。她可没有时间闲着不干什么事。菲利普舒适地坐在她的脚边。

"这一切总算结束了,我真没法告诉你我心里感到多么欣慰。"他叹息道。

"可怜的人儿,在那段时间里,你一定怪难受的吧?"她低声说,同时把一只手搁在他的肩膀上,以示同情。

菲利普一把抓起那只搁在自己肩头的手就吻了起来。诺拉赶紧把手抽了回去。

"你干吗要这样?"她红着脸问。

"你不乐意了?"

她用那双亮闪闪的眼睛望了他一会儿,接着又露出了笑容。

"不是的。"她说。

菲利普跪立起来,面对着她。诺拉直直地盯着他的眼睛,那张宽宽的嘴微笑地颤动着。

"怎么啦?"诺拉说。

"嗯,你是个极好的人儿。你待我这么好,我十分感激。我太喜欢你了。"

"别这么傻里傻气的。"她说。

菲利普抓住她的胳膊肘,把她拉向自己。她没有抵抗,反而把身子微微前倾。他吻着她那红润的嘴唇。

"你干吗要这样?"她又问道。

"因为这样舒服。"

她默不作声,但眼睛里却露出温柔的神色。她用手轻轻地抚摩着他的头发。

"嗯,你这样做太蠢了。咱们是这么要好的朋友。就像朋友一样相处不是很好吗?"

"要是你真的想要投合我那善良的天性,"菲利普回答说,"那你最好别像现在这样抚摸我的脸颊。"

她咯咯地笑了,但并没有住手。

"我这样子很不应该,是吗?"她说。

菲利普感到既惊讶又有一点好笑,窥视着她的眼睛。在这当儿,他发觉她那双眼睛变得晶莹明亮,含情脉脉,而蕴藏在眼珠里的神情使得他神魂飞荡。他心里猛地一阵激动,泪水涌进了他的眼眶。

"诺拉,你不喜欢我,是吗?"他满腹狐疑地问道。

"你是个聪明的孩子,竟然问出这么愚蠢的问题。"

"哦,亲爱的,我从没想到你会喜欢我。"

他突然搂住她亲吻起来,而她呢,羞红了脸,又叫又笑,甘心顺从地让他拥抱。

不一会儿,菲利普松开了她,朝后蹲坐在自己的脚后跟上,好奇地端详着她。

"哎,我真是发了狂!"他说。

"为什么?"

"我觉得太意外了。"

"不感到愉快吗?"

"太高兴了,"他发自内心地喊道,"太自豪了,太幸福了,太感激了!"

他拿起她的两只手,不住地吻着。对菲利普来说,这是一种既牢固又持久的幸福的开端。他们俩成了情侣,但仍然是朋友。在诺拉的身上,有一种因把自己的爱倾注在菲利普身上而得到满足的母性的本能。她需要有个人被她爱抚、责骂,受到她体贴入微的照顾;她有一种喜爱家庭生活的气质,在照料菲利普的健康和衣着中得到乐趣。她对菲利普的残疾深表同情,而菲利普对这一点也特别敏感,因此,她本能地以充满温情的方式来表达她对他的怜爱。她年轻力壮,身体健康。在她看来,奉献自己的爱是十分自然的。她兴致很高,心情愉快。她喜欢菲利普,因为凡是生活中合她心意的趣事儿,他听了都跟她一起开怀欢笑;她之所以喜欢菲利普,最重要的还是因为他就是菲利普。

她把这一点告诉菲利普时,他欢快地说:

"胡说八道。你喜欢我,因为我是个沉默寡言的人,从不插嘴。"

菲利普一点也不爱诺拉,但却非常喜欢她,乐意跟她待在一起,开心地、充满兴趣地听她谈话。诺拉帮他重新建立起对自己的信心,宛如替他在心灵的创伤上涂抹可使伤口愈合的药膏。诺拉的关心令他万分高兴。他钦佩她的勇气,她的乐观态度,以及她对命运的大胆挑战。她也有一点自己的人生哲学,表现得真诚坦率,讲究实际。

"你知道,我不相信教堂、牧师之类的东西,"她说,"但是我信奉上帝。不过,只要你尽到自己的本分,有时还力所能及地帮助别人渡过难关,我就不信上帝还会对你的行为举止有什么意见。我认为,人总的来说还是端方正派的,而对那些不正派的人,我感到遗憾。"

"那以后怎么办呢?"菲利普问道。

"哦,我自己也拿不准,你是知道的,"她笑着说,"可是,我抱着乐观的态度。无论如何,我将不用付房租,也不用写小说了。"

她具有女性那种巧妙的奉承别人的才能。她认为菲利普自认为无法成为一个伟大的画家而离开巴黎,真是果敢的行为。当她热情地颂扬他的时候,他欣喜若狂。原先,他始终无法断定这一举动究竟是说明自己勇敢呢,还是说明自己的志向不够坚定。想到她认为那是英勇的表现,他感到不胜欣慰。她大胆地跟他谈起他的朋友们出于本能回避的那个问题。

"你真傻,竟对你那只畸形的脚如此敏感。"她说。看到菲利普的脸涨得深红,她接着说,"要知道,人们并不像你想得那么多。他们头一次见到你的时候注意到了,随后就忘了。"

菲利普不愿回答。

"你不生我的气吧?"

"不。"

她伸出胳膊搂住他的脖子。

"你知道,我是因为爱你才跟你这么说。我叫不想惹得你不高兴。"

"我想,你愿意对我说什么都可以。"菲利普笑吟吟地答道,"但愿我能做些什么,来表达我对你的感激。"

诺拉用别的办法牢牢地控制住菲利普,不让他举止粗鲁。每逢他发起脾气来,她就嘲笑他。她使菲利普变得更加温文有礼。

"你想要我做什么就可以叫我做什么。"有一次他对她这样说。

"你介意吗?"

"不,我想做你要我做的事。"

他有一种要实现自己幸福的感觉。在他看来,诺拉把一个妻子所能给予丈夫的一切都给了他,然而他仍然保持自己的自由。她是他交往过的一位最娇媚动人的朋友,从她那儿得到的同情,他还从来没有在哪个男子身上找到。

两性关系不过是他们友谊中的最牢固的纽带。有了它,他们之间的友谊就完美无缺,但它并不是必不可少的。由于他的欲望得到了满足,他变得更加心平气和,也更容易相处了。他感到完全能够控制自己了。有时他想起那年冬天,他始终为十分可怕的情欲所困扰,心里不禁充满了对米尔德丽德的厌恶和对自己的痛恨。

他的考试越来越临近了。诺拉对考试所表示出的关心一点也不亚于他。她那急切的样子深深打动了他的心,使他感到格外高兴。她叫他答应考试一结束就马上回来,并把结果告诉她。这一次,他顺利地通过了三个科目的考试,当他告诉她的时候,她突然哭了起来。

"哦,我太高兴了,我先前是多么焦急不安啊!"

"你这个小傻瓜。"菲利普笑着说,但他声音哽咽得说不下去了。

看到她这副表情,谁都禁不住感到欣喜万分。

"现在你打算做什么?"她问道。

"我可以问心无愧地过个假期。在十月份冬季学期开学之前,我没什么事可做。"

"大概你要回黑马厩镇你大伯那儿去吧?"

"你完全想错了。我打算待在伦敦,跟你在一起玩儿。"

"我倒希望你走。"

"为什么? 你讨厌我了吗?"

她笑了,把两只手放在他的肩膀上。

"你最近一直在刻苦用功,看上去完全累垮了,需要呼吸新鲜空气,好好休息一下。请走吧。"

他沉默了一会儿,用充满爱意的目光望着她。

"你知道,我相信除了你之外,谁也不会说这样的话。你总是为我着想。我不明白你究竟看中了我什么。"

"为了这一个月对你的照顾,你是否会给我一份充满好评的品德证明书呢?"她欢快地笑着说。

"我要说你待人宽厚,体贴入微,又不苛求于人,你从不发愁,也不令人讨厌,还很容易满足。"

"净说些荒唐话,"她说,"但是我要对你这么说:我一生中曾碰到为数很少的那么几个人,他们能从经验中学习东西,而你就是其中的一个。"

67

菲利普迫不及待地盼望回到伦敦。他在黑马厩镇的这两个月里,诺拉时常来信,信都写得很长,而且笔迹豪放醒目。在信中,她用欢快幽默的笔调描述日常琐事、女房东的家庭纠纷、妙趣横生的笑料、她在排练时遇到的具有喜剧色彩的烦心事——那会儿她正在伦敦某家戏院的一场重要的戏剧演出中扮演配角——以及她跟小说出版商们打交道时的种种奇遇。菲利普读了很多书,游泳,打网球,还去驾驶帆船。十月初,他又在伦敦安顿下来,用功读书,准备参加第二轮联合考试。他急于通过这次考试,因为考试及格就可以结束那枯燥乏味的课程,此后,他就可以在医院门诊部实习,跟各种各样的男女病人以及教科书打交道。菲利普每天都去看望诺拉。

劳森夏天一直待在普尔①,他画的几张港口和海滩的素

---

① 普尔,英国英格兰南部港口城市,位于伯恩茅斯以西。

描参加了画展。他受到两三个主顾的委托，要画几幅肖像画，并打算在光线昏暗得无法继续作画之前一直待在伦敦。那时候，海沃德也在伦敦，想要去国外过冬，但他下不了动身的决心，一个接一个星期过去了，他仍然留在伦敦。海沃德在最近两三年里身体发胖了——菲利普初次在海德堡见到他至今已有五个年头了——还过早地秃了顶。他对这一点十分敏感，故意把头发留得长长的，用来遮盖头顶上那块不雅观的地方。唯一叫他感到安慰的是，他的脑门如今显得十分气派。两只蓝眼睛已经暗淡失神，眼皮倦怠地低垂着；那张嘴失去了青春时的丰满形状，显得苍白乏力。海沃德仍然含糊地谈论着他将来打算做的事，但不再那么令人信服。他意识到朋友们不再相信他了。等到两三杯威士忌下了肚，他就往往变得哀怨忧伤。

"我是个失败的人，"他嘟囔道，"我经受不住人生争斗的残酷。我所能做的只是站在一旁，让那群凡夫俗子蜂拥而过，去追逐他们的利益。"

海沃德给人这样一种印象：失败是一件比成功更微妙、更高雅的事情。他暗示说他的冷漠是由于对一切平凡而又低俗的事物感到厌恶。他对柏拉图却极口称扬。

"我还以为你现在已不再研究柏拉图了。"菲利普不耐烦地说道。

"是吗？"海沃德扬起眉毛，问道。

他并不想继续谈论这个话题。近来他发现沉默对于保持尊严相当有效。

"我看不出老是一再读同样的东西有什么意义，"菲利普说，"那只是一种耗时费劲的疏懒而已。"

"但是，难道你认为自己的智力那么高超，只要读一遍就能理解一个思想最深邃的作家的作品吗？"

"我可不想理解他，我也不是个评论家。我并不是为了他，而是为了我自己才对他发生兴趣的。"

"那你干吗要读书呢？"

"一来是为了寻求乐趣。因为读书是一种习惯，不读书就像我不抽烟那样难受。二来是为了了解我自己。我读起书来，似乎只用眼睛在看。但是，有时我也碰上一段文字，或许只是一个词组，对我显得具有意义，于是它们就成了我的一部分。我已经从书本中得到了一切对我有用的东西，就是再读上十来遍，我也不能获得更多的东西了。你知道，在我看来，一个人就像一个包得紧紧的花蕾。他所读的书或做的事，在大多数情况下，对他一点也不起作用。然而，有些事对他具有特殊的意义，这些具有特殊意义的事使得花蕾绽开一片花瓣，花瓣一片接一片绽放，最后便成了一朵鲜花。"

菲利普对自己用的比喻并不满意，但他不知道应该怎样表达自己感觉到了但仍不大清楚的情感。

"你想干一番事业，还想出人头地，"海沃德耸了耸肩膀说，"这多么庸俗。"

现在，菲利普对海沃德已十分了解。他意志薄弱，又爱虚荣。他竟虚荣到那种程度：你得时刻留神不要伤害他的感情。他把疏懒和理想主义混为一谈，无法把两者区分清楚。有一天，海沃德在劳森的画室里遇到一位新闻记者。这位记者被他的高谈阔论迷住了。一个星期后，有家报纸的编辑来信建议他写些评论文章。在接信后的四十八个小时里，海沃德始终处于踌躇不决的痛苦之中。长期以来，他老是说要谋求这样的职业，因此不好意思断然拒绝，但一想到要去干事了，内心又极为恐慌。最后他还是谢绝了这一提议，这才感到松了口气。

"干这种事会妨碍我的工作。"他对菲利普说。

"什么工作？"菲利普毫不留情地问道。

"我的精神生活。"他回答说。

接着他又谈起那位日内瓦教授艾米尔①身上的美好方面。他的出众才智使他完全有可能取得成就，但他始终一事无成。直到这位教授去世时，人们在从他的文件堆里找到的那本记载详尽、内容精彩的日记中才立刻了解到他失败的原因和辩解的理由。海沃德脸上泛起了神秘莫测的笑意。

可是，海沃德仍然能兴高采烈地谈论书籍。他情趣高雅，见识不凡。他始终对理念充满兴趣，理念使他成了一个有趣的伙伴。实际上理念对他毫无意义，因为理念从来没有对他产生什么影响。但他却像对待拍卖大厅里的瓷器一样对待理念，怀着对瓷器的形状及其光滑表层的浓厚兴趣将它们摩挲把玩，心里掂量着它们的价格，随后把它们收进箱子，再也不去理会。

然而正是海沃德得到了重大的发现。有天晚上，在做了充分的准备之后，他把菲利普和劳森带到一家坐落在比克街上的酒店。这家酒店之所以引人注目，不仅因为店面堂皇及其历史——使人追怀十八世纪那些激起浪漫遐想的光辉事

---

① 艾米尔（1821—1881），瑞士日记作者和哲学教授，以一部自我分析的《私人日记》而闻名。

迹——而且还因为这儿备有整个伦敦最好的鼻烟,而这儿的潘趣酒①也特别出名。海沃德把他们领进一个又长又大的房间,里面光线昏暗,陈设豪华,墙上挂着不少巨幅的裸体女人像:都是海登②画派的巨幅寓意画。但是那儿的烟雾、煤气灯和伦敦特有的气氛,使得画面富有意趣,看上去仿佛是古代画家的真迹。那深色的镶板、厚实的失去光泽的金色檐口以及红木桌子,给房间一种奢华安逸的气派;沿墙排列的一张张皮椅,既柔软又舒适。大门对面的桌上摆着一只公羊头,里头盛着店里遐迩闻名的鼻烟。他们要了潘趣酒,在一起畅饮。这是一种掺有朗姆酒的热饮料。要写出这种饮料的妙处,手里的笔就不禁发颤。这段文字用语朴素,辞藻贫乏,根本不足以表情达意;而华丽的措辞,珠光闪烁的新奇的话语一向是用来表现活跃的想象力的。这种饮料使人心情激动,头脑清醒;它使心灵里充满安乐的感觉,往往令人变得妙语连珠,同时也能领略旁人风趣的言辞。它像音乐那样缥缈不定,又像数学那样精密准确。只有这种饮料中的一个特性还能跟其他东西相比,即它有一种好心肠的温暖。但是,它的滋味、气味以及给人的感觉却不是言语所能形容的。查尔斯·兰姆③用他那无穷的机智来写的话,完全可能描绘出他那个时代的生活画面;如果拜伦勋爵在《唐璜》④的一节诗里描述这一难以言传的情景,也许会写得宏伟壮丽;要是奥斯卡·王尔德把伊斯法罕⑤

① 潘趣酒,一种用酒、果汁、牛奶等调和的饮料。
② 海登(1786—1846),英国画家。
③ 查尔斯·兰姆(1775—1834),英国散文家、评论家。
④ 《唐璜》,英国诗人拜伦(1788—1824)写的一首著名的讽刺长诗。
⑤ 伊斯法罕,伊朗中西部城市,16 到 18 世纪波斯的首都。

的珠宝堆积在拜占庭①的织锦上,说不定能塑造出一个乱人心绪的美人。想到这儿,眼前不觉晃动着埃拉加巴卢斯②的宴会上的情景,令人头晕;耳畔回响起德彪西③的巧妙的和声,其中混杂着被遗忘的一代存放旧衣、皱领、长筒袜和紧身上衣的衣柜所发出的带有霉味却又芬芳的传奇气息,以及山谷中的百合花那淡淡的清香和切达奶酪④的香味。

海沃德在街上遇到了他在剑桥大学时的一位名叫麦卡利斯特的同学,这样才发现了这家出售这种名贵饮料的酒店。麦卡利斯特既是股票经纪人,又是个哲学家。他习惯于每个星期都到这家酒店去一次。不久,菲利普、劳森和海沃德也养成了每星期二晚上都在那儿会面的习惯。社会习俗的改变使得这家酒店不像以前那样客人众多。这对于喜爱交谈的人来说倒也相当有利。麦卡利斯特是个骨骼粗大的人,身体宽阔,相比之下,个头就显得太矮了,一张宽大的脸胖嘟嘟的,说话声音柔和。他是康德的弟子,总是从纯理性的观点来评判一切事物。他喜欢阐述自己的学说。菲利普兴致勃勃地听着,因为他早就认为,世上再也没有别的学说像形而上学那样能给他带来乐趣。不过,他对形而上学在解决人生事务方面的功效还不那么有把握。他在黑马厩镇深思默想而得出的那个小小的、简明的思想体系,在他迷恋米尔德丽德期间,并没有

①　拜占庭,古希腊城市,建于公元前 7 世纪,位于博斯普鲁斯南端,现为伊斯坦布尔所在地。
②　埃拉加巴卢斯(约 203—222),罗马皇帝(218—222),荒淫放荡,不问国事,引起社会不满,后被禁卫军所杀。
③　德彪西(1862—1918),法国作曲家。
④　切达奶酪,英国萨默塞特郡切达地方产的一种硬质全脂牛乳奶酪,色泽白或金黄,组织细腻,口味柔和。

什么明显的用处。他不能肯定理性在处理人生事务方面会有多大的帮助。在他看来，生活有其自身的规律。他先前曾受到一种狂热情感的支配，完全无力摆脱，好似整个身子被绳索紧紧捆在地上一般；他仍然十分清晰地记得那种情景。他从书中看到不少充满智慧的见解，但是只能根据自身的经验来加以判断（他不知道自己跟别人是否有所不同）。他采取行动，从不权衡行动的利弊，也不去估量其利害得失。但是他似乎被一股无法抗拒的力量驱使前行。他行动起来不是半心半意，而是全力以赴。那股支配着他的力量似乎与理性毫无关系：理性的全部作用不过是向他指出获得他一心想获得的东西的途径而已。

麦卡利斯特提醒菲利普别忘了"绝对命令"的论点。

"你应该这样行为，使得你的每个行为都有可能成为所有人行为的普遍准则。"

"在我看来，你的话完全是胡说八道。"菲利普说。

"你真是冒失放肆，竟然对伊曼纽尔·康德的理论发表这样的意见。"麦卡利斯特反驳道。

"为什么不可以呢？对某个人说的话表示尊崇，这是一种愚蠢可笑的品质。当今世上盲目崇拜的现象简直太多了。康德考虑问题，并不是因为这些问题是真实的，而是因为他是康德。"

"那么，你对'绝对命令'有什么反对的理由呢？"

（他们俩彼此谈论着，好像帝国的命运处于危急关头似的。）

"它表明一个人可以凭自己的意志力选择道路。它还告诉人们理性是最可靠的向导。为什么它的指令就一定比情欲的指令强呢？两者并不是一回事。这就是我的看法。"

"你好像心甘情愿地充当自己的情欲的奴隶。"

"如果是个奴隶的话，那是因为我无可奈何，但并不是心甘情愿的。"菲利普笑着说。

他一边说一边回想起驱使自己去追求米尔德丽德的那股狂热劲儿。他记得自己当初怎样焦躁不安，后来又怎样感到丧失颜面。

"谢天谢地，现在我总算完全解脱了！"他心里暗想。

然而，就在他这么说的时候，他仍然拿不准自己说的是否是真心话。当他遭受情欲的影响时，他感到自己浑身充满了非凡的活力，头脑异常活跃。他生气勃勃，体内感到一阵兴奋，心里荡漾着迫不及待的热情。这一切都使眼下的生活显得有点枯燥乏味。他生来遭受的一切不幸，都从那种意义上的激情澎湃、势不可当的生活中得到了补偿。

可是，菲利普这番不合时宜的议论却使他卷入了一场有关意志自由的讨论。麦卡利斯特凭借其内容充实的记忆力，提出了一个又一个论点。他想从逻辑论证中获得乐趣，把菲利普逼得自相矛盾。他把菲利普逼得无路可走，只能做出对自己有害的让步来摆脱困境。他运用逻辑使菲利普无法自圆其说，又引经据典，驳得菲利普体无完肤。

最后，菲利普开口说：

"嗯，关于别人的事，我没什么可说的。我只能说说我自己的看法。在我的头脑里，对意志的自由的幻想十分强烈，我根本无法摆脱。不过，我认为这不过是一种幻想而已。可是这种幻想恰好是我的行为的最强烈的动机之一。在采取行动之前，我总觉得自己可以做出选择，而我就是在这种思想的影响下做事的。但当事情做了以后,我才觉得那样做是永远无法避免的。"

"你从中得出什么结论呢?"海沃德问道。

"嗨,就是后悔徒劳无益。为无法挽回的事悲伤是没什么用的,因为世上一切力量都一心要把事情弄得难以收拾。"

<h1 style="text-align:center">68</h1>

一天早晨,菲利普起床后就觉得头晕,重新躺下时,突然发觉自己病了。他四肢疼痛,冷得瑟瑟发抖。女房东来给他送早饭的时候,他朝着敞开的房门对女房东说他身体不适,要她送一杯茶和一片烤面包来。过了没有几分钟,有人敲了一下门,格里菲思走了进来。他们俩在同一幢房子里住了已有一年多,但除了在过道里互相点头打招呼之外,并没有更多的交往。

"嗨,听说你身体不舒服,"格里菲思说,"我想我得来看看你究竟怎么啦?"

菲利普不知什么缘故地涨红了脸,对自己的病痛满不在乎,表示过一两个小时就会好的。

"嗯,你最好还是让我给你量量体温。"格里菲思说。

"那完全没有必要。"菲利普烦躁地回答说。

"还是量一下吧。"

菲利普把体温表放进嘴里。格里菲思坐在床边上,欢快地聊了一会儿,接着从菲利普的嘴里取出体温表来,看了一眼。

"嗨,你瞧,老兄,你得卧床休息,我去叫老迪肯来给你看一下。"

"胡说,"菲利普说,"压根儿没什么要紧,我希望你别为我操心。"

"这说不上操心。你在发烧,应该卧床休息。你躺着,好吗?"

他的神态有一种特殊的魅力,既严肃又和蔼,显得极为动人。

"你对病人的态度真是亲切极了。"菲利普低声说,微笑着合上了眼睛。

格里菲思替他抖松枕头,动作利索地铺平床单,并给他盖好被子。他走进菲利普的起居室寻找虹吸瓶,没有找到,便从自己房间里拿了一个来。他把百叶窗拉了下来。

"好了,你就睡吧,老迪肯一查完病房,我就把他领到这儿来。"

似乎过了好几个小时,才有人来看菲利普。他觉得脑袋好像要裂开来似的,极度的疼痛折磨着他的四肢,他担心自己马上要喊叫起来。后来有人敲了一下房门,格里菲思走了进来,显得那样健康、强壮和愉快。

"迪肯大夫来了。"他说。

这位医生朝前迈了几步,他是一个态度和蔼的长者。菲利普跟他只是面熟,并不相识。他问了几个问题,短暂地检查了一下,然后做出诊断。

"你看他得的是什么病?"他笑吟吟地问格里菲思。

"流行性感冒。"

"一点儿不错。"

迪肯大夫朝这间光线昏暗的公寓房间四下里扫了一眼。

"你不愿意住到医院里去吗？他们会把你安排在单人病房，能得到比在这儿更好的照顾。"

"我宁愿待在这儿。"菲利普说。

他不想受人打扰，而且对于新的环境，他总是充满疑虑。他讨厌护士们围着他关心照料，不喜欢医院里那种索然无味的清洁环境。

"先生，我可以来照料他。"格里菲思立刻说。

"哦，那太好了。"

他开了张药方，又嘱咐了几句，便走了。

"现在，你一切都得照我说的去做。"格里菲思说，"我一个人既是日班护士，又是夜班护士。"

"谢谢你的好意，不过我不会需要什么的。"菲利普说。

格里菲思把手放在菲利普的额头。那是一只令人感到凉快的、干爽的大手，菲利普给他这样一摸，觉得相当舒服。

"我这就把处方送到药房去，等他们把药配好了，我就回来。"

不一会儿，他把药取了回来，让菲利普服了一剂，随后就上楼去拿他的书。

"今儿下午我就在你的房间里看书，你不会在意吧？"下楼后，他对菲利普说，"我让房门开着，你需要什么，就叫我一声。"

这天晚些时候，菲利普并不怎么安稳地睡了一会儿，醒来时听到他的起居室里有说话的声音，原来是格里菲思的一个朋友前来看他。

"嘿，你今晚最好别来了。"他听到格里菲思说。

过了一两分钟，又有一个人走进了房间，对竟然在这儿找到格里菲思表示惊讶。菲利普听到格里菲思在解释。

"我正在照看一位租了这套房间的二年级学生,这个可怜的家伙因患流行性感冒病倒了。今晚不能玩惠斯特①了,老兄。"

不久,房间里就剩下格里菲思一个人了,菲利普便招呼他。

"嘿,你不见得取消今晚的聚会吧?"他问道。

"这并不是为了你,我得读我的外科教科书。"

"不要取消。我不会有什么事的。你不必为我操心。"

"没有关系。"

菲利普的病情加重了。夜幕降临时,他变得有点神志昏乱。次日,天还没有完全放亮,他就从心神不宁的睡眠中清醒过来。他发现格里菲思从扶手椅里站起来,跪下身子,用手指把煤一块接一块地扔到炉火上面。格里菲思穿着一套睡衣裤,外面罩了件晨衣。

"你在干什么?"菲利普问道。

"把你吵醒了吗?我在生火,想尽量不弄出什么响声。"

"你为什么不躺在床上?现在几点了?"

"五点左右。我想,今晚我最好还是通宵守着你。我把扶手椅搬了进来,因为要是铺上床垫的话,我怕自己睡得太熟,就听不见你要什么东西了。"

"我希望你别对我这样费心,"菲利普呻吟着说,"要是你也被传染了呢?"

---

① 惠斯特,四人玩的一种牌戏。17 世纪流行于英格兰民间,18 世纪中叶盛行于英国上层社会,后逐步演变为现代桥牌,但惠斯特至 20 世纪在英国和美国一些地方仍有流行。

"那就由你来照料我,老兄。"格里菲思笑着说。

早晨,格里菲思打开百叶窗。因为守护了一整夜,他看上去脸色苍白,疲惫不堪,但仍然情绪高昂。

"嗨,我来给你擦洗一下吧。"他兴冲冲地对菲利普说。

"我自己能洗。"菲利普害臊地说。

"胡说,要是你住在小病房里,护士也会来帮你洗的,而我可以做得跟护士一样好。"

菲利普身子太虚弱难受了,无法阻挡,只好听凭格里菲思给自己洗脸、洗手、洗脚,让他给自己擦胸、擦背。他动作温柔,令人愉快,同时嘴里还说出一连串亲切友好的话语。随后,正如他们在医院里做的那样,他换下了床单,抖松枕头,铺好被褥。

"我真希望阿瑟护士长看到我,她管保会大吃一惊。迪肯很早就会来看你的。"

"我真猜不出为什么你要对我这么好。"菲利普说。

"这给我一个很好的实习机会。照料病人真是太有趣了。"

格里菲思把早饭给菲利普端来,然后出外去穿好衣服,吃些东西。十点前几分钟,他手里拿着一串葡萄和几枝鲜花回来了。

"你真是太好了。"菲利普说。

菲利普在床上躺了五天。

诺拉和格里菲思两个人轮流照料他。尽管格里菲思跟菲利普岁数相同,但是他却用一种饶有风趣、充满母爱的态度对待菲利普。他是个体贴人的小伙子,性情温和,又善于鼓励别人,可是他最大的优点还在于他有一股活力,似乎能给每一个与其联系的人带来健康。很多人都受到他们的母亲或姐妹的爱抚,而菲利普却不习惯这一套,然而这个体格健壮的年轻人身上洋溢着的女性柔情,却使他深受感动。菲利普的病情逐渐好转。于是格里菲思懒散地坐在菲利普的房间里,讲些欢快的风流韵事来给他消闲解闷。格里菲思是个爱调情的家伙,可以同时跟三四个女人鬼混。他把自己为了摆脱困境而不得不采取的种种手段叙述得娓娓动听。他有这样一种本领,能给他遭遇的每件事都增添浪漫的魅力。他因负债而生计窘迫时,手头所有那些值几个钱的东西就都送进了当铺,但他总是尽力显得兴致勃勃,挥金如土,慷慨大方。他生来就是一个冒险家。他喜欢那些从事可疑的职业以及诡诈多变的人,在经常出没于伦敦的酒吧间的地痞流氓中,有很大一群人都跟他相识。放荡的女人把他看作朋友,向他诉说她们生活中的烦恼、困厄和成功;而那伙用牌赌博的作弊老手却都能体谅他的清贫,请他吃饭,还借给他面值五英镑的钞票。他在考试上接二连三地失利,但都愉快地忍受了。他总是风度极为迷人地听从父母的规劝,因此他那位在利兹开业行医的父亲也不忍一本正经地朝他发火。

"我在读书方面是个十足的傻瓜,"他乐呵呵地说,"我就是学不好。"

生活也太舒心惬意了。可是有一点十分清楚:就是等到他度过了精力旺盛的青春时期,最终取得医生的资格以后,他一定会在医务方面取得巨大的成就。就凭他那种优雅迷人的风度,也能医治人们的病痛。

菲利普就像在学校里崇拜那些身材高大、为人坦诚、情绪高昂的学生一样,对他也十分崇拜。菲利普病愈时,他们就成了关系牢靠的朋友。看到格里菲思似乎喜欢坐在他的小起居室里,谈些引人发笑的趣事儿,同时抽着不计其数的烟卷儿来消磨他的时间,菲利普心里感到特别愉快。有时,菲利普带他到摄政街上的那家酒店。海沃德发觉格里菲思很蠢,但劳森却看出了他的迷人之处,急着想要给他画画。他体态优美,长着蓝色的眼睛、白皙的皮肤和鬈曲的头发。他对他们讨论的问题往往一无所知,但却安静地坐在一旁,俊美的脸上挂着和蔼的笑容,恰如其分地感到他的在场本身就足以给同伴们增添乐趣。他发觉麦卡利斯特是个股票经纪人,就急于想探听到内部消息。麦卡利斯特带着严肃的笑容告诉他,如果他在某些时候购进某种股票,本可以赚到好大一笔钱财。这使得菲利普也馋涎欲滴,因为在某种程度上,他也是入不敷出,要是能靠麦卡利斯特提出的这种不费什么力气的生财之道赚一点儿钱,这对菲利普是再合适不过了。

"下次我听到什么真正的好消息就告诉你。"那个股票经纪人说,"有时确实会有好消息来的,只是要等待时机。"

菲利普禁不住畅想起来,要是能赚到五十英镑,那该多好啊!这样,他就可以给诺拉买一件她急需在冬天用来御寒的皮大衣了。他望着摄政街上的几家商店,心里挑选着他用这笔钱可以购买的东西。诺拉什么都应该享有,因为她使他的生活充满快乐。

69

一天下午,菲利普从医院回到住处,跟往常一样,准备在同诺拉共用茶点之前,梳洗打扮一番。他正掏出钥匙开门的时候,女房东却把门给他打开了。

"有位太太等着要见你。"她说。

"找我?"菲利普惊讶地嚷道。

菲利普相当诧异。来的人只可能是诺拉,但他不知道诺拉究竟为什么事过来。

"我本不应该让她进来的,只是她接连来了三次,都没有找到你,她似乎显得怪苦恼的,所以我告诉她可以在这儿等你。"

菲利普从正在解释的女房东身旁挤了过去,一头冲进房间。他感到一阵恶心,原来是米尔德丽德。她正打算坐下去,一看见他进来,便赶紧站了起来。她既没有走上前来,也没有开口说话。菲利普惊得呆住了,不知道说些什么是好。

"你究竟想要干什么?"他问道。

米尔德丽德没有回答,却哭起来了。她并没有用手蒙住眼睛,而是把两只手垂在身体的两侧,样子看上去就像一个前来申请工作的女用人,举止中带有一种令人讨厌的谦恭。菲利普不知道自己心里是怎么一种情绪,突然心血来潮,想要转身逃出房间。

"真没有想到还会再见到你。"他终于说道。

"要是我死了,就好了。"她呜咽着说。

菲利普让她站在原地。这会儿,他只想让自己镇定下来。他的双膝在颤抖。他望着米尔德丽德,心情绝望地呻吟着。

"怎么啦?"他说。

"埃米尔——他遗弃了我。"

菲利普的心怦怦直跳。这会儿,他明白自己仍像以往一样狂热地爱着她,对她的爱从来就没有终止过。她就站在他的面前,显得那样谦恭,那样柔顺。他真想把她搂在自己的怀里,在她那泪水沾湿的脸上狂吻一番。哦,这场离别是多么长久!他不明白自己是怎么熬过来的。

"你还是坐下吧。我给你倒杯酒来。"

他把椅子移近壁炉,米尔德丽德坐了下来。他给她调了一杯加苏打水的威士忌。她一边喝,一边仍然抽泣不已。她用神情忧伤的大眼睛望着菲利普,两只眼睛下面布满粗大的深色皱纹。她比菲利普上次见到她的时候要消瘦苍白。

"你那会儿向我求婚时,我要是嫁给你就好了。"她说。

这句话似乎使菲利普的内心激情高涨,他自己也不知道为什么会这样。他再也不能像刚才那样强迫自己去疏远她了。他把一只手搭在她的肩膀上。

"我为你陷入困境而感到十分难过。"

米尔德丽德把头偎依在菲利普的胸前,歇斯底里地大哭起来。头上的帽子有些碍事,她便把帽子脱了下来。他可从来没有想到她竟会这样痛哭流涕。他一次又一次地吻着她,这似乎使她平静了一点。

"你一直待我很好,菲利普,"她说,"所以我知道可以来找你。"

"告诉我究竟出了什么事。"

"哦,我不能讲,我不能讲。"她大声喊道,同时从他的怀抱里挣脱开。

他蹲下身子跪在她的身旁,把自己的脸颊紧紧地贴住她的脸颊。

"难道你不知道你什么事都可以对我讲吗?我绝不会责怪你的。"

她把事情一点一点地讲给他听,有时抽噎得十分厉害,他几乎听不明白她在说些什么。

　　"上星期一,他到伯明翰去,答应星期四会回来,可是他根本就没回来,到了星期五,仍然不见他的踪影。于是,我写信去问他出了什么事,但是他连信也不回一封。我又写了封信,并说要是仍然不给回音,我就要去伯明翰了。今天早晨,我接到一位律师的来信,信中说我无权对他提出要求,而且如果我去骚扰他,他就要去寻求法律的保护。"

　　"真是荒唐可笑,"菲利普嚷道,"一个男人绝不可以这样对待自己的妻子。你们俩是否发生了争吵?"

　　"哦,是的,星期天我们吵了一架。他说他讨厌我,但是这话他从前也说过,后来还是回来了。我可没有想到他会当真。他感到惊慌失措,因为我告诉他快要生孩子了。我尽可能瞒着他。后来我不得不告诉他。他说这是我的过错,还说我应该比他懂得更多一些。可惜你没听到他对我说的那些话!但是,我很快就发觉他并不是一位正人君子。他一个子儿也不给我留下就走了。他连房租也没有付,而我又没钱去付,那个管理房屋的女人竟然对我说出那样的话——嗯,照她的说法,我简直就是一个贼呢!"

　　"我以为你们要租一套公寓房间。"

　　"他是这么说过,但我们只是在海伯里租了套带家具的房间。他就是这样吝啬。他说我铺张浪费,可是他又没给过我一点钱供我挥霍。"

　　她有一种把琐碎同重大的事情掺杂在一起的特殊手段。菲利普被弄得困惑不解,整个事情听起来有些莫名其妙。

　　"没有一个男人是像他这样的恶棍。"

"你不了解他,如今我不愿回到他那儿去了,哪怕他跑来跪在我的面前,请我回去,我也不走了。我那会儿真傻,怎么会想到跟他的呢? 而且他并不是像他所说的挣那么多钱。他对我说的都是谎话!"

菲利普思索了一两分钟。他被米尔德丽德那凄楚哀伤的样子深深地打动了,因此顾不上再为自己着想。

"你想要我到伯明翰去一次吗? 我可以去见他,设法让你们言归于好。"

"哦,根本不可能。现在他绝不会回心转意了,我了解他。"

"可是,他必须负担你的生活费用,这是他不能规避的。这种事情,我可一点儿也不懂,你最好还是去找个律师。"

"我怎么能呢? 我没有钱。"

"这笔费用由我来付。我来给我自己的律师写封短信,就是那位担任我父亲遗嘱执行人的性格直爽的人。你现在愿意跟我一起去找他吗? 我估计他仍在办公室里。"

"不,把写给他的信交给我,我一个人去。"

眼下她变得镇静了一点。菲利普坐下来写了封短信。接着他想起她身上没钱。幸好他前天才兑换了一张支票,可以给她五个英镑。

"你对我真好,菲利普。"米尔德丽德说。

"能够为你做点事儿,我感到很高兴。"

"现在你还喜欢我吗?"

"就跟以往一样喜欢。"

米尔德丽德噘起嘴唇,于是菲利普吻了她。从她的这一举动里,菲利普看到了在她身上从未看到过的一种屈服的表示。就凭这一点,他心里遭受的一切痛苦就都得到了报偿。

米尔德丽德走了,菲利普发觉她在这儿待了两个小时。他感到乐不可支。

"可怜的人儿,可怜的人儿。"他低声自言自语,内心洋溢着比以往更为热烈的爱情。

大约八点钟光景,菲利普接到一份电报。在这之前,他压根儿就没有想到诺拉。用不着打开电报,他就知道这是诺拉拍来的。

> 出了什么问题吗? 诺拉。

菲利普茫然不知所措,也不知道该怎样回复。诺拉正在一出戏里演一个次要的角色。他可以像自己有时所做的那样,等戏一完就跑去接她,并同她一起漫步回家。但这天晚上,他整个心灵都反对他去见诺拉。他考虑给她写信,但无法跟平时一样称呼她为最亲爱的诺拉。他决定去拍个电报。

> 抱歉。无法脱身。菲利普。

他脑海里浮现出诺拉的模样。她那张难看的小脸、高高的颧骨和驳杂的脸色使他感到有点儿厌恶。一想到她那粗糙的皮肤,他身上就起鸡皮疙瘩。他知道,电报发出后,还得赶紧采取某项行动,不过,无论如何,这份电报延缓了他采取行动的时间。

第二天,他又发了份电报。

> 遗憾。不能来。详见信。

米尔德丽德提出下午四点钟来,而菲利普不愿对她说这个时间不方便。不管怎么说,是她先来的嘛。菲利普焦急地等待着米尔德丽德。他站在窗前守候着,一见到她,便亲自跑去开门。

"嗯?你见到尼克松了吗?"

"见到了,"米尔德丽德回答说,"他说那样做没有什么用处。毫无办法。我只得咬紧牙关忍受。"

"可是,那是不可能的。"菲利普大声说。

她疲乏地坐了下来。

"他有没有说什么理由呢?"菲利普问。

她递给他一封揉皱了的信。

"这是你的那封信,菲利普。我并没有把它送去。昨天我不能对你说,真的不能对你说。埃米尔没有跟我结婚。他也不能那样做。他已经有妻子,还生了三个孩子。"

菲利普突然感到一阵突如其来的妒忌和痛苦。他简直无法忍受。

"所以我不能回到我姨妈那儿去。除了你以外,我没有什么人可找。"

"究竟是什么促使你跟他出走呢?"菲利普极力镇定地低声问道。

"我不知道。起先我并不知道他结过婚。当他把这事告诉我的时候,我严厉地责备了他一顿。然后,一连好几个月,我都没有见到他,当他再次回到店里并向我求爱时,我真不知道是怎么一回事,只觉得好像无法可想,不得不跟他走似的。"

"那时你爱他吗?"

"我不知道。那时听他说话,我总是忍不住发笑。同时他也有那么一点吸引力——他说我永远也不会后悔,并答应每星期交给我七英镑——他说他挣十五英镑,然而,这都是谎话,他并没有挣这么多钱。那会儿,我讨厌每天早上要到店里去上班,同时跟我姨妈相处得也不怎么融洽;她并不把我当作亲戚,而是像对待奴仆似的对待我。她说我应该自己整理房间,否则就没人给我整理。哦,要是我那时不跟他走就好了。可是,当他走到店里向我求爱时,我觉得我实在无法拒绝。"

菲利普从她身边走开。他在桌子旁边坐下,双手掩面,感到自己蒙受了极大的羞辱。

"你不生我的气吧,菲利普?"她用令人哀怜的语调说。

"不,"他回答说,同时抬起头来,但没有看她,"我只是感到伤心极了。"

"为什么呢?"

"你知道,我那时深深地爱着你。为了让你喜欢我,凡是我能做到的事我都做了。我认为你绝不会去爱别人的。得知你甘愿为那个粗俗的汉子而牺牲自己的一切,我觉得太可怕了。我不知道你究竟看中了他哪一点。"

"十分抱歉,菲利普。后来我后悔极了,我向你保证,真的后悔极了。"

菲利普想起了埃米尔·米勒。那个人面色苍白,满脸病容,长着两只贼溜溜的蓝眼睛,显出一副俗不可耐的精明样儿,身上总是穿一件鲜红的针织背心。菲利普叹了一口气。米尔德丽德站起身,朝他走来,伸出一只胳膊搂住他的脖子。

"我永远忘不了你曾提出要跟我结婚,菲利普。"

菲利普一把抓住她的手,抬头望着她。她弯下身子来吻他。

"菲利普,如果你仍然要我,那么,你想让我干什么都行。

我知道你是一个地地道道的上流绅士。"

他的心似乎一下子静止不动了。她的话叫他感到有点儿恶心。

"你真是太好了,但我不能这样。"

"难道你不再喜欢我了?"

"说哪里话,我真心诚意地爱着你。"

"那么,既然我们有这个机会,为什么不好好地乐一乐呢?你知道,现在可没什么关系啦!"

菲利普挣脱了米尔德丽德的拥抱。

"你没有明白我的意思。自从我遇见了你,我就害上了相思病。可是如今——那个男人。不幸的是,我有着活跃的想象力,一想起那件事,就叫我感到厌恶。"

"你真有趣。"她说。

他再次握住她的手,朝她微微一笑。

"你千万不要认为我毫不领情。我对你真是永远感谢不尽。可是,你知道,那种情感要比我强多了。"

"你是个好朋友,菲利普。"

他们俩继续交谈,不久就又恢复了从前那种亲密的同伴情谊。天色渐晚。菲利普提议他们在一起吃晚饭,然后去歌舞杂耍剧场。她想让菲利普劝说一番,因为她想装出一副与她目前的处境相称的姿态。她本能地感到,眼下前往娱乐场所跟她此时愁苦的境况不相符合。最后,菲利普说请她去只是为了使他高兴,直到她认为这是一种自我牺牲的举动时,她才答应了。她有一个新的体贴人的想法,这使菲利普十分高兴。她叫菲利普带她上他们以前经常光顾的那家位于索霍区的小餐馆。他对她无限感激,因为她的提议带来了与这家餐馆有关的种种美好的回忆。在吃晚饭的过程中,她渐渐变得兴高采烈。喝着从街角那家小酒店打来的勃艮第葡萄酒,她心里热乎乎的,竟忘了自己应该保持一副忧伤的神情。菲利普觉得现在可以跟她谈论今后的打算了。

"你大概身上一个子儿也没有吧?"菲利普一有机会就问道。

"只有你昨天给我的几个钱,而且还得从中拿出三个英镑给女房东。"

"哦,我还是再给你一张十英镑的钞票先暂时应付一下,我马上去找我的律师,请他给米勒写封信。我肯定可以叫米勒拿出一些钱来。要是咱们能从他那儿弄到一百英镑的话,这笔钱就可以使你维持到孩子出世。"

"我决不要他一个便士。我宁可挨饿。"

"可是他这样子把你丢下不管,也太可恶了。"

"我还得考虑我的自尊心。"

菲利普觉得有点为难。他需要厉行节约,才能使他的钱一直维持到他取得医生资格的时候,而且他还得留下一笔钱,作为他在眼下所在的医院或别的医院里当住院内科或外科医生期间所需的生活费用。可是,米尔德丽德曾对他讲过有关埃米尔的种种吝啬的事,他不敢去规劝她,生怕她也指责自己不够慷慨大方。

"我宁愿沿街讨饭,也不愿拿他一个便士。很早以前,我就想找份工作干干,只是目前我的这种状况去工作也没有好处。你总得考虑自己的健康,对吧?"

"眼下你不必发愁,"菲利普说,"在你能够再次工作之前,我可以让你得到你所要的一切。"

"我早就知道我可以信赖你。我对埃米尔说,别以为我找不到人帮忙。我告诉他,你是一个地地道道的上流绅士。"

菲利普逐渐了解到他们是怎么分离的。看来那个家伙的妻子发觉他定期前往伦敦期间所干的风流勾当,就找到雇用他的那家商行的头儿。她扬言要跟他离婚,而那家商行宣称要是她提出离婚,他们就把他解雇。那个家伙十分疼爱他的几个孩子,无法忍受要跟孩子们分离的想法。当他不得不在妻子和情妇之间做出抉择时,他选择了妻子。他一直心神不安,生怕出现孩子而使得这场纠葛更加复杂。当米尔德丽德再也无法隐瞒下去,把即将分娩的事告诉他时,他惊慌失措,找碴儿跟米尔德丽德吵了一架,就立刻一走了之。

"你预期什么时候分娩?"菲利普问。

"三月初。"

"还有三个月呢。"

很有必要讨论一下计划。米尔德丽德声称她不想再住在海伯里的住所里,而菲利普也认为她应该住得离自己近些,这样就方便多了。他答应第二天去给她找个住处。她提出沃克斯霍尔大桥路是个合适的区域。

"而且从以后着想,这地方也不远。"她说。

"你这是什么意思?"

"噢,我只能在那儿待两个月或者更长一点时间,然后我就得住进一幢房子。我知道有一个很体面的地方,那儿住了一批属于最高贵的阶层的人,他们接纳你,一星期只收四个畿尼,而且没有其他的额外费用。当然啰,医生的诊费不算,但仅此而已。我的一位朋友曾经去过那儿。管理房子的是一位细心周到的太太。我打算告诉她,我的丈夫是一名驻在印度的军官,我是到伦敦来生孩子的,因为这样更有利于我的健康。"

听她这么说,菲利普感到有些离奇。清秀的容貌和苍白的脸色使她显得冷淡而文静。想到在她胸中竟如此出乎意料地燃烧着激情,他心里莫名其妙地感到乱糟糟的,他的脉搏急剧地跳动着。

70

菲利普盼望回到住所时能接到诺拉的来信,但什么也没有,第二天早晨仍然没有收到她的片言只语。这种沉默使他烦躁不安,同时又惊慌不已。自从他去年六月到伦敦来之后,他跟诺拉天天碰头见面。可是他一连两天都没去看她,也没有说明原因,诺拉一定会觉得奇怪。菲利普不知道她是否不巧看见他跟米尔德丽德在一起了。想到诺拉会感到伤心或者不愉快,他于心不忍,于是决定当天下午去拜访她。他几乎有点想要责怪诺拉的意思,因为他竟让自己跟她保持这么亲昵的关系。一想到要继续保持这种关系,他心里就充满厌恶。

菲利普在沃克斯霍尔大桥路的一幢房子的三楼为米尔德丽德租了两个房间。那儿声音嘈杂,不过他知道米尔德丽德喜欢窗外来往车辆的喧闹声。

"我可不喜欢缺乏活力的街道,整天街上都见不到一个人影儿,"米尔德丽德说,"给我一点儿生活的气息吧。"

接着,菲利普硬着头皮来到文森特广场。他按铃的时候,内心充满忧虑。他心神不安地感到自己亏待了诺拉。他生怕受到诺拉的责备。他知道诺拉脾气急躁,而他又不喜欢争吵。

也许最好的办法还是坦率地告诉诺拉,米尔德丽德现在又回到了他的身边,而他对她的爱仍像先前一样狂热。他感到十分内疚,但他再也没有什么可以奉献给诺拉的了。他想到诺拉会感到极端痛苦,因为他知道诺拉是爱自己的。以前她的爱曾使他感到相当得意,而他对此也不胜感激。可是如今这种爱却令人无比厌恶。她不应该遭受他强加给她的痛苦。他暗暗地问自己,现在她会怎样接待自己呢?当他沿着楼梯朝上走的时候,她可能出现的各种举动都掠过他的心头。他敲了下门。他感到脸色发白,不知道该如何掩饰自己内心的紧张。

诺拉正在奋笔疾书,但菲利普一跨进房间,她便霍地站起身来。

"我听出是你的脚步声。"她大声说,"这几天你躲到哪儿去了?你这个淘气鬼!"

她喜气洋洋地朝菲利普走来,用两只胳膊搂住了他的脖子。她见到菲利普感到很高兴,菲利普吻了她,然后为了让自己镇定下来,说他真想用茶点。诺拉连忙拨弄炉火,好让壶里的水快点烧开。

"我最近忙得不得了。"他心虚胆怯地说。

接着诺拉兴高采烈地说起来,告诉他自己受托为一家以前从未雇用过她的公司写一篇言情小说。为此,她可以拿到十五个畿尼。

"这笔钱是从天上掉下来的。我来告诉你咱们该干些什么。咱们自己花钱去做一次短途旅行,到牛津去玩一天,好吗?我很想去看看那儿的几所学院。"

菲利普凝视着她,察看她的眼睛里是否有一点责怪的神色。但是,她那双眼睛跟往常一样,显得那么坦率,那么愉快:见到他,她感到欣喜万分。他的心直往下沉。他不能把那个无情的事实告诉她。诺拉给他烤了点面包,切成一小片一小片的,然后才递给他,好像他是一个孩子似的。

"你这个没良心的人吃饱了吗?"她问道。

他点点头,面露笑容。她为他点了支烟。接着,就像她平时喜欢的那样,走过来坐在菲利普的膝盖上。她的体重很轻。她身子后仰,偎依在他的怀里,甜蜜幸福地叹了口气。

"对我说些亲切的话儿。"她嘟囔道。

"要我说些什么呢?"

"你可以尽力想象,说你有些喜欢我。"

"你知道我喜欢你。"

这会儿,他实在不忍心把那件事告诉诺拉,无论如何,也要让她安宁地度过这一天。也许,他可以写信告诉她。在信里讲比较容易。想到她会痛哭流涕,他就于心不忍。诺拉要他吻她,然而在接吻的时候,他想起了米尔德丽德,想起了米尔德丽德那苍白的、薄薄的嘴唇。米尔德丽德的模样时刻萦绕在他的脑海里,好似一个无形的、但比人影更为充实的形体,这种景象不断地分散他的注意力。

"你今天话很少。"诺拉说。

在他们俩之间,她的嘴碎饶舌总被用来说笑打趣。他回答说:

"你从来不让我有插嘴的机会,因此,我已经没有讲话的习惯了。"

"可是,你也没有在听我说话呀,这样很不礼貌。"

他脸有点发红,不知道她是否已隐隐觉察出自己内心的秘密。他局促不安地把目光移开。这天下午,诺拉身体的重量令他厌烦,他不想让她碰到自己。

"我的脚发麻了。"他说。

"真对不起,"她从他腿上跳起来,大声说,"要是我改不掉这个坐在绅士们膝上的习惯,那就非得节食减肥不可了。"

菲利普煞有介事地在地板上跺跺脚,在房间里走来走去。然后,他站在壁炉前面,这样诺拉就无法再坐在他的腿上了。诺拉讲话的时候,他觉得她顶得上十个米尔德丽德,诺拉给他带来了更多的乐趣,跟诺拉谈话也使他更为愉快,诺拉比米尔德丽德头脑聪明,而且性情也好得多。她是个善良、勇敢、诚实的小妇人。而米尔德丽德呢,他苦涩地认为,这些形容词她一个也配不上。如果他有一点头脑的话,就应该一心一意地守着诺拉,她一定会使他感到幸福得多,而不像他跟米尔德丽德在一起时那样。不管怎么说,诺拉爱他,而米尔德丽德只是感激他的帮助而已。可是归根到底,重要的还是与其被人爱还不如爱别人,他真心实意地思念着米尔德丽德。他宁可只跟米尔德丽德待上十分钟,也不愿跟诺拉待整整一个下午,在米尔德丽德那冰凉的嘴唇上吻上一吻,也比吻遍诺拉的全身更加宝贵。

"我实在无法克制。"他心里暗想,"米尔德丽德已经被铭刻在我的内心深处了。"

即便她无情无义,生活堕落,俗不可耐,即便她头脑愚蠢、心思贪婪,他也毫不在乎,仍然爱她。他宁可跟这一个过痛苦悲惨的日子,也不愿跟那一个过幸福美满的生活。

他站起来要走的时候,诺拉漫不经心地说:

"噢,我明天会见到你的吧?"

"会的。"他回答说。

他知道自己不能前来，因为他要去帮米尔德丽德搬家。可是，他没有勇气说出口来。他决定给诺拉发份电报。米尔德丽德上午去看了那两个房间，相当满意。午饭以后，菲利普跟她一起去海伯里。她有一个箱子用来放衣服，另一个箱子里装些零星杂物，坐垫、灯罩、相片镜框等等，她曾想用这些东西把原来那套租赁的房间布置得像个家的样子。此外，她还有两三个大纸板箱。不过，这些东西至多也只够堆放在四轮出租马车的车顶而已。他们坐在马车上经过维多利亚大街的时候，菲利普蜷缩在马车的后座上，免得被万一碰巧路过这儿的诺拉撞见。他没有得到拍电报的机会，而电报也不能在沃克斯霍尔大桥路的邮政局里拍，因为诺拉会对他在那个地区干什么感到纳闷。况且，要是他人在那儿，就没有借口不到附近她的寓所所在的那个广场去。他决定最好还是花上半个小时去看她一次。但是，这件非做不可的事却叫他感到恼火。他很生诺拉的气，因为正是诺拉才逼得他采取这种庸俗卑鄙的手段。不过，跟米尔德丽德待在一起，他心里感到乐悠悠的。帮她打开行李时，他不禁笑了起来；他把米尔德丽德安顿在这样一处由他找到、并由他付房租的住所里，心里体验到一种美妙的占有感。他可不愿让她费力操劳。为她做点儿事是一种乐趣，而她自己也不愿做别人似乎渴望替她做的事。他为她从箱子里把衣服取出来摆好。米尔德丽德并没有打算再出去，所以他便给她拿来拖鞋，并替她脱下靴子。他为自己履行奴仆的职责而感到欣喜不已。

"你可把我宠坏了。"米尔德丽德在他跪着为她解开靴子的纽扣时这么说，一边充满柔情地抚摩着他的头发。

他抓起她的双手吻了起来。

"有你在这儿,真叫人感到愉快。"

他整理坐垫,摆好相片镜框。她还有几个绿色的陶罐。

"我会给你弄些花来放在里面。"他说。

他得意地四下打量着自己干的活儿。

"我不打算再出去了,我想还是换件茶会礼服。"她说,"帮我从后面解开纽扣,好吗?"

她毫不在意地转过身去,好像菲利普也是个女人似的。她一点也不把菲利普的性别放在心上。可是,菲利普对她这句话所表示出的亲昵内心充满了感激之情。他手指笨拙地解开她衣衫上的钩眼扣。

"在第一次走进那家点心店的那天,我可没想到现在会来给你做这种事。"菲利普强装欢笑地说。

"总要有人做这件事的。"米尔德丽德回答说。

她走进卧室,套了一件镶满廉价花边的淡蓝色茶会礼服。接着,菲利普把她安顿在一张沙发上,去替她沏茶。

"恐怕我不能在这儿跟你一起喝茶了,"他不无抱歉地说,"我有一个讨厌的约会。不过半个小时以后我就回来。"

如果米尔德丽德问起是什么样的约会,他真不知道该怎么回答,但米尔德丽德并没有流露出一点儿好奇心。他在租赁房间的时候,就预先订好了两人的饭菜,并提出要跟她一起安安静静地过一个晚上。他一心急着要赶回来,便搭乘电车走沃克斯霍尔大桥路。他想最好还是一见面就对诺拉讲明他只能待几分钟。

"嗨,我只有向你问声好的时间,"他刚跨进诺拉的房间,就这么说,"我忙得要命。"

诺拉把脸一沉。

"哎哟,怎么啦?"

诺拉竟然逼着他说谎,这使他非常恼怒。他回答说医院里有一场示范教学,他一定得参加。就在说话的当儿,他觉得自己脸红了。他认为诺拉脸上似乎显出不相信他的神情,这使得他越发恼火。

"哦,好吧,这没关系,"诺拉说,"明天一天你可以陪我。"

菲利普神色茫然地望着她。明天是星期天,他一直盼望着在这一天跟米尔德丽德待在一起。他对自己说,就是出于起码的礼节,他也应该那样做,总不能把她一个人扔在一所陌生的房子里。

"实在对不起,明天我有事儿。"

他知道这是一场他本想不惜一切代价避免的争吵的开端。诺拉的脸蛋涨得更红了。

"可是,我已经邀请戈登夫妇来吃午饭了,"——戈登是个演员,他们夫妇正在各地游览,星期天要在伦敦过——"这件事我一个星期前就告诉你了。"

"实在对不起,我忘了。"他支支吾吾地说,"我看可能来不了。你就不能另请别人吗?"

"那你明天要干什么?"

"我希望你不要盘问我。"

"难道你不想告诉我吗?"

"告诉你,我倒一点也不介意。可是硬逼着一个人说明自己的所有行踪,这也相当恼人。"

诺拉的脸色突然变了。她尽力克制,才没有发脾气;她走到菲利普的面前,拉起他的手。

"明天别让我失望,菲利普,我一直殷切地期望着能跟你在一起过这一天。戈登夫妇想要见你,我们一定会玩得很畅快的。"

"要是能来,我倒是很想来的。"

"我待人不算太苛刻吧?我并不是经常要你干什么麻烦的事。你不能摆脱那个讨厌的约会吗?就这一次好吗?"

"实在对不起,我认为我不能这么做。"菲利普绷着脸回答说。

"告诉我这是什么样的约会。"她带着哄劝的口气说。

菲利普早就抓紧时间编造了个理由。

"格里菲思的两个妹妹要来度周末,我们俩要带她们出去玩玩。"

"就这些吗?"她高兴地说,"格里菲思很容易就能找到另一个人。"

他真希望能想出什么比这更为紧迫的事。这个谎言编得太拙劣了。

"不,实在对不起,我不能——我已经答应了,就打算信守诺言。"

"可是,你也答应过我的。肯定是我先提出来的。"

"我希望你不要坚持了。"菲利普说。

诺拉一下子发火了。

"你不想来,所以才不来的。不知你最近这几天在干些什么勾当,你完全变了。"

菲利普看了看自己的手表。

"恐怕我得走了。"他说。

"你明天不来吗?"

"不来。"

"既然如此，就不用再费事光临了。"她叫嚷道，这下子变得怒气冲天。

"那随你的便。"菲利普回答说。

"别再让我耽搁你了。"她讥讽地补了一句。

菲利普耸了耸肩膀，走了出来。他松了一口气，事情总算没有搞得更糟，并没有出现涕泪交流的场面。他一边走，一边为轻而易举地就摆脱了这段情缘而暗自庆幸。他走进维多利亚大街，买了几束鲜花带给米尔德丽德。

这个小型的晚宴十分成功。菲利普早先送来了一小罐鱼子酱，他知道米尔德丽德很爱吃这种东西。女房东给他们端上来几块炸肉排、蔬菜和一道甜点。菲利普还订了米尔德丽德最喜欢的勃艮第葡萄酒。窗帘拉好，炉火熊熊，灯泡安上了米尔德丽德的灯罩，房间显得温暖舒适。

"这儿真像一个家。"菲利普满脸笑容地说。

"我的情况本来会更糟的，是吧?"她回答说。

吃完饭，菲利普把两张扶手椅拉到壁炉前面。他们坐了下来。他舒舒服服地抽着烟斗，感到心欢意畅，气派豪爽。

"明天你想做什么呢?"他问道。

"哦，我要到图尔斯山去。你记得那家点心店里的女经理吗? 嘿，她现在结了婚，邀请我去跟她一起过星期天。当然啰，她以为我也结婚了。"

菲利普的心凉了半截。

"可是我回绝了别人的一项邀请，就为了可以跟你在一起过星期天。"

他心里暗想，要是米尔德丽德爱他的话，一定会说，既然如此,那就留下来陪他。菲利普十分清楚,诺拉遇到这种情况是绝不会犹豫的。

"哎,你这个傻瓜竟干出这种事来。三个多星期前,我就答应她了。"

"可是,你一个人怎么去呢?"

"哦,我会说埃米尔因公外出了。女经理的丈夫是做手套生意的,是个很有气派的家伙。"

菲利普默不作声,一股酸楚的感情掠过心头。米尔德丽德瞟了他一眼。

"你不会连这一点儿乐趣都不肯给我吧,菲利普?你知道,这是我能够出去走走的最后一次机会了,不知要隔多久才能再有这样的机会。况且我早就答应了。"

菲利普抓住她的手,笑着说:

"不,亲爱的,我要你去痛痛快快地玩一玩。我只希望你感到快乐。"

一本用蓝纸装订的小书反扣在沙发上,菲利普懒懒地把这本书拿了起来。那是一本定价两便士的言情小说,作者是考特尼·佩吉特。这就是诺拉写书时用的笔名。

"我真喜欢看他写的书,"米尔德丽德说,"凡是他写的书我都看,写得太精美了。"

他记得诺拉对她自己的评价。

"我在那些帮厨女工当中极有名气。她们都认为我特别温文有礼。"

71

菲利普为了回报格里菲思向他吐露的心腹话,便把自己错综复杂的恋情详细地讲给他听。星期天早晨用过早饭后,他们披着晨衣坐在壁炉旁抽烟,这当儿,菲利普又对他讲了前一天与诺拉争吵的经过。格里菲思对他轻而易举地摆脱了困境表示祝贺。

"跟一个女人偷情,这是世上再简单不过的事儿,"他言简意赅地说,"可是,要斩断情丝却极为麻烦。"

菲利普想到自己处理这桩事的手腕,感到有些扬扬自得。不管怎么说,他心里极为松快。想到米尔德丽德在图尔斯山玩得很高兴,他为她的幸福而确实感到心满意足。尽管她的欢乐是用他的失望换来的,但他并没有什么不情愿的地方,这是他的一种自我牺牲的行为,也正是这一点使他内心充满了喜悦,感到十分舒畅。

可是在星期一早晨,菲利普发觉桌子上放着一封诺拉的来信,信上写道:

最亲爱的:

星期六那天,我大发脾气,十分抱歉。原谅我吧,跟往常一样下午来用茶点。我爱你。

你的诺拉

菲利普心情沮丧,不知该怎么办是好。他把这封短信拿到格里菲思的面前,交给他看。

"你还是不写回信的好。"格里菲思说。

"哦,我可不能这样,"菲利普嚷道,"想起她老在那儿等我的回信,我心里会很不好受的。你不知道盼望邮差的敲门声是什么滋味,我可算是深有体会。我决不能让人家也遭受那种折磨。"

"老兄,一个人要断绝这种关系,又要不让人遭受痛苦,这是不行的。干这种事,你得咬紧牙关。要知道,那种痛苦是不会持续多久的。"

菲利普觉得诺拉不应该遭受由他带给她的痛苦。格里菲思哪儿知道诺拉能忍受多大的痛苦呢?他记起了米尔德丽德对他说她打算结婚时自己感受到的痛苦。他不想让任何人体验他当时所体验过的那种折磨。

"要是你那么急切地不想叫她痛苦,那就回到她身边去好了。"格里菲思说。

"我不能这么做。"

他站起身来,在房间里紧张不安地踱来踱去。他对诺拉感到恼火,因为她没有让事情就此了结。她早该明白,他已经不能再给她什么爱了。据说女人对这类事十分灵敏,一下子就能察觉。

"你也许能帮我的忙。"他对格里菲思说。

"老兄,别这么大惊小怪的。要知道,人们总能从这样的事情中恢复过来,况且她大概也并不像你以为的那样对你那么眷恋。人们往往总是夸大自己在别人心中所引起的那股激情。"

他停顿了一下,饶有兴趣地望着菲利普。

"听我说,你只能采取一个行动,就是写信告诉她你跟她的情缘已经了结。你要把意思表达得十分明确,不要产生一点误解。这样做是会叫她伤心,但你做得狠一点,比你半心半意地设法应付,倒会使她少受点罪。"

菲利普坐了下来,写了下面这封信:

亲爱的诺拉:

　　我真内疚,让你感到不愉快。但是,我想咱们还是让事情停留在星期六那种境地为好。我认为,既然事情已经变得没有什么趣味,那么,再让它继续下去也毫无益处。你叫我走开,我就走了。我并不打算回来。再见。

菲利普·凯里

他把信拿给格里菲思看,并征求他的意见。格里菲思读完后,眨巴着眼睛望着菲利普,并没有说出他心里的想法。

"我觉得这封信可以达到目的。"他说。

菲利普出去把信寄了。整个上午,他都感到很不自在,一直在细细猜想着诺拉接到这封信后会有的感受。他为诺拉伤心落泪的念头所苦恼,但是同时,他又感到松了口气。想象中的忧伤总是要比亲眼所见的忧伤容易忍受,眼下他可以无拘无束、专心一意地去爱米尔德丽德了。想到他在医院的工作结束后,当天下午便可以去看米尔德丽德,他的心就怦怦乱跳。

跟平时一样,他要回自己的房间梳理一下。他刚把钥匙插进门上的锁眼,就听到身后一个人的说话声。

"我可以进来吗?我已经等了你半个小时了。"

原来是诺拉。他觉得自己的脸一下子涨得通红。诺拉说话的语调相当欢快,没有一丝怨恨的意思,也听不出他们之间出现裂痕的端倪。他觉得自己陷入窘境,心里十分害怕,但仍然尽力装出一副笑脸。

"可以,进来吧。"他说。

菲利普打开门,诺拉在他前面走进起居室。他感到紧张不安,为使自己镇定下来,他递给诺拉一支烟,同时自己也点了一支。诺拉神色欢快地望着他。

"你这个淘气鬼,为什么要给我写那么一封可怕的信?要是我拿它当真的话,真会叫我感到万分苦恼呢。"

"这封信并不是闹着玩的。"他神情严肃地回答说。

"别说傻话了。那天我确实发了脾气,可是我写了信,道了歉。你还不满意,因此今天我又上门表示歉意。不管怎样,你是独立自主的,我无权对你提出任何要求。我不会要你做你不愿意做的事情。"

她从椅子里站起来,双手张开,感情冲动地朝菲利普走来。

"咱们和好吧,菲利普。要是我冒犯了你,我很抱歉。"
他不能不让她握住自己的双手,但是他不敢正眼看她。
"恐怕现在太迟了。"他说。
她一屁股坐在他身旁的地板上,紧紧抱住他的双腿。
"菲利普,别傻了。我性情急躁,我知道是我伤害了你的感情,不过为了这一点就生气,那也太傻了。弄得咱们俩都不高兴,那又有什么好处呢? 咱们的友谊是多么令人愉快啊。"她的手指缓慢地抚摩着他的手,"我爱你,菲利普。"

他站起身来,避开她,走到房间的另一头。

"实在对不起,我无能为力。整个事情就此完结了。"
"你的意思是说你不再爱我了?"
"恐怕是这样。"

"你只是在寻找机会把我甩掉,所以就抓住了那件事,对不对?"

他没有回答。她两眼直勾勾地瞅了他一会儿,那真叫人难以忍受。她仍然坐在原地不动,背靠着扶手椅。她默默地哭着,也不用双手捂住脸,大大的泪珠一颗接一颗地顺着她的脸蛋滚落下来。她没有抽泣。看到她这种样子,真叫人痛苦万分。菲利普掉过头去。

"我伤了你的心,实在对不起。就是我不爱你,那也不是我的过错。"

她没有回答,只是呆坐在那儿,似乎极为伤心,眼泪不住地从脸上流淌下来。要是她责骂他一顿,他也许倒容易忍受些。他原以为诺拉会忍不住大发脾气,而他也做好了这种思想准备。在内心深处,他觉得真的大吵一场,双方都用刻毒的语言咒骂对方,在一定程度上就能表明自己的行为无可非议。时间一点点地过去。最后他被她那无声的哭泣弄得惊慌起来。他走进卧室,倒了杯水,朝着诺拉俯下身去。

"你要不要喝点儿水?这样心里会好受些。"

她无精打采地把嘴唇凑向杯子,喝了两三口水,接着,疲惫不堪地低声向菲利普要一块手帕。她擦干了眼泪。

"当然,我早就知道你从来就没有像我爱你那样爱我。"她呻吟着说。

"恐怕事情往往就是这样,"他说,"总是有人去爱别人,也总是有人被别人爱。"

他想起了米尔德丽德,心里掠过一阵剧痛。诺拉沉默了好一会儿。

"我总是那么悲惨不幸,我的生活又是那么可恨。"她最后说。

这话诺拉并不是对菲利普说的,而是对她自己说的。菲利普以前可从来没有听到她抱怨过她跟丈夫在一起的生活,也没有听到她诉说过穷困的境况。他过去总是非常钦佩诺拉无畏地正视世界的态度。

"后来,你出现了,而且又对我那么好。我赞赏你,因为你头脑聪明,再说,找到一个自己信得过的人,这有多欢乐啊!我爱过你。但万万没有想到这种爱情会如此终结,而且我一点儿过错都没有。"

她的眼泪又涌了出来,但这会儿她能稍微控制自己了,用菲利普给她的手帕蒙住了脸。她极力克制自己的情感。

"再给我一点水。"她说。

她擦了擦眼睛。

"抱歉,我竟干出这样的傻事。我确实没有一点思想准备。"

"实在对不起,诺拉。我想要你知道的是,我非常感激你为我做的一切。"

他不知道诺拉究竟看中了他什么。

"哦,事情总是一个样,"她叹息着说,"如果你要男人们待你好,你就得对他们狠;要是待他们好,他们就叫你受罪。"

诺拉从地板上站起身来,表示她要走了,她目光定定地朝菲利普看了好一会儿,随后叹了口气。

"太莫名其妙了。这一切究竟是什么意思?"

菲利普突然下了决心。

"那么我还是告诉你吧,我不想让你把我看得太坏了,我想让你明白,我也是没有办法。米尔德丽德又回来了。"

诺拉涨红了脸。

"为什么你不立刻告诉我？我当然应该知道。"

"我不敢讲。"

她照了照镜子,把帽子戴正了。

"请你给我叫辆出租马车,"她说,"我实在走不动了。"

菲利普走到门口,叫住一辆路过的双轮双座马车。当诺拉跟着他走到街上时,他发现她脸色煞白,不禁吓了一跳。她步履沉重,仿佛一下子变得衰老了似的。她的气色看上去那么糟糕,他不忍心让她独自一人回去。

"要是你不在意的话,我陪你回去。"

她没有回答,菲利普便坐进了马车。他们默默地驶过大桥,穿过几条穷街陋巷,孩子们尖声叫喊着在马路上嬉戏。马车来到诺拉住所的门前,她没有立刻下车,看上去她似乎没有足够的气力挪动双腿。

"希望你原谅我,诺拉。"菲利普说。

诺拉把眼睛转向菲利普。他发觉那双眼睛里又闪烁着泪花,但她嘴角上仍勉强露出一丝笑意。

"可怜的家伙,你怪为我担忧的。你不要费心。我并不责怪你。我会好起来的。"

她轻轻地、飞快地摸了摸他的脸,表示对他没有怨恨之心,这个动作仅仅是一种姿态而已。然后她跳下马车,开门走进她的宅子。

菲利普付了车费后,便朝米尔德丽德的住处走去。他怀有一种莫名其妙的沉重心情,真想责备自己。但是,为什么呢?他不知道自己还能采取什么办法。路过一家水果店时,他想起米尔德丽德喜欢吃葡萄。他实在感到庆幸,竟然能够记起她的每一种嗜好,以此来表示对她的爱慕之情。

72

接下去的三个月里,菲利普每天都去看望米尔德丽德。他随身带着书本,用过茶点,便埋头用功,而米尔德丽德则躺在沙发上看小说。有时他抬起头来,朝着米尔德丽德瞅上一会儿,嘴角露出一丝甜蜜的笑意。米尔德丽德总能觉察出他向自己投来的目光。

"别望着我浪费你的时间,傻瓜。继续用功念书吧。"她说。

"真是专横跋扈。"他欢快地答道。

菲利普看到女房东进来铺桌布准备开饭,便把书本放到一旁,兴冲冲地跟她说笑打趣。她是个已到中年、个头瘦小的伦敦人,说话伶牙俐齿,风趣诙谐。米尔德丽德已经与她关系很好,并且把导致自己陷入目前这种境地的种种情况,对她做了一番详尽而虚假的叙述。这位身材瘦小的好心肠的女人却深受感动,觉得只要米尔德丽德日子过得舒适,再大的麻烦也算不上什么。米尔德丽德为了保持体统,提议菲利普假装成她的兄长。他们一块儿吃饭,米尔德丽德的胃口变幻莫测。每次点到能引起她食欲的饭菜时,菲利普心里就觉得很高兴。看到她就坐在自己的对面,他不禁为之心醉;他按捺不住内心的喜悦,不时拉住她的手紧紧地捏着。饭后,米尔德丽德坐在壁炉旁边的扶手椅里,他就挨着她坐在地板上,身子靠着她的双膝,嘴里抽着烟。他们常常什么话也不说。有时,菲利普发觉她打起瞌睡来了,便不敢动弹,生怕把她吵醒。他十分安静地坐在那儿,眼睛懒洋洋地望着炉火,体味着他的幸福。

"午觉睡得香吗?"米尔德丽德醒过来的时候,他笑吟吟地问道。

"我并没有睡啊,"她回答说,"只是闭了闭眼睛而已。"

她从来不会承认自己睡着了。她生性冷漠,如今她的身体状况实在也没有给她带来多大的不便。她为了自身的健康费了不少心思,不论哪个人,只要愿意提出建议,她都一概接受。每天早晨,只要天好,她就出去作"健身散步",在外面待上一段时间。天气不太冷的话,她就坐在圣詹姆士公园里。但是一天余下的时光,她都是相当愉快地坐在沙发上消磨掉的,不是读着一本又一本的小说,就是跟女房东在一起喋喋不休地聊天。她对闲谈总是抱有无穷的兴趣,把女房东的身世、住在起居室那层楼上的房客以及左邻右舍的境遇,都详详细细地讲给菲利普听。有时她惊恐起来,对菲利普诉说自己害怕分娩的痛苦,生怕她会为此而死去。接着,又把女房东以及住在起居室那层楼上的那位太太的分娩情况,对菲利普一五一十地说了一遍(米尔德丽德并不认识上面的那位太太。"我不爱交际,"她说,"我可不是那种随便与人来往的人。")。她带着一种十分怪异的既兴奋又恐惧的口气讲述着那些细节,不过,在大部分时间里,她对临产一事仍处之泰然。

"不管怎么说,我又不是第一个生孩子的女人,对吧?况且医生说我不会有什么麻烦。你瞧,看来我并不是生不了孩子的女人。"

眼看产期将至,米尔德丽德去找了房东欧文太太。欧文太太给她推荐了一个医生,米尔德丽德每个星期去医生那儿检查一次。这个医生收费十五畿尼。

"当然,我完全可以找个收费便宜一点的医生,不过他受到欧文太太的大力推荐,我觉得总不能因小失大。"

"只要你觉得愉快、舒适,我一点也不在乎费用。"菲利普说。

菲利普为她做什么,她都一概加以接受,好像这是天经地义的事;而就菲利普而言,他也喜欢为她花钱,每给她一张五英镑的钞票,都会使他心里产生一阵幸福和得意的感觉。菲利普给了她好几笔钱,因为她从来都不精打细算地过日子。

"我也说不清钱都用到哪儿去了,"她自言自语地说,"就像水似的,都从我的手指缝里流掉了。"

"没有关系,"菲利普说,"凡是我能为你做的,我都十分乐意去做。"

她不大会做针线活,也不为那即将出世的孩子缝制几件必不可少的衣裳。她对菲利普说,到头来去买几件要便宜得多。菲利普的钱都买了抵押债券,近日他卖掉一张,换来的五百英镑如今就存在银行里,正准备投资到一项比较容易获利的事业上,因此他感到自己异乎寻常地富有。他们经常在一起谈到未来。菲利普非常希望米尔德丽德把孩子带在身边,但是米尔德丽德却不肯答应,因为她得挣钱糊口,如果不必照看孩子,找份活儿干就要容易得多。她打算重新回到她以前工作过的那家商号的某个店去干活,孩子可以交给乡下一个正经女子抚养。

"我能找到每周只要七先令六便士就会照顾好孩子的人。这样,无论对我还是对孩子都有好处。"

这在菲利普看来有些冷酷无情,但是当他设法跟米尔德丽德讲道理的时候,她却假装认为菲利普只是舍不得支付孩子的抚养费。

"孩子的抚养费,你不必担心,"她说,"我绝不会叫你付的。"

"要付多少钱,我并不在乎,这你是知道的。"

米尔德丽德心底里希望这孩子是个死胎。虽然她只是略微暗示了一下这种想法,但菲利普仍然看出了她的心思。起初菲利普感到震惊,可后来经过一番思考,也不得不承认,鉴于种种因素,事情果真如此倒是圆满的结果。

"说长道短固然不费什么劲儿,"米尔德丽德抱怨地说,"可是一个姑娘出去独自谋生是特别艰难的,要是再带着个孩子,那就更不容易了。"

"幸运的是,你还有我可以帮你一把。"菲利普拉住她的手,笑着说。

"菲利普,你一直待我很好。"

"哦,说什么蠢话!"

"你总不能说我对你做的一切没有丝毫回报啊。"

"天哪,我可不想得到什么回报。如果说我为你做了些什么的话,那是因为我爱你才这么做的。你什么也不欠我。我希望你也爱我。除此之外,我对你没什么要求。"

米尔德丽德竟然觉得自己的肉体是件商品,她可以毫不在乎地把它用来酬谢别人提供的帮助,菲利普对于她的这种想法感到有点惊骇。

"不过我真想报答你,菲利普。你一直对我这么好。"

"嗯,再等一阵子也没有害处。等你身体好了以后,咱们再去度几天蜜月好了。"

"你真淘气。"她满面笑容地说。

米尔德丽德预计在三月初分娩,身体一好便去海边过上两个星期,这样可以让菲利普不受干扰地复习迎考,接着就是复活节假期,他们已安排好一起去巴黎度假。菲利普滔滔不绝地谈起他们要做的事。那时候,巴黎可是个赏心悦目的场所。他们可以在他所熟悉的拉丁区的一家小旅馆开个房间,到各式各样的迷人的小饭馆去用餐,上戏院去看戏。他还要带她去歌舞杂耍剧场,让她去见见他的朋友,这会使她感到很有趣的。他曾跟米尔德丽德谈到过克朗肖,这一次她会见到他。还有劳森,他已经去巴黎两三个月了。他们还可以去逛逛比利耶舞厅,到各处去游览,还会去凡尔赛、夏特尔、枫丹白露观光。

"那可要花好多钱呢。"她说。

"哦,管它花费多少。想想看,我多么盼望有这个机会啊!难道你不知道这对我是多么重要吗?除了你,我谁也没有爱过,今后也不会去爱别人。"

米尔德丽德眼睛里含着笑意,倾听着他的热情话语。他认为从她的眼睛里看到了一种新出现的柔情,他对她满怀感激。她比过去温柔多了。她身上那种曾经激怒过他的傲慢神气如今已不见了。她在他面前待惯了,就不再费心地故作姿态,也不再像以前那样精心梳理她的头发了,而只是扎成一个发髻。她额前那浓密的刘海如今也不留了,这种比较随便的发式对她倒很合适。她的脸庞极为瘦削,两只眼睛就显得特别大。眼睛下面有几道粗粗的皱纹,在苍白的脸蛋的衬托下,皱纹的颜色显得更加突出。她面带愁容,显得极为哀婉动人。从她身上,菲利普似乎看到了圣母马利亚的影子。他希望他们可以永远这样继续下去。他一生中从来没有感到这么幸福。

　　每天晚上,一到十点,菲利普便起身离开,一是因为米尔德丽德喜欢早些安歇,二是因为他还得回去用功两三个小时,好把先前失去的时间补回来。临走之前,他通常总要替米尔德丽德梳理头发。在跟她道过晚安之后,菲利普便按照常规把他的亲吻奉献给她。首先,他吻吻她的手掌心(她的手指是多么纤细,指甲也很好看,因为她花了不少时间修剪指甲),接着便先右后左地吻她那合上的双眼,最后才亲她的嘴唇。在回家的路上,他心里洋溢着爱。他那自我牺牲的愿望搞得他心劳神疲,他渴望能有机会让这种心愿得到满足。

　　不久,米尔德丽德转到私人产科医院去了,她要在那儿分娩。于是菲利普只能在下午去探望她了。米尔德丽德又换了一套说法,把自己说成是一名随兵团前往印度的军人的妻子,而把菲利普作为自己的小叔子介绍给这家私人产科医院的女院长。

　　"我说什么都得十分小心,"她对菲利普说,"因为这儿还有一位太太,她的丈夫就在印度民政部工作。"

　　"换了我是你的话,才不为此心神不安呢,"菲利普说,"我相信她的丈夫跟你的丈夫是坐同一条船去的。"

　　"什么船?"她天真地问道。

　　"鬼船呗!①"

　　米尔德丽德平安地生下了一个女孩。当菲利普获准进去

————————

①　鬼船,传说中出没于好望角附近预示灾难的鬼船。此处是菲利普戏谑的话语。

看她时,那婴儿就躺在她的旁边。米尔德丽德身体十分虚弱,但因为一切都过去了,心里感到十分轻松。她把孩子抱给菲利普看,而她自己也用好奇的目光打量着这孩子。

"这小东西看上去怪滑稽可笑的,对吧? 我真不敢相信她是我生的。"

那个婴儿浑身通红,皮肤皱巴巴的,样子古怪。菲利普瞅着,脸上现出了笑容。他不知说什么是好。他感到相当困窘,因为那位拥有这家私人产科医院的看护就站在他的身旁。从她打量自己的那副神色看来,菲利普觉得她并不相信米尔德丽德那种颇为复杂的说法,她认为菲利普就是这孩子的父亲。

"你打算给她起个什么名儿?"菲利普问道。

"究竟是叫她马德琳还是塞西莉亚,我还没打定主意。"

那个护士走开了,让他们俩单独待上几分钟。于是菲利普弯下腰去,在米尔德丽德的嘴上吻了一下。

"亲爱的,一切都顺利地过去了,我真感到高兴。"

她抬起两只纤细的胳膊,搂住菲利普的脖子。

"你真是个可靠的好人,亲爱的菲尔①。"

"现在我终于觉得你是我的人啦。我一直等了你这么久,我的亲爱的人儿。"

他们听到那个看护走到门口的声响,于是菲利普赶紧直起身子。看护走进房间,嘴角露出一丝淡淡的笑意。

---

① 菲尔是菲利普的昵称。

73

　　三个星期后,米尔德丽德带着孩子上布赖顿①,菲利普到车站去给她们送行。她身体恢复得很快,气色看上去比以往任何时候都好。她打算住在布赖顿一所食宿公寓里,她曾经跟埃米尔·米勒在那儿度过两三个周末。她预先给那儿写了封信,说她丈夫因公前往德国出差,只有她带着孩子前来。她从自己编造的谎言中得到乐趣,而且在编造细节方面还表现出相当丰富的想象力。米尔德丽德打算在布赖顿找个乐意照料她孩子的女人。看到她竟如此冷漠,一心要尽早摆脱掉这个孩子,菲利普感到有些震惊,但她却根据常识提出理由说,最好趁这可怜的孩子还没有跟她熟悉之前,就把她送到别处。菲利普曾经指望,她亲自带了孩子两三个星期后,可能会意识到自己做母亲的天性,他想借助这一点来说服米尔德丽德把孩子留在身边,可是根本就没有那样的事。米尔德丽德对孩子也不能说不好,该做的事她都做了。有时这孩子也给她带来乐趣,而且她也老是谈到孩子。但是,她心里对这孩子却相当淡漠。她无法把这孩子看作自己身上的骨肉。她已经觉得这孩子长得像父亲。她不住地暗自纳闷,不知道等这孩子长大以后,她该怎么应付。她怨恨自己太傻,竟怀上了这么个孩子。

　　"要是我当初像现在这么清醒就好了。"她说。

---

　　①　布赖顿,英国英格兰东南部城市,从 18 世纪后期起成为著名的海滨疗养胜地。

她嘲笑菲利普,因为他为了那孩子的安康而担忧。

"即便你是她父亲,也不至于这么大惊小怪的。"她说,"我倒想看看埃米尔为了这孩子而心神不安的样子。"

菲利普曾经听人说起过育婴堂,以及有些可怜的孩子被他们那自私、狠心的父母交到专以凶残取乐的歹徒手中而遭受虐待的事。如今,他脑海里充满了这样的传闻。

"别那么傻,"米尔德丽德说,"这是你付一笔现钱给一个女人照看孩子。你一个星期出那么多钱,她们照顾好孩子,对她们自己也有好处。"

菲利普坚持要米尔德丽德把孩子交给自己没有生养过孩子的家庭,并要他们保证不再领养别的孩子。

"不要讨价还价,"他说,"我宁愿每个星期出半个畿尼,也不愿让这孩子去冒挨饿或遭受毒打的风险。"

"你这个老伙计可真有趣,菲利普。"她笑着说。

菲利普看到孩子这么弱小无助,觉得怪可怜的。孩子很小,样子丑陋,还老发脾气。她是在生育她的人怀着耻辱、苦恼的期待而降临到人世的,谁也不要她,完全得靠他这个陌生人为她提供食物、住处,给她衣裳来遮盖其赤裸裸的躯体。

火车开动时,他吻了吻米尔德丽德。他本来也想亲亲那个孩子,可生怕米尔德丽德会嘲笑他。

"你会给我来信的,亲爱的,对吗?我盼望着你早点回来,哦,我简直都等不及了!"

"注意可要通过考试啊。"

近来他一直为考试而勤奋地温习功课,如今只剩下十天了,他想最后再加一把劲。他急不可待地要通过考试:首先,这样可以节省自己的时间和开支,因为在过去四个月里,钞票以惊人的速度从他的指缝里溜掉了;其次,考试及格也就意味着单调乏味的课程就此结束。从此以后,学生就要学习内科、产科和外科的课程,这三门课程显然要比迄今仍在学的解剖学和生理学生动有趣得多。菲利普饶有兴味地期待着余下的三门课程。他可不想最终不得不向米尔德丽德承认自己没有通过考试,尽管考试很难,大多数考生头一次都没有及格。要是他不能顺利通过考试,他知道米尔德丽德就不会对他有什么好的印象,她在表明自己的看法时,总用一种特别叫人感到屈辱的方式。

米尔德丽德给他寄来一张明信片,报告她平安抵达。每天,菲利普都挤出半个小时给她写封长信。他口头表达时总带有几分羞怯,但是他发现,凭借手中的笔,他可以把平时会让自己感到荒唐可笑的各种言辞都写下来告诉她。他就利用这一发现,把自己的心里话对她尽情倾诉。他浑身上下都洋溢着对米尔德丽德的爱慕之情,因此他的每一个行动、每一个念头无不受其影响。可是,以前他始终没能把这一点告诉她。他在信中谈了自己对未来的憧憬,描绘了展现在他面前的幸福生活,同时也倾诉了自己应该对她表示的感激之情。他扪心自问,米尔德丽德身上究竟有些什么使得他心里充满了无限的快乐(以前他也常常问自己,但从来没有用语言表达过)。他也说不清楚,只知道有她待在自己身边,他就感到十分幸福,而一旦她从他身边离开,整个世界就突然变得阴暗昏沉。他只知道一想起米尔德丽德,他的心就似乎在体内逐渐增大,使得呼吸都发生了困难(就像他的肺部受到那颗心的压迫似的),他的心怦怦直跳。这时候,由于她的到场而产生的喜悦几乎成了一种隐痛。

他双膝打战,感到异常虚弱,好像他许久没吃东西,由于饥饿而变得颤巍巍地无法站稳似的。他急切地盼望着她的回信。他并不指望她经常来信,因为他知道写封信对米尔德丽德来说也相当困难。他写了四封信,才收到她的一封文字拙劣的短信,他也就心满意足了。在这封短信里,她谈到了那所食宿公寓(她在那儿订了个房间),谈到了那儿的天气和孩子的情况;告诉他她曾跟一位在住处结识的太太到海滨人行道散步,那位太太十分喜欢她的孩子;信里还说她打算星期六晚上去看戏;最后提到布赖顿到处客满。这封短信是那么平淡无奇,却也触动了菲利普的心弦。那晦涩难懂的文风,流于形式的内容,无不勾起一种莫名其妙的欲望。他想开怀大笑,把米尔德丽德一把搂在怀里,不住地亲吻。

他充满信心地欣然走进考场。两张试卷上的题目都没有把他难倒。他知道自己考得不错。尽管考试的第二部分是口试①,他显得比较紧张,但仍然对问题做出了满意的回答。考试成绩一公布,他便给米尔德丽德拍了份报喜的电报。

菲利普回到住处时,发现有她写来的一封信,信上说她觉得自己还是在布赖顿再待一个星期的好。她已经找到一个女人,每周只要七个先令就乐意给她照料孩子,但她想要再去打听一下这个女人的情况。再说,海边的空气对她的身体大有裨益,因此再多待几天,肯定会给她带来无穷的好处。她实在不愿向菲利普要钱,但是菲利普能不能在回信时顺便寄上一点呢。因为她不得不给自己买顶新帽子,她总不能老是戴着

---

① 原文是拉丁语。

同一顶帽子跟她的女朋友出去闲逛,而她那位女朋友穿戴得可讲究了。有一刹那,菲利普深感失望,他的那种顺利通过考试的喜悦心情被弄得荡然无存。

"要是她爱我的程度有我爱她的四分之一的话,她就决不会忍心毫无必要地在外多待一天。"

但他很快就打消了这种想法。这纯粹是自私自利,她的健康当然比什么都重要。可是眼下他无事可做,倒可以去布赖顿和她一起度过这个星期,这样他们就可以整天待在一起了。想到这儿,他的心就怦怦直跳。要是他突然出现在米尔德丽德的面前,并告诉她他已经在同一所食宿公寓里租了个房间,那种情景才有趣呢。他去查阅火车的时刻表,但又犹豫起来。米尔德丽德见到他会觉得高兴吗?这一点他并没有把握。米尔德丽德在布赖顿结交了不少朋友。他一向寡言少语,而米尔德丽德却喜欢热闹和欢乐。他意识到米尔德丽德跟别人在一起要比跟他在一起快乐。要是他有一刹那感觉到自己碍事,那他就会饱受折磨。他不敢贸然行事,甚至也不敢写信提出说如今他在伦敦闲着无事,很想到他可以天天见到她的地方去过上一周。她知道他无事可做,如果她想叫他去的话,早就会来信说了。如果他提出要去,而她却找出种种借口加以拦阻,那他就会万分痛苦,他可不敢冒这个险。

第二天,他给米尔德丽德写了封信,还随信寄了一张五英镑的钞票,他在信的结尾说,要是她好心地想在周末见他的话,他很乐意到她那儿去,不过她不必为此改变她原来的计划。他焦急地等待她的回音。她在来信中说,要是她早知道的话,她就会做出安排,但她已经答应人家在星期六晚上去歌舞杂耍剧场了。再说,要是他待在那儿的话,会引得食宿公寓里的人说闲话的。他为何不在星期天早晨来并在那儿过上一天呢？他们可以上梅特罗波尔饭店吃午饭，随后她会带他去见见那个气宇不凡的贵妇人似的太太，这位太太马上就要照料她的孩子了。

星期天。菲利普感谢天公作美，因为那天天气晴朗。列车驶近布赖顿时，阳光透过车厢的窗口照了进来。米尔德丽德正站在月台上等他。

"你跑来接我真是太好了！"菲利普一边嚷，一边猛地抓住她的手。

"你也盼着我来接你，对不对？"

"我希望你会来。嗨，你的气色真好！"

"这儿对我的身体大有好处，我想尽量在这儿多待一些时间是明智的。食宿公寓里住的都是上层社会的人。好几个月来，我什么人都不见，眼下真想鼓起兴致来乐一乐。前一阵子，有时真闷得慌。"

她戴着新帽子，显得十分精神。那是一顶黑色大草帽，上面插着许多廉价的鲜花。她脖子上围着的一条长长的仿天鹅绒围巾随风飘动。她仍然很瘦，走起路来脊背微微弓着（她历来如此），不过，她的眼睛似乎不像原来那么大了。尽管她的皮肤从来没有什么特别的色泽，但原先那种土黄色已经褪去。他们一起朝海边走去。菲利普记起自己已经有好几个月没有跟她一块儿散步了，他突然意识到自己是个跛子，为了掩盖这一点，便迈着僵硬的步子前行。

"你看到我高兴吗？"他问道，心里激荡着狂热的爱。

"我当然高兴啰。这还用问。"

"对了，格里菲思向你问好。"

"真不要脸！"

菲利普对她谈起过格里菲思的好多事情。他曾告诉她格里菲思如何生性轻浮，还常把格里菲思的一些风流韵事讲给她听，逗她开心，而这些风流韵事本是格里菲思在菲利普答应保密的情况下才透露给他的。米尔德丽德在一旁听着，有时会装出厌恶的神情，不过一般说来，总显得十分好奇。菲利普还把他那位朋友俊美的外貌及其可爱的神情详细述说了一番，话语之间充满赞叹的口气。

"你肯定会跟我一样喜欢他的。他十分快活、有趣，是个极好的人儿。"

菲利普还告诉米尔德丽德，在他跟格里菲思互不相识的时候，格里菲思如何在他卧病在床期间对他悉心照料。他把格里菲思自我牺牲的事迹毫无遗漏地都讲了出来。

"你会不由自主地喜欢他的。"菲利普说。

"我可不喜欢相貌俊美的男人，"米尔德丽德说，"在我看来，他们都太傲慢自负。"

"他想认识你。我经常在他面前说起你。"

"你跟他说了些什么？"米尔德丽德问道。

除了格里菲思，菲利普找不到别的人可以倾吐他对米尔德丽德的爱情，就这样，他一点一点地把他跟米尔德丽德的关系全向格里菲思说了。他起码有五十次在格里菲思面前描绘米尔德丽德的容貌。他用充满眷恋的口气详细地述说米尔德丽德的外表，连一个细节都不漏掉，因此格里菲思对她那双纤细的手是什么形状，她的脸色有多么苍白，都知道得一清二楚。当菲利普说到她那两片毫无血色却富有魅力的薄薄的嘴唇时，格里菲思便嘲笑起他来。

"天哪！我很高兴,我可不像你那样拙劣地对待事物,"他说,"否则,生活也就没有什么意思了。"

菲利普微微一笑。格里菲思并不了解热恋的甜蜜,那就好似酒、肉,好似人所呼吸的空气,好似一切人所赖以生存的基本要素一样。他知道那姑娘怀孕时受到菲利普的照料,如今菲利普就要跟她一起外出游玩了。

"噢,我得说你理应得到报偿,"他说,"你一定花了一大笔钱。幸亏你出得起这笔费用。"

"我出不起,"菲利普说,"可是,我一点也不在乎。"

要去吃午饭的话,时间还嫌太早,菲利普和米尔德丽德就坐在广场上一个避风的角落里,一边晒太阳,一边观看着来往的行人。一些布赖顿的男店员,三三两两地一边走一边挥舞着手杖,一群群布赖顿的女店员,迈着轻快的步子朝前走去,嘴里不住发出咯咯的笑声。他们一眼就能看出哪些人是从伦敦赶来消磨这一天的。空气中寒意料峭,使那些伦敦佬疲乏的身体振作起来。眼前走过许多犹太人,那些女士身体肥胖,穿着紧绷绷的缎子衣衫,浑身上下闪烁着珠光宝气,而男人们个子矮小,体态臃肿,说话时总是打着手势。还有一些衣着讲究的中年绅士,住在大旅馆里消磨周末的时光。他们在吃过一顿丰盛的早餐之后,不停地四处转悠,好使自己仍有胃口来享用丰盛的午餐。他们与朋友们彼此寒暄,在一起谈着有关布赖顿医生或海边伦敦①的风光。偶尔走过一个有名的演员,引起了在场所有的人的注目,而他摆出一副毫无觉察的神气。时而,他身穿装有俄国羔皮领子的外套,脚上穿着漆皮靴

---

① 两者均为英国英格兰东南部城市布赖顿的绰号。

子,手里握着一根银质把手的手杖;时而,他上面穿着有腰带的粗呢宽大衣,下面套一条灯笼裤,后脑勺上戴一顶花呢帽,信步闲逛,好像刚打完一天猎回来似的。阳光照在蓝色的海面上。蔚蓝的大海明净整洁。

午饭过后,他们便上霍夫去拜访那个照看孩子的女人。她就住在后街的一所小房子里,房子收拾得倒很干净整洁。她叫哈丁太太,是个已过中年、身体健壮的女人,头发灰白,脸庞红红的,相当丰满。她戴着帽子,露出一副慈母的样子,菲利普认为她看上去十分善良。

"你不觉得照料孩子是桩十分讨厌的苦差事吗?"菲利普问道。

那个女人解释说,她的丈夫是个副牧师,年纪要比她大得多。教区的牧师们都想录用年轻人当他们的助手,因此她的丈夫很难找到一份固定的工作,只好在有人外出度假或病倒时前去代职,挣上几个子儿。另外,某个慈善机构也给他们夫妇俩一小笔津贴。她的生活寂寞,照看孩子好让她有些事干。况且,凭借每个星期照料孩子而挣到的那几个先令,也可以帮她维持生计。她答应一定把孩子喂养得白白胖胖的。

"她真像一位身份高贵的妇人,是吧?"他们出来后,米尔德丽德说。

他们回到梅特罗波尔饭店去用茶点。米尔德丽德喜欢那儿的人群和乐队。菲利普懒得说话。米尔德丽德目光敏锐地盯着走进店来的女客身上的服饰时,他在一旁端详着她的脸。她有一种特殊的洞察力,一眼就能估出什么东西值多少钱。她不时向菲利普探过身去,低声报告她琢磨出的结果。

"你瞧见那儿的白鹭羽毛了吗? 每一根羽毛就值七个

畿尼。"

要不就是:"快看那件白鼬皮长袍,菲利普。那是兔皮,没错——那不是白鼬皮。"她得意地哈哈笑着,"我老远就可以认出来。"

菲利普愉快地笑着。看到她这么快乐,他也感到高兴,她谈话时的那种纯真坦率的样子使他觉得很有趣,也深受感动。乐队奏起凄楚动人的乐曲。

晚饭后,他们朝火车站走去。菲利普挽着米尔德丽德的胳膊。他把他为法国之行所做的安排告诉了她。米尔德丽德应当在本周末返回伦敦,但她却说要到下个星期的星期六才能回去。菲利普已经在巴黎一家旅馆里订了一个房间。他急切地盼望能订到车票。

"咱们坐二等车厢去巴黎,你不会在意吧?咱们花钱可不能大手大脚,只要到了那儿玩得痛快,就比什么都强。"

菲利普已经上百次地对她谈起拉丁区。他们将在那儿古色古香、富有情趣的街道上漫游,将悠闲地坐在卢森堡那景色迷人的公园里。在巴黎玩够了以后,要是天气晴朗,他们还可以上枫丹白露。那会儿,树木刚刚长出新叶。春天里的森林一片葱绿,那种景色比什么都美。它就好像一首歌儿,宛如欢乐中夹带着痛苦的爱情。米尔德丽德默默地听着。菲利普转过脸来,想要看出她眼睛深处的含义。

"你确实想去,对吧?"他问道。

"那当然啰。"她笑着说。

"你不知道我是多么急切地盼望着这次旅行。以后这几天我还不知道该怎么过呢。我老是担心会出什么事儿,使得咱们没法成行。有时候,因为我说不清自己多么爱你,我简直要发疯了。如今,终于,终于……"

他突然住嘴不说了。他们来到车站,刚才在路上耽搁了不少时间,因此菲利普几乎来不及跟她道别,只是匆匆地吻了她一下,接着就拼命地朝售票窗口跑去。她站在原地不动。他跑步的姿势实在古怪难看。

74

在接下去那个星期六,米尔德丽德回到了伦敦。当晚,菲利普一直守在她的身边。他在戏院里订了两个座位。晚餐时,他们喝了香槟酒。米尔德丽德已经好久没有在伦敦这么玩乐了,于是,她尽情享受了所有的乐趣。戏院散场后,他们坐着马车朝皮姆利科①驶去,菲利普在那儿为她租了个房间。一路上,米尔德丽德紧紧偎依着菲利普。

"我真的觉得你见到我一定很高兴。"菲利普说。

米尔德丽德没有回答,只是温存地握了握他的手。米尔德丽德难得表露出这样的柔情,菲利普简直被弄得神魂颠倒了。

"我已邀请格里菲思明天跟我们一块儿吃饭。"菲利普对她说。

"哦,你这样做我很高兴。我早就想见见他。"

星期天晚上,城里没有什么娱乐场所可以带米尔德丽德去玩。菲利普生怕米尔德丽德整天跟他待在一起会感到厌

———————————

① 皮姆利科,伦敦威斯敏斯特城区内的一个地区,以其宽阔的花园广场和摄政时期的宏伟建筑而著称。

烦。格里菲思滑稽有趣,可以帮他们打发掉这个晚上。菲利普对格里菲思和米尔德丽德两人都很喜欢,希望他们俩互相认识,并且喜欢对方。菲利普临走时对米尔德丽德说:

"只剩下六天时间了。"

他们已安排好在罗曼诺餐馆的楼座吃饭,因为那儿的饭菜精美可口,看上去远远超过了实际支付的价钱。菲利普和米尔德丽德先到,只好坐下来等候格里菲思。

"他这个家伙老不准时,"菲利普说,"他的情人众多,眼下说不定正在跟她们中间的一个鬼混呢!"

可是不一会儿,格里菲思就来了。他相貌俊美,个子又高又瘦。那颗脑袋跟他的整个身材适成比例,显出一副所向无敌的神态,相当引人注目。他那头鬈发,那双大胆、友善的蓝眼睛,还有那张鲜红的嘴,无不显得十分迷人。菲利普发现米尔德丽德带着赞赏的神气打量着格里菲思,心里感到一种奇特的满足。格里菲思笑吟吟地跟他们打招呼。

"我已经听到很多有关你的事儿。"格里菲思一边跟米尔德丽德握手,一边对她说。

"恐怕没有我听到的有关你的事多吧。"她回答说。

"也没有你的事那么坏。"菲利普说。

"他是不是一直在败坏我的名声?"

格里菲思发出一阵笑声,菲利普看见米尔德丽德注意到格里菲思的牙齿是多么洁白整齐,他的笑容又是多么和蔼可亲。

"你们俩应该像老朋友一样相处,"菲利普说,"我已经为你们彼此做了详细的介绍。"

当时格里菲思的心情是再好不过了,因为他终于通过了结业考试,取得了当医生的资格,刚被委任为伦敦北部一家医院的住院外科医生。他五月初就要开始工作,在此之前他准备回家度假。这是他在伦敦的最后一个星期,于是决心趁此机会尽情地玩乐一番。他又欢快地胡说八道起来,让菲利普感到不胜钦佩,因为菲利普模仿不出他的样子。他的话其实并没多少意义,不过那股活泼劲儿给他的话增添了分量。从他身上似乎涌出一股活力,凡是跟他相识的人,无不受到这股活力的影响,几乎就像身上感到一阵温暖那么明显。米尔德丽德那种欢快活泼的样子,菲利普以前还从没见过;看到由自己操办的小小聚会这样成功,菲利普心里很高兴。米尔德丽德着实快活了一番。她的笑声越来越高,把已经成为她第二天性的那种斯文矜持的腔调完全忘了。

不久,格里菲思说:

“嘿,要我称呼你米勒太太实在太难了。菲利普一向只叫你米尔德丽德。”

“如果你也这样称呼她,她大概不会把你的眼珠给抠出来。”菲利普笑呵呵地说。

“那她得叫我哈利。”

在他们俩闲聊的时候,菲利普默默地坐在一旁暗自思量,看到别人心情愉快,确实令他感到非常舒畅。格里菲思不时友好地取笑他几句,因为他老是那么一本正经。

“我想他一定很喜欢你,菲利普。”米尔德丽德笑着说。

“他这个老伙计不坏。”格里菲思接口说,同时抓住菲利普的手快乐地摇晃着。

格里菲思喜欢菲利普这件事似乎使得他更富有魅力。他们都是饮食有度的人,喝了几口酒,酒力就直冲脑门。格里菲思的话越来越多,嘻嘻哈哈地闹腾得挺欢;菲利普虽然感到有趣,但也不得不恳求他安静一点。格里菲思有讲故事的天赋,在叙述的过程中,他的那些风流韵事从来不乏传奇的色彩,总能引得人发笑。在所有这些艳遇中,他总是扮演一个风流殷勤、幽默风趣的角色。米尔德丽德兴奋得眼睛闪闪发亮,不住地催促格里菲思继续往下讲。于是他诉说了一则又一则逸事。等到餐馆的灯光开始熄灭时,米尔德丽德感到十分惊讶。

"哎呀,今晚过得好快啊。我以为还不到九点半呢。"

他们起身走出餐馆。道别时,米尔德丽德又说:

"明天我上菲利普那儿用茶。可能的话,你不妨也来。"

"好的。"格里菲思笑着说。

在回皮姆利科的路上,米尔德丽德嘴里仍一个劲地谈着格里菲思,完全被他堂堂的仪表、裁剪精美的衣服、说话的声音以及他那欢快的性格迷住了。

"你喜欢他,我很高兴。"菲利普说,"还记得吗?你当初还不屑跟他见面呢!"

"菲利普,我认为他这个人真好,竟这么喜欢你。他确实是你应该结交的好朋友。"

她仰起脸来让菲利普吻她,这是她很少有的举动。

"菲利普,我今晚过得很愉快。太感谢你了。"

"别说这样的傻话。"菲利普笑着说。她的赞赏叫他颇为感动,他觉得眼睛湿润了。

她打开房门,在进去前,又朝菲利普回过头来。

"告诉哈利,我狂热地爱上了他。"她说。

"好的。"他笑着说,"祝你晚安。"

第二天,他们俩在用茶点的时候,格里菲思从外面进来,懒洋洋地坐到一张扶手椅上。他那粗大的手脚慢腾腾的动作里流露出一种不寻常的性感。在格里菲思跟米尔德丽德闲谈时,菲利普默默不语,但他十分快活。他对那两位充满了赞赏之情,因此在他看来,他们俩相互赞赏也是十分自然的事。即便格里菲思把米尔德丽德的心思吸引了过去,他也不在乎,因为到了晚上,米尔德丽德就全部属于他了。他有点像一位对自己妻子的感情深信不疑的充满爱意的丈夫,在一旁饶有兴味地看着妻子毫无危险地跟一位陌生人调情。但是到了七点半,他看了看手表,说:

"米尔德丽德,咱们该出去吃饭了。"

房间里一阵沉默。格里菲思露出一副深思默想的样子。

"噢,我得走了,"格里菲思终于开口说,"我不知道时间已经这么晚了。"

"今晚你有什么事吗?"米尔德丽德问道。

"没有。"

又是一阵沉默。菲利普感到有点儿恼火。

"我这就去洗一下,"菲利普说道,接着又对米尔德丽德说,"你要不要上厕所?"

她没有搭理他。

"你为何不跟我们一起去吃饭呢?"她对格里菲思这样说。

格里菲思望着菲利普,只见他脸色阴沉地瞪视着自己。

"昨晚我跟你们去吃了一顿,"格里菲思笑着说,"我去会碍事的。"

"哦,这没关系。"米尔德丽德坚持说,"叫他一起去吧,菲利普。他不会碍事的,对吧?"

"他想去就尽管去好了。"

"那好吧。"格里菲思马上说道,"我这就上楼去梳理一下。"

他刚走出房间,菲利普便生气地对着米尔德丽德嚷道:

"你究竟为什么要叫他跟咱们一块儿去吃饭呢?"

"我忍不住就说了。不过当他说没有什么事要做的时候,咱们一声不响,那不是显得太奇怪了吗?"

"哦,真荒唐!那你究竟干吗要问他有没有事呢?"

米尔德丽德抿了抿苍白的嘴唇。

"有时候我想找一点乐趣。老是跟你待在一起,我感到厌烦。"

他们听到格里菲思下楼时沉重的脚步声,于是菲利普走进卧室梳洗去了。他们就在附近一家意大利餐馆吃晚饭。菲利普气呼呼地闷声不响,但是他很快就意识到自己这副模样在格里菲思面前显得很不利,于是他竭力掩饰自己气恼的神色。他喝了许多酒,想借此消除内心的痛苦,还打起精神来说上几句。米尔德丽德好像对自己刚才说的话感到懊悔,便想尽一切办法来讨菲利普的欢心。她显得那么和蔼可亲,那么情深意厚。不一会儿,菲利普就觉得自己真是傻气,竟然拈酸吃醋。晚饭后,他们坐着一辆马车去歌舞杂耍剧场,一路上,米尔德丽德坐在两个男人中间,还主动伸出手来让菲利普握着。于是,他的怨气顿时烟消云散。突然,不知怎的,他意识到格里菲思也正握着米尔德丽德的另一只手。他又感到一阵剧痛,这是一种真正的肉体上的痛苦。他心惊肉跳,问了自己一个先前可能也会问的问题:米尔德丽德和格里菲思是否彼此相爱了。他眼前好像飘浮着一团怀疑、气愤、失望、苦恼的迷雾,舞台上的演出什么也看不见,但他仍然竭力装作若无其事的样子,继续跟他们俩说说笑笑。接着,他突然产生了一种奇特的想要折磨自己的欲望,他站了起来,说他想去喝点什么。米尔德丽德和格里菲思从来没有单独待在一起,他想让他们俩单独待一会儿。

"我也去,"格里菲思说,"我也口渴得很。"

"哦,胡说,你留下来陪米尔德丽德说说话儿。"

菲利普不知道自己为什么要说出这种话来。他丢下他们俩单独相处,好让自己遭受的痛苦更加难以忍受。他并没有到酒吧间去,而是走上楼厅,从那儿他可以暗中监视他们。他们也不再朝舞台上看了,而是相视而笑。格里菲思仍然跟原来一样,兴高采烈、滔滔不绝地说着,而米尔德丽德则全神贯注地听着。菲利普开始头痛欲裂,他一动不动地站在那儿。他知道自己再回去会碍事的。没有他,他们玩得很愉快,而他却备受折磨。时间就这样过去了,眼下他特别不好意思再回到他们中间去。他心里明白,他们压根儿就没想到他。他苦涩地想到今晚这顿晚饭以及歌舞杂耍剧场的票子都是他付的账。他们俩把他耍弄得好苦啊!他深感耻辱。他看得出来,没有他在旁边,他们是多么愉快。他本来想丢下他们径自回到自己的住所,但是他的帽子和外套还在那儿,而且,以后还得没完没了地加以解释。他又回到自己的座位上。他发觉在米尔德丽德向自己投来的目光中隐隐流露出不快的神色,他的心不禁往下一沉。

"你去了好长时间。"格里菲思说,脸上挂着欢迎的笑容。

"我遇到几个熟人,一谈起来就脱不了身。我想你们在一起相处得很好吧。"

"我感到非常愉快，"格里菲思说，"不知米尔德丽德怎么样。"

她发出一声短促的心满意足的笑声，笑声里透出的鄙俗味儿叫菲利普听了极为反感。他提议他们该回去了。

"走吧，"格里菲思说，"我们俩一同送你回去。"

菲利普疑心这种安排是米尔德丽德事先暗示的。这样，她可以不跟他单独待在一起。在马车里，他没去握住米尔德丽德的手，而米尔德丽德也没有把手伸过来；可他知道她在路上始终握着格里菲思的手。当时他最主要的想法是这一切实在鄙俗不堪。马车朝前驶去。他暗自纳闷，不知他们俩背着他做出了什么幽会的安排，他诅咒自己不该让他们俩单独待在一起，实际上正是自己故意离开，才促成他们这么做的。

"咱们也坐马车回去吧，"当马车来到米尔德丽德的住处时，菲利普说，"我实在太累了，没法走回家去。"

在返回住所的路上，格里菲思谈笑风生，菲利普却只哦哦啊啊地应答着，可格里菲思似乎对此满不在乎。菲利普觉得格里菲思一定注意到出了什么问题。最后，菲利普的沉默太明显了，格里菲思再也无法装作不知，他突然变得紧张不安，一下子收住了话头。菲利普想说些什么，但又十分腼腆，难以开口。然而，机不可失，时不再来，最好马上查明事情的真相。他硬着头皮开了腔。

"你是不是爱上了米尔德丽德?"他冷不防这么问道。

"我?"格里菲思笑着说，"今晚你这么怪里怪气的，就是为了这个缘故吗? 我当然不爱她，我亲爱的老兄。"

他想挽住菲利普的胳膊，但菲利普却把身子移开了。他知道格里菲思是在撒谎。他不能逼着格里菲思告诉自己说刚才没有一直握着米尔德丽德的手。突然,他觉得浑身乏力,虚弱不堪。

"哈利,这事对你没有什么,"他说道,"你已结交了那么多女人——别把她从我的身边夺走。这意味着我的整个生命。我的境遇已经够不幸的了。"

他的声音突然变了,忍不住抽抽搭搭地哭起来。他羞愧得无地自容。

"亲爱的老伙计,你知道我可不会干出任何伤害你的事。我实在太喜欢你了,不会干出那样的事。我只是逗乐儿。要是我早知道你这么伤心,我就会小心行事了。"

"你这话是真的吗?"菲利普问道。

"我根本不把她放在心上。我以我的名誉担保。"

菲利普宽慰地舒了一口气。马车在他们住所的门前停了下来。

75

第二天,菲利普心情很好。他非常不希望由于自己在米尔德丽德身边待得太久而使她感到厌烦。因此,他想好了不到吃饭时间不去找她。他去接她的时候,她已经打扮好了,于是就拿她这次罕见的准时赴约和她打趣。她身上穿着他送的新连衣裙。他对这条连衣裙评论了一番,表示看起来相当漂亮。

"还得送回去改一下,"米尔德丽德说,"裙子缝得不好。"

"如果你想把它带到巴黎去的话,那就得叫裁缝抓紧一点。"

"会来得及改好的。"

"只剩下三天时间了。咱们坐十一点钟的火车去，好吗？"

"随你的便。"

菲利普差不多有一个月的时间可以完全守在米尔德丽德的身旁，他用贪婪而又爱慕的目光盯着她。他为自己的恋情而微微发笑。

"我不知道看中了你哪一点。"他笑吟吟地说。

"说得好。"她回答说。

米尔德丽德的身体瘦得几乎一眼就能看到骨头架子。她的胸脯就像男孩的胸脯一样扁平，嘴巴由于双唇狭窄、苍白而显得难看。她的皮肤呈现出淡绿的颜色。

"咱们出门在外，我就给你服用大量的布洛氏药丸①，"菲利普笑着说，"让你回来的时候变得胖胖的，脸色红润。"

"我可不想发胖。"她说。

她并没有提起格里菲思，菲利普信心十足，觉得自己可以支配她，于是不久在吃饭的时候，他有些不怀好意地说：

"看来昨天晚上，你跟哈利着实调了一阵情？"

"我告诉过你说我爱上他了嘛。"她笑哈哈地说。

"我很高兴地知道他并没有爱上你。"

"你怎么知道？"

"我问过他。"

米尔德丽德犹豫了一会儿，望着菲利普，眼睛里突然闪现

---

① 布洛氏药丸，法国医生皮埃尔·布洛（1774—1858）发明的一种低铁补血药丸，适用于医治贫血患者。

出一种奇异的光芒。

"你愿意看一下他今天早上给我的信吗？"

米尔德丽德递给他一个信封，菲利普一眼就认出了信封上格里菲思那粗大、清晰的笔迹。这封信共有八页，写得很好，口气坦率，相当动人，正是出于一个惯于向女人求爱的男人的手笔。他告诉米尔德丽德说他狂热地爱着她，他一见到米尔德丽德就陷入了情网；他并不想这样，因为他知道菲利普非常喜欢她，但是他身不由己。菲利普是那么一个可爱的人儿，他为自己感到万分羞愧，但这并不是他的过错，他只是把持不住了。他对米尔德丽德说了不少悦耳动听的恭维话。最后，他感谢米尔德丽德答应第二天跟他一起吃午饭，并说他十分迫切地期待着跟她会面。菲利普注意到这封信是前一天晚上写的，格里菲思一定是在跟菲利普分手以后写的，而且是在菲利普以为他已安歇的时候，不辞辛劳地跑出去把信寄出。

看信的那一刻，菲利普的心怦怦直跳，直感到厌恶。但表面上却没有露出一点惊讶的神色。他面带笑容、镇定自若地把信交还给米尔德丽德。

"那顿午饭吃得畅快吗？"

"十分畅快。"她断然说道。

菲利普感到自己的两只手不住地颤抖，于是把手藏到桌子下面。

"你可不要太拿格里菲思当真，要知道，他只是个轻浮浪荡的人。"

米尔德丽德拿起那封信，又看了看。

"我也是身不由己，"她说道，竭力让自己的声音显得冷静，"我也不清楚自己究竟怎么啦。"

"这事可叫我有点儿难堪,是不是?"菲利普说。

她飞快地瞅了他一眼。

"我得说,你对这件事的态度倒相当镇静。"

"你想叫我怎么办呢?你想叫我一把一把地撕扯自己的头发吗?"

"我原先以为你会生我的气。"

"奇怪的是,我一点儿也不生气。我早该知道会发生这样的事。我太傻气了,介绍你们俩相见。他哪一方面都比我强,这一点我很清楚。他为人欢快得多,相貌又很俊美,也更为有趣,他会讲些叫你感兴趣的事儿。"

"我不懂你这是什么意思。如果我不聪明,那我也没法子。但是老实告诉你,我也不像你所想的那样愚蠢,压根儿没到那种地步。我的年轻的朋友,你对我也有点太傲慢了吧。"

"你想跟我吵架吗?"他温和地问道。

"不,但我不明白为什么你要这样对待我,好像我什么也不懂似的。"

"对不起,我并不打算得罪你,只是想心平气和地把话彻底地说说清楚。尽力设法不要把事情搞得一团糟。我看到你被他吸引住了,在我看来,这是很自然的。唯一真正叫我伤心的是,他竟然会怂恿你这么干。他知道我爱你爱得要命。他对我说他根本不把你放在心上,可是五分钟之后又写了那么一封信,这种做法在我看来也太不光彩了。"

"要是你以为在我面前说他的坏话,就会让我不那么喜欢他,那你就搞错了。"

菲利普沉默了一会儿。他不知道该说些什么才能使米尔德丽德明白自己的意思。他想说得冷静一些,慎重一些,但是他心绪纷乱，一下子还无法理清思路。

"为了一种你知道不会长久的痴情而牺牲一切，那是不值得的。说到底，不管是哪个人，他都没有爱得超过十天，而你生性比较冷淡。那种事不会给你带来多大好处。"

"那是你的想法。"

米尔德丽德这种爱唱反调的语气倒使得他更难处理了。

"你爱上了他，那也是身不由己。我只有尽力忍受这种痛苦。你我两人一向处得不错，我对你从来没有什么不礼貌的举动，是吧？你并没有爱上我，这一点我向来清楚，不过你还是喜欢我的。咱们到了巴黎，你就会忘掉格里菲思。只要你下决心忘掉他，就会发觉这样做并不难。你也该为我做点儿什么，我也应当受到这样的待遇。"

米尔德丽德一声不响，他们继续吃饭。沉默的气氛变得令人难以忍受，菲利普开始谈些无关紧要的琐事。米尔德丽德心不在焉，他装作没有看见。米尔德丽德对他说的话只是敷衍几句，却不主动开口。最后，她突然打断菲利普的话，说：

"菲利普，星期六我恐怕不能走了，医生说我不该这么做。"

他知道这不是真话，但嘴上还是说：

"那么，你什么时候能够离开呢？"

她瞥了菲利普一眼，发觉他的脸色苍白，神情严厉，于是紧张不安地把目光移向别处。这会儿，她有点害怕菲利普。

"我还是告诉你吧，把这件事了结掉。我根本不能跟你一块儿去。"

"我料到你有这样的意思。可是，如今改变主意已经太迟了。车票已经买了，一切都准备好了。"

"你说过如果我不想到巴黎去,就不勉强我去,而现在我不想去。"

"我已经改变主意了。我不打算再让自己受到耍弄了。你一定得去。"

"菲利普,作为一个朋友,我很喜欢你。可是,旁的我连想都不愿去想。我不是以那种方式喜欢你。我不能,菲利普。"

"一个星期前你还是愿意去的嘛。"

"那时候情况不同。"

"你还没有遇到格里菲思,是吗?"

"你自己说过要是我爱上了格里菲思,那也是身不由己。"

她的脸一下子沉了下来,两眼直直地盯着面前的盘子。菲利普气得脸色发白。他真想用捏紧的拳头揍她的脸,脑子里想象出她被打得鼻青脸肿的模样。附近的一张餐桌旁坐着两个十八岁的小伙子,他们不时朝米尔德丽德瞅上一眼。他暗自纳闷,不知他们是否羡慕他跟一个漂亮的姑娘在一起吃饭,说不定他们正想取代他的位置。最后还是米尔德丽德打破了沉默。

"咱们一块儿出去有什么好处呢? 我仍然会始终想着他。这样也不会给你带来多少乐趣。"

"那是我的事。"他回答说。

米尔德丽德细细琢磨了他那含蓄的回答,不禁脸色绯红。

"但是这也太卑鄙了。"

"那又怎么样呢?"

"我还以为你是个地地道道的上流绅士呢。"

"你错了。"

他的回答叫他感到十分开心,他一边说着,一边哈哈大笑。

"看在老天爷的面上,别笑啦!"她大声嚷道,"菲利普,我不能陪你去。实在对不起。我知道我一向待你不好,但是一个人总不能强迫自己去做自己不愿做的事儿。"

"你困顿的时候,什么都是我给你张罗的,难道你都忘了吗?你生孩子之前的生活费用都是我付的。你看医生以及其他一切费用也都是我付的。你上布赖顿去的旅费也是我提供的。眼下我还在为你付孩子的寄养费,给你买衣服,你身上穿的每一件衣服都是我买的。"

"如果你是一个上流绅士,就不会把你为我做的一切在我面前抖搂出来。"

"哦,看在老天爷的面上,给我闭嘴吧!你以为我还在乎自己是不是一个上流绅士吗?如果我是一个上流绅士,我就不会把时间浪费在像你这样一个粗俗的荡妇身上了。你喜欢不喜欢我,我才不在乎呢。我被人像该死的傻瓜一样愚弄,心里实在厌烦透了。你星期六当然跟我一块儿去巴黎,否则你就要承担后果。"

她气得满脸通红,在回答菲利普的时候,她的声音也变得粗俗生硬,而平时她总是装得温文有礼的。

"我从来都不喜欢你,打一开始就不喜欢,都是你强加给我的。你每次吻我,我都感到讨厌。现在不准你碰我一下,就是我挨饿,也不准你碰。"

菲利普试图把自己盘子里的食物咽下去,但喉咙的肌肉不听使唤。他把面前的酒一饮而尽,接着点了支烟。他浑身发抖,一言不发,等待着米尔德丽德起身,但是米尔德丽德却默默地坐着不动,目不转睛地盯着雪白的桌布。要是这时只有他们两人的话,他就会一把搂住米尔德丽德的身子,在她脸上狂吻;他想象着他用嘴唇紧紧贴住米尔德丽德的嘴唇时她仰起的纤长雪白的脖子。两人就这样默默地坐了一个小时,最后菲利普觉得侍者开始好奇地盯着他们,便叫侍者前来结账。

"咱们走吧?"他口气平和地说。

米尔德丽德没有回答,但收拾好手提包和手套,穿上外套。

"你什么时候再跟格里菲思见面?"

"明天。"她冷淡地答道。

"你最好跟他商量一下。"

米尔德丽德无意识地打开手提包,看到包里的一张纸,就把它取了出来。

"这就是我穿的这件外套的账单。"她支支吾吾地说。

"那又怎么样呢?"

"我答应明天付钱的。"

"是吗?"

"这件衣服是你答应给我买的。你刚才的意思是不是说你不愿意付钱了?"

"是这个意思。"

"那我去叫哈利付。"她说,一下子飞红了脸。

"他很乐意帮助你。眼下他还欠我七个英镑,上个星期,他把显微镜送进了当铺,因为他身上一个子儿也没有。"

"你不要以为这样就可以吓唬我。我完全能够挣钱养活自己。"

"那再好也不过了。我可不打算再给你一个子儿。"

她又想起了星期六该付的房租和孩子的寄养费,但什么话也没说。他们俩走出餐馆,来到街上。菲利普问她说:

"要不要给你叫一辆马车?我想去散一会儿步。"

"我身上一个子儿也没有,可今天下午还得付一笔账。"

"走回去也伤不了你的身体。要是明天想要见我,大约在用茶点的时候我在家。"

他向米尔德丽德脱帽致意,接着悠闲地朝前走去。过了一会儿,他回头看了一眼,只见米尔德丽德无可奈何地站在原地,望着街上来往的车辆。他折了回来,笑着把一个硬币塞在米尔德丽德的手里。

"哦,两个先令,够你坐马车回家了。"

米尔德丽德还来不及开口说话,他便匆匆走开了。

76

第二天下午,菲利普坐在房间里,不知道米尔德丽德是否会来。前一天夜里,他睡得很不好。整个上午,他在医学院的俱乐部里看了一份又一份报纸。这时正值假期,他认识的学生很少留在伦敦,但他仍然找到一两个人闲聊,还下了盘棋,就这样消磨了那沉闷乏味的时光。午饭以后,他感到疲惫不堪,头也疼得厉害,就回到自己的住所,躺了下来;他想看一本小说。他一直没有见到格里菲思。头天夜里,菲利普回来时他不在家。后来听到他回来了,但他没像往常那样朝菲利普的房间里察看,弄清楚他是否已经睡着了。到了早晨,菲利普又听到他很早就出去了。显然,格里菲思是想避开他。突然,耳边传来轻轻的敲门声,菲利普一骨碌从床上跳下来,前去开门。原来是米尔德丽德站在门口,她一动不动。

"进来吧。"菲利普说。

他在她身后把门关上。米尔德丽德坐了下来,犹豫了一下才开口。

"谢谢你昨晚给了我两个先令。"她说。

"哦,那没什么。"

她对菲利普淡淡地一笑。这使菲利普想起一条小狗因为淘气挨打,接着想跟主人和好而露出的那种胆怯、奉承的表情。

"我和哈利在一起吃午饭的。"她说。

"是吗?"

"菲利普,如果你仍想要我星期六陪你一起去巴黎的话,我就跟你走。"

他心里顿时感到一阵胜利的喜悦,但这种感觉瞬息即逝,随后心中产生了一团疑云。

"是为了钱吗?"他问道。

"有一部分是这个原因,"她坦率地说,"哈利什么都帮不了。他欠了这儿五个星期的房租,还欠你七个英镑,而裁缝也催着他支付工钱。他要把能典当的东西都送进当铺,但他已经把一切都当掉了。为了把那个给我做了这件新衣服的女裁缝暂时打发掉,我费了好大的劲儿,可星期六房租又要到期了。我又没法在五分钟之内找到工作,总要略微等上一段时间才能得到一个空缺。"

她用平和而充满牢骚的口气说了这番话,好像是在数说命运的种种不公,但是这些不公正的地方本是事物的正常秩序的一部分,只好加以忍受。菲利普没有搭腔,但对她说这番话的用意却相当清楚。

"你说这是一部分原因。"最后他说道。

"噢,哈利说你对我们俩一向很好。他说你是他真正的好朋友,而你为我所做的一切,也许世上没有哪个别的男人会这样做。他说我们要做事坦诚。他还说了你谈到他时所说的那些话,就是他不像你,生性用情不专,要是我为了他而抛弃你,那可实在愚蠢。他的感情是不会持久的,而你会持久下去,他自己常常这么说。"

"你想跟我一块儿走吗?"菲利普问道。

"我无所谓。"

他望着米尔德丽德,见她嘴角向下弯着,露出一丝凄苦的神情。他确实取得了胜利,而且就要达到自己的目的了。他不禁哈哈一笑,嘲笑自己蒙受的耻辱。米尔德丽德飞快地瞅了他一眼,但没有开口。

"我真心诚意地盼望着能够和你一块儿出游,我曾以为,经过了那一切痛苦的折磨,我终于就要得到幸福了……"

他并没有把他想说的话说完。突然,米尔德丽德事先毫无预兆地泪如雨下。她坐的那把椅子,诺拉也曾坐在上面哭过,而且米尔德丽德也像诺拉一样,把脸埋在椅子的靠背里面,朝着椅子一侧。靠背中央凹陷,两边微微隆起,她把头部靠在椅子中央的凹陷处。

"我跟女人打交道总是不走运。"菲利普心里暗想。

她那瘦弱的身子随着一声声的鸣咽而不住地抖动。菲利普从来还没有见过一个女人这样尽情地哭泣。这太叫人痛苦了,他的心都给撕裂了。他不知不觉地走到米尔德丽德的跟前,伸出胳膊搂住她。米尔德丽德也没有抵抗,在这凄切哀伤的时刻,她听凭他抚慰自己。菲利普低声在她耳边说了几句安慰的话,究竟说了些什么,他自己也不大清楚。随后他弯下身子,在她脸上不住地亲吻。

"你很难受吗?"他最后问道。

"我真恨不得死了,"她呜咽着说,"真恨不得在我生孩子的时候死了。"

她头上戴的帽子有点儿碍事,于是菲利普给她取了下来。他把她的头放在椅子更舒适的部位,然后走过去坐在桌子旁边,端详着她。

"爱情真是可怕,对不对?"菲利普说,"想不到任何人都想要陷入情网!"

不久,米尔德丽德不再抽抽搭搭地哭得死去活来了,她精疲力竭地坐在椅子上,头往后仰着,两只胳膊垂在身体两旁。她那副古怪的模样就像画家笔下用来展示服饰的人体模型。

"我不知道你竟然如此爱他。"菲利普说。

菲利普完全理解格里菲思的爱情,因为他把自己放在格里菲思的位置上,用他的眼睛去观看,用他的手去抚摸;他可以设想格里菲思的躯体就是自己的躯体,用他那张嘴同米尔德丽德接吻,用他那双充满笑意的蓝眼睛朝着她微笑。叫他感到惊讶的倒是米尔德丽德的感情。他可从来没有想到她也会陷入热恋,毫无疑问,这就是热烈的恋情。他心里似乎有什么东西支撑不住了,真的感到仿佛什么东西在崩塌。他觉得自己莫名其妙地虚弱不堪。

"我并不想使你难受。如果你不想跟我一块儿去,那就不必去了。不管怎样,我都会给你钱的。"

她摇了摇头。

"不,我说过我要跟你去,那我就一定去。"

"如果你一心爱着他,去了又有什么好处?"

"是的,你说得很对。我一心爱着他。正如格里菲思一样,我也知道这种爱情是不能长久的,可是眼下……"

她不再说下去了,一下子闭上了双眼,好像就要晕过去似的。菲利普突然产生一个奇怪的念头,就不假思索地脱口而出:

"为什么你不跟他一块儿走呢?"

"我怎么能那样?你知道我们俩没钱呀。"

"我给你们钱。"

"你?"

她一下子坐直身子,望着菲利普。她的眼睛开始闪闪发亮,脸上也渐渐有了血色。

"也许最好还是你先了结这档子事,然后再回到我的身边来。"

提出这么个建议,他心里万分痛苦。然而,这种痛苦的折磨却给他带来一种奇怪的、难以捉摸的感觉。米尔德丽德圆睁着双眼紧盯着他。

"哦,我们怎么好用你的钱呢?哈利是不会同意的。"

"啊,行的,只要你去劝他,他是会同意的。"

她的反对倒使他更坚持自己的意见,然而他打心眼里希望米尔德丽德会断然拒绝这个建议。

"我给你一张五英镑的钞票,这样你们可以在外面从这个星期六待到下星期一。这是很容易就能办到的。到了星期一,他就要回家乡,一直待到他去伦敦北部就职为止。"

"哦,菲利普,这是真的吗?"她大声嚷道,一边把两只手紧握在一起,"只要你让我们走——我以后一定会深深地爱你的,为了你,无论做什么我都愿意。只要你真的这样做了,我肯定能克服这种感情的。你真的愿意给我们钱吗?"

"是的。"他答道。

这时候,米尔德丽德完全变成另一个人了,她开始笑起来。看得出她感到欣喜若狂。米尔德丽德站起身来,跪在菲利普的身旁,抓住他的两只手。

"你真好,菲利普。你是我认识的最好的人。以后你会不会生我的气呀?"

菲利普微笑着摇了摇头,可是他内心承受着多么巨大的痛苦啊!

"我现在可以去告诉哈利吗? 我可以对他说你不介意吗? 除非你保证说没有关系,否则他是不会同意的。哦,你不知道我多么爱他! 以后你想要我怎么样我就怎么样。星期一我就跟你一起去巴黎,去哪儿都可以。"

她站了起来,戴上帽子。

"你到哪儿去?"

"我去问问他是否愿意带我一起走。"

"那么急呀?"

"你要我留在这儿吗? 你要我留下来,我就不走。"

她坐了下来,但是菲利普却微微笑了笑。

"不,没关系,你最好马上就去吧。只是有件事得说清楚,眼下见到格里菲思,我可受不了。那太叫我伤心了。去告诉他,我对他没有什么敌意或者诸如此类的,但是请他离我远一点。"

"好吧，"她一下子跳起来，戴上手套，"我会把他说的话告诉你的。"

"你今晚最好来跟我一起吃饭。"

"很好。"

她仰起脸来等他吻她，当菲利普把嘴唇贴住她的嘴唇时，她伸出两只胳膊搂住他的脖子。

"你真是个可爱的人儿，菲利普。"

两三个小时后，她派人给他送来一张便条，说她头痛不能跟他一起吃饭。菲利普几乎料到她会这么做的。他知道她是在同格里菲思一起吃饭。他万分妒忌，但是那种迷住了他们俩心窍的突如其来的情欲，好像是从天外飞来似的，仿佛是天神赋予他们的一般，他感到自己无可奈何。他们彼此相爱是极其自然的。他看到了格里菲思胜过自己的种种长处，并承认如果自己处在米尔德丽德的地位，也会像米尔德丽德那样做的。最叫他伤心的是格里菲思的背信弃义的行为。他们曾经是那么好的朋友，而格里菲思也知道他对米尔德丽德是多么一往情深。格里菲思其实可以放过她的。

星期五以前他一直没有见到米尔德丽德，他渴望见她一面。可是当她来的时候，他意识到自己在米尔德丽德的心目中完全没有位置，因为他们俩都一心想着格里菲思。突然他恨起她来了。现在他明白了她和格里菲思彼此相爱的原因。格里菲思为人愚蠢，哦，简直愚蠢透顶！这一点他从一开始就知道，但却视而不见。格里菲思既愚蠢无知，又轻率浮躁。他身上的魅力掩盖了他那颗极端自私的心；为了满足自己的私欲，他不管哪个人都可以牺牲。他过的生活是多么的贫乏空虚,整天不是在酒吧间闲荡,就是在歌舞杂耍剧场里喝酒,再不就是到处拈花惹草,闹出一桩桩风流私情!他从来不读书,除了轻薄下流的事儿,什么也不懂。他从没转过一个好念头:最常挂在嘴边的字眼是"漂亮"。这是他给一个男人或女人的最高赞词。漂亮!难怪他能讨米尔德丽德的欢心,他们彼此臭味相投。

菲利普对米尔德丽德谈了些无关紧要的琐事。他知道米尔德丽德想讲讲格里菲思的情况,但是他不给她开口的机会。他也不提两天前的晚上她用一个小小的借口推辞同他一起吃晚饭的事。他对她态度冷淡,试图使她相信他突然变得满不在乎了。他施展独特的本领,专挑一些琐碎的小事说,他知道这样会刺痛她的心。可是他的话又那么含糊不清,那么绵里藏针,叫她听了无法生气。最后,她站了起来。

"我想我该走了。"她说。

"你大概挺忙的吧。"他回答说。

她伸出手来,菲利普与她握手道别,并为她打开了房门。菲利普知道她想要说些什么,同时也知道他那副冷冰冰的、嘲讽的神情吓得她不敢开口。他的羞怯往往使他显得态度冷漠,无意中叫人感到害怕。他发现了这一点之后,遇到必要的时候就装出这副神态去对付别人。

"你没有忘记你的承诺吧!"他扶着房门的当儿,米尔德丽德终于说道。

"什么承诺?"

"有关钱的承诺。"

"你要多少?"

他说话的口气冷淡而审慎,使得他的话显得特别刺耳。

米尔德丽德的脸红了。他知道眼下米尔德丽德恨死他了，对于米尔德丽德克制着不动怒发作的毅力，菲利普感到十分惊讶。他要让她吃些苦头。

"就是明天要付的房租和那件衣服的钱，没有别的。哈利不走了，所以我们也不需要那笔钱了。"

菲利普的心猛地咯噔一下，他松开了门把手，房门又关上了。

"为什么不走了？"

"他说我们不能去，不能用你的钱。"

菲利普一下子被魔鬼控制住了，这是一个始终潜伏在他体内的自我折磨的魔鬼。虽然他打心底里希望格里菲思不要和米尔德丽德一起外出，但是他控制不了自己。他竭力通过米尔德丽德去劝说格里菲思。

"只要我愿意，我不明白为什么不能去。"他说。

"我对他也是这么说的。"

"我本该想到，要是他真的想走，就不会犹豫了。"

"哦，不是那么回事，他确实想走。要是手头有钱，他马上就走。"

"如果他过于拘谨的话，那我就把钱给你。"

"我说过，只要他愿意，你会把钱借给我们的，我们一旦手头宽裕，便马上归还。"

"你真有很大的转变，竟然央求一个男人带你去度周末。"

"真有一些，是吗？"她说，一边厚颜无耻地笑了笑。

这种笑声使得菲利普直打冷战。

"那你们打算干什么？"他问道。

"不干什么。他明天就要回家。他一定得走。"

这一来菲利普可得救了。格里菲思不再挡道碍事,他就可以使米尔德丽德重新回到自己的身边。她在伦敦一个熟人也没有,只好来跟他相处。只要他们单独在一起,他就能够使她很快忘掉这段恋情。只要他不再多说什么,就会安然无事。然而他有一种残忍的欲望,想要打消他们的种种顾忌;他想知道他们对待他究竟会恶劣到什么程度。只要他略微引诱一下,他们就会屈服;一想到他们会名誉扫地,他心里就激荡起一种强烈的喜悦。虽然他说的每一个字都使他备受煎熬,但是在这种折磨中,他发现了无穷的乐趣。

"看来,到了机不可失、时不再来的地步。"

"我对他正是这么说的。"她说。

她说话的声音带着感情热烈的调子,给菲利普留下深刻的印象。他惶恐不安地咬着手指甲。

"你们想到哪儿去?"

"哦,到牛津去。你知道,他在那儿上过大学。他说要带我到各个学院去参观一下。"

菲利普想起有一次他提议他们俩一起到牛津去玩一天,可她断然表示一想到那儿的景致,她就感到索然无味。

"看来你们会遇到好天气的。眼下那儿应当很好玩。"

"为了劝他前去,我能说的都说了。"

"为什么不再试一下?"

"要不要说是你要我们去的?"

"我认为你不能说得这样直截了当。"菲利普说。

她停了一两分钟,眼睛紧盯着菲利普。菲利普也勉强用友好的目光望着她。他恨她,鄙视她,但是又真心诚意地爱着她。

"我把我的打算告诉你,我要去看看他是否可以做出安排。要是他同意了,明天我就到你这儿来取钱。你什么时候在家?"

"我吃过午饭就回来等你。"

"好的。"

"现在我就把你要付衣服和房租的钱给你。"

他走到书桌前,拿出手头所有的钱。那件衣服要付六个畿尼,此外,还有她的房租、饭钱和孩子每周的寄养费。他一共给了她八英镑十先令。

"太谢谢你了。"她说。

米尔德丽德离开了他。

77

在医学院的地下室吃过午饭后,菲利普回到自己的住处。那时已是星期六的下午,女房东正在打扫楼梯。

"格里菲思先生在吗?"他问道。

"不在,先生。今天早上你走后不久他也走了。"

"他不回来了吗?"

"我想不会回来了,先生。他把行李都搬走了。"

菲利普不知道格里菲思这样做究竟是什么意思。他拿起一本书,看了起来。这是他刚从威斯敏斯特公共图书馆借来的伯顿①的《麦加之行》。他看了第一页,却不知所云,因为他

---

① 伯顿(1821—1890),英国探险家、作家,多次到亚、非地区探险,考察过伊斯兰教圣地麦加和麦地那。

的心思压根儿就不在书上,而是始终在侧耳谛听着是否有人来拉门铃。他不敢抱有这样的希望:格里菲思会把米尔德丽德留在伦敦,独自前往他在坎伯兰郡①的家乡。米尔德丽德不久就会来找他要钱的。他咬紧牙关,继续看书,拼命集中心思。这样一来,书上的句子倒是深深地印在脑子里,但是句子的确切含义却由于他经受的痛苦而被曲解了。他真心希望当初没有提出那个由自己出钱的糟糕的建议,但是既然说出了口,就没有勇气收回。这倒不是为了米尔德丽德,而是为了他自己。他身上有股病态的执拗劲儿,驱使他去做他下决心要做的事。他发现自己看了三页书,脑子里却没有留下一点儿印象。于是,他把书又翻回原处,从头看起。他发觉自己翻来覆去地老是看着同一个句子,接着,书上的句子跟自己的思绪交织在一起,乱糟糟的,好像噩梦中出现的一个计算公式。有一件事是他能够做到的,就是出门躲到外面去,直到午夜才回来。这样,格里菲思和米尔德丽德就走不成了。他似乎看到他们俩每过一个小时就跑来探问他是否在家。想到他们俩神情沮丧的样子,他心里感到乐滋滋的。他机械呆板地又把书上的那个句子重念了一遍。可是,他不能那么做。让他们来拿钱吧!那样的话,他就可以知道人们可能无耻到什么地步。这会儿他再也无法把书看下去了,书上的字简直看不清楚。他仰靠在椅子上,合上眼睛,痛苦得对别的一切都麻木了。他在等待着米尔德丽德的到来。

女房东走进房来。

"先生,你见不见米勒太太?"

---

① 坎伯兰郡,英国英格兰西北部旧郡,现为坎布里亚郡的一部分。

"叫她进来。"

菲利普打起精神来接待米尔德丽德,一点儿也没露出内心的感受。他一时心血来潮,想跪在她的面前,抓住她的双手,请求她不要离开,但他知道如今没有什么办法可以打动她的心。她会把他说的话和他的一举一动都告诉格里菲思。他感到很羞愧。

"噢,你们的出游准备得怎样了?"他欢快地问道。

"我们马上就走。哈利就在外面。我告诉他你不愿意见他,所以他就不进来了。不过他仍然想知道,他是否可以进来待上一分钟,跟你辞别。"

"不行,我不想见到他。"菲利普说。

他看得出来,米尔德丽德压根儿不在乎他见不见格里菲思。既然她来了,他就想快点把她打发走。

"喏,这是一张五英镑的钞票。我希望你马上就离开这儿。"

她接过钞票,道了声谢,就转身离开房间。

"你什么时候回来?"他问道。

"哦,星期一就回来,哈利一定得在那天回家。"

他知道他打算说的话有损自己的脸面,但是心中充满了妒忌和欲望,他无法再控制自己的感情了。

"那天我可不可以见到你?"

他禁不住让说话的声音里仍带着哀求的语调。

"当然可以。我一回来就告诉你。"

他跟米尔德丽德握了握手,接着透过窗帘,看着米尔德丽德跳上一辆停在门口的四轮出租马车。马车辘辘地驶走了。随后他一头倒在床上,把脸埋在两只手里。他感到眼睛里噙着泪水,就生起自己的气来了。他攥紧拳头,扭动着身子,竭力不让自己掉眼泪,但无法忍住,他抽抽噎噎,哭得好不伤心。

　　菲利普疲惫不堪,十分羞愧,但最后仍从床上爬了起来,洗了把脸,还给自己调制了一杯浓烈的威士忌加苏打水。喝下去后,他觉得略微好受一些。接着,他看见放在壁炉台上的去巴黎的两张车票,一时怒火中烧,便一把抓起车票,扔进了炉火。他知道车票本来是可以退钱的,但是只有把它们烧了,心里才感到舒畅。随后,他出门去找个人跟他做伴。学校俱乐部里空无一人。他觉得如果不找个人说说话儿,自己准会发疯。但是劳森还在国外。他又来到海沃德的住处,那个出来开门的女仆告诉他,海沃德已经到布赖顿度周末去了。接着,菲利普来到一家美术馆,而这家美术馆又正要闭馆。他心烦意乱,不知道该怎么办是好。他不禁想起格里菲思和米尔德丽德来了:这时他们俩正在去牛津的途中,面对面地坐在车厢里,心里乐滋滋的。他又回到自己的住所,但是这儿使他心里充满了恐惧,因为就是在这个地方,他遭受到莫大的不幸。他力图再次捧起那本伯顿写的书。但是他一边看书,一边不断地暗自嘀咕,认为自己真是一个十足的大傻瓜,因为正是他提议他们外出旅行的,他主动为他们提供旅行费用,而且硬要他们接受。当初,在把格里菲思介绍给米尔德丽德时,他其实早就可以知道会产生什么后果,因为他自己那强烈的恋情就足以激起另一位的欲望了。这会儿,想来他们已经抵达牛津了,或许就住在约翰街上的一家食宿公寓里。菲利普至今还没有到过牛津,但是格里菲思老是在他面前谈起那个地方,他完全清楚他们俩会去哪儿观光游玩。他们会在克拉伦登饭店吃饭:每当想要纵酒狂欢,格里菲思总是习惯去这家饭店。菲利普在查林十字架①附近的一家餐馆里胡乱吃了点东西。他早就打定主意要去看戏,后来便奋力挤过人丛,来到戏院的正厅后座。戏院正在上演奥斯卡·王尔德的一出戏。他不知道米尔德丽德和格里菲思那天晚上是否也会去看戏;不管怎样,他们总得设法消磨时光。他们俩都太蠢了,不会满足于在一起闲谈。他回想起他们俩思想鄙俗,彼此真是气味相投,心里便极为愉快。他心不在焉地看着演出,每次幕间休息都要喝几口威士忌,来保持自己欢快的心情。他不习惯喝烈性酒,酒力很快就发作了;他醉醺醺的,变得烦躁而愁闷。演出结束时,他又喝了一杯。他不能上床睡觉,心里明白就是上了床也无法睡着,他害怕看到由于自己想象力活跃而浮现在眼前的种种画面。他竭力不去想格里菲思和米尔德丽德。他知道自己喝得太多了。眼下,他突然产生一种欲望,想要干出一些可怕、下贱的事儿。他想滚到路边的水沟里。他整个人都急切地想把自己内在的兽欲发泄一通。他真想趴倒在地上。

他拖着那只畸形的脚,沿着皮卡迪利大街朝前走去。他醉意蒙眬,神色阴郁,心里悲愤交集,十分难受。突然,一个涂脂抹粉的妓女拦住了他,用手挽住他的胳膊。他嘴里骂骂咧咧的,用劲推开那个妓女。他朝前走了几步,随后又站住脚。她跟别的女人的做法也没什么不同。他为自己刚才的言语粗鲁而感到内疚,就又走到她的面前。

"嘿。"他开口说。

"见鬼去吧。"她说。

菲利普哈哈大笑。

———————————

① 见第 231 页注①。

"我只是想问问你今晚是否肯赏脸和我一起吃饭。"

那个妓女惊讶地望着菲利普,犹豫了一会儿没有讲话。她发觉菲利普喝醉了。

"我无所谓。"

这句话他从米尔德丽德嘴里听到过不知多少次了,这个妓女居然也这样说,菲利普觉得很有趣。他把妓女带到一家自己以前跟米尔德丽德经常光顾的餐馆。在他们一同前行的当儿,菲利普发觉她老是朝下瞅着他的跛脚。

"我有只脚是畸形的,"他说,"你没有反对意见吧?"

"你这个人真怪。"她笑着说。

他回到自己的住所时,浑身的骨头疼痛不已,脑袋里像是有把榔头在不住地敲打,痛得他几乎要尖声喊叫。他又喝了杯威士忌加苏打水,稳定自己的情绪,随后爬上床去,渐渐进入无梦的睡乡,直到第二天中午才醒。

78

星期一终于到了,菲利普以为漫长的折磨总算结束了。他查阅了火车时刻表,发现格里菲思坐最晚一班车可以在当天夜里赶回家里,这班车将在下午一点后不久从牛津发出。他估计米尔德丽德会坐几分钟之后的那趟车返回伦敦。他真想去接她,但转念一想,米尔德丽德也许喜欢独自待上一天,说不定她在晚上会给他来封短信,说她已经回到伦敦,要是没有来信,他就第二天早晨到她住处去拜访她。他有些心虚胆怯。他对格里菲思十分痛恨;而对米尔德丽德,尽管发生了那么多事,却仍怀有一种令人心碎的欲望。菲利普深感庆幸,星期六下午在他心烦意乱地外出寻求人生的慰藉的时候，海沃德不在伦敦。否则他会不由自主地把一切都告诉海沃德，而海沃德准会对他的软弱无能感到惊讶。当知道菲利普在米尔德丽德委身于另一个男人之后，竟然还设想有无可能让她做自己的情妇，海沃德一定会鄙视他的，也许还会感到震惊或厌恶。管它震惊还是厌恶，他才不在乎呢！只要能让自己的欲望得到满足，他随时可以做出任何让步，并且准备蒙受更加有失身份的羞辱。

黄昏时分，他的两条腿违心地把他带到了米尔德丽德的住所门外。菲利普抬头望了望她房间的窗户，里面黑洞洞的。他不敢冒昧地去打听米尔德丽德是否回来了。他对米尔德丽德的允诺深信不疑。可是第二天早晨，菲利普没有接到她的来信，便在正午时分前去拜访。女用人告诉他，米尔德丽德还没有回来。他对这一点无法理解。他知道格里菲思不得不在前天赶回家去，因为他要在一场婚礼上充当男傧相，而米尔德丽德身上又没有钱。他心中反复考虑着各种可能发生的事。下午，菲利普又去了一次，留下一张便条，请米尔德丽德晚上跟他一块儿吃饭，措辞平和，好像近半个月来根本没有发生什么事。他在便条中提到他们会面的地点和时间，并抱着米尔德丽德会准时赴约的一线希望。他等了一个小时，却不见她的踪影。星期三早晨，菲利普不好意思再去她的住处询问，便派一个送信的小孩前去送信，并嘱咐他带个回音回来。可是不出一个小时，那个孩子拿着菲利普的原封未拆的信回来了，并回复菲利普说那位女士还没有从乡下返回伦敦。菲利普简直要发狂了。米尔德丽德的最后这番欺骗实在叫他难以忍受。他反复地喃喃自语，说他厌恶米尔德丽德，并把这场新的失望归咎于格里菲思。他恨透了格里菲思,深切地体味到杀人的乐趣。菲利普在房间里踱来踱去,暗自琢磨,要是趁着黑夜突然冲到他的面前,把刀子刺进他的咽喉,正好扎在颈动脉上,让他像条野狗似的死在街头,那该多么令人欣喜啊。菲利普悲愤交加,气得快要发疯了。他并不喜欢威士忌,但仍然喝了,借以麻木自己的神经。星期二和星期三的晚上,他都喝得醉醺醺地上床睡觉。

星期四早晨,他起得很迟。他睡眼惺忪,脸色灰黄,拖着疲惫的身子走进起居室,看看有没有他的信。他一看到格里菲思的笔迹,心里猛然产生一种异样的感觉。

亲爱的老兄:

我几乎不知道该怎么给你写信,然而又觉得非写不可。我希望你不要对我动怒。我知道我不该跟米莉①一块儿外出,但我实在身不由己。她简直把我迷住了,为了得到她,我会不择手段。当她告诉我你主动为我们提供旅费时,我实在难以拒绝。眼下,一切都过去了。我真为自己感到害臊,要是当初我不那么傻气就好了。我希望你能给我写封信,说你不生我的气,同时我还希望你能允许我去看望你。你告诉米莉说你不想见我,我觉得很伤心。务必给我写上几句,好伙计,告诉我你原谅我了。这样,就能使我不再受良心的责备。当时我认为你并不在乎,否则你就不会主动给我们钱了。可是我知道我不该接受那笔钱。我星期一来到家乡,而米莉想独自在牛津再待上两三天。她打算星期三返回伦敦,因此,当你接到

————————

① 米莉是米尔德丽德的昵称。

这封信的时候,你肯定已经见到她了。希望一切都会好起来。务必给我来信,说你原谅我了。请速回信。

你的永久的朋友

哈利

菲利普怒不可遏,把信撕得粉碎,他根本不想回复。他蔑视格里菲思的道歉,也无法接受格里菲思对自己良心的那番谴责。一个人完全可以干出邪恶的事,但事情一过又表示后悔,那才令人感到鄙夷。菲利普认为格里菲思的来信表明他既懦弱又虚伪,菲利普对信中流露出的感伤情调深恶痛绝。

"你干了一件伤天害理的事,"菲利普暗自嘟囔道,"然后说声道歉,就什么事都没了,这倒挺轻巧的。"

他满心希望有朝一日能有机会向格里菲思报复一下。

不过,他知道米尔德丽德无论如何已经回到伦敦。他匆匆穿上衣服,也顾不得刮脸了,喝了一杯茶后就雇了辆马车,赶往米尔德丽德的住所。马车好似在缓缓爬行。他迫不及待地想见到米尔德丽德,不知不觉地竟向他根本不相信的上帝祷告起来,祈求上帝让米尔德丽德亲切友好地接待他。他只想把以往的一切都忘掉。他怀着一颗突突乱跳的心举手去按门铃。他满怀激情地希望再次把米尔德丽德搂在怀里,竟把以往自己所遭受的痛苦都置诸脑后。

"米勒太太在家吗?"菲利普快活地问道。

"她走了。"女用人回答说。

菲利普茫然地望着女用人。

"大约一个小时以前,她来这儿把她的东西都搬走了。"

有好一会儿,菲利普不知该说些什么。

"你把我的信交给她了吗?她说她搬到哪儿去了吗?"

接着菲利普明白米尔德丽德又欺骗了他。她并不打算回到他的身边来。他极力在这个女用人面前保全自己的面子。

"哦，好吧，我大概会收到她的信的，也许她把信寄到另一个地址去了。"

菲利普转身离开，灰心丧气地回到自己的住所。他完全可以料到她会这么做；她从来都不喜欢他，打一开始就愚弄他。她毫无怜悯之心，待人一点也不厚道，也没有丝毫仁爱之心。如今他唯一能做的就是接受这种不可避免的结局。他遭受的痛苦无比剧烈，他宁愿去死，也不愿忍受这样的折磨。突然他脑子里闪过最好还是一死了之的念头：他可以去投河，也可以去卧轨，但是这些想法还没来得及说出，就被他否决了。理智告诉菲利普，他早晚会从这种不幸的遭遇中恢复过来；只要他竭尽全力，就可以忘掉米尔德丽德；为了一个粗俗的荡妇而去自杀，那是十分荒唐的。他只有一条性命，随便把它丢弃是愚蠢的举动。他感到他永远克服不了自己的情欲，但是他明白，说到底这只是个时间的问题。

菲利普不愿在伦敦待下去了。这儿的一切都使他回忆起自己的不幸遭遇。他给大伯拍了个电报，说他要回黑马厩镇，随后匆匆整理行装，搭乘最早的一班车走了。他想离开那几个肮脏的房间，因为就在那儿，他遭受了那么多痛苦的煎熬！他想呼吸一下清新的空气。他厌恶自己，觉得自己有点儿疯了。

自从菲利普长大以后，牧师大伯就把牧师公馆里最好的备用房间给了他。这个房间位于公馆的一角，一个窗户前面有棵老树挡住了视线，不过从另一个窗户望出去，可以看到在公馆花园和场地之外的开阔的草地。菲利普从幼小的时候起就记得房间里的糊墙纸。墙上挂满了维多利亚时代早期的风格古雅的水彩画,都是牧师年轻时的一位朋友画的。画面的色彩虽然已经褪去,但仍有迷人的风韵。梳妆台的四周围着挺括的平纹细布。房间里还有一个放衣服的高脚柜。菲利普欣慰地叹了口气,他从没有意识到所有这一切对他具有什么意义。牧师公馆里的生活依然如故。没有一件家具挪动过地方。牧师每天吃着同样的食物,说着同样的话,也同样去散散步。他身体略微胖了一些,话儿少了一些,气量也更狭小了一些。他已经习惯了没有妻子的生活,很少想念他的亡妻。他仍然经常跟乔赛亚·格雷夫斯争吵。菲利普前去看望这位教会执事。执事身体略微瘦了一些,脸色略微苍白了一些,神情也更为严厉一些。他仍然独断专行,仍然反对把蜡烛摆在圣坛上。那几家店铺依然呈现出一派古雅宜人的气氛。菲利普站在那家专售高统防水靴、防水油布和帆具之类水手用品的商店跟前,回想起孩提时代他在这儿感受到的令人兴奋的海上生活的乐趣,以及前去未知世界探险的魅力。

　　每次邮差在门上"笃笃"敲两下的时候,他的心就禁不住怦怦乱跳,说不定会有一封由他在伦敦的女房东转寄的米尔德丽德的信。但他心里清楚,根本不会有他的信的。如今,他能比较冷静地考虑问题了。他明白他试图强迫米尔德丽德爱自己,无疑是在水中捞月。一个男人给予一个女人的、一个女人给予一个男人的究竟是什么东西,而这东西又怎么使一个男人或一个女人变成对方的奴隶,菲利普对此茫无所知。把这种东西称作性本能倒是相当合宜。不过,如果仅此而已,他就不明白为什么它能使你对某个人,而不是另一个人,产生那么强烈的吸引力。这种东西是不可抗拒的。理智不是它的对手;而与它相比,友谊、感激、兴趣都显得软弱无力。正因为他激不起米尔德丽德的性欲冲动,所以他所做的一切对米尔德丽德不起一点作用。这个想法使菲利普感到厌恶,这使得人类的本性与走兽一样。突然,他感到人们的内心也充满了阴暗的场所。因为米尔德丽德对他态度冷漠,他就认为她缺乏性欲;她那毫无血色的容貌,那薄薄的嘴唇,那臀部狭小、胸脯扁平的身躯,还有那无精打采的样子,无不证实了他的推测。然而,有时她却情欲突发,甘愿冒天大的危险来满足自己的欲望。他永远也无法理解她跟埃米尔·米勒之间的风流韵事,这似乎不像是她会干出来的,而她也根本不能做出解释。不过,如今他看到她跟格里菲思勾搭成奸,便知道当时发生的是同样的事,她完全被一种抑制不住的欲望迷住了心窍。菲利普力图想出究竟是什么东西使得那两个男人对米尔德丽德具有如此奇特的吸引力。他们俩都生性粗俗,都具有一种庸俗的说笑逗趣的本领,能挑起她平凡的幽默感,而叫她着迷的也许仍是露骨的性行为,这是他们俩身上最明显的特征。米尔德丽德那副矫揉造作的文雅举止,在严酷的生活现实面前战栗。她认为肉体的功能是不光彩的,谈论日常的事物时,她都运用各种各样委婉的说法,说话总是精心选择恰当的字眼儿,认为这样要比用简单的词语更为适宜。因此,那两个男人的兽性如同一根鞭子,在抽打着她那纤弱雪白的肩膀,而她怀着耽迷肉欲的痛苦不住颤抖。

有件事菲利普已经打定主意要付诸行动。他不愿意再回到原先租赁的房间去了,因为在那儿他饱受痛苦的折磨。他写了封信通知女房东。他想把属于自己的东西全部带走,决定另租几间不带家具的房间,那样的房间住着既舒服又便宜。

他这样考虑也是迫于情势,因为在过去的一年半时间里,他花了将近七百英镑。如今他必须厉行节约,以弥补过去的亏损。有时他展望未来,心里惶恐不安。他过去真傻,竟在米尔德丽德身上花了那么多钱。不过他心里明白,要是再遇到这种情况,他仍然会那么干的。菲利普的朋友们因为他的脸上不那么鲜明地表现内心感情,动作又相当缓慢,便认为他意志坚强,深思熟虑,头脑冷静。有时想到这一点,菲利普不觉好笑。他们认为他通情达理,称赞他懂得为人处世的常识。但是他心里清楚,他那平静的表情,不过是自己无意当中戴在脸上的一张假面具,其作用就像蝴蝶身上的保护色一样,相反,他为自己意志的薄弱而感到震惊。在他看来,他好似风中的一片树叶,完全为感情上每次掀起的最小的波澜所左右,一旦情欲控制了自己,他就无能为力。他完全失去了自制力。他只是表面上显得还能自控,因为对于许多能够打动别人的事情,他却无动于衷。

他怀着几分嘲讽的心情思索着自己形成的那套人生哲学,因为在他所经历的紧要关头,他的人生哲学对他并没产生多大的作用。他不知道思想在人生的关键时刻对人是否真有什么帮助。在他看来,他倒是完全被一种外在的、然而又存在于体内的力量所左右,这种力量就像驱赶着保罗和弗兰切斯卡①不断前行的猛烈的地狱阴风那样催逼着自己。他想到了他打算要做的事情,但到了该行动的时候,就在连他自己也莫名其妙的本能和情感的控制之中,变得无能为力。他的举动

---

① 弗兰切斯卡(?—1284),意大利拉文纳大公之女,富于文才,因与其小叔子保罗私通,后与保罗均被杀死。

就像一台机器,在他身处的环境和他的个性这两种力量的驱使下运转。他的理智仿佛一个人在冷眼旁观,看到了实情却无力干预,就像伊壁鸠鲁所描述的诸神那样,在九天之上坐视人们的所作所为,对于发生的事却一点儿也无力改变。

79

菲利普在开学前两三天赶回伦敦,以便为自己找个住处。他在威斯敏斯特大桥路周围的街道里四处寻觅,但这一带的房屋十分肮脏,看了叫他厌恶。最后,他终于在肯宁顿区找到一幢房子。这个地区弥漫着一种幽静、古朴的气氛,有点叫人回想起当年萨克雷所了解的泰晤士河这一边的伦敦情景。如今肯宁顿路两旁的悬铃木正长出新叶,当年纽科姆①一家乘坐大型的四轮马车到伦敦西区去的时候肯定是经过这儿的。菲利普看中的那条街上的房屋都是两层楼房,大部分窗户上都张贴着有房出租的告示。他走到一幢告示上注明房间不带家具的房子跟前,举手敲了敲门。一位神情严肃、寡言少语的女人开门,领着菲利普去看了四个很小的房间,其中一个房间里有炉灶和洗涤槽。房租是每星期九个先令。菲利普并不需要这么多房间,但房租低廉,他也希望马上安顿下来。他问女人是否可以为他打扫房间和做早饭,但她回答说她不干这两件事就已经够忙的了。菲利普听了反而觉得高兴,因为她是在暗示,除了收他的房租以外,她不想跟他再有什么来往。她

---

① 纽科姆,英国小说家萨克雷(1811—1863)小说《纽科姆一家》(1852—1854)中的主人公。

告诉菲利普说,如果他到街头拐角处那家食品杂货店——同时又是邮政所——去打听一下,也许可以找到一个愿意为他"干杂活"的女人。

菲利普的家具不多,都是他几次搬迁时收集起来的。一把在巴黎买的扶手椅;一张桌子,几幅画,还有克朗肖送给他的那一小块波斯地毯。他大伯给了他一张折叠床,因为现在他大伯不再在八月份出租房子,所以用不着折叠床了。菲利普又花了十个英镑,买了几样生活必需的用品。他还花了十先令买了一种淡黄色的糊墙纸,把那个他打算辟为起居室的房间裱糊起来。墙上挂着劳森送给他的一幅描绘大奥古斯丁河堤街的素描画,以及安格尔的《女奴》和马奈的《奥林匹亚》的照片。当年他在巴黎时,常常一边刮胡子,一边对着这两张照片沉思。为使自己不忘记以前一度也曾从事艺术工作,菲利普还挂起了他给那个年轻的西班牙人米格尔·阿胡里亚画的木炭肖像画——这是他最好的画作,画面上站着一个赤身裸体的男子,双拳紧握,两只脚以一种奇特的力量紧紧抓牢地板,脸上露出一副刚毅的神情,给人留下十分深刻的印象。尽管隔了这么长时间,菲利普对这幅画作的缺点仍然看得相当清楚,但是由这幅画所勾起的种种联想使自己对这幅画作抱着宽容的态度。他暗自纳闷,不知米格尔究竟怎么样了。原本没有艺术天赋的人却偏要探求艺术,世上没有比这种事更可怕的了。也许,由于风餐露宿,忍饥挨饿,疾病缠身,米格尔已经死在哪家医院里;或者在绝望中,已经投身于浑浊的塞纳河中自尽;也许因为南方人的动摇不定,他已经自动放弃奋斗,如今身为马德里一家事务所的职员,正把他慷慨激昂的言辞用于政治或者斗牛方面。

菲利普邀请劳森和海沃德前来参观他的新居。他们俩来了,一个人手里拿了瓶威士忌,另一个人拿了罐肥鹅肝酱①。听到他们俩称赞他情趣高雅,菲利普心里很高兴。他本想把那位当股票经纪人的苏格兰佬也一起请来,可是他只有三把椅子,只能招待一定数目的客人。劳森知道菲利普是通过他才跟诺拉·内斯比特十分友好地相处的。这时候,他说起几天前自己碰见诺拉的事。

"她还问你好呢。"

一听到诺拉的名字,菲利普的脸就红了(他就是改不了一感到不好意思就脸红的令人难堪的习惯),劳森疑惑地瞅着菲利普。如今,劳森一年中的大部分时光都待在伦敦。他已经入乡随俗,头发剪得短短的,穿着一身整洁的哗叽衣服,头上还戴了顶圆顶礼帽。

"我想,你们俩之间的事儿完了吧?"劳森说。

"我已经有好几个月没见到她了。"

"她看上去相当神气。那天她戴了顶非常漂亮的帽子,上面还装饰着很多雪白的鸵鸟羽毛。她一定过得很不错。"

菲利普改变了话题,但是心里老想着诺拉。过了一会儿,他们三个人正在谈论别的事情,菲利普突然问劳森说:

"你认为诺拉生我的气吗?"

"一点儿也不生气。她说了你许多好话。"

"我有点想去看看她。"

"她又不会吃掉你。"

前一阵子,菲利普常常想到诺拉。米尔德丽德离开他以

①　原文是法语。

后,他的第一个念头就是诺拉。他满怀苦涩地对自己说,诺拉绝不会像米尔德丽德那样对待他的。他一时冲动,真想回到诺拉的身边。他肯定可以得到诺拉的怜悯。可是他感到十分羞愧,因为诺拉一向待他很好,而他却待她那么冷酷无情。

劳森和海沃德告辞后,他吸着上床安歇前的最后一斗烟。后来,他自言自语地说:"要是我有点头脑,不对她变心就好了!"

菲利普回想起他们在文森特广场那个温暖舒适的起居室里一起度过的愉快时光,回想起他们到美术馆参观和去剧院看戏的情景,回想起他们在一起亲切交谈的那些迷人的夜晚。他追忆起诺拉对他的安乐健康极为关心,凡是有关他的事,她都充满兴趣。她怀着一种亲切友好、持久不变的情意爱着菲利普,这种爱不只是性爱,而几乎是一种母爱。他早就知道这种爱是十分宝贵的,为了这一点,他应该真心诚意地感谢诸神。他拿定主意,只有乞求诺拉的宽恕了。她一定遭受了极大的痛苦,但是他觉得她心胸宽广,肯定会原谅他的。她不会心怀怨恨。他是不是该给她写封信呢?不。他要突然闯到她的面前,一下子扑倒在她的脚下——他知道,到时候他会万分羞怯,做不出这个富有戏剧性的动作,不过这确是他喜欢考虑的方式——并告诉她,如果她愿意让他回去,那么她可以永远信赖他。以前他患的那种可恨的毛病已经被治愈了,他明白她的个人价值,现在她完全可以相信他。他遐想起来,思绪一下子转到未来。他想象自己星期天同诺拉一起在河面上划船游荡;他还要带她去格林尼治。他永远忘不了跟海沃德在一起的那次令人愉快的出游,那伦敦港的美景永远深深地留在他的记忆里。热烘烘的夏天午后,他们会一起坐在公园里闲聊。他想起诺拉的欢声笑语,有如一道溪水汩汩流过小石块时发出的声响,饶有风趣,喋喋不休,却又富有个性。想到这儿,他暗自笑了。那时候,他所遭受的痛苦煎熬会像一场噩梦似的从他的脑海里消失。

可是,到了第二天下午用茶点的时分(菲利普认为这个时候诺拉肯定在家),当他前去敲门的时候,他的勇气突然消失了。诺拉会原谅他吗?他这样死乞白赖地缠着她,实在太恶劣了。一个新的女用人出来开门。他以前每天来拜访时都没有见过这个女用人。菲利普向她打听内斯比特太太是否在家。

"请你去问问她能不能见一下凯里先生,行吗?"菲利普说,"我在这儿等你回话。"

女用人跑上楼去,不一会儿,又噔噔地跑了下来。

"先生,请您上楼。三楼前面那个房间。"

"我知道。"菲利普说,脸上露出一丝笑容。

菲利普怀着一颗怦怦乱跳的心走上楼去,敲了敲房门。

"请进。"那个熟悉、欢快的声音说道。

这个声音似乎是在招呼他走进一种安宁、幸福的新生活。他刚跨进房间,诺拉便上前迎接。

她跟菲利普握了握手,好像他们是前一天才分手似的。这当儿,一个男人站了起来。

"这位是凯里先生——这位是金斯福德先生。"

看到诺拉并不是一个人在家,菲利普极其失望。他坐了下来,仔细打量着面前的陌生男人。他从来没有听到诺拉提起过这个男人的名字,不过在他看来,那个陌生男人坐在椅子里,就像在自己家里一样无拘无束。这个男人年纪大约四十上下,胡子刮得光光的,一头长长的金发,搭着发油,梳理得平整熨帖。他皮肤红通通的,长着一对青春已逝的美男子才有的充满倦意、神采暗淡的眼睛。他鼻子很大,嘴巴宽阔,颧骨高高隆起。他身材粗壮,肩膀宽阔,个儿中等偏高。

"我正琢磨着不知你后来究竟怎么了。"诺拉说道,仍是原先那副轻快活泼的样子,"前不久,我碰见劳森先生——他告诉你了吗?——我对他说你也确实应该再来看看我。"

菲利普从她的面部表情看不到一丝局促的神色。菲利普自己对眼下这次见面感到十分困窘,看到诺拉却处理得如此轻松自在,不禁感到钦佩不已。诺拉为他沏了杯茶,正要往茶里加糖时,被菲利普拦住了。

"我真蠢啊!"她嚷道,"竟然忘了。"

菲利普不相信她说的话,他喝茶从不加糖这一习惯,她一定记得相当清楚。他把这件事看作一种征兆,表明她的那种神色镇定的样子是装出来的。

因菲利普来访而中断的谈话又继续下去。不一会儿,他就觉得自己有点儿碍事。金斯福德并不怎么特别去理会他,只顾流畅得体地说着。他的谈吐倒也不无幽默,只是口气有点武断。看来他是个报界人士,对涉及的每个话题都能说得趣味盎然,引人入胜。菲利普发觉自己渐渐被挤出了谈话圈子,感到相当恼火。他打定主意要比这个客人待的时间更长。他暗自纳闷,不知道金斯福德先生是否也爱慕诺拉。以往,他同诺拉经常在一起谈论那些想跟诺拉吊膀子的男人,并且一起嘲笑他们。菲利普力图把谈话引向只有他跟诺拉熟悉的话题中去,但是他每次这样做的时候,那个报界人士总是插进来,成功地把谈话引入一个菲利普不得不保持沉默的话题。

菲利普渐渐对诺拉有些生气,因为她一定看得出他正在受到奚落。不过,也许她这是借此对他惩罚,这么一想,菲利普又恢复了愉快的心情。最后钟敲六点的时候,金斯福德站起身来。

"我得走了。"他说。

诺拉跟他握了握手,接着陪他走到楼梯口。她随手把房门带上,在外面待了两三分钟。菲利普不知道他们说了些什么。

"金斯福德先生是什么人?"诺拉回到房间时,菲利普兴冲冲地问道。

"哦,他是哈姆斯沃思①旗下一家杂志的编辑,近来他采用了不少我的作品。"

"我还以为他就一直待在这儿不走了呢。"

"你能留下来,我很高兴。我想跟你聊聊。"她坐在一把大扶手椅上,把整个身体和两只脚蜷缩成一团(只有她那瘦小的身子才能这样),点起一支香烟。菲利普看到她摆出这个过去总是叫他忍俊不禁的姿势,脸上露出了笑容。

"你看上去活像一只猫。"

诺拉那双妩媚的黑眼睛忽地一亮,朝菲利普瞅了一眼。

"我确实应该改掉这个习惯。到了我这样的年纪,动作还像个孩子似的,实在荒唐,可是把双腿盘在屁股底下坐着,我就觉得舒服。"

"又坐在这个房间里,真是太高兴了。"菲利普愉快地说,

---

① 哈姆斯沃思(1865—1922),英国报业巨头,建立了庞大的报业帝国,掌握的报刊包括《泰晤士报》《每日邮报》和《每日镜报》等。

"你不知道我是多么想念这个房间啊!"

"那你以前到底为什么不来呢?"诺拉快活地问道。

"我怕来这儿。"菲利普红着脸说。

诺拉用充满慈爱的目光瞅了他一眼,嘴角泛起了妩媚的笑意。

"你没有必要这样。"

菲利普犹豫了一会儿。他的心怦怦直跳。

"咱们上一次见面的情形你还记得吗?我待你太不像话了——我为自己的行为感到万分羞愧。"

她双眼直直地望着菲利普,但没有回答。菲利普着了慌,好像到这儿来是为了完成一件他这时才意识到相当荒谬的差事似的。诺拉并没有帮他解围,于是菲利普只能直截了当地脱口说道:

"你能原谅我吗?"

接着,菲利普激动地告诉诺拉说米尔德丽德已经离开了他,他万分悲切,几乎自杀。他把他和米尔德丽德之间所发生的一切,那个孩子的出世,与格里菲思的会面,以及自己的一片痴情、信任以及蒙受巨大欺骗的事都说了出来。他还告诉诺拉说他老是想起她对自己的好意和爱情,并为自己抛弃了她对自己的好意和爱情而无比悔恨。只有当他跟诺拉在一起的时候,他才感到幸福,而且如今他明白诺拉的难能可贵的价值。菲利普的声音也激动得嘶哑了。有时,他为自己所说的话感到万分羞愧,说话时就把眼睛死死盯住地面。他的脸痛苦得变了形,然而把这些都倾吐出来,他心里倒莫名其妙地感到宽慰。最后他说完了,一下子仰靠在椅子上,精疲力竭,等着诺拉开口。他什么都不隐瞒,甚至还自我贬斥,拼命把自己说得比实际还要卑鄙。诺拉却始终一声不响,他感到十分惊讶。最后他抬起头来,发觉诺拉的眼睛并没有望着自己。诺拉脸色惨白,好像陷入了沉思。

"你就没有话要对我说吗?"

诺拉吃了一惊,飞红了脸。

"你恐怕过了一段很不顺心的日子,"她说,"我感到十分难受。"

她似乎想继续往下讲,但又收住话头。菲利普只好等着。最后她像是逼迫自己说话似的。

"我已经跟金斯福德先生订婚了。"

"为什么你不一开始就告诉我呢?"菲利普嚷道,"你完全不必让我在你面前出乖露丑嘛!"

"对不起,我没法打断你的话……你告诉我说,"——她似乎在搜寻不使菲利普的感情受到伤害的词语——"你的朋友又回到了你的身边,之后不久,我就遇到了他。我苦恼了好一阵子,可他待我非常好。他知道有人使我遭受痛苦,当然他不知道那个人就是你。要是没有他,我真不知道该怎么办。突然,我觉得我不能继续这样不停地干啊,干啊,干啊;我疲劳极了,觉得身体很不好。我把我丈夫的事儿告诉了他。他提出要是我愿意尽快跟他结婚,就给我一笔钱去跟我丈夫办理离婚手续。他有份很好的工作,因此我就用不着再忙乎什么,除非我自己想那么干。他非常喜欢我,急于想要照顾我,这深深地打动了我的心。如今我也非常、非常喜欢他。"

"那么离婚手续办妥了没有?"菲利普问道。

"离婚判决书已经拿到了,到七月份就能最终生效。那时候我们就马上结婚。"

有好一阵子,菲利普一言不发。

"但愿我没有这样丢人现眼。"他最后嘟囔道。

这时候,他回味着自己刚才那番长长的、不光彩的供述。诺拉好奇地瞅着他。

"你从来就没有真正地爱过我。"诺拉说。

"陷入情网并不叫人感到怎么愉快。"

不过,菲利普一向能很快地镇静下来。他站了起来,朝诺拉伸出手去,说道:

"我希望你生活美满幸福。不管怎样,这对你是再好不过的事儿。"

诺拉抓住菲利普的手握着,有点依依不舍地望着菲利普。

"你会再来看我的,是吗?"诺拉问道。

"不会再来了。"菲利普摇摇头说,"看到你幸福,我心里会十分忌妒。"

菲利普步子缓慢地离开了诺拉的住所。不管怎么说,诺拉说他从来就没有爱过她,这话是说对了。他感到失望,甚至还有一些气恼,不过与其说他伤心,倒不如说是他的虚荣心受到了损伤。他对这一点相当清楚。不久,他就意识到他被天上的诸神肆意愚弄了一番,他苦涩地嘲笑起自己来。一个人能够拿自己的荒唐行为来自嘲,心里可并不舒坦。

80

在以后的三个月里,菲利普研读几门新的课程。将近两年前大批进入医学院学习的学生,如今越来越少了。有些人离开医院,是因为发觉考试并不像他们原先猜想的那么容易;

有些人则被他们的父母领回去了,因为他们事先没料到在伦敦生活的费用竟会这么大;还有一些人也改换了别的职业。菲利普认识一个年轻人,他想出了一个巧妙的生财之道,把买来的廉价商品转手送进了当铺,不久,又发现当赊购来的商品更能赚钱。可是有人在治安法庭的诉讼程序中供出了他的名字,这在医院里引起了一阵小小的骚动。他被还押候审,接着由他那位焦虑不安的父亲出面作保,最后这个年轻人出走海外,履行"白人的使命"①去了。另一个小伙子,在上医学院学习之前,从来没有到过城市,他一下子迷上了歌舞杂耍剧场和酒吧间,成天在赛马迷、赛马情报贩子和驯马师中间厮混,如今已成了一名赛马赌注登记人的助手。菲利普在皮卡迪利广场附近的一家酒吧间里见过他一次,那时他穿着一件紧身束腰的外套,头上戴着帽檐又宽又平的棕色帽子。还有一个学生,他具有歌唱和模仿表演的天才,曾在医学院的允许吸烟的音乐会上因模仿名噪一时的喜剧演员而大获成功。这个人放弃学医,转而加入了一出音乐喜剧的合唱队。另外还有一个学生,菲利普对他颇感兴趣,因为他举止粗野,说起话来大叫大嚷的,使人并不觉得他是个感情深切的人。可是,他生活在伦敦的楼宇房舍中间却感到窒息。他因成天待在封闭的空间里而变得形容枯槁,那个连他自己也不知道是否存在的灵魂宛如一只被捏在手心的麻雀,拼命挣扎,惊恐得微微喘着气儿,心儿狂跳不止。他渴望着广阔的天空和旷无人烟的田野,他的童年就是在那种环境中度过的。于是有一天,他趁两节课之

① "白人的使命",指白种人自诩的要把文明带给落后土著民族的责任,语出英国作家吉卜林的诗作《从大海到大海》(1899)。

间的间隙,也不跟任何人打个招呼,就离开了。后来,他的朋友们听说他已经放弃学医,而在一个农场上干活。

菲利普如今在学习有关内科和外科的课程。一个星期中有几个上午,他去为门诊病人包扎伤口,乐于借此机会赚一点钱,他还在医生的教授下学习如何使用听诊器给病人听诊。他学会了配药。他即将参加七月举行的药物学考试,他觉得在跟各种各样的药物打交道、调制药剂、滚搓药丸以及配制药膏中自有一番乐趣。无论什么事,只要能从中领略到一丝人生的情趣,菲利普无不劲头十足地去做。

有一次,菲利普远远地看见格里菲思,但是避开了他,因为不愿忍受见面时装着不认识他而带来的痛苦。菲利普意识到格里菲思的朋友们知道他俩关系失和,并推测他们是了解其中原因的,因此菲利普在格里菲思的朋友们面前感到不大自然。这些人有的如今也成了他的朋友。他们中间有个名叫拉姆斯登的小伙子,身材修长,长着个小脑袋,一副无精打采的样子。他是格里菲思最忠实的崇拜者之一。格里菲思系什么样的领带,他也就系那样的领带;格里菲思穿什么样的靴子,他也就穿那样的靴子;他还模仿格里菲思的谈吐和手势。他告诉菲利普说,格里菲思因为菲利普不给他回信而感到十分伤心。他想跟菲利普言归于好。

"是他叫你给我带个口信吗?"菲利普问道。

"哦,不是的,这么说完全是我自己的意思。"拉姆斯登说,"他为自己所干的事感到十分内疚。他说你以往待他一直很好。我知道他会乐意跟你和好的。他不上医院来是怕遇到你,他认为你会不理睬他。"

"我应该如此。"

"要知道，这件事弄得他心里难过极了。"

"我能忍受格里菲思以极大毅力感受到的这点小小的不便。"菲利普说。

"他会尽自己的一切努力来求得和解。"

"那也太孩子气、太歇斯底里了！他干吗要放在心上呢？我只是一个无足轻重的人。不跟我来往，他照样可以过得很好。我对他再也没有什么兴趣了。"

拉姆斯登认为菲利普这个人也太冷酷无情了，他停顿了一会儿，困惑不解地朝四周看了看。

"哈利真希望自己跟那个女人没什么瓜葛就好了！"

"是吗？"菲利普问道。

他说话时语气冷淡。对这一点，他相当满意。可谁又能想到他的心在胸腔里跳得多么厉害。他不耐烦地等着拉姆斯登继续说下去。

"我想你现在也差不多想开了，对吧？"

"我？"菲利普说，"是差不多想开了。"

菲利普逐渐知道了米尔德丽德同格里菲思之间的纠葛的前后经过。他嘴上挂着微笑，留神倾听着，装出一副镇定自若的样子，骗过了跟他说话的那个蠢笨的学生。米尔德丽德跟格里菲思在牛津度过了周末，非但没有扑灭她那突发的恋情，反而使这种恋情更加炽热。因此，当格里菲思动身回家的时候，她突然心血来潮，决定独自在牛津再待上两三天，因为她在那儿过得太愉快了。她觉得什么都无法使她再回到菲利普的身边去，一见到菲利普就会引起她的反感。格里菲思看到自己所勾起的欲火，大吃一惊，因为他早就感到跟米尔德丽德一起在乡间度过的两天有点无聊乏味，再说他也不想把一段相当有趣的插曲变成一桩令人生厌的私情。米尔德丽德迫使他答应给她写信，而他身为一个诚实、体面的人，生来礼貌周全，希望跟每一个人都友好相处，因此他一回到家，便给她写了一封动人心弦的长信。米尔德丽德马上写了一封充满激情的回信。信中语句笨拙，因为她缺乏表达能力。信上的字写得歪歪扭扭，语气粗俗，使得格里菲思心生厌烦，紧接着第二天又来了一封，下一天，第三封信又接踵而至。这时候，格里菲思开始觉得她的爱不再讨人喜欢，而是令人惊恐。他没有回信；她便接连不断地给他发来电报，问他是否生病了，有没有收到她的信。她说格里菲思的沉默使她忧心忡忡。于是他只好又提笔写信，不过他把回信写得尽可能随便些，只要不惹她生气就行。他在信中求她以后别再打电报了，因为他很难把电报的事对他母亲解释清楚。他母亲是个老派守旧的人，仍把电报看作引起恐慌的东西。她随即回信说她要见他，并说她打算把身边的物品送进当铺（她有个化妆用品盒，那是菲利普送给她的结婚礼品，可以典当八个英镑），以便前来找他，并且住在离格里菲思父亲行医的村庄四英里远的小镇上。这可把格里菲思吓坏了。这一次他倒打了个电报给米尔德丽德，告诉她千万不要干出这种事情。他答应一回到伦敦就通知她。可是，格里菲思一回到伦敦，就发觉米尔德丽德已经上格里菲思要去任职的那家医院找过他了。他不喜欢这种做法。因此，见到她时，便告诉她无论以什么借口都不能到医院去找他。到了这个时候（两人已有三个星期没有见面），他发觉米尔德丽德实在叫人讨厌，他自己也不明白当初为什么会为她花费心神。于是，他决心尽快把米尔德丽德甩掉。他是一个害怕争吵的人，也不想给别人带来痛苦，不过他有别的事要干,打定主意不让米尔德丽德再来烦扰自己。在跟米尔德丽德见面时,他仍然温文有礼,兴高采烈,诙谐风趣,充满柔情。他对自从前一次见面以后一直没去看她的事,总能编造一些令人信服的借口,但他仍然千方百计地避开米尔德丽德。当米尔德丽德逼迫他约会时,他总是在最后一刻打个电报给她,找个借口推辞。女房东(格里菲思任职的头三个月是在住所度过的)见到米尔德丽德来访,就奉命说格里菲思有事外出了。米尔德丽德便在街上拦截他。格里菲思得知她为了等他出来,已经在医院附近守候了两三个小时后,就会对她说上几句亲切友好、悦耳动听的话,然后借口有事务上的约会,便撒腿就走。后来他变得本领高强,能神不知鬼不觉地溜出医院大门。有一次,他半夜返回住所,看到门前空地栏杆旁站着一个女人,他猜到那个女人是谁,就跑到拉姆斯登的住所,在那儿借宿一夜。第二天,女房东告诉他说,前一天夜里米尔德丽德坐在他门口,一连哭了好几个小时,最后女房东只好对她说,如果她再不走,她可要派人去叫警察了。

“我敢说,老兄,”拉姆斯登说,“你幸好完全脱离了干系。哈利说,要是他当初稍微考虑一下,感觉到那女人竟会这样令人讨厌,就死也不会跟她有什么瓜葛。”

菲利普想到米尔德丽德深夜接连几个小时坐在门口的情景,仿佛看到她被女房东驱赶时目光呆滞地抬头仰望的神情。

“不知道她如今在干什么。”

“哦,她在某处找到了工作,真是谢天谢地。这样,她就不会整天闲着无事了。”

就在夏季学期结束之前,菲利普终于听到了米尔德丽德的消息。他听说格里菲思被米尔德丽德不断的纠缠激怒了,最后也不再那么温文尔雅了。他告诉米尔德丽德说,他讨厌受人烦扰,叫她最好滚远点,别再来打扰他。

"他只能这样,"拉姆斯登说,"事情也做得太过分了。"

"事情就这么了结了?"菲利普问道。

"哦,他已经有十天没见到她了。要知道,哈利把女人甩掉的手段可高明啦。这大概是他遇到的最难对付的一个,可他仍然对付过去了。"

后来,菲利普再也没有听到有关米尔德丽德的消息。她消失在伦敦的茫茫人海之中。

81

冬季学期一开始,菲利普就到医院门诊部实习。门诊部有三名助理医生为门诊病人看病,每人每个星期值班两天。菲利普报名在蒂雷尔大夫手下当助手。蒂雷尔大夫在医科学生中颇有声望,大家都争着要当他的助手。蒂雷尔大夫三十五岁,身材又高又瘦,长着一个很小的脑袋,红色的头发剪得短短的,两只蓝眼睛鼓鼓的,脸色鲜红发亮。他能说会道,嗓音悦耳动听,喜欢说上几句笑话,有点儿玩世不恭。蒂雷尔大夫是一个功成名就的人,他有许多前来咨询求诊的病人,预期不久就会被授予爵士。由于经常同医科学生和穷人们来往,他显出一副屈尊俯就的气派;又因为老是与病人打交道,他流露出身体健康的汉子所特有的欢快优越的神态。所有这些都是某些会诊医师形成的职业风度。蒂雷尔大夫的言谈举止使得病人感到自己好像是站在一位乐呵呵的教师面前的小学生,而自身的疾病不过是一个荒唐可笑的恶作剧,与其说使人感到痛苦,倒不如说给人带来乐趣。

实习的医科学生每天都得到门诊部去观察病例,尽量学到一些医疗知识。不过,当某个学生给自己的指导医师当助手时,他的职责就略为明确一点。那时候,圣路加医院的门诊部共有三个相互贯通的就诊室,还有一个宽敞的、光线昏暗的候诊室。候诊室里竖着粗大的石柱,摆着一条条长椅。病人们正午拿到"挂号证"后就在此等候。他们手里拿着药瓶或药罐,排着长队;有的衣衫褴褛,蓬头垢面,有的穿着相当体面,坐在半明半暗的候诊室里,男女老少都给人一种古怪、可怕的印象。他们的样子使人想起杜米埃①笔下的阴森可怖的画作。这几个房间都被漆得一模一样,橙红色的墙壁和紫褐色的高高的护壁板。房间里面弥漫着消毒药水的气味,随着下午时光的流逝,还混杂着从人身上散发出来的汗臭味。第一个房间最大,中央摆着供医生看病用的桌子和椅子。这张桌子的两旁各放一张略微矮小的桌子,一边坐着住院医生,另一边坐着当天负责"病人登记簿"的助手。这本簿子很大,上面分别记录了病人的姓名、年龄、性别、职业以及病情的诊断情况。

下午一点半,住院医生首先来到这儿,打铃吩咐门房把老病号依次叫进来。老病号总是有很多人。住院医生得赶在蒂雷尔大夫两点上班之前尽快处理完这批病人。菲利普接触的这位住院医生生得短小精悍,极为自命不凡。他在助手面前总是摆出一副纡尊降贵的架势。那些跟他年龄相仿的高年级医科学生对他的态度比较随便,并没有表示出与他目前的地

---

① 杜米埃(1808—1879),法国画家,擅长讽刺漫画、石版画及雕塑。

位相称的那种敬意,对这一点,他显然深为不满。他立刻开始给病人看病。有个助手在一旁协助他。病人们鱼贯走进就诊室,走在前面的都是男病人。慢性支气管炎和"令人头痛的咳嗽"是他们的主要病症。其中一个人走到住院医生面前,另一个人走到助手面前,分别交上挂号证。要是事情进展顺利的话,住院医生或助手就在挂号证上写明"连服十四天"的字样,于是病人就拿着药瓶或药罐到药房取足够服用十四天的药品。有些行家里手缩在后面,希望能让主要医生给他们看病,但很少有人得逞。通常只有那么三四个人,因为病情似乎需要主要医生亲自诊视,才被留下。

蒂雷尔大夫不久就来了。他动作敏捷,举止轻松愉快,有点叫人想起嘴里一边嚷着"咱们又见面了"一边跃上马戏团舞台的丑角。他的那副神气似乎在告诉人们:你们都生些什么胡说八道的病呀?鄙人驾到,手到病除。他刚坐到位子上,就问有没有要他看的复诊病人,接着便动作迅速地检查病人,用两只锐利的眼睛审视着他们,同时跟住院医生讨论病人的症状,不时说一个笑话(引得在场的助手们开怀大笑)。那位住院医生也笑得很开心,不过从他的神气看,他似乎认为助手们发出这样的笑声太放肆无礼了。接着蒂雷尔大夫不是说天气很好就是抱怨天气太热,然后打铃吩咐门房去把初诊病人带进来。

病人一个接一个地进来,走到蒂雷尔大夫的桌子跟前。他们中有老头,有小伙子,也有中年人,多数属于劳工阶层,其中有码头工人、运货马车车夫、工厂工人和酒店侍者。不过他们中也有些衣着整洁的人,显然是些社会地位比较优越的店员、职员之类的人物。蒂雷尔大夫用怀疑的目光打量着他们。

有时候,他们故意穿上破衣烂衫,装出贫穷的样子。但蒂雷尔大夫目光犀利,对凡是他视为欺诈的行为一概加以制止,有时干脆拒绝给那些他认为出得起医疗护理费的人看病。女人是最不高明的破坏规矩者。她们伪装的手法较为笨拙,往往身上穿着破烂不堪的斗篷和裙子,却忘了取下戴在手指上的戒指。

"你戴得起珠宝饰物,也一定有钱请医生。医院是个慈善机构。"蒂雷尔大夫说。

他把挂号证还给病人,叫下一个病人上来。

"但是我拿到挂号证了。"

"我才不在乎你的挂号证呢。你快给我出去!你没有权利上这儿来,占用真正贫穷的人看病的时间。"

那个病人满面怒容,气呼呼地退了出去。

"她大概会写信给报社,投诉伦敦的医院严重管理不善。"蒂雷尔大夫一边笑吟吟地说,一边拿起下一个病人的挂号证,并用敏锐的目光朝那病人扫了一眼。

大多数病人都以为这家医院是国立医疗机构,并认为他们交纳的赋税中就有一部分是用来办这家医院的。因此,他们把前来看病当作自己应有的权利。他们还认为医生费时给他们看病一定得到很高的报酬。

蒂雷尔大夫让他的助手们每人检查一名病人。助手们把病人带进里面的房间。这些房间都比较小,每个房间都摆着一张诊察台,上面铺着一块黑色的马毛呢。助手首先向病人提出各种各样的问题,然后检查他的肺部、心脏、肝脏,并把检查情况都记在病历卡上,同时暗自考虑好自己的诊断意见。接着,他便等候蒂雷尔大夫进来。蒂雷尔大夫一看完外面的男病人,就来到小房间,身后还跟着一小群实习的学生。于是,助手便大声念出自己检查的结果。蒂雷尔大夫接着向助手提出一两个问题,然后亲自动手检查病人。要是遇到什么有意思的情况值得一听,刚才跟他一起进来的那批医科学生便都使用起听诊器来。那时候,你会看到这样的场面:两三个学生站在病人的面前,诊听他的胸腔,也许还有两个学生在诊听他的背部,其余的学生都焦急地等着,也想一听究竟。那个病人站在这群学生中间,尽管显得有点困窘,但看到自己成为大家注意的中心,倒也未尝不高兴。在蒂雷尔大夫口齿流利地谈论病例的当儿,他在一旁也稀里糊涂地听着。有两三个学生再次操起听诊器听着,想要听出医生刚才提到的杂音或噼啪声。他们听完后,才叫那病人穿上衣服。

在把各个病例都检查完毕后,蒂雷尔大夫便回到大房间里,重新在他的办公桌旁就座。这时候,他就会问不管哪个正好站在他身旁的学生,对刚才看过的病人开什么处方。那个学生随即说出一两种药来。

"你会这样开吗?"蒂雷尔大夫说,"嗯,无论如何,你那个处方颇为独特。但我认为我们不能草率行事。"

这句话总是引得学生们哄堂大笑,而他对自己诙谐的妙语似乎也颇为欣赏,眼睛里总是闪现出愉悦的神色。这时候,他开出与那位学生提出的不同的药来。要是碰上两个完全相同的病例,学生就建议采用蒂雷尔大夫给头一个病人所开的医治方法,可他却充分发挥自己的聪明才智,想出别的不同的药来。有时候,配药房的药剂师忙得疲于奔命,双腿累得够呛,他们总喜欢分发那些已经准备好的药品,以及多年的临床经验证明疗效灵验的该院的混合药剂。蒂雷尔大夫对这一点相当清楚,可他为了消遣取乐,仍然开出详细复杂的药方。

"咱们得给药剂师找些事儿干干。要是咱们老是开上'合剂:白色的',那他的头脑就会变得迟钝。"

学生们听了放声大笑。蒂雷尔大夫露出对自己的玩笑感到得意的眼神,朝他们扫视了一下。随后,他按了按铃,看到门房把头探了进来,就说:

"请叫复诊女病人进来。"

在门房把复诊女病人领进就诊室时,他仰靠在椅背上,跟住院医生聊起天来。女病人走进房间,一排排身患贫血症的姑娘,嘴唇惨白,额前留着蓬松的刘海。她们无法消化到手的那些粗糙的、数量不足的食物。那些上了年纪的妇人,有胖有瘦,由于频繁生育而过早衰老,到了冬天就咳嗽不止。女人们身上往往有着各种各样的毛病。蒂雷尔大夫和住院医生很快就给她们看完了。时间慢慢过去,小房间里的空气也变得越来越混浊了。蒂雷尔大夫看了看手表。

"今天有很多初诊的女病人吗?"他问道。

"大概有不少。"住院医生说。

"最好让她们进来。你可以继续看复诊的病人。"

她们进来了。男人身上最常见的疾病都是饮酒过度引起的,而女人身上最常见的疾病则是由于营养不良。到了大约六点的时候,病人都看完了。菲利普始终站着,房间里的空气又很混浊,再加上他用心观察,因而感到疲惫不堪。他和别的助手们一起慢慢地走到医学院去喝茶。他发觉这是一项引人入胜的有趣的工作。在艺术家加工的那些粗糙的材料中存在着人情。菲利普蓦地想起自己如今正处在艺术家的地位,而那些病人就像他手中的黏土。这时候,他感到一阵莫名其妙的兴奋。他愉快地耸了耸肩膀,想起自己在巴黎的生活,当时热衷于颜色、色调、明暗配合以及天晓得什么别的玩意儿,一心想要创造出美好的事物。如今直接与男人和女人接触,使他感到一阵前所未有的大权在握的兴奋。他端详着他们的脸庞,听他们说话,他发现其中有着无穷的激动人心的地方。他们走进门来,都有各自的特色。有的笨拙地拖着脚步,有的踏着轻快的碎步,有的迈着缓慢、沉重的步子,还有的则畏缩不前。往往只要瞧一眼他们的外表,就可以猜出他们从事什么职业。你学会该怎么发问才能使他们明白你的意思,你会发现在哪些问题上他们几乎都要撒谎,然而凭借哪些问题,又能从他们的嘴里获得真情。你看到人们对待同样的事物的不同态度。听到诊断出了危险病症,有的人付之一笑,开个玩笑,有的人却一言不发,充满绝望。菲利普发觉自己跟这些人在一起时,不像以往跟别人在一起时那样腼腆羞怯。他并不感到有什么同情,因为同情意味着高人一等。可是跟他们在一起,他感到相当自在。他发觉自己能叫他们感到毫无拘束。当医生把一个病例交到他的手里,看看他能找出什么病症时,他觉得那个病人似乎怀着一种特殊的信任,把自己托付给他。

"也许,"菲利普微笑着暗自寻思,"也许我天生就是当医生的料。如果我碰巧选择了正适合我干的事儿,那实在太有趣了。"

在菲利普看来,助手们中间只有他才能领会下午值班中的那些激动人心的意趣。对其他的助手来说,那些男女只是一个个病人而已。要是病情错综复杂,他们就充满兴趣;要是病情显而易见,他们就会觉得厌烦。他们听到了杂音,为检查出肝病而不胜惊讶;听到肺部发出意外的响声,他们就有了谈论的话题。可是,对菲利普来说,事情远不止于此。他只是看看他们的模样、头部和手的形状、眼神以及鼻子的长短,就觉得兴趣盎然。在那个房间里,你看到的是遭到突袭的人的本性,世俗的面具往往被粗暴地撕下了,呈现在眼前的是赤裸裸的灵魂。有时你会看到一种无师自通的禁欲主义的表现,那情景实在打动人心。有一次,菲利普遇到一个样子粗鲁、目不识丁的男病人,告诉他说他的病已无法医治;菲利普说的时候极力控制自己的情感,看到这个家伙在陌生人的面前显得那么坚强的奇妙本能,感到惊讶不已。可是,当他独自面对自己的灵魂时,是否也能这样勇敢呢? 他是否会陷入绝望的境地呢? 有时候也会发生具有悲剧色彩的事。一次,有个年轻女子带了她的妹妹来做检查。那个十八岁的姑娘容貌清秀,生着两只蓝色的大眼睛,一头金发在一缕秋天阳光的照耀下,一时间闪射出缕缕金光。她的肤色美得惊人。在场的几个学生含笑地盯着她。在这几间昏暗肮脏的房间里,他们很少看到这样漂亮的姑娘。那姑娘的姐姐开始介绍亲属的病史,说她们的父母都死于肺结核。一个弟弟和一个妹妹也由于这种病症而夭亡了。一家人只剩下她们姐妹俩。那个姑娘近来老是咳嗽,而且日见消瘦。她脱下罩衫,露出那白如牛奶的脖子。蒂雷尔大夫默默地检查着,跟往常一样,他的动作利索。他吩咐两三个助手把听诊器放到他指的那个部位听。接着,他叫那个姑娘穿好衣服。姑娘的姐姐站得稍远一点,为了不让妹妹听见,她压低了嗓门跟医生说话。她的声音害怕得颤抖起来。

"大夫,她没得那种病,是不是?"

"不瞒你说,我看她毫无疑问是得了那种病。"

"她是最后一个了。她再一走，我就没一个亲人了。"

女子哭起来。蒂雷尔大夫神情严肃地望着她。他认为她也有这种病，同样活不了多久。那姑娘转过身来，看到姐姐在流泪。她明白这意味着什么。血色从她那张妩媚的脸蛋儿上褪去，泪水顺着双颊流下。姐妹俩站了一两分钟，无声地抽泣着。接着，那个做姐姐的把四周冷眼旁观的几个人都忘了，走到妹妹跟前，一把把她搂在怀里，轻轻地来回摇晃着，仿佛她是一个婴儿。

她们走后，一个学生问道：

"你认为她还能活多久?"

蒂雷尔大夫耸了耸肩膀。

"她的兄弟和姐妹一发现症状以后三个月就死了。她也会是这样的。如果她们有钱，那还可以想想办法。你可不能叫她们上圣莫里茨医院去呀。对她们这种人来说，无法可想。"

一次，来了一个身体强壮、正当盛年的汉子。他身上有处地方老是疼痛不止，使他备受折磨，而给他看病的那个俱乐部医生似乎并没有让他的疼痛得到一点儿缓解。对他做出的也是行将死亡的诊断结论。这并不是那种不可避免的死亡，那种死亡令人惊骇但仍然情有可原，因为科学在它面前也束手无策。这种死亡之所以不可避免，是因为这个人不过是错综复杂的社会文明这部庞大机器上的一个小小齿轮，就像一个自动装置那样，根本无力改变自己周围的环境。他活下去的唯一希望，就是彻底休息。蒂雷尔大夫并没有要求他做不可能做到的事情。

"你该换个更加轻松一点的活儿干干。"

"在我那个行业里，可没什么轻活。"

"唉，如果你再这样干下去，是会送命的。你病得很厉害。"

"你的意思是说我快要死了？"

"我可不想这么说，不过你肯定不宜干重活。"

"我不干，谁来给我养活老婆、孩子呢？"

蒂雷尔大夫耸了耸肩膀。这种困境在他面前出现过上百次了。眼下时间紧迫，还有许多病人在等着他呢。

"那么，我给你开些药，一个星期之后再来，告诉我你的感觉怎样。"

那个汉子拿起写着毫无疗效的药方的挂号证走了出去。医生爱说什么随他说去。他对自己不能继续干活这一点倒并不觉得怎么难受。他有份好工作，不能轻易丢弃。

"我说他还能活上一年。"蒂雷尔大夫说。

有时候，门诊室里会出现具有喜剧色彩的事。耳边不时传来有人操着浓重的伦敦口音说些幽默的话语。时而走进来一个老妇人，就像狄更斯笔下的人物一样，她说起话来絮絮叨叨，离奇古怪，把他们逗得直乐。有一次，来了一个女人，是一家非常有名的歌舞杂耍剧场的芭蕾舞演员。她看上去有五十岁了，却说自己才二十八岁，脸上涂抹着厚厚的脂粉，厚颜无耻地用两只乌黑的大眼睛对那些学生们频送秋波。她的笑容既粗俗又具有诱惑力。她充满自信，特别好笑的是，她对蒂雷尔大夫那股随便亲热的劲儿，如同在对待一位痴迷的追求者一般。她患有慢性支气管炎，告诉蒂雷尔大夫说这种病给她如今从事的行当带来不便。

"我不明白为什么我要生这种病。说实在的，我真不明白。我一生中从没生过一天病。这一点你只要瞧我一眼就知道了。"

她的眼睛对着周围的年轻人骨碌碌地转,假睫毛对他们意味深长地扫了一下。她还朝他们露出满口黄牙。她说话时带着伦敦土音,却装出一副谈吐文雅的腔调,每说一句话都叫听的人感到乐不可支。

"这就是人们所说的冬天咳嗽病,"蒂雷尔大夫神情严肃地答道,"许多中年妇女都有这种病。"

"哦,真想不到!你真不该跟一位女士说这种话。以前还从没有人把我称作中年妇女。"

她瞪圆了双眼,把头一歪,带着一种难以形容的调皮神气望着蒂雷尔大夫。

"这就是我们这一行的不利之处,"蒂雷尔大夫说,"它有时逼着我们说话不能那么谦恭有礼。"

她接过处方,最后又朝蒂雷尔大夫露出了妖媚迷人的笑容。

"你会来看我跳舞的,亲爱的,对吧?"

"我一定去。"

蒂雷尔大夫说罢按了按铃,叫下一个病人进来。

"有你们这几位先生在这儿保护我,我感到很高兴。"

可是总的来说,门诊室给人的印象既不是悲剧也不是喜剧。这种印象无法用言语来表达。真是五花八门,各式各样,既有泪水也有笑声,既有欢乐也有忧伤,时而沉闷单调,时而富有趣味,时而平淡无奇。情况正如你见到的那样:它是那么喧嚣、热烈,又是那么严肃;它是那么悲凉、可笑,又是那么微不足道;它既简单又复杂;既有欣喜,又包含着绝望;有母亲对子女的爱;男人对女人的爱;欲望拖着沉重的脚步穿过房间,惩罚着罪人和无辜者以及一筹莫展的妻子和可怜的孩子;男男女女都酗酒,但不可避免地要付出代价;这些房间里回荡着死神的叹息,而那生命的先兆,让某个可怜的姑娘充满恐惧和羞愧,也在那儿诊断出来。这儿既不好也不坏,有的只是摆在面前的事实。这就是生活。

82

临近年底,菲利普在医院门诊部为期三个月的实习生活也快结束了。这时候,他接到劳森从巴黎寄来的一封信。

亲爱的菲利普:

克朗肖如今就在伦敦,很想跟你见见面。他住在索霍区海德街四十三号。我不知道这究竟在伦敦的哪个区域,不过你想必能找到的。行行好吧,去照顾他一下。他穷困潦倒。目前他究竟在干些什么,到时他会告诉你的。这儿的情况跟往日一样,你走之后似乎没有什么变化。克拉顿已经回到巴黎,但是他变得叫人无法忍受。他跟每个人都闹翻了。就我所知,他身无分文,眼下就住在植物园那边的一个小画室里,可他不让任何人看他的画作。他整天都不露面,因此谁也不知道他在干些什么。他也许是个天才,但是从另一方面说,他也可能神经错乱了。顺便对你说一件事:前几天我偶然碰见了弗拉纳根。当时,他正领着弗拉纳根太太在拉丁区转悠。他已放弃了绘画,如今在做制造爆玉米花机器的买卖,看上去手里十分有钱。弗拉纳根太太长得很漂亮,我正在设法给她画一张肖像。如果你是我的话,你会开多少价呢?我并不想吓唬他们。不过,要是他们愿意付我三百英镑,我也不想傻乎乎的只要一百五十英镑。

永远是你的

弗雷德里克·劳森

菲利普写了封信给克朗肖,接着收到了下面的回信。那封信是写在半张普通的便条纸上的,那个薄信封脏得几乎不能送到邮局去寄。

亲爱的凯里:

　　我当然没有忘记你。我觉得当初我曾出力把你从"绝望的深渊"①中拯救出来,而如今我自己却无可挽回地陷入了"绝望的深渊"。能见到你我很高兴。我是流落在一个陌生城市里的外乡人,深受市侩庸人的打击。跟你一起谈谈在巴黎的往事,倒是一件令人愉快的事。我并不要求你跑来看我,因为我的住处实在不够体面,不宜接待一位从事皮尔贡先生②的职业的杰出人士。不过,每天晚上七点到八点之间,我都在迪安街一家名叫乐园的餐馆用便饭,你准能在那儿找到我。

你的真诚的

J.克朗肖

菲利普接到这封信后,当天就前去看望克朗肖。那家餐

---

① "绝望的深渊"(the Slough of Despond)一语出自英国作家约翰·班扬(1628—1688)的名作《天路历程》。
② 皮尔贡先生,法国剧作家莫里哀(1622—1673)的喜剧《没病找病》(1673)中的一个医生。

馆只有一间店堂,属于最低级的一类餐馆。看来克朗肖是这儿唯一的顾客。克朗肖远离风口,坐在角落里,身上仍然穿着那件寒碜的厚大衣,菲利普从来没有见他脱过,头上戴了一顶破旧的圆顶礼帽。

"我到这儿来吃饭,是因为我可以不受打扰,"克朗肖说,"他们的生意并不好,来吃饭的只是几个妓女和一两个失业的侍者。店家也打算关门了,这儿的饭菜实在糟透了。不过,他们破产对我倒有利。"

克朗肖面前摆着一杯苦艾酒。他们俩已差不多三年没见面了,看到克朗肖外貌发生的变化,菲利普不禁十分震惊。克朗肖原来身子相当富态,而如今却变得干瘪枯黄;脖子上的皮肤又松又皱;穿在身上的松松垮垮的衣服,好像是给别人买的,衣领的尺码要大上三四号。所有这些,使他的外貌显得更加邋遢。他的两只手不停地颤抖着。菲利普想起了涂写在那张信纸上的歪歪扭扭、杂乱无章的字母形成的笔迹。显然,克朗肖病得很重。

"这几天我吃得很少,"克朗肖又说,"我早上身体很不舒服。午饭也只是喝一点汤,然后再吃一点奶酪。"

菲利普的目光无意中落到了那杯苦艾酒上,被克朗肖瞧见了,他嘲弄地朝菲利普看了一眼,借此表示对别人提出的常识上的劝告不以为然。

"你已经诊断了我的病症,你认为我喝苦艾酒是个极大的错误。"

"你显然得的是肝硬化。"菲利普说。

"显然是这样。"

克朗肖盯视着菲利普,要是在过去,那目光足以使菲利普难以忍受。那目光似乎指出,他头脑里所考虑的问题是显而易见的;既然你对这显而易见的问题没有异议,那还有什么好说的呢? 于是,菲利普改换了话题。

"你打算什么时候回巴黎去?"

"我不打算回巴黎了,我快要死了。"

他竟以一种极其自然的口气谈论这一点,菲利普听后不觉吓了一跳。他想到了六七句可说的话,但这些话似乎都毫无用处。菲利普心里明白,克朗肖已是一个垂死的人。

"那么你打算在伦敦定居啰?"菲利普笨拙地问道。

"伦敦对我有什么意义呢? 我就好像一条离了水的鱼。我穿过拥挤不堪的街道,人们把我推来挤去,好像走在一座死城里似的。我觉得我不能死在巴黎。我想死在我自己的国民中间。我也不知道最终是一种什么隐秘的本能把我拉回来的。"

菲利普听说过那个跟克朗肖同居的女人以及那两个拖着又脏又湿的裙子的女儿,但是克朗肖在他面前从来不提起她们,也不愿谈论她们的事。菲利普暗自纳闷,不知她们的情况如何。

"我不明白你为什么要讲到死呢?"菲利普说。

"两三年前的冬天,我患过肺炎,当时他们告诉我说,我能活下来真是一个奇迹。看来我特别容易患这种病,再发作一次就会要了我的命。"

"哦,瞎说! 你的身体还没坏到那种程度。只要多加防范就行了。你为什么不把酒戒了呢?"

"因为我不想戒。一个人要是准备承担一切后果,那他干什么都没有关系。噢,我就准备承担一切后果。你不假思索地叫我戒酒,但眼下我只剩下这么个嗜好了。想想看,要是戒了酒,那生活对我还有什么意义呢?我从苦艾酒里获得的幸福,你能理解吗?我就是想喝酒,而且每次喝酒,我都品味着每滴酒的味道,过后,我觉得自己的灵魂沉浸在难以形容的幸福之中。酒使你恶心,因为你是个清教徒,你从心里蔑视肉体的快乐。肉体的快乐最狂热,也最强烈。我是个感官活跃的男人,而且我一心要让感官得到满足。如今我只好遭受惩罚,而且我也准备遭受惩罚。"

菲利普两眼定定地看了他一会儿。

"你就不害怕吗?"

有一刹那,克朗肖没有回答。他似乎在考虑自己的答话。

"有时候,当我独自一个人的时候,我也害怕过。"他望着菲利普,"你认为那是谴责吗?你错了。我并不为我的害怕心理而畏惧。那是愚蠢的。基督教认为,你活着时就应该时时考虑到死。实际上要想活下去,唯一的法子就是忘记你就要死去。死是无关紧要的。对死亡的恐惧绝不应该影响一个聪明人的一举一动。我知道我临死时会挣扎着想呼吸空气,我也知道那会儿我会非常害怕,还知道我将忍不住对人生把我逼入这样的绝境而痛悔不已,但是我不承认我会悔恨人生。如今,尽管我身体虚弱,上了年岁,患有疾病,生活穷困,而且快要死了,但我仍然掌握着自己的灵魂。因此,我没什么好悔恨的。"

"你还记得你送给我的那块波斯地毯吗?"菲利普问道。

克朗肖像从前一样,脸上慢慢泛起一丝笑容。

"你问我究竟什么是人生的意义,我告诉你那块地毯会给你做出回答。哎,你找到答案了吗?"

"没有，"菲利普笑着说，"你不能告诉我吗？"

　　"不，不，我不能做这样的事。答案要你自己去找，否则就毫无意义。"

83

　　克朗肖要出版诗集了。他的朋友们多年来一直催促他快把诗集出版，但他性情疏懒，始终没有采取必要的步骤。面对他们的劝说，他总是回答说，在英国对诗歌的爱好已不再流行。你花费多年的心思和劳力才出版了一本书，但在一批类似的诗集中，它只能得到轻描淡写的两三行评语，卖掉二三十册，剩下的只好被化成纸浆。他早就没有了一举成名的欲望。与所有其他事物一样，名望也只是一种幻想。可是，他的一个朋友却已着手处理这件事。这个人是个文人，名叫伦纳德·厄普约翰。菲利普以前跟克朗肖在巴黎拉丁区的一家咖啡馆里见过他一两回。厄普约翰身为批评家在英国颇有声望，同时也是大家公认的法国现代文学的阐述者。他长期生活在法国那些致力于把《法兰西信使》办成当时最生动活泼的评论刊物的人士中间，只消简单地用英语把这些人士的观点表达出来，他在英国就赢得了见解新颖独到的声誉。菲利普曾经读过他的一些文章。他通过忠实地模仿托马斯·布朗爵士①的笔调而形成了自己的风格。他写的句子相当复杂，但经苦心安排，倒还平稳；用的都是一些陈旧但华丽的辞藻，这就使他的文章显示出独特的风貌。伦纳德·厄普约翰说动克朗肖

────────────

　　① 托马斯·布朗爵士（1605—1682），英国医生、作家。

把全部的诗作都交到他手中,他发觉这些诗作足够出一部篇幅不小的诗集。他答应要利用自己对出版商所具有的影响。那会儿,克朗肖手头拮据,需要用钱。自从患病以来,克朗肖发觉自己很难像以前那样不停地写作了,他弄来的几个钱勉强够付酒钱。厄普约翰写信告诉他说,这家或那家出版商尽管都称赞他的诗作,却认为不值得予以出版。这时候,克朗肖的心倒被说动了,于是他写信给厄普约翰,反复强调他已到了囊空如洗的地步,并催促厄普约翰再花些气力。既然他不久就要死了,就想在自己身后留下一部出版的作品,况且,在内心深处,他总觉得自己写下了伟大的诗作。他期望自己有朝一日会像一颗新星似的突然出现在世人面前。他一辈子都把这些美妙的珍品藏在自己心底,但在行将告别世界,再也用不着这些珍品的时候,满不在乎地把它们奉献给世人,倒也不无值得称道之处。

伦纳德·厄普约翰来信通知说有家出版商已经同意出版他的诗集,因此克朗肖决定马上返回英国。通过一番神奇巧妙的说服工作,厄普约翰使克朗肖同意把预付版税中的十英镑交给他。

"注意,是预付版税,"克朗肖对菲利普说,"弥尔顿那会儿才拿到十英镑现钱。"

厄普约翰答应为克朗肖的诗作写篇署名文章,同时还要邀请那些写评论的朋友们尽力写好评论。克朗肖对这件事装出一副超然的神态,但是你一眼就能看出,想到自己在文坛引起的轰动,他感到欣喜万分。

一天,菲利普按照约定到克朗肖执意要在那儿吃饭的下等餐馆去,但是克朗肖没有露面。菲利普听说他已经三天没上这儿来了。菲利普随便吃了点东西，接着便按克朗肖头一次来信中讲的地址跑去找他。他好不容易才找到海德街。这条街上挤满了灰暗肮脏的房屋，许多窗户玻璃都破了，上面粘着一条条法文报纸，相当难看，门也多年没上漆了。房屋的底层都是一些寒碜破败的小商店，有洗衣店、修鞋店、文具店等。衣衫褴褛的孩子们在马路上嬉戏玩耍。一架旧的手摇风琴奏着下流的曲调。菲利普敲着克朗肖住所的大门（底下是一家专售廉价糖果的店铺），一个身上系着脏围裙的上了年纪的法国女人出来开门。菲利普问她克朗肖是否在家。

"噢，不错，后面顶楼上是住着一个英国人。我不知道他在家不在家。你要见他，最好自己上去看看。"

一盏煤气灯照亮了楼梯。屋子里弥漫着一股令人作呕的气味。菲利普经过二楼时，从一个房间里走出一个女人，她用怀疑的目光打量着菲利普，但没有开口说话。顶楼上有三扇房门，菲利普在中间的一扇门上敲了一下，接着又敲了敲，但房间里没有动静，他拧了下门把手，发觉房门锁着。他又去敲另一扇门，仍然无人回答，接着又推了推房门。门一下子开了，房间里黑洞洞的。

"谁呀？"

他听出克朗肖的声音。

"我是凯里。可以进来吗？"

他没有听到回答，便走了进去。房间里的窗户都关着，臭气熏天，简直叫人无法忍受。街上的弧光灯从窗缝里透进一点光线。菲利普这时看到在这个小小的房间里，首尾相接地放着两张床、一个脸盆架和一把椅子，人在里面几乎没有活动的余地。克朗肖躺在紧挨窗户的那张床上，没有动弹，只是低声咯咯地笑了笑。

"你为什么不把蜡烛点起来?"随后克朗肖说。

菲利普划亮一根火柴,发现床边的地板上放着一个蜡烛台。他点亮了蜡烛,把蜡烛台放在脸盆架上。克朗肖一动不动地仰卧在床上,穿着长睡衣,模样十分古怪。他那光秃秃的头顶令人难堪。他脸如土色,活脱脱像个死人。

"嗨,老兄,你看上去病得很重。这儿有人照顾你吗?"

"乔治早晨上班前给我送来一瓶牛奶。"

"乔治是谁?"

"我管他叫乔治,是因为他的名字叫阿道夫。他跟我合住这套富丽堂皇的房间。"

这时候,菲利普方才注意到另一张床上的被子,自从有人睡过以后就没有叠过,枕头上搁脑袋的地方黑乎乎的。

"你不会是说你跟别人合住这个房间吧?"菲利普嚷道。

"为什么不能跟人合住呢? 在索霍这个地区,住房可是要花不少钱。乔治是个跑堂的,每天早晨八点去上班,直到店铺关门的时间才会回来,因此,他对我一点也没有妨碍。我们俩都睡得不好,于是他就给我讲述他的生活经历,借此消磨漫长的夜晚。他是个瑞士人。我对于跑堂的一向很感兴趣,他们都是从娱乐的角度来看待人生的。"

"你在床上躺了几天了?"

"三天了。"

"你是说这三天里除了一瓶牛奶之外,别的什么也没吃吗? 你究竟为什么不给我来封信呢? 你整天躺在这儿,身边也没有一个人照顾你,我真不忍心去想这样的情景。"

克朗肖低声笑了笑。

"瞧你的脸色。嗨,可爱的人儿,我相信你真的为我难受。你这个好小子。"

菲利普飞红了脸。看到这个乌七八糟的房间以及这位穷困的诗人的潦倒境地,他感到惶恐不安,但没有想到这种内心的感受却在自己脸上显现出来了。克朗肖盯着菲利普,脸上挂着柔和的微笑,继续说:

"我一直都很愉快。瞧,这是我诗集的校样。别忘了,困苦不适会使别人焦虑不安,而我一点也不在乎。如果你的梦想使得你成为时间和空间的至高无上的主宰,那么人生中的境遇又算得了什么?"

诗集的校样就放在床上。克朗肖躺在黑暗中,居然还能拿到校样。他把校样拿给菲利普看,两只眼睛忽地放亮了。他翻过一张张校样,望着那清晰的字体,显得十分欣喜。接着,他朗读了一节诗。

"这诗写得不错,是吧?"

菲利普想出一个主意。要照这个主意去做,会叫他多增加一点开支,而就算增加一笔数目最小的开支,他也负担不起。但是另一方面,对于这种情况,他又不愿考虑节省开支的问题。

"嗨,想到你待在这儿,我就受不了。我那儿有个多余的房间,眼下空着没有人住,我很容易就能向别人借张床来。你愿不愿意上我那儿去,跟我住一段时间呢?这样省得你付房租了。"

"哦,亲爱的老弟,你会坚持要我把窗户都打开的。"

"只要你愿意,你可以把那儿所有的窗户都关得严严实实。"

"明天我就会好的。今天我本来也是可以起床的,只是觉得身子发懒。"

"那样的话,你很容易就可以搬过去住。你一感觉身体不舒服,就上床躺着,我会在家照顾你的。"

"要是你愿意这样,那我就搬过去。"克朗肖说,脸上露出了呆滞而又愉快的笑容。

"那太好了。"

他们俩商定菲利普第二天来接克朗肖。次日上午,菲利普忙里偷闲,抽出一个小时来安排这次搬迁。他发现克朗肖已经穿戴整齐,头戴帽子,身穿厚呢大衣,坐在床上。脚边地板上放着一个破旧的小手提箱,里面放着他的衣服和书籍,已经捆扎好了。他看上去就像坐在车站候车室里似的。菲利普瞧见他这副模样,不禁哈哈大笑。他们坐着四轮出租马车直奔肯宁顿区而去。马车上的窗户都关得严严实实。到了那儿以后,菲利普把他的客人安顿在自己的房间里。菲利普这天一大早就出门,为自己买了一副旧床架、一个便宜的五斗橱和一面镜子。克朗肖一到就坐下来修改他的校样,他的身体好多了。

菲利普发觉他的这位客人除了性情烦躁(这是他的疾病症状)以外,还是很好相处的。他上午九点有课,因此要到晚上才能见到克朗肖。有一两次,菲利普劝克朗肖跟他一起吃些他自己用残汤剩菜做的晚餐,但是克朗肖无法安心待在屋里,宁愿跑到索霍区的这家或那家最便宜的餐馆去买点吃的东西。菲利普叫他去找蒂雷尔大夫看病,却被他断然拒绝了,因为他知道医生会叫他戒酒,而这酒他是决心不戒的。每天上午,他总是身子很不舒服,但中午喝了苦艾酒以后,就又恢复体力,等到午夜回到家里时,他又能发表一番才气横溢的谈话,当年正是这一点使初次同他相识的菲利普不胜惊讶。他的校样已修改完毕,诗集将在早春时节与其他出版物一同问世。那时候,人们也许应当已从雪片般飞来的圣诞节书籍中缓过气来了。

84

到了新年,菲利普便成了外科门诊部的敷裹员。这项工作的性质,跟他刚从事过的工作没有什么区别,只是外科的工作方式要比内科更加直接而已。因循守旧的公众对内科、外科疾病的态度总是过分拘谨,任其四处蔓延,致使相当一部分人身患疾病。菲利普在一个名叫雅各布斯的外科助理医生手下当敷裹员,那个医生身材矮胖,脑袋光秃,嗓门粗大;他生性欢快,充满活力,说话带有伦敦东区口音。医学院的学生们一般都把他称作"粗莽汉"。然而,无论是作为一名外科医生,还是一名教师,他都称得上聪明过人,倒使得一些学生忽略了他外表的丑陋。他也十分爱开玩笑,而且对病人和学生,他都一样取笑打趣。他非常喜欢让手下的敷裹员丢人现眼。那些敷裹员既无知又紧张,又不能把他当作他们的平辈来加以回敬,因此,让他们出乖露丑并不是一件难事。一到下午,他心情更加愉快,因为他可以讲些令人难堪的实情,而那些来实习的学生们只好赔着笑脸听着。有一天,一个长着畸形足的男孩前来求医。他的父母想知道是否还有什么方法可以医治。雅各布斯先生朝菲利普转过身来。

"凯里,这个病人最好由你来看。这是一个你该了解的课题。"

菲利普一下子涨红了脸,这个医生的话显然具有诙谐戏耍的意图,旁边那几个担惊受怕的敷裹员都谄媚地笑起来,菲利普的脸红得更厉害了。实际上,这正是菲利普来到圣路加医院以后一直急切地留心研究的课题。图书馆里论述各种类型的畸形足的书籍他都读遍了。他叫那个孩子脱掉靴子和长筒袜。孩子才十四岁,长着两只蓝眼睛和一个又短又平的翘鼻子,满脸雀斑。他父亲解释说,如有可能,他们想把孩子的脚治好,否则会给孩子独自谋生带来莫大的阻碍。菲利普好奇地望着他。他是个生性欢快的孩子,一点也不害羞,喜欢说话,脸皮很厚。这一点总受到他父亲的责备。他对自己的那只脚还很感兴趣。

"要知道,这只是样子不好看而已,"他对菲利普说,"我并不觉得有什么不便。"

"住嘴,厄尼,"他父亲说,"你废话说得太多了。"

菲利普检查着他的那只脚,用手慢慢地抚摩着那变了形的部位。他不明白这孩子为什么一点也没有那种老是压在自己心头的羞辱感。他不知道自己为什么就不能抱着这种镇静淡漠的态度来对待残疾。不久,雅各布斯先生走到他的面前。那男孩坐在一个诊察台的边上,外科医生和菲利普分别站在他的两旁,另外几个学生围拢过来,形成一个半月形。雅各布斯以他惯有的出众的才华,生动鲜明地讲述了有关畸形足的问题:他谈到畸形足的类型以及因不同的组织构造而形状各异的畸形足。

"我想你那只畸形足是马蹄形的,对吧?"他猛然掉过头来,对菲利普说。

"是的。"

菲利普感到同学们的目光一下子都落在自己身上,禁不住脸色绯红,为此他暗暗咒骂自己。他感到手掌心渗出了汗珠。由于行医多年,雅各布斯先生讲得流畅自如,表现出令人钦佩的出众的洞察力。他对自己的职业抱有极大的兴趣。但是菲利普并没有用心听讲,一心希望这家伙快点把话讲完。突然,他意识到雅各布斯是在对自己说话。

"凯里,把你的袜子脱掉一会儿,你不会介意吧?"

菲利普觉得全身发抖。他一时间真想叫雅各布斯见鬼去吧,但是他没有勇气当场发作,害怕遭到医生无情的嘲弄。于是,他强装出一副若无其事的样子。

"一点儿也不介意。"他说。

他坐了下来,开始解皮靴的带子。他的手指颤抖着,觉得怎么也解不开那个结了。他想起在学校时同学们强迫他把脚伸出来给他们看的情景,想起由此而深深印在自己心灵上的创伤。

"他把两只脚保养得好好的,干干净净的,对吧?"雅各布斯用刺耳的伦敦东区口音说。

在场的学生们咯咯发笑。菲利普注意到刚才他们检查的那个男孩用急切、好奇的目光朝下看着他的脚。雅各布斯用双手抓住这只脚,说道:

"是啊,果然不出所料。我看你这只脚是动过手术的。我想是小时候动的手术吧?"

他继续滔滔不绝地解释着。学生们都探过身子,注视着菲利普的那只脚。雅各布斯松开手的时候,两三个学生仍然细致地察看着那只脚。

"你们看够了,我再穿袜子。"菲利普用嘲讽的口气说,脸上露出一丝笑容。

他恨不得把他们一个个都干掉。他觉得要是用把凿子(他不知道为什么会突然想起这种工具)扎进他们的脖子,那该多带劲啊!人是多么像野兽啊!他真希望自己能相信地狱之说,这样,想到他们将受到可怕的折磨,他心里也可舒畅一些。雅各布斯先生把注意力转到治疗方法上,他的话一半是说给那孩子的父亲听的,一半是说给学生们听的。菲利普穿上袜子,系上靴子。最后,医生讲完了,但好像又想起了什么似的,突然朝菲利普转过头来。

"嗯,我认为你再去动次手术也许是值得的。当然,我无法给你一只跟常人一样的脚,但我认为自己仍可以做出一些努力。你可以考虑一下。什么时候你想休假,可以到医院里来待一会儿。"

菲利普常常问自己是否有什么办法把这只脚治好。但是他讨厌提起自己的残疾,所以一直没有找医院里任何一位外科医生诊治。他从书中得知,小时候无论接受过什么样的治疗,都不会取得什么很大的效果,因为当时对畸形足的医治方法不如现在的高明。不过,要是手术能使他穿上比较普通的靴子,走路时也不瘸得那么厉害,那也是值得的。他想起他曾十分热烈地祈祷出现奇迹。他大伯曾向他保证说,万能的上帝是完全能够创造出这种奇迹来的。想到这儿,他不禁凄苦地笑起来。

"那会儿,我真是一个头脑简单的家伙!"他心里暗想。

临近二月底的时候,克朗肖的病情明显恶化,再也起不来了。他整天躺在床上,但仍然坚持要把房里的窗户始终关着,仍然不肯去看医生。他几乎不吃什么食物,却要求给他买威士忌和香烟。菲利普知道他根本不该喝酒抽烟,但他的观点是很难驳倒的。

"我想烟酒大概会要我的命,可我不在乎,你劝告过我了,做到了仁至义尽。我无视你的劝告。给我一些酒喝,然后滚你的蛋。"

伦纳德·厄普约翰一星期中有两三次突然来访,他的外表好似枯叶一般,因而用"枯叶"这个词来描写他的仪表神态再确切不过了。他三十五岁,样子瘦弱,头发又长又灰白,脸色苍白。那副模样叫人一看就知道他很少待在户外。他头上戴了一顶像是非国教牧师戴的帽子。菲利普不喜欢他那屈尊俯就的态度,对他那流畅自如的谈话也感到厌烦。伦纳德·厄普约翰就爱听自己说话,根本不顾听众的兴趣,而这点正是一个善于交谈的人首要素质。厄普约翰从来没有想到他所讲的都是听众们早已知道的事。他字斟句酌地对菲利普发表自己对罗丹、阿尔贝·萨曼①和塞萨尔·弗兰克②的看法。菲利普雇用的打杂女工只是上午来干一个小时的活,菲利普本人又整天都得待在医院里,这样,一天的大部分时间,克朗肖就得独自待在家。厄普约翰对菲利普说克朗肖身边应该有个人陪着,但又不主动找个人来照料。

"想到那位伟大的诗人独自待在家里,实在叫人担心。嗨,他很可能死的时候身边一个人也没有。"

"我想这很可能。"菲利普说。

<hr>

① 阿尔贝·萨曼(1858—1900),法国诗人。
② 塞萨尔·弗兰克(1822—1890),法国作曲家、钢琴演奏家,出生于比利时。

"你怎么能这样冷酷无情呢?"

"你可以每天上这儿来干事嘛,这样的话,他需要什么,就有你在他身边。你为什么不这样做呢?"菲利普冷冰冰地问道。

"我?亲爱的老兄,我只能在我熟悉的环境里工作,再说我经常要外出交际。"

看到菲利普把克朗肖接到自己的住处,厄普约翰也有一点儿不高兴。

"我倒希望你让他仍旧住在索霍,"他挥舞着两只又长又瘦的手,说,"那个肮脏的阁楼还有点儿浪漫色彩。如果换成了沃平或肖尔迪奇,我也能够容忍,可就是受不了体面的肯宁顿!这真是一个诗人归天的糟糕的地方!"

克朗肖时常气冲冲的,菲利普始终牢记克朗肖的烦躁心情是他疾病的症状,只能靠此控制住自己的脾气。厄普约翰有时赶在菲利普回家之前来看望克朗肖,那会儿,克朗肖就狠狠地发泄一通自己对菲利普的怨气。厄普约翰则在一旁怡然自得地听着。

"问题是凯里没有美感,"他笑着说,"他具有中产阶级的思想。"

厄普约翰对菲利普总是话里带刺,菲利普在跟他打交道时则极力抑制住自己的情感。可是,一天黄昏,菲利普终于忍不住了。那天他在医院忙乎了一天,回来后已疲惫不堪。正当他在厨房里沏茶时,伦纳德·厄普约翰走了进来,告诉菲利普说克朗肖对他执意要请医生前来诊视颇有怨言。

"难道你没有意识到,你享有一种非常罕见、非常微妙的特权吗?当然啰,你应该竭尽全力来表明你高尚的品德是足以信赖的。"

"这种罕见的、微妙的特权,我可担当不起呀。"菲利普说。

每当提到钱的问题,伦纳德·厄普约翰总是露出一点鄙夷不屑的神气,而且,他那敏感的天性总是变得激愤起来。

"克朗肖的看法中本来还有些优美的东西,但在你的纠缠不休下都给搅乱了。你应该给你所体会不到的微妙的想象留些余地嘛。"

菲利普的脸沉了下来。

"咱们一起去找克朗肖讲讲清楚。"菲利普冷冷地说。

那位诗人正仰卧在床上看书,嘴里叼着烟斗。房间里的空气有一股霉味。尽管菲利普常来收拾整理,但房间里仍然显得很脏。看来无论克朗肖去哪儿,哪儿就不会干净。看到他们俩走进房间,克朗肖摘下了眼镜。这时候,菲利普已经变得怒不可遏。

"厄普约翰说你埋怨我老是催你去请医生来看病。"菲利普说,"我要你去请医生来看病,是因为你随时都有生命危险。况且,如果你一直不去找医生看病,那我就领不到死亡证明。到时候,我就会受到传讯,还会为没请医生而受到指责。"

"这一点我倒没有想到。我原以为你要我去看病,是为了我而不是为了你自身。那好吧,你想什么时候请医生来,我就什么时候看病。"

菲利普没有回答,只是以难以觉察的动作耸了耸肩膀。眼睛一直看着菲利普的克朗肖咯咯地笑起来。

"别这么生气,亲爱的。我很清楚,你想为我做你所能做到的一切。咱们就去见见你找的医生吧。说不定他真能给我一点儿帮助。至少,这样可以使你心里得到安慰。"接着,他把目光转向厄普约翰,"你真是个十足的傻瓜,伦纳德。你为什么要引得他发愁呢?为了迁就我,他已经够费事的了。除了在我死后为我写篇漂亮的文章外,你什么也不会为我做的。我了解你这个人。"

第二天,菲利普跑去找蒂雷尔大夫。他觉得只要他把克朗肖的病情一讲,蒂雷尔大夫那样的人一定会感兴趣。果然蒂雷尔大夫一下班,就陪同菲利普来到肯宁顿。他只能同意菲利普早先讲的那番话。病人已经无法医治了。

"如果你愿意,我可以把他收进医院。"他对菲利普说,"他可以住一间小病房。"

"说什么他也不会肯的。"

"要知道,他随时都有死亡的可能。要不,很可能还会再生肺炎。"

菲利普点了点头。蒂雷尔大夫又提出一两个建议,并答应在菲利普需要他的时候就会赶来。他留下了自己的地址。当菲利普回到克朗肖的身边时,发觉他正默默地看着书,甚至都不屑问一下医生说了些什么。

"亲爱的老弟,现在你满意了吧?"他问道。

"我想,说什么你也不会照蒂雷尔大夫的嘱咐去做的,对吧?"

"那当然啰。"克朗肖笑着说。

85

　　大约半个月后的一天黄昏,菲利普从医院下班回来,敲了敲克朗肖的房门,里面没有动静,便走了进去。克朗肖缩成一团,侧身躺着,菲利普走到床前。他不知道克朗肖究竟是睡着了呢,还是躺在床上又陷入了一阵无法控制的烦躁之中。看到克朗肖的嘴巴张着,他感到十分奇怪。他摸了摸克朗肖的肩膀,不禁惊叫起来。他把手伸到克朗肖的衬衫底下去摸摸是否还有心跳,一时茫然不知所措。他无可奈何,就拿了一面镜子放在克朗肖的嘴前,因为他曾经听说以前人们都是这样做的。看到自己独自跟克朗肖的尸体待在一起,他惊恐不安。他仍然戴着帽子、穿着外套,便跑下楼去,来到街上,叫了一辆出租马车,直奔哈利大街。蒂雷尔大夫正好在家。

　　"嗨,你马上跟我去一趟好吗? 我想克朗肖已经死了。"

　　"他死了,我去也没有多大用处,对吧?"

　　"要是你肯陪我去一趟,我将感激不尽。我已叫了辆马车,就停在门口。只需要半个小时就行了。"

　　蒂雷尔戴上帽子。在马车上,他问了菲利普一两个问题。

　　"今天早晨我走的时候,他的情况似乎并不比平时糟。"菲利普说,"刚才我走进他的房间时,真把我吓了一跳。想到他竟然这样孤零零地死去……你认为当时他知道自己就要死了吗?"

　　这时,菲利普想起了克朗肖先前说过的话,他暗自纳闷,不知克朗肖在生命终止的最后一刻,心中是否充满了对死亡的恐惧。菲利普设想着自己处于同样的境地,知道死亡是不可避免的,在他提心吊胆的时候,身边竟然连一个给他鼓励打气的人都没有。

"你心里相当烦乱。"蒂雷尔大夫说。

蒂雷尔大夫睁着明亮的蓝眼睛望着菲利普,目光中流露出同情的神色。看到克朗肖的尸体后,他说:

"他一定已经死了好几小时了。我认为他是在睡眠中死去的。病人有时候是这样咽气的。"

克朗肖的躯体缩成一团,猥琐难看,没有一点人样。蒂雷尔大夫冷静地瞅着尸体,接着无意识地掏出怀表瞥了一眼。

"噢,我得走了。我会派人把死亡证明书给你送来。我想你要与他的亲属联系。"

"我想他并没有什么亲属。"菲利普说。

"那葬礼怎么办?"

"哦,这由我来料理。"

蒂雷尔大夫朝菲利普瞥了一眼,不知自己是否应该为葬礼出几个金镑。他对菲利普的经济状况一无所知;说不定菲利普完全出得起这笔费用;要是这时他提出给钱的话,菲利普也许会觉得唐突无礼。

"好吧,要是有什么事需要我帮忙,尽管说好了。"他说。

菲利普和他一起走到外面,就在门口分手了。菲利普到电报局去拍了个电报,向伦纳德·厄普约翰报丧。随后,菲利普去找殡葬承办人。每天上医院时,菲利普都要经过这个殡葬承办人的店面,橱窗里一块黑布上写的"经济、迅速、得体"六个银光闪闪的大字,陈列在橱窗里的两口棺材模型,常常引起他的注意。这个殡葬承办人是个身材矮胖的犹太人,一头乌黑的鬈发,又长又油腻,穿着一身黑色衣服,在一根胖乎乎的手指上戴了一个大钻石戒指。他用他那个行当所特有的既显摆门面又神情温和的态度接待了菲利普。他很快便发觉菲利普一筹莫展，于是答应马上派一个女人去办理必要的事项。他建议举办的葬礼相当气派；菲利普没有同意，看到殡葬承办人似乎认为他这样是出于吝啬，他感到十分羞愧。在这种事情上讨价还价，实在不大光彩。最后，菲利普同意承担这笔他根本负担不起的高昂费用。

"我很理解你的心情，先生，"殡葬承办人说，"你不想要什么排场——说真的，我自己也不主张大肆铺张——可是，你希望把事情办得体面一些。你把事情交给我办好了。我会在妥当、得体的范围内尽量让你少花钱。我只能把话说到这儿，对吧？"

菲利普回家去吃晚饭。他吃饭的时候，那个女人上门来为克朗肖的遗体做殡葬准备。不一会儿，伦纳德·厄普约翰打来的电报送到了。

> 惊悉噩耗，悲痛万分。今晚外出赴宴，不能前往，颇为遗憾。明日一早见你。深表同情。厄普约翰。

过了一会儿，那个女人敲了敲起居室的房门。

"先生，我干完了。你可不可以进去瞧他一眼，看我做得合不合适？"

菲利普跟着她走了进去。克朗肖仰面躺在那儿，两眼紧闭，双手虔诚地紧握着放在胸口。

"按理说，你应该在他身边放上一些鲜花，先生。"

"我明天就去弄一些来。"

女人满意地对那具尸体瞥了一眼。她已经完成了自己的工作,便放下袖子,解开围裙,戴上软帽。菲利普问她要多少工钱。

"噢,先生,有给两先令六便士的,也有给五先令的。"

菲利普不好意思地交给女人不到五先令的工钱。她流露出与菲利普眼下所怀有的哀痛相称的凄婉之情,表示了感谢,接着便离开了。菲利普仍旧回到起居室,收拾掉晚饭留下的残汤剩菜,坐下来阅读沃尔沙姆撰写的《外科学》。他发现这本书很难懂。他感到神经非常紧张,楼梯上一有响声,他就跳了起来,心儿狂跳不止。隔壁房间里的东西,原先还是个人,而今却化为乌有,使得他惊恐不安。房间里的寂静气氛似乎也有生命,好像其中正有什么神秘的动静;死亡的景象沉重地压迫着这套房间,神秘可怕,令人毛骨悚然。菲利普对那曾经是他朋友的东西蓦地感到不寒而栗。他力图迫使自己专心读书,但不久便绝望地把书推开了。刚刚结束的那条生命毫无价值,这一点使得他心烦意乱。克朗肖究竟是死是活倒无关紧要。哪怕世上从来就没有克朗肖这么个人,情况仍然如此。菲利普想到了青年时代的克朗肖,但要在自己的脑海里描绘出身材修长、步伐矫健、头上长满头发、轻松愉快、富有前途的克朗肖,还得作一番想象才行。菲利普的人生准则——尽可按自己的本能行事,只是得适当注意街角处的警察——在这里却并不奏效。克朗肖正是奉行了这套人生准则,结果生活才遭受了那么可悲的失败。看来人的本能是靠不住的。菲利普感到困惑不解,他扪心自问,要是那一套人生准则没有用处,那还有什么样的人生准则呢?为什么人们总采取这一种方式而不采取另一种方式行事呢?人们是凭自己的情感去行动的,但他们的情感有可能是好的,也有可能是坏的。看来,他们的情感究竟是把他们引向成功还是彻底的失败,纯粹是运气问题。人生就像一场让人无法摆脱的混乱场景。人们在自己并不知道的力量的驱使下四处奔波,但他们对这样做的目的却都说不上来,似乎只是为了奔波而奔波。

第二天早晨,伦纳德·厄普约翰手里拿着一个用月桂树枝扎成的小花环来到菲利普的住所。他对自己给已故诗人戴上这个花环的想法颇为得意,不顾菲利普不以为然的沉默,试着把花环套在克朗肖的秃头上,可那样子实在怪诞可笑,看上去就像歌舞杂耍剧场里卑劣的小丑戴的帽子的帽檐。

"我还是把它放在他的心口吧。"厄普约翰说。

"可你却把花环放到他的肚子上去了。"菲利普说。

厄普约翰淡淡地一笑。

"只有诗人才知道诗人的心在哪里。"他回答说。

他们俩一起回到起居室。菲利普把葬礼的筹备情况告诉了厄普约翰。

"我希望你不要心疼花钱。我想要灵车后面有一长列空马车跟随着,还要让所有的马匹全都装饰着长长的随风摆动的羽毛,送葬队伍里应该包括一大批哑巴,他们的帽子上都系着长长的飘带。我很喜欢那些空马车的想法。"

"葬礼的费用显然将落在我的肩上,而目前我手头并不宽裕,因此我设法尽量办得规模适中一些。"

"但是,我亲爱的老兄,既然如此,为什么你不把葬礼办得像给一个穷人送葬那样呢?那样倒还有点诗意。你对凡俗的路数有一种从来都不出错的本能。"

菲利普有点脸红,但并没有回答。第二天,他跟厄普约翰一起坐在他出钱雇来的马车里,跟在灵车的后面。劳森不能亲自前来,只送来一个花圈。为了不使那口棺材显得过于冷清,菲利普又买了一对花圈。在回来的路上,马车夫扬鞭策马飞奔。菲利普疲乏不堪,不久就睡着了。后来他被厄普约翰的说话声吵醒了。

"幸好他的诗集还没有出版。我想我们还是把诗集推迟一点出版的好。我来给诗集写一篇序言。在去墓地的途中,我就开始考虑这个问题。我相信我能写得相当出色。不管怎么说,我要先在《星期六评论》杂志上发表一篇文章。"

菲利普没有搭腔。马车里一片寂静。最后厄普约翰又说:

"我看把我写的文章充分利用一下,还是比较明智的。我想为几家评论杂志中的一家写篇文章,然后就把它作为诗集的序言再印一次。"

菲利普密切注意着所有的月刊,几个星期后,厄普约翰的文章发表了。这篇文章似乎引起了一阵轰动,许多家报纸都刊登了它的摘要。这是一篇十分出色的文章,还略带传记的性质,因为谁也不了解克朗肖的早年生活。文章结构精巧,口气亲切,语言生动。伦纳德·厄普约翰以其缠绕繁复的文笔,把克朗肖在拉丁区与人交谈和写作诗歌的几个场景描绘得风雅美妙;克朗肖一下子成了栩栩如生的人物,成了英国的魏尔兰。他描写了克朗肖的悲惨结局以及那个坐落在索霍区的寒碜的小房间,并且含蓄地叙述了自己为了让诗人迁移到一所坐落在百花盛开的果园、掩映在忍冬①枝叶丛中的村舍所作的种种努力,他那含蓄的态度着实令人喜爱,表明他为人慷

---

① 忍冬,一种蔓生灌木,开黄色或粉红色的花,气味芳香。

慨,实际大大超出了他谦虚地所说的程度。在描写叙述上面这些情况的时候,厄普约翰大肆渲染,他的措辞用语显得庄严却又战战兢兢,夸张却又哀婉动人。然而有人却缺乏同情心,用心良好却不够乖巧,竟把这位诗人带到了俗气而体面的肯宁顿区!伦纳德·厄普约翰描写肯宁顿区所用的这种婉约的诙谐口气,是恪守托马斯·布朗爵士遣词造句的风格所必需的。他还巧妙地用嘲讽的口气叙述了克朗肖生前最后几个星期的情况,克朗肖怎样以极大的耐心忍受那个用心良好、笨手笨脚、自命做他的看护的青年学生,以及这个非凡的流浪者在那令人绝望的中产阶级的环境中的可怜遭遇。他还引用了《以赛亚书》中的话语"灰烬当中的美"来比喻克朗肖。这位被社会遗弃的诗人竟死在那俗气而体面的陈设之中,真是绝妙的嘲讽,这使得伦纳德·厄普约翰想起了耶稣基督置身于法利赛人①中间的情景,而这一类比又使他有机会写下一段精妙的文字。接着他又告诉读者,诗人的一个朋友——他那高雅的情趣竟使他只是巧妙地暗示了一下那位具有如此雅致的想象的朋友究竟是谁——如何把一个月桂树枝编成的花环安放在诗人的心口;死者那双漂亮的手似乎用一种充满欲火的姿态安放在阿波罗的月桂枝叶②上。这些枝叶散发着艺术的幽香。它比那些皮肤黝黑的水手从形态多样、令人莫测高

---

① 法利赛人,古代犹太教一个派别的成员,标榜墨守传统礼仪。基督教《圣经》中称他们是言行不一的伪善者。

② 阿波罗是希腊神话中的太阳神。相传阿波罗爱上了忒萨利亚河神珀涅俄斯的女儿达佛涅。达佛涅拒绝了阿波罗的爱情后,他仍然紧追不舍,就在快要追到的时候,珀涅俄斯把达佛涅变成了一棵月桂树。阿波罗便采了一些月桂树的枝叶,做了一个花冠,戴在自己头上,作为永久的纪念。后世"桂冠诗人"一词即起源于这个故事。

深的中国带回来的碧玉还要绿。文章的结尾做了精妙的对照，描述了为克朗肖举行的中产阶级的平淡无奇、毫无诗意的葬礼，而他本来应该像个王子或穷人那样得到安葬。这是对诗人的最大打击，是市侩庸人对艺术、美和非物质事物取得的最后胜利。

伦纳德·厄普约翰从来没有写过这么好的文章。这是一篇富有风韵、格调高雅、充满怜悯的非凡杰作。在文章中间，他引用了克朗肖所有最好的诗作，因此，当克朗肖的诗集出版时，诗集的不少精华早已被抽走了，但是他却大大提高了自己的地位。从此，他成了一名举足轻重的评论家。以前他看上去似乎有些冷漠，但是在这篇文章中却充满了温暖的人情味，让人读来趣味无穷，不忍释手。

86

到了春天，外科门诊部的敷裹包扎工作结束后，菲利普便到住院部去当助手。这项工作要延续半年。每天上午，助手都得跟住院医生一起在病房里度过，先是男病房，然后是女病房。他必须记录病情，为病人体检，接着便跟护士们一起消磨时光。每周两个下午，值班医生带领一小群学生查巡病房，检查病人，给他们传授医疗知识。这可不像门诊部的工作那么令人兴奋，富于变化，而且与现实也没有那么密切的联系。可是，菲利普仍然学到了大量知识。他跟病人们相处得十分融洽，看到病人们对他的护理表现出高兴的样子，他感到有点飘飘然。其实，他对病人的痛苦也不见得有多深的同情，不过他很喜欢他们；他从不摆什么架子，因此比其他几位助手更受病人欢迎。菲利普和蔼可亲,待人厚道,说话鼓舞人心。正如每一个与医院有关系的人一样,菲利普也发觉男病人比女病人更容易相处一些。女病人时常大发牢骚,脾气很坏。她们十分不满地抱怨那些工作辛勤的护士,责怪护士没有给予她们应有的照顾。她们都是令人头痛、不知感激、粗暴无礼的病人。

菲利普真是相当幸运,不久就结交了一个朋友。一天上午,住院医生把一个新来的男病人交给了菲利普。菲利普坐在床沿上,开始在病历卡上记下病人的病情细节。在看病历卡的时候,菲利普发觉这位病人自称是新闻记者,名字叫索普·阿特尔涅,年纪四十八岁,这倒是一位不同寻常的住院病人。他的黄疸病突然发作,来势汹汹。鉴于病状不大明显,似有必要加以观察,就给送到病房里来了。他对菲利普出于职责所问的各种问题都用悦耳动听、富有教养的语调做了回答。索普·阿特尔涅躺在床上,因此一下子很难断定他的个头究竟是高是矮,不过那小小的脑袋和一双小手表明他身材中等偏矮。菲利普有观察别人的手的习惯,而阿特尔涅的那双手使他看了感到不胜惊讶:一双十分小巧的手,削葱根般的手指顶端长着秀美的玫瑰色指甲。那双手的皮肤非常光滑,要不是身患黄疸病的缘故,一定会白得出奇。阿特尔涅把两只手放在被子外面,其中一只手微微张开,食指和中指并在一起。他一边跟菲利普说话,一边似乎相当满意地端详着自己的手指。菲利普忽闪着发亮的眼睛,朝对方的脸上瞥了一眼。尽管脸色发黄,仍不失为一张出众的脸。蓝蓝的眼睛,鲜明突出的鼻子,鼻尖显出钩状,样子有点咄咄逼人,但并不难看。一小把尖尖的胡须已经花白。他头秃得很厉害,但原来显然长着一头相当纤细的、好看的鬈发,如今他仍然留着长发。

"我知道你是当记者的,"菲利普说,"你为哪家报纸写稿呀?"

"不管哪家报纸,我都给他们写稿。你随便翻开一份报纸,肯定都能看到我写的东西。"

正好床边就有一份报纸,阿特尔涅伸手拿过来,指了指上面的一则广告。只见用大号铅字印着菲利普所熟悉的一家商行的名称:林恩-塞德利商行位于伦敦的摄政街。下面就是一种教条式的说法:拖延就是偷盗时间。字体尽管略小一些,但仍然相当醒目。接下去是一个问题,由于问得合乎情理,因而把人吓了一跳:为什么不今天就订货? 接着又用大号字体重复"为什么不呢?"这五个大字,就像锤子在一下下敲击着凶手的良心。下面是几行黑体大字:从世界各主要市场来的千万副手套以惊人的价格出售。世界上几家最可靠的制造商制作的千万双长筒袜大减价。广告最后又重复了"为什么不今天就订货?"这个问题,不过,这次就像抛出了竞技场中的武士用来挑战的金属护手似的。

"我是林恩-塞德利商行的新闻代理人。"阿特尔涅在自我介绍时,挥了挥他那漂亮的手,"做些基本工作……"

菲利普接着问了一些普通的问题,其中有些不过是日常俗套,而有些则经过巧妙的设计,想要引导这位病人泄露他或许想要隐瞒的事情。

"你在外国待过吗?"菲利普问道。

"我在西班牙待了十一年。"

"你在那儿干什么?"

"在托莱多的英国自来水公司当秘书。"

菲利普想起克拉顿也曾在托莱多待过几个月。听了记者的答话,菲利普怀着更浓厚的兴趣望着他,但又觉得自己流露出这样的感情很不合适,因为在住院病人和医院工作人员之间必须保持一定的距离。他给阿特尔涅检查完毕后,便走向别的病床。

索普·阿特尔涅的病情并不严重,尽管脸色仍然很黄,但他不久就感觉好多了。他仍然躺在床上,这只是因为医生认为在某些反应趋于正常之前,他还得接受观察。一天,菲利普走进病房,发现阿特尔涅手里拿着一支铅笔,正在看书。菲利普走到他的床前,他放下了书本。

"我可以看看你读的书吗?"菲利普问道,他这个人每见到一本书,总要翻阅一下。

菲利普拿起那本书,发觉那是一本西班牙诗集,都是圣胡安·德拉克鲁斯①写的。在他翻开诗集的当儿,一张纸片从书里掉了出来。菲利普拾起一看,原来纸上写着一首诗。

"你总不见得告诉我说,你把空闲时间都用来写诗吧?对一位住院病人来说,这种做法是最不合适的。"

"我试着搞些翻译。你懂西班牙语吗?"

"不懂。"

"那么,你知道一切有关圣胡安·德拉克鲁斯的事情,对吧?"

"我真的一无所知。"

"他是西班牙的一位神秘主义者,也是他们国家最好的

---

① 圣胡安·德拉克鲁斯(1542—1591),西班牙基督教奥秘神学家、诗人,参与建立赤足加默罗修会。

诗人之一。我认为值得把他的诗作译成英语。"

"我可以看看你的译稿吗？"

"译稿还很粗糙。"阿特尔涅说，但他仍然把译稿交到菲利普的手里，动作那么敏捷，表明他急于想让菲利普阅读一下。

译稿是用铅笔写的，笔迹清秀，但很特别，难以辨认，看上去像是一堆黑花体字。

"你把字写成这样，是不是要花很多时间？真了不起。"

"我不明白为什么不应该把字写得漂亮一些。"

菲利普读了阿特尔涅译的第一节诗：

在黑沉沉的夜晚，

急切的爱情在胸中燃烧；

哦，真是鸿运高照！

趁一家人睡得正好，

我悄悄束装就道……

菲利普好奇地望着索普·阿特尔涅。他不知道自己在他面前究竟是有点羞怯呢，还是被他吸引住了。他意识到自己的态度一直有点傲慢，一想到阿特尔涅可能觉得他可笑时，不禁飞红了脸。

"你的姓氏真是特别。"菲利普没话找话地说。

"这是约克郡一个极为古老的姓氏。我们这个家族的族长出去巡视他的家产，一度要骑上整整一天的马，可后来家道中落。钱都在放荡女人身上和赛马赌博上挥霍光了。"

阿特尔涅眼睛近视，在说话的时候，神情专注地眸着别人。他拿起了那本诗集。

"你应该学会西班牙语，"阿特尔涅说，"那是一种高雅的语言，虽然没有意大利语那么流畅，因为意大利语是那些男高音歌手和街头手摇风琴师们使用的语言，但是西班牙语气象堂皇。它不像花园里的小溪那样微波荡漾，而是像大海涨潮时那样汹涌澎湃。"

他那浮夸的话语把菲利普给逗乐了，不过菲利普仍然颇能领略对方言辞的意味。阿特尔涅绘声绘色、热情洋溢地向菲利普叙述了阅读《堂吉诃德》原著给他带来的无穷快乐，还讲述了令人着迷的卡尔德隆那文体清晰、声调和谐、富有激情和传奇色彩的剧作，菲利普在一旁充满乐趣地听着。

"我得干事去了。"菲利普过了一会儿说道。

"哦，请原谅，我忘了。我要叫我妻子把托莱多的照片给我带来，到时一定拿给你瞧瞧。有机会就过来跟我聊聊。你不知道，跟你在一起闲聊给了我多大的乐趣。"

在以后的几天中，菲利普一有机会就跑去看望阿特尔涅，两个人越来越熟了。索普·阿特尔涅很爱说话，谈吐虽不怎么高妙，但却带有激发人们想象力的热切生动的描述，相当鼓舞人心。菲利普在这个虚幻的世界上生活了这么多年之后，发觉自己的头脑中涌现出许多新的画面。阿特尔涅很有礼貌，无论是人情世故还是书本知识，都比菲利普懂得多。他的年岁也大得多。他说话的那种随机应变的样子使他具有一种优势。但如今在医院里，他是个慈善的受惠者，一切都得遵守严格的规章制度。他对这两种身份所处的不同地位都能应付自如，而且还不无幽默感。有一次，菲利普问他为什么要住进医院。

"哦，我的行为准则就是尽量享用社会所能提供的一切福利。我得好好利用我所生存的这个时代。我病了，就到医院来接受治疗。我可不讲虚假的面子。我还把孩子们都送进寄宿学校读书。"

"真的吗？"菲利普说。

"他们都受到了基本的教育，比起我在温切斯特①所受的教育强多了。你想，除了那样，我还能有什么别的办法让他们受到教育呢？我一共有九个孩子。我出院回家后，你一定得上我家去见见他们。好吗？"

"非常愿意。"菲利普说。

87

十天以后，索普·阿特尔涅的身体大有起色，可以出院了。他把自己的住址留给了菲利普。菲利普答应下星期天下午一点跟他一块儿吃饭。阿特尔涅曾告诉菲利普，说他就住在伊尼戈·琼斯修建的一幢房子里，正如他热烈地谈论所有的事物那样，他把古旧的橡木栏杆也吹嘘了一番。在下楼为菲利普开门时，他又迫使菲利普当场对那过梁上的精致雕花称赞了一番。这幢房子坐落在大法官法庭巷和霍尔本路之间的一条小街上，样子破旧，极需油漆一番，但仍不失昔日的庄严。这幢房子一度合乎时尚，但如今却比贫民窟好不了多少。据说有计划把它拆除，以便盖几幢漂亮的办公大楼。房租低廉，因此阿特尔涅能以与他的收入相称的价格租到楼上两层。菲利普以前没有见过阿特尔涅

———————

① 温切斯特，英国英格兰南部城市，汉普郡首府。

站直身子的模样,看到他的个子这么矮小,感到十分惊讶。他的身高至多不过五英尺五英寸。他打扮得奇形怪状:下身套了条只有法国工人才穿的那种蓝色亚麻布裤子,上身穿了件棕色丝绒旧外套,腰间束了条鲜红的饰带,衣领很低,所谓领带,只是一个飘垂着的蝶形领结,而这种领结只有《笨拙》杂志画页上的法国小丑才系。他热情地欢迎菲利普的到来,接着便马上谈起这幢房子来了,一面还深情地用手抚摸着栏杆。

"瞧瞧这栏杆,你再用手摸摸,真像绸缎一样光滑。实在是风格典雅的奇迹!而不出五年,拆除房屋的人就会把它当木柴卖掉。"

他执意要把菲利普带到二楼的一个房间里去。那儿,一个只穿衬衫的男人和一个头发蓬乱的女人正在同他们的三个孩子一起吃星期天的午饭。

"我把这位先生带来看看你家的天花板。你以前见过这么漂亮的天花板吗?你好吗,霍奇森太太!这位是凯里先生,我住院的时候,就是他照顾我的。"

"请进,先生。"那个男人说,"凡是阿特尔涅先生的朋友,我们都欢迎。阿特尔涅先生把他所有的朋友都领来参观我家的天花板。不管我们在做什么,我们在睡觉也罢,我正在洗澡也罢,他都照样进来。"

菲利普看得出来,在他们这些人的眼里,阿特尔涅有点儿古怪,但他们仍然很喜欢他。当阿特尔涅情绪激动、滔滔不绝地讲述这块十七世纪天花板的美妙之处时,他们都呆呆地听着。

"霍奇森,把这房子拆毁真是犯罪,对吧?你是一个很有影响的公民,为什么不写信给报社表示抗议呢?"

那个只穿衬衫的男人笑了笑,对菲利普说:

"阿特尔涅先生就喜欢开个小小的玩笑。人们都说这几幢房子极不卫生,还说住在这儿不安全。"

"让卫生见鬼去吧。我要的是艺术。"阿特尔涅说,"我有九个孩子,那么糟的排水系统,可一个个都长得很壮实。不,不行,我可不想冒什么风险。别跟我讲你们那些新型的观念!我得先弄清楚这儿的排水系统确实不行才会搬家,否则我就不搬。"

门上响起了敲门声,接着一个金发小姑娘推门进来。

"爸爸,妈妈说,别光顾着说话,快回去吃午饭。"

"这是我的三女儿,"阿特尔涅引人注目地用食指指着小姑娘说,"她叫玛丽亚·德尔皮拉尔,但她更乐意人家管她叫简。简,你该擤擤鼻子了。"

"爸爸,我没有手帕。"

"啧,啧,孩子,"他掏出一块漂亮的印花大手帕回答说,"你认为上帝给你手指是为了什么?"

他们一起上楼,菲利普被领进一个四周嵌着深色橡木护墙板的房间。房间中央摆着一张狭长的柚木桌子,支架是活动的,由两根铁条支撑。这种式样的桌子,西班牙人管它叫铁架支撑的桌子①。看来他们就要在这儿用餐,因为桌上已安排好两个位置,桌旁摆着两把大扶手椅,橡木扶手又宽又平,椅子的靠背与座位都包着皮革。这两把椅子朴素雅致,但坐着并不舒服。除此以外,房间里剩下的唯一家具就是一个带

---

① 原文是西班牙语。

有很多小抽屉的橱柜①,上面精心装饰着镀金铁花,座架上刻着基督教义图案,虽说有些粗糙,但雕刻得十分精细。顶上放着两三个虹彩盘。盘子破裂得相当厉害,但色彩还算鲜艳。四周墙上挂着镶嵌在画框里的西班牙画派的名家画作,框架虽旧但很漂亮。作品的题材令人厌恶,画面因年深日久、保管不善而破损;作品的构想也很平凡。尽管如此,这些画作仍洋溢着一股激情。房间里没有什么值钱的摆设,但气氛倒还令人愉快,显得既堂皇又朴素。菲利普感到这正是古老的西班牙精神。阿特尔涅正把橱柜里面漂亮的装饰和暗抽屉指给菲利普看,一个身材修长、背后垂着两条光亮的棕色发辫的姑娘走了进来。

"妈妈说午饭做好了,就等你们二位了。你们一坐好,我就把饭菜端进来。"

"莎莉,过来跟这位凯里先生握握手。"接着他转脸朝着菲利普,"她长得个儿大不大? 她是我最大的孩子。你多大啦,莎莉?"

"爸爸,到六月就十五岁了。"

"我给她取了个教名,叫玛丽亚·德尔索尔。因为她是我的第一个孩子,我就把她献给荣耀的卡斯蒂利亚②的太阳神。可她母亲却叫她莎莉,她弟弟管她叫布丁脸。"

那姑娘羞涩地微笑着,露出一口整齐洁白的牙齿,脸上泛起了红晕。她身材苗条,按她的年龄来说显得很高。她长着

---

① 原文是西班牙语。
② 卡斯蒂利亚,西班牙历史地理区域,在伊比利亚半岛西部,北起比斯开湾南岸,南至塔古斯河,约占西班牙全国领土的四分之一,是历史上卡斯蒂利亚王国的所在地。

两只可爱的灰色眼睛,额头宽阔,脸蛋红扑扑的。

"去叫你妈妈上这儿来,趁凯里先生还没有坐下来用饭,先跟他握握手。"

"妈妈说要等吃完饭再进来。她还没有梳洗呢。"

"那我们自己前去看她。凯里先生得先握一下那双做约克郡布丁的手才能吃。"

菲利普跟着主人走进厨房,厨房不大,但里面的人倒不少,显得过于拥挤。四下充满孩子们的喧闹声,可陌生人一进来,就马上静了下来,厨房中央摆着一张大桌子,四周坐着阿特尔涅的那些等着吃饭的儿女。一个女人正站在烤箱旁,把烤好的土豆一个个取出来。

"贝蒂,凯里先生看你来了。"阿特尔涅说。

"亏你想得出来,竟把他带到这儿来了。他会怎么想呢?"

阿特尔涅太太身上系了一条脏围裙,棉布上衣的袖子一直卷到胳膊肘上面,头上夹满了卷发夹。她身材高大,足足比她丈夫高出三英寸。她皮肤白皙,长着两只蓝眼睛,一脸亲切和善的样子。她曾是一个端庄健美的女子,但是随着年岁增长,再加上不断地生养孩子,她身体发胖,样子邋遢,两只蓝眼睛失去了昔日的神采,皮肤又粗又红,头发也失去了原来的色泽。她直起腰来,在围裙上擦了擦手,接着就把手向菲利普伸出去。

"欢迎你,先生。"她慢悠悠地说道。她的腔调似乎令菲利普感到特别熟悉。"阿特尔涅说在医院里你待他可好啦。"

"现在该让你见见我那些小畜生了。"阿特尔涅说,"那是索普,"他说着用手指了指那个长着一头鬈发的胖小子,"他是我的大儿子,也是我们家的头衔、财产和义务的继承人。接下去是阿特尔斯坦、哈罗德、爱德华。"他又伸出食指点着另外三个小男孩。他们都肤色红润,身体健壮,脸上挂着微笑。不过一感到菲利普含笑的目光落在他们身上,就都不好意思地低头瞅着各自面前的盘子。"现在我按大小顺序给你介绍一下我的女儿:玛丽亚·德尔索尔……"

"布丁脸。"一个小男孩说。

"你的幽默感并不高明,孩子。玛丽亚·德洛斯梅塞德斯、玛丽亚·德尔皮拉尔、玛丽亚·德拉孔塞普西翁、玛丽亚·德尔罗萨里奥。"

"我管她们叫莎莉、莫莉、康妮、罗茜和简。"阿特尔涅太太接着说,"嘿,阿特尔涅,你们二位先回你的房间,我会把饭菜给你们端去。我把孩子们梳洗好后,也会让他们进去一会儿。"

"亲爱的,如果让我给你起个名字的话,我就会管你叫'肥皂水玛丽亚'。你老是用肥皂来折磨这些可怜的娃娃。"

"凯里先生,请先走一步,否则我怎么也没办法叫他安心坐下来吃饭。"

阿特尔涅和菲利普两个人刚在那两张僧侣似的大椅子上坐定,莎莉就端来了两大盘牛肉、约克郡布丁、烤土豆和白菜。阿特尔涅从口袋里掏出六便士,吩咐莎莉去买一壶啤酒。

"我希望你不是特地为我把饭桌摆在这儿吃饭,"菲利普说,"其实我倒很高兴跟孩子们在一起吃。"

"哦,不是这么回事,我平常总是独自用餐的。我喜欢这种古老的习俗。我认为女人不应该跟男人坐在一张桌子上吃饭。那样一来,咱们谈话的兴致就都给搅了。况且,那样对她们肯定也没有好处。她们听了咱们说的话就会产生思想。女人一有思想，可就心神不得安宁了。"

宾主两人都吃得津津有味。

"你以前尝过这样的约克郡布丁吗？谁都不能像我太太做得那么好。这就是不娶身份高贵的女子为妻的一大优点。你一定注意到我太太不是个身份高贵的女子了吧？"

这是一个令人困窘的问题，菲利普不知怎么回答才好。

"我可不曾想过这方面的问题。"他笨嘴拙舌地说。

阿特尔涅哈哈大笑，笑声特别欢快。

"不，她可不是身份高贵的小姐，连一点小姐的影子都没有。她父亲是个农夫，可我太太这辈子从来不为说话漏发 h 音而操心。我们一共生了十二个孩子，九个活了下来。我对她说该停止生育了，可她这个女人相当固执。现在她已经养成习惯了，我看她不生到二十个就不会感到满足。"

就在这个时候，莎莉手里拿着啤酒走了进来，她给菲利普斟了一杯，又走到桌子的另一边为她父亲倒酒。阿特尔涅伸手搂住她的腰。

"你可曾见过这么端庄健美、高大结实的姑娘吗？才十五岁，可看起来有二十岁了。瞧她的脸蛋儿。她长到这么大，连一天病也没生过。谁娶了她，真是太幸运了，对不对，莎莉？"

莎莉听着父亲的这番话并不怎么觉得难堪，脸上露出淡淡的、稳重的笑意，因为她对父亲这种感情冲动的样子已经习以为常，但是她那种随和端庄的神情倒很妩媚迷人。

"别让饭菜凉了，爸爸。"她说，一面从父亲的怀抱里挣脱出来，"你们要吃布丁，就叫我一声，好不好？"

房间里就剩下他们两个人。阿特尔涅端起白镴大酒杯，深深地喝了一大口。

"说实在的，世上还有比英国啤酒更好喝的酒吗？"他说，"感谢上帝赐予我们纯朴的欢乐、烤牛肉、米饭布丁、好胃口和啤酒。我曾经娶过一个身份高贵的女子。天哪！千万别娶身份高贵的女子为妻，我的老弟。"

菲利普哈哈大笑。这个场面，这个穿着古怪、令人发笑的小矮个儿，这嵌有护墙板的房间，西班牙式样的家具和英国风味的食物，这一切都使菲利普兴奋不已。这儿的一切是那么不协调，却又是那么雅致。

"我的老弟，你之所以笑，是因为你无法想象你娶一个比自己地位低的女人为妻。你想娶一个跟你一样富有学识的妻子。你的头脑里充满了志同道合的念头。那完全是胡说八道，我的老弟！一个男人可不想跟他的妻子谈论政治。难道你认为我在乎贝蒂对微分学的看法吗？一个男人只要一位能为他做饭、照料孩子的妻子。大家闺秀和平民女子我都娶过，所以我清楚着哪。咱们叫莎莉把布丁端进来吧。"

阿特尔涅拍了拍手，不久莎莉走了进来。她收拾盘子时，菲利普刚要站起来帮忙，却被阿特尔涅一把拦住了。

"让她一个人收拾吧，我的老弟。她可不希望你瞎操心。对吧，莎莉？再说，她也不会因为你在她伺候时一动不动地坐着，就认为你粗鲁无礼。她才不在乎什么该死的骑士风度呢，对吧，莎莉？"

"对，爸爸。"莎莉矜持地回答说。

"你知道我正在谈论什么吗，莎莉？"

"不知道，爸爸。不过你知道妈妈不喜欢你说粗话。"

阿特尔涅放声大笑。莎莉给他们端来两盘香喷喷的、淡黄色的、甘美可口的米饭布丁。阿特尔涅津津有味地吃着自己的那份布丁。

"我们这个家里有个规矩,就是星期天这顿午饭决不能更改。这是一种仪式。一年五十个星期天,都得吃烤牛肉和米饭布丁。复活节那天,吃羔羊肉和嫩豌豆。在米迦勒节①,就吃烤鹅和苹果酱。我们就这样来保持本民族的传统。莎莉出嫁后,会把我教给她的许多富有见识的东西都忘掉,可有件事儿她绝不会忘记,就是要想日子过得美满幸福,就必须在星期天吃烤牛肉和米饭布丁。"

"要奶酪的话,就喊我一声。"莎莉不动声色地说。

"你知道有关神翠鸟②的传说吗?"阿特尔涅问道。对他这种迅速从一个话题转到另一个话题的谈话方式,菲利普渐渐也习惯了。"神翠鸟在大海上空飞翔感到乏力时,它的配偶便钻到它身子底下,用其强劲有力的翅膀托着它继续向前飞去。一个男人也正希望自己的妻子能像那只雌的神翠鸟那样。我同第一个妻子在一起生活了三年。她是个身份高贵的女子,每年有一千五百英镑的进项。因此,我们当时经常在肯辛顿区③那幢小红砖房里举办美好的小型宴会。她是一个娇艳动人的女子。那些跟我们一起吃饭的出庭律师和他们的太太啦、爱好文学的股票经纪人啦、初露头角的政治家啦,他们都这么说。哦,她是一个娇艳动人的女子。她让我头戴绸帽、穿上长礼服去教堂。她带我去听古典音乐会。她非常喜爱星

---

① 米迦勒节,每年9月29日,英国四大结账日之一。
② 神翠鸟,神话中冬至时在海中漂流的巢中繁殖的神鸟,能够平定海浪。
③ 肯辛顿区,伦敦市中心的时尚居住区。

期天下午的讲演。她每天早晨八点半坐下来吃早饭。要是我到晚了，早饭就凉了。她阅读正经的书，欣赏正经的画，爱听正经的音乐。天哪，这个女人真把我烦死了！如今她仍然娇艳动人，住在肯辛顿区的那幢小红砖房里。屋里四周的墙壁上贴满了莫里斯的壁纸和惠斯勒的蚀刻画。她仍然跟二十年前一样，从冈特商店里买回小牛奶油和冰块，在家举办美好的小型宴会。"

菲利普并没有问这对毫不匹配的夫妇后来是怎么分居的，但是阿特尔涅却主动告诉了他。

"要知道，贝蒂并不是我妻子。我妻子不肯跟我离婚。几个孩子也混账透顶，没一个好东西。他们真是坏到了极点。那会儿，贝蒂是肯辛顿区那幢小红砖房里的一个女用人。四五年前，我生计窘迫，但已有了七个孩子，于是就去找我妻子，求她帮我一把。她说只要我丢下贝蒂，前往国外，她就给我一笔钱。你觉得我能忍心丢下贝蒂吗？有一阵子，我们经常挨饿。我妻子说我就爱那个贫民窟。我失意落魄，潦倒不堪。如今我在亚麻制品商行当新闻广告员，每星期挣三个英镑。可是我每天都感谢上帝，因为自己总算离开了肯辛顿区的那幢小红砖房。"

莎莉把切达奶酪端了进来，但阿特尔涅仍旧滔滔不绝地说着。

"认为一个人有了钱才能养家活口，这是世界上最大的错误。你需要钱把你的儿女培养成绅士和淑女，但我并不希望我的孩子们成为淑女和绅士。再过一年，莎莉就要自己去谋生了。她要去给一个裁缝当学徒，对吧，莎莉？至于那几个男孩，则要去为国效劳。我想叫他们都去参加海军。那是一种愉快的生活,也是一种对健康有益的生活。再说,那儿伙食好,待遇高,还有一笔养老金供他们养老送终。"

菲利普点着了烟斗,而阿特尔涅吸着自己用哈瓦那烟丝卷成的香烟。莎莉把桌子收拾干净。菲利普生来矜持寡言,一下子听到这么多家庭的隐私,感到相当窘困。阿特尔涅一副外国人的模样,个头虽小,声音却非常洪亮,喜欢夸夸其谈,说话时还不时加重语气表示强调,真是一个叫人惊讶的家伙。他的样子老叫菲利普想起克朗肖来。他似乎也同样善于独立思考,同样豪放不羁,但性情显然要比克朗肖欢快活泼得多。他的见解要粗俗些,他对抽象的事物不感兴趣,而克朗肖正是凭借这一点才使自己的谈话如此令人着迷。阿特尔涅出自郡中的世家,对这一点感到十分自豪。他拿出几张照片给菲利普看,照片上是一座伊丽莎白时代的宅第,他对菲利普说:

"我的老弟,阿特尔涅家族在那儿已经生活了七个世纪。啊,要是你能看到那儿的壁炉台和天花板,那就好了!"

护墙板上装着一个小橱。阿特尔涅从橱里取出一本家谱。他露出孩子那样得意的神气,把家谱拿给菲利普看。那本家谱确实相当气派。

"你瞧,那些家族的名字是怎么重现的:索普、阿特尔斯坦、哈罗德、爱德华。我就用家族的名字给我的儿子起名。至于那几个女孩子,你瞧,我都给她们起了西班牙名字。"

菲利普心里蓦地感到一阵不安,觉得阿特尔涅说的所有情况可能是他精心炮制的谎言。他那样说倒并不是出于什么卑鄙的动机,而只是出于一种想要对人炫耀,让人惊讶、赞叹的愿望而已。阿特尔涅对菲利普说他在温切斯特公学念过书,但菲利普对人们在神态举止方面的差异素来感觉敏锐,总觉得他这位主人的身上并不具有在一所遐迩闻名的公学受过教育的人的特点。当阿特尔涅指出他的祖先与哪些名门望族联姻时,菲利普觉得好笑地暗自琢磨,不知阿特尔涅是不是温切斯特某个商人——拍卖商或煤炭商——的儿子,也许他和那个古老家族之间的唯一联系只是姓氏相似而已,而他却拿着那个家族的家谱展示夸耀。

88

随着一阵敲门声,一群孩子拥了进来。这会儿,他们身上都收拾得干干净净,整整齐齐。一张张小脸因刚用肥皂擦洗过而闪闪发亮,头发也梳理得服服帖帖。他们马上就要在莎莉的带领下到主日学校去。阿特尔涅兴高采烈、动作夸张地跟孩子们开着玩笑。看得出来,他对他们都很疼爱。他为自己的孩子们身体健康、相貌好看而感到得意,他的那副得意的神气倒也相当动人。菲利普觉得孩子们在他面前有点儿腼腆,而当他们的父亲把他们打发走时,他们显然如释重负,飞快地跑出房去。过了几分钟,阿特尔涅太太走了进来,头上的卷发夹子都拿掉了,额前的刘海梳理得一丝不乱。她穿了一件朴素的黑色衣衫,戴了一顶饰有几朵廉价鲜花的帽子。眼下她正把一副黑色小山羊皮手套用劲套到自己那双因劳作而变得又红又粗的手上。

"我要去做礼拜了,阿特尔涅,"她说,"你们不再需要什么了吧?"

"只需要你的祷告,贝蒂。"

"我的祷告对你不会有多大用处,你沉沦得根本没心思听我的祷告，"她笑着说，接着她朝菲利普转过脸去，慢吞吞地说道，"我没法叫他跟我一块儿去做礼拜。他简直就是个无神论者。"

"她看起来像不像鲁本斯①的第二个妻子?"阿特尔涅嚷道，"她穿上十七世纪的服装，看上去不也是气派堂皇吗? 要娶老婆，就要娶她这样的老婆，我的老弟。瞧瞧她那副模样。"

"我看你又要唠叨不休了，阿特尔涅。"阿特尔涅太太平静地答道。

她总算扣好了手套的纽扣。临走之前，她朝菲利普转过身去，脸上露出和蔼但略带困窘的笑容。

"你留下来用茶点，好不好? 阿特尔涅喜欢有人跟他说说话，可他并不能经常找到头脑聪明的人。"

"当然他要留下来用茶点。"阿特尔涅说。妻子走后，他又接着说道，"我坚持让孩子们上主日学校，也喜欢贝蒂去做礼拜。我认为女人应该信教。我自己并不相信宗教，可我喜欢女人和孩子信教。"

菲利普对涉及真理方面的问题极为严谨，因此看到阿特尔涅采取这种轻浮的态度，不禁感到有点儿震惊。

"但是孩子们所接受的正是你认为不真实的东西，你怎么能袖手旁观呢?"

"只要那些东西美妙动人，我并不在乎它们是不是真实。要求每一件事既符合你的理智又符合你的审美观，那你的要

---

① 鲁本斯(1577—1640)，佛兰德斯画家，他创作的神话、历史、宗教等题材的作品，构图富有气势，色彩华丽。画中的女子大都身材丰满，体格健壮。

求也太高了。我原来希望贝蒂成为罗马天主教徒,想要看到她头戴纸花王冠皈依天主教,但是她却成了一个彻头彻尾的新教徒。再说,宗教信仰是一个人的气质问题。要是你生来就有信教的气质,那你对什么事情都会深信不疑;要是你生来没有信教的气质,不管给你灌输了什么样的信仰,你总会摆脱它们的。也许宗教是最好的道德学校。那就好比你们这些绅士所用的可以溶解别种药物的药剂中的某种成分。它本身并没有什么功效,却能使别的药物得到吸收。你选择你的道德观念,因为它与宗教是结合在一起的。你失去宗教信仰,而道德观念依然还在。如果一个人不是通过熟读赫伯特·斯宾塞①的哲学著作而是通过热爱上帝学到善良德行的话,那他就更可能成为一个好人。"

这与菲利普的所有观点背道而驰。菲利普仍然把基督教看作可耻的枷锁,必须不惜一切代价加以摒弃。在他的头脑里,总是不自觉地把这种看法与特坎伯雷大教堂沉闷枯燥的礼拜仪式和黑马厩镇寒冷的教堂里那冗长乏味的布道活动联系在一起。在他看来,当阿特尔涅刚才谈论的道德观念脱离了唯一使其合理的信仰后,这种道德观念就不过只是一个摇摇晃晃的神明保存的宗教的一部分。就在菲利普琢磨着怎样回答的当儿,阿特尔涅突然又长篇大论地谈起罗马天主教来了,他这个人对于讨论问题并不像听自己讲话那么感兴趣。在他看来,罗马天主教是西班牙不可缺少的部分,而西班牙对他也具有不寻常的意义,因为他在婚后的生活中,发现传统习

---

① 赫伯特·斯宾塞(1820—1903),英国哲学家和社会学家,寻求将物竞天择的理论应用于人类社会,提出了适者生存的说法。

俗实在令人厌烦,为了摆脱这些习俗的束缚,他才逃到那儿。阿特尔涅对菲利普描述了西班牙大教堂那昏暗空旷的圣堂、祭坛背面屏风上的大块黄金、镀金但已失去光泽的奢华的铁制构件,还描述了教堂内香烟缭绕、静寂无声的景象。阿特尔涅一边说一边做着夸张的手势,不时加重语气,使他说的话显得更加动人心魄。菲利普仿佛看到那些穿着白色细麻布短法衣的教士和穿着红色法衣的襄礼员纷纷从圣器室走向他们的席位,耳中仿佛也听到那单调的晚祷歌声。阿特尔涅在谈话中提到的阿维拉、塔拉戈纳、萨拉戈萨、塞哥维亚、科尔多瓦之类的地名,有如他心中响起的一声声号角。他还仿佛看到,在那满目黄土、荒无人烟、狂风掠过的旷野上,在一座座古老的西班牙城镇里,矗立着一堆堆巨大的灰色花岗岩。

"我一直认为应该到塞维利亚去看看。"菲利普漫不经心地说,可阿特尔涅却引人注目地举起一只手,停顿了一会儿。

"塞维利亚!"阿特尔涅嚷道,"不,不,千万别到那儿去。塞维利亚,说到那个地方,就会让人想起姑娘们踏着响板的节拍翩翩起舞,在瓜达尔基维尔河畔的花园里大声歌唱的场面,想起斗牛、香橙花以及女人的薄头纱和马尼拉披巾①。那是喜歌剧和蒙马特尔的西班牙。这种轻而易举的花样只能给那些智力浅薄的人带来无穷的乐趣。戴奥菲尔·戈蒂埃②写尽了塞维利亚所能提供的一切。咱们跟在他的身后,也只能重复他的感受而已。他用那双肥胖的大手触到的只是显而易见的事物。然而,那儿除了显而易见的事物之外,就什么也没有

---

① 原文是西班牙语。
② 戴奥菲尔·戈蒂埃(1811—1872),法国诗人、小说家和评论家。

了。那儿的一切都印上了指痕，都被磨损了。穆里略①是那儿的画家。"

阿特尔涅从椅子里站起身，走到那个西班牙式橱柜跟前，打开闪闪发光的锁，顺着镀金大铰链放下柜门，露出里面的一排排小抽屉。他从里面拿出一沓照片。

"你知道埃尔·格列柯吗?"他问道。

"哦，我记得巴黎有一个人对他的印象特别深。"

"埃尔·格列柯是托莱多的画家。贝蒂找不出我要给你看的那张照片。那是埃尔·格列柯笔下的一幅表现他所喜爱的城市的画作，画得比任何一张照片都要真实。坐到桌子边上来。"

菲利普把座椅朝前挪了挪，阿特尔涅把那张照片摆在他的面前。他好奇地看了好一会儿，沉默不语。他伸出手去拿另外几张照片，阿特尔涅就把它们递了过来。这位神秘莫测的大师的作品，他还从来没有见过。乍一看，他倒被那随心所欲的画法弄糊涂了：人物的身子奇长无比，脑袋很小，姿态放肆。这不是现实主义的笔法，然而就连在照片上，你也得到令人不安的真实印象。阿特尔涅用生动鲜明的词句，急切地加以解说，但菲利普只是模模糊糊地听到他说的话。他感到困惑不解，莫名其妙地深受感动。在他看来，这些画作似乎呈现出某种意思，但又不明白究竟是什么意思。画面上的一些男人，睁着充满忧伤的大眼睛，似乎在向你诉说着什么你弄不清楚的东西；穿着方济各会或多明我会服装的高个子修道士，一个个脸上露出心烦意乱的神色，打着令人无法理解的手势。

_____

① 穆里略(1618—1682)，西班牙巴洛克画家，风格柔和细腻。

有一幅画的是圣母升天的场面。另一幅画的是耶稣被钉死在十字架上的情景,在这幅画里,画家以一种神奇的感情成功地表明,耶稣的身躯不仅是凡人的肉体,而且是神圣之躯。还有一幅耶稣升天图,画中的耶稣基督似乎升向太空,站得很稳,好像脚下踩的不是空气而是坚实的大地:使徒们纷纷举起双臂,衣衫拂动,露出兴高采烈的姿态,这一切给人一种神圣的欢乐和狂喜的印象。所有这些画作的背景几乎都是夜空:心灵的黑夜,地狱里的怪风刮得乱云翻滚,在闪闪烁烁的月光照射下,显得阴惨可怕。

"我在托莱多曾多次看到过这样的天空。"阿特尔涅说,"我认为埃尔·格列柯当年头一次来到这座城市的时候,就是这样一个夜晚。这个夜晚给他留下了极为强烈的印象,以致他永远都无法忘怀。"

这当儿,菲利普想起克拉顿曾经受到这位不同寻常的大师的影响。这是他平生第一次见到这位大师的画作。他认为克拉顿是他在巴黎认识的人中间最有意思的一位。他那副嘲讽的态度,对一切都抱有敌意的冷漠样子,使得别人很难了解他。但是,回想起来,菲利普觉得他身上有股充满悲剧色彩的力量,设法在绘画中得到表现,但终属徒然。他性格独特,难以捉摸,如同那个毫无神秘主义倾向的时代;他对生活没有耐心,因为他感到无法表达自己内心模糊的意念所暗示的东西。他的智力不适应精神的功能。因此他对想出新方法来表现内心的渴望的那位希腊人[1]深表同情,也就不足为奇了。菲利普又察看了一下那些西班牙绅士的画像,只见他们满脸皱纹,

---

[1] 指埃尔·格列柯,因为他原籍希腊。

留着尖尖的胡须,在素净的黑色衣服和阴暗的背景映衬下,他们的脸显得十分苍白。埃尔·格列柯是一位揭示心灵的画家。而那些绅士脸色惨白,形容枯瘦,并不是由于疲惫不堪,而是因为精神备受压抑。他们的头脑饱受摧残。走路的时候好像对世上美好的事物毫无觉察,因为他们的眼睛只注视着自己的心,被灵魂世界的辉煌景象弄得眼花缭乱。没有一个画家像埃尔·格列柯那样无情地揭示出世界不过是临时寄身的场所罢了。他笔下那些人物的心灵是通过眼睛来表达他们不寻常的渴望的:他们的感官对声音、气味和颜色的反应迟钝,但对心灵的细微的感觉却灵敏得出奇。这位卓越的画家怀着一副修道士的心肠四处转悠,他的眼睛看到了得道的圣者在他们的小屋里也能看到的东西,然而他并不感到吃惊。他的嘴也不是一张轻易张开微笑的嘴。

菲利普仍然默不作声,目光又落到那张托莱多风景画的照片上。在他看来,这是所有画作中最引人注目的一幅。他无法把目光从这幅画上移开。他奇特地感到自己就要对人生有新的发现。一种探险的感觉令他激动不已。刹那间,他想起了曾使他心力交瘁的爱情:爱情除了眼下在他内心引起一阵兴奋之外,简直微不足道。他端详的那幅画很长,上面画着一座小山,山上的房屋鳞次栉比;画的一角,有个男孩手里拿着一张这座城市的大地图;另一角站着一位象征塔古斯河①的古典人物;天空中,一群天使簇拥着圣母。这种景致与菲利普的所有见解正好对立,因为他一直生活在一个崇奉严格的

---

① 塔古斯河,位于欧洲西南部,源出西班牙东北部,下游流入葡萄牙境内称特茹河。

真实性的圈子里。然而,他这时又感到,比起先前他力图谦恭地亦步亦趋加以模仿的那些大师们所取得的成就来,埃尔·格列柯的这幅画更具有强烈的真实感。他的这种感受令他自己也莫名其妙。他听阿特尔涅说极为画面逼真,让托莱多的市民来看这幅画的时候,他们都能认出各自的房屋。这位画家所画的正是他眼睛所看到的,但他是用心灵的眼睛观察的。在那座灰蒙蒙的城市里,似乎有一种超凡脱俗的气氛。那是一座在惨淡的光线照射下的灵魂的城市,那种光线既不像是白天的光线,也不像是夜晚的光线。那座城市坐落在一个绿色的山丘之上,但这绿色并不是今世所见的那种色彩。城市四周有着厚实的城墙和棱堡,这些城墙和棱堡将被祷告、斋戒、痛悔的叹息声和禁欲的苦行所摧毁,而不是为人类发明的机器或器械所推倒。这是一座上帝的堡垒。那些灰色的房屋并不是用一种为石匠所熟知的石头砌成的,样子有些森然可怖,不知道究竟是什么样的人住在里面。你穿街走巷,看到哪儿都荒寂无人,却不是空荡荡的,大概不会感到惊奇,因为你感到一种无形的,但每一个内在的感官都能清楚地觉察到的存在。那是一座神秘的城市,在那儿想象力就像一个人刚从亮处走到黑暗里那样晃晃悠悠。赤裸裸的灵魂来回走动,领悟到不可知的事物,奇怪地意识到亲切的但无法表达的经验,也奇怪地意识到了绝对。在碧蓝的天空中,你看到一群长着翅膀的天使簇拥着身穿红袍和蓝色斗篷的圣母马利亚,但并不觉得奇怪。那碧蓝的天空因具有一种由心灵而不是肉眼所证明的现实而显得真实可信,片片浮云随着一阵阵奇异的微风,那好像堕入地狱的亡魂的哭喊声和叹息声的微风,四处飘动。菲利普觉得那座城市的居民面对这一神奇的景象,无论是出于崇敬还是感激,都不会感到惊奇,而是继续前行。

阿特尔涅谈到了西班牙的神秘主义作家,谈到了特雷莎·德阿维拉①、圣胡安·德拉克鲁斯、迭戈·德莱昂修士②等人。他们都对菲利普在埃尔·格列柯的画作中所感受到的灵魂世界怀着强烈的情感:他们似乎都有触摸无形的事物和看到幽冥世界的能力。他们是他们那个时代的西班牙人,他们心中为一个伟大民族的丰功伟绩而激动兴奋。他们的想象中充满了在美洲取得的荣耀和加勒比海的碧绿的岛屿;他们的血管里充满了长期跟摩尔人作战所磨炼出来的活力;他们因为自己是世界的主人而感到得意扬扬;他们觉得自己胸怀幅员辽阔的土地、黄褐色的荒原、白雪覆盖的卡斯蒂利亚山区、阳光和蓝天,还有安达卢西亚的鲜花盛开的平原。生活充满了激情,丰富多彩。因为生活提供的东西太多了,所以他们总是无法安宁,渴望得到更多的东西。他们也是人,所以总不满足,于是,他们把自己的热烈的活力用于狂热地追求不可言喻的事物。阿特尔涅有段时间曾借译诗消闲,对找到一个能把自己的译稿念给他听的人,他感到很高兴。他用悦耳动听、微带颤抖的嗓音,背诵起对灵魂及其情人基督的赞美诗,也就是路易斯·德莱昂修士③以一个黑沉沉的夜晚④和万籁俱寂⑤开头的那首优美的诗。他翻译得相当简明,但不无匠心。他找到了无论如何都能表达出原作那种粗犷雄浑的风韵的词

~~~~~~~~~~~~~~~~~~~~~~~~~~~~~~

① 特雷莎·德阿维拉(1515—1582),西班牙天主教修女,倡导加尔默罗会改革运动,在阿维拉建立圣约瑟女隐修院。
② 迭戈·德莱昂修士(1807—1841),西班牙将军,后因反对伊沙贝尔二世而被处死。
③ 路易斯·德莱昂修士(1527—1591),西班牙抒情诗人。
④⑤ 原文是西班牙语。

句。埃尔·格列柯的画作解释了诗歌的含义,而诗歌也点出了图画的意思。

菲利普早就对理想主义有些鄙夷不屑。他一向热爱生活,而就他眼中所见,理想主义在生活面前大多胆怯地退缩。理想主义者之所以退缩,是因为受不了人们你争我夺的生活;他自己没有力量奋起作战,就把这种争斗说成是庸俗的。他爱好虚荣,当伙伴们并不像他看待自己那样对待他时,他就蔑视他的伙伴,借此聊以自慰。在菲利普看来,海沃德就是这种类型的人。海沃德相貌堂堂,神情倦怠,眼下身体过于臃肿,头也有点秃了。但他仍然十分珍视自己残余的美好容颜,仍然精心地计划在那难以预料的未来做出一番成就;而在这一切的背后,却是威士忌,以及在街头色迷迷地寻求艳遇。与海沃德所代表的人生观相反,菲利普大声要求生活就维持现在这个样子,卑鄙、恶习和残疾都不能引起他的反感。他声称他希望人都赤身露体,毫无遮蔽。当下贱、残忍、自私或肉欲的事例出现在他面前时,他就兴奋地搓着双手:那才是事情的本来面目。在巴黎的时候,他就知道世上既没有美也没有丑,而只有事实;追求美完全是感情用事。为了摆脱美的专横,他不是就在一张风景画上画了个推销巧克力的广告吗?

可是,眼下他似乎领悟到什么新的东西。好久以来,他对此一直有些感觉,但总是拿不大准,直到此刻才意识到这一点。他感到自己就要有所发现,朦朦胧胧地觉得,世上还有比他所推崇的现实主义更美好的东西,但这种更美好的东西当然不是毫无生气、懦弱地逃避人生的理想主义。它太强大了,气魄雄浑;生活中的一切欢欣、丑和美、卑劣行径和英雄行为,它都一概接受。它仍然是现实主义,不过是一种达到更高程度的现实主义。在这种现实主义中,事实在一种更为强烈的光线的照射下变了样子。通过那些已故的卡斯蒂利亚贵族的阴沉目光,菲利普似乎能更深刻地看待事物。而那些圣徒的姿态,乍一看似乎有点狂热和异样,如今看来,里面似乎具有某种神秘的含义。可是菲利普却说不出那究竟是什么含义。这就好像他接到的一份至关重要的电报,但这份电报却是用一种陌生的语言写的,他怎么也看不懂。他一直在探索人生的意义。他似乎觉得这儿倒为他提供了答案,但却隐晦难解,含糊不清。他心里极为苦恼。仿佛看到了某种像是真理的东西,好似在暴风雨的黑夜里,借着闪电望见绵延的群山一般。他似乎认识到一个人的生活用不着靠碰运气,自己的意志是强大的;认识到克己自制完全可以同沉溺于情欲一样强烈,一样活跃;还认识到精神生活也可以像一个征服了多个领域并对未知世界进行探索的人的生活一样多姿多彩,一样千变万化,一样阅历丰富。

89

菲利普跟阿特尔涅的谈话被一阵噔噔的上楼梯的脚步声打断了。阿特尔涅去为从主日学校回来的孩子们开门,他们又笑又嚷地走了进来。阿特尔涅欢快地问他们在主日学校里学了些什么。进来了一会儿,转达她母亲的口信,说父亲在她预备茶点的时候要带孩子们玩。阿特尔涅开始给他们讲一个汉斯·安徒生的童话故事。他们并不是害羞的孩子,很快就得出结论:菲利普并不可怕。简走过来,站在菲利普的身旁,不一会儿,就坐到他的腿上。对生活孤单的菲利普来说,这是他第一次置身于一个家庭的圈子中。当他的目光落在那些凝神倾听童话故事的孩子们身上时,他的眼睛不禁露出了笑意。他这位新结识的朋友的生活,乍看起来似乎有些古怪,如今却显出纯任自然的美妙之处。莎莉又回到了房间。

"嘿,孩子们,茶点准备好了。"她说。

简从菲利普的腿上溜了下来,他们都回到厨房里去了。莎莉开始在那张西班牙长餐桌上铺桌布。

"妈妈说,她要不要也来这儿跟你们一块儿用茶点?"莎莉问道,"我可以去招呼孩子们吃茶点。"

"告诉你妈妈,若蒙她光临作陪,我们将不胜骄傲和荣幸。"阿特尔涅说。

在菲利普看来,阿特尔涅不管说什么话,总离不开演说家的华丽的辞藻。

"那我也给她摆好餐具。"莎莉说。

不一会儿,莎莉又回来了,手里端着一个盘子,盘子里放着一个农家面包、一块厚厚的黄油和一罐草莓果酱。她把这些东西摆在桌子上时,她父亲跟她说笑打趣。他说莎莉该去谈情说爱了。他告诉菲利普,成双成对的追求者排着队在主日学校门口等她,一个个都渴望能获得护送她回家的荣幸,可她却十分傲慢,根本不肯理睬他们。

"你就别说了,爸爸。"莎莉说,脸上露出她那慢悠悠的、和善的微笑。

"一个成衣铺的伙计就因为莎莉不肯同他打招呼,便跑去当兵。还有一个电气工程师,请注意,是一个电气工程师,只为了莎莉不愿在教堂跟他合用一本赞美诗集这件事,就开始酗酒。你知道了这些情况后,恐怕就不打算再看她一眼了。我真不愿意去想,她把头发绾在头上①以后会怎么样。"

"妈妈会亲自把茶送来。"莎莉说。

"莎莉从来不注意听我说的话,"阿特尔涅笑着说,一边用慈爱的、得意的目光望着她,"她整天只顾干她的活,对战争、革命和动乱都漠不关心。对一个诚实的男人来说,她会是一个多么贤惠的妻子啊!"

阿特尔涅太太端茶进来。她一坐下来便动手切面包和黄油。看到她把丈夫当作小孩一样对待,菲利普感到很有趣。她给阿特尔涅涂果酱,把面包和黄油都切成小片,好让他吃起来不费什么事儿。她取下了帽子。她身上穿的那件最好的服装似乎紧了一点,看上去就像菲利普小时候有时跟大伯去拜访的一位农夫的妻子。这时候,菲利普才明白为什么她的声音听起来这么熟悉。她说话的口音同黑马厩镇一带居民的口音非常相近。

"你是哪个地方的人?"菲利普问她说。

"我是肯特郡人,老家在费尔内。"

"我也这么想。我大伯是黑马厩镇教区的牧师。"

"说来真有趣,"她说,"我刚才在教堂里还暗自琢磨,不知你跟凯里先生是不是亲戚。我见过他许多次。我的一个表姐就嫁给了黑马厩镇教堂那边的罗克斯利农场的巴克先生。我做姑娘时常到那儿去住上几天。这事儿可不是怪有趣的吗?"

她又饶有兴趣地打量着菲利普,黯淡的眼睛又放出了光

---

① 姑娘把头发绾在头上是成年的象征。

亮。她问菲利普是否知道费尔内那个地方。费尔内是一个美丽的村庄,离黑马厩镇大约十英里。那儿的牧师有时候在收割季节也到黑马厩镇来做感恩祈祷。阿特尔涅太太还提到了村庄附近的许多农夫的姓名。她高兴地再一次谈起她度过少女时代的乡村,对她来说,凭她这种阶层的女人所特有的记忆力,回想起留在自己脑海里的往昔情景和熟人,确是人生的一大快事。这也使菲利普产生一种奇怪的感觉。一缕乡村的气息似乎飘进了这间位于伦敦中心的四周镶有墙板的房间。菲利普似乎看到了耸立着雄伟挺拔的榆树的肯特郡平坦的原野,嗅到了空气中的香味,这种气味充满了北海海风的咸味,因此变得更加浓烈刺鼻。

菲利普直到十点才离开阿特尔涅家。八点钟时,孩子们进来同他告别,一个个十分自然地仰起脸来让菲利普亲吻。他对这些孩子充满怜爱之情。莎莉只是向他伸出一只手来。

"莎莉从来不亲吻只见过一面的先生。"她的父亲说。

"那你必须再请我来啊。"菲利普说。

"你不要理会我爸爸说的话。"莎莉笑吟吟地说。

"她是一个最为沉着镇静的妙龄少女。"她父亲又补充道。

在阿特尔涅太太张罗孩子们睡觉的当儿,菲利普和阿特尔涅两人吃了一顿有面包、奶酪和啤酒的晚餐。当菲利普走进厨房跟阿特尔涅太太告别时(她一直坐在那儿休息,并看着《每周快讯》),阿特尔涅太太热诚地邀请他以后再来。

"只要阿特尔涅不失业,星期天总是有一顿丰盛的饭菜的,"她说,"你来陪他说说话儿,真是太好了。"

在接下去那个星期六,菲利普接到阿特尔涅的一张明信片,说他们全家都盼望菲利普在星期日去他们家吃饭。但是菲利普担心阿特尔涅家的经济状况并不像他说的那么好,于是写了封回信,说他只去用茶点。菲利普买了一大块葡萄干蛋糕,这样阿特尔涅的款待就不用再花费什么了。他发觉阿特尔涅全家见到他都非常高兴,而他带去的那块蛋糕完全赢得了孩子们对他的好感。他执意要大家都到厨房里用茶点,席间欢声笑语,吵吵嚷嚷。

不久,菲利普养成了每个星期天都去阿特尔涅家的习惯。他极受孩子们的喜爱,因为他心地淳朴,态度诚恳,而且显然他也喜欢他们。每次听到菲利普按门铃,一个孩子便从窗户里探出小脑袋,看看是不是菲利普,接着孩子们便一窝蜂地冲下楼来给他开门,一个个都扑到他的怀里。用茶点的时候,他们抢着要坐在菲利普的身旁。不久,他们便称呼他菲利普叔叔了。

阿特尔涅十分健谈,因此菲利普渐渐了解到他在不同时期的生活情况。阿特尔涅干过不少行当,但在菲利普的印象中,阿特尔涅每干一项工作,总是设法把工作弄得一团糟。他曾在锡兰①的一个茶场里做事,还在美国当过兜售意大利酒的旅行推销员。他在托莱多自来水公司当秘书的时间比他干任何别的工作时间都长。他当过记者,一度还是一家晚报的治安法庭新闻记者。他还当过英国中部地区一家报纸的文字编辑以及里维埃拉②另一家报纸的编辑。阿特尔涅从他干过的各种职业里搜集到不少趣闻,他什么时候想娱乐一番,就兴

① 锡兰是斯里兰卡的旧称。
② 里维埃拉,法国南部和意大利北部的地中海沿岸地区,以其优美的景色、宜人的气候以及假日游憩胜地而著称。

味浓厚地讲述那些趣闻。他博览群书,主要的兴趣在读些珍本秘籍;他滔滔不绝地说着那些充满深奥难懂的知识的逸事,看到听众露出惊奇的神情,就像孩子那样高兴。三四年以前,他落到了赤贫的境地,不得不接受一家大纺织品商行的新闻代理一职。他认为自己富有才干,感到干这项工作是大材小用,但是,在他妻子的坚持下,又迫于家庭的生计所需,他才始终没有放弃这份活儿。

90

菲利普从阿特尔涅家出来,走出大法官法庭巷,沿着河滨街走到议会大街的尽头去搭公共汽车。在跟阿特尔涅一家认识大约六个星期后的一个星期天,菲利普像往常一样去坐公共汽车,但他发觉开往肯宁顿的公共汽车已经坐满了人。那时已是六月,但白天下了整整一天的雨,夜里的空气变得阴冷潮湿。为了能坐到位子,他便步行来到皮卡迪利广场。公共汽车停靠在喷泉附近,汽车到达这儿时,车上的乘客难得超过两三位。汽车每隔一刻钟就有一班,因此他还得等一阵子。他懒洋洋地瞅着广场上的人群。酒店就要关门了,周围却还有不少人在走动。菲利普的脑海里正翻腾着在阿特尔涅富有魔力的天才的启迪下产生的各种念头。

突然,菲利普的心咯噔一下。他看到了米尔德丽德。他已有好几个星期没去想她了。她正要从沙夫茨伯里林荫道的拐角处横穿马路,站在候车亭里等一长列出租马车驶过。她一心在寻找机会过马路,根本没有注意别的事情,米尔德丽德头戴一顶黑色的大草帽,上面饰有一簇羽毛,身上穿了一件黑绸衣裙。当时,女人穿的衣裙都时兴带着拖裾。道路畅通了,米尔德丽德就穿过马路,顺着皮卡迪利大街朝前走去,衣裙在身后的地上拖着。菲利普跟在她的后面,他的心狂跳不止。他并不希望跟米尔德丽德说话,只是心中纳闷,不知她在这个时候还要到哪儿去。他想看一看她的脸。米尔德丽德慢慢地往前走,随后拐入埃尔街,又穿过摄政街,最后又朝着皮卡迪利广场的方向走。菲利普被弄得摸不着头脑,不明白她究竟想干什么。也许她是在等哪个人吧。菲利普起了一种强烈的好奇心,想知道那个人究竟是谁。米尔德丽德赶上前面一位头戴圆顶礼帽的矮个子男人,那个人正和她朝着同一个方向十分缓慢地走去,米尔德丽德打他身旁经过的时候,偷偷瞟了他一眼。她又朝前走了几步,最后在斯旺-埃德加商店大楼前收住脚步,面向大路等候着。当那个男人走近时,米尔德丽德对他露出了笑容。那男人盯着她看了她一会儿,然后掉过头去,继续悠闲地朝前走。这下子菲利普全明白了。

他心里极为震惊。有好一阵子,他觉得双腿发软,几乎都要站不住了。接着,他飞快地赶上米尔德丽德,碰了碰她的胳膊。

“米尔德丽德!”

她猛然惊恐地转过身来。他认为米尔德丽德的脸红了,但是站在暗处,不能看得十分清楚。他们俩相对无言地站了一会儿。最后米尔德丽德开口说:

“想不到在这儿见到你!”

菲利普不知该说什么是好,浑身不住地颤动,脑海里纷至沓来的语句似乎都特别戏剧化。

“真可怕。”他呼吸急促地说,好像在说给自己听似的。

米尔德丽德再也没有言语,转过身子,眼睛朝下望着地面。菲利普感到自己的脸痛苦得变了形。

"有没有什么地方可以去说说话?"

"我不想跟你说什么。"米尔德丽德脸色阴沉地说,"别缠着我,好吗?"

菲利普突然想起也许她眼下急需用钱,一时无法脱身。

"如果你手头缺钱,我身上倒还有两三个金镑。"菲利普脱口说道。

"我不明白你的意思。我在回住处的路上碰巧走过这儿。我想等一位跟我在一起干活的女友。"

"天哪,现在你就别说谎了。"菲利普说。

接着,他发觉米尔德丽德在哭泣,于是又重复了先前的问题。

"咱们能不能找个地方说说话儿?我能不能上你那儿去呢?"

"不行,你不能去,"她抽噎着说,"他们不许我把男人带到那儿去。如果你愿意的话,我明天去找你。"

菲利普确信她不会守约。他不打算轻易把她放走。

"不行。你现在就带我去找个地方。"

"嗯,我知道有一个地方,不过要付六先令。"

"我不在乎,在哪儿?"

米尔德丽德把地址告诉了菲利普,菲利普叫了一辆出租马车。马车驶过大英博物馆,来到格雷法学院路附近一条破败失修的街道上。米尔德丽德叫车夫把马车停在街道的拐角处。

"他们可不喜欢你把马车一直赶到门口。"米尔德丽德说。

这是他们俩坐上马车后的第一句话。他们朝前走了几码,接着米尔德丽德对着一扇大门重重地敲了三下。菲利普注意到扇形气窗上有一张硬纸板布告,上面写着房间出租的字样。大门悄悄地开了,一个上了年纪的高个子妇人让他们进去。她瞪了菲利普一眼,随后低声跟米尔德丽德叽咕了几句。米尔德丽德领着菲利普穿过过道,来到房屋后部的一个房间。房间里黑洞洞的。米尔德丽德向菲利普要了一根火柴,点亮了煤气灯;灯上没有灯罩,火焰发出耀眼的光亮。菲利普这才看清自己站在一个肮脏、狭小的卧室里,里面摆着一套漆成松树颜色的家具,对这个房间来说,这套家具显得太大了。花边窗帘十分邋遢,铁格栅上蒙着一把大纸扇。米尔德丽德一屁股坐到壁炉台旁的一把椅子上,菲利普则坐在床沿,心里觉得很不好意思。他这才看清米尔德丽德的双颊涂着厚厚的胭脂,眉毛描得漆黑,可她显得很瘦,一副病恹恹的样子,脸蛋上红红的胭脂使得她那白里泛绿的皮肤分外显眼。米尔德丽德无精打采地瞅着那把纸扇,菲利普也想不出该说些什么,他觉得喉头哽住了,好像就要哭出来似的,他用双手蒙住自己的眼睛。

"天哪,真可怕。"菲利普痛苦地说。

"我不明白你有什么可大惊小怪的,我本来以为你一定会很高兴。"

菲利普没有回答,转眼间米尔德丽德又呜咽起来。

"你总不见得认为我这么做是因为我喜欢吧?"

"哦,亲爱的,"菲利普大声说,"我非常难过,简直难过极了。"

"这对我的用处可真大呀。"

菲利普又找不出什么话来说了,颓丧地生怕自己一开口,米尔德丽德就会认为是在责备或嘲笑她。

"孩子呢?"菲利普终于问道。

"我把她带到伦敦来了。我没有钱让她继续留在布赖顿,只好我自己带了。我在去海伯里的路上租了个房间,告诉他们说我是一个演员。每天从那儿走到伦敦西区,确实很远,但是要找到愿意把房间租给女子的人实在难得。"

"先前的店主们不愿意你再回去吗?"

"我哪儿都找不到工作。为了找工作,我把两条腿都快跑断了。有一次我的确找到了工作,但我身体不舒服,离开了一个星期,等到我回去上班时,他们就不要我了。你也不能怪他们,对吧? 他们那种地方,可用不起身体不够健壮的姑娘的。"

"现在你的气色不大好。"菲利普说。

"今晚我本来不宜出门的,可有什么法子呢? 我需要钱。我给埃米尔写过信,告诉他我手头一个子儿也没有,但是他连一封回信都没有。"

"你完全可以写信给我嘛。"

"我不想写信给你,在发生了那一切之后,就不想这样,我不想让你知道我陷入了困境。如果你说我这是罪有应得,我也绝不会感到奇怪的。"

"即便到了现在,你仍然不大了解我,是吗?"

有一会儿,菲利普回想起因为她的缘故自己所遭受的一切痛苦,他对这样的回忆感到很不舒服,但那只是往事而已。他望着眼前的米尔德丽德,知道自己再也不爱她了。他为她感到十分难受,但又为自己得到解脱而感到庆幸。菲利普神情严肃地凝视着米尔德丽德,不禁暗暗地问自己当初怎么会沉浸在对她的痴情之中。

"你是一个地地道道的上流绅士,"米尔德丽德开口说,"你是我平生遇到的唯一的上流绅士。"她停顿了片刻,又红着脸说,"菲利普,我实在不想开口问你,不过你能借给我几个钱吗?"

"我身上碰巧带了点钱,恐怕总共只有两个英镑。"

菲利普把钱都给了她。

"我以后会还你的,菲利普。"

"哦,这没什么,"菲利普笑着说,"你不必放在心上。"

菲利普并没有说出他想说的话,他们谈话的口气好像整个事情都很自然似的,仿佛眼下她就要重新回到她那可怕的生活中去,而他却无力做些什么来加以阻止。米尔德丽德站起身来接钱,此刻他们俩都站着。

"你是不是被我耽搁了不少时间?"米尔德丽德问道,"你大概想要回去了。"

"不,我不着急。"菲利普答道。

"能有机会坐下歇一会儿,我很高兴。"

这句话以及其中包含的全部意思撕裂着菲利普的心。看到她疲惫不堪地坐回椅子里的样子,实在令人痛苦极了。房间里一片寂静,持续了好长时间。在窘迫中,菲利普点起一支香烟。

"菲利普,你太好了,连一句不中听的话都没说。我本来以为你会说出不知多么难听的话。"

菲利普看到米尔德丽德又哭了。当初埃米尔·米勒遗弃她的时候,她跑到自己面前痛哭流涕的情景又浮现在脑海里。一想起她那苦难的经历和自己所蒙受的羞辱,他对她怀有的怜悯似乎变得越发不可抗拒。

"要是我能摆脱这种处境就好了!"米尔德丽德呻吟着说,"我恨透了这种日子。我不适合过这样的生活,我可不是干这种营生的姑娘啊。只要能跳出火坑,我干什么都愿意。就算去当个用人,我也愿意。哦,要是我死了就好啦。"

她对自己表示了这番哀怜后,完全控制不住内心的感情。她歇斯底里地呜咽起来,瘦弱的身体不住地颤抖。

"哦,你不知道这种日子是什么滋味。不亲身体验一下,就不会知道其中的苦处。"

菲利普实在不忍心见到她哭泣。看到她处于这么可怕的境地,他心如刀割。

"可怜的孩子,"他低声说,"可怜的孩子。"

他深受感动。突然,他想到一个好主意,这个主意令他心花怒放,无比快乐。

"听我说,如果你想摆脱这种生活,我倒有个主意。如今我手头特别紧,我得尽量节省。不过,我仍然在肯宁顿区租了一小套房间,里面有一间空着没有人住。如果你愿意,可以带着孩子过来住在那儿。我每星期花三先令六便士雇了一个女人,为我打扫房间,烧饭做菜。这两件事,你也能做,你的饭钱也不会比我付给那个女人的工钱多多少。况且,两个人吃饭的开销也并不比一个人多。至于你那孩子,我想她也吃不了多少。"

米尔德丽德一下子停止了哭泣,望着菲利普。

"你的意思是,在发生了那么多事情以后,你还能让我回到你的身边吗?"

　　菲利普想到他不得不说的话,不禁困窘得脸色发红。

　　"我不想让你误解我的意思。我只是为你提供一个无须我多花一分钱的房间,并且供你吃饭。我只指望你做我雇用的那个女人所做的事情,除此之外,我没有什么别的需求。我想你一定能够烧好饭菜的。"

　　米尔德丽德从椅子里一跃而起,正要朝他走过来。

　　"你待我真好,菲利普。"

　　"别过来,就请你站在原处吧。"菲利普连忙说,同时伸出手来,好像要把她推开似的。

　　他不明白自己为什么要这样,但是一想到米尔德丽德要来碰他,他就受不了。

　　"我只想成为你的一个朋友而已。"

　　"你待我真好,"米尔德丽德不断重复道,"你待我真好。"

　　"这么说你会来的啰?"

　　"哦,是的,只要能摆脱这种生活,我做什么都行。你对自己做的事情是绝不会后悔的,菲利普,绝不会的。菲利普,什么时候我可以到你那儿去?"

　　"最好明天就来。"

　　米尔德丽德又突然哭起来了。

　　"现在你又哭什么呀?"菲利普笑着问道。

　　"我太感激你了。我不知道究竟怎样才能报答你。"

　　"哦,这算不了什么。现在你还是回去吧。"

　　菲利普把地址写给了她,并对她说如果她明天早晨五点半来的话,他会把一切都准备停当。时间已经那么晚了,他只好步行回去。不过,路途似乎并不遥远,他完全陶醉在喜悦的心情中,好像在空中飘然行走一般。

91

第二天,菲利普很早起床为米尔德丽德收拾房间。他把那个一直照料他生活的女人辞退了。大约六点钟光景,米尔德丽德来了。早就站在窗口张望的菲利普,连忙下楼开门,帮她把行李拿上楼来。如今她的行李只是用棕色纸包着的三个大包裹,因为她不得不把所有并非绝对必需的用品都卖掉了。米尔德丽德身上穿的仍是昨晚那件黑绸衣裙,尽管此刻脸蛋上没抹胭脂,但在早晨马马虎虎地清洗后,眼圈周围仍然是黑黑的。这使得她看上去满面病容。她抱着孩子走出马车时的姿态真是哀婉动人。她似乎有点儿不好意思。他们俩发觉没什么话可说,只是平平淡淡地彼此寒暄了几句。

"啊,你总算顺利地到了。"

"我从来没在伦敦的这一带住过。"

菲利普领她去看房间,就是克朗肖在里面断气的那个房间。菲利普一直不想再搬回那个房间去住,虽然他也认为这种想法有些荒唐。自从克朗肖去世以后,他一直待在那个小房间里,睡在一张折叠床上。当初,他是为了让朋友住得舒服一些,才搬进那个小房间的。那个孩子安静地睡在她母亲的怀里。

"我想,你认不出她来了吧?"米尔德丽德说。

"自从咱们把她送到布赖顿后,我就没有见过她。"

"把她放在哪儿呢?她太沉了,时间长了,我可抱不动。"

"对不起,我没有摇篮。"菲利普紧张不安地笑着说。

"哦,她可以跟我睡。她一直是跟我睡的。"

米尔德丽德把孩子放在一把扶手椅上,朝房间里四下打量了一番。她认出房间里的大部分陈设都是她在菲利普原来的住处见过的。只有一样东西是新的,那就是劳森去年夏末为菲利普画的一幅半身像,眼下就挂在壁炉台的上方。米尔德丽德用一种不无挑剔的目光望着这幅画像。

"从某些方面来说,我喜欢这张画。可从另一些方面来说,我又不喜欢它。我认为你的相貌要比这幅画漂亮。"

"情况有了改善,"菲利普笑着说,"你可从来没有说过我相貌漂亮呀。"

"我不是一个注重男人相貌的人。我不喜欢相貌漂亮的男人。在我来看,他们太自高自大了。"

她的目光扫视着房间,本能地想寻找一面镜子,但房间里却一面也没有。她举起手来,拍了拍额前浓密的刘海。

"我住在这儿,房子里的其他人会说什么呢?"她突然问道。

"哦,这儿只住着另一个男人跟他的妻子。男人整天待在外面,女的只有在星期六我去付房租时才见得到。他们夫妇从不跟人交往。自从我住到这儿以来,我对他们中间的哪一位都没讲上两句话呢。"

米尔德丽德走进卧室,打开包裹,把东西收拾好。菲利普想看看书,但心情太兴奋了。于是,他仰靠在椅子上,抽起一支烟来,眼睛笑眯眯地望着熟睡的孩子。菲利普感到非常快乐。他确信如今他一点也不爱米尔德丽德了。原来他对米尔德丽德所怀有的那种感情已荡然无存,他对此感到十分惊讶。他隐隐地觉得对她的肉体有种厌恶的感觉。他认为自己要是去抚摩她，身上准会起鸡皮疙瘩。他不明白究竟是怎么回事。不一会儿，米尔德丽德敲了敲门，走了进来。

"嗨，以后你进来用不着敲门。"菲利普说，"你有没有到各处转上一圈？"

"我从来没有见过这么小的厨房。"

"你会发觉这个厨房大得足够你给我们做上一些奢华的饭菜了。"菲利普心情轻松地反驳道。

"我看到厨房里什么都没有。我最好还是上街去买些东西。"

"好的。不过，我冒昧地提醒你，咱们必须精打细算。"

"晚饭要买些什么呢？"

"你最好买些你认为做得来的食物。"菲利普笑着说。

菲利普给了她一些钱。她出门上街去了。半个小时后，她就回来了，把买来的东西放在桌上。她费劲地爬上楼梯，累得上气不接下气。

"嘿，你身患贫血症，"菲利普说，"我得给你服一些布洛氏药丸。"

"我费了一些时间才找到商店。买了一点猪肝。猪肝相当好吃，对吧？况且猪肝不能一下吃很多，因此要比肉店里的猪肉上算得多。"

厨房里有个煤气灶，米尔德丽德把猪肝炖在煤气灶上后，便走进起居室来铺桌布。

"为什么只安排一个人的位置呢？"菲利普问道，"你不吃一点东西吗？"

米尔德丽德脸红了。

"我想也许你不喜欢跟我一起吃饭。"

"怎么会不喜欢呢？"

"哎，我只是个用人，对吧？"

"别傻了。你怎么能这么傻呢？"

菲利普露出笑容，但米尔德丽德那谦恭的样子在他心中激起了一阵莫名其妙的慌乱。可怜的人儿！他仍然记得他初次认识她的时候她的那副神态。他犹豫了一会儿才开口。

"别以为我这是在对你施舍，"他说，"咱们只是做了笔交易。我为你提供食宿，而你为我干活。你并不欠我什么东西。对你来说，也没有什么不光彩的。"

米尔德丽德没有回答，但是大颗的泪珠顺着脸蛋滚滚流下。菲利普根据自己在医院里的经验，知道像她这个阶层的女人都把侍候人看作丢脸的事。菲利普禁不住对她感到有点不耐烦了，但他仍然责怪自己，因为米尔德丽德显然身子疲乏，不大舒服。他站起身来，帮她在桌子上也安排了一个位置。这时候，孩子醒了。米尔德丽德预先已经给她准备了一些美林婴儿食品。猪肝和熏咸肉做好后，他们便坐下来吃饭。为了节约起见，菲利普把酒给戒了，只喝点儿清水。不过，屋子里还有半瓶威士忌。他认为喝上一点儿对米尔德丽德会有好处。他尽力使这顿晚餐吃得愉快一些，但是米尔德丽德却显得闷闷不乐，筋疲力尽。一吃完晚饭，她便站起来，把孩子抱到床上。

"我想你早点上床安歇对你的身体会有好处，"菲利普说，"你看上去累极了。"

"我想洗好碗碟后就去睡觉。"

菲利普点起了烟斗，开始看书。听到隔壁房间里有人走动是很愉快的。有的时候，孤独令他感到心情压抑。米尔德丽德走进来收拾桌子,接着他听到了米尔德丽德洗涤餐具时碗碟的磕碰声。菲利普暗自寻思,她竟穿着黑绸衣裙做这些杂活,真是非常独特,想到这儿,他不禁微笑起来。可是他还得用功,于是把书拿到桌子跟前。他正在研读奥斯勒①的《内科学》。这本书近来深受学生欢迎,取代了使用多年的泰勒撰写的教科书。不一会儿,米尔德丽德走了进来,边走边放下卷起的袖子。菲利普漫不经心地瞥了她一眼,但没有移动。这个场面十分奇异。菲利普感到有点儿紧张不安,生怕米尔德丽德会以为他要做出讨嫌的事,然而除了用狠心的方法外,他不知道怎样让她放心。

"顺便说一下,明天上午九点我要上课去,因此我想在八点一刻就吃早饭。你来得及做吗?"

"哦,来得及的。我在议会大街时,每天早晨都得去坐从赫恩山开出的八点十二分的列车。"

"希望你会觉得你的房间舒适。经过一个漫漫长夜的睡眠,明天你一定会大不相同。"

"我想你要用功到很晚吧?"

"一般要到十一点或十一点半。"

"那么祝你晚安。"

"晚安。"

他们中间隔着桌子,菲利普并没有主动伸出手去跟她握手。米尔德丽德轻轻地把房门关上了。菲利普听到她在卧室里走动的声响。不一会儿,耳边传来了米尔德丽德上床睡觉时那张床发出的吱嘎声。

---

① 奥斯勒(1849—1919),加拿大内科医生、医学教授。

92

第二天是星期二。菲利普照例匆匆吃完早饭后,便赶去上九点钟的课。因此,他只有时间跟米尔德丽德说上几句话。黄昏时分,他回到住所,发现米尔德丽德正坐在窗旁,织补他的袜子。

"嗨,你好勤快呀,"菲利普笑着说,"你这一整天都干了些什么?"

"哦,我把房间彻底打扫了一下,然后带着孩子出去转悠了一会儿。"

她穿了一件旧的黑色衣衫,与她当初在点心店里干活时穿的制服一样。那件衣衫虽然破旧,但她穿在身上要比前一天穿的那件绸衣好看。孩子坐在地板上,仰着头,睁着两只神秘的大眼睛望着菲利普。当菲利普在她身旁坐下来,开始抚弄她的光脚趾时,她突然发出一阵笑声。斜阳照到房间里,洒下柔和的光线。

"一回来看到屋里有人走动,真叫人感到愉快。一个女人,外加一个孩子,把房间点缀得无比美好。"

菲利普到医院药房里去了一趟,拿来一瓶布洛氏药丸,交给了米尔德丽德,并嘱咐她每顿饭后都必须服用。这种药她已经用惯了,因为自从十六岁起,她就断断续续地吃了不少。

"劳森肯定会喜欢你这泛出绿色的皮肤,"菲利普说,"他一定会说你这皮肤实在宜于入画。但是现在我十分注重实际,只有等你的皮肤变得像挤奶女工那样白里透红,我心里才会感到高兴。"

"我已经觉得好多了。"

在用过简单的晚餐后,菲利普便在烟草袋里装满烟丝,然后戴上帽子。星期二他一般都要到比克街上的那家酒店去。自从米尔德丽德来到他这儿之后,转眼又是星期二了,他心里很高兴,因为他想利用这个机会向米尔德丽德明白无误地表明他们俩之间的关系。

"你要出去吗?"米尔德丽德问道。

"是的,每逢星期二,我就休息一个晚上。咱们明天见。晚安。"

菲利普总是怀着愉快的心情去这家酒店。那个具有哲学头脑的股票经纪人麦卡利斯特是那儿的常客,世上任何一件事情,他都喜欢与人争长论短。海沃德在伦敦的时候也常到那儿去,虽然他跟麦卡利斯特两人彼此都讨厌对方,但出于习惯,每星期的这个晚上继续在这儿会面。麦卡利斯特认为海沃德是个可怜的家伙,对他的多愁善感加以嘲笑;他用挖苦的口气询问海沃德创作文学作品的情况,当海沃德含糊其辞地回答说不久将有杰作发表时,他总是报以轻蔑的微笑。两人经常争论得十分激烈,但是这儿的潘趣酒不错,他们都很喜欢。晚间的聚会临近结束时,他们通常都能弥合分歧,认为对方是顶呱呱的好人。这天晚上,菲利普发觉他们俩都在那儿,劳森也在场。随着在伦敦结识的人多了,劳森经常在外面吃饭,很少到这家酒店来。他们三个人在一起显得关系十分融洽,因为麦卡利斯特在证券交易所为他们做了一笔很好的交易,海沃德和劳森各赚到五十英镑。这笔钱对劳森来说非同小可,因为他挣得不多,可花起钱来却大手大脚。劳森已达到肖像画家生涯的那个阶段,受到了评论家们的极大关注,同时还发现为数不少的贵妇人都愿意不花一个子儿让他画幅肖像（这样对他们双方都是做广告的好机会，同时也使那些贵妇人有了女艺术赞助人的气派）。可是，劳森很少能找到一个完全没有文化艺术修养的蠢汉肯出一大笔钱，让劳森给他的夫人画幅肖像。劳森仍然感到心满意足。

"这是我遇到的最妙的赚钱方法，"他嚷道，"我甚至连六便士的本钱都不必掏。"

"年轻人，你上星期二没上这儿来，可失去了机会。"麦卡利斯特对菲利普说。

"天哪，你为什么不写信告诉我呢？"菲利普接着说，"要是你知道一百英镑对我有多大的用处就好了。"

"哦，时间来不及了。人必须在现场才行。上星期二我听到一个好消息，便问他们两个家伙是否也想试一下。星期三上午我为他们买进了一千股，下午行情就涨了，于是我赶紧把股票卖掉。我为他们两人各赚了五十英镑，自己也赚了两三百英镑。"

菲利普感到非常眼红。近来他把最后一张抵押债券卖了，那是用他微薄的财产投资购买的抵押债券，如今只剩下六百英镑现款了。有时候，一想到往后的日子，他就感到惶恐不安。他还得维持两年的生活才能取得医生资格，然后他得设法在医院找个职位，这样一来，至少有三年的光景，他没法指望能赚到一个子儿。就是他厉行节约，到那时，手头顶多也只剩下一百英镑。万一他生病不能挣钱，或者什么时候找不到工作，这笔作为备用的钱款实在微乎其微。因此，一次幸运的赌博就会使他的情况完全改观。

"哦，嗯，不要紧，"麦卡利斯特说，"机会肯定很快就会有的。最近这几天,南非的股票很快又会出现行情暴涨,到时候我看看能帮你什么忙。"

麦卡利斯特当时正在南非矿山股票市场做事,常常给他们讲起一两年前股票行情暴涨时骤然发财的故事。

"好吧,下次可别把我忘了。"

他们坐在那儿,一直聊到将近午夜时分。菲利普住得最远,便先走了。如果赶不上最后一班电车,他就得步行,那样回到住所就会很迟。实际上,直到将近十二点半光景,他才回到家里。他走到楼上,惊讶地发觉米尔德丽德仍旧坐在他的扶手椅上。

"你为什么还不去睡觉呢?"菲利普大声嚷道。

"我不倦。"

"不倦也该上床躺着,这样才可以得到休息。"

她并没有动弹。菲利普注意到晚饭后她又换上了那件黑色绸衣裙。

"我想我还是等着你,万一你需要什么东西。"

米尔德丽德望着他,两片毫无血色的嘴唇上露出一丝笑意。菲利普自己也拿不准是否明白她的用意。他只觉得有点儿困窘,但仍然装出一副快活的、就事论事的样子。

"你这样真好,但也太淘气了。快给我睡觉去,否则明天早晨就爬不起来了。"

"我还不想上床睡觉。"

"胡说。"菲利普冷冷地说道。

米尔德丽德站起身来,脸色有点儿阴沉,走进她的卧室。当耳边传来她很响的锁门声时,菲利普露出了笑容。

以后的几天平安无事地过去了。米尔德丽德在新的环境中安顿了下来。菲利普吃完早饭匆匆离开后,她整个上午都可以做家务活。他们吃得十分简单。不过,为了购买他们需要的为数不多的那几样食品,她喜欢在街上花上很长时间。她懒得为自己的午饭做点什么,只煮一杯热可可,吃几片涂黄油的面包。接着,她用童车推着孩子出门闲逛,回来以后,便懒洋洋地打发下午剩余的时光。她十分疲劳,也只适合干这么少的活儿。菲利普把房租交由米尔德丽德去付,她借此机会,与菲利普那位神色严峻的女房东交上了朋友,而且不出一个星期,她居然能告诉菲利普一些左邻右舍的情况,她了解的情况比菲利普一年中所知道的还多。

"她是个很好的女人,"米尔德丽德说,"真像个贵妇人。我告诉她说我们是夫妻。"

"你认为有这个必要吗?"

"哎,我总得对她说点什么。我住在这儿,而又没有跟你结婚,那看来未免太可笑了。我不知道她对我会有什么看法。"

"我想她压根儿不相信你说的话。"

"她肯定相信,我敢打赌。我告诉她说我们结婚已经两年了——你知道,因为有了这个孩子,我只好这么说——只是你的家里人不同意,因为你还是个学生,"——她把学生这个词说成书生——"因此,我们得瞒着不让别人知道,不过如今他们让步了,夏天,我们就要去跟他们住在一起。"

"你真是个编造荒诞故事的老手。"菲利普说。

看到米尔德丽德仍然喜欢撒谎,菲利普隐隐有些恼火。在过去的两年中,她一点也没有吸取教训。但是菲利普只是耸了耸肩膀。

"说到底,"菲利普暗自寻思道,"她已经没有什么机会了。"

那是一个美丽的夜晚,天气暖和,天空没有一丝云彩,伦敦南部地区的人们似乎都拥到了街上。周围有一种使得那些伦敦佬坐立不安的气氛,每当天气突然变化,总会促使伦敦佬走出家门来到户外。米尔德丽德收拾好饭桌后,便走到窗前,站在那儿。街上的喧闹声都传了进来,人们相互的呼唤声、来往车辆的嘈杂声、远处一架手摇风琴的乐曲声都送到他们俩的耳中。

"菲利普,我想今晚你一定得用功吧?"米尔德丽德问道,脸上露出渴望的神情。

"我应该用功,但也不是非用功不可。嘿,你想要我干什么别的事吗?"

"我想出去转转。难道咱们就不能去坐在电车顶上兜一圈吗?"

"只要你愿意。"

"我这就去戴帽子。"她兴高采烈地说。

在这样的夜晚,要人们待在家里几乎是不可能的。孩子已经睡着了,可以放心地把她留在家里。米尔德丽德说她以前晚上外出时,总是把孩子一个人留在家里,她可从来没有醒过。米尔德丽德戴好帽子出来的时候兴致勃勃。她借此机会在脸上抹了点胭脂。菲利普还以为她是心情激动,苍白的脸蛋才泛起了淡淡的红晕。看到她像孩子那样高兴,菲利普颇为感动,暗暗责备自己待她过于严厉。来到户外时,她哈哈笑了起来。他们看到的第一辆电车是开往威斯敏斯特大桥的,他们跳了上去。菲利普抽着烟斗,两人一起注视着车窗外拥挤的街道。一家家商店开着,灯光明亮,人们正在采购第二天需要的东西。当电车驶过一家叫做坎特伯雷的歌舞杂耍剧场时,米尔德丽德喊了起来:

"哦,菲利普,咱们上那儿去吧,我好久都没上歌舞杂耍剧场了。"

"咱们可买不起正厅前座的票,这你是知道的。"

"哦,我不在乎,只要顶层楼座,我也就相当满意了。"

他们下了电车,往回走了一百码,才来到歌舞杂耍剧场的门口。他们花了十二便士买了两个极好的座位,座位在高处,但并不是顶层楼座。夜色实在太好了,人们都待在外面,因而剧场里有不少空座。米尔德丽德眼睛闪闪发亮,感到快活极了。她身上有种纯朴的气质打动了菲利普的心。她对菲利普是个难解的谜。她身上某些东西仍然叫菲利普感到喜欢,菲利普认为她身上仍有不少好的地方。她从小没有受到良好的教养,生活艰辛;他为了许多她自己也无法可想的事情去责备她。如果他要求从她身上得到她无力给予的美德,那是他自己的过错。要是她生长在不同的环境中,完全可能成为一个娇艳动人的姑娘。她根本没有能力从事生存的斗争。这会儿,菲利普注视着她的侧影,只见她的嘴微微张着,双颊泛起淡淡的红晕,他觉得她看上去异常纯洁。一股无法抗拒的怜悯之情涌上他的心头,他真心诚意地原谅她给自己带来的痛苦。剧场里烟雾缭绕,熏得菲利普的眼睛隐隐作痛,但是当他提议回家的时候,米尔德丽德却带着哀求的神色转过脸来,请求他陪她待到终场。菲利普微微一笑,同意了。米尔德丽德握住了菲利普的手,一直握到表演结束。他们随着观众的人流走出剧场,来到拥挤的大街上。这时候,米尔德丽德仍不想回家。他们顺着威斯敏斯特大桥路漫步朝前走去，一面望着周围的行人。

"我好久没有这么痛快过了。"米尔德丽德说。

菲利普心情激动。他感谢命运的安排，因为他将一时的冲动变成了现实，把米尔德丽德和她的孩子接到自己的住所。看到她快乐地表示出感激之情，他心里十分高兴。最后米尔德丽德累了，他们跳上一辆电车回家。那会儿时间已经很晚，当他们走下电车，转入他们住的那条街道时，四周空无一人。米尔德丽德悄悄挽起了菲利普的胳膊。

"这就跟从前的时光一样，菲尔。"她说。

以前她从来没有叫过他菲尔，只有格里菲思这样叫他，即便是现在，这个称呼仍然使他产生无可名状的痛苦。他记得当时他多么想一死了之。那会儿，他痛苦得那么厉害，确实颇为认真地考虑过自杀。这一切似乎都是很久以前的事。他想起过去的自己，暗自好笑。如今，他对米尔德丽德只怀有极大的同情。他们回到住所，走进起居室之后，菲利普点亮了煤气灯。

"孩子好吗？"他口中问道。

"我这就进去看看。"

米尔德丽德回到起居室，也就表明自从她离开后，孩子睡得连动都没动。这孩子可真乖。菲利普向她伸出一只手来。

"嗯，晚安。"

"你已想去睡觉了吗？"

"都快一点啦。近来我不习惯睡得太晚。"菲利普答道。

米尔德丽德抓起他的手，一边握着，一边笑眯眯地望着他的眼睛。

"菲尔,那天夜里在那个房间里,你叫我来住在这儿,你说你只要我给你做些烧饭之类的事情,除此之外,你不想跟我有什么别的关系。那会儿,我的本意并不跟你认为我头脑里所想的意思一样。"

"是吗?"菲利普回答说,把手抽了回来,"我可是这样想的。"

"别这样傻里傻气的啦。"她笑着说。

菲利普摇了摇头。

"我是十分认真的。我不应当提出任何别的条件叫你住在这儿。"

"为什么不呢?"

"我觉得我不能那么做。这种事我无法解释,但那样会把一切都搞糟的。"

米尔德丽德耸了耸肩膀。

"哦,很好,那就随你的便吧。我可不是为此跪下来求你、碰碰运气的那种贱货!"

接着她走出起居室,随手砰地关上身后的房门。

93

第二天早晨,米尔德丽德紧绷着脸,沉默寡言。她一直待在房间里,直到该做饭的时候才出来。她是个差劲的厨师,除了烧排骨、煮肉片之外,就不大有什么会做的菜了,而且她也不知道如何把残余的杂碎都用掉。因此,菲利普不得不多花钱,超出了原来的预计。米尔德丽德摆好饭菜后,便在菲利普的对面坐了下来,但什么都不吃。菲利普问她,她只说是头疼得厉害,肚子并不饿。菲利普为自己有个地方可以消磨这天余下的时光而感到高兴。阿特尔涅一家总是高高兴兴,相当友好。明白他们每个人都快乐地盼望着他去拜访,这真是一件愉快的、叫人意想不到的事。菲利普回来的时候,米尔德丽德早已上床睡了。可是到了第二天,她仍然默不作声。吃晚饭时,她坐在那儿,脸上露出一副傲慢的神情,双眉紧锁。这使菲利普感到有些不耐烦,但是他叮嘱自己必须体谅她,一定要加以体谅。

"你的话真少。"菲利普说,露出了和蔼可亲的笑容。

"我受雇为人烧饭和打扫房间,但不知道还要与人说话。"

菲利普认为这样答话很不礼貌,但是如果他们还打算在一起过日子,那他就必须尽力使他们的关系不要这样紧张。

"我看你是为了那天晚上的事生我的气吧?"菲利普说。

那是一件谈起来令人有些尴尬的事,不过显然有必要跟她把话说清楚。

"我不知道你的话是什么意思。"米尔德丽德答道。

"请别生我的气。要不是我认为咱们之间只能是朋友关系,当初我就绝不会叫你住到这儿来了。我之所以提出这个建议,是因为我想你需要有个安身之处,你也可以有个出去找活儿干的机会。"

"哦,别以为我在乎这件事儿。"

"我一刻也没这样想过。"菲利普赶紧说,"你不要认为我不讲情义。我知道你是为了我才提出那桩事的。只是我有一种感觉,我对此也无法可想,那会使一切都显得丑恶可怕。"

"你这个人真怪,"米尔德丽德好奇地望着菲利普说,"真叫人难以捉摸。"

这会儿,她已经不生菲利普的气了,只是困惑不解,不知道菲利普究竟是什么意思。她接受了这样的处境,她确实隐隐约约地感到菲利普的行为是非常高尚的,她对这样的行为应当表示赞赏。但是同时,她又想嘲笑他,也许还有一点瞧不起他。

"他是个不好对付的家伙。"米尔德丽德心里暗想。

他们的生活过得十分顺当。菲利普整个白天都待在医院里,晚上除了去阿特尔涅家或上比克街的那家酒店外,都在家用功读书。有一次,他的指导医生邀请他参加一个正式的晚宴。他还参加了两三次同学们举行的晚会。米尔德丽德对这种缺少变化的生活也表示接受。菲利普有时晚上把她一个人留在住所。即使她对这一点有所介意,她嘴上也从来不说。偶尔,菲利普也带她去歌舞杂耍剧场玩玩。菲利普正在贯彻自己的意图,即他们俩之间的关系只应当是他为米尔德丽德提供食宿,而米尔德丽德则以干家务来作为交换。米尔德丽德决定夏天不去找活儿干,因为去找也徒劳无益。经菲利普同意,她拿定主意就在这儿待到秋天。她认为到了那会儿,找起活儿来要容易一些。

"就我来说,就算你找到了工作,只要你认为方便的话,仍然可以在这儿住下去。房间是现成的,先前给我干活的那个女人可以来照料孩子。"

菲利普变得非常喜爱米尔德丽德的孩子。他具有慈爱的天性,可很少有机会得到表露。米尔德丽德对这个小女孩也不能说不好。她把孩子照料得十分周到。有一次,孩子患了重感冒,她表现得就像一个尽心尽职的护士。可是,孩子又叫她感到厌烦。她一受到孩子的打扰,对孩子说话就变得恶狠狠的。她喜欢这孩子,但缺少那种忘我的母爱。米尔德丽德不是个感情外露的人,觉得亲情的流露荒唐可笑。当菲利普坐在那儿,把孩子抱在膝头,一边逗着孩子玩一边亲吻孩子的时候,她就嘲笑起他来。

"就算你是她的父亲,也至多只能这样娇惯她了,"她说,"跟这孩子在一起的时候,你真是傻透了。"

菲利普的脸一下子红了,他不喜欢遭受奚落。他对另一个男人的孩子竟会如此宠爱,实在荒唐! 他不禁为自己感情的洋溢而感到有些不好意思。可是,那孩子感觉到菲利普喜欢她,便把自己的小脸贴住他的脸,或者依偎在他的怀抱里。

"对你来说一切固然都很好,"米尔德丽德说,"不顺心的事一点也没有你的份儿。要是因为这位小姐不想睡,深更半夜闹得你醒上一个小时,你会怎么想呢?"

菲利普以为自己早已忘却的各种童年往事一下子又浮现在脑海里。他抓起了孩子的脚趾。

"这只小猪送到市场上去卖,这只小猪留在家里。"

每天晚上回家,走进起居室,他头一眼就是搜寻那趴在地板上的孩子。一听到那孩子看到他后发出的愉快的喊叫声,他就感到一阵欣喜。米尔德丽德教孩子管菲利普叫爸爸,可是当孩子第一次自动地叫菲利普爸爸时,她又纵声狂笑起来。

"我不知道究竟是因为她是我的孩子,你才这么喜欢,"米尔德丽德说,"还是你对任何人的孩子都是这样。"

"我从来不认识别人的孩子,所以也说不上来。"菲利普答道。

菲利普在住院部实习的第二学期行将结束的时候,他交上了好运。那会儿正是七月中旬。他在一个星期二的晚上到比克街的那家酒店去,发现只有麦卡利斯特在那儿。他们俩坐在一块儿,谈起那两位没有到场的朋友。过了一会儿,麦卡利斯特对菲利普说:

"哦,顺便说一下。今天我听到一个很好的消息。是关于新克莱因方顿的消息。那是罗得西亚的一座金矿。要是你想赌一下,说不定可以赚一点钱。"

菲利普一直在焦急地等待这样一个机会,但机会真的来了,他倒犹豫起来了。他非常害怕输钱,因为他缺少赌徒的勇气。

"我很想试试,但不知道是否敢去冒这个险。万一出了岔子,我会有多少损失呀?"

"只是看到你似乎对这事满怀兴趣,我才告诉你的,否则,我根本不会讲。"麦卡利斯特冷冷地回答说。

菲利普觉得麦卡利斯特把他看作一头蠢驴。

"我是很想赚点钱的。"他笑着说。

"要是你不准备拿钱赌上一把,就甭想赚到一个子儿。"

麦卡利斯特谈起别的事情来了。菲利普嘴上在回答他的问题,心里却不停地盘算着,要是这场投机活动最后成功了,那么下次他们俩见面时,这个股票经纪人就会拿他开玩笑。麦卡利斯特的那张嘴可会冷嘲热讽了。

"如果你不介意的话,我倒想赌一下。"菲利普热切地说。

"好吧。我给你买进二百五十股,一看到涨到两个半先令,我就立刻把你的股票抛售出去。"

菲利普很快就算出来这笔数目总共会有多少,不禁直流口水。那会儿,三十英镑对他就是上天给他的意外赏赐,他认为命运确实欠他的债。第二天早晨吃早饭时，他一看到米尔德丽德，就把这桩事告诉了她。她却觉得他十分愚蠢。

"我从来没有见过哪个人在证券交易所发财的，"她说，"埃米尔总这么说。他说，你不能指望在证券交易所发财。"

菲利普在回家的路上买了一份晚报，马上翻到了金融栏。他对这类事一无所知，好不容易才找到麦卡利斯特提到的那个股票。他发现股票行情上涨了四分之一。他的心怦怦直跳。接着，他又惴惴不安，生怕麦卡利斯特把他的事给忘了，或者出于别的什么原因没有为他购进股票。麦卡利斯特答应给他拍个电报。菲利普等不及乘电车回家，跳上一辆出租马车。这在他可是一个少有的奢侈行为。

"有我的电报吗？"他一冲进房间便问道。

"没有。"米尔德丽德说。

他顿时把脸沉了下来，深感失望，重重地坐进一把椅子。

"这么说，他根本没给我购进股票。这个混蛋！"他狠狠地又骂了一句，"真倒霉！我整天都在想着怎么花那笔钱。"

"嗨，你打算干什么呀？"米尔德丽德问道。

"现在还想着又有什么用呢？哦，我多么需要那笔钱啊！"

米尔德丽德扑哧一笑，把一份电报交给他。

"刚才我是跟你闹着玩的。我把这份电报拆开了。"

他一把从她手中夺过电报。麦卡利斯特给他购进了二百五十股，并且就像他所说的那样，以两个半先令的利润把股票抛了出去。代办单据第二天就到。有一阵子，菲利普十分恼火，米尔德丽德竟跟他开这样残忍的玩笑，但是不久，他头脑里就只想着自己的欢乐了。

"有了这笔钱,我的情形可就完全不同啦。"他大声说,"如果你愿意,我给你买一件新衣服。"

"我正需要一件新衣服。"米尔德丽德答道。

"我来把我的打算告诉你。我准备在七月底去开刀。"

"嗨,你有什么毛病吗?"她打断他的话问道。

米尔德丽德觉得他有一种她不知道的疾病,这种病症也许能够解释令她感到如此困惑的事。而菲利普涨红了脸,因为他不愿提起他的残疾。

"没有什么,不过他们认为我那只脚还是有法子医治的。以前我抽不出时间,可如今没有多少关系了。我十月份才开始在病房做包扎工作,而不是下个月。我在医院里只待几个星期,然后咱们可以去海滨度过余下的夏天时光。这对你和孩子,对我,对我们大家都有好处。"

"哦,咱们上布赖顿去吧,菲利普。我喜欢布赖顿,你在那儿可以见到那么些有身份的人。"

菲利普原来朦朦胧胧地想到康沃尔①的某个小渔村,但是听米尔德丽德这么一说,他觉得到那儿去米尔德丽德一定会厌烦得要死。

"只要能看到大海,咱们上哪儿都行。"

不知怎么的,菲利普突然对大海产生了一股不可抗拒的渴望之情。他想去洗个海水澡。他欣然想起自己把海水拍打得浪花飞溅的情景。他是一个很好的泳手,没有比波涛汹涌的大海更叫他感到兴奋的了。

"嘿,那该多快活啊!"菲利普嚷道。

----

① 康沃尔,英国英格兰西南部一郡。

678

"那就像是度蜜月一样,对吧?"米尔德丽德说,"菲尔,你给我多少钱去买新衣服呀?"

94

菲利普在雅各布斯先生手下当过敷裹员,于是他便请这位助理外科医生给他的脚开刀。雅各布斯先生欣然同意,因为他正好对被大家忽视的畸形足感兴趣,而且正在为撰写一篇论文搜集材料。他提醒菲利普,说他无法使这只脚变得像另一只好脚那样,但觉得仍然能够让它的情况有所改善;尽管手术以后,菲利普走起路来还有那么点儿跛,但穿的靴子可以不像他习惯穿的那样难看了。菲利普想起自己曾对那个能够为有信念的人搬走大山的上帝祷告,脸上不禁露出凄苦的笑容。

"我并不期望出现奇迹。"菲利普回答说。

"我认为,你让我尽我所能地医治一下是明智的。到时候,你会发觉拖着一只畸形足行医很不方便。外行人满脑子都是怪念头,不愿意让医生治疗自己身上的毛病。"

菲利普住进了一间"小病房"。每个病区外面楼梯平台处都有这么一间病房,是专门为特殊病人预备的。他在那儿住了一个月,因为医生要等到他能够行走时才让他出院。手术进行得很顺利,他过得相当愉快。劳森和阿特尔涅来看望他。有一天,阿特尔涅太太还带了两个孩子来探视。他所认识的同学也不时前来和他闲聊。米尔德丽德一星期来两次。大家都对他亲切友好。菲利普看到别人费心地照料他,心里总觉得很意外,如今他真是既感动又感激。他从别人的关怀中获得宽慰。他不必为未来发愁,既不用担心钱不够花,也不用担心期终考试能不能通过。他可以尽情地阅读。近来他一直不能好好看书,因为老受到米尔德丽德的搅扰:每当他想集中心思考虑问题时,米尔德丽德总说上一句漫无目的的话,而且菲利普要是不回答,她就不高兴;每当他舒舒服服地坐定下来,想要看书时,米尔德丽德就要叫他帮她干一件事,不是跑来叫他把一个她拔不出来的瓶塞拔出来,就是拿来一把榔头叫他钉个钉子。

他们决定在八月里到布赖顿去。菲利普想在那儿租套房间,但米尔德丽德却说,那样的话,她又得管理家务。如果他们去住在食宿公寓里,她才算是度假。

"在家我得天天买菜做饭,我都腻烦透了,想要彻底改变一下。"

菲利普同意了,正好米尔德丽德知道肯普镇上的一家食宿公寓。住在那儿,每人一周的费用不会超过二十五个先令。她同菲利普商定由她写信去预订房间。可是,当菲利普回到肯宁顿的住所时,却发觉她什么都没做。他十分恼火。

"想不到你竟然这么忙。"他说。

"哎,我可不能把什么事都想到。即便我忘了,那也不是我的过错,对吧?"

菲利普急着要到海边去,不愿意为了跟那家食宿公寓的女主人联系而等下去。

"咱们可以把行李存放在车站,直接走去,看看那儿有没有房间。如果有的话,只要差遣一个负责把行李送出站外的脚夫去取行李。"

"你爱怎么做就怎么做吧。"米尔德丽德口气生硬地说。

她可不喜欢遭到别人的责备,就气呼呼地一言不发,神色傲慢。菲利普忙着为起程做准备的时候,她无精打采地坐在一旁。在八月的阳光照射下,这套小房间里面又闷又热,外面马路上吹来一阵阵带有恶臭的热浪。菲利普躺在病房的床上,面对着四周涂抹着红色颜料的墙壁,他一直渴望呼吸海边的新鲜空气,让海浪拍击自己的胸膛。他感到要是再在伦敦待上一夜,他准会发疯。一看到布赖顿的大街上挤满了前来度假的人群,米尔德丽德的脾气又变好了。他们坐着马车前往肯普镇的时候,两个人都变得兴冲冲的。菲利普用手轻轻地抚摸着孩子的脸蛋。

"咱们在这儿住上几天,就会让她小脸蛋上的颜色大不一样。"菲利普面带微笑地说。

他们来到那家食宿公寓门前,便把马车打发走了。一个蓬头垢面的女仆出来开门。菲利普问她是否有空房间,她回答说要去问一下。她把她的女主人找来了。一个身体健壮、样子干练的中年妇女走下楼来,她出于职业习惯,先仔细地朝他们瞅了一眼,然后才开口问他们要什么样的房间。

"两个单人房间,如果能够安排的话,希望其中一个房间还放一个幼儿睡的小床。"

"恐怕我这儿没有两个单人房间。我这儿倒有一个又大又好的双人房间,我可以给你放一个幼儿睡的小床。"

"我想那样不怎么合适。"菲利普说。

"下个星期,我可以再给你们一个房间。眼下布赖顿满是游客,人们只好有什么房间就租什么房间。"

"要是只住几天工夫,菲利普,我想咱们可以将就一下。"米尔德丽德说。

"我想两个房间要方便些。你可以给我们另外介绍一家食宿公寓吗?"

"可以,不过我想他们也不见得会有比我更多的空房间。"

"也许你并不介意把地址告诉我。"

那个身材健壮的女人推荐的食宿公寓就在下一条街上。于是,他们朝那儿走去。菲利普走起路来,步子已经很稳,尽管仍得拄着拐杖,身体也很虚弱。米尔德丽德抱着孩子。两个人默默地走了一会儿,接着他发觉米尔德丽德哭了。这弄得他心烦意乱。他不加理睬,但是米尔德丽德硬要把他的注意力吸引过来。

"把你的手帕借我用一下好吗?我抱着孩子拿不到口袋里的手帕。"她哭得声音哽咽地说,一面转过头去不看菲利普。

菲利普把自己的手帕递了过去,但一句话也不说。米尔德丽德擦干了眼泪,看他不开口说话,便接着说:

"我这个人身上可能有毒。"

"请你别在街上吵闹不休。"菲利普说。

"你那样坚持要两个单人房间也显得太可笑了。别人对咱们会怎么想呢?"

"要是他们了解详细情况,我想他们一定会认为咱们都很有道德。"菲利普说。

米尔德丽德偷偷斜扫了菲利普一眼。

"你总不会向别人透露说咱们不是夫妻吧?"米尔德丽德急忙问道。

"不会。"

"那你为什么不肯跟我像夫妻似的住在一起呢？"

"亲爱的，我无法解释。我并不想叫你难堪，但我就是不能那样。我认为这种念头十分愚蠢，也不合情理，但我无法克服这种念头。我过去那样爱你，以至如今……"他突然停了下来，"不管怎么说，这种事情是无法解释的。"

"你准是根本就没有爱过我！"米尔德丽德嚷道。

他们按人家的指点找到了那家食宿公寓。那是由一个精力旺盛的老处女开设的。她长着两只敏锐的眼睛，嘴上能说会道。他们要么租一个双人房间，每人每个星期付二十五先令，那小孩也要外加五个先令，要么就住两个单人房间，但每个星期可得多付上一个英镑的租金。

"我不得不收得更多一点，"那个老处女带着歉意解释说，"因为，如果迫不得已，我甚至可以在单人房间里都摆上两张床。"

"我看那租金也不见得会使我们破产。你说呢，米尔德丽德？"

"哦，我才不在乎呢。无论怎样安排，对我来说都是很好的。"她回答说。

菲利普对她这种愤懑的回答只是一笑置之。女房东已经派人去车站取他们的行李，他们就坐下来休息一下。菲利普感到那只开过刀的脚有点儿疼，便高兴地把它搁在一把椅子上。

"我和你坐在同一个房间里，我想你不会介意吧？"米尔德丽德寻衅吵架地说。

"咱们就不要争吵了，米尔德丽德。"菲利普温和地说。

"我不知道你手头这样宽裕，竟能每星期花费一个英镑的租金。"

"别对我发火。我要让你明白，咱们俩只能这样住在一起。"

"我想你是瞧不起我，就是这么回事。"

"当然不是这样。为什么我要瞧不起你呢？"

"这太不合人情了。"

"是吗？你并不爱我，对不对？"

"我？你把我当成什么人了？"

"看来你也不像是一个感情十分热烈的女人，你不是那样的女人。"

"这实在叫人难堪。"米尔德丽德脸色阴沉地说。

"哦，换了我是你的话，就不会为这种事大惊小怪。"

这家食宿公寓里大约住着十来个人。他们都在一个狭窄的、光线昏暗的房间里，围坐在一张狭长的桌子周围用餐。女房东坐在餐桌的头上，为大家切肉。饭菜做得很差劲，但女房东却称之为法国烹调，她这话的意思就是用不好的作料来掩盖质量低劣的原料：用鲽鱼冒充箸鳎鱼，把新西兰老羊肉充作羔羊肉。厨房既小又不方便，因此饭菜端上来的时候都不够热。这些房客头脑迟钝，却又矫饰做作。其中有陪伴上了年纪、尚未出嫁的女儿的老夫人；有装模作样、滑稽可笑的老光棍；还有脸色苍白的中年职员和他们的太太，他们在一起谈论着那些已出嫁的女儿以及在殖民地境况很好的儿子的情况。在餐桌上，他们议论着科雷莉小姐①最新出版的小说，其中有

---

① 科雷莉小姐，即玛丽·科莱里(1855—1924)，英国传奇小说作家玛丽·麦凯的笔名。

些人不像喜欢莱顿勋爵那样喜欢阿尔马·塔德马先生,而另外几位则相反。不久,米尔德丽德就跟那些太太们谈论起她同菲利普的富有浪漫色彩的婚姻来了。她说菲利普发觉自己成了大家关注的对象,因为他还是一个学生的时候就结婚了,因此他那在郡中颇有地位的家族,便取消了他的财产继承权;而米尔德丽德的父亲(在德文郡拥有一座很大的宅子)就因为米尔德丽德嫁给了菲利普,也不愿给他们任何帮助。这就是他们来住食宿公寓而又不为孩子雇个保姆的缘故。不过,他们得分开住两个房间,因为他们一向住惯了宽敞的住处,不喜欢一家人挤在一个房间里。另外几位游客对他们住在这种食宿公寓里也做出各自的解释。其中一位单身绅士通常总是到大都会饭店去度假的,可他爱跟欢快活泼的人待在一起,而在那些奢华大饭店里是找不到这样的伙伴的。那位带着已到中年的女儿的老夫人,她在伦敦的漂亮的宅子正在整修,于是她就对女儿说:"格温妮,亲爱的,咱们今年必须去度个省钱的假期了。"因此,她们俩就来到了这儿,尽管这儿跟她们习惯的场所当然完全不同。米尔德丽德发觉他们这些人很优越,而她又厌恶粗俗的平民百姓。她喜欢的上流绅士就应该是地地道道的上流绅士。

"一旦人成了绅士和淑女,"米尔德丽德说,"我就希望他们是绅士和淑女。"

这种话对菲利普来说有些含义模糊。但是他听到她三番两次地跟不同的人说这种话,并且发现听的人无不热烈赞同,于是他得出结论,只有他的头脑对此觉得晦涩难解。菲利普和米尔德丽德成天待在一起,这还是头一次。在伦敦,他整个白天都看不到她,晚上回家时,他们就谈谈家务、孩子以及邻居的事，随后他就坐下来做他的功课。如今，他全天都跟她在一起。早饭后，他们便走到海滩上，下海洗个澡，然后沿着海滨人行道散散步，上午的时光毫不费劲地就过去了。到了晚上，他们把孩子打发上床睡觉后，便到海边码头上去消磨时光，过得也还顺畅。因为在那儿，可以倾听周围的音乐，观看川流不息的人群（菲利普想象他们都是什么身份的人，并编造了许多有关他们的小故事，以此来消遣取乐。现在，他养成一种习惯，就是只是在嘴上应答米尔德丽德的话语，这样一来，他的思绪就仍然不受搅扰），可就是下午的时光漫长乏味。两人坐在海滩上。米尔德丽德说他们必须尽情享受布赖顿医生赐予人们的所有恩泽。她时常对世间万物发表意见，他根本无法看书。要是他不加理睬，她就会抱怨。

"哦，快把你那本愚蠢的破书收起来吧。你老是看书也没有什么用处，只会看得头脑糊里糊涂，你肯定会这样的，菲利普。"

"哎，胡说！"他回答说。

"再说，那样也太简慢了。"

菲利普发现自己很难跟她交谈。她对她自己所说的话也不能注意地去听，每当面前跑过一条狗，或者走过一位身穿色彩鲜艳的运动夹克的男人，都会引起她的评论。随后，她会把刚才说的话忘得精光。她记不住人的名字，但想不起这些名字又心里烦躁，因此往往把某件事讲到一半便停顿下来，绞尽脑汁地想要把人名记起来，有时候，她只好作罢。但往往后来又忽然想起来了。那时候，即便菲利普在谈别的事，她也会打断他的话：

"柯林斯，就是这个名字。我那会儿就知道我会记起来的。柯林斯,我刚才一下子记不起来的就是这个名字。"

这叫菲利普十分恼火,因为这说明他说的话,她一句也没有听进去;然而,要是菲利普默不作声,她又要责备他闹脾气。对那些抽象的概念,听不到五分钟,她的头脑就无法应付了。每当菲利普兴致勃勃地从一些具体的事物中归纳出抽象概念时,她立刻就会显露出厌烦的神色。米尔德丽德老是做梦,而且记得非常准确,每天都要对菲利普絮絮叨叨地讲述她的梦境。

一天早晨,他收到索普·阿特尔涅的一封长信。阿特尔涅正在以戏剧性的方式度假。这种方式富有见识,也显示出他的个性。十年以来,他一直以这种方式度假。他把全家带到肯特郡的一片蛇麻草田上,那儿离阿特尔涅太太的老家不远,他们要采集三个星期的蛇麻子。这样,既可以待在户外,又可以挣一些钱,令阿特尔涅太太感到十分满意,同时也可以使他们重新维持与大地的联系。阿特尔涅所强调的也正是这一点。置身田野给他们带来了新的活力,就像举行了一次具有神奇魔力的典礼,使得他们返老还童,四肢有力,精神饱满。以前,菲利普就曾听到阿特尔涅对这个问题冠冕堂皇、绘声绘色地发表过一通离奇古怪的议论。如今,阿特尔涅邀请菲利普到他们那儿待上一天,说他渴望把他对莎士比亚以及玻璃碗琴①的想法讲给菲利普听,还说孩子们也嚷着要见菲利普叔叔。下午,在跟米尔德丽德一起坐在海滩上的时候,菲利普又把那封信看了一遍。他想起那九个孩子的乐呵呵的母亲,

① 玻璃碗琴,18、19世纪欧洲较为风行的一种乐器,由一套定音的、按音级排列的玻璃碗制成,用湿手指摩擦碗边发音。

殷勤好客、心情愉快的阿特尔涅太太;想起了莎莉,她年龄不大却神情端庄,略微带有一点可笑的做母亲的仪态和一种权威的神气;她脑门宽阔,金色的头发梳成一根长长的辫子;接着又想起了那一大群别的孩子,一个个长得相貌俊秀,身体健康,老是兴高采烈,吵吵嚷嚷。他的心一下子受到他们的吸引。他们身上具有一种品质,一种他不记得以前曾在别人身上见到过的品质,那就是善良。直到现在,菲利普才意识到他显然是被他们那种善良的美好品质深深吸引住了。从理论上来说,他并不相信有什么善良的品质,因为如果道德不过是一件基于利害关系的事,那善与恶也就没有什么意义了。他不喜欢自己的思路缺乏逻辑,但是善良明摆在那儿,自然而毫不造作,而且他认为这种善良无比美好。他一边沉思,一边慢慢地把阿特尔涅的来信撕成了碎片。他想不出丢下米尔德丽德而自己前去的办法,而他又不想带着米尔德丽德一起去。

这天天气很热,天空中没有一丝云彩,他们不得不躲在一个阴凉的角落里。孩子在海滩上一本正经地玩石子,她不时爬到菲利普的身边,交给菲利普一个石子让他握着,接着又把这个石子从他手中拿走,小心翼翼地放在海滩上。她在玩一种只有她自己才清楚的神秘而复杂的游戏。米尔德丽德睡着了。她仰面朝天地躺在那儿,嘴巴微微地张着,两腿又开,脚上套的靴子古怪地顶着衬裙。以往他的目光只是漫不经心地落在她的身上,可如今他特别凝神专注地望着她。他想起自己曾多么热烈地爱着她,心里暗自纳闷,不知道为什么现在竟然会对她完全漠然。这种感情上的变化使他内心隐隐作痛,看来,他以往所遭受的一切痛苦毫无用处。过去,一摸到她的手,心里便感到一阵狂喜;他曾经渴望自己能钻到她的灵魂中去,这样可以了解她的每一种想法,分享她的每一种感情。他曾饱受痛苦,因为当他们之间出现沉默的时候,只要她开口说一句话,就表明他们的思想简直是天差地远。他曾对那道似乎分隔在人与人之间的难以逾越的高墙做出反抗。他曾经那么疯狂地爱过她,如今却一点也不爱了。他觉得这特别可悲。有时候,他很恨米尔德丽德。她没有学习能力,一点也没有从生活的经历中学到什么。她仍像以往那么粗野无礼。听到她蛮横地呵斥食宿公寓里的那个辛勤工作的女用人,菲利普心里十分反感。

不久,菲利普考虑起自己的计划来了。学完四年之后,他就能参加产科学的考试,再过一年,就能取得医生的资格了。随后,他就可以设法到西班牙去旅行。他想亲眼观赏一下只从照片上看到的景色。他深深地感到埃尔·格列柯掌握着一个在他看来特别重大的秘密。他认为自己在托莱多一定能发现这个秘密。他并不愿意去大肆挥霍,有了那一百英镑,他可以在西班牙住上半年。要是麦卡利斯特再向他透露一个好消息,他就可以轻而易举地达到自己的目的。一想到那些景色优美的古老的城市和卡斯蒂利亚的黄褐色平原,他心里就热乎乎的。他深信自己可以从生活中获得比它如今给予的更多的乐趣,他认为自己在西班牙的生活可能比较紧张:也许有可能在一个古老的城市里行医,因为那儿有许多路过或者定居的外国人,他应该能在那儿维持生计。不过那是以后的事儿。首先,他必须在一两家医院里供职,这样可以取得经验,以后找工作也更容易。他希望能在一条航线不定的大型货船上当一名随船医生。这种船装卸货物没有限期,可以有充足的时间观赏货船停泊地点的风光。他想去东方。他的脑海里涌现出曼谷、上海和日本海港的景色。他想象着那一棵棵棕榈树、烈日当空的蓝天、皮肤浅黑的人们以及一座座宝塔,东方的浓烈香味刺激着他的鼻腔,令他陶醉。他的心怦怦直跳,对那美丽而陌生的世界充满了热切的向往之情。

米尔德丽德醒了。

"我想我肯定睡着了。"她说,"哎哟,你这淘气的丫头,瞧你干了些什么呀?菲利普,她的衣服昨天还是干干净净的,可现在你瞧瞧,都成了什么样子了。"

95

他们回到伦敦以后,菲利普便开始在外科病房做包扎工作。他对外科的兴趣不像对内科的兴趣那么浓厚,因为内科学是一门多以经验为依据的科学,为想象力提供了更大的发挥余地,外科的工作也相应地要比内科辛苦一些。上午九点到十点他得去听课,然后便要到病房去,在那儿包扎伤口,拆线,换绷带。菲利普为自己打绷带的手法感到有点得意。每当护士嘴里说出一句表示赞许的话,他就觉得很开心。一星期中总有几个下午进行外科手术,那时候,菲利普便身穿白大褂,站在手术室的助手位置上,随时递上手术医生所需要的器械,或者用海绵擦掉污血,好让手术医生看清手术的部位。遇上施行什么罕见的手术时,手术室里就挤得满满的,不过,通常只有五六个学生在场。接着手术便在菲利普欣赏的一种安适的气氛中进行。那时候,世人好像特别爱生阑尾炎,被送进手术室来的许多病人都为了割除阑尾。菲利普在一个外科医生手下当敷裹员,而这位大夫在跟一个同事展开友好的竞赛,看谁把阑尾割除得快,谁的切口小。

不久,菲利普被指派去负责遭受事故的急诊病人。敷裹员们轮流担当这个职务,每次连续值班三天。在这期间,他们得住在医院,一日三餐都在公共休息室里吃。他们在大楼底层急诊室附近有个房间,里面有张床,白天叠起来放在壁橱里。无论白天黑夜,值班的敷裹员必须随叫随到,时刻准备照料送来的受伤病人,老是四处奔忙。夜里,每过一两个小时,头顶上方就响起当啷当啷的铃声,当班的敷裹员便本能地从床上一跃而起。星期六夜里当然是最忙的,特别是酒馆一关门,医院里更是忙得不可开交。警察把一个个喝得烂醉的汉子送进来,你就得用胃唧筒把他们胃里的酒抽出来。而送进来的女人比那些醉汉的情况更糟,不是被丈夫打破了头,就是给打得鼻子流血。其中有的女人发誓要到法院去控告丈夫;有的则深感羞愧,只说是遇到了意外事故。面对这些情况,敷裹员能自己处理的,便尽力处理。如果情况严重,便去把住院外科医生请来。不过,敷裹员这样做必须小心在意,因为住院外科医生可不愿意无端跑下五段楼梯来看病。送进医院来的病人形形色色,从划破手指到割断喉管的都有。有被机器轧坏了双手的小伙子,有被出租马车撞倒了的行人,有在玩耍时摔断了胳膊或腿的小孩。有时候,警察还把自杀未遂的人抬进来。菲利普看到一个脸色惨白、两眼发直的男人,脖子上有一道很深的伤口,从一只耳朵划到另一只耳朵。后来他在一名警官的看守下在病房里住了几个星期。他默不作声,脸色阴沉,十分生气,因为他仍然活着。他一出医院还要自杀,他对这一点并不隐瞒。病房里挤满了病人,这时候警察再把病人送来,住院外科医生就会面临进退两难的困境。要是把病人送到警察局而死在那儿,那么各家报纸上就会出现批评的言论。可是有时候也很难判定病人究竟是气息奄奄呢还是醉酒不醒。菲利普直到累得浑身乏力时才上床睡觉,省得过一个小时又要爬起来。他趁工作的间隙,坐在急诊室里跟夜班护士聊天。这个女人头发灰白,一副男人的样子,在急诊部当了二十年的夜班护士。她喜欢这项工作,因为无论什么,都可以由她说了算,没有别的护士来打扰她。她做事动作缓慢,不过非常能干,在处理危急病人方面从来没有出过差错。敷裹员们往往缺乏经验或神经紧张,都把她看作可以依靠仰仗的对象。她见过的敷裹员成千上万,但他们都没有给她留下一点印象。她一概都把他们称作布朗先生。当他们劝诫她以后别叫他们布朗先生,并把他们的真实姓名告诉她时,她只是点点头,过后仍然继续叫他们布朗先生。那个房间没有什么摆设,只有两张用马鬃填塞的长沙发椅,一盏火光闪烁的煤气灯。菲利普坐在那儿听她闲谈,觉得很有兴趣。她早就不把那些送进医院来的病人当人看待了。在她眼里,他们只是酒鬼、断臂、割破的喉咙。她把世上的恶行、痛苦和残忍都当作理所当然的事情,觉得人们的行为既无值得赞扬也无该受责备的地方。她一概加以接受。她具有某种冷酷的幽默。

"我记得有个自杀的人,"她对菲利普说,"他跳进了泰晤士河。人们把他捞出来送到这儿。可十天以后,他因喝了泰晤士河里的水而得了伤寒。"

"他死了吗?"

"是的,当然死了。他究竟是不是自杀,我始终无法确定……他们这些自杀的人都是一群怪人。我还记得有个人找不到活儿干,老婆也死了,就把他的衣服全都送进当铺,买了一把左轮手枪。可是他把事情搞砸了,只打瞎了一只眼睛,人却仍然活着。后来你看怪不怪,一只眼睛瞎了,脸上也给削去一块,可他得出结论,认为这个世界毕竟并不太坏。打那以后,他日子过得还很快活。有件事情我一直在注意观察,那就是人们并不像你认为的那样为爱情去自杀。这种说法只是小说家们的想象。人们之所以要寻短见,是因为他们没有钱。我也不知道为什么会这样。"

"看来金钱比爱情更重要。"菲利普说道。

就在那时候,他脑海里老是考虑着钱的事。他过去一再说:两个人在一起的生活费用可以跟一个人的一样低廉,现在发现那话说得过于轻率,实际上并不是这么回事。他开始为自己的开销发愁。米尔德丽德可不是个善于当家的人,因而他们的日子过得就像一日三餐都在饭馆里吃一样费钱。再说,那个小孩要添置衣服,米尔德丽德要买靴子、雨伞以及其他一些不能缺少的零星什物。他们从布赖顿回到伦敦后,米尔德丽德声称她打算出去找个工作,但是却没有采取确切的步骤。不久,一场重感冒害得她接连两个星期都躺在床上。病好以后,她根据招聘广告去试了一两次,但毫无结果,不是她去得太晚,空缺的职位已经满了,就是因为活儿太重,她无力承担。有一次,她得到了人家给她的一份工作,但是每星期的工资只有十四先令,她认为自己不应该只挣那么点工资。

"让别人占你的便宜,那样是没有好处的。"她说,"要是你太自轻自贱,人家就不会尊重你。"

"我觉得每个星期十四先令也不错了。"菲利普冷冰冰地说。

菲利普不禁想到,这笔钱对家里的开销会有多大的帮助啊。米尔德丽德已经开始向菲利普暗示:她之所以找不到工作,是因为她去面见雇主的时候身上没有一件像样的衣服。菲利普便给她买了一件衣服。她又去试了一两次,但菲利普最终认为她并不当真在找工作。她根本不想干活。菲利普知道的唯一生财之道是证券交易所。他渴望再像夏天那样做出幸运的尝试。但是在德兰士瓦①爆发了战争,南非的一切都停顿下来。如今他们只有耐心等待,希望英国的挫折会使价格下跌一点,到那时也许就值得购进股票了。麦卡利斯特对菲利普说,不出一个月,雷德弗斯·布勒就要开进比勒陀利亚②,到那时,行情就会上涨。菲利普开始仔细翻阅他特别喜爱的报纸上的"街谈巷议"专栏。他忧心忡忡,脾气烦躁。有那么一两次,他口气严厉地说了米尔德丽德几句,但米尔德丽德既不乖巧又没耐心,就气冲冲地回了嘴。两个人就吵起来了。菲利普总是过后对自己所说的话表示后悔,而米尔德丽德却缺乏宽厚的天性,接连两三天,她都会绷着脸。她用各种方式来惹得菲利普心烦:她吃饭时态度阴沉,在起居室里把衣着用品扔得满处都是,弄得乱糟糟的。菲利普十分关心战事的进展,如饥似渴地翻阅着早上和晚上的报纸,但是她对当前发生的一切毫无兴趣。她结识了住在街上的两三个人,其中一个曾问过她是否想要副牧师来拜访她。米尔德丽德便戴上一个结婚戒指,自称凯里太太。菲利普住所的墙上挂了两三张以前他在巴黎所画的画,都是裸体画,其中两张画的是女人,还有一张画的是米格尔·阿胡里亚,画面上的米格尔·阿

---

① 德兰士瓦,原为南非东北部的一个省份。
② 比勒陀利亚,南非东北部的一个城市。

胡里亚紧握双拳,笔直地站着。菲利普把这几张画保留下来,因为它们是他画得最好的作品,而且能使他想起在巴黎度过的那段愉快时光。米尔德丽德对这几张裸体画早就看不顺眼了。

"菲利普,我希望你把那几张画拿下来。"她终于对菲利普说,"昨天下午,住在十三号的福尔曼太太走进门来,我都不知该朝哪儿看是好了。我发觉她的眼睛紧盯着那几张画。"

"那几张画怎么啦?"

"那几张画有些下流。房间里挂满了裸体画像,真叫人讨厌,我就是这么认为的。再说这对我的孩子也不好。她现在开始懂事了。"

"你怎么这样庸俗?"

"庸俗?我把这称作趣味优雅。对这几张画,我从来没说过什么话,难道你就以为我喜欢整天看着画中那几个赤身裸体的人吗?"

"米尔德丽德,你怎么就没有一点幽默感呢?"菲利普冷淡地问道。

"我不知道幽默感跟这件事有什么关系。我真想亲自把它们拿下来。如果你想知道我对这几张画的看法,那我就直接告诉你,它们令人作呕。"

"我不想知道你的看法,也不准你碰这几张画。"

每当米尔德丽德对菲利普生气的时候,她就拿孩子出气,以此来惩罚菲利普。那个小女孩就像菲利普喜欢她一样也非常喜欢菲利普。每天早晨爬进菲利普的房间(她快两岁了,已经能走得很稳),随后被抱到他的床上,这对她是莫大的快乐。米尔德丽德不让她爬时，可怜的孩子就会伤心地痛哭。听到菲利普的劝说，米尔德丽德回答说：

"我不希望她养成这样的习惯。"

这时候，要是菲利普再多说什么，她就会说：

"我怎么管教孩子，与你没有关系。别人听见你这么说，还以为你是她父亲呢。我是她母亲，我应该知道什么事对她有好处，对不对？"

看到米尔德丽德如此愚蠢，菲利普感到非常恼火。不过，菲利普如今对她极为冷淡，只是偶尔才生她的气。对她在自己身边走动，菲利普也渐渐习惯了。圣诞节到了，菲利普有几天假日。他带了几棵冬青树枝回家，把房间装饰了一番。圣诞节那天，他给了米尔德丽德和她孩子几件小小的礼物。他们只有两个人，所以不能吃火鸡了。但是米尔德丽德烤了一只小鸡，煮了一块从当地食品店买来的圣诞布丁①。他们俩还喝了瓶葡萄酒。吃完晚餐后，菲利普坐在炉火旁的扶手椅上，抽着烟斗。他不习惯喝葡萄酒，几杯酒下肚，倒使他暂时忘了近来老在为金钱犯愁的事。他感到心旷神怡。不久，米尔德丽德走进来，告诉他那孩子要他吻她，祝她晚安。菲利普面带微笑地走进米尔德丽德的卧室。接着，他叫孩子睡觉，把煤气灯拧暗。他生怕孩子会哭，便让卧室的房门敞开着，回到了起居室。

"你要坐在哪儿？"他问米尔德丽德说。

"你坐在椅子上。我就坐在地板上。"

---

① 圣诞布丁，指圣诞节吃的一种葡萄干布丁，以杏仁、干果、苹果丝、胡萝卜丝和牛奶作配料。

他坐下来后,米尔德丽德就坐在火炉前的地板上,背倚着菲利普的双膝。这时候,菲利普不禁回想起当初他们在沃克斯霍尔大桥路那个住处的情景。那会儿他们俩也是这样坐在一起,只是两人的位子颠倒了一下。当时,菲利普坐在地板上,把头靠在米尔德丽德的膝上。那会儿,他是多么狂热地爱着她! 如今,他对她又产生出一种长久以来没有过的温情。他似乎仍然感到那孩子柔软的双臂环绕着他的脖子。

　　"你坐得舒服吗?"他问道。

　　米尔德丽德抬头望着菲利普,微微一笑,随后点了点头。他们俩神思恍惚地凝视着炉火,谁也不说话。最后,米尔德丽德转过身来,好奇地用眼睛紧盯着菲利普。

　　"自从我来到这儿,你还一次也没有吻过我呢。你知道吗?"她突然说。

　　"你想要我吻吗?"菲利普笑着问道。

　　"我想你再也不会用那种方式来表示你喜欢我了吧?"

　　"我非常喜欢你。"

　　"你更喜欢我的孩子。"

　　菲利普没有回答,米尔德丽德把脸颊紧贴着他的手。

　　"你不再生我的气了?"不久她又问道,两眼朝下望着地板。

　　"我为什么要生你的气呢?"

　　"我从来没有像现在这样喜欢你,我是在历尽了磨难之后才学会爱你的呀。"

　　听到她说出这样的话,菲利普心里顿时凉了半截。她用的那些词语都是从她爱看的廉价言情小说里搬来的。他暗自纳闷,不知道她说这番话时心里是否真是那样想的。也许她除了运用从《家庭先驱报》上学来的矫揉造作的言辞外,就不知道用什么别的办法来表达她的真实感情。

"咱们俩像这样子生活在一起,似乎太离奇了。"

菲利普好久没有作答,他们之间又出现了沉默。不过最后菲利普开口说话了,他似乎感到这些话都是一口气说出来的。

"你不要生我的气。一个人对这种事情实在也没有办法。我记得我过去因为你做的各种事情而认为你恶毒、残忍,但我也太傻气了。你那时不爱我,为此而责备你是愚蠢可笑的。我曾经认为我可以设法叫你爱我,但现在我明白了,那是不可能的。我不知道究竟是什么东西使得别人爱上你的,但不管是什么,那才是唯一要紧的东西,要是没有那样东西,你也无法凭着殷勤体贴、慷慨大方或诸如此类的方式把这种东西创造出来。"

"我早该想到,要是你真心实意地爱过我,就会仍旧爱着我。"

"我也早该这么想的。我记得,过去我老是认为这种爱情永远都不会变的。我感到宁愿去死也不能没有你。我时常渴望着有那么一天,当你形容憔悴、满脸皱纹,谁也不再喜欢你的时候,我就能完全得到你了。"

米尔德丽德没有回答。不久,她站起身来,说她要去睡觉了。她羞涩地微微一笑。

"今天是圣诞节,菲利普,你吻我一下,祝我晚安,好吗?"

菲利普发出一阵笑声,微微有点脸红,吻了吻米尔德丽德。米尔德丽德走进卧室,他便开始看书。

96

　两三个星期后,两人之间的隔阂达到了顶点。米尔德丽德被菲利普的行为举止弄得异常恼怒。她心里充满了各种不同的情感,然而却轻松自如地转换着心情。她独自花了很多时间,思考着自己的处境。她并没有把所有的想法都化为言辞,甚至都不知道究竟是一些什么样的想法,但是浮现在脑海里的某些事情却相当清楚明显。于是她翻来覆去地琢磨着这些事情。她对菲利普始终不大理解,也不怎么喜欢他,但有他在自己的身旁,她又感到高兴,因为她认为菲利普是一个上流绅士。她之所以有这样的印象,是因为菲利普的父亲是一位医生,他的大伯又是一个牧师。她又有点儿看不起他,因为她曾对他肆意愚弄,而在他面前,她总觉得不大自在。她不能随心所欲,她感到菲利普老是在指责她的行为举止。

　她刚住到肯宁顿区的这套小房间里来的时候,疲惫不堪,万分羞愧。她很高兴不再遭受人家打搅。一想到不用再付房租,她心里十分宽慰。无论天气好坏,她都不必出门。要是身体不舒服,她可以安安静静地躺在床上歇息。她痛恨自己先前过的那种生活。不得不摆出和颜悦色、低声下气的样子,那真是叫人受不了。就连现在,当她回想起男人的粗暴和他们蛮横的话语时,当那些情景掠过她心头时,她仍然自哀自怜地痛哭一场。不过以前那种场景很少出现在她的脑海里。菲利普帮她脱离苦境,她十分感激。每当她回想起菲利普以前多么真诚地爱她,而她待他又是多么恶劣的时候,她心里就感到一阵悔恨。要对菲利普做出报答是很容易的。在她看来,这算不了什么。当菲利普拒绝她的建议时,她倒感到十分意外,但她只是耸了耸肩膀:他爱摆架子就让他摆吧,她才不在乎呢。要不了多久,他就会变得心急如焚,那会儿,就该由她来拒绝了。如果菲利普认为她什么办法也没有了,那他就大错特错了。毫无疑问,她仍然可以控制住他。菲利普是有些古怪,但是她完全了解菲利普的脾气。菲利普经常跟她争吵,并发誓再也不见她了,可过了一会儿,他又跑来跪在她的面前,请求原谅。想到菲利普在自己面前那副卑躬屈膝的样子,她心里顿时感到一阵狂喜。菲利普会心甘情愿地躺在地上,让她从他的身子上踏过去。她看到过菲利普哭泣的样子。她完全清楚该怎么对付菲利普:不理睬他,假装没察觉他在发脾气,完全不去理会他,过不了一会儿,他肯定会前来求饶。想到菲利普会在她面前表现出那副忍气吞声的样子,她暗自开心地笑了。她曾尽情作乐。知道男人都是怎么一副样子,不想再跟他们发生什么瓜葛。她完全准备好跟菲利普过安定的生活。归根到底,菲利普是一个地地道道的上流绅士,这一点是不可轻视的,对吧? 不管怎么说,她可不用着急,也不打算采取主动。她高兴地看到菲利普越来越喜欢她的孩子,尽管她心里觉得十分好笑。菲利普竟然会如此喜爱另一个男人的孩子,实在滑稽。他是有些古怪,一点儿不错。

可是,有一两件事情令她感到诧异。菲利普对她一向俯首帖耳,她对这一点已经习以为常了。从前他非常乐意为她出力效劳。她经常看到他为自己的一句气话而垂头丧气,为自己的一句好话而欣喜若狂。可现在菲利普不一样了。她心中暗想,菲利普的情况在过去一年中并没有什么改善。她一刻也没有想到菲利普的感情竟会起什么变化;她总以为在她发脾气的当儿,菲利普那种不加理会的态度只是装出来的。有时他想读书,就叫她不要说话。她不知道自己究竟是该发火呢还是该绷着脸儿不响;她完全摸不着头脑,因而没有做出什么反应。接着,在一次谈话中,菲利普告诉她,说他希望他们俩之间的关系是纯精神的。于是,米尔德丽德想起了他们俩过去的一件事,她想到菲利普是怕她可能怀孕。她尽力叫菲利普放心,仍然不起作用。像米尔德丽德这种女人,无法理解男人竟然可能不像她那样迷恋肉欲,因为她跟男人的关系纯粹是肉体关系。她不能理解男人还会有其他的兴趣。她突然产生一个想法,认为菲利普爱上了别人。于是她留神观察菲利普,怀疑他跟医院里的护士或在外面遇到的女人勾搭上了。但是经过巧妙地提问,她得出结论,阿特尔涅家中没有值得她担心的人物。她还牵强地认为,菲利普像其他医科学生一样,因为工作才与护士接触,并没有意识到她们是些女性。在他的脑海里,她们总是跟淡淡的碘仿气味联系在一起。菲利普并没有收到哪个人的来信,他的东西里也没有姑娘的相片。要是他爱上什么人的话,那他把相片藏得可真够完善的,可是他总是坦率地回答米尔德丽德的所有问题,显然一点也不怀疑其中的动机。

"我认为他没有爱上别的女人。"米尔德丽德终于暗自说道。

这倒叫她心里十分宽慰。既然如此,菲利普一定仍然爱着她。但是,这又使菲利普的行为举止显得极为费解。如果他打算那样对待她的话,那当初又为什么要叫她来住在这套房间里呢?这是不合人情的。像米尔德丽德这种女人压根儿想象不到世上还可能存在着同情、慷慨或仁慈。她得出的唯一结论是菲利普有些反常。她还异想天开地认为,菲利普表现出这样的行为举止,是因为他富有骑士风度,十分敬重女人。她富于想象,头脑里充满了廉价小说里的那些言行放肆的荒唐故事。她对菲利普那一本正经的样子构想出各种富有浪漫色彩的解释。她的想象力自由驰骋,想起了什么痛苦的误会,圣火的涤罪洁身,雪白的灵魂,以及在圣诞节夜晚的严寒中的死亡,等等。她决心要趁他们到布赖顿度假时,断了他那些愚蠢的念头。在那儿,他们俩就能单独相处,周围的人都会认为他们是一对夫妻。再说,那儿还有码头和吹奏乐队。当她发觉任凭她说什么都无法使菲利普和她合住一个房间时,当他用一种她先前从未听到过的声调跟她谈论这件事时,她猛然明白他并不需要她。她大吃一惊。她想起菲利普以往向她倾诉的所有话语以及从前他狂热地爱着自己的情景。她感到羞愤交集,但她天生有种傲慢的性格,因而没有多久就平静下来。菲利普不要以为她爱他,其实她并不爱他。有时,她还恨他,渴望羞辱他一番。但她发觉自己特别无能为力,不知道用什么方法来对付他。跟他在一起的时候,她感到有点紧张不安。有一两次,她哭了起来。有一两次,她决心对他特别亲切和蔼,可是他们晚上沿着海滨人行道散步,她一挽起菲利普的胳膊,菲利普总是不一会儿就找个借口挣脱开了,好像让她一碰就感到很不舒服似的。她怎么也想不明白。她只有通过孩子才能对菲利普施加影响,因为他似乎越来越喜欢她的孩子了:她只要给那孩子一巴掌或者用力一推,就会叫菲利普气得脸色煞白。只有当她抱着孩子站着的时候,菲利普的眼睛里才会重新出现以前那种温柔的笑意。有一次,一个男人在海滩上给她这样照相时,她才发现这一点。后来,她常常摆出这种站立的姿势让菲利普瞧。

他们回到伦敦后,米尔德丽德开始寻找她声称轻易就能找到的工作。这时候,她不再想依赖菲利普了;她幻想着当她告诉菲利普说她就要带着孩子搬到新居去时的得意神情。可是在与这种可能越来越接近的时候,她却失去了勇气。她已经不习惯干到夜晚十一二点了,也不想让女经理四处差遣,况且她的尊严使她一想起又要穿上制服,心里就感到厌恶。她早就对她所有认识的街坊邻里宣称,他们的生活相当宽裕。要是他们听说她不得不外出干活,那岂不显得落魄潦倒?她生来的惰性又抬起头来。她不想离开菲利普,而且,只要他愿意供养她,她不明白自己为什么一定要走。他们确实没有什么钱可以尽情挥霍,但是她有吃有住的,再说菲利普的境况也可能好转。他的大伯老了,随时都可能去世,到时候,他就可以继承一点儿财产;即便是眼下这种日子,也比为了一周几个先令而从早到晚地当牛做马强。于是,她找工作的劲头松了下来;她仍然继续阅读报纸上的广告栏,只是为了表明,要是有什么值得她干的活儿,她还是想干活的。可是,她突然感到惊恐不安,生怕菲利普会对负担她的生活费用心生厌倦。眼下,她一点也控制不了菲利普。她认为,菲利普之所以让她住在这儿,是因为他喜欢那个孩子。她把一切都仔细琢磨,气愤地心里暗想,有朝一日,她会叫菲利普为所有这一切遭受惩罚。对菲利普不再喜欢她这一点,她怎么也不甘心,她要叫他喜欢自己。她充满怨恨,可有时候又莫名其妙地渴望得到菲利普。如今他的态度竟然那么冷淡,真把她给激怒了。她就这样不断地想着菲利普。她认为菲利普对她太恶劣了,她不知道自己到底做错了什么而应该受到这样的待遇。她不断地心里暗说,像他们这样生活在一起,是不合人情的。接着她又想到,如果情况是别种样子,而她马上就要分娩生育,那他肯定会娶她的。他这个人难以捉摸,但他是一个地地道道的上流绅士,谁也不能否认这一点。最后,她对这种想法简直着了迷,拿定主意要强行促使他们之间的关系发生改变。如今他甚至都不吻她了,而她却想要他亲亲她。她记得以往他是多么热烈地紧贴着她的嘴唇。一想到这件事,她就有一种奇特的感觉。她常常紧盯着菲利普的嘴。

二月初的一天黄昏,菲利普告诉米尔德丽德说他要跟劳森一起吃晚饭。那天,劳森要在他的画室里举办生日宴会。他要很晚才能回来。劳森从比克街上的那家酒店里买了几瓶他们爱喝的潘趣酒。他们打算好好地玩一个晚上。米尔德丽德问那儿有没有女客人,菲利普告诉她没有女客人,只请了几个男人,他们只准备坐在那儿聊聊天,抽抽烟。米尔德丽德认为这种生日宴会听上去不怎么有趣,如果她是一个画家,那就要在周围安排五六个模特儿。她去上床歇息,但怎么也睡不着。不久,她有了一个主意,就起身下床,跑去把楼梯口的小门插销插上,这样菲利普就进不来了。午夜一点光景,菲利普才回来,这时她听到了菲利普发现小门被关上后的咒骂声。她爬下床来,跑去把插销拉开。

"你干吗要把自己关在屋里?对不起,我把你从床上拖了起来。"

"我特意让小门开着的,也不明白它怎么就关上了。"

"快回去睡觉,否则会着凉的。"

菲利普走进起居室,拧亮了煤气灯。米尔德丽德跟在他后面走了进来,朝炉火跟前走去。

"我的脚冰冷的,想烤烤火暖一暖。"

菲利普坐下来,开始脱靴子。他的眼睛闪闪发亮,双颊绯红。她想他肯定喝酒了。

"玩得痛快吗?"米尔德丽德面带微笑地问道。

"当然啰,玩得痛快极了!"

菲利普的头脑十分清醒,不过在劳森那儿他一直说说笑笑,眼下仍非常兴奋。这样的夜晚使他想起了从前在巴黎的时光。他兴致勃勃,从口袋里掏出烟斗,往烟斗里装着烟丝。

"你还不睡吗?"米尔德丽德问道。

"还不想睡,我一点也不困。劳森的兴致可高了。从我到他的画室那一刻起,他就滔滔不绝地说个不停,一直说到我走。"

"你们谈些什么呀?"

"天晓得,世间的各种问题无所不谈。你真应该去瞧瞧那个场面,大家都扯开嗓门高声大叫,没有一个人在听别人说话。"

菲利普回想起晚宴的情景,开心地笑了起来,米尔德丽德也跟着笑了。她确信菲利普喝酒喝过量了。这正是她所期望的。她了解男人。

"我能坐下来吗?"她说。

菲利普还没来得及回答,她已稳稳当当地坐到他的腿上。

"要是你还不睡的话,那最好去披件晨衣。"

"哦,这样很好嘛。"说完,她张开胳膊搂住他的脖子,把脸紧贴着他的脸,接着又说,"为什么你对我这么可恶,菲尔?"

菲利普想站起身子,可她就是不让。

"我确实爱你,菲利普。"她说。

"别说这种讨厌的蠢话了。"

"这不是蠢话,是真的。没有你,我就活不下去。我需要你。"

菲利普从她的胳膊里挣脱出来。

"请站起来吧。你不但自己丢人现眼,把我也弄得像个白痴似的。"

"我爱你,菲利普。我想弥补过去给你带来的一切伤害。我不能再像这样活下去了,这不合乎人性。"

菲利普悄悄从椅子里站了起来,把米尔德丽德扔在那儿。

"很抱歉,但现在已经太晚了。"

米尔德丽德撕心裂肺地哭起来。

"可为什么呢?你怎么能这样狠心?"

"我想,这是因为我过去太爱你的缘故。我那股激情都耗尽了。一想起那种事情,我就感到毛骨悚然。如今每当我看见你,就不能不想起埃米尔和格里菲思。一个人对那样的事是无法控制的,我想,这只是神经过敏。"

米尔德丽德一把抓起菲利普的手,在上面吻了个遍。

"别这样。"菲利普喊道。

米尔德丽德就一屁股坐回到椅子里。

"我不能再像这样活下去了。要是你不爱我,我宁可走。"

"别傻了,你没有地方可去,你可以在这儿爱住多久就住多久。不过有一点必须明确,我们俩是朋友,仅此而已。"

接着,米尔德丽德突然抛开了刚才那种激情高涨的样子,发出一阵柔和、谄媚的笑声。她侧身挨近菲利普,张开胳膊搂住他。她把声音压低,显得甜蜜动听。

"别再傻里傻气的啦。我认为你是神经过敏。你不知道我有多么可爱。"

米尔德丽德把脸紧贴着菲利普的脸,用脸颊厮磨着菲利普的脸颊。可在菲利普看来,她那双笑眼是令人讨厌的媚眼,从那儿射出的色迷迷的目光使他心里充满了恐惧。他本能地往后退了退。

"我不干。"他说。

但是米尔德丽德不肯松手。她�’起嘴唇朝菲利普的嘴巴凑过去。菲利普抓住她的两只手,粗暴地把它们掰开,然后把她推开。

"你真叫我讨厌!"他说。

"我?"

米尔德丽德用一只手撑着壁炉台,稳住身子。她瞅了菲利普一会儿,双颊一下子泛起两片红晕,接着发出一阵尖厉、愤怒的笑声。

"我叫你讨厌。"

她停顿了一下,深深地吸了口气。接着,她便怒气冲冲、好像连珠炮一般地破口大骂起来。她高声嚷叫。凡是她能想到的难听的话都用来骂菲利普。她骂的话竟那么污秽下流,叫菲利普感到极为震惊。过去她一向急切地要显得举止娴雅,每听到一句粗鲁的话都会为之不快。菲利普从来没有想到她也熟知她刚刚说出的那些脏话。她走到菲利普面前,把脸直冲着他的脸。她那张脸因情绪激愤而变了形。在她粗声大气地谩骂的当儿,嘴上的唾沫直往下滴。

"我从来就不喜欢你,一次也没有过。我一直在耍弄你。

看到你,我就讨厌,讨厌透了。我恨你,要不是为了几个钱,我绝不会让你碰我一下。不得不让你吻我时,我心里总感到厌恶。格里菲思和我,我们在背后嘲笑你,笑你是个十足的傻瓜。傻瓜!傻瓜!"

接着她又破口大骂起来。她指责菲利普身上具有世上各种卑鄙的缺点,说他用钱抠搜,头脑迟钝,骂他爱好虚荣,自私自利。凡是最容易惹菲利普生气的事儿,她都言语刻毒地嘲讽一番。最后,她转身要走,但仍然情绪狂暴得无法控制,嘴里不断肮脏地叫骂着。她一把抓住房门把手,猛地打开房门。接着她转过脸来,恶狠狠地朝菲利普说出一句伤人的话,她知道只有这句话才能真正触到菲利普的痛处。她把满腔的怨恨和恶意都完全倾注到这句话中,使劲朝着菲利普骂了一声,好似给他当头一棒。

"瘸子!"

97

第二天早晨,菲利普从睡梦中惊醒过来,感到时间不早了,赶紧看了看表,发觉已经九点了。他从床上跳起来,跑进厨房弄了点热水刮脸。四处见不到米尔德丽德的踪影。她昨晚吃晚餐用的餐具仍然堆在洗涤槽里,没有清洗。菲利普敲了敲她的房门。

"醒醒,米尔德丽德,时间已经很晚了。"

米尔德丽德没有回答。菲利普又使劲敲了几下,她仍然没有应声。菲利普断定她仍在生气。菲利普急着要赶去医院,顾不上为这桩事费心。他自己烧了点热水,然后跳进浴缸洗了个澡。浴缸里的水总在前一天晚上就放好,以便驱除寒气。他以为米尔德丽德会在他穿衣服时给他做好早饭,端来放在起居室里。以前她发脾气的时候,就有两三次是这样。可是,他没有听到米尔德丽德有什么动静,于是他意识到,如果他想吃东西的话,就得自己动手。这天早晨菲利普一觉睡过了头,而米尔德丽德竟然在这种时候捉弄他,菲利普心里十分恼怒。他把早饭准备好了,仍然不见米尔德丽德的踪影,不过可以听到她在房间里走动的声音。她显然起床了。菲利普给自己泡了杯茶,切了几片面包,涂上黄油,一边吃着,一边把靴子套到脚上,然后冲下楼去,沿着门前的街道,来到大街上搭乘电车。当他在报亭前的告示牌上搜寻着有关战争的新闻时,他想起了前一天晚上发生的事。眼下事情算是过去了,晚上考虑一下再说吧。他禁不住觉得这件事相当荒唐。他认为自己也很可笑,但他控制不住自己的情感,有时这种情感简直无法抗拒。他对米尔德丽德十分生气,因为是她迫使自己陷入现在这种愚蠢可笑的境地。随后,他重新惊讶地想起米尔德丽德怒气冲天的样子,以及她嘴里说出的那些污言秽语。一想到她最后骂他的话,他不禁涨红了脸,然而他只是轻蔑地耸了耸肩膀。他早就知道,每逢他的同伴生他的气时,总是对他的残疾加以嘲笑。他还看到过医院里有人模仿他一瘸一拐的走路样子。那些人不像在他中学时那样在他的面前学,而是在以为他不注意的时候才加以模仿。现在他知道那些人学他走路的样子,并不是出于恶意,而是因为人天生就是一种爱模仿的动物,况且,模仿别人的动作也是引人发笑的简便方法。他明白这一点,但却永远无法甘心忍受。

菲利普为自己又要投身到工作当中而感到高兴。走进病房,里面似乎就有一种愉快、友好的气氛。护士脸上挂着机敏、干练的笑容跟他打招呼。

"你来得很迟,凯里先生。"

"昨晚我尽情玩了一个晚上。"

"从你的脸上就看得出来。"

"谢谢。"

菲利普笑着走到第一个病人,一个患有结核性溃疡的男孩跟前,给他拆去绷带。那孩子看到菲利普很高兴。菲利普一边用干净绷带给他包扎伤口,一边跟他开玩笑。菲利普极受病人们的喜爱。他对他们总是和和气气;他又长着一双轻柔的、感觉灵敏的手,不会把病人们弄疼。有些敷裹员则有点毛手毛脚,不把病人的痛痒放在心上。菲利普和他的朋友们一起在俱乐部礼堂吃午饭,只是一顿便饭,由一块烤饼和黄油,外加一杯可可构成。他们谈论着战事。有几个人也准备去参战,但是当局相当苛刻,凡是没有获得医院职位的人都不让去。有人认为,要是战争继续打下去的话,不久他们就会乐意接纳所有取得医生资格的人,不过大多数人都认为不出一个月就会停战。既然罗伯茨①在那儿,形势很快就会好转的。这也是麦卡利斯特的看法,他对菲利普说,他们必须等待时机,抢在宣布媾和之前购进股票,到时候股票就会暴涨,他们俩都可以赚一点钱。菲利普已经吩咐麦卡利斯特一有机会就替他购进股票。夏天赚到的三十英镑,吊起了菲利普的胃口,这次他想捞到两三百

① 罗伯茨,即下文的罗伯茨勋爵(1832—1914),英国陆军元帅,在第二次布尔战争中部署了向布尔首府比勒陀利亚的进军。

英镑。

一天的工作结束后，菲利普乘电车返回肯宁顿。他暗自纳闷，不知晚上米尔德丽德会有怎样的举止表现。一想到米尔德丽德很可能脾气乖张，不肯回答他的问话，他就觉得相当讨厌。就一年中的这个时候来说，这是一个相当暖和的黄昏，即便在伦敦南部那些光线昏暗的街道上，也充斥着二月那种懒洋洋的气氛。大自然在经过冬天漫长的那几个月之后，躁动不定，一切生物都从睡眠中苏醒过来了。整个大地发出窸窸窣窣的声响，成为春天来临的前兆，大自然又开始其永恒不变的活动。菲利普实在讨厌回到住所，很想坐车朝前再走一程，他想呼吸一下外面的新鲜空气。但是，一种急切想要见到那孩子的欲望蓦地牵动了他的心弦。当他想到孩子开心地欢叫着，摇摇摆摆地朝他走来时，他暗自笑了。他来到住所跟前，习惯性地抬头望去，只见窗户里面没有光亮，觉得十分奇怪。他跑上楼去敲门，但里面无人应声。米尔德丽德出门时，总把钥匙放在门口的擦鞋垫底下。菲利普在那儿拿到了房门钥匙。他开门走进起居室，随手划亮一根火柴。他感到出事了，但一时不知究竟出了什么事。他开足煤气，点亮灯盏，房间里一下子变得亮堂堂的。他四下里看了一眼，不禁倒抽了一口凉气。整个房间被弄得一塌糊涂，所有的东西都被有意地捣毁了。他顿时怒气冲天，闯进米尔德丽德的房间。那儿黑洞洞的，空无一人。他点起灯来照了照，发现米尔德丽德把她和孩子的所有衣物都带走了(刚才进门时，他发觉那辆童车并没放在楼梯高处平常放的地方，还以为米尔德丽德推着孩子上街去了)，盥洗台上面的所有东西都被砸坏了，两把椅子的椅面被刀子纵横交错地划了几道印子,枕头被割开了,床单和床罩被划了几道很大的口子。那面镜子看上去是用锤子敲碎的。菲利普感到手足无措。他走进自己的房间,那儿也一样,一切都被弄得乱糟糟的。脸盆和水壶砸破了,镜子成了一堆碎片,床单撕成了碎布条。米尔德丽德把枕头上的裂口撕开,伸手进去掏出里面的羽毛,撒得满处都是。她用刀捅穿了毛毯。梳妆台上放着菲利普母亲的一些相片,镜框被砸碎了,破玻璃仍在颤动。菲利普走进厨房,只见玻璃杯、布丁盆、盘子和碟子等凡是可以砸碎的东西都被砸碎了。

这种景象令菲利普瞠目结舌。米尔德丽德没有留下片言只字,只留下这片毁损破坏的景象,以表示她的愤怒。菲利普可以想象出她干这一切时铁板着脸的样子。菲利普又回到起居室,环顾四周。他感到惊讶的是自己竟再也不感到愤怒了。他好奇地望着米尔德丽德扔在桌子上的菜刀和用来把煤敲碎的锤子。随后他的目光落在扔在壁炉里的那把断裂的切肉大餐刀上。米尔德丽德想必花了很长时间才能造成这样的破坏。劳森给他画的那幅肖像被米尔德丽德用刀在上面划了个"十"字,画面可怕地裂开了。他自己创作的画都被米尔德丽德撕成了碎片。所有的照片、马奈的《奥林匹亚》、安格尔的《女奴》以及腓力四世的画像都被米尔德丽德用锤子捣烂。桌布、窗帘和两张扶手椅都留下了深深的刀痕,破得不能用了。菲利普用作书桌的桌子上方,墙上挂着一条小小的波斯地毯,那是克朗肖生前赠送给他的。米尔德丽德素来讨厌这条地毯。

"如果那是一条地毯,就应该把它铺在地板上,"她说,

"那东西又脏又臭，没有什么别的用处。"

那条地毯经常惹得米尔德丽德动怒，因为菲利普对她说，地毯里隐含着一个难以解开的谜语的谜底。米尔德丽德以为菲利普是在嘲弄她。她用刀在地毯上连划三下，想必费了不少气力。如今那条地毯破破烂烂地挂在墙上。菲利普有两三个蓝白相间的盘子，没有什么价值，不过都是他花很少几个钱陆续买回来的。他很喜欢这几个盘子，因为它们经常让他想起当时购买时的情景。可眼下满地都是它们的碎片。许多书籍的背面也被刀划了长长的口子。米尔德丽德还不厌其烦地从没有装订的法语书上撕下好几页。那些放在壁炉台上的小摆设都七零八落地扔在壁炉前的地面上。凡是能用刀子或锤子捣毁的东西都给捣毁了。

菲利普的全部财产总共也卖不到三十英镑，可是其中大部分东西已经伴随他多年。菲利普是个追求家庭乐趣的人，喜爱这些零星什物，因为它们都是他的财产。他只花了区区几个钱，便把这个家收拾得漂漂亮亮，富有特色，因此他一直为自己这个小小的家而感到自豪。这会儿，他神情绝望地倒在椅子里。他暗自问道，米尔德丽德怎么变得如此心狠手辣。忽然他心里一阵恐惧，一下子站了起来，跑进过道，那儿有一个他放衣服的小橱。他打开橱门，宽慰地舒了口气。米尔德丽德显然把小橱给忘了，里面的衣服一件也没动过。

他又回到起居室，察看了一下那混乱不堪的景象，不知如何是好。他没有心思动手整理东西。再说，屋里连一点吃的也没有，他饿了。他出去胡乱买了点东西充饥。从街上回来时，他头脑冷静了些。一想到那孩子，心里不禁感到一阵痛楚。他不知道那孩子会不会想念他，刚开始的时候，她也许会想他的,但是一个星期之后,就会把他忘得一干二净。他暗自庆幸,自己总算摆脱了米尔德丽德的纠缠。想起米尔德丽德,他心中已不感到愤怒,只有一种极为强烈的厌倦感。

"上帝啊,但愿我再也不要见到她了!"菲利普大声说。

眼下,唯一的办法就是搬出这套房间。他决定第二天上午就通知女房东说他不租这套房间了。他没有条件把损坏的东西修好,况且,手里余下的钱很少,必须找个租金低廉的房间。他很高兴离开这个住处。昂贵的租金早就令他发愁,而且,如今这儿将始终留下对米尔德丽德的回忆。菲利普心里一有了这种打算,在付诸行动前,他总是迫不及待,无法定下心来。于是第二天下午,他请来一个经营旧家具生意的商人。这个商人出价三英镑,买下了菲利普所有那些被毁坏的和未被毁坏的家具什物。两天后,菲利普搬进了医院对面的一幢房屋。他刚在医学院读书时,就在这儿住过。女房东是个正正经经的女人。菲利普在顶楼租了一个卧室,女房东只要他每星期付六先令的租金。房间又小又破旧,窗户朝着房屋背后的院子。现在除了几件衣服和一箱书籍以外,他什么都没有了。他对自己能住上这间租金如此低廉的卧室,心里还是很高兴的。

98

菲利普·凯里手里的钱财,在别人眼里无足轻重,可对他本人来说,却是至关重要。现在他的这笔钱财,却也正好受到他的祖国目下所经历的各种事件的影响。人们正在做出名垂史册的业绩,这一过程具有极其重大的意义,但竟波及一名默默无闻的医科学生的生活,似乎又有些荒谬。马赫斯方丹、科伦索、斯皮温山等一个个战役在伊顿公学①的操场上相继失利,既使国家蒙受了耻辱,同时也给贵族绅士们的威信以致命的一击。那些贵族绅士一向宣称他们天生具有治理国家的能力,在这之前,还没有发现哪个人认真地对他们的这一断言表示反对。可是旧秩序正被涤荡清除;人们真的在做出名垂史册的业绩。接着巨人施展其威力,但又犯了愚蠢的错误。最后竟无意中取得了表面上的胜利。克龙涅②在帕尔德堡投降了,莱迪史密斯解围了。三月初,罗伯茨勋爵开进了布隆方丹。

麦卡利斯特就是在这消息传到伦敦的两三天后来到比克街上的那家酒店的。他高兴地宣称证券交易所的情况正在好转。和平就在眼前,不出几个星期,罗伯茨就会开进比勒陀利亚,股票行情已经涨了,而且一定会暴涨的。

"现在是出手的时候了,"他对菲利普说,"等到大家都察觉了,就不行了。机不可失啊!"

麦卡利斯特还得到内部消息。南非一座矿山的经理给他所在商行的一位主要合伙人发了一份电报,说工厂没有遭到破坏。他们会尽快恢复生产。那可不是投机,而是一项投资。为了表明那位主要合伙人也认为形势无限美好,麦卡利斯特还告诉菲利普,那位高级合伙人为他的两个妹妹各买了五百股。要不是那家企业跟英格兰银行一样安全可靠,他是绝不

---

①　伊顿公学,英国著名贵族中学,1440 年创办于伊顿镇,毕业生多升入牛津、剑桥等大学。

②　克龙涅(1835—1911),南非布尔军队将领,1880 年在德兰士瓦发动反对英国统治的起义,1900 年在帕尔德堡被英军围困,被迫投降。

会把她们拉进去的。

"我自己也准备孤注一掷。"麦卡利斯特说。

每份股票为二又八分之一到四分之一英镑。麦卡利斯特劝菲利普不要贪心,能涨上十先令就该满足了。他自己打算购买三百股,建议菲利普也买这么多数目的股票。他要把股票攥在手里,遇到合适的机会就卖出去。菲利普非常相信麦卡利斯特,一方面因为麦卡利斯特是个苏格兰人,生来小心谨慎,另一方面因为上一次他看得很准。于是菲利普欣然接受了他的建议。

"我想我们一定能在交易期满之前把股票抛售出去,"麦卡利斯特说,"万一不行,我就设法帮你将股票转期交割。"

在菲利普看来,这个办法再好不过了。你可以沉住气,直到有利可图时再抛售出去,这样自己永远也不必掏钱。他又开始充满兴趣地观看报上刊登证券交易所消息的专栏。第二天,所有股票的价格都往上涨了一点,麦卡利斯特写信来说他不得不用二又四分之一英镑买一股。他说市价坚挺。可是一两天之后,股票行情有所下跌。从南非传来的消息也不那么令人放心,菲利普焦虑不安地看到自己的股票跌到了两英镑。可是麦卡利斯特却很乐观,他认为布尔人支撑不了多久。他愿意拿一顶大礼帽来打赌,四月中旬以前,罗伯茨就会领军进入约翰内斯堡①。结账时,菲利普得付出将近四十英镑。这件事令他心里十分忧虑,不过他觉得唯一的做法就是坚持下去:就他的境况而言,这笔损失太大了,他可付不起。之后两三个星期,没有发生什么事。那些布尔人不愿意承认他们被

~~~~~~~~~~

① 约翰内斯堡,南非东北部城市。

打败了,他们唯一的出路就是投降,实际上,他们取得了一两次微小的胜利。菲利普的股票又下跌了半个克朗。显然,战争并没有结束。人们纷纷抛售手中的股票。麦卡利斯特见到菲利普时也显得相当悲观。

"趁损失不大时赶紧脱手,不知是否是个上策。我付出的数目已经跟我想得到的差额数目差不多了。"

菲利普忧心如焚,夜不能寐。为了赶到俱乐部阅览室去看报纸,他匆匆咽下早饭。如今他早饭也只是喝杯茶,吃上几片黄油面包而已。有时消息不好,有时根本就没什么消息。股票行情要有什么变动,就是下跌。他不知如何是好。如果现在把股票脱手,那他就会总共亏损将近三百五十英镑,这样一来,他手头就只剩下八十英镑维持生活了。他衷心希望当初他不那么傻,竟然到证券交易所去投机赚钱,然而目前唯一的办法就是坚持下去。具有决定性的事情随时都可能发生,到时候,股票就会上涨。眼下,他可不希望有什么赚头,一心只想挽回自己的损失。这是他得以在医院完成学业的唯一机会。夏季学期五月份开学,学期结束时,他打算参加产科学的考试。随后,他就只剩下一年了。他仔细估算了一番,得出的结论是,只要有一百五十英镑,就足以支付学费以及其他一切费用,但这已经是最低限度的数字了,有了这笔款子,他才能学完全部课程。

四月初的一天,菲利普来到比克街的那家酒店,急于在那儿见到麦卡利斯特。跟他在一起谈论当前的局势,会叫菲利普心里略微宽松一些;当意识到除了自己以外,许多人也遭受了金钱方面的损失,菲利普便感到自己的苦恼也不再那么难以忍受了。但是菲利普到达那儿时,只见除了海

沃德以外,谁也没来。他刚坐下来,海沃德就开口说道:

"星期天,我就要乘船去好望角了。"

"真的!"菲利普惊叫道。

菲利普万万没想到海沃德会去好望角。医院里也有许多人要出去。政府对凡是取得医生资格的人都表示欢迎。其他人出去都当骑兵,但他们写信回来说,上司一听说他们是医科学生,便把他们分配到医院去工作了。爱国热潮席卷全国,涌现出来自社会各个阶层的大批志愿兵。

"你究竟以什么身份去呢?"

"哦,我被编在多塞特义勇骑兵队里。我是去当骑兵的。"

菲利普认识海沃德已有八年了。青年时代的那种亲密情谊早已消失。那种亲密情谊源于菲利普对一个能够向他谈论文学艺术的人热烈的仰慕之情。但是取代这种亲密情谊的是形成的习惯。海沃德在伦敦的时候,他们每个星期都见一两次面。海沃德仍然带着一种优雅、欣赏的口气谈论着各种书籍,菲利普都听厌了。有时,海沃德的谈话令他相当恼火。菲利普不再盲目相信世间除了艺术别的都无关紧要那种话了,海沃德对行动和成功的轻蔑也让他十分反感。菲利普搅动着手里的潘趣酒,想起自己早年和海沃德的友好情谊以及他对海沃德干出一番事业的热切期望。他早已失去了所有这些幻想。现在他明白,海沃德除了夸夸其谈,什么事都干不成。海沃德已是三十五岁的人了,他发觉靠每年三百英镑的进账维持生活比他年轻时要困难了。他身上穿的衣服,虽然仍是高级裁缝缝制的,但穿的时间要长得多了,要在过去,他认为这样是不可能的。他身材太粗壮了,那头金色的头发不管梳理得怎么巧妙,也无法遮盖住秃秃的头顶心。他那双蓝眼睛呆滞无神。不难看出,他喝酒喝得太多了。

"你怎么想起要去好望角的呢?"菲利普问道。

"噢,我也说不上来,我想我应该去。"

菲利普沉默不语,觉得自己很蠢。他明白海沃德内心正受到一种躁动不安的情感驱使。对于这种躁动不安的情感,海沃德自己也无法解释清楚。他体内有股力量使他觉得有必要去为祖国作战。这也相当奇怪,因为他素来认为爱国主义只不过一种偏见,并以自己的世界主义而自诩,他一直把英国看作流放的场所。总的说来,他的同胞们伤害了他的感情。菲利普暗自纳闷,不知究竟是什么促使人们做出跟他们的人生哲学截然相反的事。要是海沃德在野蛮人互相残杀的时候面带微笑地袖手旁观,那样才是合乎情理的。看来人们好像是一种看不见的力量手中的玩偶,这种力量在驱使人们做出这样或那样的事情。有时,人们用他们的理智来为自己的行动辩护。要是做不到这一点,他们就不顾理智,采取行动。

"人真是非常特别,"菲利普说,"我万万没有想到你会去当骑兵。"

海沃德微微笑了笑,神色有点困窘,什么话也没说。

"昨天我体检过了。"海沃德最后说,"只要知道自己的身体十分健壮,就是受点拘束①,也还是值得的。"

菲利普发现本来完全可以用英语表达的意思,海沃德仍然矫揉造作地用了一个法语词。就在这时候,麦卡利斯特走了进来。

---

① 原文是法语。

"我正想找你,凯里。"他说,"我家里的人都不想继续持有那些股票了,行情那么糟糕,他们都想叫你把所购的股票款付清。"

菲利普的心不禁一沉。他知道那样是不行的。那意味着他必须接受损失,但碍于自尊心,他仍然平静地做出回答。

"我不知道我的想法好还是不好。你最好把股票卖掉算了。"

"说起来固然不错,但我没有把握能不能把股票卖出去。市场萧条,找不到买主。"

"可是股票的价格已跌到了一又八分之一英镑了。"

"噢,是的,但那也无济于事。你是卖不到那个价的。"

菲利普静默了一会儿,竭力想让自己镇定下来。

"那你的意思是说股票一钱不值啰?"

"哦,我可没这么说。它们当然还是值几个钱的,不过,要知道,如今没人来买呀。"

"那你一定得把它们卖出去,能得多少就得多少。"

麦卡利斯特仔细地打量着菲利普,不知他是否受了沉重的打击。

"实在抱歉,老朋友,可是咱们俩的境遇相同。谁也没有想到战争会像这样拖延下去。是我拖累了你,但我自己也陷在里面。"

"一点没有关系,"菲利普说,"人总得碰碰运气。"

菲利普又坐回到原来那张桌子旁,先前他就是从那儿站起来去跟麦卡利斯特说话的。他惊得傻了眼,突然感到头痛欲裂,然而他不想让在座的另外两个人认为他缺乏男子气概,便又继续坐了一个小时。不管他们说什么,他都发狂似的哈哈大笑。最后他站起身来告辞。

"你对待这件事的态度非常冷静。"麦卡利斯特在跟他握手时说,"我想谁也不愿意损失三四百英镑。"

一回到那个破旧的小房间里,菲利普便一下子扑倒在床上,沉浸在绝望之中。他不断痛切地为自己的愚蠢行为感到懊悔。尽管他告诫自己懊悔是荒唐的,因为所发生的情况已经发生,无法避免,但是他仍然禁不住悔恨不已。他痛苦极了,无法安眠。他想起自己在过去几年中浪费金钱的种种行为。他头疼得非常厉害。

第二天傍晚,邮差在送当天的最后一批邮件时,给他送来了银行的对账单。他查看了一下自己的银行存折,发现付清一切账目以后,就只剩下七个英镑。七个英镑!谢天谢地,他总算还能付清这些账目。要是他不得不向麦卡利斯特承认说自己没钱付账,那该多么难堪啊。在夏季学期,他就要在眼科病房当敷裹员。他曾从一个学生手里买了一副眼膜曲率镜。他还没有付钱,但又没有勇气去对那个学生说自己不想买了。他还得买一些书籍。他手头大约还有五个英镑,可以暂时应付一下。靠这点钱,他过了六个星期。随后,他给大伯写了封信,他认为这封信完全是用一种谈公务的口气写成的。他在信中说,由于战争,他遭受了重大损失,除非大伯出手帮助,否则他就不能继续他的学业。他建议大伯借给他一百五十英镑,在以后的一年半中按月寄给他。对这笔钱,他会支付利息,并答应在开始挣钱以后,逐步偿还本金。他至迟在一年半后就可以取得当医生的资格,到那时,他肯定能得到一个周薪为三英镑的助手的职位。他大伯回信说他无能为力,并说如今一切都陷入最糟糕的境地,叫他变卖财产的做法是不公道的。至于他手头仅有的那点钱,他感到为了对他本人负责起见,很有必要仍旧由他保管,以备万一生病时好用。信写到结尾,他还略微训诫了菲利普几句,说他过去曾屡次告诫菲利普,但菲利普根本不把他的话放在心上。他不能不坦率地说,他对菲利普的处境并不感到奇怪。因为他早就料到菲利普挥霍无度,入不敷出,最后会有这样的结果。菲利普读到这儿,心里一阵冷一阵热。他根本没有想到大伯竟会拒绝他的请求,顿时怒气冲天,但紧接着又感到一片茫然。要是大伯不肯资助他,他就不能继续待在医院。他心里突然感到一阵惊恐,也顾不得什么自尊心了,提笔又给黑马厩镇的教区牧师写了一封信,把他的困境描述得更为紧迫。可是,也许菲利普没有把自己的意思解释得十分清楚,大伯也没意识到他究竟陷入怎样的绝境,因为他回信说无法改变主意,菲利普已经二十五岁了,确实应该自己维持生计。他去世后,菲利普可以继承一点财产,但是在此之前,他一个子儿也不愿给菲利普。菲利普从信中感到一个多年来不赞成他的所作所为,而事实又证明自己正确的人的得意心情。

99

菲利普开始典当衣服。为了减少开支,除了早饭,他每天就吃一顿,只是一些涂黄油的面包和可可,他在下午四点才吃,这样一直熬到第二天早晨。到了晚上九点,他饥肠辘辘,只好上床睡觉。他想向劳森借钱,又害怕遭到拒绝而退缩不前,最后还是去向他借五个英镑。劳森很乐意把钱借给菲利普,不过在借钱的时候,却说:

"你会在一个星期左右还给我的,对吧?我得付人为我做画框的工钱,眼下我手头也很紧。"

菲利普知道自己无法按时归还,想到那时劳森对他会有什么样的看法,他感到羞愧万分。于是两三天以后,又把这笔钱原封不动地退还给劳森。劳森正要出去吃午饭,就请菲利普一起去。菲利普几乎什么也吃不起了,当然很乐意跟他去吃一顿像样的饭菜。星期天,他肯定可以在阿特尔涅家美美地吃上一顿。他对是否把自己的事告诉阿特尔涅一家有些犹豫不决,因为他们一直认为他手头比较宽裕,生怕他们一旦知道他身无分文后不再那么看重他。

虽然他一向并不富有,但从来没有想到会落到挨饿的境地。这种事情是不应该发生在跟他在一起生活的人们中间的。他感到十分害臊,就像患了一种不光彩的疾病似的。他的经验不足以应付眼下所处的困境。他极为震惊,除了继续在医院待下去之外,不知道还能做些什么。他朦朦胧胧地希望情况出现好转,他不怎么相信眼下发生的事会是真的。他记得刚开始上学的时候,他常常暗自心想,他的生活是一场梦,一觉醒来就会发觉自己又回到了家里。但是不久,他预见到再过一个星期左右,他身上就一个子儿也没有了。他必须马上设法挣一点钱。要是已经取得医生资格,即便有一只脚畸形,他仍可以到好望角去,因为当时对医生的需求量极大。要不是身有残疾,他可能早就参加了不断被派往国外的义勇骑兵团了。菲利普跑去找医学院的秘书,询问是否可以让他辅导某个成绩落后的学生,但那位秘书说没有希望为他弄到这种工作。菲利普阅读医学报上的广告栏,发现有个人在富勒姆路上开了家诊所,便去向这个人申请当一名无医生资格的助手。菲利普去见那个医生的时候，发觉对方朝他的畸形足瞥了一眼。一听说菲利普只是四年级的学生，医生便立刻表示他的经验不够。菲利普心里明白这只是一个借口，那个人是不愿录用一个可能不像他希望的那么灵活的助手。随后菲利普把注意力转向其他挣钱的方式。他既懂法语又懂德语，觉得也许有可能找到一个文书的职位。这种工作使他心情沮丧，但他咬紧牙关，再没有别的什么事可干了。他羞于应征那些要求个人当面申请的广告，但他应征了那些要求书面申请的广告。不过他毫无经验可言，又没有人推荐。他意识到无论是他的德语还是法语，都不是商务方面的，他对商业用语一窍不通。再说他既不会速记也不会打字。他不得不承认自己的情况毫无希望。他打算给那位曾经担任他父亲的遗嘱执行人的律师写封信，但是又鼓不起勇气去写，因为他违背了这位律师明白无误的劝告，把用他的钱财投资购买的抵押债券都卖掉了。菲利普从大伯那儿得知，尼克松先生对他极为不满。尼克松先生从菲利普在会计师事务所工作的那一年里看出，他既懒散又缺乏能力。

"我宁可饿死。"菲利普喃喃自语道。

有那么一两次，他产生了自杀的念头。从医院药房里，很容易就可以弄到一些药物。他不无慰藉地想，万一发生最坏的情况，他手边就有毫无痛苦地了结自己生命的办法。但是，这种做法他并没有认真考虑过。当米尔德丽德丢下他跟格里菲思相恋时，他肝肠寸断，真想以死来了却心头的痛苦。如今他并没有那样的感觉。菲利普记起了急诊部那个女护士对他说过，人们多半是为没钱而不是为失恋而自杀的。他认为自己倒是个例外，不禁暗自发笑。菲利普只希望能向人诉说自己心中的忧虑,但又无法鼓起勇气坦率说出这些忧虑。他感到不好意思。他继续寻找工作。他已经三个星期没付房租了,对女房东解释说他到月底才能拿到钱。女房东听后一言不发,只是噘起嘴唇,神情严肃。到了月底,女房东问菲利普是否方便先付一些房租,菲利普十分烦闷地说他付不出来。他告诉女房东说他将写信给他大伯,下星期六,他肯定能够结清积欠的租金。

"嗯,我希望你能结清欠款,凯里先生,因为我自己也得支付房租,我可没法让账老是拖欠下去。"她说话时语气平和,但话中却含有一种令人畏惧的斩钉截铁的意味。她停顿了一会儿,然后又说,"下星期六你再不付房租,我就只好去向医院秘书告状了。"

"哦,行,当然可以。"

女房东望了他一会儿,又朝空荡荡的房间扫了一眼。她再次开口说话时,并没有加重语气,好像说起来相当自然似的。

"我楼下有一大块热腾腾的烤肉,如果你愿意到楼下厨房的话,欢迎你来分享这顿午饭。"

菲利普顿时感到面红耳赤,羞得无地自容,喉头一阵哽咽。

"太感谢你了,希金斯太太,可是我一点儿也不饿。"

"那好,先生。"

女房东走出房去,菲利普猛地扑倒在床上。他不得不紧握双拳,竭力不让自己哭出声来。

100

　　星期六。那是菲利普答应女房东缴纳房租的日子。一个星期来,他一直期望出现什么转机,结果什么工作也没找到。他可从来没有陷入这样窘迫的境地,因而茫然不知所措。他心底里总觉得整个这件事是个荒谬绝伦的玩笑。他手头只剩下几个铜币,凡是用不着穿的衣服都被他卖掉了。他还有几本书和一两件零星什物,也许可以卖一两个先令。可是,女房东密切注意着他的一切活动,他生怕如果自己再从房间里拿走什么东西的话,会遭到女房东的阻截。唯一的办法就是告诉她说自己付不出钱来,但他没有这样的勇气。眼下已是六月中旬,夜色很好,天气暖和。于是他决定在外过夜。他沿着切尔西长堤缓步朝前走,河面风平浪静,悄无声息。后来他走累了,便坐在一张长椅上打个盹儿。他不知道自己睡了多久,蓦地惊醒过来。他梦见一个警察把他推醒,吩咐他继续往前走。但是他睁开眼睛,却发觉身旁并没有人。也不知为什么,他继续朝前走,最后来到奇齐克①,在那儿又睡了一觉。长椅硬邦邦的,很不舒服,不久他就醒了。夜晚似乎十分漫长。他不禁打了个哆嗦,心里突然产生了悲苦的感觉,不知究竟怎么办才好。他为自己竟在河堤上睡觉而感到害臊,觉得这件事似乎特别丢脸。黑暗中,他感到双颊火红发烫。他想起自己听到的那些也曾有过这样经历的人,在那些人中间,有军官、牧师,还有上过大学的人。他不知道自己是否也会成为他们

---

　　① 奇齐克,伦敦西部的一个地区。

中的一员,排着长队等待慈善机构施舍热汤。自杀要比这样的境遇强多了,他可不能这样生活下去。劳森要是知道他陷入这种困境,肯定会帮助他的。为了维护自尊心而不去请求帮助,这种做法是荒唐的。他不明白为什么栽这么大的跟头。他总是尽力去做自己认为最好的事情,但如今一切都乱了套。他总是力所能及地帮助别人,并不认为自己比其他人自私,可他竟然陷入这种困境,事情似乎太不公平了。

但是,一味空想又有什么用呢。他继续朝前走去。这时候天色放亮了,河流在寂静中显得风光旖旎,四周弥漫着清晨的神秘气氛。天气会十分晴朗,黎明时的天空灰白暗淡,没有一丝云彩。他感到极度疲乏,饥饿在啮噬着五脏六腑,但又不能坐着不动,因为他一直担心会受到警察的盘问,害怕蒙受那样的耻辱。他觉得身上很脏,希望能洗个澡。最后他来到汉普顿宫①,感到要不吃点东西充饥,就会哭出声来。于是他选了一家价格低廉的餐馆走了进去。餐馆里弥漫着热腾腾的食物的气味,使他感到有点儿恶心。他本想吃些富于营养的食物,好在那天余下的时光里支撑下去,但一看见食物,就反胃想吐。他只喝了一杯茶,吃了几片涂黄油的面包。这会儿,他记起来这是星期天,他可以上阿特尔涅家去。他想到他们会吃的烤牛肉和约克郡布丁。可是他疲惫不堪,无法面对那个幸福、热闹的家庭。他心情阴郁,十分苦恼,只想独个儿待着。于是,他决定走进汉普顿宫内的花园,躺下来歇一会儿。他浑身骨头酸疼。也许他能找到一个水泵,可以洗洗脸和手,还可

---

① 汉普顿宫,伦敦泰晤士河北岸里士满区的宫殿,英国国王乔治二世前备受青睐的皇室居住地,庭院内建有著名的"迷宫"。

以喝上几口。他口渴得十分厉害。如今肚子填饱了,他又愉快地想起了鲜花、草地和枝叶茂盛的大树来了,觉得在那儿可以更好地思考今后的行动。他躺在树荫下的草地上,点着了烟斗。为了节省,很长一段时间他每天限定自己抽上两斗烟。看到烟袋里还能装满烟丝,他相当欣慰。他不知道别人没有钱的时候是怎样打发日子的。不一会儿,他就睡着了。一觉醒来,差不多已是正午时分。他想很快自己就得动身去伦敦,好在次日清晨赶到那儿去应征任何有点希望的招聘广告。菲利普想起了他的大伯,大伯曾告诉菲利普,在他死后会把手里仅有的一点点财产留给菲利普。这笔财产的数目究竟有多大,菲利普一无所知:顶多不过几百英镑罢了。他不知道能否从将来继承的这笔钱财中提取一点钱。这件事不经老头儿同意是做不成的,而大伯是永远不会同意的。

"我唯一能做的就是耐心等待,等到他死。"

菲利普计算起大伯的年龄来。那位黑马厩镇的教区牧师早过了七十岁,还患有慢性支气管炎。但许多老人都身患同样的疾病,却仍然漫无止境地活下去。不过在这期间,一定会发生什么情况。菲利普总觉得他的境况完全反常,人们处在他那特殊的地位是不会挨饿的。正因为他不愿相信他的这番经历是真的,所以也就没有完全绝望。他决定去向劳森借半个英镑。一整天,他都待在花园里,肚子饿了就抽上几口烟,不到动身前往伦敦的时候,他不打算去吃东西,因为那段路程很长,他得为走完这段路程而保持体力。天气转凉后,他才出发上路,走累了,就在路边的长椅上睡一会儿。一路上,他没有受到任何人的打扰。到了维多利亚大街,他梳洗了一番,刮了刮脸,把自己收拾干净,接着喝了杯茶,吃了几片涂黄油的面包。他一边吃东西,一边看着晨报上的广告栏。他朝下看去,目光停留在几家有名的商店"装饰织品部"招聘售货员的广告上。他心里莫名其妙地感到有些颓丧,因为出于中产阶级的偏见,他觉得踏进商店去当售货员十分丢脸,但他耸了耸肩膀。说到底,这又有什么要紧呢?他决定去试一试。菲利普奇怪地感到自己每蒙受一次耻辱,甚至自己主动承受耻辱,似乎是在以此逼迫命运跟自己摊牌。他极为羞涩地在九点来到装饰织品部。这时,他发现已经有许多人赶在自己的前面到了。他们当中从十六岁的少年到四十岁的成年男子,各种年龄的人都有。有几个人在低声交谈,但大多数都默不作声。菲利普排到队伍里去的时候,周围的人都向他投来充满敌意的目光。他听到有个男人说:

"我只盼早点得到我落选的消息,这样我好有时间到别处去找工作。"

站在身旁的那个人朝菲利普瞥了一眼,问道:

"你有什么经验吗?"

"没有。"菲利普说。

那个人停顿了一会儿,接着说道:"午饭以后,要是没有预约的话,就连小商号也是不会接待你的。"

菲利普望着那些店员,只见有的在悬挂摩擦轧光印花布和印花装饰布,还有的人呢,据他身边的那个人说,他们是在整理从乡间寄来的订货单。大约九点一刻的光景,进货员到了。菲利普听到队伍里有人告诉另一个人说这位就是吉本斯先生。吉本斯先生已到中年,又矮又胖,蓄着黑胡子,长着一头油光光的深色头发。他动作轻快,样子聪明。他头上戴了一顶丝绸帽子,身上穿了一件礼服大衣,翻领上别了朵绿叶簇拥着的洁白的天竺葵。他走进办公室,让门敞开着。那间办公室很小,角落里摆着一张美国式的有活动顶盖的书桌,此外,就是一个书架和一个柜子。站在门外的人望着吉本斯先生动作呆板地从大衣翻领上取下天竺葵,把它插到盛满水的墨水瓶里。上班戴花是违反规定的。

（这天上班时间,店员们为了讨好他们的上司,纷纷对那朵花表示赞赏。

"我还从没见过比这更好看的花儿呢,"他们说,"总不会是你自己种的吧?"

"是我自己种的。"吉本斯先生笑着说,两只聪明的眼睛里充满了自豪的光芒。）

吉本斯先生脱下帽子,换下礼服大衣后,瞟了一眼桌上的信件,随后又朝站在外面等着见他的那些人瞥了一眼。他微微弯了弯手指,做了个手势,于是站在队伍里的头一个人便进了他的办公室。这些人一个挨着一个从他面前走过,回答他的问题。他的问题十分简短,在发问的当儿,两眼紧盯着求职者的脸。

"年龄?经验?为什么不干原来的工作了?"

他毫无表情地听着别人的答话。轮到菲利普时,菲利普觉得吉本斯先生好奇地盯视着他。菲利普身上衣服整洁,裁剪得也还不错,显得有点与众不同。

"有经验吗?"

"恐怕我没有什么经验。"菲利普说。

"那不行。"

菲利普走出办公室,这番经历一点也不像他所预料的那么痛苦,他也就不觉得特别失望。他不能指望初次尝试就能顺利得到一个职位。那张报纸仍然在他手边,他又看起了招聘广告。霍尔本地区有家商店也在招聘一名售货员。他就赶了过去。可是到了那儿,发现已经雇用了别人。要是那天他想吃点东西的话,就得赶在劳森出去吃午饭之前到达他的画室。因此,他沿着布朗普顿路朝侍卫街走去。

"嘿,月底之前,我手头一个钱也没有了,"菲利普一有机会便对劳森说,"希望你能借给我半个金镑,好吗?"

他发现开口向别人借钱真是无比困难。他回想起医院里有些人向他借钱时那种漫不经心的样子,他们从他手里索取一些数目不大、他们根本无意归还的钱款,显得好像还是赐予他恩典似的。

"非常乐意。"劳森说。

可是,劳森把手伸进口袋掏钱时,发觉自己总共只有八个先令。菲利普的心一下子凉了半截。

"嗯,呃,那就借给我五个先令吧,好吗?"他轻轻地说道。

"喏,拿着。"

菲利普来到威斯敏斯特的一家公共浴室,花了六便士洗了个澡。随后他胡乱吃了点东西。他自己也不知道怎样打发下午的时光。他不愿再回到医院去,免得受到人家的盘问,再说,眼下他在那儿也没有事可干。他曾经工作过的那两三个部门里的人会心里纳闷,不知他为什么没有露面,不过他们爱怎么想就怎么想吧,没有关系。他并不是头一个不经事先通知就中途退学的人。他来到免费图书馆,拿了几张报纸看起来,看腻了就取出斯蒂文森①的《新天方夜谭》。但是他发觉

---

① 斯蒂文森(1850—1894),英国苏格兰小说家、散文家、诗人,《新天方夜谭》是他1882年出版的短篇小说集。

怎么也看不下去,书上的词句对他毫无意义,他继续焦虑地思考着自己孤立无援的处境。一刻不停地老想着同样的问题,固定不变,想得头都疼了。后来他渴望呼吸新鲜空气,便离开图书馆,走进格林公园,躺在草地上。他闷闷不乐地想到了自己的残疾,正因为自己的残疾,他才没能去当兵打仗。他渐渐进入了睡乡,梦见自己的脚突然变好了,并且是在国外好望角的义勇骑兵团里。他在图片新闻报上看到的图片为他的想象提供了素材。他看到自己在非洲南部草原上,身穿卡其军服,夜晚跟其他人一起围坐在篝火旁。他醒来时,发觉天色依然很亮,不久听到议会大厦钟楼上的大钟接连敲了七下。他还得无所事事地打发余下的十二个小时。他很害怕那漫漫的长夜。天上阴云密布,他担心天会下雨。这样他就得上寄宿舍去租张床铺过夜。他曾在兰贝斯①那儿看到寄宿舍门前的灯罩上亮着的广告:床铺舒适,六便士一个铺位。可他从来没进去住过,而且也怕那里面臭烘烘的气味和虫子。他打定主意,只要可能的话,就在户外过夜。他在公园里一直待到关门,然后四处转悠。他十分疲惫。他突然想到,要是能遇上事故,倒是一桩幸运的事。那样他就可以被送进医院,在干干净净的床铺上躺几个星期。午夜时分,他肚子饿得实在厉害,不吃东西就再也走不动了,于是便去海德公园②拐角处的流动咖啡摊,吃了两三块土豆,喝了一杯咖啡。接着他又到处游荡。他感到烦躁不安,毫无睡意,而且十分担心遇上警察来催促他不要停留。他注意到自己正开始以一个新的角度看待那些警

---

① 兰贝斯,伦敦内城一区,位于泰晤士河南岸。
② 海德公园,位于伦敦的中西部,系英国最大的皇家公园。

察。这是他在外露宿的第三个夜晚了。他不时地坐到皮卡迪利大街的长椅上歇一会儿，破晓时分，便缓步朝切尔西长堤走去。他谛听着议院大厦钟楼上大钟的当当钟声，留意每一刻钟，心里计算着还剩下多长时间城市才会苏醒过来。早晨，他花几个铜币把自己梳洗打扮一番，买了一份报纸浏览上面刊载的广告，接着便动身继续寻找工作。

接连好几天，他都是这样度过的。他吃得很少，开始觉得身体虚弱有病，几乎没有足够的精力去继续寻找工作，而工作似乎也难找到了极点。他抱着能被录用的希望，久久地等在商店的后面，却被人家三言两语地打发走了。对这种情况，他也渐渐地习以为常了。为了应征招聘广告，他走遍了伦敦的各个地区。他逐渐与那些像他一样一无所获的求职者面熟了。他们中有一两个人想跟他交朋友，但是他困乏不堪，满腹愁楚，也懒得接受他们的友好表示。他不再去找劳森了，因为他还欠劳森五个先令。他开始头昏眼花，无法清晰地思考，也不怎么在意自己往后的结局了。他经常哭泣。一开始，为了这一点，他很生自己的气，并感到羞愧，但后来他发觉哭了一场，心头松快一些，而且不知怎么的，肚子也不觉得怎么饿了。凌晨时分，寒气逼人，他可受了很大的罪。一天夜晚，他回到住所去换了一下内衣。大约凌晨三点光景，他断定这时屋内的每个人都睡着了，便悄悄溜进了自己的房间，又在早上五点溜了出来。在这期间，他躺在床上，柔软的床铺令他心神陶醉。他浑身骨头酸痛。一躺到床上，便尽情领略着这种乐趣，感到无比舒服，都不想睡觉了。他渐渐习惯了食物不足的日子，也不大觉得肚子饿了，只感到浑身乏力。如今，他脑海里常常闪过自杀的念头，但是他竭尽全力不让自己去想这个问题,担心自杀的念头一旦占了上风,他就无法管住自己。他不断心中暗想,自杀的举动是荒唐的,因为不久一定会出现转机。他无法摆脱这样的印象:眼下的处境荒谬得根本不能把它当真。那就好像一场他不得不忍受的疾病,但最后他一定会从中康复。每天夜晚,他都赌咒发誓,说什么他也不能再忍受下去了,并决心第二天早晨给他大伯、律师尼克松先生,或者劳森写封信。可是到了第二天早晨,他又无法拿出勇气来含垢忍辱地向他们承认自己的彻底失败。他不知道劳森对这件事会有什么反应。在他们的友好交往中,劳森一向轻率浮躁,而他却为自己懂得人情世故而感到得意。他将不得不把自己的愚蠢行为向劳森和盘托出。他心神不安地觉得,劳森在接济了他一次以后,就会对他疏远冷淡。至于他大伯和那个律师,他们当然会出手相助,但他害怕受到他们的责备。他可不想受到任何人的责备。他咬紧牙关,暗自反复地念叨着:所发生的情况已经发生,不可避免,懊悔是荒唐可笑的。

这样的日子过了一天又一天,但劳森借给他的五先令维持不了多久。菲利普殷切盼望着星期天快些到来,这样,他就可以上阿特尔涅家去。究竟是什么阻止他不早点前去,他自己也说不清楚,也许只是很想凭自己的力量渡过难关。因为一度也曾身处绝境的阿特尔涅是唯一能够出力帮他的人。说不定在吃过午饭以后,他会鼓足勇气,告诉阿特尔涅自己处境困难。菲利普一遍又一遍地暗自重复着他要对阿特尔涅说的话。他十分担心阿特尔涅会说些空洞的话语来打发他,要是那样,他可实在受不了。因此,他想尽量拖延时间,晚一点让自己去经受那种考验。菲利普对他的伙伴都丧失了信心。

星期六的夜晚又湿又冷。菲利普吃足了苦头。从星期六正午一直到他拖着疲惫的身子来到阿特尔涅家的这段时间里,他什么也没吃。星期天早晨,他在查林十字架的公共厕所花掉了手里最后的两个便士,梳洗了一番。

101

菲利普按门铃的时候,窗口探出一个脑袋,不一会儿,就听到楼梯上噔噔噔噔一阵杂乱的脚步声,这是孩子们冲下楼来给他开门时发出来的。他俯下身子来让他们亲吻的是一张苍白、焦虑、消瘦的脸。孩子们对他充满了喜爱之情,令他极为感动。为了使自己缓过神来,他找出各种借口,在楼梯上走走停停。他有点儿歇斯底里,几乎什么事情都会引得他大哭一场。孩子们问他上个星期天为什么没来,他告诉他们说自己病了。他们想知道他生的是什么病,而菲利普为了逗他们开心,暗示自己得了一种神秘的病症,那病名不合标准,听上去既像希腊语,又像拉丁语,模棱两可的(医学专门术语里充满了希腊、拉丁两种文字混杂的现象)。他们听后都高兴地尖叫起来。他们把菲利普拖进客厅,要他把那个病名再说一遍,好让他们的父亲也长点见识。阿特尔涅站起身来,跟菲利普握了握手。他目不转睛地看着菲利普,不过他生就一双圆圆的、向前凸出的眼睛,那样子好像总是在盯着别人看似的。菲利普不知道为什么今天这种场合会使自己忸怩不安。

“上星期天,我们都很挂念你。”阿特尔涅说。

菲利普一说谎,总要感到愧疚,当他解释完自己为什么没来的原因后,把脸涨得通红。随后阿特尔涅太太走了进来,跟菲利普握了握手。

"我希望你好些了,凯里先生。"她说。

菲利普不知道为什么她会以为他身体有什么不舒服,因为他跟着孩子们上楼时,厨房门一直是关着的,而孩子们也始终在他身边。

"晚饭还要十分钟才好。"阿特尔涅太太慢腾腾地拖长声调说,"等晚饭的这段时间,要不要先来一杯牛奶打鸡蛋?"

阿特尔涅太太脸上露出关切的神色,使菲利普感到很不自在。他勉强笑了笑,回答说他一点儿也不饿。莎莉走进房来摆餐具准备开饭,菲利普开始和她开起了玩笑。家里人都开她的玩笑,说她将来会像阿特尔涅太太的姑母,也就是伊丽莎白姑母一样胖。孩子们从没见过那位姑母,只把她当作可憎的体态臃肿的典型。

"嘿,莎莉,自从我上次见到你以来,发生了什么变化?"

"据我所知,什么变化也没有。"

"我相信你一直在增长体重。"

"我深信你没有,"她回嘴说,"你完全成了个骷髅。"

菲利普的脸唰地红了。

"你也一样,莎莉,"她的父亲嚷道,"要罚你头上的一根金发。简,去拿把大剪刀来。"

"哎呀,他是很瘦嘛,爸爸,"莎莉反对说,"瘦得只剩皮包骨。"

"这是另一个问题,孩子。他完全有权利瘦,而你过度肥胖却有失体面。"

他一边说着,一边得意扬扬地用手搂住莎莉的腰,并用赞叹的目光注视着她。

"让我把餐具摆好,爸爸。要是我轻松自在了,有些人也似乎不会在意。"

"淘气的姑娘!"阿特尔涅嚷道,同时引人注目地把手一挥,"她老是拿那桩众所周知的事儿来嘲讽我,说什么约瑟夫已经向她求婚了。约瑟夫是在霍尔本开珠宝店的那个莱维的儿子。"

"莎莉,你有没有接受他的求婚?"菲利普问道。

"你到现在还不了解我父亲吗?他说的话没一句是真的。"

"嗯,要是他还没有向你求婚的话,"阿特尔涅又嚷道,"我向圣乔治①和欢快的英格兰发誓,我就去揪住他的鼻子,要他立刻回答我他有什么意图。"

"请坐下,爸爸,晚饭做好了。嗨,孩子们,你们都出去,大家都去洗手,一个也别想溜,我要检查你们的手,然后才让你们吃饭。好,快走!"

菲利普以为肚子饿极了,但开始吃的时候又没有胃口,几乎一口都咽不下去。他头脑疲惫不堪,竟没有注意到阿特尔涅一反常态,很少开口说话。坐在这舒适宜人的屋子里,菲利普感到十分宽慰,但是他无法控制自己,仍不时地朝窗外张望。这天风雨交加。晴朗的天气不再持续下去。外面变得很冷,寒风刺骨,阵阵暴雨不时拍打着窗户。菲利普不知道那天晚上该怎么办。阿特尔涅一家睡得很早,他待在这儿最晚不能超过十点钟。一想到要走进那阴冷的黑暗中,他的心不禁直往下沉。现在跟他的朋友待在一起,似乎比他独自一人待在户外更加可怕。他不时地暗自思量,还有好多人也将在户外过夜。他竭力想用谈话来分散自己的心思,但是话刚说到

---

① 圣乔治,英格兰的守护神。

一半,一听到雨点打在窗户上发出的噼噼啪啪的声音,心里又吓了一跳。

"这倒像三月里的天气,"阿特尔涅说,"没有谁想在这样的日子去横渡英吉利海峡。"

不一会儿,晚饭吃好了,莎莉进来收拾餐桌。

"这种两便士的劣质雪茄,你想不想也来一支?"阿特尔涅问道,随手递给他一支雪茄。

菲利普接过雪茄,高兴地吸了一口。这口烟叫他心里着实畅快。莎莉收拾完毕后,阿特尔涅吩咐她随手把门关好。

"这下子没有人来打扰我们了,"他转过脸来对菲利普说,"我事先跟贝蒂说好了,我不叫,不准让孩子们进来。"

菲利普吃惊地望了他一眼,但是还没来得及领会他的意思,阿特尔涅就用惯常的动作扶了扶架在鼻梁上的眼镜,接着往下说道:

"上星期天我写信给你,问你是否出了什么事。看到你没有回信,我星期三就到你的住处去找你。"

菲利普把头转向别处,没有回答。他的心剧烈地跳动起来。阿特尔涅一言不发。紧接着房间里一片寂静,叫菲利普实在无法忍受,但他又想不出一句话好说。

"你的女房东告诉我说,自从上星期六晚上起,你就没住在那儿,而且还说你欠着上个月的房租没付。这个星期你都在哪儿睡觉?"

这个问题菲利普实在不想回答。他呆呆地望着窗外。

"没有地方可去。"

"我一直想法找你。"

"为什么?"菲利普问道。

"贝蒂和我也曾穷得手里一个钱也没有,我们还得抚养孩子。为什么你不上我家来呢?"

"我不能。"

菲利普害怕自己会哭出声来。他感到虚弱无力。他闭上双眼,皱起眉头,竭力控制住自己的情感。他突然对阿特尔涅感到十分恼火,因为阿特尔涅不让他清净。他在精神上彻底垮了。不久,他仍然闭着眼睛,为了使自己的语调平稳,他慢悠悠地把上几个星期的遭遇都告诉了阿特尔涅。在诉说的过程中,他似乎觉得自己的行为十分愚蠢,这使得他更加支吾其词。他感到阿特尔涅会认为他是个彻头彻尾的大傻瓜。

"那么在你找到工作之前,就来跟我们住在一起。"在他讲完后,阿特尔涅这样说道。

菲利普一下子涨红了脸,自己也不知道什么缘故。

"哦,实在感谢你的好意,但是我想我不会这么做。"

"为什么不这么做呢?"

菲利普没有回答。他生怕自己打扰人家,出于本能表示拒绝,他生来就羞于接受别人的恩惠。再说,他心里明白,阿特尔涅夫妇俩也只能勉强糊口,而家里那么多人,既没有地方也没有钱来招待一位陌生人。

"你当然应该住到这儿来,"阿特尔涅说,"索普可以跟他的一个弟弟合睡,你就睡他的床。别以为多了你一张嘴吃饭,就会对我们有什么影响。"

菲利普不敢开口说话。阿特尔涅走到门口,呼唤他的妻子。

"贝蒂,"阿特尔涅太太进来时他说,"凯里先生准备住在我们这儿。"

"哦,那敢情好,"她说,"我这就去把床铺好。"

她把什么都当作理所当然的事,说话时的语气是那么热诚、友好,菲利普深受感动。他从来不指望人们对他表示友善,而一旦别人这么做了,他就觉得既惊讶又感动。这会儿,他再也忍不住了,两颗很大的泪珠顺着面颊淌了下来。阿特尔涅夫妇装作没看见他所陷入的这种软弱境地,在一旁谈论安置他的办法。阿特尔涅太太走后,菲利普身子朝后靠着椅子,两眼望着窗外,略微笑了笑。

"这种天气的夜晚可不适宜外出,对吧?"

102

阿特尔涅告诉菲利普,他很容易就能在自己工作的那家大亚麻布制品商行里给菲利普找个工作。商行里有几个店员去当兵打仗了,而林恩-塞德利是一家富有爱国热情的商行,答应给这些出征的店员们保留职位。商行把英雄们的工作压在留下来的店员身上,但又不增加这些人的工资,这样一来,商行既表现出热心公益的精神,又节省下一笔开支。可是战争仍在进行,生意倒也不太萧条。假期临近,大批店员都要出去度假两个星期,这样一来,商行就必然要再雇用一些店员。菲利普的经验使他怀疑,即便在这种情形下,商行是否会雇用他。然而,阿特尔涅却自称是商行里的重要人物,坚持说商行经理不能拒绝他提出的任何建议。他还说,菲利普在巴黎时所受的绘画训练非常有用,只要稍等一段时间,一定可以得到一个待遇优厚的设计服装或绘画广告画的职位。菲利普为夏季销售画了一幅广告画,阿特尔涅随即把画带走了。两天之后,他又把那幅广告画带了回来,对菲利普说经理对他的画稿大为称赞,但是经理由衷地表示遗憾,眼下设计部门没有空缺。菲利普问阿特尔涅是否就没有别的事可干了。

"恐怕没有了。"

"确实没有了吗?"

"嗯,不瞒你说,明天他们就要出广告招聘一位顾客招待员。"阿特尔涅说道,同时双眼透过镜片,用怀疑的目光望着菲利普。

"你认为我有可能得到这个职位吗?"

阿特尔涅有点不知所措。他一直在劝导菲利普期待一个更为光彩体面的职位,另一方面,他本身也家境窘迫,无法继续无限期地为菲利普提供膳宿。

"你可以先接受下来干着,同时等待一个更好的职位。如果你已经被商行录用了,总是能够得到一个比较好的机会。"

"我并不高傲自大,这你是知道的。"菲利普笑着说。

"如果你拿定了主意,明天上午八点三刻,你必须到那儿。"

尽管发生战争,找工作显然仍十分困难,因为菲利普走到店里时,很多人已经等在那儿了。他认出了几个他外出找工作时见过的人,他曾发现其中有一个下午在公园里晃荡。对菲利普来说,这表明那家伙跟他一样无家可归,夜晚在外露宿。这儿挤着各色各样的人,年纪有老有小,身材有高有矮,但是每一个人都为即将面见经理而精心打扮:他们都一丝不苟地把头发梳理整齐,仔细地把手洗干净。他们都在一条走廊里等着,菲利普后来才知道这条走廊通到饭厅和工场间。

走廊每隔几码就有五六级台阶。虽然店里装有电灯,但这条走廊上却点着煤气灯,灯外装着铁丝网以作保护,煤气灯咝咝地燃烧着。菲利普八点三刻准时到达店里,但一直等到差不多十点光景才被叫进办公室。这是个三角形的房间,活像一块切开侧放在一边的奶酪。墙上贴着几张穿着紧身胸衣的女人照片,两张广告画的试印稿。其中一张画的是一个男人,穿着绿色和白色条纹相间的睡衣裤;另一张画的是一条船,张着满帆,在蔚蓝色的大海上破浪前进,帆面上印着"大批家用白色织物削价出售"几个大字。办公室最宽的一面墙原来就是一个店铺橱窗的背部,眼下正在对这个橱窗进行布置。在会见的过程中,一个助手不断地走出走进。经理正在看一封信。他面色红润,长着一头浅棕色的头发和一大撮浅棕色的口髭,胸前的挂表表链中央悬挂着一大串足球优胜奖章。他身上只穿着衬衫,坐在一张宽大的书桌旁边,手边放着一架电话机,面前堆放着当天的广告、阿特尔涅的作品,还有粘贴在卡片上的剪报。他朝菲利普瞥了一眼,但没有说话,只顾对打字员口授信件。这位打字员是个姑娘,坐在角落里的一张小桌子旁。随后,他才问起菲利普的姓名、年龄以及先前的工作经验。他说话时带着充满鼻音的伦敦土腔,声音尖厉、刺耳,他好像总是控制不住这种声音似的。菲利普发现他的上排牙齿长得很大,朝前突出,给人一种牙根松动、只要猛地一拉就会脱落的印象。

"我想阿特尔涅先生已经对您谈起过我。"菲利普说。

"哦,你就是那个画广告的小伙子吗?"

"是的,先生。"

"对我们没有用处,要知道,一点儿用处都没有。"

他对着菲利普上下打量，似乎注意到菲利普在某些方面与前面进来的几位应招人员不同。

"要知道，你得去买一件礼服大衣。大概你还没有吧？你看上去倒是个正派的小伙子。我想你发觉从事艺术不上算了吧。"

菲利普猜不出他是否有雇用他的意思。他用一种不友善的态度对菲利普说着话。

"你的家在哪儿？"

"我小时候父母就去世了。"

"我喜欢给年轻人一个机会。我曾经给了许多年轻人这样的机会，他们现在都成了各部门的经理。他们都很感激我，我要为他们说句话儿。他们知道我为他们做了些什么。从梯子的最低一级爬起，这是学生意的唯一途径。随后，只要你坚持往上攀登，谁也没法预料你会被引到哪种地位。要是你合适的话，总有一天，你会发现自己处于跟我现在一样的地位。记住我刚才说的话吧，年轻人。"

"先生，我非常希望尽自己最大的努力把工作做好。"菲利普说。

菲利普知道在他说话的时候，只要有可能，都必须加上一个"先生"，但这样听起来实在别扭，他生怕自己做得太过分了。这位经理很爱说话。高谈阔论使他愉快地感到自己是多么了不起。他喋喋不休地说了许多话之后，才给了菲利普一个答复。

"哦，我想你会那样做的。"最后他态度傲慢地说，"不管怎么说，我不反对对你试用一下。"

"非常感谢您，先生。"

"你可以马上来上班。我每周付你六个先令和你的生活费。要知道,食宿一切都免费,六先令只是零花钱,按月支付,你爱怎么花就怎么花。从星期一开始算起,我想你对此没什么可抱怨的吧。"

"是的,先生。"

"哈林顿街,你知道这条街在哪儿吗?在沙夫茨伯里林荫道。那是你晚上睡觉的地方,门牌是十号。你愿意的话,星期天晚上就可以睡在那儿。随你的便,或者你星期一把你的箱子送到那儿去也行。"经理点了点头,说道,"再见。"

103

阿特尔涅太太借给菲利普一笔钱。这笔钱足以让他付清拖欠女房东的房租,这样,女房东就会让他取走他的衣物用品。他花了五先令和一张典当一套衣服的当票,从当铺老板那儿换了一件礼服大衣,穿着倒是相当合身。其余的衣服他都赎了回来。他叫卡特·帕特森把他的箱子送到哈林顿街,星期一早晨他跟阿特尔涅一道上店里去报到。阿特尔涅把他介绍给服装部的进货员之后就走了。进货员名叫桑普森,年纪三十上下,是个快活的、喜爱大惊小怪的矮个子。他跟菲利普握了握手,接着为了炫耀一下他引以为豪的学识,问菲利普是否会讲法语。当菲利普回答说他会时,对方十分惊讶。

"还会别的语言吗?"

"我还会讲德语。"

"哦！我自己偶尔去巴黎逛逛。你会讲法语吗？①到过马克西姆餐厅吗？"

菲利普被安排站在服装部的楼梯顶端。他的工作就是为顾客去各个营业部指路。照桑普森先生说漏嘴的情况来看，这儿的部门似乎还不少。突然，桑普森发现菲利普走路有点儿瘸。

"你的腿怎么啦？"他问道。

"我有一只脚畸形，"菲利普说，"可是并不妨碍我走路或做别的什么事。"

进货员怀疑地盯着菲利普的那只脚看了一会儿。菲利普暗自猜测，他正在为经理录用自己的原因而感到纳闷。菲利普明白经理根本没注意到他身上有什么毛病。

"我并不指望你第一天就把什么都做对。要是有什么疑问，只要去问问那些年轻姑娘就行了。"

桑普森转身走了。菲利普力图把这个部那个部的地点记在心里，目光急切地留意着前来问讯的顾客。下午一点，他上楼去吃午饭。餐厅位于这幢大楼的顶层，又宽又长，灯火通明，但所有的窗户都关着，以防灰尘进入，大厅里弥漫着难闻的烧煮饭菜的气味。一张张长餐桌都覆着桌布，每隔几张桌子就有一个盛满水的大玻璃瓶，桌子中央摆着盐罐子和醋瓶。店员们吵吵嚷嚷地拥进餐厅，在长板凳上坐下，那些长板凳上仍有十二点半前来用饭的那批店员坐过的余温。

"什么酸泡菜也没有。"紧挨着菲利普而坐的那个人说。

他是一个年轻人，身材又高又瘦，苍白的脸上长了个鹰钩

---

① 原文是法语。

鼻。他的脑袋很长,头颅凹凸不平,好像曾被人这里按一下那里推一下似的,样子古怪,脑门和脖子上满是红肿的大痤疮。他叫哈里斯。菲利普发现有几天餐桌的尽头摆着几个大汤盆,里面放满了什锦酸泡菜。这些酸泡菜很受欢迎。餐厅里没有刀叉。不一会儿,一个身穿白上衣的又高又胖的侍者,手里握着大把的刀叉走进餐厅,哐啷啷地把刀叉扔在餐桌中央,大家纷纷各取所需。刀叉是刚从脏水里洗完拿出来的,仍然热乎乎、油腻腻的。几个身穿白色短上衣的侍者在分发着一盘盘浸泡在肉卤中的肉。这些侍者好像一个个魔术师,动作敏捷地把一盆盆肉放到餐桌上,溅得桌布上都是肉卤。接着又端来了大碟的卷心菜和土豆。一看到这些东西,菲利普就感到恶心。他注意到每个店员都往菜上倒了好多醋。餐厅里嘈杂声震耳欲聋。人们高谈阔论,哈哈大笑,大声叫嚷,还夹杂着刀叉的碰撞声和咀嚼食物的奇怪声音。菲利普回到服装部很高兴。他逐渐记住了每个部都在什么地方,当有人问路时,他很少求助于其他店员了。

"右边第一个拐弯处。左边第二个拐弯处,夫人。"

生意不太忙的时候,有一两个女店员过来同菲利普聊上几句,他觉得她们是想摸清他的底细。到了五点,他又被叫到楼上餐厅去用茶点。他很高兴能坐下来。那儿有大片涂着厚厚一层黄油的面包,许多店员还有一罐果酱,原来这些果酱是存放在"贮藏室"里的,上面还写着他们各自的名字。

到六点半下班的时候,菲利普已累得筋疲力尽。哈里斯,就是午饭时紧挨着菲利普坐的那个年轻人,主动提出要带菲利普到哈林顿街去,让他看看自己睡觉的地方。哈里斯告诉菲利普,他的房间里还有一张空床,由于其他房间都住满了,他希望菲利普住在那儿。哈林顿街上的那幢房子原来是个制靴厂，如今被用作宿舍。不过，屋里光线很暗，因为窗户面积的四分之三都被钉上了木板，无法打开，屋子里唯一的通风口就是远端小小的天窗。屋子里散发出一股霉味，菲利普对自己不必睡在这里而感到庆幸。哈里斯把他带上二楼的起居室，里面摆着一架旧钢琴，那键盘看上去活像一排蛀牙。桌子上有个无盖的雪茄盒，里面装着一副多米诺骨牌。过期的《河滨杂志》和《图画报》四处堆放。其他的房间都用作寝室。菲利普即将入住的那个寝室在房子的顶层。房间里一共摆了六张床，每张床旁不是放着一只大衣箱就是一只小木箱。唯一的家具是一个五斗橱，有四个大抽屉和两个小抽屉。菲利普是新来的，可以使用其中一个抽屉。每个抽屉都配有钥匙，但钥匙都很相似，因此也就没有多少用处。哈里斯劝菲利普把手头那些值钱的物品锁在大衣箱里。壁炉台上方挂着一面镜子。哈里斯还领着菲利普去看了盥洗室，那个房间相当宽敞，里面一排放着八个脸盆，所有住在这幢房子里的人都在这儿洗漱。盥洗室跟浴室相通。浴室里有两个褪色的、木头上沾满肥皂污迹的澡盆，盆壁上是一道道高低不同的黑圈圈，表明各人洗澡时的水位高低。

　　哈里斯和菲利普回到寝室时，看到一个高个子男人在换衣服，还有一个十六岁的男孩一边梳头，一边使劲地吹口哨。一两分钟以后，那个高个子跟谁也没说话便走了出去。哈里斯朝那个男孩眨了眨眼，男孩嘴里仍然不停地吹着口哨，也朝哈里斯眨了眨眼。哈里斯对菲利普说，那个男人名叫普赖尔，在军队里当过兵，眼下在丝绸部工作。他与别人没什么来往，但每天夜里都去会女朋友，就像刚才那样，连一声"晚安"都不说。接着哈里斯也出去了,只剩下那个男孩,在菲利普解开行李的当儿,他在一旁好奇地看着。他名叫贝尔,在缝纫用品部里只干活不拿钱。他对菲利普的晚礼服非常感兴趣。他把房间里其他人的情况都告诉了菲利普,并向菲利普提出了有关他的各种问题。他是个生性欢快的少年,在谈话的间隙,用半嘶哑的声音哼上几段从歌舞杂耍剧场学来的歌曲。菲利普收拾好东西之后便出门上街闲逛,望着街上拥挤的人群,偶尔也站在餐馆门外看着人们走进店堂。这时,他觉得肚子饿了,便买了个小果子面包,边走边啃。他从守门人那儿领到一把前门钥匙,这位守门人每晚十一点一刻把煤气灯关掉。菲利普生怕被关在门外,便及时赶回宿舍。他已经了解罚款的具体规定:如果晚上十一点以后才回宿舍,就得罚一个先令,过了十一点一刻要罚款两个半先令。除此以外,还得报告店方。若被连续上报三次,就要被辞退了。

菲利普回到宿舍时,除了那个当兵的没回来,其余的都在宿舍里,其中两个已经上床歇息了。菲利普刚走进寝室,一阵叫喊声迎面扑来。

"哦,克拉伦斯!淘气鬼!"

菲利普发现原来是贝尔把他的晚礼服套在长枕头上了。贝尔对自己的这个玩笑颇为得意。

"克拉伦斯,你一定得穿这套礼服去参加社交晚会。"

"一不小心,就会赢得林恩商行里最漂亮的女人的喜爱。"

菲利普已经听说过社交晚会的事,因为员工们的牢骚之一,就是从他们的工资中扣钱来举办这些晚会。每月只扣两个先令,这里面还包括医疗费和借阅图书馆那些破旧的小说的图书费。但每月另外还得扣除四个先令的洗衣费,这样一来,菲利普发觉他每周六先令的工钱,其中四分之一永远也到不了他的手上。

　　大多数人都把一片片厚厚的肥熏肉夹在切成两半的面包卷中间啃着。店员们通常晚饭就吃这种三明治。这种三明治是从隔几个门面的一家小店里买来的,每个两便士。这时候,那个当兵的突然走了进来,默不作声、动作敏捷地脱去衣服,一下子倒在床上。到了十一点十分,煤气灯的火头"噗"地跳了一下,五分钟以后灯便熄灭了。那个当兵的已经睡着了,而其他几个人穿着睡衣裤,聚集在大窗户跟前,把吃剩下的三明治朝着下面街上走过的女人扔去,嘴里还嚷着轻狂调笑的话。对面一幢六层楼房是犹太人的裁缝工场,每晚十一点放工。一个个房间灯火辉煌,窗户上没装百叶窗。工场主的女儿——这家由父亲、母亲、两个小男孩和一个年方二十的姑娘构成——在放工后把楼里各处的灯关掉。有时,她也任凭其中一个裁缝在自己身上轻薄一番。与菲利普一个寝室的店员们瞅着留下来追逐那个姑娘的这个或那个男人的手段,从中得到很大的乐趣,他们还就哪个男人能够得手打赌。午夜时分,人们都被从街道尽头的哈林顿徽章酒店里撵了出来,不久之后,他们也都上床睡觉去了。贝尔的床铺紧靠门口,他从一张张床上跳过去,穿过房间,回到自己的床上,嘴里仍然说个不停。最后,一切都寂静下来,耳边只有那个当兵的平稳的鼾声,菲利普也上床就寝了。

　　第二天早晨七点,菲利普被一阵响亮的铃声惊醒了。到了七点三刻,他们都穿好衣服,套上袜子,匆匆跑下楼去取自己的靴子。他们边跑边把靴子带系紧,赶往牛津街店里去吃早饭。店里八点开饭。迟到一分钟,就吃不到了;一进店门,就不准再出去买东西吃了。有时候,他们知道不能及时赶到店里,便在宿舍附近的小店里买上两三个小圆面包。不过这样太花钱了,因此多数人空着肚子去上班,一直干到吃午饭的时候。菲利普吃了点涂黄油的面包,喝了杯茶,一到八点半,就又开始了一天的工作。

"右边第一个拐弯处。左边第二个拐弯处,夫人。"

不久,他便开始十分机械地回答各种问题。这个工作沉闷单调,也很累人。几天后,他的两只脚疼痛难熬,几乎无法站立;又软又厚的地毯使他的两只脚感到火辣辣的,到了夜里,脱袜子都很疼。大家对此都充满怨言。招待员伙伴们告诉他,袜子和靴子由于脚底不住地出汗,就这样烂光了。跟他同住一个寝室的那些人也受到同样的折磨,为了减轻疼痛,他们睡觉时把脚伸在被子外面。起初,菲利普简直一步都不能挪动,接连好几个晚上,他只好待在哈林顿街宿舍的起居室里,把双脚浸在一桶冷水中。在这种场合,他唯一的伙伴就是贝尔,那个在缝纫用品部干活的孩子,因为他常常留在宿舍里整理搜集到的各种邮票。他一边用邮票纸把邮票扎好,一边总是索然无味地吹着口哨。

104

每隔一周的星期一,就要举行一次社交晚会。菲利普来到林恩商行后第二个星期开始时就碰上了。他和服装部的一个女同事约好一同前往。

"对她们要迁就一点,"那个女同事说,"就像我对待她们那样。"

女店员叫霍奇斯太太,是个四十五岁的个子矮小的女人,头发染得糟不可言,蜡黄的脸上纵横交错地布满了一根根细小的红色血管,泛黄的眼白衬托着淡蓝色的眼珠。她非常喜欢菲利普。菲利普进店还不到一个星期,她就唤起他的教名来了。

"我们都知道落魄是什么滋味。"她说。

她告诉菲利普,她本来不姓霍奇斯,但她说话中却总是提到"我男人罗奇斯先生"①。她丈夫是一个出庭律师,待她坏得出奇。她喜欢独立自主,于是便离开了丈夫。可是她已经懂得了乘坐自己马车的乐趣,亲爱的——她把每个人都称作亲爱的——他们家的晚饭总是吃得很迟。她经常用她那根巨大的银胸针的针尖剔牙齿。那根胸针设计成鞭子和猎鞭交叉的形状,中间还有两个踢马刺。菲利普在这种陌生环境里感到很不自在。店里的姑娘们都把他称作"傲慢的家伙"。有一次,一个姑娘叫他一声"菲尔",他没有搭腔,因为他根本不知道她是在跟自己说话。姑娘猛地把头一昂,说他是个"高傲自大的家伙",下一次两人见面时,姑娘便含讥带讽地称他凯里先生。姑娘是朱厄尔小姐,不久将同一位医生结婚。别的姑娘从来没见过那个医生,但她们都说他准是一位上流绅士,因为他送给朱厄尔小姐好多美妙的礼物。

"听了她们的话,可千万别在意,亲爱的,"霍奇斯太太说,"我也经历过你所经历的一切。她们也可怜得很,懂的东

---

① 霍奇斯太太把"Mister Hodges"说成"Misterodges",把"H"吞掉不发音,两个词读成了一个词。

西并不比别人多。你相信我的话好了,只要你像我那样坚持下去,她们肯定会喜欢你的。"

社交晚会是在地下餐厅举行的。餐桌都被推到一边,以便腾出地方来让大家跳舞,而小桌子摆得整整齐齐,供人们玩不时轮换搭档的惠斯特牌戏。

"商行里的头头们很早就得赶到那儿。"霍奇斯太太说。

霍奇斯太太介绍菲利普跟贝内特小姐认识。贝内特小姐是林恩商行的头号美人。她是女装部的进货员。菲利普走进会场时,她正在同男用针织品部的进货员交谈。贝内特小姐身材厚实,红脸盘又宽又大,上面涂抹着厚厚的脂粉;胸脯高高隆起;淡黄色的头发梳理得一丝不乱。她打扮得过分讲究,但收拾得倒还利落,穿着一身黑色的衣服,领子高高的;手上戴着光滑的黑手套,连打牌的时候也不脱;脖子上套了几条沉甸甸的金项链,两只手腕上戴着手镯,耳朵上挂着两个圆圆的头像垂饰,其中一个是亚历山德拉王后[①]的头像。她手里拎着一只黑色的缎子面提包,嘴里不住地嚼着口香糖。

"见到你很高兴,凯里先生。"她说,"这是你头一次来参加我们的社交晚会,对吧? 我想你有点儿腼腆,但是不必如此,真的不必如此。"

贝内特小姐竭尽全力不使大家感到拘束。她拍着他们的肩膀,不时地哈哈大笑。

"我不是个淘气鬼吧?"她大声说,一边把脸转向菲利普,"你对我一定会有什么看法吧? 可我就是忍不住呀。"

凡是来参加社交晚会的人都到了。大多数是年轻的店

---

① 亚历山德拉王后(1844—1922),英国国王爱德华七世的王后。

员,包括还没找到女友的小伙子,也有还没找到对象的姑娘。好几个年轻男子穿着日常的服装,系着白色的晚礼服领带,带着红丝绸的手帕。他们准备在此一显身手,露出一副忙忙碌碌而又心不在焉的神气。有的表现出充满自信的样子,有的却紧张不安,用焦虑的目光望着大家。不一会儿,一个头发丰茸的姑娘在钢琴边坐定,十指一下子掠过琴键,发出一阵嘈杂的声响。听众们坐定下来后,她朝四周扫了一眼,然后报出所演奏的曲名:

"《俄罗斯驾车出游歌》。"

姑娘动作灵巧地把几个铃铛系在手腕上,这当儿,全场爆发出一阵掌声。她面带笑容,随即弹奏出激越昂扬的曲调。结束时,又爆发出 阵更热烈的掌声。掌声平息后,应听众的要求,她又演奏了一支描摹大海的乐曲。只听到一连串轻微的颤音,象征着浪涛拍击海岸;那雷鸣般的和弦加上猛地一踩强音踏板,表示暴风雨的来临。随后,有个男子出来唱了一首名为《与我道别》的歌,接着应听众的要求,又不得不加唱一首《催眠曲》。在场的听众既有高雅的鉴赏力,又个个热情洋溢。他们为每一位表演者鼓掌,直到表演者同意加演节目为止。这样,也就不可能会因为哪个人得到更多的掌声而心生妒忌。贝内特小姐神气十足地来到菲利普的跟前。

"我相信,你不是会弹琴就是会唱歌,"她调皮地说,"这从你脸上就可以看出来。"

"恐怕我什么也不会。"

"连朗诵也不会?"

"我可没什么社交才能。"

男用针织品部的进货员倒是一个有名的朗诵家。他手下的那些店员大声要求他出来给大家表演朗诵。他不需要别人催促，便朗诵了一首富有悲剧色彩的长诗。在朗诵的当儿，他的眼珠骨碌碌地转动着，一只手放在胸口，表现出悲痛欲绝的样子。可最后一行诗句泄露了全诗的要点，原来是说他晚饭吃了黄瓜，引起一阵笑声，笑声响亮，经久不息，只是有点儿勉强，因为大家对这首长诗都很熟悉。贝内特小姐既没有唱歌，又没有演奏，也没有朗诵。

"哦，她有自己的一套小把戏。"霍奇斯太太说。

"嗳，你就别拿我打趣啦。实际上手相术和超级视觉方面的事，我知道得倒不少。"

"哟，给我看看手相吧，贝内特小姐。"贝内特小姐手下的那些姑娘纷纷嚷道，她们都急于讨好她。

"我可不喜欢看手相，真的不喜欢。我曾经对人们说过不少可怕的事儿，后来都一一应验了，这使人变得有点儿迷信。"

"哦，贝内特小姐，就看这一次。"

一小群人把贝内特小姐团团围住。她神秘地讲起皮肤白皙和皮肤黝黑的男人、一封信里的钞票以及旅途的种种见闻，人群中不时发出一阵阵窘困的尖叫声、哧哧的傻笑声、惊愕或赞叹的喊叫声，还有人因害羞而把脸涨得通红。最后，她那张涂脂抹粉的脸上挂满了一颗颗豆大的汗珠。

"瞧我，"她说，"浑身上下都汗淋淋的。"

晚饭九点开始，免费供应蛋糕、小圆面包、三明治、茶和咖啡，不过谁想喝矿泉水，就得自己付钱。年轻人风流殷勤，常常请女士们喝姜汁啤酒，而女士们出于礼节，总是婉言谢绝。贝内特小姐却非常爱喝姜汁啤酒。在晚会上，她总要喝上两瓶有时甚至三瓶姜汁啤酒,但是她坚持自己付钱。男人们都为此而喜欢她。

"她是一个古怪的老姑娘,"他们说,"不过,请注意,她人可不坏,不像有些女人那样。"

晚饭后,人们就玩起不时轮换搭档的惠斯特牌戏来了。四下里闹哄哄的。当人们从一张餐桌移到另一张餐桌时,更是充满了欢笑和叫喊声。贝内特小姐觉得身上越来越热。

"瞧我,"她说道,"浑身上下都汗淋淋的。"

不久,一个富有锐气的年轻人说,如果大家想要跳舞,那最好马上开始。刚才演奏的那个姑娘坐到钢琴前面,把一只脚果断地踩在强音踏板上。她演奏起一首如梦如幻的华尔兹舞曲,用低音打着节拍,同时还不时用右手奏出高八度音。接着为了变换花样,她又两手交叉地用低音弹奏乐曲。

"她确实弹得不错吧?"霍奇斯太太对菲利普说,"更为难得的是,她从来没有跟谁学过,这都是凭她的耳朵听来的。"

贝内特小姐在世上最喜爱跳舞和诗歌了。她的舞跳得很好,但舞步十分缓慢,眼睛里流露出一种神情,仿佛她的思绪在非常遥远的地方。她谈论起地板、热气和晚饭,说得上气不接下气。她说波特曼公寓里的地板是全伦敦最高级的,她总喜欢在那儿跳舞;那儿的人都是出类拔萃的,她可不愿跟自己一点也不了解的各种男人跳舞。嗨,要是那样的话,就可能遭受到许多意想不到的麻烦。差不多所有在场的人都跳得很出色,玩得十分痛快。人人都跳得满头大汗,那些年轻人的高领子被汗水泡得耷拉下来。

菲利普在一旁观看。一种比他记忆中更为强烈的沮丧蓦地袭上心头。他孤独得简直无法忍受。他并没有离开,因为生怕显得自己傲慢自大。于是他跟姑娘们在一起说说笑笑，但内心却相当悲苦。贝内特小姐问他是否有女朋友。

"没有。"菲利普笑着说。

"哦，嗯，这儿的姑娘多着呢，随你挑。她们当中有些是非常体面的好姑娘。我想要不了多久，你就会交到一个女朋友的。"

她十分调皮地瞅着菲利普。

"对她们要迁就一点。"霍奇斯太太说，"我就是这样对他说的。"

晚会将近十一点钟才散。菲利普无法入睡。他像别人一样，也把两只疼痛的脚伸到被子外面。他竭尽全力不去想自己目前过的这种生活。耳边传来那个当兵的轻微的鼾声。

105

店员的工资由秘书每月发放一次。到了发工资的那一天，一批批店员用过茶点，从楼上下来，走进过道，依次排在等着领工资的长长的队伍后面，秩序井然，好像美术馆门外排着长队的观众。他们一个接一个地走进办公室。秘书坐在办公桌后面，面前摆着几个盛放着钞票的木碗。他叫到店员的名字后，表示怀疑地朝那个店员瞥上一眼，再迅速地对一本账簿扫上一眼，随后嘴里读出应付的工资总数，从木碗里取出钞票，一张张地数到对方手中。

"谢谢。"秘书说，"下一位。"

"谢谢。"领到工资的店员回答说。

接着那个店员便走到另一位秘书跟前，交付四先令的洗衣费和两先令的俱乐部费,如被罚款,还得交上罚款,然后离开办公室,带着剩下来的几个钱,回到自己工作的部门,在那儿一直待到下班。和菲利普住在同一宿舍的大部分人都欠那个卖三明治的女人的钱,因为他们一般都买她的三明治当晚饭。她是个有趣的老婆子,体态十分臃肿,脸庞宽阔红润,乌黑的头发匀称地平贴在额头的两旁,其发式同早期画像中的维多利亚女王相同。她头上总是戴一顶小小的黑色软帽,腰里系一条白色围裙。两只袖子一直挽到胳膊肘上。她就用那双肮脏、油腻的大手来切三明治。她衣裙的前胸和下摆上,以及她的围裙上,都沾满了油渍。她叫弗莱彻太太,但大伙儿都称她"大妈",而她也确实喜欢这些店员,把他们称作她的孩子。临近月底的时候,她总是毫不在乎地让他们赊账,而且大家都知道,有时哪个店员手头拮据,她还借给他几个先令。她是个心地善良的女人。店员们外出度假或者度假归来时,都要去亲亲她那胖胖的红脸蛋。不止一个店员被解雇后,一时找不到工作,就从她那儿什么钱也不花地弄点食物充饥,勉强度日。店员们知道她富有同情心,也都用真诚的感情来回报她。他们常爱讲一个故事,说是有个人在布拉德福德①发了大财,开了五家商店,十五年后回到伦敦,前来拜访弗莱彻大妈,还送给她一块金表。

菲利普发觉一个月工资就剩下十八个先令。这是他平生头一次自己挣到的钱,但并没有给他带来原本预期的自豪感,而只觉得心情沮丧。这笔钱数目微薄,更显出他境况的竭蹶无望。他随身带了十五个先令,去交给阿特尔涅太太,算是还

① 布拉德福德,英国中北部城市,系毛纺织工业中心。

她的部分欠款。但是阿特尔涅太太只收了十先令,不肯多收一个子儿。

"你要知道,照这个样子,我得八个月才能还清欠你的账。"

"只要阿特尔涅不失业,我还是等得起的。谁知道呢,也许他们会给你涨工资的。"

阿特尔涅老是说要去找经理谈谈菲利普的事,说这种不充分利用菲利普才能的做法是荒唐的,但他并没有采取任何行动。不久,菲利普得出这样一个结论:在经理的眼中,商行的新闻代理人并不像阿特尔涅自己认为的那样是个举足轻重的人物。菲利普偶尔也在商店里见到阿特尔涅。这时候,他那夸夸其谈的劲头不见了,只见一个低头顺脑、神态谦恭的小老头,穿着整洁、普通、破旧的衣服,步履匆匆地穿过各个部门,好像怕被人看到似的。

"每当想起我的才能在这儿遭到埋没,"阿特尔涅在家里说,"我真想要交一张辞职书上去。我这样的人在那儿没有发挥能力的余地。我的才能受到压抑,连肚子也填不饱。"

阿特尔涅太太在一旁默默地做着针线活,对他的牢骚不予理会。她把嘴抿紧了一点儿。

"如今找个工作很不容易。眼下你工作固定,也有保障。我想只要人家满意你,你就在那儿待下去吧。"

显然阿特尔涅会照她的话去做的。看到这个没有受过教育、并未经过合法手续就同他结合在一起的女人,竟能左右这个才华横溢、情绪多变的男人,倒是怪有趣的。如今菲利普的境况不同了,但阿特尔涅太太对他像慈母一样体贴,她那种热切地想让菲利普吃顿好饭的心情,让菲利普深为感动。每个星期天他都可以到这个洋溢着友好情谊的宅子去,这是他生活中的一种安慰(当他渐渐对此习惯时,这种单调乏味是主要令他感到惊骇的)。坐在那堂皇的西班牙椅子上,同阿特尔涅谈论各种各样的问题,真是一种享受。尽管阿特尔涅的境况显得极其艰难,但每次他不把菲利普说得兴高采烈是不会放他回哈林顿街的。起初,为了不使先前学到的知识荒疏,菲利普还想继续研读他的医学书籍,但发觉这种努力毫无成效。干了一天令人疲惫不堪的活儿后,他就无法再集中心思看书了,而且在他还不知道得等多久才能重返医院的情况下,继续用功似乎也毫无用处。他老是梦见自己又回到了病房,但一觉醒来,心里相当痛苦。他感到房间里还睡着别的人,心里就有一种说不出的厌烦。他一向独处惯了,而如今成天跟别人待在一起,不能独自清静片刻,这真叫他如坐针毡。也就是在这种时候,他发觉要克服自己的绝望情绪是何其困难。他认定自己只能继续过这样的生活,无尽无休地说着"右边第一个拐弯处,左边第二个拐弯处,夫人"这类话。只要不被辞就谢天谢地了!因为那些前去当兵打仗的店员很快就会复员回来,商行曾经答应保留他们的职位的,这样一来,另外一批人必然会遭到解雇。他不得不振作精神,以保住他现有的这一低贱的职位。

只有一件事能使他摆脱目前的困境,那就是他那位牧师大伯合眼归天。到那时,他可以获得几百英镑,有了这笔钱他就能够在医院修完全部课程。菲利普开始竭力盼望那老头儿早点死去。他计算着大伯还可能活上多久。大伯早已年过七十,具体岁数菲利普也说不上来,不过至少也有七十五岁了。患有慢性支气管炎,每到冬天就咳嗽得十分厉害。虽然

759

有关老年慢性支气管炎的细节，菲利普心里早已背得烂熟，但他仍然反复阅读医学课本上这方面的内容。出现一个严寒的冬季，就可能叫那个老头儿受不了。菲利普一心盼望着来一股寒流，下场冷雨。这个念头老是萦绕在他的脑海里。他简直成了个偏执狂。高温也能影响威廉大伯的身体健康，而在八月里，就有三个星期酷热的天气。菲利普心里暗想，说不定哪一天会接到一封通知牧师突然去世的电报，他想象到那时他心中会有说不出的宽慰。他站在楼梯高处，给想要前往各个营业部的人指路，但脑子里却一刻不停地考虑着要怎样花那笔钱。他也不清楚究竟能得到多少钱，也许最多不过五百英镑。不过，即便只有这么点钱也足够了。他会马上离开这家商店，他可不愿费心去提出辞职，他会把箱子收拾好，跟谁也不打招呼，就一走了之。接着他会回医院去。这是第一步。到时候，他会不会把好多学过的东西都忘了呢？半年之内，他就可以把荒废的功课全部补起来，随后就会尽快参加三个项目的考试，先考产科学，接下来再考内科学和外科学。突然，菲利普心里感到万分恐惧，生怕大伯会不顾自己许下的诺言而把遗产捐赠给教区或教堂。这种想法使得菲利普心烦意乱。大伯不见得会狠心到这种地步吧。可是，如果真的发生这种情况，他已拿定主意该怎么做，他不会永无休止地过这样的日子。他之所以还能忍受这种生活，就是因为他还盼望着出现转机。没有了希望，也就没有了恐惧。到那时，唯一勇敢的举动就是自杀。对于自杀，菲利普也考虑得相当细致周到，连该吃哪一种不会带来痛苦的药，以及如何搞到这种药等问题都想好了。想到这儿，他勇气倍增。万一事情变得无法忍受，他不管怎样总还有这样一条出路。

"右边第二个拐弯处,夫人,在楼下。左边第一个拐弯,一直走到底。菲利普斯先生,请向前走。"

菲利普每个月都要值一个星期的班。他早晨七点就得赶到服装部,去监督那些清洁工。清扫完毕后,他得把蒙在框架上和模特儿身上的挡灰布取下来。随后,到了晚上,店员们下班之后,他又得把一块块挡灰布盖在框架和模特儿上面,同时把那些清洁工召集起来打扫店堂。这是一桩灰尘飞扬的肮脏活。在店里是不准看书、写字或抽烟的,他只好四处走动,时间过得极为沉闷。九点半下班时,公司免费供应他一顿晚餐,这是唯一的慰藉。下午五点用过茶点后,他的胃口仍然很好,所以这时商行所供应的面包、奶酪和充足的热可可深受欢迎。

菲利普来到林恩公司三个月后的一天,进货员桑普森先生怒气冲冲地走进服装部。经理进来时碰巧注意了一下服装橱窗,便派人把桑普森先生请去,对橱窗的色彩布局挖苦了一番。对上司的嘲讽挖苦,桑普森先生只好默默忍受,但一回来便拿店员们出气,把那个负责布置橱窗的可怜的家伙臭骂一顿。

"要想干好一件事情,就得自己亲自动手,"桑普森先生怒吼着说,"我过去一直是这样说的,以后还要这样说。什么事都不能交给你们这些家伙来干。你们不都说自己聪明吗?嘿,聪明个屁!"

他就朝着店员们这样骂着,仿佛这些话是世上最刻毒的责骂。

"难道你们就不明白,如果在橱窗里涂了铁蓝色,就会把其他的蓝颜色都给抵消了吗?"

他恶狠狠地环顾了一下四周,目光落到了菲利普的身上。

"凯里，下星期五你来布置橱窗。让我们瞧瞧你能干出什么名堂。"

他气呼呼地嘟囔着，走进自己的办公室。菲利普的心却直往下沉。到了星期五上午，他怀着羞愧得直恶心的情绪钻进橱窗，双颊热辣辣的。在过路人面前出场亮相，真让人心慌意乱。尽管他告诫自己说，让自己陷入这种情感十分愚蠢，但仍然转身背对着街上。在这种时候，不大可能有医院的学生走过牛津街，而且他在伦敦几乎不认识什么别的人。可是菲利普动手干活的时候，总觉得喉咙被一大团东西哽住了，认为只要一转身就可能会与某个熟人的目光相遇。他尽快完成任务。他一眼就看出橱窗里的红色服装都挤到了一起，于是，只把这些服装稍微分开一点，就取得了很好的效果。进货员走到街上观看菲利普布置的橱窗效果，显然十分满意。

"我早就知道让你来布置橱窗，不会错到哪儿去。事实是你跟我都是绅士，请注意，我是不会在店里说这种话的，但你跟我确实都是绅士，这一点不论怎样总可以看得出来。你说看不出来也没有用，因为我知道事实确是如此。"

从此以后，菲利普被指派定期去干这项工作，但是他不习惯抛头露面。他就害怕星期五早晨，因为到了这一天，橱窗就得重新布置。这种恐惧心理使得他清晨五点就醒了，心里难受得躺在床上再也睡不着。店里的姑娘们注意到他那副羞涩的样子，而且很快就发现了他背朝大街站在橱窗里的玄机。她们都嘲笑他，说他是"高傲自大的家伙"。

"我想，你是怕被你姑妈撞见后，会把你的名字从她的遗嘱中划去。"

总的说来，他同这些姑娘相处得不错。她们认为他有点儿古怪,不过他的那只畸形足似乎倒成了他与众不同的理由。随着时间的推移,她们发觉菲利普为人和善。不管帮助哪个人,他都毫不介意。他礼貌周全,性情平和。

"看得出来,他是一位上流绅士。"她们说。

"就是话很少,对吧?"一个年轻女子说。她曾激昂慷慨、充满热情地谈论戏剧,但菲利普听了却无动于衷。

姑娘中大多数都有了自己的"小伙子",而那些至今还没有找到对象的却说,她们宁可让人以为没有谁倾心于她们。有一两个姑娘流露出愿意跟菲利普调情的迹象,他神情严肃而又饶有兴味地注视着她们的种种花招。他已经有一段时间对谈情说爱感到腻烦了,况且他几乎总是身子疲乏,经常饥肠辘辘。

106

菲利普避开那些他在日子过得比较欢快时去过的地方。在比克街那家酒店里举行的小型聚会已经散伙了。麦卡利斯特做了对不起朋友的事,再也不到那儿去了。海沃德去了好望角。只有劳森还留在伦敦,但菲利普觉得如今自己跟这位画家毫无共同之处,也就不想见他。可是,一个星期六下午,菲利普在午饭后换了一身衣裳,顺着摄政街朝坐落在圣马丁巷的免费图书馆走去,打算在那儿消磨一个下午。突然,他发现劳森朝自己迎面走来。他的本能反应就是一言不发地继续朝前走,但劳森却没有给他这样的机会。

"你这一阵子究竟到哪儿去啦?"劳森大声问道。

"我吗?"菲利普说。

"我写信给你,想请你到我的画室来参加一个愉快的宴会,可你一直连个回音也没有。"

"我没有接到你的信。"

"是没有,这我知道。我上医院去找你,看到信仍搁在邮件架上。你已经放弃学医了?"

菲利普犹豫了一会儿。他羞于说出实情,但又为自己的羞愧感到气恼。他强自振作地跟劳森说话,禁不住涨红了脸。

"是的。我仅有的一点钱都用完了,没有条件继续我的学业。"

"嗨,我真为你难过。那眼下你在干什么呢?"

"我在一家店里当招待员。"

说这句话的时候,菲利普的喉咙哽住了,但他仍然决意不隐瞒真相。菲利普两眼紧盯着劳森,发觉他露出不好意思的样子,便狂野地发出一阵冷笑。

"要是你来到林恩-塞德利公司,走进'成衣女装'部,你就会看到我穿着礼服大衣,神态潇洒地四处走动,给那些前来购买衬裙和长袜的太太们指路。右边第一个拐弯,夫人,左边第二个拐弯。"

看到菲利普对自己的职位说笑打趣的态度,劳森局促不安地笑着,不知道该说什么好。菲利普描绘的那种景象使劳森感到震惊,但他又不敢流露出同情的样子。

"这对你来说倒是一点变化。"他说。

他觉得自己的这句话十分荒唐可笑,立刻感到后悔。菲利普也变得面红耳赤。

"是一点变化。"菲利普说,"顺带说一句,我还欠你五个先令呢。"

他把手伸进口袋，掏出几个银币。

"哦，没什么关系。我早都忘了。"

"别胡说，拿去吧。"

劳森默默地收下钱。他们站在人行道中间，来往的行人推搡着他们。菲利普的眼睛里闪烁着嘲讽的神色，使得那位画家心里很不自在。劳森无法看出菲利普万念俱灰的心情。他很想帮菲利普一把，但又不知该做什么是好。

"嗨，你到我画室来，咱们俩聊聊好吗？"

"不啦。"菲利普说。

"为什么不行？"

"没什么可聊的。"

菲利普看到劳森眼睛里露出痛苦的神色，他也没有办法，尽管心里有些内疚，但他不能不为自己着想。一想到与人谈论他眼下的境况，他就受不了。只有狠下心来不去想它，才能忍受。他生怕一旦说出自己的心里话，就会彻底垮掉。况且，他对自己以前遭受过痛苦的地方有一股无法抑制的厌恶。他那次饥肠辘辘地站在画室里等着劳森请他吃饭时所蒙受的耻辱，以及他上次向劳森借五个先令的情景，仍然没有忘掉。他最不愿意看到劳森，因为一看到劳森，他就会想起他那些失意潦倒的日子。

"那你听我说，哪天晚上到我画室来，跟我一起吃顿饭。日子由你自己决定。"

这位画家的好意令菲利普深受感动。他暗自寻思，各种各样的人都对他表示友善，真是不可思议。

"你太好了，老朋友，但我还是不想来。"他向劳森伸出一只手，说了声"再见"。

劳森被这一似乎无法解释的举动弄糊涂了,跟菲利普握了握手,随后菲利普便迅速地一瘸一拐地走了。菲利普心情沉重,而且同往常一样,他又责备起自己刚才的举动来了。他不明白究竟是什么样疯狂的自尊心,使得自己拒绝接受对方主动表示的友谊。他听到身后响起追赶他的脚步声。不一会儿,又听到劳森在叫他。他停了下来,心中蓦然产生了无法抑制的敌对情绪。他板着脸,冷冷地面对着劳森。

"什么事呀?"

"我想,你听到海沃德的消息了吧?"

"我只知道他上好望角去了。"

"要知道,他上岸没多久就死啦!"

菲利普沉默了一会儿,简直不敢相信自己的耳朵。

"怎么死的?"他问道。

"哦,得伤寒症死的。真不幸,对吧? 我想你可能还不知道。我刚听到这个消息时,也吓了一跳。"

劳森匆匆地点了点头,便走开了。菲利普只觉得心头掠过一阵震颤。他以前从未失去过一个年龄与他相仿的朋友。至于克朗肖,他的年龄要比菲利普大得多,他的去世似乎合乎事物的正常规律。这个消息使他感到特别震惊,使他想到自己最终也不免一死。因为菲利普像其他人一样,虽然也完全清楚凡人都必然要死去,但内心深处并没有意识到这条规律也同样适用于自己。尽管他对海沃德早就没有了热烈的感情,但海沃德的去世仍然使他唏嘘不已。他一下子想起他们所有那些欢畅的谈话。当想到他们再也不能在一起畅谈时,他心里十分痛苦。他们初次见面以及一起在海德堡愉快地度过几个月的情景,都仍记忆犹新。回想起那逝去的岁月,菲利普不禁黯然神伤。他无意识地朝前走着,也没注意是向哪儿去。突然他气恼地意识到自己没有拐入草市街,而是沿着沙夫茨伯里林荫道漫步朝前走去。顺着原路折回去又叫他感到厌烦。再说,听到那个消息后,他没有心思看书,只想独自坐着寻思。他决定到大英博物馆去。独自清静一下是他目前唯一的享受。自从进了林恩公司,他经常到那儿去,坐在来自帕特农神庙①的雕塑群像前面,自己并不刻意思索,只是让众神来安抚他那苦恼不安的灵魂。可是这天下午,它们对他没有任何启示,过了几分钟后,他失去了耐心,便走出房间。外面人太多了,有一脸蠢相的乡巴佬,也有专心致志地读着旅游指南的外国游客。他们那丑陋难看的外貌玷污了这儿永恒的艺术杰作;他们烦躁不安的样子扰乱了不朽的神灵的安宁。于是,菲利普走进另一个房间,这儿几乎没有什么游客。他疲乏地坐了下来,但却神经紧张,无法把那批游人从自己的脑海中赶出去。有时候,在林恩商店里,他也会同样受到他们的影响,他惊骇地看着他们从他眼前鱼贯而过。一个个丑陋不堪,脸上无不流露出卑贱的样子,叫人看了实在可怕。他们的眉眼被下贱的欲望所扭曲,令人感到他们对任何一种美好的思想都十分生疏。他们生就一双鬼鬼祟祟的眼睛,一个虚弱无力的下巴。他们并没有什么伤天害理的行为,只是气量褊狭,举止粗俗。他们的幽默也只是相当低级的诙谐。有时候,菲利普发觉自己眼睛望着他们,心里却思量着他们究竟与哪种动物相似(他极力不让自己做这样的联想,因为那很快就会成为一种无法摆脱的观念),他发觉他们好像都是绵羊、马

---

① 帕特农神庙在希腊雅典卫城上面,是祭祀供奉雅典娜女神的庙宇。

四、狐狸和山羊。一想到人类,他心里就充满了厌恶。

可是,不一会儿,他受到那个地方的气氛影响,心里平静下来。他开始漫不经心地观看房间里的一排排墓石。这些墓石是公元前四、五世纪雅典石匠的作品。它们十分质朴,并不是天才之作,但是都体现出精妙典雅的雅典精神。时光把一块块墓石的棱角磨平了,让那些墓石显出蜂蜜一般的颜色,使人不知不觉地想起了海米塔斯山①上的蜜蜂。有的墓石上雕着一个坐在长凳上的裸体人像;有的描绘气息奄奄的人向热爱他的人们诀别的场面;有的表现生命垂危的人紧紧抓住活在人世间的人的手的情景。所有的画面都是富有悲剧色彩的别离,除此之外,就没有什么别的了。画面那样淳朴,显得极为动人。朋友之间、母子之间的永别,画面表现出的克制使得生者的悲哀显得越发强烈。那是很久很久以前的事了,自打这种不幸发生以后,又过了无数个世纪。两千年来,那些哭泣悲悼死者的人们早已同受到他们哀悼的人一样变成了尘土。然而,那种哀伤却仍然存在,眼下菲利普就不胜悲戚,心中涌起一股怜悯之情,连声说道:

"可怜的人儿,可怜的人儿。"

菲利普突然想起那些张口傻看的观光游客,那些手捧旅游指南、身体臃肿的外国客人,以及那些为满足浅薄的欲望和庸俗的爱好而拥进商店的所有那些头脑平庸的普通百姓,他们都无法永生,最终都必定死去。他们也有所爱的人,但也必定得同他们心爱的人分离,儿子要同母亲诀别,妻子要同丈夫永别,也许他们别离的场面会更为凄惨,因为他们的生活是丑

① 海米塔斯山,希腊东南部山脉,位于雅典附近,高达 3370 英尺。

恶、下贱的。他们对究竟是什么给世界带来美毫无所知。一块非常漂亮的墓石上刻着两个年轻人手拉着手的浅浮雕像，那严谨的线条，朴实的画面，都令人感到那位雕刻家是带着真诚的情感从事创作的。这幅浅浮雕像，是为世上最宝贵的事物——友谊而竖立的一座精美的纪念碑。菲利普望着雕像，感到自己眼眶里充满了泪水。他想起了海沃德，想起他们俩初次相遇时，他对海沃德怀有热切的钦佩之情，想到他对海沃德的幻想后来怎样破灭，彼此冷淡，最后只是凭借习惯与对往事的回忆才把他们维系在一起。生活中就有这样的怪事：你接连几个月每天都见到一个人，于是你跟他的关系变得亲密无间，你实在无法想象没有了这个人如何生活。随后两人分离了，而一切仍按同样的方式进行。你原来认为一刻也离不开的伙伴，结果变得可有可无。你的生活照常进行下去，你甚至连想都不想他了。菲利普想起早先在海德堡的那段日子。那会儿，海沃德完全有能力干出一番轰轰烈烈的事业，他对未来充满热情，后来逐渐变得一事无成，最后竟甘心接受失败。现在他死了。他活得毫无意义，死得也没有什么价值。他不光彩地死于一种无聊的病症，直到生命终止时，仍然一事无成，好像世上从来就没有过他这个人似的。

菲利普拼命地问自己：人活着究竟有什么用处？世间万物似乎都毫无意义。克朗肖的情况也是如此。他活着的时候默默无闻；他一死，就被人们遗忘了。他留下的那几本诗集摆在旧书摊上出售。他的一生似乎只是给一个爱出风头的记者提供机会写篇评论文章，除此之外，就没有任何意义。于是菲利普从内心深处喊道：

"这又有什么用处呢？"

人们一生中做出的努力同其最后的结局是多么不相称啊。人们必须为青年时代对未来的美好憧憬付出饱尝幻灭之苦的惨重代价。痛苦、疾病和不幸沉甸甸地把人生这架天平的一端压得很低。这一切意味着什么呢？菲利普联想到自己的一生，想起了开始步入人生时自己所抱的远大期望，想起了身患残疾给他带来的种种限制，想起了他孤独无助的景况，想起了他在无人疼爱的环境中度过的青春岁月。他从来只做那些看来是最好的事情。但他仍然栽了好大一个跟头！有些人并不比他的条件优越多少，却相当成功；还有些人要比他的条件好得多，却反而失败了。一切似乎都靠机遇。雨水毫无偏向地落在每个人的身上，不管他正直不正直。这里面是没有什么道理可讲的。

一想到克朗肖，菲利普便记起他送给自己的那块波斯地毯。当时克朗肖曾说那条地毯可以解答他那个有关人生意义的问题。突然，菲利普想出了这个答案，不禁暗自发笑。他终于找到了答案。那就好比猜谜语，你为之冥思苦想，但一经亮出谜底，你简直无法想象自己怎么会没有猜到。答案相当明显：人生毫无意义。地球不过是一颗飞速穿越太空的星星的卫星。在某些条件的作用下，生物便在地球上应运而生，而这些条件正是形成地球这颗行星的一部分。既然在这些条件的作用下，地球上有了生命的开端，那么，在别的条件的作用下，也将会有生命的终结。人，并不比其他有生命的东西更有意义；人的出现，并不是造物的顶点，而是自然对环境做出的反应而已。菲利普想起了有关东方国王的故事。那国王迫切想要了解人类的历史。一位哲人便给他送来了五百卷书籍，但国王忙于处理国事，无暇批阅，便责成哲人把书带回去压缩精简。二十年后,哲人回来了,那部史书压缩得只剩下五十卷,但那时国王年事已高,无力阅读这么多卷厚重的书籍,便再次责成哲人把书缩短。又过了二十年,上了岁数、头发灰白的哲人来到国王跟前,带来一本写着国王所寻求的知识的书,但是,那会儿国王已经生命垂危,就连这样一本书,他也没有时间阅读了。于是,哲人把人类的历史归结为一行字,写好呈递给国王,上面是这样写的:人降生到世上,便受苦受难,最后死去。人生没有意义,人活着也没有目的。他出生还是不出生,活着还是死去,都无关紧要。生命微不足道,死亡也无足轻重。想到这儿,菲利普心头感到一阵狂喜,就跟他童年时摆脱了笃信上帝的重压后的那种喜悦心情一样。在他看来,生活的最后一副重担从肩上卸了下来,他平生第一次感到彻底自由了。他那无足轻重的地位转化成一种力量。突然,他觉得自己跟那似乎一直在迫害他的残酷命运势均力敌了。既然人生毫无意义,世间也就没有残忍可言。不管是做过的还是没来得及做的事,都无关紧要。失败不必介意,成功也等于零。他是暂时占据地球表面的芸芸众生中一个最不起眼的人;但他又无所不能,因为他已经从一片混沌中探索出人生虚无的奥秘。菲利普富于热切的想象力,脑海里思绪翻腾;他感到十分喜悦,心满意足,不禁深深地吸了几口气。他真想又蹦又跳,高声歌唱。几个月来,他还没有这么高兴过。

“哦,人生,”他心里暗自喊道,“哦,人生,你的痛苦何在?”

这股突如其来的思潮充满了说服力,向菲利普明白无误地表明了人生毫无意义这一道理。与此同时,菲利普心中又萌生出另一个念头。他想原来这就是克朗肖送他那块波斯地毯的原因。地毯织工精心地在地毯上编织图案,并不是出于什么目的,只是满足其美感的乐趣而已。正如地毯织工那样,一个人也可以这样度过他的一生。如果一个人不得不相信他的行动无法由自己做出选择,那么,他也可以如此来看待他的一生,人生也不过是一种图案而已。这种图案没有什么用处,他也并不需要。他那么做,只不过是满足自己的乐趣而已。凭借从生活、行为、感情和思想的形形色色的事件中取得的材料,他可以设计出一种有规律的图案,一种精巧的图案,一种结构复杂的图案,或者一种形状美丽的图案。尽管这也许只不过是一种他认为可以随意选择的幻想,尽管这也许只是一种表面现象与缕缕月光混杂在一起的奇异戏法而已,但这一切都无关紧要,人生看上去就是如此,而在菲利普看来,人生也确实是这样的。在人生毫无意义、一切都微不足道的思想背景下,一个人可以从那宽阔无垠、起伏不平的人生(那是一条长河,没有源头,奔流不息,却不注入大海)中随意选择几股不同的丝线,编织成那种图案,从而获得个人的满足。有一种图案,最显而易见,最完美无缺,同时也最漂亮好看。在这种图案中,一个人出生来到世上,渐渐长大成人,结婚成家,生儿育女,为生活而辛苦工作,最终死去。可是人生也有其他样式的图案,既纷繁复杂,又相当奇妙,在这种图案中,幸福并没到来,人们也不力图取得成功,但从中可以发现一种更加乱人心思的韵致。有些人的一生,其中也包括海沃德的一生,他们的人生图案在还没有完成前,就被盲目而冷漠的命运切断了。于是,有人说些无关紧要的安慰话来让人宽心。还有些人的一生,正如克朗肖的一生那样,为人们提供了一个难以仿效的图案:在人们能够认识到这样的人生被证明为正当的之前,原来的观点必须改变,传统的标准必须更改。菲利普认为他抛弃了对幸福的渴望,便也丢掉了他的最后一个不切实际的幻想。用幸福的标准来衡量,他的人生似乎是可怕的;可是如今,当他认识到人生可以用别的标准来衡量时,他似乎浑身充满了力量。幸福和痛苦一样微不足道,它们的降临,跟人生中出现的其他细节一样,都被编织进了那精心制作的图案里。霎时间,他似乎超脱于生活的种种变故之外,感到这些变故再也不能像以前那样对他产生什么影响了。眼下,无论发生什么事,都不过是使人生的图案更趋复杂而已,而且当生命的终点临近时,他会为这种图案的完成而充满喜悦。那会是一件艺术珍品,仍然会那么美丽,因为只有他才知道它的存在,而随着他的死亡,图案也就立刻消失了。

想到这里,菲利普心里十分高兴。

107

进货员桑普森先生开始喜欢起菲利普来了。桑普森先生十分气派,服装部里的姑娘们都说,即便他娶上个阔绰的顾客,她们也不会觉得惊奇。他住在城外,可常常给店员们留下他在办公室也穿着晚礼服的印象。有时候,那些值班打扫的店员发觉他一早来上班也穿着晚礼服,在他走进办公室换上礼服大衣的当儿,他们就神情严肃地相互眨眼示意。每逢这种场合,桑普森先生偷偷溜出店去匆匆吃点早饭,之后在上楼回办公室的途中,他总是一边搓着双手,一边也对菲利普使个眼色。

“哎呀!”他说,“多美的夜晚! 多美的夜晚!”

他告诉菲利普说他是店里唯一的绅士,而只有他和菲利普两人才懂得人生的真谛。说了这番话以后,他突然又改变了态度,管菲利普叫凯里先生而不再把菲利普称作"老兄"了,转而摆出一副跟进货员这一职位相称的派头,把菲利普推回到顾客招待员的岗位上去。

林恩-塞德利公司每周收到一次从巴黎寄来的有关时装式样的报纸,并将报纸上的时装款式稍加改动,以迎合他们的顾客的需要。他们的顾客可非同一般,绝大多数都是从一些较小的工业城镇里来的妇女,她们的情趣高雅,不愿购买她们本地制作的衣衫,但对伦敦的情况又不够了解,一下很难找到一家与她们的收入相当的良好的服装公司。除此以外,便是一大批歌舞杂耍剧场里的艺人,拥有这样的顾客与这家公司的雅号似乎不大相称。而这正是桑普森先生所发展的关系,他也为这种关系感到得意非凡。这批艺人早就开始在林恩公司定做舞台服装了,而桑普森先生劝说她们中间的许多人也在店里做些其他服装。

"衣服做得跟帕坎公司的一样好,价钱却便宜一半。"他说。

桑普森先生跟每个人都嘻嘻哈哈的,说话富有说服力,这种态度倒颇得此类顾客的欢心,她们相互议论道:

"在林恩公司可以买到谁都知道是从巴黎运来的外套或裙子,还有什么必要把钱扔到别处去呢?"

桑普森先生跟那些他曾替她们做过礼服的公众的宠儿结下了友谊,他为此感到十分自豪。一个星期天下午两点钟,他随维多利亚·弗戈小姐一起去到她那幢位于图尔斯山的漂亮别墅,并同她共进了午餐。第二天,他洋洋洒洒地叙述了一遍,让店员们听得津津有味。他说:"她穿了件我们缝制的浅灰蓝色上衣,我敢说,她压根儿没想到这上衣是我们店里的货,因此我只好亲口对她说,这件上衣要不是我亲手设计的,那一定是从帕坎公司买来的。"菲利普对女人的服装从来不太留意,但是经过一段时间以后,也开始从技术方面对女装产生兴趣,他自己也觉得有些好笑。他很能鉴别颜色的效果,在这方面训练有素,服装部里不管哪个人都望尘莫及。再说,在巴黎学画时,他早就掌握了一些有关线条方面的知识。桑普森先生无知无识,也意识到自己能力欠缺,但他具有一种综合别人建议的机灵劲儿。每设计一种新款式,他都要不断地征求店员们的意见;他敏锐地发现菲利普的批评很有价值。可是他生性十分妒忌,从来不愿承认自己采纳了别人的意见。每当他根据菲利普的建议对某个图样加以修改之后,他总是说:

"嗯,最后还是按我的想法把图样改出来了。"

菲利普来到店里五个月后的一天,那位既庄重又诙谐的著名演员艾丽丝·安东尼亚小姐跑来要见桑普森先生。她是个身材粗壮的女人,长着一头亚麻色的头发,脸上涂抹着厚厚的脂粉,嗓音有些刺耳。她有着习惯与外地歌舞杂耍剧场楼座里的小伙子们打情骂俏的喜剧女演员①的轻松活泼的举止。她即将登台表演一首新歌,希望桑普森先生为她设计一套服装。

"我想做一件引人注目的戏服。"她说,"要知道,我可不要那种老套头,要的是与众不同的戏服。"

---

① 原文是法语。

桑普森先生既亲切又和蔼。他说店里肯定可以做出她想要的戏服,并给她看了几张戏服设计图样。

"我知道这里面没有一种式样合您的意,只是想让您看看我们建议的大致式样。"

"哦,不行,这根本不是我想要的式样。"她不耐烦地朝设计图样扫了一眼后说,"我要的是这样一件戏服,穿上它叫人看了好比一拳打在下巴上,打得他牙齿嘎啦嘎啦直响。"

"是的,我明白您的意思,安东尼娅小姐。"进货员说,脸上露出温和的微笑,但他的眼睛里却显出茫然不解的神情。

"我想,最终我还得跑到巴黎去做。"

"哦,安东尼亚小姐,我想我们会让您满意的。您在巴黎能弄到的戏服,在我们这儿也同样可以弄到。"

安东尼亚小姐大模大样走出了服装部之后,桑普森先生感到有些发愁,便去找霍奇斯太太商量。

"她确确实实是个怠慢不得的人。"霍奇斯太太说。

"艾丽丝,你在哪儿?"进货员烦躁地说,并认为在同艾丽丝·安东尼亚小姐的对阵中他已赢得一分。

在他的头脑中,歌舞杂耍剧场里用的戏服不外乎是各式各样的短裙,上面绲着螺旋形的花边,挂着闪闪发亮的金属小圆片。可是安东尼亚小姐在这个问题上表现出的看法相当明确。

"哦,天哪!"她说。

她虽没有说出金属小圆片怎样叫她恶心,但用这样一种语调喊叫,足以表明她对任何平淡无奇的事物都深恶痛绝。桑普森先生勉强地说了一两个主意,霍奇斯太太却直率地告诉他,说她觉得那些主意都不行。最后正是霍奇斯太太向菲

利普提出了这么个建议:

"菲尔,你会画画吗?你何不动手试一下,看看能画出些什么?"

菲利普买了一盒廉价的水彩颜料。到了晚上,那个吵闹的十六岁的孩子贝尔一边忙着整理邮票,一边吹着口哨,接连吹了三个曲调。而菲利普就在这当儿画出一两张草图。他记得当年在巴黎见过的一些戏服的式样,就以其中一种为蓝本,稍作修改,再涂上一种浓艳而又奇异的色彩,取得了不错的效果。他为此感到相当愉快,第二天早晨,就把草图拿给霍奇斯太太看。这位太太看后有些惊讶,马上拿去交给进货员。

"无可否认,"桑普森先生说,"这真不寻常。"

这张设计图样一下子把他难住了,同时他那双训练有素的眼睛看出,照这张设计图样缝制出来的衣服一定令人叹赏。为了保全自己的面子,他开始提出一些修改意见。但是霍奇斯太太更有见识,劝他就把这张设计图样原封不动地拿去给安东尼亚小姐过目。

"行不行就在此一举了,说不定她会喜欢这种式样的。"

"还远不止于此呢。"桑普森说,一面望着面前那张袒胸露肩的服装图样①,"他会画画,是吗?想不到他一直瞒着不让人知道。"

当有人通报安东尼亚小姐来到服装部的时候,桑普森先生把设计图样放在桌上显眼的地方,好让安东尼亚小姐一跨进办公室就能看到。她果然立刻扑向设计图样。

"这是什么?"她说,"为什么我不能穿这样的戏服?"

---

① 原文是法语。

"这正是我们为您所做的设计，"桑普森先生漫不经心地说，"您喜欢吗？"

"那还用说！"她说，"给我来半品脱矿泉水，里面再滴上一滴杜松子酒。"

"啊，您瞧，您用不着上巴黎去了。您只要说一声想要什么，我们这儿就有什么。"

戏服立刻差人缝制，当菲利普看到做好的戏服时，心里满意地感到一阵激动。进货员和霍奇斯太太把所有的功劳都归到他们自己身上，但菲利普并不在乎。他同他们一起到蒂伏里杂耍剧场去看安东尼亚小姐首次试装，他心里充满了喜悦。在回答霍奇斯太太的问话中，他终于把自己当年学画的经历告诉了她——因为担心那些跟他住在一起的店员认为他想摆架子，他总是小心翼翼，从不提到他过去从事的工作——霍奇斯太太又把这个情况告诉了进货员。对这件事，进货员在菲利普面前只字不提，但开始对他变得比较尊重了，不久又让他为两名乡下的顾客设计了几份图样，这些图样都获得了好评。从此以后，桑普森先生开始对顾客说起他手下有个"聪明的小伙子，你们知道吧，在巴黎学过画的学生"在协助他工作。不久，菲利普便被安置在屏风后面，只穿着衬衫，从早到晚地设计服装图样。有时候，他简直忙得不可开交，只好在下午三点同一些"落在后面的人"一块儿吃午饭。他喜欢这样，因为他们人数不多，再说一个个都累得要命，不想说话了。饭菜也要好一些，都是那些进货员们吃剩下的食物。

菲利普这次从商店的顾客招待员提升为服装设计员的事，在服装部引起了强烈的反响。他意识到自己成了大伙儿妒忌的对象。哈里斯——那个脑袋形状奇特的店员——是菲利普在店里认识的第一个人,一直十分喜欢菲利普。他也无法掩饰内心的妒意。

"有些人就是运气好,"他说,"要不了多久,你自己就可以当进货员了,到那时我们都得叫你'先生'了。"

他对菲利普说,应该去要求增加工资,因为,尽管如今他从事费劲复杂的工作,但领取的工资却并不比开始时的每周六先令多一个子儿。可是去向经理要求增加工资是件棘手的事。经理在对付这些申请加薪的人方面有一套冷嘲热讽的办法。

"你认为自己应该得到更多的工资,是吗?那么你认为你应该得到多少呢,呃?"

那个营业员提心吊胆,说他认为应该每周再增加两个先令。

"哦,很好,你认为你应该得到这么多,你就可以得到这么多,"接着他停顿了一下,有时还用冷冰冰的目光瞅着对方,又补充道,"同时,你也可以得到解雇通知书。"

那时想撤回你的请求已经没有用了,你不得不离开那儿。经理的观点是,心怀不满的店员是不会把活儿干好的,如果他们不配增加工资,倒不如马上把他们解雇的好。结果,除非店员本来打算离开,否则他们从不要求增加工资。菲利普迟疑不决。他房间里的人都说进货员离不开他,他对这一点将信将疑。这些伙伴都是相当正派的人,但他们的幽默感还很简单,要是他在他们的劝说下去要求增加工资而遭到解雇,这对他们倒似乎是一件有趣可笑的事。他无法忘记当初寻找工作时所遭受的羞辱,他不希望再受这种罪了。他知道到别处去谋个式样设计员的职位,几乎没有什么可能性。周围有数以百计的人能画得跟他一样好。可是他急需用钱,原先的几件衣服都穿破了,袜子和靴子也被厚厚的地毯磨坏。一天早晨,在地下餐厅吃完早饭后上楼,他要穿过那条通向经理办公室的过道。这当儿,他几乎说服自己去采取那冒险的步骤。他看到办公室前排着一队男人,是看了广告前来应试的。大约有一百人光景,他们中间无论谁一旦受雇,都可以得到同菲利普一样的待遇和每星期六先令的工资。他看见他们中间有些人因为他已被录用而投来羡慕的目光。那种目光使他打了个寒战。他可不敢冒这个险。

108

冬天过去了。菲利普有时到圣路加医院去,看看有没有他的信。他总在夜色浓重、几乎不可能遇到熟人的时候悄悄溜进医院。复活节那天,他接到大伯的一封信,相当诧异,因为这位黑马厩镇教区牧师一生中给他写的信,加起来也不超过五六封,而且谈的都是事务上的事。

> 亲爱的菲利普:
>
> 　　如果你打算近期度假并愿意上这儿来的话,我会很高兴见到你。冬天,由于支气管炎发作,我病得很重,而威格拉姆大夫对我的病情根本不抱什么希望。我的体质很好,感谢上帝,我奇迹般地康复了。
>
> 　　　　　　　　　　你的亲爱的
>
> 　　　　　　　　　　威廉·凯里

看了这封信,菲利普十分生气。在大伯的心目中,菲利普过的是怎样一种生活呢?他甚至在信上都不问一声。他就是饿死了,那老头儿也不管。可是,在往回走的路上,菲利普蓦地起了一个念头,在一盏路灯下收住脚步,把信掏出来又看了一遍,只见信上的笔迹再也没有早先特有的那种公事公办的坚定劲头,一个个字写得很大,歪歪斜斜的。说不定疾病对他的打击远远超过了他愿意承认的程度,于是想在这封正式的短信里,表达自己渴望见到世上唯一的亲人的心情。菲利普回信说他七月里可以到黑马厩镇去度上半个月的假期。这封邀请信来得正是时候,因为他一直不知道该怎样打发这一短短的假期。九月里,阿特尔涅全家要去采蛇麻子,但他那会儿抽不出时间,因为到了九月,要准备秋季的服装图样。林恩公司有个规矩,每个员工不管愿意不愿意,都得度上半个月的假期,若在度假期间没地方可去,店员仍可睡在宿舍里,但膳食得自理。有些店员在伦敦附近没有朋友,对他们来说,假期倒是件麻烦的事情。这时,他们只好从微薄的工资里拿出几个钱来买食物充饥,而且整天闲着,过着百无聊赖的日子。自从两年前同米尔德丽德一起去布赖顿以来,菲利普一直没有离开过伦敦。如今,他渴望呼吸一下新鲜空气,享受一下大海的宁静。他怀着这种强烈的欲望度过了五月和六月,最后真到了要离开伦敦时,他倒变得懒洋洋的。

在离开伦敦前的最后一个夜晚,当菲利普向桑普森先生谈起他不得不留下来的一两件活儿时,桑普森先生突然对他说道:

"你一直拿多少工资?"

"六个先令。"

"我想那可不够。等你度假回来，我设法给你增加到十二先令。"

"那太感谢你了，"菲利普笑着说，"我正非常需要添置几件衣服。"

"只要你忠于职守，不像他们中间有些人那样成天跟姑娘们混在一起戏耍玩乐，我会照应你的，凯里。听着，你要学的东西很多，但你仍是有出息的。我会为你说话，你是有出息的。一旦时机成熟，我会设法让你拿每周一英镑的工资。"

菲利普暗自纳闷，不知还得等多久才能拿到每周一英镑的工资。等上两年？

菲利普看到大伯身上所起的变化，大吃一惊。上次见到大伯时，他身子还很结实，腰板笔挺，胡子刮得光光的，长着一张贪图口腹之乐的圆圆脸。但是，他的身体莫名其妙地垮了下来，皮肤蜡黄，眼袋很大，身子佝偻着，显得十分衰老。在上次生病期间，他蓄起了胡须，走路的步子十分缓慢。

"今天我的身体不怎么好，"大伯说，那时菲利普刚回到牧师公馆，跟他一起坐在饭厅里，"炎热的天气搅得我心烦意乱。"

菲利普询问了一下教区的事务，同时端详着大伯，不知大伯究竟还能活多久。炎热的夏天就会要了他的性命。菲利普注意到他那双手多么瘦削，而且还不住地颤抖。这对菲利普来说倒是关系重大。如果大伯夏天就去世，那冬季学期一开学，他就可以回到圣路加医院去。一想到再也不必回林恩公司，他就心情激动。吃饭时，牧师大伯弓着背坐在椅子上，那位自从他妻子死后就来为他料理生活的女管家问道：

"先生，让菲利普先生切肉好吗？"

老头儿出于不愿意承认自己身体虚弱的心理,本想自己动手切肉,但一听到女管家的提议,便似乎高兴地放弃了切肉的尝试。

"您的胃口还真好呢。"菲利普说。

"哦,那倒是的,我一向吃得下东西。不过我现在比你上次在这儿的时候瘦了。瘦一点也好,我一直就不喜欢那么胖。威格拉姆大夫认为我比以前瘦一点倒是好事。"

饭后,女管家给牧师拿来一些药。

"把处方拿来给菲利普少爷看看,"牧师说,"他也是一名医生。我希望他能认为这处方开得不错。我曾告诉威格拉姆大夫,说你如今正在学习当医生,他应该少收点诊费。我要付的账单可吓人了。一连两个月,他天天都来给我看病,每来一次就要收五个先令。这笔费用真不小,是不是?现在他仍然每个星期来两次。我打算叫他别再上门来了,如有需要,我会派人去请他的。"

菲利普看医生开的处方时,大伯急切地望着他。处方上开的都是麻醉剂,一共两种药,牧师解释说,其中一种只有在神经炎发得无法忍受时才服用。

"我用药时十分小心,"他说,"我可不想染上吸鸦片的恶习。"

他根本不提侄儿的事情。菲利普猜想大伯生怕自己向他伸手要钱,就采用这种提防的方式,喋喋不休地对他诉说要付的各种各样的账目。在医生身上已经花去了那么多的钱,而付给药房的钱还要更多。再说他生病期间,卧室里每天都得生火。现在每逢星期天,他早晚都需要坐马车去教堂。菲利普十分恼火,真想对大伯说他用不着担心,他侄儿并不打算向他借钱,但还是忍住没说出口来。在菲利普看来,除了两件事——耽于口腹之乐和对金钱的贪婪欲望之外,老头儿已经失去了对生活的一切乐趣。这样的晚年真是可怕。

下午,威格拉姆大夫来了。看完病后,菲利普陪他走到花园门口。

"你认为他的身体情况如何?"菲利普说。

威格拉姆大夫希望的是不要犯错,而不是把事做得正确,只要有法子,他绝不冒险提出明确的意见。他在黑马厩镇行医已经有三十五年了,享有为人十分可靠的名声,许多病人认为作为一个医生,要紧的倒不是聪明,而是为人可靠。黑马厩镇有一位新的医生——尽管他在这儿定居已有十年,但是人们仍旧把他看成没有执照的营业者——据说他非常聪明,可是有身份的人士很少请他去看病,因为谁也不真正了解他的情况。

"哦,他的身体如预期的一样好。"威格拉姆大夫回答菲利普的询问时说。

"他身上有没有什么严重的毛病?"

"哎,菲利普,你大伯可不是个年轻人。"医生说道,脸上泛起谨慎的微笑,这种笑容似乎表明那位黑马厩镇教区牧师其实也不算一个老人。

"他似乎认为他的心脏不大好。"

"我对他的心脏是不大满意,"那个医生斗胆说道,"我认为他应该小心才是,应该十分小心。"

菲利普差点儿就要开口说出的问题是:他大伯究竟还能活多久?他担心一问出来,威格拉姆会感到震惊。遇到这样的问题,就要遵循生活的礼节,把话说得婉转含蓄一些。不过,菲利普在问另一个问题的时候,头脑里突然闪过一个念头,那个医生想必对病人亲属的焦急心情已是习以为常。他一定也能看穿他们怜悯表情下的心思。菲利普对自己的虚伪淡淡地一笑,随后垂下眼睛。

"我想他不会马上有生命危险吧?"

这是医生不愿回答的那种问题。要是说病人活不到一个月,那他家里就会立刻忙着操办丧事,而如果到时候病人仍然活着,他家里人就会怀着一肚子怨气去找医生,因为他让他们过早地遭受到不必要的折磨。另一方面,要是说病人可以活上一年,但他不出一个星期就死了,他家里人就会说你并不精通医术。他们想到要是早知道病人这么快就咽气,他们就会把所有的关爱都倾注到他身上。威格拉姆大夫打了个手势,表示不愿再跟菲利普谈下去了。

"我想不会有什么重大的危险,只要他——能维持现状。"他终于小心地说,"不过,另一方面,咱们可别忘了,他终究不是一个年轻人,噢,这部机器渐渐磨损了。如果他能熬过夏季炎热的天气,我看不出他为什么就不能非常舒适地活到冬天;然后,要是冬天不给他带来多大的麻烦,那么,我看不出会发生什么不测。"

菲利普回到饭厅里,大伯仍然坐在那儿。牧师头上戴了顶无檐便帽,肩头围着一条钩针编织成的方形披巾,样子显得十分古怪。他的眼睛一直盯着饭厅门口,菲利普进来时,他的目光便停留在菲利普的脸上。菲利普看出大伯一直在焦急地等着他回来。

"哎,关于我的情况他说了些什么?"

菲利普突然明白老头儿非常怕死。这叫菲利普有点不好意思，于是他不由自主地把目光转向别处。他总是因人性的软弱而感到困窘。

"他说他觉得您好多了。"菲利普说。

大伯的眼睛里闪烁着喜悦的光芒。

"我的体质好得惊人。"牧师说，"他另外还说了些什么？"他又满腹狐疑地追问道。

菲利普露出了笑容。

"他说，只要您多保重身体，那就没有什么理由不能活到一百岁。"

"我不知道我能不能活那么长，但是我看不出为什么活不到八十岁。我母亲就活到八十四岁。"

凯里先生的椅子旁摆着一张小桌子，上面放着一本《圣经》和一本厚厚的《公祷书》，多少年来，他一直习惯于对家人诵读其中的内容。这会儿，他伸出一只不住颤抖的手，拿起《圣经》。

"那些基督教的创始人寿命都很长，对吧？"牧师说道，一面神情古怪地笑了笑。从他的笑声中，菲利普听出一种胆怯的恳求的调子。

老头儿紧紧抓住生命不放。可是，他又绝对相信宗教给他的所有内容，对灵魂不灭的学说深信不疑。他感到自己一向根据自己的职责，行善积德，足以使他的灵魂在他死后升入天国。在那漫长的传教布道的生涯中，他一定给众多行将死亡的人带来了宗教的安慰！也许，他也像那无法从自己开的处方里得到好处的医生一样。菲利普为大伯那副热切依恋尘世的样子感到困惑和震惊。他不知道老头儿的内心深处究竟有什么难以名状的恐惧。他真想深入探索一下大伯的灵魂，那样一来，老头儿对自己怀疑的未知世界的惶惑就会赤裸裸地暴露在他眼前。

半个月的假期转眼就过去了，菲利普又回到了伦敦。在天气炎热的八月里，他都待在服装部的屏风后面，只穿衬衫，画着图样。店员们轮流外出度假去了。晚上，菲利普通常到海德公园里去听乐队演奏。他渐渐习惯了自己的工作，也就觉得不那么累了。他的脑子从长期的呆滞状态中恢复了过来，又开始寻找新的活动。现在他一心盼着大伯死去，老是做着同样的梦：一天清晨，交来一份通知牧师骤然去世的电报，从此他彻底自由了。他醒来后，发觉只不过是一场梦幻，心里便充满了怒火，感到很不舒畅。既然这桩事随时都可能发生，他便一心思考着未来种种详尽的计划。就这样，他很快就把这一年的光阴打发过去了。这一年是他取得医生资格前必经的阶段，他竟老想着自己一心向往的西班牙之行。他阅读有关这个国家的书籍，这些书籍都是他从免费公共图书馆借来的。他已经从各种照片中准确地知道西班牙每一座城市的风貌。他想象自己在科尔多瓦那座横跨瓜达尔基维尔河的大桥上流连徘徊，在托莱多的弯弯曲曲的街道上四处游荡；坐在教堂里，从埃尔·格列柯那儿索取他感到这位神秘莫测的画家为他保留的人生奥秘。阿特尔涅能体会他的心情，每到星期天下午，他们俩就在一起列出详尽的旅行路线，不让菲利普错过一处值得一游的地方。为了消除自己的急躁情绪，菲利普还开始自学西班牙语。每天晚上，他都坐在哈林顿街宿舍那空寂无人的起居室里，花一个小时做西班牙语练习，还借助手边的英语译本，苦苦思索《堂吉诃德》里的优美语句。阿特尔涅每星期给他上一次课，这样菲利普学会了几句话，好在旅行时用。阿特尔涅太太在一旁笑话他们。

"你们俩就知道学西班牙语！"她说，"何不干一些有用的事儿呢？"

可是莎莉有时站在一旁，神情严肃地听父亲和菲利普用一种她听不懂的语言交谈。莎莉渐渐长大成人，预备在这年圣诞节时把头发绾到头上。她认为父亲是世界上有史以来最了不起的人物，她只引用父亲对菲利普的赞词来表达她对菲利普的看法。

"爸爸对你们的菲利普叔叔评价可高了。"她对弟妹们这样说道。

最大的男孩索普已经到了可以去"阿瑞托萨"号上当水手的年龄，于是阿特尔涅便把小伙子穿着水手制服回来度假时的模样绘声绘色地描述了一番，让家人听得津津有味。莎莉一到十七岁，就要去跟一位裁缝做学徒。阿特尔涅又像发表演说似的谈起翅膀硬了可以高飞的小鸟儿，它们一只只都要飞离父母修筑的窝儿。他两眼噙着泪水告诉他们，万一他们还想回来，窝儿仍在原处，随时可以来吃顿便饭，可以在临时搭起的床铺上歇息，做父亲的心扉永远对他孩子们的苦恼开放。

"阿特尔涅，你又来瞎扯了。"他的妻子说，"只要孩子们踏实做人，我不知道他们可能陷入什么困境。只要你为人诚实，不怕劳累，就永远也不会失业，这就是我的看法。同时我可以告诉你，就是看到他们中的最后一个出外独自谋生，我也不会感到难过的。"

由于生儿育女、繁重的家务和不断的忧虑,阿特尔涅太太开始显得衰老了。有时候,她的背晚上疼痛难忍,只好坐下来歇一会儿。她理想中的幸福就是能雇个姑娘来干些粗活,免得自己每天早晨七点以前就得起床。阿特尔涅挥了挥他那只雪白好看的手,说:

　　"啊,我的贝蒂,你跟我两个人为国家立下了大功。我们养育了九个身体健壮的孩子。男孩子将来可以为国王陛下效劳。姑娘们将来可以做饭,干针线活,并轮到她们来生育身体健康的孩子。"他转过脸来望着莎莉,为了安抚她,用一种跟刚才适成对照的平淡但又不无夸张的口气补了一句,"她们还要伺候那些光是站着等待的人。"

　　近来,阿特尔涅在他狂热信奉的各种相互矛盾的学说中,又添加了社会主义的理论。这会儿他说道:

　　"贝蒂,在社会主义国家里,我和你两个人都应该领到优厚的养老金。"

　　"哦,别在我面前谈你的那些社会主义者,我可没这份耐心。"阿特尔涅太太嚷道,"那只意味着另一批游手好闲的懒汉从工人阶级中获得好处。我的生活信条是:别管我!我可不想受到哪个人的打扰。我会在逆境中尽力而为,落后就要遭殃!"

　　"你把我们的生活说成是逆境吗?"阿特尔涅说,"压根儿不是那样!我们体验过生活中的酸甜苦辣,我们作过斗争,我们家一向很穷,但这种生活是值得的,啊,当我环顾站在身边的孩子时,我得说,这种生活值得过上一百次!"

　　"你又来瞎扯了,阿特尔涅,"她说,用一种不是愤怒而是轻蔑的平静目光望着阿特尔涅,"生这些孩子,你倒相当舒服,但我却身受十月怀胎之苦,还要哺养他们。我不是说我不喜欢他们,既然已经把他们生出来了,不过,要是我能回到过去重新生活的话,我就会独自过活。嗨,要是我仍然孤身一人,现在我可能就会开上一家小店,银行里有四五百英镑的存款,还雇个姑娘替我做些粗活。哦,无论如何,我可不愿再重复我这辈子的生活了。"

菲利普暗自思量,对于难以计数的千百万生灵来说,生活不过是没完没了的劳作,既不美也不丑,他们只是像接受季节的转换那样接受这种生活。世间的一切似乎都毫无意义,他不禁感到极为愤懑。他不甘心于相信人生毫无意义的说法,而他所见到的一切,他的全部思想,无不更加坚定了他的信念。尽管他不胜愤慨,但那是一种令人愉快的愤慨。人生要是没有意义,那也就不那么可怕了。于是,他凭借一种奇异的力量面对人生。

109

秋去冬来。菲利普曾把自己的住址留给大伯的管家福斯特太太,好让她写信跟自己联系。不过,他仍然每星期去医院一次,希望能有他的信。一天晚上,他看到自己的名字出现在一个信封上,那种笔迹正是他永远不愿再看到的。他心里不禁产生一种奇怪的感觉。有一阵子,他真无法鼓起勇气伸手去拿信。这封信让他回想起许多可恨的往事。可是最后,他终究沉不住气,把信撕了开来。

亲爱的菲尔:

是否可以尽快和你见一会儿。我陷入了莫大的困境,不知该怎么办才好。不是钱的事儿。

你的忠实的

米尔德丽德

于菲茨罗伊广场

威廉街七号

他把信撕得粉碎,走到街上,把碎片撒到黑暗之中。

"见她的鬼吧。"他嘟哝道。

一想到要跟她再次见面,他心头不禁涌起一阵厌恶的感觉。她是不是处境艰难,他才不在乎呢。不管她沦落到何等地步,都是罪有应得!想到她,他充满愤恨,过去对她的爱恋,如今激起了对她的憎恨。回首往事,他心中充满了厌恶。他漫步走过泰晤士河时,把身子缩到一边,本能地避免再想到她。他上了床,但是无法入睡。他暗自纳闷,不知她究竟出了什么事。他无法把那种担心她生病、挨饿的念头从脑子里驱除。她不到山穷水尽的地步是不会给他写信的。他为自己的软弱感到生气,但是他知道,如果不见到她,自己心里就得不到安宁。第二天早晨,他在一张折叠邮简上写了几句话,随后在去店里上班的途中寄了出去。信上的口气尽量写得生硬,只说知道她境况窘迫,颇为遗憾,说他将于当天晚上七点按所写的地址前去探访。

那是一幢破败的出租公寓,坐落在一条肮脏的街道上。菲利普一想到要跟她见面,心里就很不舒服。他在向人打听她是否在家时,却异想天开地希望她已经搬走。这儿看上去是人们经常搬进搬出的地方。昨天他没想到看一下信封上的邮戳,不知道那封信在信架上已搁了多久。听到铃声出来开门的那个女人,并没有开口回答他的询问,只是默不作声地领

791

他穿过走道,在屋子深处的一扇门上敲了几下。

"米勒太太,有位先生来看你。"她嚷道。

房门微微开了一条缝,米尔德丽德猜疑地朝外看了一眼。

"噢,是你呀,"她说,"进来吧。"

菲利普走了进去,她随手把门关上。那是一间很小的卧室,里面乱糟糟的,跟她住的每个地方一样。地板上有一双鞋,一只扔在东边,另一只扔在西边,鞋面也没擦拭干净。帽子丢在五斗橱上,旁边还有几绺假鬈发,短上衣就撂在桌子上。菲利普想找个放帽子的地方,门背后的衣帽钩上挂满了裙子,他看到裙边上都沾满泥浆。

"坐下来好吗?"她说,接着窘迫地笑了一声,"我想,这次你又收到我的信,觉得有些意外吧?"

"你嗓音嘶哑得很,"他回答说,"喉咙疼吗?"

"是的,疼了有一阵子了。"

菲利普没有再说什么,等着她解释为什么要跟他见面。卧室里的景象足以表明她又回到了先前那种生活里去了,而他曾一度把她从那种生活里拖了出来。他不知道那个孩子究竟怎么样了,壁炉台上倒有一张孩子的照片,但房间里没有一点痕迹说明孩子和她住在一起。米尔德丽德手里捏着手帕,把它揉成一个小球,在两只手里传来传去。他看出她心里十分紧张。她目不转睛地瞅着炉火,他可以从容地打量她而不会与她的目光相遇。她比离开他的时候消瘦多了,脸上的皮肤焦黄而干枯,更加紧绷绷地贴在颧骨上。她的头发染过了,成了淡黄色,这使她的模样有了很大的改变,显得越发粗俗。

"说真的,接到你的回信,我才安下心来,"她终于开口说,"我以为你也许已经离开医院了。"

菲利普没有言语。

"我想现在你已经取得医生资格了,对吧?"

"没有。"

"怎么回事?"

"我已经不在医院了。一年半以前,我不得不放弃学医。"

"你就是变化不定,似乎什么事都干不长。"

菲利普又沉默了一会儿。接着,他冷冷地说:

"我做了笔投机买卖,但不走运,把手头仅有的一点钱都赔光了。我无法继续学医了,只好尽力设法挣钱糊口。"

"那你现在干什么呢?"

"我在一家商店里做事。"

"哦!"

她迅速地瞥了他一眼,立刻又把目光移开。他觉得她脸红了。她紧张不安地用手帕轻轻擦着自己的手掌。

"你总不见得把你的医术全忘了吧?"她急促地把这句话说了出来,腔调十分古怪。

"并没有全忘了。"

"我想见你,就是为了这个原因。"她的声音变成了嘶哑的耳语,"我不知道自己害了什么病。"

"为什么不到医院去看看呢?"

"我可不愿意去,让那些学生们都盯着我直看,恐怕还要把我留在那儿。"

"你觉得哪儿不舒服?"菲利普冷冰冰地问道,用的是门诊室里给病人看病时问的那种套话。

"嗯,我身上出了一片疹子,怎么也好不了。"

菲利普心里感到一阵惊恐,额头上冒出了汗珠。

"让我瞧瞧你的喉咙。"

他把她带到窗口前，尽自己的能力替她做了检查。突然，他看到了她的眼睛，两只眼睛里充满了极端的恐惧，叫人看了毛骨悚然。她吓得要命。她要菲利普来消除她的疑虑；她用哀求的目光望着他，又不敢开口央求他讲几句宽慰的话，但却绷紧全身的每根神经，巴不得能听到这样的话。然而，他没有说出一句让她宽心的话。

"看来你确实病得不轻。"他说。

"你看是什么病？"

他对她实说了，她的脸色一下子变得像死人一般苍白，甚至连嘴唇也变得焦黄了。她绝望地流下泪来，起初是无声的哭泣，后来声音哽咽地抽泣起来。

"实在对不起，"他终于这么说，"但是，我只好把实话告诉你。"

"我倒不如自杀的好，那样就能一了百了了。"

他对这一威胁不加理会。

"你手头有钱吗？"他问道。

"有六七英镑的样子。"

"要知道，你必须放弃这样的生活。你不觉得自己可以找个活儿干干吗？我恐怕帮不了你多大的忙，我一星期也只挣十二个先令。"

"眼下我还能干些什么呢？"她不耐烦地大声嚷道。

"真该死，你必须想法子干点什么。"

他神情十分严肃地跟她说话，把她自己会有什么危险，以及会对别人造成什么危险都向她说了，而她则脸色阴沉地听着。他试图安慰她一下，最后，尽管她满脸不高兴，他总算还是让她默然同意一切都按他的劝告去做。他开了一张药方，说要把方子拿到最近的药房去配。他还再三嘱咐她一定要按时服药。他站起身，伸出手来准备告辞。

"别垂头丧气啦，你的喉咙很快就会好的。"

可是他刚动身要走，她的脸一下子扭歪了，她一把抓住他的上衣。

"哦，别离开我，"她声音嘶哑地嚷道，"我真害怕呀。别把我丢下不管呀，菲尔，求求你！我再没有别人可找了，你是我曾有过的唯一的朋友。"

他感到她的灵魂充满了恐惧。说也奇怪，这种惊恐的样子跟他在大伯眼睛里看到的生怕自己就要归天的神情十分相似。菲利普垂下了头。这个女人两次闯进他的生活，搞得他苦恼不堪；她没有资格对他提什么要求。然而，他的内心深处却蕴藏着一种异样的隐痛，他也不清楚为什么会这样；而正是这种隐痛，使得他在接到她的信后心绪不宁，直到他服从了她的召唤为止。

"看来我永远也无法真正克服这种隐痛。"他自言自语地说。

他对米尔德丽德怀有一种肉体上的厌恶，一挨近她，就会觉得浑身不舒服，这种莫名其妙的厌恶叫他茫然不知所措。

"你还要我干什么呢?"他问道。

"咱们俩一块儿到外面去吃顿饭。我请客。"

他犹豫不决。他感到她又慢慢地潜回到自己的生活中来了，而他原来以为，她已永远地从他生活中消失了。她正焦急不安地望着他，那副神情真令人作呕。

"哦，我知道我一向待你很不好，但眼下可别把我丢下不管呀。你也算解了心头之恨了。要是眼下你丢下我一个人，我真不知道怎么办才好。"

"好吧,我无所谓,"他说,"不过咱们得省着点儿,如今我可没有钱来乱花。"

她坐下来,穿上鞋,随后又换了条裙子,戴上帽子,他们俩一起走了出去,在托特拉姆法院路上找到了一家餐馆。菲利普已经不习惯在晚上这个时候吃东西,而米尔德丽德的喉咙疼得厉害,无法把食物咽下去。他们吃了一点儿冷火腿,菲利普喝了一杯啤酒。两人相对而坐,以前他们经常就是这么坐着的。他不知道她是否还记得那种情景。彼此也实在无话可说,要不是菲利普硬逼着自己开口,就会一直默默地坐下去。餐馆里灯光明亮,好多俗里俗气的镜子互相映照着,产生了不计其数的映像。在这种场景中,她显得既衰老又憔悴。菲利普急于想知道那孩子的情况,但是没有勇气开口。最后她自己说道:

"听我说,孩子去年夏天死了。"

"哦!"他说。

"也许你会表示难过。"

"我才不呢,"他回答说,"我很高兴。"

她瞟了他一眼,明白了他这话的含义,随即便把目光移开。

"你一度十分疼爱这个孩子的,对吧?我那时总觉得好笑,你怎么会对另一个男人的孩子如此疼爱。"

他们吃完了饭就来到药房取药,菲利普先前把开的药方留在那儿,让他们配好。回到那个破旧的房间后,他叫她服了一剂。随后他们一直坐到菲利普该回哈林顿街的时候才分手。这一番折腾实在叫他厌烦透了。

菲利普每天都去看她。她服用他开的药,遵照他的嘱咐行事。没有多久,疗效就十分显著,这样一来,她对菲利普的医术信服得五体投地。随着身体的逐步好转,她也不再那么垂头丧气了,说起话来也更加没有拘束。

"只要我一找到工作,一切就都顺当了。"她说,"现在我已得到了教训,想从中获得教益,不再过荒唐的生活了。"

菲利普每次见到她,总要问她有没有找到工作。她叫他不要担心,一旦她想找的话,准会找到点活儿干的。她有好几手准备,趁这一两个星期养息好身体岂不更好。他也无法对这一点加以否认,但是等这一期限过后,他就更加坚持己见,要她去找工作。现在她心情开朗多了,她嘲笑他,说他是个专爱瞎操心的小老头。她把自己去跟那些女经理面谈的经过详细地说给他听,因为她想在一家餐馆里找一份差事。她告诉他那些女经理讲了些什么,她又回答了些什么。眼下什么都还没有讲定,但是她相信到下星期初肯定就能确定下来,仓促行事没有用,找一份不合适的工作是不对的。

"这种说法真是荒唐可笑,"他不耐烦地说,"现在不管你找到什么活儿都得干,我可帮不上你的忙,你也没有用不完的钱。"

"哦,不过我也还没有到山穷水尽的地步,可以碰碰运气。"

他目光严厉地望着她。自从他初次前来,到现在已有三个星期,那会儿她手头的钱还不到七英镑。他顿时起了疑心。他回想起她说过的一些话,把这些话综合起来加以分析,不知道她是否真的去找过工作。也许她一直在欺骗他。她手头的钱竟然能维持这么长时间,真是怪事。

"你这儿的房租是多少?"

"哦,女房东为人很好,与别的房东不一样,她愿意等到我手头方便的时候才收房租。"

他默不作声。心里怀疑的事实在太可怕了,因此他犹豫起来。盘问她是没有用的,她什么也不会承认,要想知道真情实况,就得亲自去查明。他已习惯在每晚八点跟她分手,时钟一敲,他便起身告辞;可是这次他并没有回哈林顿街,而是守在菲茨罗伊广场的拐角上,这样无论哪个人沿着威廉街走来,都逃不过他的眼睛。他似乎觉得等了很长时间,以为自己的猜测错了。他正打算离开,就看见七号的门开了,米尔德丽德走了出来。他退回到暗处,注视着她迎面走来。她戴着一顶上面插满羽毛的帽子,菲利普曾在她房间里看到过这顶帽子,她穿的那身衣服他也认得,在这条街上显得过于花哨,而且也不合时令。他跟在她的背后缓步前行,来到托特纳姆法院路,她放慢了脚步,在牛津街的拐角处站定身子,四下张望,随后穿过马路,来到一家歌舞杂耍剧场的门口。他朝前走了几步,碰了碰她的胳膊。他看到她脸蛋上抹着胭脂,嘴唇上也涂了口红。

"你上哪儿去,米尔德丽德?"

听到菲利普的声音,她不禁吃了一惊,像她平时被人戳穿谎言时那样,脸一下子涨红了。接着,她眼睛里闪现出菲利普十分熟悉的愤怒的目光,她本能地想借破口大骂来自卫,但是话到嘴边,又咽了下去。

"哦,我只不过是想去看看演出罢了。每天晚上老是一个人坐着,把人都要闷死啦。"

他不再装作相信她的话了。

"你不可以这么干的。天哪,我对你讲了不下五十次了,这有多危险!你得立刻罢手不干才是。"

"噢,给我住嘴!"她粗暴地嚷道,"你认为我要怎样过日子呢?"

他一把抓住她的胳膊,也没仔细考虑就想把她拖走。

"看在上帝的分上,快来吧。让我送你回家去。你不知道自己在干些什么。这是犯罪!"

"关我什么事呢?让他们来碰运气吧。男人们一直待我都不好,难道我用得着为他们操心吗?"

她一把推开菲利普,径自走到售票处跟前,付了钱就进去了。菲利普口袋里只有三个便士,无法跟她进去。他转过身子,沿着牛津街缓缓地向前走去。

"我再也无能为力了。"他自言自语地说。

事情就这样结束了。他再也没有见到米尔德丽德。

110

这一年的圣诞节正好是星期四,菲利普所在的那家商店预备停业四天。他给大伯去了封信,询问他去牧师公馆度假是否方便。他接到福斯特太太写来的回信,信中说凯里先生身体不好,无法亲自写信,但是他很想见到自己的侄儿,要是菲利普能来,他会很高兴的。福斯特太太在门口迎接菲利普,他们俩握手时,她告诉他说:

"先生,你会发现他跟你上次在这儿的时候有了不少变化。不过,你要装出什么都没注意到的样子,好吗,先生?他为了自己的健康状况,神经极为紧张。"

菲利普点了点头，接着福斯特太太领他走进饭厅。

"菲利普先生回来了，先生。"

黑马厩镇教区的牧师已是一个行将死亡的人。只要看他那凹陷的双颊、佝偻的身躯，能就清楚地明白这一点。他坐在扶手椅上，身子缩成一团，脑袋奇怪地朝后仰着，肩上披了条方形披巾。现在，他离了拐杖就寸步难行，两只手颤抖得十分厉害，连自己吃饭都相当艰难。

"他看来活不了多久了。"菲利普一边望着他，一边心里暗想。

"你觉得我现在的气色怎么样？"牧师问道，"你认为我的样子跟你上次在这儿的时候有了不少变化吧？"

"我觉得你的身体看上去比去年夏天还要强健一些。"

"那是因为天气热的缘故。气温一高，我就受不了。"

前几个月里，有好几个星期凯里先生是在楼上卧室里度过的，其余几个星期的时光是在楼下消磨的。他手边有个手摇铃，说话的当儿，他摇铃把福斯特太太叫来。福斯特太太就坐在隔壁房间里，随时准备来照顾他。他问福斯特太太他第一次走出卧室是什么日子。

"十一月七日，先生。"

凯里先生望着菲利普，看他听后有什么反应。

"可是我的胃口仍然不错，对吧，福斯特太太？"

"是的，先生，你的胃口好极了。"

"不过，就是吃了不发胖长肉。"

如今除了他本人的健康，别的什么都无法引起他的兴趣。他的生活单调乏味，不断遭到病痛的折磨，只有在吗啡的麻醉下，他才能合上眼睛睡一会儿。尽管如此，他仍然不屈不挠、一门心思地想着一件事,那就是活下去,只要活着就行!

"我不得不花在看病上的钱数真是吓人。"他又把铃铛摇得叮当直响,"福斯特太太,把药费账单拿给菲利普少爷瞧瞧。"

福斯特太太耐心地从壁炉台上取下药费账单,交给了菲利普。

"这仅仅是一个月的账单。要是你来给我看病,我不知道能否让我少付些药费。我曾想直接从药房里买药,但那又要支付邮费。"

他显然对自己的侄儿并不感兴趣,竟连菲利普如今在干些什么也懒得问一声,但有菲利普在自己身边,他似乎很高兴。他问菲利普能在这儿待多久,菲利普对他说自己星期二早晨必须动身离开,这时他表示希望菲利普能多待些日子。他详细地向菲利普诉说自己病痛的一切症状,并把医生对他病情的诊断又说了一遍。他突然打住话头,摇起铃来。福斯特太太走了进来。他说:

"哦,我不知道你是不是在隔壁。我摇铃只是想知道你是否在那儿。"

福斯特太太走后,他向菲利普解释说,要是他不能肯定福斯特太太是否在听得见铃声的地方,他就会感到心神不安,因为万一出现什么情况,福斯特太太完全清楚她该做些什么。菲利普发觉福斯特太太十分疲倦,眼皮因缺乏睡眠而沉重得抬不起来。他便暗示大伯,说他让福斯特太太操劳过度了。

"哦,胡说,"牧师说,"她壮得像头牛。"后来,当福斯特太太进来给他送药时,他对她说:

"菲利普少爷说你要干的活太多了,福斯特太太。你愿意照顾我,对吧?"

"哦,我并不在意,先生。凡是我能做的事情,我都愿意去做。"

不一会儿,药剂生效了,凯里先生便沉沉入睡了。菲利普走进厨房,问福斯特太太终日操劳是否受得了。他知道她好几个月来都没有得到安宁。

"哎,先生,我又有什么办法呢?"她回答说,"这位可怜的老先生什么都依赖我去给他张罗。尽管有时他真叫人讨厌,但你又不由得喜欢他,对吧? 我在这儿已经这么多年了,要是他一旦不在了,我真不知该怎么办才好呢。"

菲利普看出她确实喜爱这个老头儿。她为他洗澡穿衣,给他做饭,并且一晚上要起来五六次,因为她就睡在他隔壁的房间里。每当他醒过来,他总是叮叮当当地摇铃,直到她走进他的卧室为止。他随时都可能咽气,但也可能再苟延残喘几个月。她竟能这样耐心体贴地照料一个陌生人,实在令人赞叹。同时,世上就只有她一个人在照料他,也真是既可悲又可怜。

在菲利普看来,大伯终生宣讲的宗教,如今对他说来,不过是一种形式上的重要活动而已:每个星期天,副牧师就来向他奉献圣餐,他自己也经常阅读《圣经》;然而,显而易见,他仍然满怀恐惧地看待死亡。他相信死亡就是通向永生的入口,但是他却不想进去领略那种生活的乐趣。他不断遭受病痛的折磨,成天被束缚在椅子上,已经放弃了再到户外去的希望,却像一个受到他用钱雇来的女人照看的孩子一样,仍然对自己熟悉的尘世依依不舍。

菲利普脑海里始终萦绕着一个他不好发问的问题,因为他知道大伯绝不会给他一个常规的答复以外的回答。他暗自纳闷,不知这位牧师在临死之前是否仍相信灵魂不灭之说,如今他这架机器正在痛苦地遭受磨损,行将报废。说不定在他的灵魂深处,确信压根儿就没有什么上帝,确信今生一过,万事皆空。不过,不到万不得已,他是绝不会说出这一信念的。

节礼日①那天晚上,菲利普同大伯一起坐在饭厅里。第二天清晨他就得动身,以便在上午九点前赶回店里。这时,他是来向凯里先生道别的。那位黑马厩镇教区的牧师正在打瞌睡,菲利普躺在靠窗的沙发里,书本跌落在膝盖上,他懒洋洋地打量着房间的四周。他暗自盘算着房间里的家具能卖多少钱。他曾在这幢房子里四处转悠,察看那些从他童年时代起就熟悉的各色什物。家里有几件瓷器,也许还可以卖儿个钱,菲利普不知是不是值得把这些瓷器带到伦敦去;可是那些家具都是维多利亚女王时代的款式,红木质地,结实而难看,拿去拍卖的话,也值不了多少钱。家里还有三四千册藏书,不过谁都知道,这批书是卖不了几个钱的,很可能不会超过一百英镑。菲利普不知道大伯究竟能给他留下多少钱财,然而他却已是第一百次地计算,至少还需多少钱才能支付自己修完医学院的课程、取得学位、维持留在医院供职期间生活所需的费用。他望着那个睡得很不安宁的老头儿。他那张干枯起皱的脸上没有一丝人性;那是某种古怪的动物的面庞。菲利普心里暗想,要结果这条毫无价值的生命该是多么容易。每天晚上,当福斯特太太为他大伯配制使他安静地度过夜晚的药剂

---

① 节礼日,英国法定假日,在圣诞节的次日,如遇星期日则推迟一天。按照英国习俗,这天要向雇员、仆人和邮差等赠送匣装节物。

时，他总这么想。那儿摆着两个瓶子：一个瓶子里装着他定时服用的药物；另一个瓶子里装着鸦片剂，只有在疼痛难以忍受时才服用。这种鸦片剂倒好后摆在他的床旁边，他一般在凌晨三四点钟吞服。倒药时把剂量增加一倍，那是一件很简单的事。那样大伯就会在夜间死去，而且谁也不会有所怀疑，因为威格拉姆大夫就预料他会这样死去，而这样去世也没有一点痛苦。菲利普一想到自己手头急需用钱，便把两只手攥得紧紧的。再过几个月这样痛苦的生活，对这个老头儿来说，是无关紧要的，而对他菲利普来说，却意味着一切。他简直到了无法忍受的地步。想到第二天早晨又要重回商店干活，他就厌恶得直打哆嗦。一想起那个频频出现在他脑海里的念头，他的心便怦怦直跳。虽然他极力想把那个念头从自己的脑海中排遣出去，但毫无用处。结果这个老头儿的性命真是轻而易举，不费吹灰之力。菲利普对这个老头儿毫无感情，从来就不喜欢他。他大伯一辈子都很自私，甚至对热爱他的妻子也同样如此，对托他抚养的孩子漠不关心；他倒不是一个冷酷无情的人，但是头脑愚蠢，不讲情面，又有点儿耽于声色。结果这个老头儿的性命真是轻而易举，不费吹灰之力。但菲利普不敢去做，生怕后悔莫及，如果他一辈子都对他所做的事情悔恨不已，那么有钱又有什么用处呢？尽管他经常叮嘱自己，懊悔是徒劳无益的，但仍然有几件事情偶尔闯进他的心灵，搅得他心绪不宁。他希望不要为这些事情而感到良心不安。

大伯睁开了眼睛，菲利普感到很高兴，因为这会儿他看上去有点像人的模样了。一想到曾在脑海中闪过的念头，菲利普确实感到震惊，他所考虑的是谋财害命啊！他不知道别人是否也有类似的想法，还是自己心理反常，道德败坏。他觉得到了紧要关头,他也不可能下手,但那种念头确实存在,而且不断地浮现在自己的脑海里,如果他没有下手,那也只是由于害怕。他大伯开口说话了。

"你不是在巴望我死吧,菲利普?"

菲利普感到自己的心在胸腔里剧烈地跳动。

"天哪,没有。"

"这才是个好孩子。我可不欢喜你有那样的想法。我去世后,你可以得到一笔数目不大的钱,但你不能有所指望。要是你那样想的话,那对你可没有好处。"

他说话声音很低,语调中流露出一种不寻常的焦虑意味。菲利普的心顿时感到一阵剧痛。他暗自纳闷,究竟是什么样奇特的洞察力,使得这个老头儿竟猜测到自己心中奇特的愿望。

"我希望你再活上二十年。"菲利普说。

"哦,我可不指望能活那么久。不过,只要我注意保养身体,我不明白为什么我就不能再活上三四年。"

他沉默了一会儿,菲利普也找不出什么话可说。随后,老头儿似乎仔细思考了一番后又说开了。

"每个人都有权能活多久就活多久。"

菲利普想要转移他的思绪。

"顺便提一下,我想你从没有收到过威尔金森小姐的信吧?"

"不,今年早些时候,我接到她的一封信。难道你不知道,她已经结婚了。"

"真的吗?"

"是真的。她同一位鳏夫结了婚。我相信他们的日子过得相当美满。"

111

第二天,菲利普又开始工作,他预料几个星期之内就会出现的结局并没到来。转眼几个星期变成了几个月。冬天要过去了,公园里的树木都绽出新芽,长出绿叶。菲利普心里产生一种特别倦怠的感觉。尽管时间过得那样缓慢,但时光仍在流逝。他觉得自己的年华正在过去,不久就会失去青春,而自己却会一事无成。既然他肯定要辞去目前的工作,这项工作就越发显得没有什么意义。他在设计服装方面技巧娴熟;尽管没有发明创造的才能,但在把法国的时髦服装改头换面用来适应英国市场的需求方面,他却手法敏捷。有时,他对自己的设计图样颇为满意,但裁缝们在制作过程中,总是笨拙地把他的图样弄得一团糟。他发现他竟然因为自己的想法没有得到切实的贯彻执行而极为恼火,觉得很好笑。他得小心行事。每当他提出什么新颖的图样时,桑普森先生总是断然拒绝:他们的顾客并不需要奇装异服;他们是一家非常体面的商店,在同这样的顾客打交道时,你表现得过于随便是不值得的。有一两次,他对菲利普说话相当尖刻,他觉得这个年轻人有点儿自命不凡,因为菲利普的想法和他的想法并不总是一致。

"你真得小心点儿,我的好小伙子,否则,总有一天你会流落街头。"

菲利普真想朝着他的鼻子揍上一拳,但他还是忍住了。这种日子毕竟不会太长了。到时候,他将永远跟这些人不再往来。有时他可笑地、绝望地大声喊叫,说他大伯一定是个铁打铜铸的汉子。多么强健的体格啊！他生的那种病,早在一年以前就可以叫任何一个好端端的人丧命。最后,当牧师行将死亡的消息传来,菲利普反而有些意外,那会儿他一直在考虑别的事情。时间已是七月,再过半个月,他就要去度假了。他接到福斯特太太的一封信,信上说医生认为凯里先生活不了多久了,如果菲利普希望再见上他一面,就得马上赶去。菲利普去找进货员,说他要离开了。桑普森先生是个通情达理的人,知道这种情况后就也没有加以阻挠。菲利普跟他部门里的人员一一道别。他离开的原因在同事们中间传开了,并被夸大其词,他们都认为他已经得到了一笔遗产。霍奇斯太太跟他握手道别时,两只眼睛里含着泪水。

"大概我们再也不会经常见到你了。"她说。

"离开林恩商店,我还是很高兴的。"菲利普回答说。

说也奇怪,要离开这些他认为他一直感到厌恶的人,他心里还着实难受了一阵。在乘车离开哈林顿街的那幢房子时,他也并不感到怎么欣喜。在这种场合他会体验到的那些情感,事先早已想象了多次,因而如今处之漠然,毫不在意,好像只是去度几天假而已。

"我的性情变得恶劣透了,"他自言自语地说,"我日夜盼望着某些事情,可是,一旦这些事情当真到来了,却又总感到失望。"

他在下午很早的时候到达黑马厩镇。福斯特太太在门口迎接他。从她的脸色可以看出,他大伯仍然活着。

"今天他觉得略微好些,"福斯特太太说,"他的体格真是强健。"

她把菲利普领进卧室,凯里先生仰卧在床上。他朝菲利普微微一笑,流露出一丝他再次战胜敌手后的那种狡黠的、心满意足的神色。

"昨天我以为自己要完蛋了,"他声音显得相当疲惫地说,"他们都对我不抱一点希望了。福斯特太太,你不也是这样的吗?"

"你的体格实在强健,这是不可否认的。"

"年纪虽老,犹有余力嘛①!"

福斯特太太说牧师不能讲话,不然会累垮的。她把他当作一个孩子看待,既慈爱又专断。老头儿看到自己使得他们的一切期待归于破灭,就像小孩子那样心满意足。他突然意识到是有人特意把菲利普叫回来的,但想到让菲利普白跑了一趟,他觉得很好笑。只要心脏病不再发作,在一两个星期之内,他就可以完全康复。以前,他心脏病发作了好几次,总觉得自己似乎快要死了,但还是活下来了。他们都在谈论他的体格,然而他们中间没有一个人知道他的体格究竟有多强健。

"你就待一两天吗?"他问菲利普,装作以为菲利普是前来度假的。

"我正是这么想的。"菲利普愉快地回答说。

"呼吸一下海边的空气对你的身体有好处。"

不久,威格拉姆大夫来了,看过牧师以后,便同菲利普交谈起来。他采取了恰如其分的态度。

"恐怕这一次他不行了,菲利普,"他说,"这对我们大家都是一个重大的损失。我认识他已有三十五年了。"

"眼下他似乎还很不错。"菲利普说。

---

① 英语谚语。

“我在用药延续他的生命,但这维持不了多久。前两天的情况可危急了,有好几次,我都以为他不行了。”

医生沉默了一两分钟,但走到大门口时,他突然对菲利普说:

“福斯特太太对你说了些什么没有?”

“你这话是什么意思?”

“他们这些人十分迷信。福斯特太太认为他有桩心事,而这桩心事不了,他就不会合眼,可是,他又鼓不起勇气说出来。”

菲利普没有回答,于是医生继续说道:

“当然啰,这都是胡说。他这一生清白无瑕,尽到了自己的职责,一直是我们教区的好牧师。我可以肯定,我们大家都会怀念他的。他不可能有什么要引以自责的事。下一任牧师是否能有他一半这样合乎我们的心意,我对这一点十分怀疑。”

接连好几天,凯里先生的病情都没有什么变化。他失去了原来极好的胃口,几乎吃不下什么东西了。现在,威格拉姆大夫毫不犹豫地用药物减轻神经炎所引起的疼痛。神经炎痛,加上他瘫痪的四肢不住地颤动,渐渐耗尽了他的体力。但他的头脑仍然清醒。菲利普和福斯特太太两个人轮流看护他。几个月来,福斯特太太无微不至地照料着他,实在累得够呛,因此菲利普坚持要夜间守护病人,好让她在夜里可以休息一下。他生怕自己睡熟,就坐在扶手椅上,在遮掩的烛光下阅读《一千零一夜》,借此度过漫漫长夜。这部书他还是小时候读过的,这时候,书中的故事又把他带回了童年时代。有时他静坐着,倾听着夜的寂静。随着鸦片剂的麻醉作用逐渐消退,凯里先生便烦躁不安起来,使得菲利普老是忙个不停。

最后,一天清晨,当小鸟正在树上叽叽喳喳地啁啾时,他听到有人叫他的名字,便赶紧跑到病床跟前。凯里先生仰卧在床上,两眼望着天花板,并没有把目光转向菲利普。菲利普看到他额头上汗津津的,就拿起一条毛巾,替他把汗水擦掉。

"是你吗,菲利普?"老头儿问道。

菲利普吃了一惊,因为他说话的声音突然变了,显得既低微又嘶哑。只有在一个人吓得毛骨悚然时,说话才会这个样子。

"是的。你要些什么吗?"

停顿了片刻。那双视而不见的眼睛仍然直盯着天花板望着,随后脸上抽搐了一下。

"我想我快要死了。"他说。

"哦,瞎说什么!"菲利普大声说,"你再过几年也不会死的。"

两行泪珠从老头儿的眼睛里挤了出来,使菲利普深受感动。大伯在对待生活中各项事务时从来不曾流露出任何特殊的情感。如今菲利普见到这副情景,心里有些害怕,因为这两行泪水意味着一种难以言说的恐惧。

"去把西蒙斯先生请来,"大伯说,"我要领受圣餐。"

西蒙斯先生是教区的副牧师。

"现在就去吗?"菲利普问道。

"快去,不然就来不及了。"

菲利普出去唤醒福斯特太太,但已经晚了一步,福斯特太太已经起来了。菲利普叫她派花匠去送信,接着又转身回到他大伯的卧室。

"有没有派人去请西蒙斯先生？"

"已经派人去了。"

屋里一片寂静。菲利普坐在床边上，时而替大伯擦去额头上的汗水。

"让我握住你的手，菲利普。"老头儿终于开口说道。

菲利普把手朝他伸过去，他像抓住自己生命似的抓住了这只手，犹如在绝境中寻求精神上的安慰。也许他这一辈子从来没有真正爱过一个人，但是如今却本能地向人求助。他的手冰冷潮湿，无力而又绝望地抓住菲利普的手不放。这个老头儿正在同令人畏惧的死亡搏斗。菲利普认为每个人都得经过这一关。哦，这种情景多么森然可怖，上帝让自己创造的生物遭受如此残忍的折磨，但人们竟然还对上帝深信不疑！菲利普从来不把大伯放在心上，两年来，他没有一天不巴望着大伯快点死去；但是，如今他无法克服自己心中的怜悯之情。要做到不同于野兽，该付出多大的代价啊！

他们俩仍然沉默不语，只有一次凯里先生用微弱的声音问道：

"他还没有来吗？"

最后，女管家轻手轻脚地走了进来，报告说西蒙斯先生到了。他手里提着一个装着白法衣和头巾的提包。福斯特太太把圣餐盘也拿来了。西蒙斯先生默默地同菲利普握了握手，然后怀着他那种职业所特有的严肃神情走到病人身边。菲利普和女管家走出了房间。

菲利普在花园里四处转悠。清晨，一切都那么沁人心脾，沾满了露水。鸟儿在欢乐地引吭高歌；天空碧蓝，充满咸味的空气既清新又凉爽；玫瑰花正在盛开。苍翠的树木，绿油油的草地,都流光溢彩。菲利普一边踱步一边想着此刻正在卧室里进行的圣餐礼。他心中不禁产生一种奇特的情感。不一会儿,福斯特太太走出来找他,说他大伯想要见他。副牧师正把自己的东西收到那个黑提包里。病人微微侧过头来,微笑着同他打招呼。大伯的这一变化,这一异乎寻常的变化叫菲利普感到大吃一惊。大伯眼睛里再也没有那种惊恐的神色,脸上那种痛苦的神情也消失了,他看上去愉快而安详。

"我现在已准备好了,"他说,说话的语气也完全变了,"在上帝认为该召唤我前去的时候,我准备把我的灵魂交付到他的手中。"

菲利普没有开口说话。他看得出大伯的一片诚意。这简直是个奇迹。大伯已经获得了他心目中的救世主的血和肉,这给了他一种力量,使他对自己不可避免要进入阴间不再感到惶恐。他知道自己就要死了,他已顺从上天的安排。他只是又说了一句:

"我将与我亲爱的妻子团聚。"

听到这句话,菲利普吓了一跳。他记得大伯待伯母曾是多么的冷漠自私,对她那谦恭、忠诚的爱情是多么的麻木不仁。但那位副牧师却深受感动,转身走了,福斯特太太流着眼泪,陪着副牧师走到门口。凯里先生刚刚费了不少力气,疲惫不堪,打起瞌睡来了,菲利普在床边上坐下,默默地等待着大伯最终时刻的到来。早晨慢慢地过去了,老头儿的呼吸渐渐变得有了呼噜声。医生来了,说他快要咽气了。大伯神志不清,无力地嚼着床单。他焦躁不安,还大喊大叫。威格拉姆大夫给他做了一次皮下注射。

"这一针现在已不起什么作用,他随时都可能死去。"

医生看了看手表,接着又看了看病人。菲利普看到时间已是一点钟了。威格拉姆大夫在想着吃饭的事。

"你不用等下去了。"菲利普说。

"我也无能为力了。"医生说。

医生走了以后,福斯特太太问菲利普是否愿意去找那个木匠,同时也是丧事承办人,并且要那个人派个妇女前来张罗陈殓事宜。

"你需要呼吸一点新鲜空气,"她说,"这对你有好处。"

那个丧事承办人住在半英里之外。当菲利普对他说明来意后,他说:

"那位可怜的老先生是什么时候去世的?"

菲利普踌躇起来。他突然想到,在大伯断气之前就叫一个女人去替他擦身,这似乎有点儿残忍。他又暗自纳闷,不知福斯特太太为什么要叫他上这儿来。他们会认为他迫不及待地要把那老头儿弄死。他觉得丧事承办人神情古怪地望着自己。丧事承办人又把刚才的问题重复了一遍,弄得菲利普十分恼火。这个问题与他一点也不相干。

"牧师是什么时候去世的?"

菲利普想回答说牧师刚刚去世,但转念一想,要是大伯再弥留几个小时,那就不好解释了。他不禁满脸通红,局促不安地回答说:

"哦,他还没有咽气。"

丧事承办人困惑不解地望着菲利普,菲利普赶紧解释。

"福斯特太太独自一个人在家,她那儿需要一个女人做帮手。你明白了,对吧?现在他说不定已经死了。"

丧事承办人点了点头。

"噢,是的,我明白了。我马上就派一个人去。"

菲利普回到牧师公馆时,便径直走进那个卧室。福斯特太太从床边的一张椅子里站起身来。

"他仍然跟你离开时的情况一样。"她说。

她下楼去弄点吃的东西,而菲利普则好奇地注视着死亡的过程。眼下,那个失去知觉、无力地挣扎着的躯体,一点也没有人的样子。有时,从那张松弛的嘴里发出一阵低沉的呻吟。太阳从晴朗的天空中火辣辣地直射下来,但是花园里树木众多,凉爽宜人。天气真好。一只绿头苍蝇嗡嗡飞着,撞击着窗玻璃。突然,耳边响起一阵很响的呼噜声,菲利普吓了一跳,不禁毛骨悚然。老头儿四肢抽搐了一下,死了。这台机器终于停止了运转。那只绿头苍蝇不断讨厌地嗡嗡飞着,撞击着窗玻璃。

112

乔赛亚·格雷夫斯以其出色的领导能力操办了丧事,葬礼办得既得体又省钱。葬礼结束后,他便陪着菲利普回到牧师公馆。原来牧师的遗嘱由他负责照管。他一边喝着茶,一边怀着与眼前气氛相称的情感,向菲利普宣读了遗嘱。遗嘱写在半张纸上,写明把凯里先生所有的一切都留给他侄儿继承。其中包括家具、银行存款八十英镑;除了在伦敦泡腾面包公司拥有二十股外,还分别在奥尔索普啤酒厂、牛津杂耍剧场和伦敦一家餐馆搭有股份。这些股份当时都是在格雷夫斯先生的指点下购买的。他相当得意地对菲利普说道:

"要知道,人就得吃、喝,还要玩乐。如果你把钱投到公众认为必不可少的项目里,那你就永远也吃不了亏。"

格雷夫斯的一番话表明在下等人的粗鄙与上等人的高雅情趣之间存在着相当细微的差别。对下等人的粗鄙,他深为不满,但仍然表示接受。在各种行业投资的款额总共加起来大约五百英镑,另外还得加上银行的存款以及拍卖家具所得的款项。对菲利普来说,这是一笔财富,但他心里并不怎么高兴,只感到大大地松了口气。

接着他们商定必须尽快把家具拍卖掉。过后,格雷夫斯先生走了,菲利普便坐下来整理死者留下来的书信和文件。那位可敬的威廉·凯里牧师生前一向为自己从不毁坏一件东西而感到得意。因此房间里摆满了一摞摞五十年来的往来信件和一包包签条贴得整整齐齐的账单。他不但保存别人写给他的信,而且也保存了他写给别人的信件。其中有一捆颜色泛黄的信件,都是牧师在四十年代写给他父亲的。当时牧师作为牛津大学的学生,去德国度了个长假。菲利普漫不经心地读着这些信。这个写信的威廉·凯里同他所了解的威廉·凯里截然不同,然而只要是目光敏锐的读者,就可以从这个写信的青年身上看到那个成年的凯里的某些影子。信都写得合乎礼仪,有点矫揉造作。他在信里表明自己如何竭力观赏所有值得一看的名胜;他热情洋溢地描绘了莱茵河畔的城堡。沙夫豪森的瀑布使他"不禁对宇宙的全能造物主肃然起敬,满怀谢意,他的作品简直太神奇、太美妙了"。而且,他还情不自禁地联想到那些生活在"神圣的造物主这一杰作面前的人们,想必为一种圣洁生活的冥想所感动"。菲利普在一沓单子里发现了一张袖珍画像,上面画的是刚被授予圣职的威廉·凯里:一个身材瘦削的年轻副牧师,头上覆着天生拳曲的长发,一双乌黑的大眼睛,神色蒙眬,一张苦行者似的苍白脸庞。菲利普不禁想起了大伯的咯咯笑声,大伯过去常常一边这样笑着,一边讲着几位敬慕他的女士做了几打拖鞋送给他的事。

当天下午余下的时间和整个晚上,菲利普都在费劲地处理这堆数不胜数的信件。他先扫视一下信上的地址和末尾的签名,然后把信撕成两半,扔到身旁的洗衣篮里。突然,他翻到一封签名为海伦的信,但上面的笔迹他却并不认识。那是一手老派的字体,笔画很细,棱角分明。信开头的称呼是"亲爱的威廉",末尾的落款是"你亲爱的弟媳"。顿时他恍然大悟,想到这封信原来是他母亲写的。他以前从来没有见过她写的信,因此她的字体对他显得陌生。信里写的就是关于他的事情。

亲爱的威廉:

　　斯蒂芬曾给你写过一信,感谢你对我们儿子出世的祝贺以及你对我本人的良好祝愿。感谢上帝,我们母子俩都平安无事。我深深感激上帝赐予我的极大恩惠。现在既然我能够执笔写信,就很想亲自告诉你和亲爱的路易莎,我对你们俩在我这一次分娩以及我同斯蒂芬结婚以来始终表示的关心,真是感激不尽。我想请求你帮我一个大忙。我和斯蒂芬都想请你当这个孩子的教父,并希望你能答应这一请求。我知道我要求的并不是一件小事,因为我相信你会十分认真地负起这一责任,但我之所以特别盼望你承担这一职责,是因为你既是一名牧师,又是这个孩子的伯父。我非常为这孩子的幸福忧虑,我日日夜夜地祈求上帝保佑他日后成为一个善良、诚实和正派的人。我希望在你的引导下,他会成为一名信奉基督教教义的信徒,并且终生谦恭、虔诚,敬畏上帝。

你亲爱的弟媳

海伦

　　菲利普把信推到一边,身体前倾,双手捂住了脸。这封信让他深受感动,同时也让他觉得意外。他对信里虔诚信教的语气感到惊讶,在他看来,这种语气既不令人生厌,也不多愁善感。母亲去世将近二十年了,他只知道她长得很美,对于别的情况一无所知。如今了解到母亲曾这么纯朴和虔诚,心中不禁有些奇怪。他可从来没想到母亲这方面的性格。他再次拿起母亲的信,读着信中谈到他的段落,读着她对自己的期望和想法。而他结果却成了一个完全不同的人。他仔细端详了自己一会儿。也许母亲倒是死了的好。随后,他一时感情冲动,把那封信撕得粉碎。信中的亲切语气和质朴情感,使这封信似乎特别具有隐秘的性质。他心里产生一种莫名的感觉,总觉得自己阅读这封披露母亲温柔的心灵的信件是不道德的。接着,他继续整理牧师留下来的那堆枯燥无味的信件。

　　几天以后,菲利普来到伦敦,两年来头一次在白天走进圣路加医院的大厅。他去见医学院的秘书。秘书看到菲利普,相当惊讶,就好奇地询问菲利普一直在忙什么。菲利普的经历给了他一种自信,并使他对许多事物都用一种不同的观点来看待。要是在过去,遇到这样的询问,菲利普一定会窘态百出。可如今他却相当冷静地回答说,有些私事使得他不得不中断学业,为了防止秘书追问下去,他故意把话说得含含糊糊。现在他急于尽快取得医生的资格。鉴于他最早可以参加的考试科目是助产学和妇科学,他便报名到妇科病房去当名助产医士。时值放假,他毫不费劲地就获得了这个位子。他安排好了在八月的最后一周与九月的前两周担任这个工作。在跟秘书的这番会见后，菲利普信步穿过校园。夏季学期的期末考试刚结束，所以校园里显得有点儿空空荡荡。他沿着河边的台地转悠。他心满意足。觉得现在可以开始新的生活了，他将把以往的一切过错、愚行和遭受的苦难都置诸脑后。那奔腾不息的河流表明一切都在流逝，永远不停地流逝，表明什么都无关紧要。一个充满机会的前景展现在他的眼前。

菲利普一回到黑马厩镇，就忙着处理大伯的遗产。拍卖家具的日子定在八月中旬，因为那时会有不少前来消夏度假的游客，这样家具就可能卖到好价钱。藏书目录已经整理出来，并且分别寄给了特坎伯雷、梅德斯通和阿什福德等地的各类旧书商人。

一天下午，菲利普突然心血来潮，跑到特坎伯雷，去观看他原来读书的学校。他自从离开学校的那天起，就一直没有回去过。当时他离开学校，心里怀有如释重负的感觉，认为从此以后他就可以独立自主了。在他多年来非常熟悉的特坎伯雷的狭窄街道上游荡，真是有点不可思议。他望了望那家老店铺，仍旧在原来的地方，仍旧在出售与过去一样的商品。书店的一个橱窗里摆着教科书、宗教书籍和最近出版的小说，另一个橱窗里摆着大教堂和该城的照片。运动器具商店里堆满了钓鱼用具、板球拍、网球拍和足球。那家裁缝店仍在那儿，他整个童年时代穿的衣服都是在这家店里做的。那家鱼店仍然开着；他大伯以前每次来特坎伯雷都要到那儿去买上几条鱼。他沿着肮脏的街道信步朝前走去，来到一堵高高的围墙跟前，围墙里面有幢红砖房，那是预备学校。朝前再走几步，就是通向皇家公学的大门。菲利普站在周围几幢大楼环抱的四方院子里。那会儿刚好四点钟，孩子们正匆匆忙忙地拥出校门。他看见教师们一个个头戴方帽，身穿长袍，但他一个也不认识。他离开这所学校已经十多年了，学校已经发生了很大的变化。菲利普看到了校长，只见他缓缓地从学校朝自己家走去，一边走一边和一个高个子的男孩子说话。菲利普估计那是一个六年级学生。校长身上倒没什么大的变化，仍像菲利普记忆中的那样，个子高高的，脸色苍白，耽于幻想，眼神仍然显得那样狂热，不过，原来乌黑的胡子如今已经有点灰白，那张暗灰黄色的脸上皱纹更深了。菲利普真想走上前去和他说上几句，但是又担心校长记不起自己来了，而他也不愿意向别人作自我介绍。

不少孩子继续在学校里游荡，一面彼此交谈。不一会儿，有些匆匆换了衣服的学生便跑出来打墙手球①了；其他学生三三两两地跑出校门。菲利普知道他们是到板球场去。还有一批学生到附近的场地去打网球。菲利普站在他们中间，完全是个陌生人，只有一两个学生冷漠地瞥了他一眼。不过，被诺曼式的楼梯吸引来的游客并不罕见，因此他不会引起人们多大的注意。菲利普好奇地望着那些学生。他不无忧伤地思索着他和那些学生之间的距离，并心酸地回想起当初他曾想轰轰烈烈地干一番事业，而今却没有取得什么成就。在他看来，流逝的岁月一去不返，完全被白白地浪费了。那些孩子一个个精神饱满，活泼开朗，正在玩着他当年曾经玩过的游戏，

---

① 墙手球，一种在有三面或四面围墙的场地上用戴手套的手或球拍对墙击球的游戏。

好像自从他离开学校以来,世上连一天都没有过去。然而,当初就在这个地方,他至少还叫得出每个人的名字,如今他却一个人也不认识。再过几年,换上别的孩子们在运动场上玩耍,眼前的这批学生也会像他现在这样成为一个局外人。可是这种想法并没有给他带来什么安慰,只是叫他深深感到人生的徒劳无益。每一代人都重复着平凡的日常生活。他不知道他当年的伙伴们后来都怎么样了:他们如今也都是近三十岁的人了。有的可能已经死了;而活着的也都结婚成家,生儿育女。他们有的做了军人,有的当了牧师,有的成为医生,有的成为律师。他们都行将告别青春,变成了稳重踏实的人。他们当中有没有哪个人像他这样把生活搞得一团糟?他想起了他一度深爱的那个男孩来了。说来真怪,他竟然记不起他的名字了。那个男孩的模样,他仍旧记得十分清楚。他曾经是他最要好的朋友,但就是记不起他的名字。菲利普饶有兴味地回想起自己为了他的缘故而曾充满妒意。想不起他的名字,真叫菲利普心里恼火。他渴望自己再变成一个孩子,就像他看到的那些闲步穿过四方院子的孩子一样,这样,他就可以避免先前的错误,重新开始,在生活中取得更多的成果。他蓦地感到一阵难以忍受的孤独。他几乎为自己前两年所遭受的贫困感到懊悔,因为仅仅为了勉强糊口而做出的苦苦挣扎,却减轻了生活的痛苦强度。"你必汗流满面才得糊口。"①这句话并不是对人类的诅咒,而是一种使人类听凭生活安排的镇痛药膏。

可是菲利普又不耐烦起来了。他想起了自己有关人生图

---

① 见《旧约·创世记》第3章第19节。

案的观点:他所遭受的不幸,只不过是一种精巧而美丽的装饰品的一部分。他竭力叮嘱自己,不管是无聊还是兴奋,欢乐还是痛苦,他都要高高兴兴地加以接受,因为那会给他设计的图案增添富丽的色彩。他自觉地寻求美。他记得自己还是个孩子的时候,就很喜欢那座哥特式大教堂,正如眼下人们站在大教堂周围的场地上所能看到的一样。于是他走到那儿,抬头仰视着阴云密布的天空下面那座灰色的庞大建筑物,中央的塔尖高耸入云,好像人们在对上帝表示赞美似的。孩子们正在四周的场地上打网球,一个个都既敏捷,又健壮,又活跃。菲利普不由自主地听到孩子们的喊叫声和欢笑声。年轻人的呼喊声持续不断,而菲利普只是用眼睛来欣赏展现在他面前的美好事物。

113

八月份最后一周的第一天,菲利普到他负责的那个"地区"开始履行助产医士的职责。这项工作相当繁重,平均每天都要护理三名产妇。产妇事先从医院领取一张"卡片";在她要分娩的时候,就叫一个人——通常是小姑娘——把"卡片"交给医院的门房,随后门房又打发这送信的小姑娘来找住在马路对面公寓里的菲利普。要是在深夜,医院的门房就亲自穿过马路来把菲利普唤醒,因为他身上有一把打开菲利普房门的钥匙。接着菲利普便摸黑起床,匆匆走过伦敦南区那一条条空无一人的街道,心里总是充满神秘的感觉。深更半夜来送"卡片"的,一般都是产妇的丈夫。要是以前已经生过几胎,那么,前来送信的这位丈夫通常便态度乖戾,样子漠然;可是如果是新婚的,那么做丈夫的就紧张不安,有时候还喝得醉醺醺的,力图减轻心头的焦虑。他们经常需要走上一英里或更多的路。于是一路上,菲利普就同前来报信的丈夫谈论劳动条件和生活费用之类的事,从而了解到不少有关泰晤士河对岸各种行业的情况。他使得和他接触的人对他产生信赖。他长时间地守候在闷热的房间里,产妇躺在一张大床上,这张床占去了房间的一半面积;产妇的母亲和接生员无拘无束地交谈着,时而也态度相当自然地同他聊上几句。他在过去两年里所生活的环境,使他懂得了有关穷苦人家生活的许多事情。他们发觉他对他们的生活状况了解得如此清楚,也觉得相当有趣。他没有被他们一些微小的花招所欺骗,这也令他们不敢小觑。菲利普为人和蔼,动作轻柔,而且从来不发脾气。他们都很喜欢他,因为他从不以和他们一起喝茶为耻。要是天亮了,可他们仍在等待产妇分娩的话,他们就请他吃上一片涂了烤肉汁的面包。他从不挑食,在多数情况下都能吃得津津有味。菲利普到过不少人家,其中有些人家的房屋坐落在污秽街道旁的肮脏院子里,彼此挨在一起,里面黑乎乎的,空气浑浊,十分邋遢。但是出人意料的是,另外一些房屋虽然外表破败不堪,地板被虫蛀坏了,房顶上还有裂缝,但是气派不凡:屋里的橡木栏杆精雕细刻;四周墙壁仍旧嵌有镶板。这种房屋里面往往住得十分拥挤,每家只住一个房间。白天,在院子里玩耍的孩子发出的喧闹声不绝于耳。那些年深日久的墙壁正是各种害虫的繁殖场所;屋里的空气极为污浊,往往令人作呕,因此菲利普不得不点起烟斗。住在这儿的人们只能勉强糊口,婴儿自然不受欢迎,男人总是板着脸、气呼呼地迎接出世的新生儿,而做妈妈的则充满绝望的心情。

这下又多了一张吃饭的嘴,可是要给眼下几张嘴吃的食物都还不够呢。菲利普常常觉察出人们巴不得生下来的孩子是个死胎,或者可能很快死去。一次,菲利普为一名产妇接生,她生了双胞胎(对爱开玩笑的人来说一种幽默的来源)。产妇得知后,突然声音凄厉、万分苦恼地痛哭起来,持续了很长时间。产妇的母亲直率地说:

"真不知道他们怎样喂养这两个孩子。"

"也许上帝到时候觉得该把他俩召到他那儿去呢。"那个接生员接着说。

菲利普瞥见那个男人望着那一对并排躺着的小不点儿时的脸色,那副恶狠狠的愠怒神情叫他大吃一惊。他感到,在场的这家人对这两个不受欢迎来到世上的小可怜儿无不怀有深深的怨恨。他隐约地觉得,如果他不事先口气坚决地关照他们的话,就会发生"事故"。经常发生各种事故。做母亲的翻身"压死"了睡在身旁的婴儿,也许给孩子喂的食物不对,这种错误并不总是由于粗心大意造成的。

"我每天都来看一次。"菲利普说,"我提醒你们一句,要是这两个孩子发生什么意外,那你们就要受到讯问。"

做父亲的没有回答,只是恶狠狠地瞪了菲利普一眼。他心里确实有过谋杀的念头。

"上帝保佑这两个小生命吧,"孩子的外婆说,"他们会出什么事呢?"

产妇要在床上静卧十天,这是医院的惯例所要求的最短时间;但是要做到这一点可不容易。照料好一家大小是一件相当麻烦的事。不出钱就找不到人来照看孩子。而那个丈夫下班回家,又饿又累,看到茶点还没准备妥当,就会嘀咕抱怨。

菲利普曾听人说过穷人相互帮助的事，可不止一个女人向他诉苦说，不出钱就请不到人来收拾打扫和照管孩子们吃饭，但她们雇不起人。菲利普倾听女人们之间的谈话，捕捉她们偶尔说出的片言只语，也能从中推断出许多没有说出口的话。菲利普从这些谈话中认识到穷人同上层阶级的人毫无共同之处。穷人并不羡慕那些富有的人，因为双方的生活方式截然不同，而且他们有一种典型的安闲自在的神气，这种神气使中产阶级的生活显得拘泥刻板，极不自然。况且，穷人也有点儿瞧不起那些中产阶级的有钱人，因为那些有钱人吃不起苦，不用自己的双手劳动。那些不失尊严的穷人只希望不要受到打扰，可是多数穷人却把有钱人当作搜刮钱财的对象。他们知道该说些什么话来捞到种种好处，让那些有钱的人施舍钱财供他们随意支配。这些好处来自有钱人的愚蠢和他们自身的机敏，他们认为接受这样的好处是理所当然的。他们虽然对副牧师露出一副轻蔑冷漠的神气，但对他还能容忍；可是那位牧师助理却激起了他们的刻骨仇恨。她一走进屋子，也不征求人家同意，就把所有的窗户都打开，而嘴里却念叨着"我患有支气管炎，身上已经冷得要命"。她还在屋里四处察看。即使她没有说那个地方肮脏，你也能清楚地看出她心里在这样想："他们雇了用人，当然不错。但如果她有四个孩子，又得自己烧饭做菜，还得给孩子缝补、浆洗衣服，我倒要看看她会把房间弄成什么样子。"

菲利普发现，对穷人们来说，人生的最大悲剧就是失业，而不是生离死别，因为那是人之常情，只要掉几滴眼泪就可以减轻心头的哀伤。一天下午，菲利普看到一个男人在其妻子分娩三天后回到家里，对妻子说自己被解雇了。这个男人是一个建筑工人，当时外边活儿不多。他讲完后，就坐下来用茶点。

"唉，吉姆。"妻子说道。

那个男人神情漠然地咀嚼着食物。这些食物一直炖在锅子里，等他回来吃的。他目不转睛地瞅着面前的盘子。妻子用惊恐的目光朝男人望了两三次，接着便默默地哭起来。那位建筑工人是个样子蠢笨的小矮个儿，脸庞粗糙，饱经风霜，脑门上有一道又长又白的疤痕。他长着一双满是老茧的大手。不久，他一把推开盘子，好像他必须放弃强行进食的努力似的，随后转过脸去，两眼凝视着窗外。他们的房间位于房屋后部的顶层，从这儿望出去，除了阴沉灰暗的云块以外，什么也看不见。房间笼罩在一种充满绝望的寂静之中。菲利普觉得没什么话可说，只好离开房间。当他身子疲惫地走出来时（因为他这天夜里几乎没有合眼），心里充满了对这个冷酷无情的世界的怒火。菲利普了解寻找工作遭受失望的滋味；随之而来的凄凉心情真比饥饿还难忍受。他暗自庆幸，自己总算不必信奉上帝，要不然，眼前这种事情就会无法忍受。人们之所以能甘心忍受这种生活，只是由于生活毫无意义而已。

菲利普觉得有些人花时间去帮助那些贫困阶层的人是不正确的，因为他们并没有想到穷人对有些东西已习以为常，一点也不感到有什么妨碍，而他们却设法去加以纠正。那样一来，要是穷人不得不勉强忍受，反而会扰乱他们的安宁。穷人并不需要空气流通的宽大的房间；他们感到身子寒冷，是因为食物没有营养，血液循环不好。房间大了，反而会使他们觉得寒冷，而且他们又想尽量节约用煤。几个人睡在一个房间里并不感到困苦，他们宁愿如此；他们从生到死从来没有独自生活过,孤独会使他们心情压抑;他们喜欢男女老幼这样混杂地住在一起,四周不断传来阵阵的喧闹声,而他们却充耳不闻。他们觉得没有必要经常洗澡,而菲利普还经常听到他们气愤地谈起住医院时必须洗澡的规定。他们认为这种规定既是一种侮辱,又极不舒服。他们只想清净自在地过日子。如果男人有固定的工作,那么生活也就过得顺顺当当,而且也不无乐趣。一天工作之余,有充足的时间在一起闲聊,再喝上一杯啤酒,真是舒心惬意。街道上更是充满无穷的乐趣。要看点什么,街上有《雷诺新闻》或《世界新闻》杂志。"可是你就是不明白时间过得有多快。实际情况是,在你做姑娘的时候,读点书确实相当难得,但是如今各种各样的事要你照管,弄得一点空闲时间都没有,连报纸也看不成。"

按照惯例,产妇分娩后,医生得去查看三次。一个星期天,菲利普在吃午饭的时间去看一个产妇。那天是她产后第一次下床走动。

"我不能再躺在床上,真的不能再躺了。我可不是一个懒散的人,整天什么事也不干,老是躺在那儿,心里烦躁不安。所以我对厄尔布说,我这就起来给你做饭。"

那会儿,厄尔布手里已经拿着刀叉坐在餐桌边了。他年纪很轻,生着一张坦诚的脸,两只蓝蓝的眼睛。他挣的钱可不少,照目前的情形看来,这对夫妇的境况相当宽裕。他们俩才结婚几个月,都对躺在床脚摇篮里的那个肤色红润的男孩欢喜得不得了。房间里弥漫着一股牛排的香味,于是菲利普的目光不由得转向厨房那边。

"我正打算去把牛排盛在盘子里端上来。"那女人说。

"去吧,"菲利普说,"我只看一眼你们的大儿子就走。"

听了菲利普说的话,他们夫妇俩都笑了。接着,厄尔布从桌旁站起来,陪着菲利普走到摇篮跟前。他得意地望着他的儿子。

"看来他没什么问题,是吧?"菲利普说。

菲利普拿起帽子,这时候,厄尔布的妻子已经把牛排端上来了,同时在餐桌上还摆了一盘嫩豌豆。

"你们这顿午饭可相当丰盛。"菲利普笑着说。

"他只有星期天才回来,我喜欢给他做些特别好吃的东西,这样他在外面干活时也会想着这个家。"

"我想你不见得愿意坐下来跟我们一块儿吃一点吧?"厄尔布说。

"哦,厄尔布。"他妻子用极为惊讶的语气说。

"只要你请我,我就吃。"菲利普答道,同时脸上露出他那迷人的笑容。

"嗯,这才够朋友。我刚才就知道,他是不会见怪的,波莉。再去拿个盘子来,我的好姑娘。"

波莉显得神情慌乱,她觉得厄尔布真是一个怪人,你永远不知道他下一刻脑子里又会想出什么主意。但是她仍然去拿了一个盘子,动作迅速地用围裙擦了擦,然后从五斗橱里又拿出一副刀叉。她最好的餐具放在她最好的衣服当中。餐桌上有一壶黑啤酒,厄尔布提起酒壶给菲利普倒了一杯。他想把一大半牛排夹给菲利普吃,但菲利普坚持一人一半。房间有两扇落地窗,里面阳光充足。这个房间原先是这幢房子里的客厅。当初这幢房子即便算不上高级,至少也是相当体面的,五十年前,也许一位富商或一名退休领取半薪的军官就住在这儿。结婚之前,厄尔布曾经是一位足球运动员,墙壁上有几张他参加的各支球队的集体照,照片上一个个运动员头发抹得平平整整的,脸上现出忸怩的样子,队长双手捧着奖杯,得意扬扬地坐在中间。另外还有一些表明这个家庭幸福美满的标志:几张厄尔布亲属的照片和他妻子身穿节日盛装的照片。壁炉台上有块小小的石头,上面粘着许多经过精心排列的贝壳;石头两旁各放一个大杯子,上面用哥特式黑体字写着"索斯恩德敬赠"的字样,还有码头和散步的人群的画面。厄尔布这个人有点儿怪,他不参加工会,并对强迫他参加工会的做法十分气愤。工会对他没有用处,他找工作从来没有遇到什么困难。不管哪个人,只要肩膀上长着一个脑袋,并且不挑挑拣拣,有什么工作就干什么,那他就会拿到丰厚的工资。波莉胆小怕事。如果她是厄尔布的话,她就会参加工会。上一次工厂罢工的时候,厄尔布每次出去干活,波莉都认为他会被人用救护车送回来。这时候,波莉转身对着菲利普。

"他就是那么固执,真拿他没有办法。"

"噢,我要说的是,这是一个自由的国家,我可不愿听凭别人摆布。"

"说这是一个自由的国家是没有用的,"波莉说,"如果他们得到机会,照样会砸破你的头。"

吃完午饭,菲利普把自己的烟草袋递给厄尔布,两人都抽起了烟斗。随后,菲利普站起身来,跟他们握手告辞,因为可能有人在他房间里等他出诊。他发现夫妻俩对他在他们家吃饭,而且吃得津津有味,感到十分高兴。

"好啦,再见,先生,"厄尔布说,"我希望我妻子下一次再生孩子时,还会有个这么好的医生。"

"去你的,厄尔布,"波莉反驳道,"你怎么知道还会有下一次呢?"

114

为期三周的助产医士的工作快结束了。菲利普已经护理了六十二名产妇,累得筋疲力尽。最后一天的夜晚,大约十点光景,他才回到住所,衷心希望这天夜里再也不要有人来把他叫去出诊了。一连十天,他晚上都没有得到充足的睡眠。他刚刚看过的那个病人的情况着实可怕。他是被一个身材魁梧、喝得醉醺醺的大汉叫去的,接着被带进一个恶臭难闻的院子里的一个房间。菲利普平生头一次见到这么肮脏的房间。那是一个窄小的顶楼房间,大部分空间都被一张木床占据了,床上张着带有污秽不堪的红色帷幔的罩篷。天花板低得菲利普伸手就能触到。一支孤零零的蜡烛就是房里唯一的光亮。借着烛光,菲利普察看了一下天花板,只见上面爬满了密密麻麻的小虫,都被蜡烛烤焦了。那个病人是个相貌粗俗的中年女子。她已经接连生了几胎死婴。这种情况菲利普也不是没听说过。事情是这样的:她的丈夫曾经在印度当过兵;故作正经的英国公众强加给这个国家的法律,使得各种最为令人苦恼的疾病不受控制地大肆蔓延,结果无辜的人却深受其害。菲利普打着呵欠,脱掉衣服,洗了个澡,接着把衣服在水上面抖了抖,两眼注视着落在水面上蠕动的小虫。他正要上床睡觉,又传来了一阵敲门声,随后医院的门房就进门给他送来一张卡片。

"真该死,"菲利普说,"你是我今晚最不想见到的人。这卡片是谁送来的?"

"我想是产妇的丈夫送来的,先生。要不要我叫他等着?"

菲利普看了一下卡片上的地址,发现那条街是自己熟悉的,于是就告诉门房,说他自己可以找到。他赶紧穿好衣服,五分钟后,就手里提着黑皮包,来到街上。这时候,一个男人来到他的跟前,说他就是那个产妇的丈夫。菲利普在黑暗中看不清那个人的模样。

"先生,我想我还是在这儿等您的好,"他说道,"我们那个地段相当混乱,再说他们也不知道您是什么人。"

菲利普笑了起来。

"哎呀,医生他们都认得出来的。我曾到过一些看上去要比维弗街更混乱的地方。"

菲利普的话确实不假。他手里的那个黑皮包就是一张通行证,可以使他穿过破旧不堪的小巷,走进臭气熏天的院子,那种地方就是警察也不愿意冒险涉足。有那么一两次,菲利普经过时,有一小伙人好奇地打量着他。他听到他们在小声议论,随后其中一个人说:

"这是医院的医生。"

他打他们身边走过时,他们当中有一两个人还同他打招呼:"晚安,先生。"

"如果您不介意的话,我们就得加快步子,先生,"这时,一路陪他往前走的那个男人说,"他们告诉我说时间十分紧迫。"

"那你为什么来得这么迟?"菲利普问道,同时加快了步伐。

走过一根路灯杆的时候,菲利普朝那个人瞥了一眼。

"你看上去怪年轻的嘛。"他说。

"我刚满十八岁,先生。"

他白肤金发,脸上光溜溜的,连一根胡子也没有,看上去还只是一个孩子。他个子不高,身体却粗壮结实。

"你这么年轻就结婚啦?"菲利普说。

"我们不得不这样。"

"你挣多少钱呀?"

"十六先令,先生。"

每周十六先令的工资,要养活妻子和孩子可实在紧巴巴的。夫妇俩住的房间表明他们贫穷到了极点。房间大小适中,但看上去相当宽敞,因为里面几乎没有什么家具。地板上没有铺地毯,墙上也没有张贴图片,而大多数人家的墙壁上都挂着一些东西,不是照片,就是放在廉价镜框里的从各种圣诞节出版的画报增刊上裁下来的图片。眼下,病人就躺在一张质量最低劣的小铁床上。看到她如此年轻,菲利普不胜惊讶。

"天哪,她至多也不过十六岁吧。"菲利普对旁边那个女人说,她是前来"帮助病人渡过难关"的。

病人的卡片上写明她十八岁。不过如果她们太年轻了,往往多报上一两岁。她也长得很漂亮,这在他们这个阶层的人中间相当罕见,因为他们吃的食物营养不足,呼吸的空气浑浊不堪,从事的职业又对健康有害,体质都逐渐被削弱了。她容貌清秀,长着两只蓝色的大眼睛,一头浓密的黑发,精心梳理成女小贩的发型。她跟她的丈夫都显得十分紧张。

"你最好在外面等着。这样我需要你的时候,你就能随叫随到。"菲利普对那个男人说。

现在菲利普对他看得更清楚了,又为他身上的那股孩子气而感到惊讶。你会觉得他不应该焦虑不安地守在门口等着孩子的出生,而应该到街上去跟别的那些小伙子一起嬉戏玩耍。时间慢慢地过去,但直到将近深夜两点孩子才生下来。一切似乎都相当圆满。这时候,做丈夫的被叫进屋去。看到他笨拙、羞怯地吻着他妻子的样子,菲利普十分感动。菲利普收拾好器具,临走之前,再次诊了诊产妇的脉搏。

"哎哟!"他说道。

菲利普赶紧看了产妇一眼,马上意识到出事了。遇到危急的病症,一定要请高级助产医士前来。那是个取得资格的医生,况且这个"地区"就归他负责。菲利普匆匆写了一张条子,交给那个男人,吩咐他拿着条子跑到医院去。菲利普叮嘱他要抓紧时间,因为他妻子的病情十分危急。男人立刻出发了。菲利普万分焦急地等待着,他知道产妇正在大量出血,生命垂危。他担心她会在他的上司赶到之前死去,因此他采取了所能采取的一切措施进行抢救。他殷切地希望那位高级助产医士没有被请到别的地方去出诊。每一分钟都显得特别漫长。高级助产医士终于赶到了,在检查病人的当儿,他低声问了菲利普几个问题。菲利普从他的脸部表情看出病人的情况十分严重。这位高级助产医士名叫钱德勒,是个寡言少语的人,个子高高的,鼻子长长的,瘦瘦的脸上有不少在他这个年纪本来不该出现的皱纹。他摇了摇头。

"这病打一开始就无法医治。她丈夫在哪儿?"

"我叫他在楼梯上等着。"菲利普说。

"去把他叫进来吧。"

菲利普打开房门,叫那个人进来。他正坐在外面楼梯的第一级台阶上。那段楼梯通往下一个楼层。他来到铁床跟前。

"怎么啦?"他问道。

"嗨,你妻子体内在出血,无法止住。"高级助产医士犹豫了一会儿,因为那是一桩说来令人痛心的事,但他迫使自己说话的声音变得粗鲁一些,"她快要死了。"

那个人什么话也不说,一动不动地站在那儿,望着他的妻子。那会儿,她躺在床上,脸色苍白,已经失去了知觉。接着那个接生员开口说起话来。

"这两位先生已经尽了最大努力,哈里,"她说,"打一开始,我就看出来情况不妙。"

"住口。"钱德勒说。

窗户上没有窗帘,外面的夜色似乎渐渐变淡了。那时虽说尚未天明,但也快了。钱德勒想尽一切方法来维持产妇的生命,但是生命仍然悄悄地从她身上溜走,不一会儿她就死了。她那个孩子似的丈夫站在劣质铁床的一端,双手扶着床架。他没有说话,脸色惨白。钱德勒不安地瞥了他一两眼,以为他快要晕倒了,因为哈里的嘴唇没有血色。那个接生员在一旁抽抽噎噎地哭着,但哈里并没有理会那个女人。他双眼充满了困惑的神色,死死地盯视着他的妻子。他使人想起一条不知自己犯了什么过错而挨打的狗。在钱德勒和菲利普收拾器具的当儿,钱德勒转身对那个人说:

"你最好去躺一会儿。我看你都累得支持不住了。"

"这儿没有我躺的地方,先生。"那个人回答说。他的声音里带着一种谦恭的调子,叫人听了极为难受。

"在这幢房子里,你连一个可以让你临时睡一会儿的人都不认识吗?"

"不认识，先生。"

"他们俩上星期才搬进来，"那个接生员说，"他们谁也不认识。"

钱德勒相当为难地犹豫了片刻，然后走到那个人面前，说：

"发生这样的事，我感到非常难过。"

他伸出手来。那个人本能地用目光扫了一下自己的手，看看是否干净，然后才握住钱德勒伸过来的手。

"谢谢您，先生。"

菲利普也同他握了握手。钱德勒吩咐接生员早晨上医院去领取死亡证明书。他们俩离开了那幢房子，一起默默地向前走去。

"一开始，见到这种事心里有点儿难受，对吧？"钱德勒终于开口说。

"是有点儿。"菲利普回答说。

"如果你愿意的话，我就去告诉门房，让他今夜不要再来叫你出诊了。"

"反正到了上午八点，我就不再当班了。"

"你一共护理了多少产妇？"

"六十三名。"

"好。那你可以领到合格证书了。"

他们俩来到医院门口。高级助产医士进去看看是否有人找他，菲利普继续朝前走去。前一天一整天都天气炎热，即便如今已到清晨，空气仍然暖烘烘的。街上阒寂无声。菲利普一点也不想睡觉。他的工作已经结束，不必匆匆地赶回住处。他慢慢地朝前走去，周围的寂静和清新的空气令他心神舒爽。

他想一直走到桥上去观看河上黎明时的景象。街道拐角处的一名警察向他道了早安。他根据那个黑皮包就知道菲利普是什么人了。

"深更半夜还去出诊,先生。"他说。

菲利普点了点头,径自朝前走去。他身子倚靠在桥的防护矮墙上,两眼凝望着清晨的景象。那会儿,这座大城市就像一座死城一般。天空中没有一丝云彩,但随着白天的临近,星光也渐渐变得暗淡了。河面上飘浮着一层薄雾,北岸的一幢幢高楼大厦宛如施了魔法的岛屿上的宫殿。一队驳船停泊在河的中流。周围的一切都蒙上了一层神秘的紫罗兰色彩,不知怎的,那么乱人心曲,又那么使人敬畏。但转眼之间,一切都渐渐变得苍白、灰暗和清冷。接着太阳升起来了,一缕金黄色的阳光悄悄地掠过天空,整个天空一下子显得五色斑斓。那个死去的姑娘脸色惨白地躺在床上的样子,以及那个男孩好像被击伤的野兽似的站在床脚的情景,老是浮现在菲利普的眼前,怎么也不能把它们从自己眼前抹去。那个肮脏的房间里空无一物的景象,使得这种痛苦更加深沉。那个姑娘刚步入生活的时候,就被一场倒霉的意外事故夺去了性命,说来实在残忍。但就在菲利普这样暗自寻思的当儿,他想到了这个姑娘将来会有的生活,也无非是生儿育女,与贫穷苦斗,结果青春的容貌为艰苦的劳作所毁,最后丧失殆尽,成了一个邋里邋遢的中年妇女——这时候,菲利普仿佛看到那张俊俏的脸庞日渐消瘦、苍白,头发也逐渐稀疏,两只漂亮的手因干活而遭到无情的磨损,最后变得活像一头衰老的动物的爪子——接着,当她男人过了年富力强的时期,就会难以找到工作,不得不接受低微的工资,最后必然陷入一贫如洗的境地;

她也许干劲十足,克勤克俭,但那也挽救不了她的命运,到头来,她不是在济贫院里苦度光阴,就是靠子女的接济资助维持生活。既然人生给予她的东西这么少,谁又会因为她的死而可怜她呢?

怜悯确实毫无意义。菲利普感到这些人所需要的并不是怜悯。他们并不怜悯自己。他们接受自己的命运。这符合事物的正常秩序。要不然,天哪!要不然,他们就会成群结队地越过泰晤士河,来到牢固、雄伟的高楼大厦所在的北岸;他们就会到处放火,抢夺财物,大肆洗劫。这时候,天已放亮了,光线柔和而惨淡,河上雾气稀薄,让一切都沐浴在柔和的光辉中。泰晤士河的河面时而泛出青灰色,时而呈现玫瑰红色,时而又是碧绿色:青灰色有如珍珠母的光泽;绿得好似一朵黄玫瑰花的花蕊。萨里郡一侧的河边码头和仓库挤在一起,虽说杂乱无章,倒也风光旖旎。面对着这样明媚秀丽的景色,菲利普的心剧烈地跳动起来。他完全为世界的美所陶醉。除此之外,一切都显得微不足道。

115

冬季学期开学前的几个星期,菲利普是在门诊部度过的。到了十月,菲利普便定下心来开始正常的学习。他离开医院已经那么长时间,发现自己周围的同学大部分都是新人。不同年级的学生相互之间很少交往,而菲利普当年的同学绝大多数都已取得行医的资格:有的已经离开圣路加医院,在乡村医院或诊所当助手或医生;有的则就在圣路加医院任职。两年来他的头脑一直闲着,他认为经过这样的休整,自己又充满旺盛的精力,如今可以干劲十足地用功学习了。

　　阿特尔涅一家对他的时来运转都感到很高兴。菲利普从大伯的遗物里挑出几件留着没卖,当作礼物分别赠送给他们全家每一个人。他把一条原来属于他伯母的金项链送给了莎莉。她已经出落成一个大姑娘了,跟一个裁缝当学徒,每天早上八点就到摄政街上的一家店铺去干活,一干就是一整天。莎莉生着一双坦诚的蓝眼睛,额头宽阔,一头闪闪发亮的浓密的头发。她体态健美,臀部宽大,乳房丰满。为此,那位喜欢谈论她的外表的父亲,不断地提醒她千万不要发胖。她身体健康,富有性感和女性的温柔,显得妩媚动人。她有不少追求者,但他们都因她毫不动心而无奈离去。她给人这样一种印象:在她看来,谈情说爱极为无聊。因而,不难想象那些小伙子都觉得莎莉难以接近。她年纪不大,却相当老成。她一向帮助阿特尔涅太太操持家务,照顾弟妹,久而久之,举止行为就流露出一种爱好管事的神气,因此她母亲说她有点儿太喜欢独断专行了。她终日寡言少语;可是随着年岁的增长,似乎也养成了一种沉静的幽默感。有时候,她也开口说上一句话,表明她外表虽然冷漠,暗地里却情不自禁地对她的同胞产生了兴趣。菲利普觉得根本无法跟她建立起亲密的关系,而跟阿特尔涅家的其他人却相处得亲密无间。有时候,她那冷淡的样子使菲利普有点儿气恼。她身上有种叫人难以捉摸的东西。

　　在菲利普送给莎莉金项链的时候,阿特尔涅吵吵嚷嚷地坚持要莎莉吻一下菲利普来表示感谢,但是莎莉涨红了脸,身子直往回退。

　　"不,我不吻。"莎莉说。

"不知感激的贱丫头!"阿特尔涅嚷道,"为什么不吻?"

"我不喜欢让男人吻我。"她说。

菲利普看到她发窘的样子,觉得相当有趣,便把阿特尔涅的注意力引到别的话题上去了。他不费什么劲儿就可以做到这一点。不过,阿特尔涅太太显然后来在莎莉面前谈到了这件事情,因为下一次菲利普来的时候,莎莉趁只有他们俩在一起的那几分钟机会,提起了这件事。

"上星期我不愿吻你,你不会觉得我不够友好吧?"

"一点也不。"菲利普笑着说。

"那并不是因为我不知感激。"当她说出这句事先准备好的客套话时,她的脸不禁微微一红,"我会永远珍视这条项链,你把它送给我,真是太感谢你了。"

菲利普感到要跟她说话,总有点儿困难。对于那些她非做不可的事,她都做得十分周到,就是好像觉得没有必要与人说话似的。然而,她也不是一点也不善于交际。一个星期天的下午,阿特尔涅夫妇一起出去了,菲利普正坐在客厅里看书,他们已把他当作自己家里的人看待。这时候,莎莉走了进来,坐在窗前做针线活儿。女孩子的衣服都是在家里做的,莎莉不能闲散无事地度过星期天。菲利普以为她想跟他说话,就放下了手中的书本。

"继续看你的书吧,"她说,"我只是想你独自一人,所以来陪陪你。"

"你是我遇到过的最沉默寡言的人。"菲利普说。

"我们可不希望在这幢房子里再有一个喜欢说话的人。"她说。

她的语调中并没有一丝嘲讽的意味,只是说了句实话。

可是,菲利普听后觉得,在她看来——天哪!——她父亲再也不是她童年时代心目中的英雄了。在她脑子里,把她父亲妙趣横生的谈话和他因不知节俭而往往给他们生活带来困难的行为联系在一起,把他的夸夸其谈同她母亲务实的判断力加以比较。虽然她父亲那欢快的性格叫她感到有趣,但有时说不定也让她有点儿不耐烦。她埋头做针线活的当儿,菲利普在一旁望着她。她身体健康,体格强壮,一切正常;看着她站在店铺里那些胸脯扁平、面无血色的姑娘们中间,那种景象想必相当奇特。米尔德丽德就患有贫血症。

过了一段时间以后,好像有人在向莎莉求婚了。偶尔她也同她在工场间里结识的朋友们一起外出。她遇到了一个小伙子,在一家兴旺发达的公司里当电气工程师,是个最合适不过的求婚者。一天,她告诉她母亲,说那个电气工程师已经向她求婚了。

"你怎么说来着?"她母亲问道。

"哦,我告诉他说,眼下我还不急着想要结婚。"莎莉停顿了一下,她平时发表自己的意见时总是这样,"看到他那副着急的样子,我就对他说,他可以在星期天来我们家用茶点。"

这样一种场合正合乎阿特尔涅的心思。为了扮好对那个年轻人加以教诲的严父角色,他排练了整整一个下午,最后引得孩子们不由自主地咯咯直笑。就在时间快到之前,阿特尔涅又翻箱倒柜地找出一顶埃及人戴的塔布什帽①,坚持要把这顶帽子戴在头上。

"别胡闹了,阿特尔涅。"他妻子说。这一天,阿特尔涅太太穿上了节日的盛装,就是那件黑丝绒的衣服。她的身体一

---

① 塔布什帽,一种穆斯林男子戴的中央有缨子的红色无边圆塔状毡帽。

年比一年发胖，所以那件衣服穿在身上显得紧绷绷的。"你这样会把女儿的机遇给毁掉的。"

她竭力想把那顶帽子摘下来，但是那个矮小的男人动作敏捷地跳开了。

"女人，放掉我吧！说什么我也不会把这顶帽子摘下来。一定得让那个年轻人一进门就知道，他打算走进的这户人家可不是个普通人家。"

"让他戴着吧，妈妈。"莎莉用她那平和的、漫不经心的语气说，"如果唐纳森先生对接待他的方式不满意，他可以走嘛，那样倒也好。"

菲利普认为那个年轻人正面临一场严峻的考验。阿特尔涅穿着一件棕色的丝绒上衣，系了一条飘垂的黑色领带，头上戴着鲜红的塔布什帽，这身打扮在那个天真纯朴的电气工程师眼里，真是一个惊人的景象。小伙子一到，就受到男主人那西班牙大公般的气派堂皇的欢迎，而阿特尔涅太太则用极为朴实、毫不做作的方式接待了他。他们在一张古老的熨衣桌旁的几把修道士用的高背靠椅上坐定。这时，阿特尔涅太太用一把光瓷茶壶给大家倒茶，这把茶壶给眼下的欢乐气氛添上了一层英格兰及其乡村的地方色彩。她还亲手做了一些小饼，桌上还摆着自制的果酱。这是一顿农家茶点，在菲利普看来，在这座英王詹姆士一世时代落成的房子里吃这样的茶点，倒别有一番雅趣。阿特尔涅出于某个荒唐的理由，突然心血来潮地谈论起拜占庭的历史来了。他一直在攻读《衰亡史》[①]

---

① 指英国历史学家吉本(1737—1794)前后花费十五六年时间写成的历史巨著《罗马帝国衰亡史》。

的后面几卷。这时候,他引人注目地伸出食指,又往那位惊讶不已的求婚者耳朵里灌输有关狄奥多拉①和艾琳的丑闻。他滔滔不绝地同客人攀谈起来,而那个年轻人则陷入了无可奈何的沉默和腼腆的境地,不时地点点头,表示他既能理解又感兴趣。可阿特尔涅太太却毫不理会索普的谈话,不时打断他的话头,给那个年轻人再加点茶,一个劲儿地劝他多吃些小饼和果酱。菲利普注视着莎莉,她低垂着双眼坐在那儿,神情镇静,默不作声,仍然保持敏锐的观察力。她那长长的眼睫毛在脸蛋上投下一道美丽的阴影。谁也看不出她究竟是觉得这个场面有趣呢,还是喜欢那个小伙子。她真叫人难以捉摸。但有一件事是肯定的:那个电气工程师相貌堂堂,白肤金发,胡子刮得十分干净。他长着一张坦诚的脸,眉目端正,讨人喜欢。他个子很高,体格匀称。菲利普不禁觉得他会成为莎莉理想的配偶,他想象着他们幸福的未来,心里不觉泛起一阵妒意。

不一会儿,那位求婚者说他该告辞了。莎莉一言不发地站起身来,把他送到门口。当她回到起居室时,她父亲突然大声嚷道:

"嘿,莎莉,我们认为你那个小伙子非常好,准备欢迎他成为我们家的一员。请教堂发布结婚公告②吧,到时候我要写出一首婚礼歌曲。"

莎莉没有搭腔,开始动手收拾茶具。突然,她飞快地瞥了

---

① 狄奥多拉(508—548),拜占庭帝国王后,查士丁尼一世皇帝之妻。艾琳是她的密友。
② 结婚公告,英国从前法律,举行婚礼前的连续三个星期天需在所属教区教堂等处预先发布公告,给人提出异议的机会。

菲利普一眼。

"菲利普先生,你觉得他怎么样?"

她一直拒绝跟弟妹们一样称他为菲尔叔叔,但又不愿意直呼其名。

"我觉得你们俩真是十分相配。"

莎莉又一次迅速地看了他一眼,接着她脸上泛起一阵淡淡的红晕,继续干她的活儿。

"我认为他是一个非常好的、说话很有礼貌的年轻人,"阿特尔涅太太说,"我想他就是那种年轻人,无论哪个姑娘嫁给他,都会感到幸福的。"

莎莉沉默了一两分钟。菲利普好奇地瞅着她;你可能会认为她是在思考她母亲刚才说的话;而另一方面,她也可能在想着意中人。

"莎莉,我在跟你说话,你怎么不回答呀?"她母亲有点急躁地说。

"我却认为他是个傻瓜。"

"那你不打算接受他的求婚了?"

"是的,我不打算那样。"

"我真不明白你的要求究竟有多高。"阿特尔涅太太说。显然,这让她心里很不高兴。"他是一个很正派的小伙子,可以为你提供一个非常舒适的家。没有你,我们这儿要吃要喝的人也已经够多的了。你有这样好的机会,却不抓住,真是太不像话了。而且,也许你还可以雇个姑娘给你干些粗活呢。"

菲利普以前从来没有听到阿特尔涅太太如此直截了当地诉说生活的艰辛。他发现要让每一个孩子都不缺吃少穿,那是多么至关重要啊。

"妈妈,你再说下去也没用,"莎莉用温和的语气说,"我不想嫁给他。"

"我认为你是个冷酷无情、残忍自私的姑娘。"

"妈妈,如果你想叫我独立谋生,我随时都可以去当用人。"

"别这么傻里傻气的啦,你知道你父亲是绝不会让你去当用人的。"

菲利普一下子触到了莎莉的目光,觉得她那目光中闪烁着一丝愉快的神情。他暗自纳闷,不知道刚才那番谈话中哪一点触发了她的幽默感。她真是个古怪的姑娘。

116

在圣路加医院的最后一年里,菲利普不得不刻苦学习。他对自己的生活相当满意,心里既无所依恋,手里又有足够的钱来满足自己的需要,真是安闲自在。他曾经听到有些人用轻蔑的口吻谈论金钱,他不知道他们是否当真过过一天身无分文的穷困日子。他知道,没有钱会使一个人变得委琐、吝啬和贪婪,会扭曲他的性格,使他从庸俗的角度来看待世界。当你不得不掂量每一个子儿的分量时,金钱就会变得异乎寻常地重要。你需要具有一种恰如其分地估定金钱价值的本领。菲利普过着独居的生活,除了去看望阿特尔涅一家人之外,他什么人都不见,尽管如此,他并不感到寂寞。他忙着为自己的未来制定各种计划,有时也想起过去的经历。偶尔,他也回想起从前的老朋友,但并没有去走访他们。菲利普真想知道诺拉·内斯比特后来的情况。

眼下她是冠有另一个姓氏的诺拉了,但他就是想不起当时那个即将同诺拉结婚的男人的名字。他为自己能够结识诺拉而感到高兴:诺拉是一个心地善良、十分勇敢的人。有天晚上,大约十一点半光景,他看到劳森正沿着皮卡迪利大街迎面走来。劳森穿着晚礼服,说不定刚从戏院散场出来,正要回住所去。菲利普一时冲动,迅速闪进旁边一条小路。他跟劳森已经两年没见面了,觉得现在再也无法恢复那中断的友情。再说,他同劳森彼此之间也没什么话好谈。菲利普不再对艺术感兴趣了;在他看来,眼下他要比自己小时候更能欣赏美好的事物,但艺术在他眼里却显得无足轻重。他一心要从纷繁复杂、杂乱无章的生活中选取材料来编织成一幅人生的图案,而他用来编织人生图案的那些材料,似乎使自己先前对颜料和词语的考虑显得微不足道。劳森已经满足了菲利普的需要。菲利普同劳森的友情正是他精心设计的人生图案的主题。这位画家再也引不起自己的兴趣,菲利普无视这一事实只是出于情感上的原因。

有时候,菲利普也想起米尔德丽德。他故意不走有可能撞见她的那几条街道,但是偶尔出于某种情感,也许是好奇心,也许是一种他不愿承认的更深的情感,在他认为米尔德丽德很可能会出现在皮卡迪利大街和摄政街一带的时候,他就在那儿四处转悠。这种时候,他究竟是希望见到她,还是害怕见到她,连他自己也说不清楚。有一次,他看到一个人的背影很像米尔德丽德,一刹那间,他认为那个女人就是米尔德丽德。顿时,他心中泛起一种奇特的感觉:一阵莫名的剧烈疼痛,其中夹杂着惧怕和令人厌恶的惊慌。他快步赶上前去,结果发觉自己看错了人。这时他感到的究竟是失望,还是如释重负,连他自己也说不上来。

八月初,菲利普通过了最后一门功课——外科学的考试,领到了毕业文凭。他在圣路加医院已经度过了七个年头,年纪也接近三十岁了。他手里拿着证明他可以行医的文凭卷,走下皇家外科学院的楼梯,那会儿,他的心满意地怦怦直跳。

"如今我才真正地开始步入人生。"他暗自心想。

第二天,他上秘书办公室登记姓名,申请在医院就职。那位秘书是个生性欢快的小个子,蓄着黑黑的胡子,菲利普发现他总是那么和蔼可亲。秘书先对菲利普的成功表示了祝贺,然后说:

"我想你不会愿意去南部海滨当一个月的代理医师吧?一周薪水三个畿尼,还提供食宿之便。"

"我倒无所谓。"菲利普说。

"在多塞特郡的法恩利。索思大夫那儿。你得马上动身。索思大夫的助手得了腮腺炎。我想那是个十分舒适宜人的地方。"

秘书说话的态度叫菲利普有些困惑不解。事情有点暧昧不明。

"那么究竟是什么难对付呀?"菲利普问道。

秘书犹豫了一会儿,接着带着安抚的神情笑了笑。

"噢,事实是这样的,我知道他是一个脾气相当暴躁的、有趣的老头儿。负责机构都不愿再给他派助手去了。他说话直率,心里想什么就说什么,人们往往不喜欢这样。"

"可是,你想他会对一个刚刚取得医生资格的人感到满意吗?我毕竟没有什么经验。"

"有你来当助手,他应该高兴才是。"那个秘书圆滑地说。

菲利普思索了一会儿。接下去的几个星期,他无事可干,能有机会挣一点钱当然高兴。他可以把这些钱积攒起来,用作到西班牙去度假的旅费。他早就盼望等自己在圣路加医院任职,或者(如果那儿无法给他任何职位)在别的医院任职之后,就去西班牙度假。

"好吧,我去。"

"要去的话,你今天下午就得去。这时间你说行吗?要是行的话,我马上就去发个电报。"

菲利普本想耽搁几天再走,但是他前天晚上刚去看过阿特尔涅一家(他一通过考试,便立刻跑去把这个好消息告诉了他们),因此确实没有什么理由不马上动身。要带的行李不多。当天晚上七点刚过不久,他便走出法恩利火车站,叫了一辆出租马车前往索思大夫的诊所。那是一幢宽阔低矮的拉毛粉饰的房子,墙上爬满了五叶地锦。他被引进诊疗室,有个老头儿正伏在书桌上写东西。女用人把菲利普领进诊疗室的当儿,老头儿抬起头来,但既没有站起身来,也没有说话,只是用眼睛紧盯着菲利普。菲利普不觉吃了一惊。

"你大概正在等我吧?"菲利普开口说道,"今天上午,圣路加医院的秘书给你发了份电报。"

"我把晚饭推迟了半个小时。你想洗个澡吗?"

"好的。"菲利普答道。

索思大夫的古怪脾气叫菲利普感到颇为有趣。这时候,他已经站了起来。菲利普发觉面前的这个老头儿个子中等,身材瘦削,满头白发剪得短短的。一张大嘴抿得紧紧的,看上去好像没有嘴唇似的。他的脸刮得十分干净,只留着几绺白色的络腮胡须。结实的下巴使他的脸庞成为四方形,在络腮胡须的衬托下,脸庞就显得更加方正。他穿着一套棕色的粗花呢服装,系了一条白色的宽大硬领巾。衣服松松地披在身上,似乎原先是做给另一个身材魁梧的人穿的。他看上去活像十九世纪中叶一位相当体面的农夫。这时候,他打开了门。

"那儿是饭厅,"他用手指着对面的门说,"楼梯平台上的第一扇房门,那就是你的卧室。洗完澡就下楼来。"

吃晚饭的时候,菲利普知道索思大夫一直在对自己仔细察看,但很少开口说话。菲利普觉得他并不想听到自己的助手说话。

"你什么时候取得医生资格的?"索思大夫突然问道。

"昨天。"

"上过大学吗?"

"没有。"

"去年,我的助手外出度假时,他们给我派来一个大学生。我叫他们以后别再干这种事了。大学生的绅士派头太足了,我可受不了。"

接着,又是一阵沉默。晚饭极其简单,但十分可口。菲利普外表镇定,内心却兴奋不已。他为自己受聘来这儿当代理医师万分得意,觉得自己顿时成熟了许多,真想像疯子似的狂笑一番,但又不知要笑什么。他想起了当医生的尊严,越想越觉得要咯咯笑出声来。

可是索思大夫突然打断了他的思路。

"你今年多大年纪了?"

"快三十岁了。"

"那怎么才取得医生资格呢?"

"我差不多在二十三岁时才开始学医,中间还不得不停了两年。"

"为什么?"

"穷呗。"

索思大夫神情古怪地看了他一眼,又沉默不语了。晚饭吃完时,索思大夫从桌子旁站了起来。

"你知道在这儿行医是怎么回事吗?"

"不知道。"菲利普答道。

"主要是给渔民和他们的家属看病。我负责工会和水手的医院。过去有段时间,就我一个人在这儿行医,不过后来他们努力要把这个地方开辟成一个海滨旅游胜地,所以又来了一位医生,在山崖上开了一家医院。于是,那些有钱的人都到他那儿去看病了。只有那些请不起那位大夫的人才上我这儿来。"

菲利普明白,跟那位医生之间的竞争是这个老头儿的一块心病。

"我毫无经验,这你是知道的。"菲利普说。

"你,你们这种人都什么也不懂。"

索思大夫说完这句话,便丢下菲利普走出了饭厅。女用人进来收拾餐桌的时候告诉菲利普,索思大夫每天晚上六点到七点给病人看病。这天晚上的工作已经结束了。菲利普从卧室里拿了一本书,点着了烟斗,便坐下看了起来。这是一种极其愉快的消遣,因为近几个月来,除了看些医学书籍外,他别的什么书都没看过。十点钟的时候,索思大夫走了进来,望着他。菲利普平时看书时就怕两脚着地,因此拖了一把椅子来搁脚。

"看来你倒怪安闲自在的啊。"索思大夫板着脸说,要不是当时菲利普兴致高昂,看到索思大夫的这副样子准会心神不安。

菲利普眼睛亮闪闪地回答说:

"你对此有什么意见吗?"

索思大夫瞪了他一眼,但并没有直接回答他的问题。

"你看的是什么书?"

"斯摩莱特①写的《佩里格林·皮克尔》。"

"我碰巧倒也知道斯摩莱特写了《佩里格林·皮克尔》。"

"对不住。凡是行医的人对文学都不大感兴趣,是吗?"

菲利普把小说放到桌上,索思大夫顺手把书拿了起来。那是一册曾经属于黑马厩镇教区牧师的书。很薄,是用光泽暗淡的摩洛哥山羊皮装订的,用铜版印刷的版画作为卷首插图。书页因年代久远而散发出一股霉味,上面还有发霉留下的斑点。索思大夫拿起那本小说时,菲利普无意识地身子朝前一倾,眼睛里露出一丝笑意。但他的表情并没有逃过索思大夫的眼睛。

"你觉得我好笑吗?"他冷冰冰地问道。

"我知道你是很喜欢书的,只要看到别人拿书的样子,就能知道他是什么样的人。"

索思大夫马上把那部小说放回到桌上。

"明天早上八点半吃早饭。"他说,接着就走出房去了。

"真是个有趣的老家伙!"菲利普心里暗想。

不久,菲利普就明白为什么索思大夫的助手们觉得很难

---

① 斯摩莱特(1721—1771),英国小说家,以行医和写作为生。《佩里格林·皮克尔》是他在1751年写的一本漫游历史小说。

跟他相处。首先，他坚决反对医学界近三十年来的一切新发现。某些药物曾被认为有奇特的疗效而风行一时，结果不出几年就被弃置不用了；对于这样的药物，他可无法容忍。索思大夫曾在圣路加医院做过学生，离开那儿时随身带了几种常用的混合药剂，他就靠这几种药行了一辈子医，而且发现它们和后来流行的名目繁多的药品一样灵验。菲利普发现索思大夫竟对无菌法抱有怀疑，感到十分吃惊；只是考虑到大家普遍的意见，他才勉强接受了。但是他采取了不少预防措施，露出一副表示轻蔑的包容态度，看上去就像跟孩子们一起玩扮演士兵的游戏。菲利普早就知道，医院里素来对这些预防措施小心谨慎地加以强调。

"我曾经亲眼看到抗菌剂的出现，并把以前的一切药物都彻底清除，可后来呢，又看到无菌法取而代之。真是胡说八道！"

原先派来的那些年轻人只知道大医院的常规工作，而且在大医院中气氛的影响下，对普通医生①总是毫不掩饰地流露出一种轻蔑的神气。他们只见过病房里的疑难病症。虽懂得医治肾上腺的起因不明的疾病，但是碰到伤风感冒之类的毛病时，就一筹莫展，他们掌握的只是理论知识，却充满自信，目空一切。索思大夫双唇紧闭，注视着他们，抓住机会来表明他们是多么愚昧无知，根本没有资格骄傲自大，他从这种蔑视中得到乐趣。在这儿行医挣不了几个钱，主要是给渔民们看病，医生还要自己配制药剂。一次，索思大夫对他的助手说，如果给一个渔民配的医治胃痛的混合药剂里竟有五六种贵重

———————————

① 普通医生系指各种病均看的全科大夫。

药物的话,那诊所还怎么维持下去呢。他还抱怨那些年轻助手缺乏教养,他们只看《体育时报》和《英国医学杂志》;他们写的字,既难以辨认又常常拼错。有两三天时间,索思大夫密切地注视着菲利普的一举一动,只要抓住什么差错,他便想把菲利普狠狠地挖苦一番。菲利普也意识到了这一点,不声不响地工作着,心里却暗自好笑。他对自己职业的改变感到相当高兴,也喜欢这种独立自主、承担责任的感觉。形形色色的人来到诊疗室。他心里充满喜悦,因为他似乎可以激起病人的信心。能亲眼观察医疗的整个过程,真叫人感到愉快;如果在大医院里,他就必须间隔很长一段时间才能看到。他经常出诊,这样便可以出入一所所低矮的小屋,那里面摆着钓鱼用具和船帆,四处也有一些远洋航行的纪念品,比如日本的漆盒、美拉尼西亚①的鱼叉和船桨,或者从斯坦布尔②的市场买来的匕首。在那些闷热的小房间里,飘溢着浪漫传奇的气氛,而大海的咸味又给它们带来一股浓烈的新鲜气息。菲利普喜欢跟水手们在一起闲谈,水手们发现他并不傲慢自大,便洋洋洒洒地把他们青年时代的远航经历讲述给他听。

有那么一两次,他出现了误诊(以前他从来没有见过麻疹的病例。一天,有个出疹子的病人来找他看病,他却诊断为病因不明的皮肤病)。又有那么一两次,他的治疗意见与索思大夫的想法产生了分歧。第一次出现这种情况时,索思大夫言辞尖刻地嘲讽了他一顿,而他却心情愉快地在一旁听着;菲利普本有巧妙应答的天赋,他回了一两句嘴,使得正在数说

---

① 美拉尼西亚,西南太平洋的岛群,主要包括新喀里多尼亚岛、斐济群岛和所罗门群岛等。
② 斯坦布尔,即伊斯坦布尔。

他的索思大夫一下子停了下来,用好奇的目光望着他。菲利普脸上一本正经,但两只眼睛却闪闪发亮。那位老先生不由得认为菲利普是在拿他打趣。以往,助手们对他又讨厌又害怕,他对这种情况已习以为常,但菲利普表现出的这副样子,他倒是平生头一次遇到。他真想对菲利普狠狠发上一阵脾气,让菲利普收拾好行李,乘下一班火车滚蛋。从前他就是这样对待他的助手的。可是他心神不安地感到,要是真的那样,菲利普准会毫不客气地当面嘲笑他;于是,他突然觉得眼前的情形倒怪好玩的。他微微张开了嘴,很不情愿地笑了笑,接着转身走开了。过了一会儿,他渐渐意识到菲利普是在故意拿他开心。起初他感到吃惊,后来心里也乐了。

"真他妈的不要脸,"他暗自笑着说,"真他妈的不要脸!"

117

菲利普写信告诉阿特尔涅,说他正在多塞特郡当代理医生,没过几天,便接到了阿特尔涅的回信。回信是用阿特尔涅喜爱的那种正规方式写的,里面堆砌了一大堆华丽的辞藻,宛如一顶镶满宝石的波斯王冠;信上的字体相当漂亮,看去好像黑体字,却颇难辨认,可他就为自己能写这一手好字而感到得意。在信里,阿特尔涅建议菲利普上肯特郡的蛇麻草场同他及他的家人欢聚,而他本人是每年都要上那儿去的。为了说服菲利普,他在信里还就菲利普的心灵以及蛇麻草的缠绕的卷须,作了一大套既优美动人又错综复杂的议论。菲利普立刻回了封信,说他一有空闲便上肯特郡去。虽然那儿并不是自己出生的地方,但他对萨尼特岛①怀有一种特殊的感情。想到自己即将贴近大地的怀抱,在蔚蓝的天空下,在跟阿卡狄亚②的橄榄林一样富有田园牧歌情调的环境中度过半个月时光,他心里便充满火一般的激情。

在法恩利当代理医生的一个月转眼就要过去了。一座新兴的城镇正从海边的山崖上拔地而起,一幢幢红砖别墅鳞次栉比,环绕着一个个高尔夫球场。一家大饭店新近落成开张,用来接待前来避暑的游客。不过,菲利普难得走到那儿去。山崖下面的港口附近,上个世纪遗留下来的小石头房子乱七八糟地挤在一起,倒也错落有致;那一条条狭窄的街道,坡度很陡,颇有古色古香的风味,可以引起人们的遐想。水边是一座座干净整洁的小屋,屋前都有一个经过精心料理的小花园,里面不是住着业已退休的商船队的船长,就是住着那些靠海为生的船员的母亲和寡妇。这些小屋的外表都显得古雅而宁静。小小的港口,停泊着来自西班牙和地中海东部诸国的不定期货船,小吨位货船;时而随着一阵阵富有浪漫色彩的清风,一条条帆船徐徐漂进港口。眼前的这番景致,使菲利普想起了黑马厩镇那停泊着煤船的肮脏的港口。他想,正是在那小小的港口,他第一次产生了想要前往东方诸国和热带海上阳光灿烂的岛屿的欲望,而如今这种欲望已经到了无法摆脱的痴迷程度。可是只有在这儿,你才会感到自己更加接近浩瀚无际、深不见底的海洋;而在北海海岸旁边,你总觉得自己的视野受到限制。在这儿,面对着平展的、广阔无垠的大海极

---

① 萨尼特岛,苏格兰东南部岛屿,位于肯特郡的东北端。
② 阿卡狄亚,古希腊一山区,在如今的伯罗奔尼撒半岛中部,以其居民过着田园牧歌式的淳朴生活而著称。

目眺望时,你不禁会深深地吸上一口长气;那习习西风,那英格兰特有的亲切柔和、带有咸味的海风,会使你精神振奋,同时也会使你的心肠变软,变得充满温情。

菲利普在索思大夫身边工作的最后一周的一天晚上,他们俩正在配制药剂,一个孩子跑到诊所的门口。原来是个衣衫褴褛的小姑娘,脸上很脏,还光着脚丫子。菲利普应声把门打开。

"先生,请你马上到青藤巷的弗莱彻太太那儿去一趟,好吗?"

"弗莱彻太太怎么啦?"索思大夫用刺耳的嗓音大声问道。

可那个孩子没有理他,继续朝菲利普说道:

"先生,弗莱彻太太的小儿子出事故了,请你马上去一趟,好吗?"

"去告诉弗莱彻太太,就说我马上就去。"索思大夫大声说道。

那个小姑娘迟疑了一下,把一个污黑的手指塞到肮脏的嘴巴里,一动不动地站在那儿望着菲利普。

"怎么啦,小家伙?"菲利普笑吟吟地问道。

"先生,弗莱彻太太说,请新来的大夫去。"

诊疗所里传来一阵声响,索思大夫从里面走了出来,来到过道上。

"难道弗莱彻太太对我有什么不满意的地方吗?"他厉声说道,"打她出生的那天起,我就一直给她看病。为什么现在我连给她的臭娃娃看病都不行了呢?"

有一会儿,那个小姑娘看上去好像就要哭了,但后来她改变了主意。她故意朝索思大夫伸了伸舌头,索思大夫惊讶得还没回过神来,她就放开脚步,一溜烟地跑走了。菲利普看出那位老先生十分恼火。

"你看上去累得够呛,再说,从这儿到青藤巷的路可也不近哪。"菲利普这样说,好给索思大夫一个不必亲自前去的借口。

索思大夫低声咆哮起来。

"这点儿路,对一个双腿齐全的人来说,要比一个只靠一条半腿走路的人要近得多呢。"

菲利普一下子把脸涨得通红,默默地站了好一会儿。

"你究竟是要我去呢,还是你亲自去?"菲利普最后冷冷地问道。

"既然他们要的是你,我去有什么用呢?"

菲利普拿起帽子,出诊去了。他回来的时候都快八点了。那会儿,索思大夫正背朝着壁炉站在饭厅里。

"你去的时间可不短呀。"索思大夫说。

"对不起。你为什么不先用饭呢?"

"因为我想等一下。你出去这么久,一直都待在弗莱彻太太家吗?"

"不,并没有一直待在她那儿。回来的路上,我停下来观赏了夕阳西下的景象,把时间都给忘了。"

索思大夫没有回答。这时候,女用人给他们俩端来一些烤西鲱。菲利普津津有味地吃着。突然,索思大夫向他提出一个问题。

"你为什么要去观赏夕阳西下的景象?"

菲利普嘴里塞满了食物,回答说:

"因为我感到愉快。"

索思大夫神情古怪地看了菲利普一眼,在他那张衰老、疲惫的脸上闪现出一丝笑意。接着,他们俩默默地埋头吃饭。可是,等到女用人给他们倒好红葡萄酒,离开房间以后,老头儿身子往后靠了靠,用锐利的目光紧紧地盯着菲利普。

"年轻人,刚才我提到你的跛足,有点刺痛你了吧?"他说。

"人们对我生气的时候,总是直接或间接地提到我的跛足。"

"我想,他们知道这正是你的弱点。"

菲利普面对着他,神色镇定地望着他。

"你发现了这一点,感到很高兴吧?"

索思大夫没有回答,只是发出一阵咯咯的苦涩的笑声。他们俩就这样四目相对地坐了一会儿。接着,索思大夫所说的话叫菲利普大吃一惊。

"你为什么不留下来呢?我会把那个患腮腺炎的该死的傻瓜辞掉。"

"谢谢你的好意,但我希望今年秋天能在圣路加医院得到一个职位。这对我以后谋求别的工作会大有帮助。"

"我的意思是跟你合伙开业行医。"索思大夫气冲冲地说。

"为什么呢?"菲利普惊讶地问道。

"这儿的人似乎喜欢你留下来。"

"我还以为你是绝不会赞同这种事情的呢。"菲利普干巴巴地说。

"我行医都有四十年了,难道你以为我还在乎人们喜欢我的助手而不喜欢我吗？我才不在乎呢，朋友。我和我的病人之间没有什么情感可言，我也不指望得到他们的感激，我只希望他们把诊疗费付给我就行了。噢，你对我的建议有什么想法？"

菲利普没有回答。这倒不是因为他在考虑索思大夫的建议，而是因为他感到万分诧异。居然有人会向一个刚取得行医资格的新手提出合伙开办诊所，这件事显然太不寻常了。菲利普惊讶地意识到，索思大夫已经喜欢上自己了，尽管对方无论怎样也不会说出口来。他暗自心想，要是他把这件事告诉圣路加医院的那位秘书，那个人肯定会觉得十分好玩。

"在这儿给人看病，一年收入大约七百英镑。我们俩计算一下你搭多少股份，你可以将来逐步向我偿还。我死后，你可以继承我的位子。你至少得花两三年时间到处去谋求医院的职位，然后才能担任助理医生，最后才能独立开业行医。我想我的建议比那样子要强。"

菲利普心里明白，像这样的机会，在他那个行业里的大多数人都会欣然接受。行医的人已经太多了，尽管这儿的收入并不太高，但在他认识的人当中，少说也有一半人会感激涕零地接受索思大夫的这一建议。

"实在对不起，我不能接受你的建议，"他终于开口说，"接受你的建议就意味着我要放弃多年来所追求的一切。尽管我遭遇过各种各样的困厄，但我始终没有放弃面前的目标，即取得行医的资格，以便去漫游四方。眼下，每当我早晨醒来，就浑身骨头酸痛，好像在催我快点动身。至于到什么地方去，我倒并不在意，反正只要出国，到我从来没有到过的地方去就行。"

如今，这个目标似乎近在眼前。他在圣路加医院的任期将在下一年年中结束,然后他就到西班牙去。他可以在那儿待上几个月,在那个对他来说充满传奇色彩的国度里到处漫游。随后,他就坐船到东方去。人生的道路展现在他的面前,时间也充裕得很。只要高兴,他可以花上几年时间在荒僻偏远的地方,在陌生的人群中到处漫游,而在那些地方,人们的生活方式相当奇特。他不知道他要探求什么,也不知道旅行会给他带来什么,但他感到,通过旅行他会了解生活中的许多新鲜事,并且获得解开奥秘的某种线索,而他解开的奥秘只使自己发觉其中有着更多神秘难解的地方。即便他什么也没有发现,也可以减轻折磨着他内心的那种骚动。可是,索思大夫却向他表示了自己的深情厚谊,如果没有充足的理由而拒绝他的提议,似乎有些不知感激。于是菲利普以他那种腼腆的方式,竭力表现出一副就事论事的样子,设法向索思大夫解释,为什么完成多年来始终珍藏在心中的计划对他是那样重要。

索思大夫静静地听着,那双精明的、昏花的眼睛里渐渐露出柔和的神色。菲利普觉得索思大夫并不逼他接受自己的提议,这使他显得格外亲切友好,因为仁爱往往是带有强制性的。索思大夫似乎认为菲利普的理由相当合理,便不再谈论这一话题,转而讲起了他青年时代的经历。他曾经在皇家海军服役,这段经历,使得他同大海结下了不解之缘。退役后,他就到法恩利定居。他给菲利普讲述了从前在太平洋航行的情景和在中国的充满冒险的经历。他曾参加过一次镇压婆罗洲①的蛮族的远征,曾经到过当时还是一

① 婆罗洲,马来群岛中的一个岛屿,包括沙巴、沙捞越、文莱和加里曼丹。

个独立国家的萨摩亚①。他也曾在珊瑚群岛停靠。菲利普出神地听着他的话。他一点一点地把自己的身世告诉了菲利普。索思大夫是个鳏夫,妻子早在三十年前就亡故了,女儿嫁给了罗得西亚的一个农场主。翁婿俩发生争吵,女儿已经十年没有回英国了。这样一来,他就好像从来不曾有过妻子和孩子一样。他十分孤独。他脾气暴躁,实际只是用来掩盖他的理想彻底破灭的防护服而已。对菲利普来说,看到索思大夫并不是不耐烦地,而是怀着厌恶的心情在等待死亡的降临,讨厌老年,又不甘心忍受老年带来的种种限制,却又觉得只有死亡才是他摆脱生活的痛苦的唯一办法,这似乎相当可悲。菲利普闯进了他的生活,于是,由于同女儿长期分离而早已泯灭了的慈父之情——在他同女婿吵架时,女儿站在她丈夫一边,她的几个孩子他一个也没见过——现在他的父爱一下子都倾注在菲利普的身上。起初,这使得他很生气,他暗自认为这是年老昏聩的迹象。可是,菲利普身上有种气质引起他的兴趣。他发觉自己会莫名其妙地对菲利普露出笑容。菲利普一点也不叫他讨厌。有那么一两次,菲利普还把手搭在他的肩膀上。这种近乎爱抚的动作,自打他女儿多年前离开英国之后,他就没有得到过。菲利普动身离开的时候,索思大夫一路把他送到火车站,心里莫名其妙地感到沮丧。

"我在这儿过得十分愉快。"菲利普说,"你待我真是太好了。"

---

① 萨摩亚,南太平洋中属于波利尼西亚的一个岛群,现分为美属萨摩亚群岛和萨摩亚国。

"我想,你很高兴离开这儿吧?"

"我在这儿过得很开心。"

"可是你仍想出国去见见世面?啊,你还年轻。"他踌躇了一会儿,"我希望你别忘了,万一你改变了主意,我的提议仍然有效。"

"那就太感谢你了。"

菲利普把手伸到车窗外面,跟他握手告别。不久,火车就冒着蒸汽开出车站。菲利普想起了他要在蛇麻草场度过半个月的事。想到又能见到他的朋友,他心里乐滋滋的;他也因为那天天气晴朗而格外高兴。可是,与此同时,索思大夫却朝他那幢空荡荡的房子慢慢地往回走。他感到自己非常衰老,非常孤独。

118

菲利普到达费尔内时,天已经很晚了。费尔内是阿特尔涅太太的故乡。她从小就养成采集蛇麻子的习惯;如今仍然每年同丈夫和孩子们一起到这儿来采集蛇麻子。跟许多肯特郡的老乡一样,她一家大小定期外出采集蛇麻子,一来可以挣点儿钱,但主要还是把这一年一度的远足,看作最愉快的假日。早在假日到来之前几个月,一家人就都在热切期待了。这种活儿并不繁重,大家在露天地里共同采集。对孩子们来说,这是一次漫长的、充满乐趣的野餐会。在这儿,小伙子们得以与年轻姑娘们相遇;在劳动结束后的漫长的夜晚,他们便成双结对地在小巷里漫游,谈情说爱。于是采集蛇麻子的季节一过,接着就是举行婚礼。新郎新娘坐在一辆辆大车上,车上放着床单被褥、锅碗瓢盆,还有椅子和桌子等什物。在采集蛇麻子期间,整个费尔内显得空空荡荡。当地居民十分排外,一向讨厌外乡人(他们把那些伦敦佬称为外乡人)的侵入。当地居民看不起那些伦敦佬,同时也害怕那些伦敦佬。伦敦佬被视为一帮粗野的汉子,那些体面的乡村居民都不想跟他们交往。从前,到这儿来采集蛇麻子的人都睡在谷仓里,但是十年前,在草场的旁边盖起了一排茅屋。于是,阿特尔涅一家同其他许多人家一样,每年来到此地都住在同一所茅屋里。

阿特尔涅赶了一辆马车到火车站去接菲利普。马车是从酒店里借来的,他还在酒店为菲利普订了一个房间。酒店离蛇麻草场只有四分之一英里。他们把菲利普的行李留在房间里,然后便走到盖满茅屋的蛇麻草场。那些茅屋实际只是一片狭长、低矮的棚屋,被分隔成好几个房间,每个房间大约十二平方英尺。每座茅屋前都用树枝燃起一堆篝火,一家人围坐在篝火旁,目光急切地注视着在火上烧煮的晚餐。海风和阳光把阿特尔涅的孩子们的脸膛染成了棕红色。阿特尔涅太太戴了一顶阔边遮阳帽,简直判若两人;你会觉得多年的城市生活实际对她并没有多少影响。她是个地地道道的乡村妇女。你可以看到她身处乡村的环境中是多么从容自在。此刻,她正在油煎熏咸肉,一面照看着身边年龄较小的孩子。不过菲利普一到,她仍然热诚地跟他握手,脸上绽放出愉快的笑容。阿特尔涅兴高采烈讲起乡村生活的种种乐趣来了。

"咱们居住在城市里,渴望阳光和光明。那不是生活,而是一种长期监禁。贝蒂,咱们把一切都卖了,到乡村来办个农场吧!"

"我知道你在乡村会有什么样的表现。"阿特尔涅太太心情愉快、口气轻蔑地答道,"嗨,只要冬天一下雨,你就会嚷着要回伦敦了。"她掉头转向菲利普,"每次我们到这儿来的时候,阿特尔涅总是这副样子。说什么乡村啊,真是叫我喜欢!嗨,可是他连甜菜和甘蓝都还分不清楚呢。"

"爸爸今天偷懒,"简用她特有的那种直率口气说,"他连一个帆布袋都没采满。"

"我正在练习怎么采摘,孩子。到了明天,我就会采得比你们加起来的还要多。"

"孩子们,快来吃晚饭吧。"阿特尔涅太太说,"莎莉到哪儿去了?"

"妈妈,我在这儿。"

话音刚落,莎莉就从茅屋里走了出来。这时添满木柴的火堆烧得很旺,火苗直往上蹿,火光把她的脸庞映得通红。近来,菲利普发觉她身上老是穿着洁净的工装;自从她去裁缝店干活以来,她就喜欢穿这种服装,但这天晚上,她却穿着一件印花布的衣衫,显得格外迷人。那件衣衫十分宽松,穿着干活很方便。她把袖子卷了起来,露出她那健壮的、圆滚滚的胳膊。她跟她妈妈一样,也戴了一顶阔边遮阳帽。

"你看上去真像童话里的挤奶女工。"菲利普在同她握手的当儿说道。

"她可是蛇麻草场里的美人。"阿特尔涅说,"说实在的,要是乡绅老爷的儿子看到你的话,他马上就会向你求婚。"

"乡绅老爷可没有儿子,爸爸。"莎莉说。

她环顾四周,想找个空儿坐下。菲利普便腾出地方,让她坐在自己的身边。在这被篝火照得明亮的夜晚,莎莉的模样儿美得惊人,活像一个乡村女神,令人想起了老赫里克①在精巧的诗句中所赞美的那些充满青春活力、体格强健的姑娘。晚餐十分简单——涂黄油的面包、松脆的熏肉,孩子们喝茶,阿特尔涅夫妇陪菲利普喝啤酒。阿特尔涅狼吞虎咽地吃着,大声称道他吃到的每样东西。他肆意嘲笑卢卡拉斯②,又把布里亚-萨瓦兰③臭骂了一顿。

"阿特尔涅,有一点你还是值得称赞的,"他的妻子说,"那就是你吃得真香,确实如此!"

"我的贝蒂,这都是你亲手做的呀。"他说道,一面像演说家似的伸出了食指。

菲利普感到十分舒坦。他欢快地望着连成长串的篝火,望着划破夜幕的通红的火光,人们都围坐在火堆旁取暖。草场的尽头矗立着一排高大的榆树;头顶上,则是星光灿烂的天空。孩子们说说笑笑,而阿特尔涅活像一个孩子,挤在他们中间,用他拿手的戏法和荒诞离奇的故事引得孩子们狂呼乱叫。

"这儿的人觉得阿特尔涅特别有趣。"阿特尔涅太太说,"嗯,一天,布里奇斯太太对我说,现在要是离开了阿特尔涅先生,我真不知道我们该怎么办是好。他总在耍什么把戏,说他是一家之长,倒不如说他像个小学生更为恰当。"

莎莉默默地坐着,但是对菲利普照料得十分周到,那种样子把菲利普给迷住了。有她坐在自己的身边,菲利普感

---

① 赫里克(1591—1674),英国诗人。

② 卢卡拉斯(公元前110—前56),罗马大将,曾任财务官、行政长官等,以奢华的宅第、宴饮著称。

③ 布里亚-萨瓦兰(1755—1826),法国法学家,拿破仑执政时曾任最高法院法官,又是美食品味家。

到很高兴。他不时朝莎莉那张气色健康、晒得黝黑的脸庞瞥上一眼。有一次，两个人的目光相遇，莎莉露出了文静的笑容。晚饭以后，简和另一个小男孩被打发到草场尽头的小溪去打一桶洗碗水。

"孩子们，快领你们的菲利普叔叔去看看咱们睡觉的地方。你们也该上床就寝了。"

一双双小手抓住了菲利普，把他连拖带拉地弄到茅屋里去了。他走进茅屋，划亮了一根火柴。屋里几乎没有什么家具，除了一个用来存放衣服的铁皮箱外，就只有几张床。床一共三张，都靠墙放着。阿特尔涅跟着菲利普走进了茅屋，得意地把床指点给他看。

"我们就睡在这种床上。"他大声说，"这儿可没有你睡的弹簧床垫和盖的天鹅绒被褥。我从来没有像在这儿睡得这么酣畅。你可得裹着被子睡。亲爱的老弟，我打心眼里替你难受。"

三张床都铺了一层厚厚的蛇麻草蔓，蛇麻草蔓上面又铺了一层稻草，最上面都覆着一条毯子。户外到处散发着浓烈的蛇麻草香味，在这种环境中干了一整天之后，那些快活的采集者们都睡得像死人一样。到了晚上九点，草场上万籁俱寂，大家都已上床安歇。只有一两个家伙仍然泡在酒店里，直到酒店十点关门才会回家。阿特尔涅送菲利普去酒店歇息。临走之前，阿特尔涅太太对菲利普说：

"我们大约在五点三刻吃早饭，我想你肯定不愿那么早就起床。你知道，六点钟我们就得干活了。"

"他当然也得早早起床，"阿特尔涅嚷道，"他也得跟我们大家一样干活，出力挣他的伙食费。不干活，没饭吃，我的老弟。"

"孩子们早饭前下海游泳,他们可以在回来的路上喊你一声。他们要经过'快乐的水手'酒店。"

"如果他们去的时候就叫醒我,我就跟他们一块儿去游泳。"菲利普说。

听到他这么说,简、哈罗德和爱德华都高兴得叫了起来。第二天清晨,菲利普睡梦正酣,就被孩子们闯进房来的声音吵醒了。男孩子们一个个跳到他的床上。他只好提起拖鞋把他们赶下去。他赶紧穿好上衣,套上裤子,跟着他们下楼。天刚破晓,空气里还透着丝丝寒意;天空万里无云,太阳闪射出金黄色的光芒。莎莉牵着康尼的手,站在大路当中,手臂上挎着一条毛巾和一套游泳衣。眼下菲利普才看清,莎莉头上戴的阔边遮阳帽是淡紫色的,在那顶帽子的映衬下,她的脸庞黑里透红,好似一个苹果。她慢悠悠地朝菲利普嫣然一笑,算是跟他打招呼。菲利普蓦地发现她的牙齿细细小小,整整齐齐,十分洁白。他暗自纳闷,不知自己以前怎么没有注意到这一点。

"我本来想让你再睡一会儿,"她说道,"但他们非要上去把你叫醒不可。我说你并不是真的想去海里游泳。"

"哪儿的话,我确实想去。"

他们沿着大路向前走了一阵,然后抄近路穿过一片片湿地。他们走这条路,不到一英里就可以到达海边。海水灰蒙蒙的,寒气逼人;菲利普看了不觉直打寒战,但是孩子们都纷纷脱去衣服,一边喊着一边跑进海里。莎莉无论做什么事,总有点儿慢条斯理,直到孩子们围着菲利普泼水嬉戏时,她才走到水中。游泳是菲利普唯一的特长,一走到水里,他就感到舒展自如。不一会儿,孩子们一个个都模仿他的姿态,时而装作海豚,时而装作快要淹死的人,时而又装作想要游泳又怕打湿头发的胖女人的神态,吵吵嚷嚷,好不热闹。要不是莎莉严厉地呵斥,他们真不知要玩到何时才会上岸。

"你跟他们一样坏。"莎莉摆出做母亲的样子,神情严肃地对菲利普说。那种神态既滑稽可笑,又令人感动,"你不在的时候,他们从不会这么淘气。"

他们往回走去,莎莉手里拿着阔边遮阳帽,那头光亮的秀发飘垂在一边肩膀上。等他们回到茅屋时,阿特尔涅太太已经上蛇麻草园干活去了。阿特尔涅穿了一条再破旧不过的裤子,上衣的纽扣一直扣到脖子,这表明他里面没穿衬衫。他头上戴着一顶宽边软帽,正在火堆上烤鲑鱼。他自得其乐,看上去活像一个强盗。一看到他们这伙人,他便扯开嗓门,背诵着《麦克白》①里面女巫的合唱唱词,而手中烤的鲑鱼也发出一阵香味。

"你们快点吃早饭吧,不然妈妈可要生气了。"看到他们来到自己面前,他这么说。

几分钟后,哈罗德和简手里拿了几片涂黄油的面包,信步穿过草地,走进蛇麻草场。他们是最后离开的人。蛇麻草园是与菲利普的童年紧密联系的景色之一,而在他看来,蛇麻子烘干房最富有典型的肯特郡地方特色。菲利普跟在莎莉后面,穿过一行行蛇麻草。他对这儿的一切毫不感到陌生,就好像回到了自己家里一般。此刻阳光灿烂,地上投下了线条清晰的人影。菲利普尽情观赏着茂盛的绿叶。蛇麻草渐渐变黄

---

① 《麦克白》,莎士比亚的著名悲剧之一。

了,在他看来,它们蕴藏着美和激情,正如西西里的诗人们在紫红色的葡萄中所发现的一样。他们俩朝前走去,菲利普觉得自己完全为周围草木茂盛、欣欣向荣的景象所陶醉。肥沃的肯特郡大地升腾起一股芬芳的气息;九月里的阵阵微风充满了蛇麻草浓郁的香味。阿特尔斯坦不由得兴奋起来,竟然放声歌唱,但他发出的是十五岁男孩才有的那种沙哑声,于是莎莉转过身来。

"阿特尔斯坦,你安静一下吧,否则,我们就会遇到一场雷声隆隆的大暴雨。"

不一会儿,耳边传来嗡嗡的低语声,又过了一会儿,从采蛇麻子的人那儿传来更响的说话声。他们都干得十分起劲,一边采摘,一边说说笑笑。那些人有的坐在椅子上,有的坐在方凳上,也有的坐在木盒子上,每个人身边都放着篮子,有的干脆站在帆布袋旁边,把采到的蛇麻子径直扔到帆布袋里。周围有不少小孩,还有许多吃奶的婴儿,有的躺在临时做成的摇篮里,也有的裹着毯子,被放在松软、干燥的棕色土地上。小孩采得不多,可玩得倒不少。女人们一刻不停地忙着,她们从小就干惯了,速度要比伦敦来的外乡人快一倍。她们夸耀自己一天当中所采的蛇麻子的蒲式耳①数,但又抱怨如今挣的钱比从前少多了。过去,每采五蒲式耳就可以得到一个先令,但现在要采八蒲式耳,甚至九蒲式耳才能挣到一个先令。以往,一个采集蛇麻子的能手一季挣到的钱,足够维持他当年剩余时日的生活,现在可不行了。你挣到的那点钱只够来度个假,也就差不多了。希尔太太用采蛇麻子挣到的钱买了一

---

① 蒲式耳,谷物、水果、蔬菜等的容积单位,在英国等于 36.368 升。

架钢琴——她是这么说的——但是她的生活十分节俭,谁也不愿像她那么节俭,而且多数人认为这些话都是她自己说的,要是把真相揭露出来的话,大家也许就会发现她是从储蓄银行里取了些钱凑足款子才买下那架钢琴的。

采蛇麻子的人分成几个小组,每组十个人,其中不包括孩子。阿特尔涅高声夸口说,总有一天他会有个全由他家里人组成的小组。每个小组有个组长,负责把一扎扎蛇麻草放在各人的帆布袋旁边(帆布袋是个套在木框架上的大口袋,约有七英尺高。一排排帆布袋放在两行蛇麻草的中间),而阿特尔涅渴望得到的正是组长这一位子,所以他盼着孩子们长大后可以自家组成一个小组。这会儿,与其说他是在努力干活,倒不如说他是为了给别人鼓劲才来的。他悠然自得地走到阿特尔涅太太的身边,嘴上叼了支香烟,动手采蛇麻子。阿特尔涅太太两手不停地干了半个小时,刚把一篮蛇麻子倒进帆布袋里。阿特尔涅声称这天他要比谁都采得多,除去孩子他妈,当然谁也不可能采得像她那么多。这件事使他回想起阿佛洛狄特让好奇的普绪客①经受各种考验的传说,于是他开始向孩子们讲起了普绪客对她那从未露面的新郎倾心相爱

① 普绪客,古希腊的人类灵魂的女性化身,常以长着蝴蝶翅膀的少女形象出现。古罗马作家阿普列乌斯在《变形记,或金驴》一书中把受苦受难的普绪客(灵魂)的主题,和各族人民中广泛流传的一个神奇的未婚夫的故事情节结合起来。普绪客被描绘成一个姿容绝世的公主,可以和阿佛洛狄特本人媲美。这位女神为了惩罚她,就派自己的儿子厄洛斯去执行,厄洛斯为她的美貌所倾倒,把她带到自己的宫殿。为了不让普绪客看到自己的面容,他只是每天夜里来同她相会。在心怀妒忌的姐妹们的怂恿下,普绪客试图看看厄洛斯,不料他马上变得无影无踪。普绪客四处寻找自己的情人,经历了许多风波、灾难和痛苦,最后终于和厄洛斯重新相聚,从此不再分离。

的故事。他讲得娓娓动听。菲利普在一旁侧耳倾听,嘴角露出一丝笑意,觉得这个古老的传说跟四周的景象无比和谐。那会儿,天空一片湛蓝,他觉得即便在希腊,也不见得会这么美好。孩子们头发金黄,脸蛋红润,身体结实、健康、充满生命的活力;蛇麻草形状娇美;叶子碧绿耀眼,色泽有如喇叭形植物;极目远眺,富有魔力的绿草丛中的小径,在远处缩成一点;采集蛇麻子的人都戴着阔边遮阳帽。所有这一切,也许要比你在那些教授的书籍或博物馆的藏品中所发现的更富有希腊精神。菲利普对英国的美好景色感到无限欣慰。他想起了一条条蜿蜒曲折的白色道路,一道道由灌木丛组成的低矮树篱,一片片点缀着榆树的绿色草地,一座座线条柔和、顶上覆盖着树丛的小山,一块块平坦的沼泽地,以及北海那凄凉惨淡的景象。他为自己感受到英国的山川秀美而感到非常高兴。可是不久,阿特尔涅变得坐立不安,声称要去看看罗伯特·肯普的母亲的生活近况。他跟蛇麻子草场的每个人都混得很熟,总是直呼他们的教名,而且对每一个人的家史和身世无不了如指掌。他爱好虚荣,但心地不坏,在他们当中扮演一个时髦绅士的角色。他待人亲热,但那股亲热劲里含有几分屈尊俯就的意味。菲利普不愿跟他一起去。

"我要把吃饭的钱挣到。"他说。

"说得好,我的老弟,"阿特尔涅回答说,一面挥了挥手,走开了,"不干活,没饭吃。"

119

菲利普自己没有篮子,就坐在莎莉旁边。简觉得菲利普不帮她而去帮她大姐采蛇麻子，实在太不像话了。于是菲利普只好答应等莎莉的篮子装满后，就去帮她采摘。莎莉采得几乎跟她母亲一样快。

"采这种东西会不会伤到你的手，妨碍你缝衣服呢？"菲利普问道。

"哦，不会的。采蛇麻子同样需要一双柔软的手。这就是为什么女人总比男人采得快的缘故。粗活干久了，手就会变得僵硬，手指就会不够灵活，也就无法采得这么快了。"

菲利普喜欢欣赏她那灵巧的动作，而莎莉也不时地注视着他，脸上带着一副做母亲的神气，叫人看了既觉得极为有趣，又感到充满迷人的魅力。起初菲利普笨手笨脚，经常受到莎莉的嘲笑。莎莉弯下身子，教他如何把整排蛇麻草拔起，这样一来，他们俩的手就碰到了一起。他发现莎莉一下子羞红了脸，感到十分惊讶。他实在无法相信她已经是个成年女子。当她还是个小姑娘的时候，他就认识她了，所以总是不由自主地仍然把她当作小孩子看待。然而，对她表示爱慕的人为数不少，说明她已不再是一个小孩子了。他们刚到乡间不过短短几天，莎莉的一位表兄已经对她极尽殷勤，使她不得不忍受他的调笑戏耍。她的表兄名字叫彼得·甘恩，是阿特尔涅太太的姐姐的儿子。阿特尔涅太太的姐姐嫁给了费尔内附近的一个农夫。彼得·甘恩觉得每天来一趟蛇麻草场很有必要，大家都清楚他这样做的缘故。

八点整，耳边传来一阵号角声，算是收工吃早饭的号令。尽管阿特尔涅太太说他们不配吃这顿早饭，但他们个个都吃得十分畅快。饭后他们又接着干，一直干到十二点，这时号角声又响了，招呼人们去吃午饭。计量员趁着这个间隙，带着记账员,一个帆布袋一个帆布袋地巡查。这位记账员先在自己的账本上,然后在采集者的账本上登录所采的重量。从装满蛇麻子的帆布袋里,用蒲式耳筐①盛起蛇麻子灌进大布袋里。随后,计量员和车夫把一袋袋蛇麻子抬上马车。阿特尔涅不时地回来报告,不是说希思太太采了多少,就是说琼斯太太已经收了多少蛇麻子,接着便要全家加油,努力超过她们。他总想创造采蛇麻子的纪录。他热情高涨的时候,也可以手脚不停地采上一个小时;可是,他的主要兴趣在于采蛇麻子的动作可以充分显露他那双好看的手的妙处。他对自己那双手总是感到无比自豪。他花了许多时间去修剪指甲。在伸出他那五个渐渐变尖的手指的当儿,他对菲利普说,为了让两只手始终保持洁白,西班牙的大公们睡觉时手上总套着上了油的手套。他夸大其词地说,那只扼住欧洲咽喉的手,就跟女人的手一样漂亮和纤巧。他姿势优美地采摘蛇麻子的当儿,他一边端详着自己的手,一边沾沾自喜地感叹着。他干得厌倦了,便给自己卷上一支烟,跟菲利普谈论起文学和艺术。一到下午,天气变得十分炎热。人们干活的劲头不像先前那么足了,交谈声也停止了。早晨那种滔滔不绝的闲谈,如今却变成了不相连贯的零星话语。莎莉的上唇沁出一颗颗小小的汗珠,在干活时,她的嘴唇微微地张开。她看上去活脱像一个含苞待放的玫瑰花蕾。

收工时间要看烘干房的情况而定。有时候烘干房很早就装满了。到了下午三四点钟,如果所采的蛇麻子已够当晚烘干,那就吹号收工。可是,在通常情况下,要到下午五点才开

---

① 蒲式耳筐,容积为一蒲式耳的筐子。

始每天的最后一次计量工作。每个小组的帆布袋都计量完之后，采集蛇麻子的人便动手收拾工具；放工时间一到，他们就一边聊着天，一边悠然自得地走出蛇麻草园。女人们纷纷赶回茅屋，忙着打扫和准备晚饭，而许多男人则缓缓地顺着大路朝酒店走去。干了一天的活儿之后，喝上一杯啤酒真是万分舒畅。

阿特尔涅家的帆布袋是最后一个计量的。当计量员朝他们走过来的时候，阿特尔涅太太才如释重负地松了口气，站了起来，伸了个懒腰，因为她用同样的姿势一坐就是几个小时，身体都有些发僵了。

"好啦，咱们到'快乐的水手'酒店去吧。"阿特尔涅说，"一天的各项仪式都要一项不落地履行。眼下再没有比上酒店更神圣的事儿了。"

"阿特尔涅，带个酒壶去，"他的妻子说，"带一品脱半啤酒回来，好在吃晚饭的时候喝。"

她把一个接一个铜币交到阿尔特涅的手中。酒店里早已挤满了人。店堂里面是浅棕色的地板，四周摆着长条凳，墙上贴满了泛黄的维多利亚时代职业拳击手的画像。酒店老板能叫出所有顾客的姓名，他身子伏在柜台上，脸上带着宽厚的笑容，正望着两个小伙子朝竖在地上的木棍上套圈圈。他们俩都没有套中，引得周围的旁观者哄然大笑。人们互相把身子挨得紧一些，好为新来的顾客让座。菲利普发觉自己坐在两个陌生人中间，一边是上了年纪的雇工，穿着灯芯绒裤子，两个膝头下面都扎了根细绳子，另一边是一个十六七岁的小伙子，油光满面，红润的额头上平贴着一绺鬈发。阿特尔涅执意要试试手气，去套圈圈玩。他下了半品脱啤酒的赌注，结果赢

了。在为输家举杯祝酒时,他说:

"我的孩子,与德比赛马①相比,我倒宁可赢这半品脱啤酒喝喝。"

阿特尔涅下巴上留着尖尖的胡须,头上戴了一项宽边帽,挤在这群乡巴佬中间,那副模样显得有些稀奇古怪,而且从周围人们的神情中不难看出,他们也都觉得他十分古怪。尽管如此,阿特尔涅却兴致勃勃,热情洋溢,充满感染力,使得周围那些人不可能不喜欢他。大家无拘无束地交谈起来,互相用浓重、缓慢的萨尼特岛的乡音说笑打趣;当地爱开玩笑的人一说出诙谐妙语,就引起哄堂大笑。真是一次十分愉快的聚会!只有铁石心肠的人才会对这些伙伴表示不满。菲利普的目光移向窗外,只见外面仍然天色明亮,充满了阳光。窗户就跟村舍的窗户一样,上面也挂着小小的用红色丝带扎着的白色窗帘。窗台上摆着几盆天竺葵。不一会儿,这些安闲自在的人一个个站起身来,缓缓地走回草场,那儿各家各户正忙着在做晚饭。

"我想你也该准备上床歇息了。"阿特尔涅太太对菲利普说,"你还不习惯清早五点起床,整天待在户外的生活。"

"菲尔叔叔,你要跟我们一起去游泳的,对不对?"男孩子们大声说道。

"那当然啦。"

他身体疲乏,但心情却很愉快。晚饭以后,他坐在一张没有靠背的椅子上,身子靠着茅屋的墙壁,嘴里衔着烟斗,两眼

① 德比赛马,开始于 1870 年的英国传统赛马会之一,每年 6 月在萨里郡的埃普索姆唐斯举行。

凝视着外面的夜色。莎莉十分忙碌,不停地出出进进。他在一旁懒洋洋地观察着她有条不紊地工作。她走路的姿势引起了他的注意,倒不是因为那种步态特别优美,而是因为她连走路也都那样轻松自如,充满自信。她依靠臀部的力量朝前摆动双腿,两只脚似乎坚定有力地踏在地上。阿特尔涅早已跑到邻居家里去闲聊了。不一会儿,菲利普听到阿特尔涅太太兀自说起话来。

"嗳,家里的茶叶用完了,我想让阿特尔涅上布莱克太太的小店去买些回来。"停顿了一会儿,她又提高嗓门喊道,"莎莉,到布莱克太太的小店去给我买半磅茶叶,好吗?我把茶叶都用光了。"

"好的,妈妈。"

沿着大路走上大约半英里,就是布莱克太太的小屋。她把这所小屋用作女邮政局长的办公室,又在里面开了一家杂货店。莎莉放下卷起的衣袖,走出茅屋。

"莎莉,要不要我陪你一块儿去?"菲利普问道。

"别麻烦了。我并不害怕独自去。"

"我知道你不会害怕,但我不久就要回去上床歇息了,只是想在临睡前舒展一下自己的腿脚。"

莎莉没有回答。他们一块儿出发了。大路白漫漫的,十分幽静。夏天的夜晚万籁俱寂。他们在路上没说多少话。

"眼下天气依然很热,是吧?"菲利普说。

"我觉得这是一年当中最好的天气。"

不过,他们之间的沉默倒并不显得尴尬。他们觉得两人并肩同行本身就是一桩相当愉快的事,实在没有说话的必要。来到灌木树篱当中的一个篱边台阶前面时,耳边突然传来一阵喃喃的低语声,黑暗中显出两个人的身影。那两个人彼此紧挨着坐在一起,菲利普和莎莉从旁边经过的时候,他们的身子一动也不动。

"不知道他们是什么人。"莎莉说。

"他们看上去很幸福,对吧?"

"我想他们也把我们当作一对情侣了。"

他们看到了前面那所小屋射出来的灯光,不一会儿,两个人便走进了那家小店。店里那耀眼的灯光一时照得他们无法把眼睛睁开。

"你们来得真晚,"布莱克太太说,"我正打算关门。"说罢,她朝挂钟看了一眼,"现在都快九点了。"

莎莉买了半磅茶叶(阿特尔涅太太买茶叶一次从来不肯超过半磅),接着两个人便又上路回家。耳边有时传来夜间野兽发出的短促而尖厉的叫声,但那种声音只使夜晚显得更加寂静。

"我相信只要你静静地站着不动,就一定可以听到大海的声音。"莎莉说。

他们俩竖起耳朵仔细倾听,脑海中的想象使得他们听到了细浪拍击海滨沙石发出的微弱声响。当他们又经过那个篱边台阶时,那对恋人仍然待在原处,但是此刻不再低声细语了,而是相互搂抱着对方,男子的嘴唇紧紧地贴着女子的嘴唇。

"他们看上去倒也很忙。"莎莉说。

他们转了个弯,一缕温暖的微风一时间吹拂着他们俩的脸庞。泥土散发出清新的气息。在这个叫人心情激动的夜晚,似乎有一种不同寻常的东西,一种无法言传的东西,在等待着他们。寂静顿时变得意味深长。菲利普心中萌生出一种奇特的感情,这种感情似乎十分充盈,好像就要融化了(这些陈腐的用语倒相当准确地表达了那种奇特的感觉)。菲利普心里感到既愉快又焦虑,同时又充满了期待。他突然想起了杰西卡和罗兰佐①两人嘴里所说的诗句。他们用接引诗句的方式,向对方低声吟诵悦耳动人的诗句;但是他俩胸中的激情,却透过两人都觉得有趣的巧妙的奇想,放射出明亮夺目的光芒。他不知道究竟是大气中的什么东西使他的感官变得如此超常地灵敏。在他看来,他才是个心地纯洁的人,可以充分领略大地上的气息、声音和味道。他从来没有感到自己有这样一种高雅的审美能力。他真担心莎莉开口说话,破坏目前这种情境,然而她一句话也没说,可他又想听到她的声音。她那低沉圆润的嗓音正是乡村夜晚本身所发出的声音。

他们来到草场前,莎莉必须穿过草场,才能走回茅屋。菲利普走进草场,替她打开栅门。

"噢,我想该在这儿向你告辞了。"

"谢谢你陪我走了那么多路。"

莎莉向菲利普伸出手去,菲利普一边握着她的手,一边说:"如果你是真心诚意的,那就应该像你家别的人那样跟我吻别。"

"我无所谓。"她说道。

菲利普原来是说着玩的。他只是想吻她一下,因为他感到快乐,他喜欢莎莉,而夜晚又是那样迷人。

~~~~~~~~~~~~~~~~~~~~~~~~~~~~~~

① 杰西卡和罗兰佐是莎士比亚喜剧《威尼斯商人》里的一对情侣。两人嘴里所说的诗句均以"正是在这样一个夜晚"的语句开始,见《威尼斯商人》第五幕第一场的开始部分。

"那么，晚安。"他说，接着轻声笑了笑，把莎莉拉到自己身边。

莎莉把她那温暖、丰满、柔软的嘴唇朝他凑了过去，菲利普对着她的嘴唇亲吻起来，不愿马上结束。那两片嘴唇微微张着，宛如一朵鲜花。接着，他也不知怎么回事，竟然伸出两只胳膊抱住了她，事先他并没有这样的打算。莎莉默默地听凭他的摆布。她的身体既结实又健壮。菲利普感到她的心紧贴着自己的心突突跳动。顿时他头脑昏乱，好像遭到一股奔腾的洪水的裹挟，完全为自己的感官所控制。他把莎莉拉到了灌木丛中更加幽暗的地方。

120

菲利普正在酣睡，蓦地从梦中惊醒过来，发觉哈罗德正拿了根羽毛弄得他脸上发痒。他睁开眼睛时，身边爆发出一阵欢叫声。这时菲利普仍像喝醉了酒似的，睡眼蒙眬，迷迷糊糊。

"快爬起来，你这个懒家伙。"简说道，"莎莉说要是你不赶紧起来，她就不等你了。"

听到她这么说，菲利普才记起发生过的一切。他的心凉了半截，身子刚刚钻出被窝准备下床，却又停了下来，他不知道自己该怎么去面对莎莉。一时间，他内心充满了自责，深深地懊悔自己竟干出那种事来。这天早晨，莎莉究竟会对他说些什么呢？他害怕见到莎莉，心里不住地责问自己怎么这样傻。但是，孩子们可不给他时间多想，爱德华已经给他拿好了毛巾和游泳裤，阿特尔斯坦掀掉了他的被子。三分钟后，他们都噔噔地跑下楼去,来到外面的大路上。莎莉朝他微微一笑,那副笑容仍然跟平时一样,那么甜美,那么纯真。

"你穿衣服可真费时间,"莎莉说,"我还以为你不来了呢。"

她的态度没有一点儿改变。菲利普原来认为她的态度会出现某种微妙的或者让人意想不到的变化。他曾猜想莎莉见到他时会面带羞惭,或者怒形于色,或许会比以前更加亲热一些,但是什么变化也没有。她的神态仍同以往完全一样。他们一路说说笑笑,一起朝海边走去。莎莉却沉默寡言,但她总是那样文静,不轻易流露自己的感情,菲利普还从没看到她表现出另外的样子。莎莉既不主动跟他说话,也不有意回避。菲利普感到万分惊讶。他本来以为前一天夜晚发生的事必然会给莎莉带来不小的变化,可是从目前的情形看来,就好像他们俩之间什么也没有发生似的。那大概只是一场虚幻的梦。菲利普朝前走去,一只手搀着一个小女孩,另一只手拉着一个小男孩。他尽量装出一副漫不经心的样子,说着闲话,想要寻求一种解释。他暗自纳闷,不知莎莉是否当真想把那件事忘掉。也许,莎莉也像他一样,一时间完全为自己的感官所左右,只把发生的事看作一场由于特殊情况而引起的意外事件,也许她已决定把那件事置诸脑后。这只能归因于她那与年龄和性格极不相称的思维能力和成熟的智慧。菲利普意识到他对莎莉一点也不了解,觉得她身上总有一种神秘莫测的地方。

他们在水里玩着跳背游戏,那种喧闹的场面跟前一天并没什么不同。莎莉仍像母亲似的,留心照看着他们每一个人,一见他们游得太远,就喊他们回来。当别人玩得正欢的当儿,她却独自动作沉稳地在水里游来游去,时而仰卧在水面上,顺水漂浮。不一会儿,她就先上了岸,开始擦干身子,接着便不由分说地把孩子们一个个唤上岸去,最后只剩下菲利普仍在水里。菲利普乘机畅快地游了起来。这已是他第二个早晨下海游泳,对冰凉的海水已经比较习惯,他尽情体味着带有咸味的清新的海水;他为自己能在水中自由自在地伸展四肢而感到无比高兴,于是用幅度很大、坚定有力的动作不停地划水前行。可是莎莉身上围着一条浴巾,走到水边。

"菲利普,你马上给我上来。"莎莉喊道,好像菲利普是一个归她照料的孩子。

看到她那副发号施令的样子,菲利普感到十分有趣,就面带笑容地向她游来。这时,莎莉对他厉声训斥。

"你真淘气,竟在水里泡了这么久。你的嘴唇都发紫了,瞧你的牙齿,冷得直打战。"

"好吧,我这就上岸。"

莎莉以前从来没有用这种态度跟他说过话。看来,他们俩之间发生的事好像倒给了她一种支配他的权利。她完全把菲利普当作一个由她照料的孩子。几分钟后,大家都穿好了衣服,便一起往回走去。莎莉注意到菲利普的两只手。

"瞧,你那两只手都发紫了。"

"哦,没关系。那只是血液循环的问题,要不了多久,就会正常的。"

"把手给我。"

莎莉把菲利普的两只手握在自己的手掌心里,分别在他的两只手上不停地抚摩着,直到他的手恢复了血色为止。菲利普心里既感动又困惑,目不转睛地望着她。因为别的孩子在场,他不好对她说什么,也没接触她的目光。但是他心里明白,她那双眼睛并非有意避开他的目光,只是两个人的目光正好没有相遇而已。那天白天,在莎莉的举止中没有流露出任何意思,表明她意识到他们俩之间发生的事。要说有什么变化的话,也许就是她比平时话多一些。当他们又一起坐在蛇麻草场干活的时候,莎莉告诉她母亲,菲利普有多淘气,直到浑身冻得发紫才肯出水上岸。这真叫人难以置信。如此看来,前一天夜晚发生的事情的唯一结果,似乎只是激起她保护菲利普的情感而已。正如对待她的弟妹们一样,她对菲利普也同样本能地抱有那种想要像个母亲那样照顾他的愿望。

直到黄昏时分,菲利普才得到跟莎莉单独相处的机会。那会儿,莎莉正在做晚饭,菲利普就坐在火堆旁的草地上。阿特尔涅太太到下边的村子里买东西去了,而孩子们分散在各处,玩着各自喜爱的游戏。菲利普不想开口说话,心里十分紧张。莎莉却神态安详,手脚熟练地照管着火上的饭菜,平静地面对着在菲利普看来极为困窘的沉默。菲利普不知道该从何说起。莎莉平时很少说话,只在有事非说不可或者有人跟她说话时才开口说上几句。菲利普最后再也憋不住了。

"莎莉,你不生我的气吧?"他突然脱口问道。

莎莉默默地抬起眼皮,不露声色地望着菲利普。

"我? 不生气。我干吗要生气呢?"

菲利普吃了一惊,没有回答。莎莉揭开锅盖,搅动了一下锅里的食物,又把锅盖盖上。周围的空气中飘溢着一股食物的香味。莎莉又朝菲利普望了一眼,嘴唇微微张开,脸上露出淡淡的笑容。但是她的两只眼睛里充满了笑意。

"我一直很喜欢你。"她说。

菲利普的心不禁狂跳起来,感到血一下子涌上自己的脸颊。他勉强地轻声笑了笑。

"我可不知道这一点。"

"那是因为你是一个傻瓜。"

"我不明白你为什么喜欢我。"

"我也说不清楚。"她又往火堆里添了一把柴,"你饿着肚子在外露宿了几天后来到我家的情景,你还记得吗?就在那一天,我知道自己喜欢上你了。那天是我和妈妈两个人把索普睡的床腾出来给你睡的。"

菲利普的脸又涨得通红,因为他不知道她也了解那件事。他自己一想起那件事,心里就充满了恐惧和羞愧。

"这就是为什么我不想跟别人有什么来往的缘故。你还记得妈妈要我嫁的那个年轻人吧?我让他到家里来喝茶,只是因为他老是缠着我,但我心里明白我是不愿意嫁给他的。"

菲利普惊讶得一句话也说不出来,心里产生了一种奇特的感觉,如果这种感觉不叫幸福的话,他就不知道那是什么了。莎莉又搅动了一下锅里的食物。

"真希望孩子们赶快回来吃饭。不知道他们都跑到哪儿去了。晚饭已经好了。"

"要不要我去找他们一下?"菲利普说。

谈到这些实际的事,菲利普感到松了口气。

"嗯,我得说,这个主意倒不错……噢,妈妈回来了。"

菲利普从草地上站了起来,莎莉望着他,一点也没露出害羞的样子。

"今晚我把孩子们送上床以后,要不要我来陪你散一会儿步?"

"好的。"

"嗯,那你就在篱边台阶旁边等着,我事一完就来找你。"

在满天的星斗下,菲利普坐在篱边台阶上等候着,两边高高的灌木树篱上面满是成熟的黑莓。泥土中散发出夜晚的浓郁香气,周围笼罩在柔和而宁静的气氛中。他的心狂跳不已。他对眼前发生的一切都无法理解。他总是把热恋同喊叫、眼泪和激情联系在一起,而在莎莉身上,这些东西却连个影子都看不到。尽管如此,他仍然猜不透除了狂热的恋情外还能是什么使得莎莉委身于他呢?可是莎莉爱他吗?她的表兄彼得·甘恩又高又瘦,腰板挺直,脸庞被太阳晒得黑黑的,走路的步子又大又轻快。要是她爱上了她的表兄,菲利普一点也不会觉得奇怪。他暗自纳闷,不明白莎莉究竟看中了他哪一点。他不知道莎莉是否用他所理解的那种爱情爱他。不然又是什么呢?他对莎莉的纯洁深信不疑。他隐隐约约地觉得好多事情都汇合在一起,这中间包括令人陶醉的空气、蛇麻草和那迷人的夜晚,那种女性与生俱来的健康的本能,满腔的柔情蜜意和一种母爱与姐妹之情交织在一起的情感。对这一切,莎莉虽然没有意识到,但却实实在在地感觉到了。她心里充满了仁爱,所以才把她所有的一切都奉献给他。

菲利普听到大路上传来一阵脚步声,接着从黑暗中显出一个身影。

"莎莉。"他低声喊道。

莎莉收住脚步,接着又朝篱边台阶走来。一阵香甜、清新的乡村气息随之而来。她身上好像带着新割下的干草的芳香,成熟的蛇麻子的香味,和嫩绿青草的新鲜气息。她那柔软、丰满的嘴唇紧紧地贴着他的嘴唇,她那娇美、强健的身躯被他紧紧地搂在怀里。

"牛奶和蜂蜜,"菲利普说,"你就好像牛奶和蜂蜜。"

菲利普让莎莉闭上双眼,接着先后亲吻着她的左右眼睑。她那粗壮有力的胳膊一直裸露到肘部,菲利普的手在上面轻轻地抚摩着,对它的美感到无比惊讶。她的胳膊在黑暗里闪闪发亮。她的皮肤跟鲁本斯画笔下的一样,白得出奇,给人透明的感觉,胳膊一侧长着金黄色的茸茸汗毛。那是撒克逊女神才有的胳膊,但是无论哪个神灵的胳膊也没有她的胳膊那种完美而天然质朴的意趣。菲利普不禁想起了农家花园,里面盛开着那些只有在男人心中才争相开放的可爱的鲜花,想起了蜀葵花和命名为约克王朝和兰开斯特王朝①的红白相间的玫瑰花,还想起了黑种草、美洲石竹、忍冬、飞燕草和虎耳草。

"你怎么会看上我的呢?"菲利普说,"我只是个微不足道的瘸子,平平常常,长得又不好看。"

莎莉双手捧住菲利普的脸,吻着他的嘴唇。

"你真是一个彻头彻尾的大傻瓜。"她说。

121

蛇麻子采完后,菲利普口袋里装着圣路加医院录用他为助理住院医生的通知书,随同阿特尔涅全家返回伦敦。他在威斯敏斯特租了一套陈设简朴的房间住了下来,并在十月初前往医院上班。那儿的工作种类繁多,相当有趣,每天他都能

① 约克王朝和兰开斯特王朝,英国玫瑰战争(1455—1485)中争夺王位的敌对双方,各以玫瑰为族徽,前者为白色,后者为红色。

学到一些新东西。他觉得自己不像原先那么无足轻重了。他经常跟莎莉见面。他感到日子过得极为顺畅。除了当班接待门诊病人的那几天外，他通常下午六点就下班了。下班后，他便到莎莉工作的缝纫店去，等候从店里下班回家的莎莉。几个小伙子总是在店门对面的人行道上或再远一点的马路拐角处荡来荡去；店里的那些姑娘总是成双结对或三五成群地走出店门，一认出那几个小伙子，她们就彼此用胳膊肘儿轻轻推操，发出咯咯的笑声。莎莉穿着她那件普通的黑色衣衫，看上去跟那个与菲利普并肩采蛇麻子的乡村少女简直判若两人。她飞快地从店里走出来，看到菲利普后才放慢了步子，文静地朝他微笑致意。他们一块儿穿过热闹的街道。菲利普把自己在医院里的工作情况讲给莎莉听，莎莉也把自己当天在店里干的活儿告诉菲利普。菲利普逐渐记住了跟她一起干活的那些姑娘的名字。他发现莎莉具有一种含蓄而敏锐的谐趣。莎莉说起店里的姑娘们或是那些迷上她们的小伙子们来，嘴里充满意想不到的风趣的妙语，把菲利普逗得直乐。她谈起富有特色的趣闻逸事，样子总是那么一本正经，好像事情本身一点没有什么可笑之处，可是她又那么目光敏锐，观察得那么仔细，叫菲利普听了开心得哈哈大笑。这时候，她会朝菲利普瞥上一眼，那充满笑意的目光表明她并不是没有觉察到自己的幽默。他们俩见面时只是握握手；分别时也端庄有礼。有一次，菲利普邀请莎莉到他的住所去用茶点，却被她谢绝了。

"不，我不想那么做。那会显得有些暧昧。"

他们彼此从来没有说过表示爱情的话。莎莉似乎只想两个人在一起散步，除此之外，就没有什么别的愿望了。不过菲利普确信莎莉乐意同他待在一起。她仍像一开始的时候那样让他难以捉摸。他仍然没有理解她的所作所为,但是他与她越熟悉,就越喜欢她。莎莉相当能干,善于自我控制,身上还有一种可爱的诚实品德,叫人感到无论在什么情况下,她都是可以信赖的。

"你真是一个极好的人。"有一次,菲利普没头没脑地对莎莉说。

"我想我也只是跟其他人一样而已。"莎莉回答说。

菲利普知道自己并不爱莎莉,但他对莎莉怀有极其强烈的感情,喜欢有她做伴。有她陪在身旁,他心里感到特别宽慰。他对莎莉怀有一种特别的感情,在他看来,自己对一名十九岁的缝纫女工怀有这样的感情,似乎荒唐可笑,因为他十分敬重莎莉,而且他对她那异常健全的休魄赞叹不已。她是一个毫无缺陷、妙不可言的尤物。她那完美的体格使他心里总是充满仰慕敬畏的情感。在她面前,菲利普总是觉得自己配不上她。

后来,在他们回到伦敦大约三个星期后的一天,两个人正在一起散步,菲利普注意到她显得异常沉默。她的眉宇间微微起皱,改变了原来脸上那种安详的神情。这是愁眉紧锁的先兆。

"怎么啦,莎莉?"菲利普问道。

莎莉的眼睛并没有看着菲利普,而是直直地凝视着前方,她的脸色也暗淡下来。

"我也说不清楚。"

菲利普立刻明白了她话里的意思。他的心跳突然加快了。他感到自己一下子变得面无血色。

"你这话是什么意思? 你是怕⋯⋯?"

菲利普住嘴不说了。他无法再说下去。他脑子里从来没有想过可能发生这样的事。接着,他发现莎莉的嘴唇不住颤抖,她竭力不让自己哭出声来。

"我还不能肯定,也许没什么事。"

他们俩默不作声地朝前走去,最后来到大法官法庭巷的拐角处。菲利普总在这儿跟莎莉分手。这时候,莎莉向他伸出手来,脸上露出笑容。

"眼下还不用担心。让我们往最好的方面去想。"

菲利普走开了,脑海里乱糟糟地充满了各种思绪。他真是一个天大的傻瓜!这是他的第一个念头,一个下贱的、可怜的傻瓜,一气之下,他用这句话接连痛骂了自己十多次。他鄙视自己,责怪自己怎么陷入这种糟糕的境地。同时,脑海里的各种思绪纷至沓来,似乎全都杂乱无章地挤在一起,有如在噩梦中见到的拼图玩具中的拼板。他不禁自问:接下去该怎么办?一切都十分清晰地摆在他的面前,他多年来一心追求的目标终于伸手可及,而如今,他那难以想象的愚蠢行为又给自己设置了新的障碍。菲利普自己也承认,他的弱点就在于执着地向往一种井然有序的生活,也就是说他对未来的生活充满激情,他始终无法克服这个弱点。他刚到医院定下心来工作,就忙着为以后的旅行做出种种安排。以往,他经常设法管住自己,不去为未来的计划作过细的考虑,因为那样只会使得自己灰心丧气。可是如今,既然他的目的就要实现了,他觉得对一种难以抗拒的渴望之情做些让步也没什么害处。首先他想去西班牙。那是他一心向往的地方。现在,他心里充满了那个国家的精神、传奇、特色、历史及其崇高形象。他觉得西班牙给了他一种任何别的国家都无法提供的特别的启示。他早就对科尔多瓦、塞维利亚、托莱多、莱昂、塔拉戈纳、布尔戈斯等古老而优美的城市十分熟悉，好像他从小就在那些城市的弯弯曲曲的街道上行走。只有西班牙的伟大画家才是他心目中的画家。当他的脑海里浮现出自己痴迷地站在那些画作面前的情景时，他的心跳得飞快；对他来说，那些画作要比任何其他画作更能抚慰他那遭受折磨、骚动不安的心灵。他读过不少伟大诗人的名篇佳作，但西班牙诗人的诗作要比任何其他国家的诗人的诗作更富有民族特色，因为西班牙的诗人似乎并不是从世界文学的潮流中得到启发，而是直接从他们祖国的炎热、芳香的平原和荒凉的高山峻岭中汲取灵感。再过短短的几个月时间，他就可以在周围亲耳听到那种语言，那种似乎最善展示伟大的心灵和崇高的激情的语言了。他情趣高雅，隐隐地感到安达卢西亚那个地方太柔和，太舒适了，甚至还有点儿俗气，无法满足他那奔放的热情；他满心向往那遥远的大风呼啸的卡斯蒂利亚和雄伟壮丽、道路崎岖的阿拉贡和莱昂。到那些陌生的地方游历，究竟会给自己带来什么，他也不大清楚。但他总感到，他可以从中获得力量和决心，使自己在面对更遥远、更陌生的地方的种种奇观时，更加神色从容，更能领悟其中的妙处。

这只是一个开端。菲利普已经跟好几家轮船公司取得联系，这几家轮船公司的船只出海时，都要带随船医生。因此，他对各家公司的航海路线了如指掌，并从走过这几条航线的人那儿弄清了各条航线的利弊。他对东方轮船公司和大英轮船公司不予考虑，因为在这两家公司的轮船上很难搞到住舱。再说这两家公司主要是运载旅客，在客轮上，医务人员几乎没有自由的空间。不过，另外几家公司也有航线不定的大型货船开往东方,货运时间宽松,一路上大小港口都要停靠,停靠时间长短不一,短则一两天,长则半个月,这样就会有充裕的时间,而且经常可以深入内陆去旅行一番。在这种船上当随船医生,薪水不多,伙食也只是差强人意,所以也没有多少人来谋求这种职位。一个在伦敦学医取得学位的人,一旦提出申请,肯定会被录用。货船从一个偏僻的港口驶往另一个港口,船上除偶然搭载了一两个因公出差的人士外,就没什么旅客,因此,上面的生活倒也舒适愉快。菲利普把船只沿途停靠的港口地名都记在心里。那一个个地名无不在他脑海里描绘出一幅幅充满热带阳光的、色彩奇异的画面,描绘出一幅幅热气腾腾、神秘莫测、节奏紧张的生活图景。啊,生活!那正是他所需要的。他终于接近生活的大门口了。说不定他可以在东京或上海换乘其他航线的轮船,一直驶向南太平洋群岛。做医生的无论在哪个地方都有用处。也许他还有机会上缅甸去游览一番。至于苏门答腊或婆罗洲的茂密森林,为什么他就不能去观赏一下呢?他还年轻嘛,时间不成问题。他在英国既无亲属,也无友人,完全可以花上几年在世界各地周游一番,了解生活多么美好、奇妙、丰富多彩。

可是如今却出了这么一件事。他也不考虑莎莉可能判断错误;说来奇怪,他深信莎莉的感觉是对的;不管怎么说,这种事情是很可能发生的。无论哪个人都可以看出,造物主本来就把莎莉造就成一个会生儿育女的母亲。菲利普知道自己该怎么做。他不应该让这桩小事使自己偏离既定的人生道路,哪怕是偏离一丝一毫也不行!这时候,他想到了格里菲思。他完全想象得出,要是那个年轻人听到这种消息,会表现出怎样冷漠的态度。格里菲思一定会认为这是一件十分讨厌的麻烦事，一定会像聪明人那样溜之大吉，让那个姑娘独自尽力应付未婚先孕的困境。菲利普暗暗提醒自己，如果事情果真如此，那是因为这种事情是不可避免的。想到这儿，他觉得莎莉也应该像他一样受到责备。莎莉是一个富有生活经验、懂得生活常识的姑娘，而她竟睁着双眼不顾后果地冒险。只有神经错乱的人才会让这桩意外来搅乱他的整个人生图案。世上只有极少的人深切意识到人生的短暂，明白必须尽情地领略人生的乐趣，而他就是其中之一。他要为莎莉做他力所能及的事，可以给她一笔充足的钱款。一个行事果断的人是绝不会让任何事情来改变自己的人生目标的。

　　菲利普暗自这么说着，但他心里清楚，他是做不出来的。他实在做不出来！他对自己还是了解的。

　　"我真是太软弱了。"菲利普悲观失望地嘟囔道。

　　莎莉一向信赖他，待他又那么好。尽管他有充足的理由，也实在不能做出一件自己感到刻薄寡情的事来。他知道要是自己老想着莎莉的悲惨处境，那么在旅途中他心里就无法得到安宁。再说，对她的父母该如何交代呢？他们夫妇一直待他那么好，他可不能恩将仇报。唯一可行的办法，就是尽快跟莎莉结婚。他会写信给索思大夫，说他马上就要结婚，如果大夫的那个提议仍然有效，他愿意接受。在穷人中间行医，是他唯一的出路。在他们中间，他的残疾无关紧要，穷人们也不会嘲笑他妻子的纯朴。真是奇怪，他竟把莎莉当成自己的妻子了。这种想法给他一种奇特而又温柔的感觉。当想到那孩子是自己的时，一股感情的暖流涌遍全身。索思大夫会欢迎他去的，他对这一点毫不怀疑。于是，他想象起他和莎莉在那个渔村生活的情景来了。他们会在可以望见大海的地方租一幢小房子,他会眺望着打眼前经过的那一艘艘巨大的轮船,目送它们驶向那些他永远无法知晓的地方。也许这是最明智的做法。克朗肖曾经说过,客观事实对他毫无意义,他凭借自己的想象力,永远占据着时间和空间这两大领域。他的话真是千真万确:你永远爱下去,她也永远美丽动人!①

他会把自己全部的远大理想作为结婚礼物奉献给自己的妻子。做出自我牺牲!在这美好的精神激励下,菲利普意气昂扬,整个晚上,他始终都在考虑做出自我牺牲的事。他兴奋得无法看书,好像被人从房间里赶到了街上,他在伯德凯奇大街来回走动,高兴得心脏怦怦直跳。他急躁得简直无法忍受,真想看到在他求婚后莎莉脸上的幸福神色;要不是时间太晚了,他准会立刻跑去找她。他想象着以后跟莎莉一起度过的那些漫长的夜晚,他们待在暖和舒适的起居室里,目光穿过敞开的百叶窗,眺望着大海的景色。他看着书,莎莉在一旁埋头做着针线活儿。在灯罩遮挡的灯光的映照下,她那张可爱的脸庞显得越发妩媚动人。他们会在一起谈论着渐渐长大的孩子;当她转过脸来与他的目光相遇时,眼里闪烁着爱的光芒。那些曾经来找他看病的渔民和他们的妻子会十分喜欢他们;而他和莎莉也会同那些生活简朴的人打成一片,分享他们的欢乐,分担他们的痛苦。然而,他的思想一下子又回到他们那就要出世的儿子身上。他已经感到自己内心对儿子充满了钟爱之情。他想到自己用手抚摸着儿子的完美无缺的幼小四肢,深信儿子一定长得十分俊美。他会把自己那种丰富多彩的生活的梦想全都转交给儿子。回想自己走过的漫长的人生

---

① 见英国诗人济慈的《希腊古瓮颂》第二节。

旅程,他愉快地忍受了生活强加给他的一切。他忍受了使生活变得如此艰辛的残疾。他知道自己的性格因此而受到扭曲,但是如今他也发现,同样由于这种残疾,他却获得了那种带给他无穷乐趣的反省能力。要是没有这种残疾,他就永远也不可能目光敏锐地欣赏美,不可能热爱文学艺术,也不可能对生活中的各种景象发生兴趣。他经常受到嘲弄,遭到蔑视,而这一切却使他的思想转向内省,促使他心里开出朵朵始终香气扑鼻的鲜花。接着他意识到正常的事物才是世间最罕见的事物。每个人都有缺陷,不是身体上的就是精神上的。他想到了所有他所认识的人(整个世界好像一所病房,里面的一切既杂乱又无意义),只见眼前排着一列长长的队伍,里面的人都有肉体上的残疾,精神不够健全:其中有的身体有病,不是心脏衰弱,就是肺部不适;有的精神失常,不是意志消沉,就是好酒贪杯。这时候,菲利普不禁对他们起了圣洁的恻隐之心。他们不由自主,都是盲目的命运手中的工具。他可以宽恕格里菲思的背信弃义,也可以对米尔德丽德带给他的痛苦表示原谅。他们俩也是不由自主呀。只有承认人们身上的美德,宽容他们的过错,才是合情合理的事情。他脑海里掠过了气息奄奄的耶稣基督临终时说的话:

　　赦免他们,因为他们所做的,他们不晓得。①

122

　　菲利普跟莎莉约好星期六在国家美术馆见面。莎莉答应

---

　　① 见《新约·路加福音》第23章第34节。

店里一放工就赶到那儿去,并且跟菲利普一起吃午饭。自打上次跟莎莉见面之后,已经两天了。可是在这段时间里,菲利普内心的喜悦一刻也没有停止。他始终沉浸在这种喜悦之中,所以才没有设法去找莎莉。菲利普暗自一字不差地不断背诵着他要对莎莉说的话,操练着跟她说话时应有的语调和神态。他已经给索思大夫写了一封信,而如今他口袋里就装着早晨收到的索思大夫发来的电报:"已把那个呱嗒着脸的傻瓜辞退。你何时前来?"菲利普沿着议会大街朝前走去。这天天气晴朗,空中悬着明晃晃、白花花的太阳,一道道阳光在街上闪闪烁烁。街上满是行人。远处飘起一层薄雾,让那些高楼大厦的宏伟轮廓都变得柔和淡雅起来。菲利普穿过特拉法尔加广场。突然,他的心咯噔一下。他看到前面有个女人,以为那就是米尔德丽德。那个女人有着跟米尔德丽德一样的身材,走起路来也跟米尔德丽德一样,微微拖动着脚步。他不假思索地加快步伐,赶上前去,心儿突突直跳,走到跟女人并排的位置时,女人蓦地转过脸来,他才发觉自己压根儿不认识她。她的脸苍老得多,上面布满皱纹,皮肤蜡黄。菲利普渐渐放慢了步子,心里感到无限宽慰,但他感到的不仅仅是宽慰,也有几分失望。他不禁害怕起自己来了。难道他就永远无法摆脱那种情欲的束缚吗?他感到,在自己的内心深处,不论以往发生过什么事,他对那个邪恶的女人怀有的奇特的、极为强烈的欲望,总是萦绕不去。那次爱情给他带来了莫大的痛苦。他知道,他永远、永远也无法得到彻底解脱,只有死亡才会最终消除他的欲望。

可是他竭力摆脱内心的痛苦。他想起了莎莉,眼前不时闪现出她那双温柔的蓝眼睛,他的嘴角不知不觉地露出一丝笑意。他走上国家美术馆门前的台阶,接着在第一个展室里坐了下来,这样,只要莎莉一进门,他就可以看到她。每当置身于画作中间,他心里总感到十分宽慰。他并不特意观赏哪一幅画,而是让那绚丽的色彩和优美的线条来陶冶自己的心灵。他老是想着莎莉。把莎莉从伦敦带走真是一桩舒心惬意的事。莎莉在伦敦显得与众不同,好像店里的兰花和杜鹃花丛中的一株矢车菊。早在肯特郡的蛇麻草田里,他就知道莎莉并不属于城市。他深信,在多塞特郡的色彩柔和的天空下,莎莉一定会出落成一个世上罕见的美女。这时候,莎莉从外面走进来。他赶紧站起身,迎上前去。莎莉穿着一身黑色的衣衫,袖口绲着白边,上等细麻布的领子围着脖子。他们握了握手。

"你是不是已经等了很久?"

"没有多久。才十分钟。你饿了吧?"

"不怎么饿。"

"咱们先在这里坐一会儿,好吗?"

"你想这样也行。"

他们静静地并肩坐在一起,谁也没有说话。看到莎莉就坐在自己的身旁,菲利普十分开心。莎莉那副容光焕发的样子使他感到温暖。生命的光辉有如一个光环在莎莉的身体周围闪耀。

"嗯,你近来身体好吗?"菲利普终于开口问道,脸上带着微笑。

"哦,很好。那是一场虚惊。"

"是吗?"

"难道你不高兴吗?"

菲利普心里蓦地充满一种异样的感觉。他一直确信莎莉的疑心是有充分根据的,一刻也没有想到可能会出现差错。他的所有计划一下子都给打乱了,原来精心构想出的生活图景结果只是一种永远无法实现的梦想。他又一次摆脱了束缚。自由啦! 他设想的种种计划,一个也不必放弃;生活仍然掌握在自己的手里,他可以随心所欲地去干了。然而他并没有感到兴奋,只觉得满腹惆怅。他的心直往下沉。展现在他面前的未来,是那么荒芜,那么空寂;那种景象仿佛他好多年来,历尽艰辛,越过了茫茫大海,最后终于来到美好的港口外面。但是,正当他要进入港口时,突然起了一阵逆风,又把他刮到汪洋大海之中。他早先心里老想着陆地上那些软绵绵的草地以及令人赏心悦目的树林,浩瀚的海洋使他万分苦恼。他再也经受不住孤寂的折磨和暴风雨的冲击了。此刻,莎莉正用两只明亮的眼睛望着他。

　　"难道你不高兴吗?"她又问道,"我还以为你会感到无比快乐呢。"

　　菲利普两眼发直地迎着莎莉的目光。

　　"我也说不清楚。"他嘟囔道。

　　"你真怪。大多数男人都会感到高兴的。"

　　菲利普意识到他是在欺骗自己。其实驱使自己考虑结婚的并不是什么自我牺牲,而是他对妻子、家庭和爱情的渴望。眼看着妻子、家庭和爱情似乎都从自己的指缝里溜掉了,他一下子感到大失所望。世上任何别的东西都赶不上他对妻子、家庭和爱情的渴望。什么西班牙和它的城市,科尔多瓦、托莱多和莱昂,他还在乎它们什么呢? 对他来说,缅甸的宝塔和南太平洋诸岛的环礁湖,又算得了什么呢? 美洲就在眼前。他似乎觉得,他一辈子都遵循着别人在口头或书面上向他灌输的理想行事,从来都没依照自己的心愿行事。他的一生总是受他认为应该做的事情的影响,而从不为他真心想做的事情所左右。如今,他不耐烦地把那一切都丢到一边。以前他老是生活在对未来的憧憬中,却接二连三地坐失眼前的机遇。他的理想是什么呢?他想起了他的那个愿望,也就是要从纷繁复杂、毫无意义的生活事实中编织出一种精巧、美丽的图案。一个男人来到世上,工作,结婚,生儿育女,最后去世。这是一种最简单同样也是最完美的人生图案。他有没有认识到这一点呢?屈从于幸福,也许就是承认失败,但是,这种失败却要胜过无数次的胜利。

菲利普飞快地朝莎莉瞥了一眼,暗自纳闷不知她在想些什么。接着,他又把目光移向别处。

"我刚才正想向你求婚。"菲利普说。

"我想你也许会这么做,不过我可不想碍你的事。"

"你不会碍事的。"

"那你要到西班牙等地去旅行的事呢?"

"你怎么知道我要去旅行?"

"我对这件事应该知道一点。我听到你跟爸爸谈论这件事,最后两个人还争得面红耳赤。"

"那一切,我现在都一点也不在乎了。"菲利普略微停顿了一下,接着用低沉、嘶哑的声音悄悄地对莎莉说,"我不想离开你!我也离不开你!"

莎莉没有回答。他不知她心里是怎么想的。

"不知你愿不愿意嫁给我,莎莉。"

莎莉一动也不动,从她脸上看不到一丝激动的神情。她回答的时候,眼睛并不望着菲利普。

"如果你想这样也行。"

"难道你不想嫁给我吗?"

"哦,我当然很想有个自己的家,再说,也到了我该过安定生活的时候了。"

菲利普微微一笑。现在他算是摸透她的心思了。至于她的态度,倒并不叫他感到惊讶。

"可是难道你不想嫁给我吗?"

"我不愿意嫁给别的男人。"

"那么事情就这样定了。"

"爸爸妈妈一定会大吃一惊的,对吧?"

"我太幸福了。"

"我想吃午饭了。"莎莉说。

"哎呀!"

菲利普面带笑容,抓住莎莉的手,紧紧地攥在自己的手里。他们站起身来,一起走出美术馆。两个人在栏杆旁边站了一会儿,注视着特拉法尔加广场,那儿马车和公共汽车来来往往,川流不息,人群不断从他们眼前经过,匆匆地朝着各个不同的方向拥去。此时此刻,太阳当头,光辉灿烂。

"外国文学名著丛书"书目

第 一 辑

书　名	作　者	译　者
伊索寓言	〔古希腊〕伊索	周作人
源氏物语	〔日〕紫式部	丰子恺
堂吉诃德	〔西班牙〕塞万提斯	杨　绛
泰戈尔诗选	〔印度〕泰戈尔	冰　心　石　真
坎特伯雷故事	〔英〕杰弗雷·乔叟	方　重
失乐园	〔英〕约翰·弥尔顿	朱维之
格列佛游记	〔英〕斯威夫特	张　健
傲慢与偏见	〔英〕简·奥斯丁	王科一
雪莱抒情诗选	〔英〕雪莱	查良铮
瓦尔登湖	〔美〕亨利·戴维·梭罗	徐　迟
欧·亨利短篇小说选	〔美〕欧·亨利	王永年
特利斯当与伊瑟	〔法〕贝迪耶	罗新璋
巨人传	〔法〕拉伯雷	鲍文蔚
忏悔录	〔法〕卢梭	范希衡 等
欧也妮·葛朗台 高老头	〔法〕巴尔扎克	傅　雷
雨果诗选	〔法〕雨果	程曾厚
巴黎圣母院	〔法〕雨果	陈敬容
包法利夫人	〔法〕福楼拜	李健吾
叶甫盖尼·奥涅金	〔俄〕普希金	智　量
死魂灵	〔俄〕果戈理	满　涛　许庆道

1

书　名	作　者	译　者
月亮与六便士	〔英〕威廉·萨默塞特·毛姆	谷启楠
萧伯纳戏剧三种	〔爱尔兰〕萧伯纳	潘家洵　等
红字　七个尖角顶的宅第	〔美〕纳撒尼尔·霍桑	胡允桓
汤姆叔叔的小屋	〔美〕斯陀夫人	王家湘
白鲸	〔美〕赫尔曼·梅尔维尔	成　时
马克·吐温中短篇小说选	〔美〕马克·吐温	叶冬心
老人与海	〔美〕欧内斯特·海明威	陈良廷　等
愤怒的葡萄	〔美〕斯坦贝克	胡仲持
蒙田随笔集	〔法〕蒙田	梁宗岱　黄建华
悲惨世界	〔法〕雨果	李　丹　方于
九三年	〔法〕雨果	郑永慧
梅里美中短篇小说选	〔法〕梅里美	张冠尧
情感教育	〔法〕福楼拜	王文融
茶花女	〔法〕小仲马	王振孙
都德小说选	〔法〕都德	刘　方　陆秉慧
一生	〔法〕莫泊桑	盛澄华
普希金诗选	〔俄〕普希金	高　莽　等
莱蒙托夫诗选	〔俄〕莱蒙托夫	余　振　顾蕴璞
罗亭　贵族之家	〔俄〕屠格涅夫	陆　蠡　丽尼
日瓦戈医生	〔苏联〕帕斯捷尔纳克	张秉衡
大师和玛格丽特	〔苏联〕布尔加科夫	钱　诚
茨威格中短篇小说选	〔奥地利〕斯·茨威格	张玉书　等
玩偶	〔波兰〕普鲁斯	张振辉
万叶集精选	〔日〕大伴家持	钱稻孙
人间失格	〔日〕太宰治	魏大海

第 五 辑